BASTEI
LÜBBE

Von Gerald Seymour sind bisher erschienen:

10706 Das tödliche Patt
11248 Erzengel

GERALD

SEYMOUR

DER KRONZEUGE

Aus dem Englischen von
Werner Richter

BASTEI
LÜBBE

BASTEI-LÜBBE-TASCHENBUCH
Band 11 508

Die Originalausgabe »Field of Blood« erschien 1985
im Verlag William Collins, London.

Lizenzausgabe: Gustav Lübbe Verlag GmbH, Bergisch Gladbach
Printed in West Germany Dezember 1989
Einbandgestaltung: Roberto Patelli
Satz: hanseatenSatz-bremen, Bremen
Druck und Bindung: Ebner Ulm
ISBN 3-404-11508-2

Für Gillian, Nicholas und James

Da das sah Judas, der ihn verraten hatte, daß er verdammt war zum Tode, gereute es ihn, und brachte wieder die dreißig Silberlinge den Hohenpriestern und Ältesten und sprach: Ich habe übel getan, daß ich unschuldig Blut verraten habe. Sie sprachen: Was geht uns das an? Da siehe du zu! Und er warf die Silberlinge in den Tempel, hob sich davon, ging hin und erhängte sich selbst. Aber die Hohenpriester nahmen die Silberlinge und sprachen: Es taugt nicht, daß wir sie in den Gotteskasten legen; denn es ist Blutgeld. Sie hielten aber einen Rat und kauften den Töpferacker dafür zum Begräbnis der Pilger. Daher ist dieser Akker genannt der Blutacker bis auf den heutigen Tag.

Matth. 27, 3–8

Prolog

Es war ein guter Plan. Der Chief und die Offiziere der Brigade hatten fünf Wochen lang daran gearbeitet.

Sie wußten, in welchem Wagen das Opfer fahren würde und was für Routen die Eskorte zwischen dem Einfamilienhaus im Vorort und dem Krongericht nehmen konnte. Sie kannten den Zeitplan. Und sie wußten auch, daß die letzte halbe Meile zum Gericht bei allen Routen immer gleich war.

Die Waffe war schon in der Stadt. Die Waffe mit dem einen Geschoß stand bereit und wartete. Auch die Scharfschützen standen bereit. Der Chief hatte den Schlag für Donnerstag kommender Woche festgelegt.

Es war ein guter Plan, einfach zu gut, um fehlzuschlagen. Daß er vorerst doch fehlschlug, war einer unseligen Pechsträhne zuzuschreiben – einem Pech, wie es die Bewegung nun schon monatelang heimsuchte.

Eammon Dalton und Fran Moore wurden auf der Glen Road bei einer routinemäßigen Straßensperre der Polizei aufgehalten. An jedem anderen Abend hätten die beiden Freiwilligen die Überprüfung vielleicht gleichgültig hingenommen, hätten ruhig und gelassen Name und Adresse angegeben, wie üblich irgendein Märchen erzählt, wo sie hinwollten, und wären nach kurzer Zeit ohne Probleme weitergefahren. Als man sie an den Straßenrand winkte, waren sie auf dem Weg zur letzten Lagebesprechung bei der Brigade. Sie waren nervös und angespannt, und dadurch erregten sie die Aufmerksamkeit der schwerbewaffneten Constables, die die Gesichter der beiden jungen Katholiken im Schein der Taschenlampen musterten. Dalton sagte kein Wort, und Moore gab in seiner Verwirrung einen falschen Namen an; kurz darauf stellte sich heraus, daß er nicht mit dem auf seinem Führerschein übereinstimmte. Dalton fluchte, kaum daß Moore seinen blöden Mund aufgemacht hatte. Zunächst wußten die Polizisten natürlich noch nicht, was sie da vor sich hatten; fest stand nur, daß ihnen ein guter Fang gelungen war. Dalton und Moore wurden aus dem Wagen gezerrt, sie mußten die Hände aufs Dach legen, mit einem Tritt spreizte man ihnen die Beine, und sie hörten, wie der Sergeant die Autonummer über Funk durchgab – und das war Pech, denn der Wagen war ein Datsun, und die Nummernschilder waren von einem Ford Sierra geklaut. Sie blickten in die Mündungen eines M1-Karabiners und einer Stirling-Maschinenpistole und blieben reglos stehen, weil ihnen klar war, daß sich die Polizisten über einen Fluchtversuch nur gefreut hätten, und weil sie wußten, daß jeder von ihnen den Abzug liebevoll mit dem Finger streichelte. Die Meldung über das falsche Kennzeichen kam im Kopfhörer des Sergeants an; bei Eammon Dalton und Fran Moore klickten die Handschellen.

Für diese beiden Freiwilligen war der Krieg vorbei, jedenfalls für einige Jahre.

Der Chief und seine Offiziere erfuhren durch einen Kurier von der Verhaftung.

Der Chief überlegte. Der Plan war einfach zu gut, um ihn nur deshalb fehlschlagen zu lassen, weil ein blöder Arsch von Freiwilligem sich den verdammten Namen auf seinem Führerschein nicht merken konnte. Die Waffe war gut, aber leider total wertlos in den Fäusten eines Mannes, der nicht daran ausgebildet war. Wie wertlos diese hervorragende Waffe in den falschen Händen war, hatte er schon öfter erfahren: als ein Projektil einen Panzerwagen der Briten verfehlte und dafür in eine Grundschulklasse eingeschlagen war und ein anderes statt des Armeefahrzeugs die Vorderachse eines Kohlenlasters zerschmettert hatte. Dalton und Moore waren an der Waffe ausgebildet worden. Sie hatten den Luxus genossen, in einem entlegenen Steinbruch in Donegal, auf der anderen Seite der Grenze, Trainingsschüsse abgeben zu dürfen.

Der Plan war einfach zu gut, um ihn fallenzulassen. Sie hatten die Waffe, aber nur ein einziges Geschoß dafür. Es gab einfach niemanden, der sie im Ernstfall auf Anhieb richtig verwenden konnte.

Der Brigade-Einsatzleiter schien seine Gedanken zu lesen.

»Ich würd's ja selber machen, aber . . .«

»Klar würdest du das. Ich würd's auch machen, aber wir könnten froh sein, wenn wir 'ne verdammte Mauer treffen, geschweige denn ein verdammtes Auto.«

»Hier in der Stadt gab's nur zwei Leute, die damit umgehen konnten, und die sind beide weg . . .«

Die Stirnfalte des Chiefs wurde tiefer. »Was ist mit den alten Teams, mit den Jungs von früher, die daran ausgebildet worden sind?«

»Einen haben sie erschossen, einer sitzt im Kesh, einer liegt unter der Erde, weil er mit seiner eigenen Bombe in die Luft geflogen ist. Und einer ist in den Süden, vor langer Zeit schon.«

»Könnte der noch damit schießen?«

»Ganz bestimmt, aber er ist über die Grenze. Ausgestiegen.«

»Holt ihn her!« sagte der Chief.

»Er hat uns sitzen lassen – er war gut mit dem Ding, ist aber bei uns ausgestiegen.«

»Holt das Arschloch zurück.«

»Er könnte damit schießen, wenn wir ihn herbringen könnten.«

»Das Ding ist zu schade zum Einmotten. Holt ihn zurück.«

1. Kapitel

Er wischte über die beschlagene Fensterscheibe und spähte zu dem langsam fahrenden Auto hinaus. Zweimal waren sie nun schon an seinem Wohnwagen vorbeigekommen.

Ein grauer, nebliger Morgen. Die Nebelschwaden dämpften das Grün der Wiese am Kanalufer, verstärkten das Gelb der geknickten Unkrautstauden und schwärzten den Asphalt der Straße, die an der schnurgeraden Linie des Kanals entlangführte. Das erste Mal hatte er das Auto bemerkt, als der Vogel plötzlich von der Sitzstange davongeflattert war, die er für ihn im Gras aufgestellt hatte. Zu dieser Zeit fütterte er den Vogel immer.

Rasch ging er vom hinteren zum seitlichen Fenster und beugte sich über die Resopalplatte des kleinen Tisches, wobei er mit dem Bauch fast die Ketchupflaschen umstieß, die er fürs Abendessen stehengelassen hatte. Er rieb mit der Faust auf der Scheibe herum, um das Auto besser beobachten zu können, das die schmale Straße nach Vicarstown nahm. Eine verwilderte Hekke versperrte ihm die Sicht, doch sah er den roten Schein der Bremslichter und wußte, daß das Auto stehengeblieben war. Er hastete durch den Wohnwagen, um das Radio abzustellen, dann lauschte er angestrengt in die plötzliche Stille hinein. Ganz leise war der Motor des Autos zu hören, das nun auf der Straße wendete und dabei an der Böschung neben dem Kanal kurz ins Rutschen kam. Er sah den Vogel, der auf einem Baum am anderen Ufer saß und besorgt hinüberspähte.

Dann Stille. Nur das Pfeifen des eigenen Atems. Sein Gesicht preßte sich an die Scheibe. Er sah keine Bewegung zwischen den Zweigen der Hecke, wo die Bremslichter aufgeleuchtet hatten. Mit einem Fluch lief er die drei Schritte zum hinteren Fenster zurück, von wo er das Auto zuerst gesehen hatte. Er suchte die Straße in beiden Richtungen ab, konnte aber nichts entdekken. Er ging zu der Tür auf der anderen, der Straße abgewandten Seite des Wohnwagens, öffnete sie behutsam und blickte über die Wiesen auf das niedrige Bauernhaus in zweihundert Meter Entfernung. Aus dem Schornstein stieg eine Rauchsäule senkrecht zur Wolkendecke auf. Kein Lebenszeichen. Nochmals lauschte er, hörte aber nichts. Er schloß die Tür hinter sich.

Seit zwei Jahren war der Wohnwagen sein Zuhause. Er enthielt ein schmales Bett, Tisch, Stuhl, Gaskocher, Waschbecken. Hinter einem Vorhang bei der Tür war ein chemisches Klosett. An der Wand über dem Tisch hing ein Foto seiner Frau und eins, das zwei seiner Kinder zeigte. Die Bilder waren mit alten, ausgetrockneten Klebestreifen befestigt. In dem kleinen Waschbecken lagen ein Teller und eine Tasse vom Frühstück. Quer durch den Wohnwagen zog sich in Augenhöhe eine Leine, an der zwei Unterhosen, einige Socken und ein Hemd hingen. Über eine Leitung, die von dem Bauernhaus zum Wohnwagen führte, bekam er Strom für einen Heizstrahler. Der Wohnwagen war sein Zuhause.

Als das Auto vorbeigefahren war, hatte er undeutlich die Umrisse zweier Männer auf den Vordersitzen erkannt. Er fragte sich, weshalb sie sich so viel Zeit ließen. Vielleicht hatten sie einen Zeitplan und warteten jetzt eine bestimmte Uhrzeit ab; vielleicht genehmigten sie sich auch noch eine Zigarette, bevor sie zu ihm kamen.

Es war über ein Jahr her, seit er in seinem Wohnwagen Besuch gehabt hatte. Damals waren es zwei Polizisten gewesen. Sie hatten gesagt, sie seien von der Kripo, dabei hatte er gewußt, daß sie vom Special Branch waren; sie waren vom Revier in Monasterevan herübergekommen, hatten sich umgesehen, sich nett mit ihm unterhalten und gemeint, es sei nur Routine, und wenn er sauber bliebe, dann würde man ihn in Ruhe lassen, wenn er aber dreckige Sachen anstellte, dann würden sie ihm die Hölle heiß machen. Der eine hatte sich still im Wohnwagen umgesehen, der andere hatte ihm beim Reden zugezwinkert und mit dem weichen Akzent der Gegend um Cork gesprochen. Es sei ja nichts dabei, wenn einer aus Belfast in den Süden käme, nur sauber müsse er bleiben, sonst gnade ihm Gott ... Denn wenn er dreckige Sachen machte, Provo-Dreck nämlich, dann säße er ganz schön in der Scheiße. Und sie hatten ihm die Hand geschüttelt und ihn beim Vornamen angeredet, die Tür hinter sich zugemacht und waren ihrer Wege gegangen. Er war sauber gewesen, bevor sie zu seinem Wohnwagen gekommen waren, und er war es auch seither geblieben.

Das war das letzte Mal gewesen, daß der junge Turmfalke zur Fütterungszeit aufgescheucht worden war.

Wieder wischte er über das Fenster, bemühte sich, das Auto zu sehen, doch es gelang ihm nicht.

Vor zwei Jahren hatte er das Angebot angenommen, in den Wohnwagen auf der Farm des Cousins seiner Mutter zu ziehen. Der Cousin lebte allein und machte sich wenig aus Gesellschaft. Da gab es diesen Wohnwagen am Ende der Zufahrt, neben der Straße, und der stand dem entfernten Verwandten zur Verfügung, der aus dem Norden geflüchtet war. Im Sommer, wenn es Heu zu mähen gab, half er mit, oder wenn an einem Schuppendach etwas zu reparieren war, dann machte er das. Normalerweise vergingen aber ganze Wochen, in denen er den Alten nur von weitem auf dem Feld sah. Es war einsam, aber weiß Gott, es war besser als das Leben, das er vor diesen zwei Jahren geführt hatte.

Nur am Samstagabend fuhr er mit dem Rad nach Vicarstown und trank ein paar Glas Dunkles in der Kneipe. Er wußte, daß sein Akzent seine Herkunft verriet, und er hätte gern gewußt, was die Leute aus dem Ort über ihn redeten. Er war einsam, weil er die Gesellschaft der Einheimischen nicht suchte; sie kamen auch nicht von selbst zu ihm. Wenn er einen trinken ging, stand neben ihm eine Einkaufstüte mit Schnittbrot, Margarine, einem Pfund Speck und einem Pfund Würstchen. Milch bekam er vom Bauernhof, sein Geld vom Postamt in Monasterevan, zu dem er jeden Donnerstagvormittag radelte, um sich die »Stütze« abzuholen.

Der Vogel war sein einziger Gefährte. Einen Monat, bevor er in den Wohnwagen gezogen war, hatte der alte Bauer den jungen Turmfalken in einem verlassenen Nest gefunden und ihn mit Brot und Milch und Fleischstücken großgezogen. Der Vogel war nicht zahm, nicht so, daß er sich anfassen ließ, aber er nistete in Sichtweite des Bauernhofs und kam fast jeden Tag zum Füttern. Er sprach mit dem Vogel, ganz leise, um ihn nicht zu verschrecken, und gab ihm Speckschwarten und in Scheiben geschnittene rohe Würstchen zu fressen. Der Vogel war kein Gefangener, keine beschnittenen Flügel, keine Lederfesseln. Der Vogel war frei, ebenso frei wie er selbst, seit er vor zwei Jahren sein neues Leben begonnen hatte.

Er liebte den Vogel.

Bevor er in den Süden gegangen war, wäre ihm so was Tuntenhaftes überhaupt nicht vorstellbar gewesen – einen rosaschwänzigen Turmfalken zu lieben. Seine Frau liebte er auch, aber die war in Belfast. Der Turmfalke war bei ihm, und er war sein einziger Gefährte.

Durch das Fenster des Wohnwagens hörte er ein dumpfes Klappen, und er wußte, daß es eine zufallende Autotür war.

Wäre seine Frau mit ihm in den Süden gegangen, hätte er dem Leben, das er bis vor zwei Jahren geführt hatte, vielleicht sogar auf Dauer entfliehen können; aber daß ich da auf so 'ner moddrigen Wiese rumvegetiere, hatte sie ihm gesagt, kommt überhaupt nicht in Frage. Belfast ist schon schlimm, hatte sie gesagt, aber dort kenn ich mich wenigstens aus. Wir hätten da ein richtiges Haus auf Rädern, in dem wir leben könnten, hatte er ihr erklärt; aber das ist doch bloß 'n popliger Wohnwagen, hatte sie erwidert, nicht das Richtige für die Kinder. Da bin ich lieber noch dort, wo meine Eltern und deine Kumpel und meine Freundinnen sind, hatte sie gesagt, anstatt mich in 'nem moddrigen Sumpf unten im Süden zu verstecken. Ich weiß, weshalb du weggegangen bist, hatte sie gesagt, weil du eben gehen mußtest, und ich nehm's dir ja auch nicht übel. Im ersten Jahr war er dreimal zurückgekommen, im zweiten viermal. Zurück nach Belfast, um mit ihr und mit den Kindern zusammenzusein. Jetzt war er schon zwei Monate nicht dagewesen, aber über Weihnachten würde er wieder bei ihr und den Kindern sein. Im Wohnwagen hörte er oft Radio, und wenn die Reporter über Hausdurchsuchungen und Verhaftungen und Straßenkämpfe und Schießereien in der Gegend berichteten, wo seine Frau wohnte, wo seine Kinder und seine Eltern und ihre Eltern wohnten, dann litt er jedesmal ein wenig unter der Hilflosigkeit. Aber sie sagte immer, daß sie verstand, warum er weggegangen war, Vorwürfe hatte sie ihm nie gemacht. Zum Teufel, es wäre leichter gewesen, wenn sie's getan hätte.

Wieder wischte er über die beschlagene Scheibe. Zwei Männer kamen die Straße herunter und gingen auf den Wohnwagen zu. Er sah ihre blassen Stadtgesichter. Der größere der beiden trug eine Mütze, der kleinere hatte schulterlanges Haar und einen Vollbart. Der Große bückte sich, hob einen Stein vom Straßenrand auf, warf ihn mit aller Kraft hoch in den Baum hinauf, wo der Vogel sich niedergelassen hatte, und sah zu, wie er hastig floh. Der Mann grinste, als ob er sich darüber freute, ein friedliches Bild gestört zu haben. Der Turmfalke flog verschreckt am Kanal entlang. Der Kleine räusperte sich, hustete, spuckte und warf eine halb gerauchte Zigarette auf die Straße, wo sie weiterglimmte. Nun kamen sie an das Loch in der Hecke. Er sah, wie sie aufmerksam lauschten, den Kopf hin und her wandten und mit den Augen die Straße absuchten.

Es gab keine Waffen im Wohnwagen. Waffen bedeuteten Belfast. In Vicarstown, in seinem Wohnwagen am Kanal brauchte er keine Waffe für seine Sicherheit. Der Unterkiefer des Großen bearbeitete einen Kaugummi mit mahlenden Bewegungen. Nachdem sie die Umgebung geprüft hatten, kamen sie rasch durch das Loch in der Hecke. Sie schritten durch das hohe Gras neben dem Gemüsebeet, das er im Sommer ausgehoben hatte. Er sah den Ärger im Gesicht des Großen, als die nassen Halme über seine Schuhe streiften. Das Gemüse zog er für den alten Bauern, der es an den Laden in Vicarstown verkaufte – im Frühling Salat, jetzt im Winter Möhren und Pastinaken. Ihm fiel auf, daß die beiden kein Wort miteinander sprachen, und sie sahen auch nicht zu seinem Gesicht im Wohnwagenfenster hoch.

Er hatte damit gerechnet; trotzdem ließ ihn das Klopfen an der Wagentür zusammenzucken. Er schloß die Augen, biß sich auf die Lippe und verspürte einen kurzen Schmerz. Er atmete tief ein. Hinter dem Milchglas der Tür, auf die er starrte, waren undeutlich die Konturen der beiden Köpfe zu erkennen.

Der kleinere der beiden stand auf dem Treppchen und zündete sich gerade eine Zigarette an. Als die Tür aufging, grinste er. Das Gesicht des anderen blieb ausdruckslos.

»Ja?« Er hakte einen Daumen in den Gürtel, die andere Hand hatte er in der Hosentasche vergraben. Die Fremden sollten das Zittern seiner Finger nicht sehen.

»McAnally?« Der Kleine sprach mit dem harten Akzent von West Belfast. »Bist du McAnally?«

»Ja.«
»Sean Pius McAnally?«
»Ja.«
»Und deine Adresse, drüben, ist The Drive Nr. 63 in Turf Lodge . . .?«
»Wozu seid ihr hier?« Er stellte die Frage mit barscher Stimme, weil er so seine Nervosität vor ihnen verbergen konnte. Sie waren ihm unsympathisch, weil sie ihm Angst eingejagt hatten. Eigentlich dürfte er sich nicht so leicht Angst einjagen lassen. Wer in Turf Lodge, in Ballymurphy oder in Whiterock eine Einsatzgruppe geleitet hatte, würde niemals zugeben, Angst zu haben.
»Ganz ruhig, Junge.« Zum erstenmal redete der Große.
»Wir kommen dich zurückholen«, sagte der Kleine.
»Besser, wir gehen rein zum Reden, ist doch arschkalt hier draußen«, schlug der Große vor.
»Mir schreibt niemand vor, wo ich hingeh.«
»Wie gesagt, ganz ruhig . . .« Wieder grinste der Kleine.
McAnally trat von der Tür zurück, damit die beiden Männer reinklettern konnten. Plötzlich schien das Innere des Wohnwagens zum Bersten eng. Es war seine Zufluchtsstätte, und nun wurde sie von Fremden überrannt. Sie sahen sich um, rissen mit ihren Blicken die Geborgenheit von den Wänden. Abwechselnd beugten sie sich vor, musterten die Fotos, das Waschbecken, den Vorhang vor dem chemischen Sitzklosett. Der Große lehnte mit dem Hintern an der Tischkante. Der andere setzte sich auf den Stuhl und streckte die Beine von sich. McAnally schloß die Tür. »Was wollt ihr?«
»Wie gesagt . . .« Der Kleine zog an seinem Zigarettenstummel, ging zur Tür, warf die Kippe hinaus, hustete und spuckte aus, machte die Tür zu, setzte sich wieder hin. »Wie gesagt, wir kommen dich zurückholen.«

»Wer sagt das?«

»Das ist unser Befehl: wir sollen dich zurückholen.«

McAnally fand, sie hätten ebensogut auf seinen Linoleumboden scheißen können, oder an die Wände pissen, auf die Fotos dort. Die beiden machten die Geborgenheit seiner Zuflucht, die Geborgenheit des Wohnwagens kaputt.

»Wie heißt du?« fragte er den Kleinen.

Ein humorloses, mitleidsloses Lächeln. »Du bist schon zu lange weg ... wir mögen keine Namen.«

McAnally lachte auf, schrill und nervös. »Weil ihr überall Spitzel drin habt. Zu meiner Zeit gab's keine Spitzel.«

»Deine Zeit ist noch nicht vorbei, Gingy«, sagte der Große.

McAnally wiegte sich auf den Ballen. Das war sein Name gewesen, als er gekämpft hatte. Da hatten sie ihn alle »Gingy« genannt. Die Männer hatten alle gern Namen, die kurz und knapp und vertraut klangen. Jeder hatte seinen Spitznamen. Ducksy und Cruncher und Puffer und Bronco und Buster und Bluey und Fitzy und so weiter ... Er war eben Gingy, nach der rötlichen Farbe des Ingwer, weil der Schnurrbart, den er jetzt abrasiert hatte, damals noch röter gewesen war als sein Haar. In Turf Lodge hatte er Gingy geheißen, und in der Einsatzgruppe auch. Gingy war er gewesen während der fünf Jahre im Straflager von Long Kesh, und Gingy im Untersuchungsgefängnis an der Crumlin Road. Gingy war sein Name von vor zwei Jahren. »Wer will mich zurückhaben?«

»Der Chief will dich zurück.« Der Kleine grinste. Er hatte eine Lücke zwischen den oberen Schneidezähnen. Jetzt, wo er nicht mehr rauchte, konnte McAnally seinen Atem und seinen Achselschweiß riechen. »Wie der heißt, wirst du ja hoffentlich nicht wissen wollen.«

McAnally fragte leise: »Und worum geht's dabei ...?«

»Würden wir ja wohl gar nicht wissen, oder? Ist

doch klar, Gingy. Du wirst's schon erfahren, wenn du wieder zurück bist.«

»Ich bin draußen, bin ausgestiegen.«

»Du hast geschworen, du hast deinen Eid geleistet«, erinnerte ihn der Große.

Elf Jahre zuvor hatte Sean Pius McAnally der Bewegung seinen Eid geleistet. Bei sich zu Hause. Im Wohnzimmer ging es nicht, weil sein Dad vor dem Fernseher saß, in der Küche auch nicht, weil seine Ma mit dem Abendbrot beschäftigt war. Er hatte den Eid oben auf der Treppe abgelegt, und sie hatten alle flüstern müssen, weil seine Schwester sich hinten im Schlafzimmer abmühte, ihr Baby endlich zum Einschlafen zu bewegen. Er hatte geschworen, hatte dem Provisional Wing der Irish Republican Army unbedingten Gehorsam gelobt.

»Eid ist Eid. Ein Eid gilt fürs ganze Leben«, sagte der Kleine.

»Ein Eid wird nicht damit ungültig, daß ein Typ im Süden auf seinem Arsch sitzen bleiben will ... und lieber andere tun läßt, was er geschworen hat, selber zu tun«, meinte der Große, und McAnally mußte sich vorbeugen und sich anstrengen, um die Worte zu hören.

Ein Eid, geflüstert auf dem Treppenabsatz eines miesen Reihenhäuschens. Geleistet, während die Schwester leise ihrem Baby etwas vorsang, während in der Glotze eine lärmende Unterhaltungssendung lief, während die Mutter mit den Kochtöpfen klapperte.

»Die Zeit drängt langsam, Gingy«, sagte der Kleine.

McAnally fragte sich, ob sie wohl bewaffnet waren. War aber auch egal, denn sie waren zu zweit. Und zu zweit konnten sie ihn und den Wohnwagen kurz und klein schlagen. Während er sie anstarrte, waren seine Gedanken völlig klar. Wenn er sie aus dem Wohnwagen hinauswarf, wenn er sie fertigmachte, würden sie wiederkommen, und andere mit ihnen. Der Kleine zündete sich eine neue Zigarette an, sah erst McAnally ins

Gesicht, dann auf das abgebrannte Streichholz zwischen seinen Fingern und ließ es auf den Linoleumboden fallen. Sie hockten über ihm, schissen auf ihn, pißten auf ihn. Er zuckte die Achseln.

»Versprechen tu ich gar nichts.«

»Wird auch gar nicht verlangt, daß du was versprichst«, sagte der Große. »Du kriegst 'ne Anweisung: einen Befehl der Brigade Belfast auszuführen.«

McAnally ging zum Bett hinüber, wobei er über die ausgestreckten Beine des Kleinen steigen und sich an dem anderen vorbeidrängen mußte. Er hockte sich hin und zog eine Reisetasche aus Leinen unter der Matratze hervor. In dieser Stellung spürte er immer einen Schmerz im rechten Knie, da, wo der Querschläger des Gummigeschosses ihn damals bei den Motorman-Unruhen getroffen hatte. Er verbiß sich den Schmerz und stand wieder auf. Dann nahm er die Wäsche von der Leine und legte sie gefaltet in die Tasche.

»Wenn sie mich haben wollen, dann geht's um was Besondres«, sagte McAnally zu dem Großen. Er sah ihm direkt in die Augen. »Wenn sie mich haben wollen, dann ist das ein Job, der zu groß ist für solche Ärsche wie euch.«

Sein Gegenüber sah aus, als würde er ihm gerne eine verpassen. Seine Finger krallten sich in die Seitennähte der Jeans. Der Kleine drückte genüßlich seine Zigarette auf dem Linoleum aus, während McAnally den Reißverschluß der Tasche zumachte.

»Immer wenn ich hier mal Radio hör, kommt was über Verräter da drüben ... Bin ich vor Verrätern sicher, wenn ich mit euch zurückfahre?«

Der Große brüllte ihn an: »Nenn mich einen Verräter, McAnally, und ich brech dir das Genick. Da kannst du ruhig ein Scheiß-Brigadeoffizier oder von einem der Bataillons sein – wenn du mich einen Verräter nennst, brech ich dir das Genick, verdammt!«

McAnally sah den Schweiß auf seiner Stirn. »Als ich

noch dabei war, hat keiner wen verpfiffen. Die konnten einem die Seele aus ’m Leib prügeln, da hätte niemand gesungen. Ganz egal, was die Bullen im Castlereagh oder im Gough oder im Strand mit ihm gemacht haben, es hat keiner wen verpfiffen . . .«

»Übers Verpfeifen redet man nicht einfach so daher«, sagte der Kleine. Das Lächeln auf seinem blassen, feisten Gesicht war jetzt verschwunden.

»Ich will noch mal zur Farm rauf.«

»Wozu?«

»Muß mit dem Alten reden.«

»Um ihm zu sagen, daß du wieder nach Belfast fährst, um ihm zu sagen, daß die Jungs dich wieder nach Belfast holen?« Ein höhnisches Grinsen des Kleinen.

Der Große fragte: »Was mußt du ihm sagen?«

McAnally zögerte. Er hätte dem Cousin seiner Mutter gesagt, daß er für ein paar Tage fortging, daß der Falke gefüttert werden mußte. Das konnte er ihnen aber nicht erklären, nicht diesen Mistkerlen. Er zuckte die Achseln.

»Ist ja auch egal«, murmelte er.

Vom Haken hinter der Tür nahm er seinen Anorak und schlüpfte hinein.

»Werd ich meine Frau sehen?«

»Du wirst heute abend dort abgesetzt«, zischte der Große.

McAnally zog den Stecker des Heizstrahlers heraus, dann das Kabel für die nackte Glühbirne, die von der Decke hing. Er nahm die Reste des Brots und der Margarine, den Speck und die Würstchen aus dem Schrank und gab alles dem Kleinen zum Halten.

Als sie vor dem Wohnwagen standen, befestigte er umständlich das Vorhängeschloß an der Tür, dann traten sie gemeinsam durch das Loch in der Hecke auf die Straße. Sie ließen McAnally vorgehen, als würden sie ihn bewachen. Als sie die Straße erreicht hatten, warf er Margarine und Brot ins Gras am Ufer des Kanals, den Speck und die Würstchen dorthin, wo er den Turmfalken immer fütterte. Der Vogel müßte die Margarinepackung aufpicken können, dachte er.

Draußen war es mild, Regen schien in der Luft zu liegen, und das Licht verschwand schon allmählich hinter den kahlen Zweigen der Ulmen, die sich im Kanal spiegelten.

Sie gingen die Straße hinauf zu dem rostigen Ford Cortina, der dicht an der Hecke geparkt war.

McAnally blickte sich um, sah in den stillen Kanal, die schmale Straße hinunter, über die kleinen Felder und hinauf zur tiefhängenden Wolkendecke. Weit weg sah er den Turmfalken, der sie von einem kranken Ulmenast aus beobachtete. Noch einmal schaute er zum Dach des Wohnwagens. Er erinnerte sich, wie er damals beschlossen hatte, aus der Bewegung auszusteigen und in den Süden zu gehen. Er stieg ins Auto, ließ sich in den Rücksitz fallen, schloß die Augen, hörte das Aufheulen des Motors.

Der Große saß am Steuer. Sie fuhren nordwärts, drei Stunden bis Belfast. Drei Stunden, in denen Sean Pius McAnally darüber nachdenken konnte, daß die zwei Jahre lange Flucht nun vorbei war.

Er war im Falls-Bezirk geboren, hatte seinen ersten Schrei im Schlafzimmer eines niedrigen Backsteinhäuschens getan, in dem es kein Badezimmer, kein Klosett mit Wasserspülung gab. Seine älteste Schwester hatte der Hebamme bei der Entbindung geholfen.

Seine früheste Kindheitserinnerung war das Bild des Lastwagens, der die billigen Möbel von der alten Bruchbude in den Falls zu der neuen Bruchbude nach Turf Lodge transportierte. Turf Lodge war ein weitläufiges Wohngebiet draußen am Westrand von Belfast, weit entfernt von einer vergleichbaren protestantischen Siedlung. Über die Erinnerung an den vollgepackten

Möbelwagen legte sich das Bild seines Vaters, der eine Woche nach dem Umzug ins neue Haus nach Turf Lodge heimgekommen war, mit blutiger Lippe; seine unteren Vorderzähne fehlten oder waren abgebrochen, und der hastige Wortwechsel zwischen Mutter und Vater handelte von Einschüchterungen, und daß die Mistkerle gesagt hatten, sie wollten in ihrer Protestanten-Fleischerei keinen Katholen zum Kollegen. Dann die Erinnerung an ein immer gleichbleibendes Bild; der Vater, der den lieben langen Tag vor dem Kamin herumsaß, in dem zusammengetragenes Abfallholz brannte – ein Vater, der nicht mehr an die Möglichkeit glaubte, je wieder Arbeit zu finden. Die Erinnerungen schweiften durch das Vierzimmerhaus, in dem die achtköpfige Familie lebte: Ma und Dad, seine fünf Schwestern und Sean Pius McAnally; er sah sich in seinem abgetragenen Blazer, auf dem das Wappen der St. Peter's Secondary School an der Whiterock Road prangte, ein ziemlich weiter Schulweg von Turf Lodge, aber Ma mochte die Priester dort; die Erinnerungen beschworen die quälenden Stunden der Hausaufgaben in der Stille des winzigen Badezimmers, das den ganzen Stolz seines Hauses in Turf Lodge darstellte; totale Zeitverschwendung, die Hausaufgaben, denn nicht mal für die Hälfte der Schulabgänger von St. Peter's gab es Arbeit. Raus aus der Schule mit sechzehn, ohne jede Abschlußprüfung – Abschlußprüfungen waren was für die Protestanten in ihren Akademien und Lehranstalten, so was war nichts für die Kinder von Turf Lodge.

Das waren die fernen Erinnerungen. Klarer war ihm die Zeit seit dem Ausbruch des Bürgerkriegs im Gedächtnis.

Als er aus der Schule kam, war er rekrutiert worden. Im zweiten Kriegsjahr.

Am Anfang die Bombardements mit Steinen und Molotow-Cocktails auf Panzerwagen, die in Turf Lodge patrouillierten, das nächtliche Schmierestehen an der Ekke Drive oder Avenue oder Parade, die Trillerpfeife in der Hand, bereit für den warnenden Pfiff, sobald eine Fußstreife auftauchte. Mit siebzehn hatte er den ersten Soldaten sterben sehen. Eine Gruppe von Soldaten, in geordneter Reihe auf beiden Seiten des Drive, auf Patrouille durch Turf Lodge. Der hallende Schuß des Armalite-Schnellfeuergewehrs, ein Knall aus dem Witwenmacher. Er war in den Chor der anderen Teenager eingefallen, die lauthals sangen: »Wenn du 'n Briten sterben siehst, klatsch in die Hände, klatsch in die Hände, wenn du 'n Briten sterben siehst ...«; und gehaßt hatte er den Jungen, dessen Blut sich in den Rinnstein ergoß, und Wut empfunden über die grimmigen Soldaten, die sich über den Jungen beugten und mit ihren Sturmgewehren auf die Menge zielten. Und er hatte den Unbekannten verehrt, der diesen einen Schuß abgefeuert hatte.

Wenn es in Turf Lodge heiß herging, war Sean Pius McAnally, der Teenager, mit dabei auf der Straße. Wenn es sich einmal etwas abkühlte, stand er an den Ecken herum oder hockte zu Hause im Sessel vor dem Kamin, immer voller Langeweile, wenn nichts los war, immer ruhelos.

Zwei Tage vor seinem zwanzigsten Geburtstag, vor nunmehr zehn langen Jahren, als er sich in dem Schlafzimmer, das er mit zwei seiner Schwestern teilte, gerade die Haare kämmte, ans Abendessen dachte und überlegte, wie weit er wohl später in der Dunkelheit mit Roisin O'Rourke hinter den Garagen kommen würde, kamen zwei Männer und boten Sean Pius McAnally die Mitgliedschaft in der Bewegung und den Rang eines Freiwilligen an. Der Eid auf der Treppe im ersten Stock. Ein bindender Eid, ein Eid fürs ganze Leben. Mitglied einer Aktiven Einsatzgruppe des neuen Zellensystems. Für Aktionen gegen die Briten und ihre Bullen. Schnell von Begriff war er ja: zwar keine Scheiß-Prüfungen in der Schule, dafür gut mit dem amerikanischen M16-Sturmgewehr. Er hatte scharfe Augen, eine ruhige Hand, und sie sagten ihm, wenn er sich weiter so machte, würden sie ihm einen Job als Heckenschütze geben, an der Remington M-742 Woodmaster. Jetzt hatte er auch Geld, aus Überfällen auf Banken und Postämter, und an seinem einundzwanzigsten Geburtstag heiratete er Roisin O'Rourke; eine Woche hatten sie zum Bumsen, dann ging's wieder zurück nach Belfast, in das kleine Schlafzimmer bei ihrer Mutter, und er zu seinem ersten Einsatz mit der Remington Woodmaster. Sie war schon ein großartiges Mädchen, seine Roisin, einfach toll, und alle im Drive sagten, daß er wirklich enormes Schwein gehabt hatte, die zu kriegen.

Alle Erinnerungen kristallklar jetzt. Erinnerungen an eine Straßensperre der beschissenen Füsiliers mit den tuntigen Troddeln am Barett, wie der Fahrer das Lenkrad herumriß, wie die Gewehrkugeln in den Fahrer einschlugen, wie die nordenglischen Stimmen ihre Kommandos bellten, wie er aus dem Auto kriechen mußte, die Hände in die Luft gestreckt. Erinnerungen an das Verhörzentrum im Castlereagh-Gefängnis und an die Schläge. Erinnerungen daran, wie er nicht gesungen hatte, wie er die Schmerzen ertragen hatte. Erinnerungen an den Prozeß im Gerichtsgebäude Crumlin Road und an einen Richter in roter Robe, der auf ihn herabgesehen hatte, als wäre er ein Stück Dreck. Erinnerungen an die Hochsicherheitstrakte, an den Gestank beim Klosett-Protest und an die Waffenübungen im Lager von Long Kesh. Erinnerungen daran, wie er sich die Theorie des Granatwerfers RPG-7 angeeignet hatte, der dicke Metallwände durchschlug und den Tod für die Panzerwagen und Landrover des Militärs bedeutete. Wie er in seiner Frustration die Zellenwände angebrüllt hatte, weil er noch warten mußte, bevor er den Granatwerfer gegen die Schweine einsetzen konnte.

All diese Erinnerungen waren so frisch, als wäre es gestern gewesen: die Entlassung, die RPG-7 in seiner Hand, die drei Schüsse, die er in vierzehn Monaten daraus abgegeben hatte, die Bilder der Zerstörung im Fernsehen, eine Beerdigung in den Abendnachrichten. Noch zwei Kinder, gezeugt in der zitternden Erleichterung nach einem solchen Auftrag. Doch die Ziele waren immer schwerer zu treffen, der Nachrichtendienst der Polizei wurde immer besser. Mit einer RPG lauerte man auch nicht hinter einer Mauer, man mußte sie richtig in Stellung bringen, genau zielen, ganz ruhig bleiben. Das Risiko wurde ständig größer, die Erfolgschancen immer schlechter.

Die Erinnerung an den Tag, der wie ein Hammerschlag kam: Sie hatten einen Freiwilligen aus Turf Lodge umgedreht, er wurde zum Denunzianten und verpfiff die anderen aus seiner Einsatzgruppe. Unheimlich scharf in seiner Erinnerung, dieser Tag. Es war nicht Sean Pius McAnallys Einsatzgruppe gewesen... wäre es seine gewesen, hätte er lebenslänglich ins Kesh gehen können. Kam ja gar nicht in Frage, er und lebenslänglich. Er hatte niemanden um Erlaubnis gefragt, hatte ihnen einfach gesagt, daß er gehen würde. Ein Experte am Granatwerfer, fand er, brauchte keine Erlaubnis.

Die Erinnerung an die erste Woche im Wohnwagen. Daran, wie er auf dem schmalen Einbaubett lag und dabei wußte, daß er völlig sicher war, daß die lebenslange Haftstrafe in Long Kesh ein anderes armes Schwein treffen würde, aber nicht ihn. Und die Erinnerung an den Tag, als er den Vogel zum erstenmal dazu gebracht hatte, im Gras vor der Wohnwagentür niederzugehen und an der Speckschwarte zu picken.

Alles Erinnerungen aus der Zeit, bevor er ausgestiegen war.

Sie waren quer über Land gefahren, nördlich von Drogheda auf die Hauptstraße eingebogen, dann durch Dundalk und über die Grenze, wo die Zöllner, die aus der Republik genauso wie die vom Norden, warm und gemütlich in ihren Häuschen saßen, und schließlich der Endspurt nach Belfast.

Runter von der Autobahn bei Stockman's Lane, über den Kennedy Way, am Kreisverkehr raus auf die Glen Road. Er spürte die Vorfreude, als ihn das Auto näher zu Roisin brachte, und zu Gerard und der kleinen Patty und Baby Sean. Er saß vornübergebeugt, die Arme fest vor der Brust verschränkt, und lächelte. Der Soldat, der mit angelegtem Gewehr in einer Garteneinfahrt kauerte, war nur ein flüchtiger Eindruck.

Sie waren an der Kirche vorbei, die aus der Dunkelheit aufragte, kurz vor dem Polizeirevier Andersonstown, gleich bei der Abzweigung nach Turf Lodge, als sie in die Straßensperre gerieten.

McAnally begann zu zittern. An Straßensperren zitterte und schwitzte er jedesmal, und das würde bis zu seinem Tod so bleiben nach dem, was damals vor acht Jahren an der Straßensperre passiert war. Der Soldat, den er im Garten hatte kauern sehen, lag dort in Stellung, um all jene abzufangen, die eine Flucht nach hinten versuchten. Der Große, der am Steuer saß, hörte offenbar McAnallys rascheren Atem, denn er warf ihm einen scharfen Blick zu. Dann schaltete er herunter, tippte langsam auf die Bremse.

»Ganz locker, Gingy, nichts zu befürchten, die Nummernschilder sind sauber«, sagte der Kleine beruhigend.

Der Wagen hielt. Sie warteten, bis die wenigen Autos vor ihnen abgefertigt waren. Die Soldaten waren so jung wie der, der sich damals vor dreizehn Jahren zu Tode gehustet hatte, während McAnally in Triumphgesänge ausbrach, so jung wie der Constable, der vor drei Jahren in der Flammengarbe der RPG gestorben war, so jung wie der, der vor zwei Jahren den Geschoßsplitter ins Auge bekommen hatte und erblindet war. Die Soldaten waren jung und verfroren und gelangweilt.

Er beobachtete ihre Gesichter, sah ihre prüfenden Blicke, sah den Regen an ihren Wangen herabtropfen. Er kannte die bösartige Wucht, die in ihren Gewehren steckte.

Ein Corporal bückte sich, um im Schein seiner Taschenlampe das Nummernschild zu lesen, dann richtete er sich wieder auf und sprach in sein Funkgerät. Er fütterte den Computer im Hauptquartier. McAnally regte sich nicht. Er fixierte den Corporal, der mit dem Funkgerät am Ohr langsam im Kreis um das Auto ging, während er auf die Antwort aus dem Computer wartete.

Aus dem Augenwinkel sah McAnally das Gesicht, das plötzlich am Rückfenster erschien. Ein anderes Gesicht, markanter, energischer als die Gesichter der jungen Soldaten. Er sah die aufgestickten Sterne eines First Lieutenant auf den Schulterklappen. Der Lieutenant warf ihm ein kurzes, kaltes Lächeln zu. Ohne nachzudenken erwiderte er es. Ein bedeutungsloses, flüchtiges Lächeln auf beiden Seiten. Das Gesicht des Lieutenant war mit dunkler Tarncreme eingeschmiert. McAnally sah die regelmäßigen weißen Zähne darin aufblitzen, sah das dunkle Haar unter dem Barett, sah die Blicke, die ihn aufs Korn nahmen und durchschauten.

»Sauber, Mr. Ferris ...« Ein Zuruf des Corporal.

Der Lieutenant trat einen Schritt zurück. Er nickte dem Fahrer zu.

»Schönen Abend noch, Gentlemen.«

Das Auto machte einen Satz nach vorn und bog bei Norfolk Parade scharf ab. McAnally wurde auf dem Sitz herumgeschleudert, weil er immer noch aus dem Rückfenster starrte.

»Aufgeblasene Scheißer ...«

Der Kleine lachte. »Du kriegst schon deine Chance, Gingy. Dafür haben wir dich ja zurückgeholt, damit du die Chance kriegst, den aufgeblasenen Scheißern weh zu tun.«

Der Große sprach ganz leise: »Wenn du gebraucht wirst, erfährst du's dann schon.«

Das Auto hielt an. Er war zu Hause. Im ersten Stock von Nr. 63 brannte Licht. Er hörte ein Baby schreien. Er ging auf die Eingangstür zu, ohne sich noch einmal nach dem davonfahrenden Auto umzudrehen.

2. Kapitel

Er lag auf dem Rücken und schlief, und wieder schrie er seinen Protest hinaus.

»Ich tu's nicht ... ihr könnt mir nichts vorschreiben ... ich bin draußen, ihr könnt mich nicht dazu zwingen ...«

Roisin war wach, sie lag auf der Seite, kehrte ihm den Rücken zu. Beim ersten und zweiten Mal hatte sie ihn an sich gedrückt und versucht, ihn in seiner Qual zu trösten; schließlich hatte sie ihn dann auch in einen ruhigen Schlaf wiegen können. Neben ihrem Kopf konnte sie den Wecker sehen, und sie wußte, daß ihr nur noch eine Stunde blieb, bevor sie aufstehen und Gerard für die Schule fertig machen mußte.

»Ihr habt überhaupt kein Recht, mir zu sagen, was ich machen soll ... ich laß mir doch nicht den Arsch wegschießen, nur weil ihr's so haben wollt ...«

Das Bett ächzte, während er im Traum seine Angst in das kleine Schlafzimmer hinausbrüllte. Sie konnte den Schweiß riechen, den sein Körper auf ihrem Bauch verschmiert hatte, als sie sich am Abend geliebt hatten, vor dem Einschlafen, vor den Träumen, vor dem Schreien.

»Sucht euch doch 'n andren Idioten, ich hab meinen Teil getan, soll ein andrer durchmachen, was ich hinter mir hab ...«

Für Roisin war ihre Ehe mit Sean Pius McAnally ein reines Wunder im Überleben. Wenn er über ihr war, sie ganz bedeckte, in sie drängte, dann konnte sie in einer Phantasiewelt leben, in der ihr Leben ein Königreich war, und sie darin die Königin. Für ihre Ma war die Phantasie eine Lüge, für seine Ma war die ganze Ehe eine Katastrophe. Ihr Mann, der König in ihrem Reich, hatte sein ganzes Leben lang nie gearbeitet und wohnte jetzt in einem dreckigen Wohnwagen, weit weg von ihr. Ein Fremder war er, der mit einem Schwall schuldbewußter Ausreden auf den Lippen in ihr Bett zurückkam, in das Haus, wo es durchs Dach regnete und dessen Miete das Sozialamt zahlte. Unterstützen konnte er sie nicht – weder jetzt, da er in den Süden abgehauen war, noch damals in seiner aktiven Zeit, noch davor, als er im Kesh gesessen hatte. Das nötige Geld zum Leben für sie und die Kinder kam aus Spenden des Grünen Kreuzes für die Verwandten von Strafgefangenen, aus gelegentlichen Zuwendungen der Bewegung, wenn sie einmal einem wichtigen Mann einen Gefallen tat, und von der Sozialversicherung und dem Überbrückungsgeld und der Kinderbeihilfe. Nur sehr spärlich kamen die irischen Banknoten in den Briefen mit Poststempel Monasterevan. Für ihre und seine Mutter war die Ehe von Anfang an ein Unheil gewesen ... Eine Woche am Meer unten im Süden, in Bray im County Wicklow, in einer Pension, wo man es für besonders entgegenkommend hielt, wenn das Zimmer schon am Vormittag gemacht wurde; wo es an jedem der sechs Urlaubstage gegossen hatte; wo er so oft mit ihr gebumst hatte, daß ihm in der vierten Nacht die Gummis ausgegangen waren; und weil er nicht wußte, wie er im guten alten katholischen Irland der sechsundzwanzig Counties seinen Vorrat auffüllen sollte, hatte er sie in der fünften oder sechsten Nacht geschwängert. Und am siebenten Morgen im Hotel, als sie gerade abreisen wollten, in aller Frühe nach Belfast zurückkehren wollten, an diesem Morgen hatte der verfluchte Special Branch ihnen noch einen Besuch abgestattet. Die Typen vom irischen SB hatten ihr gezeigt, daß sie vom selben Schlag waren wie die Bullen im Norden, daß ein Kämpfer für die Einheit Irlands für die Polizei der Republik genauso ein Stück Dreck war wie für die Polizei von Nordirland. Es hatte eine Durchsuchung ihrer beiden Reisetaschen gegeben, kurz, gründlich und einschüchternd; ihre neue Unterwäsche war herausgerissen worden, und sie hatte Tränen vergossen, während er kein einziges Mal den Mund aufgemacht hatte. Eine Ehe, die mit dem Stempel des Unheils begann und unheilvoll weiterging, als er eine Woche nach ihrer Rückkehr bei einer Straßensperre verhaftet wurde; trotzdem liebte sie ihn.

Sie hatte ihn geliebt während all der Monate, in denen sie den Bus zum Gefängnis nahm, trotz der Übelkeit am Morgen und trotz der fortschreitenden Schwangerschaft...

»Ihr könnt mir nicht befehlen, das zu tun, verdammt noch mal, was ihr da verlangt, ist doch reiner Selbstmord...«

Sie hatte ihn geliebt während all der fünf Jahre, in denen sie den Bus zum Gefängnis nahm, mit dem Kinderwagen, mit dem Sportwagen, mit dem Winzling im Brustgeschirr, mit dem immer älter werdenden Jungen, der nicht begriff, warum sein Vater jedesmal auf der anderen Seite des schweren Holztisches saß, warum immer ein Mann in Uniform und glänzender Schirmmütze mit verschränkten Armen und einem verächtlichen Grinsen auf den Lippen dabeistand. Ein kleiner Junge, der zum erstenmal in den Kindergarten ging und dann nach Hause kam und mit seiner quietschenden Papageienstimme immer wieder fragte: »Ist mein Dad ein Provo? Der Pfarrer sagt, die Provos spucken auf Jesus, hat mein Dad das gemacht?« Für Roisin McAnally, geborene O'Rourke, gab es kein Unheil, ihre Liebe wurde nur größer, und ihre Mutter sagte ihr, sie sei total verrückt.

Sie drehte sich nicht um. Sie flüsterte nur in ihr Kissen: »Erzähl doch nicht mir, daß du's nicht machen willst. Erzähl das lieber denen, die es von dir verlangen, zum Teufel. Wenn du draußen bist, dann bist du draußen, sag das nicht mir, sondern denen. Und wenn du es nicht machen wolltest, warum bist du dann überhaupt zurückgekommen?«

Sie spürte, wie er sich anspannte, und das Bett zitterte, als ob er sich beim Aufwachen schüttelte. Sie hörte das veränderte Tempo seines keuchenden Atems. Jetzt lag er auf dem Rücken und starrte wahrscheinlich zur dunklen Decke empor. Vielleicht konnte der Kerl sogar den nassen Fleck in der hinteren rechten Ecke erkennen. Am Tag, als er gekommen war, hatte sie vorher vier Stunden damit verbracht, mit ihren Kindern im Schlepptau den Mann vom Wohnungsamt für den nassen Fleck an der Decke zu interessieren. So einen Bastard von Beamten mit einem Haus in Dunmurry und Gehalt und Rente in Aussicht, der sich einen Dreck darum kümmerte, ob in einem Schlafzimmer in Turf Lodge das Wasser von der Decke tropfte oder nicht.

»Hab ich dich aufgeweckt?« Seine Stimme klang sanft.

»Ja, mich und die halbe Straße dazu.«

»Tut mir leid, Liebling ... ich hab wohl geträumt.«

»Das war aber anscheinend ein ziemlicher Alptraum.«

Er nahm sie bei der Schulter und drehte sie auf den Rücken, und seine Hände waren warm auf dem Fleisch ihrer Schenkel und auf der Haut ihrer kleinen, schlaffen Brüste.

Am Abend davor hatte er nichts dabei gehabt, weil der Automat im Männerklo der Kneipe kaputt gewesen war, hatte er gesagt. Diese blöden Priester, die immer predigten, man sollte so etwas nicht benutzen, die wußten ja nicht, wie das war, wenn man ständig Kinder kriegte. Ein paar Wehenkrämpfe würden denen gar nichts schaden ... Sie lachte laut auf, weil ihr das Bild von Hochwürden Mulvaney durch den Kopf ging, der in einem Bett im Kreißsaal auf dem Rücken lag, die spindeldürren Beine um die Ohren verschränkt, und vor Schmerzen brüllte.

Er hatte aufgehört.

»Doch nicht über dich, Sean, ich hab nicht über dich gelacht ...« Sie legte ihre Hand auf seine, die Hand fuhr über ihre Schenkel. Meistens führte sie ihn. Er war immer ein wenig ungeschickt, wenn er von seinem verdammten Wohnwagen zurückkam, daher wußte sie, daß er da unten keine Frau hatte ... Wenn er sich nur die Nägel schneiden würde ... Er liebte sie, das wußte sie. Was immer er getan hatte, warum er auch in den Süden gegangen war, jedesmal wenn er zurückkam, wußte sie, daß er sie liebte. Sie hatte andere Männer bei sich gehabt, nicht oft und nicht aus Gewohnheit, nur manchmal, wenn die Einsamkeit gar nicht mehr auszuhalten war. Manchmal brauchte sie eben einen Mann, brauchte nur einen Körper, der nichts weiter wollte, und einen, der nicht mehr neben ihr lag, wenn sie am Morgen danach aufwachte. Die Kinder waren eher ihre als seine. Seine Kinder würden ihrem Dad nicht erzählen, daß hin und wieder ein Mann bis spät in die Nacht dablieb. Sie hoffte, daß er davon nichts erfuhr.

»Was wollten sie denn von dir?«

Am zweiten Tag waren zwei Männer ins Haus gekommen. Sie hatte den Kindern gerade Abendessen gemacht, Bohnen und Toast und eine Tasse Rinderbrühe. Die beiden waren mit Sean hinaufgegangen. Sie hatten auf ihrem Bett gesessen, und als sie wieder weg waren, als sie mit ihm im Bett lag, roch es im Schlafzimmer nach Zigaretten, der Boden war voller Asche. Auch die lauten Stimmen hatte sie gehört.

»Ein großes Ding ... Oh, das ist gut so ... aber ich hab gesagt, ich mach's nicht ...«

»Wegen mir, wolltest du es wegen mir nicht machen?«

Sie warf ihm nichts vor. Wenn es im Haus durchregnete, war es die Schuld der Briten, die das Dach nicht reparierten. Wenn ihr Mann keine Arbeit hatte, war es die Schuld der Briten, die den Leuten in den Siedlungen der Republikaner keine Arbeit verschafften. Wenn Sean Pius McAnally bei den Provos war, dann war es die Schuld der Briten, weil die ihre verfluchten Soldaten auf den Straßen von Turf Lodge und ›Murph‹ und Andy'town und Whiterock rumlaufen ließen. Sie hätte ihren Mann weniger geachtet, wenn er nicht in der Bewegung gewesen wäre. Einmal hatte sie ihm zugeredet, einen Job bei der Autofirma DeLorean anzunehmen, und sie hatten ihn auch eingestellt, gleich nachdem er aus dem Kesh rausgekommen war; am ersten Arbeitstag hatte er es hingeschmissen und mit seiner Einsatzgruppe einen Auftrag ausgeführt – daran war irgend jemand anders schuld, jedenfalls nicht ihr Mann.

»Also ist es nun wegen mir, daß du's nicht machen willst?«

Sie glühte schon, sie war ganz feucht. Seine Hand war stark, gut, wunderbar. Sie hatte ihm nie widersprochen, als er sagte, daß er in den Süden wollte. In jener Nacht, vor mehr als zwei Jahren, hatte er am Rand des Bettes gesessen und gesagt, daß er dran wäre, wenn er dabliebe, entweder tot oder lebenslänglich. Er hatte gesagt, jeder Mann habe nach einer gewissen Zeit das Recht, sich abzuseilen. Er hatte gesagt, es sei nur Glück, wenn man am Leben und in Freiheit blieb, und daß ein Mann in einer Einsatzgruppe der IRA sein Glück allmählich immer weiter strapazierte. Die verdammten Briten mit ihrer Armee und ihrer Polizei und ihren Spezialtruppen von Terrormördern würden ihn irgendwann kriegen. Er sei kein Feigling, hatte er gesagt, er sei bloß schlau. Und daß ein anderes armes Arschloch seine Rolle übernehmen solle. Sie hatte ihm das nicht übelgenommen. Sein Kinn lag auf ihrer Schulter, die Spitze ihrer Brust war in seinen Fingern hart geworden, seine Lippen waren an ihr Ohr gepreßt.

»Nein, nicht wegen dir. Vielleicht sollte das der Grund sein, ist es aber nicht.«

»Warum willst du denn nicht tun, was sie wollen?«

»Scheiße, ich mache ja gerne was für sie... Aber was sie jetzt wollen, das ist kein kleiner Hilfsdienst, das ist einfach Kamikaze... O Mann, du bist einfach wunderbar...«

Das Bett sang, als er sich auf sie legte, ihre Beine auseinanderdrückte, langsam in sie hineinrutschte.

Baby Sean hatte zu weinen angefangen, ein klares, scharfes Schreien durch die dünne Trennwand hindurch. Gerard brüllte Baby Sean an, das Maul zu halten. Gerard war das Ergebnis ihrer Liebesnacht vor dem Tag, als die irischen Bullen vom Special Branch ihre Flitterwochen in Bray gestört hatten. Klein-Patty und Baby Sean waren beide gezeugt worden, nachdem er das Risiko auf sich genommen hatte, sich ungedeckt an einer Straßenecke aufzustellen, um den Granatwerfer auf einen Schützenpanzer oder einen Armee-Landrover zu richten. Nach einem solchen Erlebnis war das Risiko, daß Roisin noch ein Kind bekommen könnte, immer lächerlich und unwichtig erschienen. Jetzt weinte Baby Sean, und Gerard brüllte auf ihn ein.

Sie schob ihn von sich. Als sie sich aus dem Bett schwang, sah er es feucht auf ihren Beinen glänzen. Er drehte sich auf den Rücken. In ihren Augen glaubte er Tränen zu erkennen. Sie ging aus dem Schlafzimmer; durch die Wand hindurch hörte er, wie sie auf Gerard einredete und Baby Sean beruhigte. Dann kam sie zurück und legte den Kleinen ihrem Mann in den Arm. Sie begann, sich anzuziehen.

»Also jetzt, wo du gesagt hast, daß du's nicht machen willst, was passiert denn nun weiter?«

»Sie wollen mich zu jemandem bringen.«

»Zu wem?«

»Zum Chief.«

»Und wenn er es von dir verlangt, was sagst du dann?«

»Ich weiß nicht.«

»Jetzt mach ich erst mal Tee.«

Sie trug Jeans und einen Pullover, und sie zitterte in dem kalten Zimmer, während sie in die Socken schlüpfte. Mechanisch kämmte sie ihr Haar, das volle, wunderbare schwarze Haar, das auf ihre Schultern fiel. Sie war groß, so groß wie er, und er fand sie schön. Für die Tränensäcke unter ihren Augen und die Blässe ihrer Wangen war er blind. Sie gab ihm einen Kuß auf die Stirn und ging aus dem Schlafzimmer und die Treppe hinunter. Er hörte, wie sie unten in der Dunkelheit des vorderen Zimmers nach den Zigaretten herumsuchte, um sich die erste des Tages anzuzünden. Neben ihm gluckste Baby Sean fröhlich vor sich hin und zerrte seinen Dad an den Haaren.

Er hatte Marmeladenbrote zum Frühstück gehabt, dazu noch mal Tee, und er hatte alles irische Geld aus seinen Taschen geleert, damit seine Frau es in der Bank auf der Andersonstown Parade einwechseln konnte. Als es an der Tür klopfte, hörte er gerade im Radio die Nachrichten.

Nicht viel Neues, der Krieg hatte eine ruhige Nacht gehabt. Drei gezielte Schüsse auf eine Armeepatrouille in der Bogside von Derry, alle daneben. Ein Polizist der Royal Ulster Constabulary entdeckt bei der allmorgendlichen Überprüfung eine Bombe unter seinem Auto, entschärft. Die ganze Scheißarbeit umsonst . . . Der Junge an der Tür ging bestimmt noch zur Schule. Roisin stand unten an der Treppe und sah zu.

»In dreißig Minuten, Mister, sollen Sie an der Ecke

von Westrock Gardens und Parade sein. Dort erfahren Sie, wohin es weitergeht.«

Der Junge wartete nicht auf eine Antwort.

»Gehst du weg, Dad? Kann ich mit?« Gerard stand hinter seiner Mutter, zwei Stufen höher als sie.

»Heute ist doch Schule, da kannst du natürlich nicht mit deinem Dad mitgehen.«

McAnally griff nach dem Anorak am Haken hinter der Tür.

»Wann du zurück bist, weißt du wohl nicht?« fragte seine Frau.

»Nein.«

McAnally ging hinaus und zog die Tür krachend zu. Der Wind blies ihm ins Gesicht, er spürte den Nieselregen auf den Wangen. Er hätte niemals zurückkehren sollen, aber er hatte einfach nicht gewußt, wie er sich hätte weigern sollen. Die Hände hielt er tief in den Anoraktaschen vergraben, das Kinn an die Brust gepreßt. Auch wenn sein Heim bloß ein Wohnwagen auf einer moddrigen Wiese unten im Süden war, jedenfalls war es besser als Turf Lodge. Er sah, wie kaputt Bürgersteige und Straßenbelag des Drive waren; er sah die feuchten, angefaulten Fensterrahmen der Häuser, er sah die vernachlässigten, überwucherten Vorgärtchen. Das Haus im Drive in Turf Lodge war ein Gefängnis im Vergleich zu der Freiheit seines Wohnwagens auf einer Wiese neben dem Kanal bei Vicarstown. Hier gab es keine Bäume für seinen Gefährten, den Turmfalken. Vor sich, am Ende des Drive, sah er die Fußpatrouille näherkommen, vier auf jeder Straßenseite, mit wachsamen Bewegungen. Er sah den bunten Schmuck an ihren Baretten, und es kam ihm reichlich überheblich vor, daß diese Soldaten rote und weiße Federn am Kopf trugen, die für jeden Heckenschützen ein prächtiges Ziel abgaben. Er hatte sich noch nie überlegt, wo die Soldaten wohl herkamen, ob sie vielleicht weit weg in irgendeinem anderen verrotteten Viertel aufgewachsen waren, das sich in nichts von Turf Lodge unterschied. Die Soldaten waren für ihn nie etwas anderes als eiskalte Dreckskerle in Uniform, die automatischen Gewehre fest in den Khaki-Fäustlingen. Er wußte, daß die Soldaten manchmal Angst hatten, daß sie manchmal arrogant waren; aber er wußte vor allem, daß die Soldaten immer seine Feinde waren. Aus Nr. 11 kam eine Frau, die einen Kinderwagen schob und noch drei Kinder bei sich hatte. Sie hielt auf die Patrouille zu, und als sie zu dem ersten Soldaten kam, ging sie geradewegs weiter, als wäre er gar nicht da. Der Soldat zögerte und machte ihr dann Platz. Die Frau beachtete weder diesen Soldaten noch die drei anderen hinter ihm, sondern ging direkt geradeaus, und der letzte der Gruppe machte ihr ein Zeichen, das sicher nicht »Victory« bedeutete; aber auch er ging ihr aus dem Weg.

McAnally kam den Drive herunter und näherte sich langsam der Patrouille. Die Soldaten trabten, kauerten nieder, warfen sich auf den Boden, spreizten die Beine und rissen das Gewehr hoch, sprangen dann wieder auf und sprinteten weiter. Versuchten, jede Vorhersagbarkeit auszuschalten. Ein Heckenschütze war McAnally nie gewesen, davon verstand er nichts, deshalb fand er, daß es wohl nicht grade leicht wäre, einen von ihnen zu erwischen, ganz schwierig, diese duckenden, tänzelnden, hin und her huschenden Gestalten aufs Korn zu nehmen. Er beschloß, es der Frau mit dem Kinderwagen nachzumachen. Also schenkte er dem ersten Soldaten im Vorbeigehen keinen Blick, starrte direkt vor sich auf den Boden. Der feuchte, schale Schweißgeruch des Soldaten wehte ihm in die Nase.

»Hallo, Sie ...«

McAnally hörte den Ruf des Offiziers. Diese verdammten Britenoffiziere klangen jedesmal gleich, immer mußten sie brüllen. Er schob die Hände tiefer in die Taschen und ging weiter.

Der zweite Soldat in der Reihe stand geduckt hinter

einem Laternenpfosten. Er wandte McAnally nicht einmal das Gesicht zu, sondern beobachtete die Dächer und die oberen Fenster in der Straße. Der Soldat sprach aus dem Mundwinkel. Nordengland-Akzent, und aus dem Mundwinkel hervorgebellt.

»Du da, Arschbacke! Mein Offizier redet mit dir.«

McAnally blieb stehen und sah sich um. Der Offizier stand auf der anderen Seite des Drive, wartete mit verschränkten Armen auf ihn. Die Soldaten der Patrouille hatten sich verteilt und Deckung genommen. Der Offizier trug ein Gewehr. Er kam McAnally irgendwie bekannt vor.

»Hierher bitte ...« Eine Stimme voll Autorität. McAnally biß sich auf die Lippe und kam über die Straße.

Der Offizier betrachtete ihn. Nicht feindselig, nur wachsam. Prüfte ihn mit seinen Blicken.

»Mein Name ist Ferris. Bravo Company, Zweites Regimentsbataillon. Mein Zug geht hier in Turf Lodge Streife ... Ich kenne Sie nicht.«

»Sean McAnally.«

»Roisin McAnally von Nr. 63 ...«

»Das ist meine Frau.«

»Und wo wohnen Sie, wenn Sie nicht zu Hause wohnen, Mr. McAnally?«

»Unten im Süden.«

Jetzt erinnerte er sich an den Namen, und er erinnerte sich an das Gesicht. Die Straßensperre vorgestern abend. McAnally schauderte, die Atemstöße formten Schwaden vor seinem Gesicht. Unter seinem Uniformmantel und der Schutzweste trug Ferris einen dicken Strickpullover. Der Scheißtyp fror bestimmt nicht. Der Scheißtyp hatte keine Eile.

»Arbeiten Sie im Süden?«

»Sozusagen.«

»Ich hoffe, Sie können bis Weihnachten bei uns bleiben, das wäre doch schön für Ihre Frau und die Kinder.«

»Ja, wahrscheinlich.«

»Es ist kalt heute morgen, McAnally. Sie hätten sich wärmer anziehen sollen. War nett, Sie mal kennenzulernen . . .«

Der Offizier, Ferris, ging weiter. Seine Patrouille tauchte wieder aus den Verstecken auf. McAnally machte sich auf den Weg zum Ende des Drive. Er war wütend über seine Angst, und der Scheiß-Offizier hatte sie bemerkt und noch einen kleinen Witz gerissen, daß es so kalt sei. Als er sich umdrehte, war die Patrouille schon fast an der Kurve des Drive.

Auf seinem Weg zum Treffpunkt kam er an den Barrikaden des Polizeireviers von Andersonstown vorbei. Mann, das hatten sie ja ziemlich hergenommen, seitdem er nicht mehr aktiv war. Überall kaputt und wieder geflickt. Ein dreckiges, beschissenes Gebäude hinter Gittern und Drahtzäunen, mit Postenhäuschen aus Beton und hohen Metalltoren. Der Drahtzaun war für ihn. Der Drahtzaun sollte die panzerbrechende Gewalt von Granatwerfer-Geschossen vor dem Ziel zum Explodieren bringen.

Aber er hatte »Nein« zu den Männern gesagt, die ihn zu Hause besucht hatten, um ihn wieder für die Bewegung zu gewinnen. Und weil er »Nein« gesagt hatte, war er jetzt auf dem Weg zum Chief, zum Kommandeur der Brigade Belfast.

Er ging am Postenhäuschen vorüber. Er fragte sich, ob es ein Schnellfeuergewehr oder ein kurzläufiger Karabiner war, das hinter der Schießscharte auf seinen Rücken zielte. Jedenfalls war es eine Sache, einem Kurier einen Korb zu geben. Und es war eine ganz andere Sache, dem Chief ins Gesicht zu spucken.

Die Tore von Milltown Cemetery zu seiner Rechten standen weit offen. Da drin waren Grabsteine, und weit weg auf dem hinteren Hügel, versteckt hinter all den Grabsteinen und Jesussen und Marias, war der republikanische Teil des Friedhofs. Dort lagen sie alle, in diesem Teil, all die Freiwilligen und die Kompanieführer und die Bataillonsführer und die Brigadeführer, all die Märtyrer der Bewegung. Er wußte, wie die Britenbullen dazu sagten, sie nannten Milltown das »Heim für pensionierte Pistolenhelden«. Verdammt jung waren die alle, die Burschen im republikanischen Teil. Sean Pius McAnally hatte nicht bei denen liegen wollen, deshalb war er in den Süden abgehauen. Auch jetzt wollte er ihnen nicht Gesellschaft leisten, trotzdem war er auf dem Weg zu einem Treffen mit dem Chief. Die Hände tief in den Anoraktaschen, das Kinn an die Brust gepreßt, frierend und zitternd.

Auf halbem Wege im Whiterock Drive sah er vor sich den Jungen, der auf der Motorhaube eines Autos saß und rauchte. Er schätzte den Jungen auf zwölf oder dreizehn, er trug die übliche Uniform, kurzgeschnittenes Haar, eine Windjacke, Jeans und Schnürstiefel. Der Junge war etwa vier oder fünf Jahre älter als sein Sohn Gerard. Der kleine Scheißer schwänzte die Schule. Er fragte sich, ob sein Gerard in vier oder fünf Jahren wohl auch Kurier für die Bewegung spielen würde. Und wenn sein Sohn in vier oder fünf Jahren aus der Schule war und für die Provos auf der Straße wäre, was würde Dad dann wohl sagen? Wie der Vater, so der Sohn. Und wenn sein Sohn älter wurde und einen Briten erschoß, oder einen Bullen zusammenschlug, würde sein Dad dann den Kopf wiegen und sagen: »Verflucht gut gemacht, mein Sohn«? Welche Zukunft hatte sein Sohn, jenseits der Mauern von Long Kesh und der Grabsteine von Milltown Cemetery? So dachte er nicht oft, nur wenn es ihm schlecht ging. Aber einer, der einen Briten blind gemacht und einen Constable umgelegt hatte, konnte seinen Sohn ja nicht gerade am Ohr ziehen, wenn der Kleine es seinem Vater in der Bewegung nachtun wollte.

McAnally sah die unverhohlene Bewunderung im Blick des Jungen. Er fühlte sich besser, stärker.

»Westrock Gardens runter, dann nach links, das vorletzte auf der linken Seite.«

»Danke.«

Der Junge grinste erfreut und rannte davon. McAnally sah, daß er eine Schultasche dabei hatte. Verdammt, der spielte für die Provos den Kurier, und dann ging er auf den Spielplatz. Er sah Gerards Gesicht vor sich und biß sich auf den Daumen, um seinen Schmerz anderswohin zu verlagern.

Die Tür des kleinen roten Ziegelhauses wurde ihm von einer Großmutter geöffnet. Jedenfalls war sie alt genug, um eine Großmutter zu sein, und im Flur stand ein Gitterställchen mit einem Baby darin. Die Frau hatte Lockenwickler im Haar, eine billige Sweet Afton qualmte im Mundwinkel, sie trug weiche Hausschuhe, die früher mal rosa gewesen waren, und brüllte ihn an, um den Lärm ihres Staubsaugers zu übertönen: »Im hinteren Zimmer. Wollen Sie 'ne Tasse Tee?«

Im hinteren Zimmer wartete er eine halbe Stunde lang. Er machte sich die Fingernägel sauber, zupfte sich Haare aus den Nasenlöchern. Wieder und wieder übte er ein, wie er sich vor dem Chief weigern würde.

Durch die dünnen Wände des Hauses hörte er die Türklingel gehen.

Als sie hereinkamen, hatte er die Hände vor dem Hosenschlitz verschränkt; er fühlte sich wie ein verdammter Verbrecher.

»Morgen, Gingy. Schön, dich zu sehen. Schon lange her.«

McAnally kannte ihn, nicht eben gut, aber ein bißchen. Ein kaltblütiger, harter Saukerl, sagten die, die ihn gut kannten. Sie hatten sich öfter in den Kneipen getroffen, als McAnally gerade aus dem Kesh rausgekommen war. Sie hatten sich kennengelernt, als McAnally ein wichtiger Mann war, der bei der Einsatzgruppe mit der RPG-7 dabei war. Das hier war der Chief. Hinter ihm standen noch drei Männer. Keiner davon jung, keiner gehörte zu denen, die im Knast enden mußten, zu den Freiwilligen. Das waren die Männer der Brigade. Männer wie die nannte der *Mirror* die »Paten«. Der Chief trug eine warme Arbeitsjacke, deren Kragen aufgestellt war und ihm bis zu den Wangen reichte, eine flache Mütze verbarg seine Augen. Seine Finger bewegten sich nervös, er konnte nichts dagegen machen. McAnally grinste. Der Name, den sie dem Chief gaben, lag ihm auf der Zungenspitze. Sie nannten ihn »Stinker«. Das sagten sie ihm nicht ins Gesicht, aber hinter seinem Rücken. Angeblich ernährte er sich nur von chinesischen Schnellimbißgerichten, Nudeln und Reis und Rippchen, und weil er ständig Blähungen hatte, hieß er eben »Stinker«. Müßte schon ein mutiger Kerl oder ein rotzfrecher Kerl sein, der ihm den Namen ins Gesicht sagen würde. Ein grimmiges Gesicht, schon das bißchen davon, das McAnally sehen konnte, strotzte vor Macht und Autorität.

»Ja, ist schon lange her.«

»Wann bist du eigentlich weg, Gingy, wie lange ist das her?«

Eine rauhe, nasale Stimme.

»Zwei Jahre.«

»Jeder braucht mal eine Ruhepause ... wer die Chance dazu hat. Jetzt wirst du ja gut ausgeruht sein.«

McAnally stemmte die Hände in die Hüften. Er reckte sich zu seiner vollen Größe und war dabei noch immer acht Zentimeter kleiner als der Chief. Er roch die Sojasoße.

»Ich bin ausgestiegen ...« sagte McAnally.

»Nein, Gingy, du hast dich nur ausgeruht.«

»Ich sagte, ich bin ausgestiegen ... das hab ich ernst gemeint, das weißt du ganz genau.«

»Einen Dreck weiß ich ganz genau. Du hast dich ausgeruht. Es gibt ein paar Jungs hier, hervorragende Jungs, die würden eine Menge für zwei Wochen Ruhepause geben, nicht zwei Jahre, nur zwei Wochen. In diesem Krieg zu kämpfen, macht einen *müde*, Gingy, viel müder als zwei Jahre lang auszuruhen.«

Der Chief lächelte. Was von seinem Gesicht zu sehen war, wirkte blaß, bis auf eine rosige Narbe über der Nase. Das war der Schlagstock eines Soldaten gewesen, damals 1971. Man erzählte sich, daß sieben Soldaten ihn niederhalten mußten, alle mit Schlagstöcken auf ihn drauf, und er hatte nichts als seine Fäuste. Ein bißchen Legende brauchte man schon, wenn man's zum Kommandeur der Brigade Belfast bringen wollte.

»Die Jungs haben mit dir geredet, Gingy, und du hast ihnen gesagt, sie sollen sich verpissen. Den Plan haben sie dir beschrieben. Du sollst dazu gesagt haben, das wäre ein verrückter Selbstmord-Plan ...«

McAnally platzte heraus: »Mitten auf der Crumlin zu stehen, am hellichten Tag, mit 'ner RPG, das ist allerdings Selbstmord.«

»Das ist mein Plan, Gingy, du hast auf meinen Plan geschissen«, sagte der Chief, und seine Stimme war nur noch ein Flüstern.

Mist ... McAnally sah das kalte Lächeln auf den Lippen des Chiefs. Ein kleiner Witz zwischen ihnen beiden, den die drei Männer hinter dem Chief nicht witzig fanden. Bittere, verhärmte Gesichter, harte, mörderische Gesichter ... Mist.

»Vielleicht hat man dir den Plan nicht ganz richtig erklärt, Gingy.«

»Vielleicht«, antwortete McAnally tonlos.

»Missus ... Missus!« Die bellende Stimme des Chiefs erfüllte den Raum, wobei er den Blick nicht von McAnally abwandte. »Tee für fünf wäre ganz nett.«

Es kam eine gemurmelte Antwort: »Ich stell das Tablett vor die Tür.«

Der Chief zündete sich eine Zigarette an und rülpste beim ersten Zug.

»Du wirst es machen, Gingy, weil ich dich bitten werde, es zu machen.«

»Warum ich?«

»Gingy, es gab mal 'ne Zeit, da hatten wir zehn RPGs hier oben, fünf davon in Belfast. Als du vor zwei Jahren in den Süden bist, um dich auszuruhen, da waren noch drei RPGs hier. Heute haben wir nur eine. Je eine für Belfast, Derry und South Armagh. Momentan habe ich ein einziges Geschoß in Belfast. Der Chief of Staff und der ganze Army Council sitzt mir im Nacken. Wenn ich das Ding nicht einsetze, dann befehlen sie mir, es abzugeben, irgendwo hinzuschaffen, wo's auch benutzt wird. Es ist nicht mehr so wie in deinen Tagen, die RPG ist nichts mehr für Polizeiwannen und Briten-Panzerwagen, die RPG ist zu wertvoll dafür. Hörst du mir zu, Gingy?«

»Ich hör zu.«

»Mein Plan – der Plan, von dem du gemeint hast, es sei ein mieser Plan – ist es, die RPG so einzusetzen, daß es einen Knall gibt, der in ganz Nordirland und in allen sechsundzwanzig Grafschaften der Republik und weit übers Wasser bis in die Staaten zu hören ist. Mein Plan lautet, daß dieser große Knall morgen früh auf der Crumlin Road abgeht. Mein Plan lautet, daß du, Gingy, diesen Knall machen wirst.«

McAnally sah die glitzernden Diamanten seiner Augen im Schatten der Mütze. Er sah die Spucke in den Mundwinkeln dicht vor sich.

»Warum ich?«

»Das hast du schon gesagt, als die Jungs mit dir gesprochen haben. Du meinst, warum mußt es denn unbedingt du sein, warum nicht irgendein anderer Scheißer, das hast du gesagt. Ich werd's dir sagen. Du warst der Schütze am RPG. Du warst das RPG-Team von Belfast. Du hattest vier Trainingsschüsse, drüben in Donegal County, bevor du den Panzerwagen der Armee erwischt hast, bevor du den Polizei-Landrover erwischt hast. Du hattest die Ausbildung, und du hast gute Arbeit geleistet. Verdammt gut warst du, Gingy: zwei Schüsse, zwei Treffer.

Vier Mann in deinem Team hatten so eine Ausbildung. Jetzt hab ich nur ein Geschoß, eine einzige Gelegenheit, und kann nicht mehr so ein Team trainieren wie deins damals. Meine letzten beiden Männer sind hochgenommen worden, das hast du ja gehört ... Was ist mit den vier Leuten aus deinem Team passiert, Gingy, aus dem Team von damals, als du weg bist? Erzähl mir, was mit denen passiert ist!«

McAnally sagte: »Shay ist abgeknallt worden, den haben die Bullen erwischt. Chicko sitzt im Kesh, für zehn Jahre. Gerry hat sich das Gesicht weggefetzt, beim Mischen ...«

»Und du warst der vierte, Gingy, und du warst der beste.«

»Ich bin abgesprungen«, sagte McAnally.

»Und jetzt hast du deine Meinung geändert«, erwiderte der Chief grinsend.

Es klopfte leise an der Tür.

»Danke, Missus.«

Einer der Männer hinter dem Chief öffnete die Tür, holte das Tablett herein und stieß die Tür mit dem Fuß wieder zu. Er stellte das Tablett auf den Tisch und begann einzugießen. Unten im Flur krähte das Baby fröhlich vor sich hin.

Der Chief nahm eine gefaltete Generalkarte von Greater Belfast aus der Jackentasche, breitete sie auf dem Boden aus und kniete sich daneben.

»Komm runter, Gingy, Zentimeter gleich hundert Meter. Wenn ich mit dem Erklären fertig bin, dann sag mir, ob's immer noch ein verrückter Plan ist.«

McAnally hockte sich hin. Der Sojageruch war ekelerregend. Er schluckte heftig.

»Du bist der einzige, der es für mich machen kann, Gingy. Deshalb du.«

Der Chief klopfte McAnally mit der Faust auf die Schulter, und jemand drückte ihm einen Becher Tee in die Hand.

»Reinkommen.«

Der Nachrichtenoffizier saß in seiner gewohnten Haltung, den Stuhl auf zwei Beinen nach hinten gekippt, die Schuhe auf dem Schreibtisch. Er schaffte es fast immer, den ganzen Tag über in Halbschuhen zu bleiben, als wäre das eine Voraussetzung für seinen Job, genau wie das Herumsitzen im warmen Büro mit dem Gasofen, während Leute wie Ferris draußen durch die Straßen von West Belfast stapften. Das Hauptquartier des Bataillons saß im hinteren Teil des Polizeireviers an der Springfield Road. Captain Jason Perceval hatte es nicht übel. Nachrichtendienst war ein guter Posten. Sein Büro war groß genug für den Schreibtisch und einen Stuhl, dazu ein Sessel, ein Computerbildschirm und ein Tisch für den tragbaren Fernseher. Die Wände waren mit Fotos von entlaufenen Häftlingen und untergetauchten Aktivisten tapeziert, die er die FTs nannte, die Flüchtigen Terroristen.

Er hatte etwas gelesen und legte die Papiere nun mit der Schrift nach unten auf den Tisch, als ob Ferris ein Sicherheitsrisiko darstellte.

»Was tut sich, David?«

Das Telefon klingelte. Der Nachrichtenoffizier verzog das Gesicht, als wollte er seinen Arbeitsdruck zeigen, und griff nach dem Hörer.

»Wart eins, David ... Ja, ja ... Gerade jemand bei mir. Ruf bitte zurück. Fünf Minuten ... So, was tut sich also, David?«

Ferris fragte sich oft, woher Jason Perceval wohl diese Redeweise hatte, woher er sein zähnefletschendes Lächeln hatte, das wahrscheinlich liebenswürdig wirken sollte.

»Nur, daß mir heute ein neues Gesicht über den Weg gelaufen ist. Dachte mir, daß du's vielleicht haben möchtest.«

»Sehr gewissenhaft ... Was für ein Gesicht und wo?«

Die Mehrzahl der Bataillonsoffiziere kam aus öffentli

chen Gymnasien oder Gesamtschulen, anders als vor zehn Jahren, ein Zeichen, daß die Zeiten sich änderten. Die Minderheit war auf Privatschulen gegangen. Ferris fand, daß diese Minderheit verdammt erpicht darauf war, den Unterschied herauszustreichen. »Gab als Namen Sean McAnally an, Adresse Drive Nr. 63, Turf Lodge...«

»Sagt mir nichts.«

»Wenn du nicht dran interessiert bist...«

»Hab ich gesagt, ich wäre nicht interessiert? Kein Grund, gleich zurückzustecken. Erzähl.«

»Sean McAnally, um die dreißig, helles Haar, beinahe schon hellrot, arbeitet angeblich drüben in der Republik. Ehefrau heißt Roisin, lebt ständig hier, mit den Kindern. Meine Einheit hat noch nichts mit ihm zu tun gehabt. Er saß in einem Auto, das wir vorgestern abend bei einer Straßenkontrolle gestoppt haben. Das Auto war sauber. Das ist alles.«

»Nett von dir, mein Junge.«

Der Nachrichtenoffizier trug seinen Stuhl durchs Zimmer vor den Bildschirm des Computers. Er legte den Schalter um, der Schirm erhellte sich, und er begann zu tippen.

Ferris sah zu, wie er den Stuhl dann zurückschob, darauf wartete, daß der Computer im Hauptquartier seine Informationen ausspuckte, und sich eine schwarze Sobranie anzündete. »Ich bin ganz und gar für HumInt«, sagte der Nachrichtenoffizier leichthin. »ElInt hat sicher ihren Wert, aber was Resultate bringt, ist HumInt...«

Nun füllte sich der Bildschirm. Ferris mochte diesen Militärjargon nicht. *Human Intelligence* waren für Ferris ganz einfach Beobachtungen, und *Electronic Intelligence* war mechanische Überwachung.

»Ziemlich ins Schwarze getroffen, David. Sehr gut. McAnally, Sean Pius. Geboren 1955. Im Kader der Fianna-Jugendgruppen. Als Halbstarker Teilnahme an Straßenkämpfen. Vermutlich Mitglied einer Einsatzgruppe in Turf Lodge und Ballymurphy Mitte der Siebziger. Verhaftet wegen Schußwaffenbesitz '76. Keine Aussage, weder schriftlich noch mündlich. Fünf Jahre im Langen K. War nicht beim Klosett-Aufstand, hat nicht seine Scheiße über die Wände verschmiert. Auch nicht auf der Liste von denen, die für Irland schlank werden wollten, kein Hungerstreiker. Kam wieder raus und machte weiter wie vorher, aber schlau genug, sich nicht wieder belasten zu lassen, nie in flagranti erwischt, und auch nie denunziert. Vor zwei Jahren in den Süden gegangen. Die Kollegen unten haben ihn überprüft, es hieß dann, er habe seine Verbindungen gekappt. Wahrscheinlich ist er nur zurück, um es seiner Frau zu besorgen ...«

»Können sie denn ihre Verbindungen einfach kappen?«

»Vielleicht, vielleicht auch nicht ... Deshalb ist es ja so nützlich, von dir jetzt etwas Neues zu erfahren.«

»Er sah aus, als würde er gleich in die Hosen machen, als ich ihn neulich auf der Straße angehalten hab.«

»Fängst doch nicht etwa an, Mitleid für das Ungeziefer zu empfinden, David?«

»Er war schon ziemlich kläglich.«

Jason Perceval warf David Ferris einen scharfen Blick zu. »Dein Job ist es, Soldat zu sein, Junge, nicht Mitleid für die zu empfinden.«

»Ich sagte ja nur, er sah kläglich aus.«

»Hast du schon einmal einen bewaffneten Terroristen gesehen, David?«

Ferris zögerte. »Nein ... na ja, im Gefängnis habe ich welche gesehen.«

»Hast du je einen Terroristen mit einer Armalite oder einer Splitterbombe oder einem M60-Maschinengewehr gesehen?«

»Nein.«

»Na, ich kann mir vorstellen, wenn du so einen schon mal gesehen hättest, dann würdest du nicht sagen, der da habe kläglich ausgesehen ...«

»Du drehst mir die Worte im Mund herum.«

»Ich sage dir, wenn du erst einmal Mitleid mit ihnen hast, dann sagst du als nächstes, wenn du in Turf Lodge hättest aufwachsen müssen, dann wärst du selber Terrorist geworden, und ähnlichen Schwachsinn.«

»Das muß ich mir von dir nicht bieten lassen.«

»Was ich dir sagen will, ist ja nur, daß dein Gerede über erwiesene Terroristen, die dir kläglich vorkommen, nicht so richtig mit unserem Kriegsziel übereinstimmt. Das sind bösartige Psychopathen, und das zu erkennen, ist der erste Schritt, sie endgültig niederzuwerfen.«

»Weißt du was ...?« Ferris wurde wütend. »Das ist genau die Einstellung, wegen der wir jetzt schon seit fünfzehn Jahren hier sitzen und überhaupt nichts erreichen ...«

»Die sind alle Ungeziefer.«

»Es sind Menschen, und wenn wir uns das einmal klar machten, dann würden wir vielleicht auch endlich weiterkommen.«

»So ein Scheißdreck ... Wenn du nicht so ein teuflisch guter Offizier wärst, würde ich dafür sorgen, daß diese Unterhaltung nicht unter uns bleibt.«

Ferris wirbelte auf dem Absatz herum und warf beim Hinausgehen die Tür krachend hinter sich ins Schloß.

Es war dunkel, als er heimkam, und er hatte keinen Schlüssel für die Eingangstür. Er klingelte, hörte die Rufe der Kinder drinnen, hörte das Scharren der Hausschuhe seiner Frau. Auf seinen Handflächen lag noch der Geruch der Seife, mit der er die Spuren des Waffenöls abgespült hatte.

Sie hatten den Plan besprochen, sie hatten ihn in eine verschlossene Garage gebracht, wo die RPG gelagert war; er hatte sie in die Hand genommen, im Arm geschaukelt und das Geschoß überprüft, und danach hatten sie ihn in eine Kneipe mitgenommen. Sie hatten ihn aufgefordert, sich die Hände zu waschen. Vor zwei Jahren hätte er das ganz unbewußt sowieso getan. Er war rot geworden, weil man ihn daran erinnern mußte.

Roisin öffnete ihm. Er rannte an ihr vorbei. Seine Blase platzte schon fast. Sie folgte ihm zu der halb geschlossenen Tür des Klos neben der Treppe.

»Du hast deine Ma knapp verpaßt, sie hat den ganzen Nachmittag auf dich gewartet. Sie sagte, daß du morgen früh bei ihr vorbeikommen sollst.«

»Ich muß morgen sehr früh raus«, rief McAnally über die Schulter zu ihr und zog dabei die Spülung.

Ihre Stimme bekam einen tonlosen Klang, weder Zustimmung noch Kritik lag darin. »Sie haben dich überredet, zu machen, was sie wollen.«

Er stand oben auf der Treppe. Er nickte. »Ja, haben sie.«

»Möchtest du, daß ich dir Glück wünsche?«

»Ich möchte, daß du mit mir ins Bett gehst.«

»Dich soll einer verstehen.« Aber sie lächelte.

»Komm ins Bett.«

»Ins Bett gehen wir, wenn die Kinder ihren Tee getrunken haben, gewaschen und schlafen gegangen sind . . . Dann gehen wir ins Bett.«

Er kam wieder die Stufen herunter, laut und schwerfällig. Er hielt seine Frau in den Armen, und die Kraft, mit der er sich an sie quetschte, ließ das Lächeln aus ihren Wangen verschwinden. Sie küßte ihn unter dem Ohr und flüsterte: »Du wirst vorsichtig sein, ja?«

»Ich hab ihnen gesagt, daß es ein Selbstmord-Plan ist. Sie haben nicht auf mich gehört.«

Sie hielt die Augen geschlossen. Ihr Gesicht war fest gegen das ihres Mannes gepreßt.

»Sei vorsichtig, Gingy.«

3. Kapitel

Drei Männer waren mit ihm, der Wagen stand weiter hinten, an der Mauer eines der Hinterhöfe des Wohnsilos von Unity Flats, der Motor brummte leise, und aus dem Auspuff kamen stoßweise kleine Wölkchen. Er wußte nicht, wie die anderen hießen. Er wußte, daß einer fahren würde und die anderen beiden mit den Armalites im Anschlag dabei waren. Außerdem wußte er, daß der Auftrag über CB-Funk geleitet wurde.

Es regnete. Ein trüber, milder Morgen in Belfast... Die Gewehre lagen auf dem Rücksitz im Auto, unter einem Mantel, beide geladen und gespannt. Die RPG lag im Kofferraum, und zwar schräg, weil das Projektil schon drauf war und die Waffe anders nicht hineinpaßte.

Das CB-Funkgerät würde ihm zwei Minuten Zeit geben. Zwei Minuten, um den Granatwerfer aus dem Wagen zu nehmen, einen Mantel darüberzudecken, über die Regent Street zu gehen, sich an den dunklen, verfallenen Mauern der Methodistenkirche am Carlisle Circus eine Stellung zu suchen, mit Blick auf die geschäftige Clifton Street und die Autos, die von dort auf den Kreisverkehr zukamen.

Er wußte, daß sein Ziel ein schwarzer Rover sein würde.

Das Auto war sicher nicht schwer herauszufinden; die schweren Panzerplatten in den Türen würden es deutlich zu Boden drücken; außerdem machten sie es einem angeblich manchmal noch leichter, der Fahrer und der Wagen mit der Eskorte, indem sie beide kurz die Scheinwerfer aufblendeten, wenn sie an den Kreisverkehr kamen.

Scheiße... das Auto zu erwischen, war nicht das Problem, schwierig wurde es danach, beim Abhauen.

Die optische Zieleinrichtung der RPG konnte er bedienen. Er hatte eine Übersetzung der sowjetischen Anleitung gelesen, die ein Russischstudent unten in Dublin vor Jahren einmal angefertigt hatte. Für den Polizei-Landrover hatte er damals die Zieleinrichtung benutzt. Heute würde er sie aber nicht brauchen. Vom Ende der Kirchenmauer bis zu einem Auto, das links im Kreisverkehr fuhr, war es allerkürzeste Distanz, deshalb würde er nur die metallenen Visiervorrichtungen benutzen, sein Ziel zwischen der Klappe vorne auf dem Rohr und der V-förmigen Kimme hinten am Schaft suchen. Die drei Männer hinter ihm unterhielten sich hin und wieder mit leiser Stimme. Sie beachteten ihn nicht, als hätte er mit ihnen gar nichts zu tun.

Der Chief hatte erklärt, warum gerade dieses Opfer ausgesucht worden war, warum der Anschlag in direkter Nähe des Krongerichts erfolgen mußte, warum es in Hörweite des Gefängnisses sein mußte, das gegenüber der beige-gelben Fassade des Gerichtsgebäudes lag. Der Chief hatte auch gesagt, es müsse auf Anhieb klappen, weil er nur eine Scheißgranate besaß.

Er stampfte mit den Füßen. Der Regen peitschte ihm ins Gesicht. Er mußte dringend pissen.

Er hörte, wie die Kofferraumhaube klickend aufging. Er wirbelte herum. Er sah, wie der eine Mann sich das Ohrhörerkabel des CB-Geräts in die Anoraktasche schob. Er sah, wie der Granatwerfer aus dem Kofferraum gehoben wurde, eine unförmige, schwere Masse unter dem Regenmantel. Er sah, wie der Fahrer sich hinter das Lenkrad zwängte.

»Er ist auf dem Weg ... Zwei Minuten noch, Alter.«

David Ferris war in selten guter Laune. Eine Patrouille seines Zuges war des Ladendiebstahls in einem Süßigkeiten- und Tabakgeschäft in den Falls beschuldigt worden. Der Bravo Company Commander hatte zu einer harten, defensiven Linie geraten. Kinn raus und alles klar abstreiten. Ferris sollte zu einem Polizeirevier in der Hastings Street gehen und dort die Aussage machen, er wisse von nichts, und der Charakter seiner Füsiliers sei als untadelig zu beschreiben. Im Grunde glaubte er auch selbst nicht an die Anschuldigung. Es waren ziemlich hartgesottene Kerle, seine Füsiliers, kamen alle aus den Arbeitslosengebieten im Nordosten Englands. Wenn sie wirklich etwas geklaut hätten, dann hätten sie den Laden völlig ausgeräumt und wahrscheinlich zu guter Letzt noch die Unterhosen der Frau des Besitzers mitgenommen.

Er nahm den Landrover. Sunray, der Bataillonskommandeur, war gegen geschlossene Landrover. Sunray hatte sich den Stil von Sonderkommandos und Fallschirmjägertruppen angeeignet. Offene Landrover boten den mitfahrenden Schützen bessere Sicht. Eine prächtige Beförderungsart, wenn es regnete, besonders schön bei Rot vor der Ampel. Ferris saß neben dem Fahrer, das Gewehr auf die Schenkel gestützt, und beobachtete, was vor ihnen lag. Hinter ihm saßen zwei Fusiliers, die zu den Seiten und nach hinten deckten.

Ferris wurde also naß, aber das war immer noch wesentlich besser, als jetzt zu Fuß in Turf Lodge herumzustapfen.

Mit ein wenig Glück, falls der Polizist nicht allzu schnell mit der Abschrift der Aussage fertig wurde, ließ sich noch eine Pause für Kaffee und Kuchen dranhängen.

Sie ordneten sich in den Verkehr ein. Die Tore der Springfield-Kaserne schlossen sich quietschend hinter ihnen. Ferris grinste über die Witzeleien seiner Männer.

»Hey, Nobby, ich hab gehört, die haben da Weiber bei der Polente, wo wir jetzt hinfahren.«

»Quatsch, Mann, sind alles Typen, faß ihnen mal ran, wirst schon sehen, was da zu finden ist.«

»Müssen doch aber Frauen da sein, weswegen nehmen die sonst ’n gutaussehenden Kerl wie mich für die Eskorte?«

»Wie sieht denn ’ne Frau überhaupt aus, Nobby?«

»Nicht wie das, was man hier so sieht, kann mich ja kaum noch dran erinnern . . .«

»Augen auf, Jungs, und konzentriert euch!« mahnte Ferris.

»Haben Sie schon mal einen echten Provo gesehen, Mr. Ferris?« fragte ihn der Fahrer.

»Provos sind für mich das gleiche wie Frauen für Sie, Fusilier Jones«, erwiderte Ferris. »Alles nur Fotos . . .«

»Gut gekontert, Mr. Ferris.« Gelächter vom Rücksitz.

»So, genug jetzt, Jungs.«

Ferris’ Blicke schweiften über das Taxi vor ihnen an der Ampel und über den Lieferwagen vor dem Taxi, in dessen dunkles Innere man einsehen konnte, weil die Hintertüren fehlten; dann richtete sich seine Aufmerksamkeit auf die Bürgersteige und die Menschen, die sich am frühen Morgen dort entlangschoben. Divis Street in den Falls. Alle Fenster mit Drahtgittern, viele Hauseingänge ganz zugemauert, überall geschmierte Parolen über den fernen Sieg und die Narben von Einschüssen und explodierten Benzinbomben. Berühmt in der ganzen westlichen Welt für seinen Haß und seine Killer . . . und dabei doch so gewöhnlich.

Sein Daumen lag dicht vor dem Sicherungshebel des Gewehrs, und die Finger preßten sich an den Abzugsbügel.

Sie standen bei der Kirchhofsmauer. Seine Beine taten weh, die Muskeln waren ganz steif, als wäre der Gang entlang der Mauer durch die verlassene Regent Street eine Art Marathon gewesen. Er hatte die Hundescheiße nicht bemerkt, in die er getreten war, alles beschmiert. Verflucht, und er war wie nackt. Einer der Männer stand vor ihm und konnte die Clifton Street runtersehen, bis zu der Stelle, wo die Abfahrt von der Westlink-

Schnellstraße einmündete. Der andere stand hinter McAnally und barg den geladenen Werfer schützend zwischen den Beinen. Fünf nach neun jetzt, heller Tag, ohne jede Deckung, wirklich jedermann konnte sie sehen. Ohne Deckung hier draußen, und er quetschte seine Blase in den Bauch zurück. Das Gericht mit all den bewaffneten Bullen drin war eine Viertelmeile weg, auf der Crumlin hinter dem Kreisverkehr. Das Gefängnis mit all den bewaffneten Britensoldaten war auch nur eine Viertelmeile die Straße rauf. Das Polizeirevier North Queen Street lag dreihundert Meter weiter nördlich. Es war immer noch Selbstmord... Der Mann vor ihm hob eine Hand, zögerte einen Moment, ließ sie dann klatschend gegen das Bein fallen.

McAnallys Hand fuhr nach hinten. Er griff nach dem Granatwerfer, preßte ihn sich gegen das Bein und den Magen. Er machte den einen Schritt nach vorn.

»Daß du ihn ja erwischst...«

»Halt's Maul da hinten!«

Er stand an der Ecke.

Er sah den schwarzen Rover achtzig Meter vor sich. Er sah das Gesicht des Fahrers und des Beifahrers. Er sah verschwommen einen hellen Kopf auf dem Rücksitz. Er sah die Scheinwerfer der dahinter fahrenden Eskorte. Sein Mund war starr, das Gesicht verzerrt wie im Zorn. Genau das richtige Wetter, dachte er, der Regen pieselt runter, und die Kripo-Bullen im hinteren Wagen haben die Fenster oben... können nicht einfach rausschießen... denn die Kripo-Bullen würden ihn sehen, würden ihn sofort sehen, sobald er den letzten Schritt nach vorn machte und sich den Werfer auf die Schulter hievte.

Der Rover war jetzt beim Kreisverkehr, bog nach links ein. Dreißig Meter. Er sah die Bremslichter rot aufleuchten. Auf den hinteren Wagen achtete er nicht mehr. Er atmete heftig ein. Der Granatwerfer lag auf seiner Schulter. Kimme und Korn lagen genau in einer Linie mit dem Rückfenster des Rovers. Zwanzig Meter. Sein Finger fand das kalte Metall des Abzugs. Er würde sich gleich anpissen müssen. Er drückte ab.

Scheiß-Richter, Scheißbastard. Er sah den kahlen Schädel seines Opfers als Silhouette im Rückfenster.

Er spürte den donnernden Rückschlag an seinen Schulterknochen reißen. Er spürte den heißen Luftschwall, der von der Kirchenmauer zurückprallte. Er spürte den bitteren Qualm in der Nase. Er hörte das Projektil dröhnend mit seinem panzerbrechenden, hochexplosiven Kopf durch das Fenster des Rovers schmettern.

Ein unglaublicher Lärm tobte in McAnallys Ohren.

Er drehte sich um. Er rannte um sein Leben die Kirchhofsmauer entlang. Ein Arm packte ihn, brachte ihn ein wenig zum Stehen. Der Granatwerfer wurde ihm entrissen. Für einen Augenblick sah er das Gesicht eines Jungen, den er noch nie gesehen hatte. Als er den Wagen erreichte, sah er noch, wie der Junge mit dem Werfer Hals über Kopf eine Mauer erkletterte und in den Hinterhöfen der Unity Flats verschwand.

Die Wagentüren standen offen. Der Fahrer rutschte auf seinem Sitz nach vorn. Der Mann, der das Signal gegeben hatte, ließ sich auf den Beifahrersitz fallen. Der andere, der für McAnally den Werfer gehalten hatte, stieß ihn jetzt unsanft in den Wagen, quer über den Sitz.

Der Wagen rutschte, drehte durch, wirbelte die Erde der Schutthalde auf, bevor die Räder einen Halt fanden.

Sie fuhren in der falschen Richtung durch den Kreisverkehr. McAnally lag mit dem Gesicht in den Sitz gepreßt. Sie nahmen die Clifton Street, gaben Vollgas und bogen dann mit quietschenden Reifen auf den Zubringer und den Westlink ein.

Sie waren etwa die halbe Divis Street entlanggefahren,

vorbei an der Bibliothek und der städtischen Badeanstalt, als sie die Explosion hörten. Hätte der Landrover ein Verdeck gehabt, wäre ihnen das ferne, dumpfe Geräusch vielleicht nicht aufgefallen. Alle spitzten die Ohren. Die rußgrauen Tauben flogen flatternd nach Norden davon.

»Etwa eine Meile entfernt, Mr. Ferris, eine Art Panzerfaust, klang wie eine Milan«, bemerkte der Fahrer.

»Oder eine RPG«, sagte Ferris verbissen. Der Fahrer hatte das Tempo gedrosselt. Sie warteten auf seine Entscheidung. Ihm war sehr kalt. Er fühlte sich vollkommen einsam.

»Standardprozedur für Fahrzeugkontrolle, aus der Richtung vor uns«, bellte Ferris.

Mit einem freudlosen Grinsen auf den Lippen riß der Fahrer den Wagen in die Mitte der Straße. Er blieb direkt über der durchbrochenen weißen Linie stehen. Ferris' Leute auf dem Rücksitz sprangen heraus und trennten sich sofort. Einer ein Stück vor dem Landrover, um Fahrzeuge aufzuhalten, die sie bemerkten und umdrehen wollten. Einer dahinter, um Fahrzeuge auszuschalten, die die Sperre durchbrachen. Der Fahrer nahm eine schußbereite Position neben dem Vorderrad ein. Ferris stand hinter dem Landrover und suchte die Divis Street vor sich ab. Autos, Taxis, Lastwagen brausten vorbei. Ihnen schenkte Ferris keinen Blick. Ein Fluchtauto würde anders aussehen.

Es gab keine Verfolger vom Kreisverkehr.

Die Kriminalbeamten im zweiten Wagen waren zunächst herausgestürmt und zum Wrack des Rovers gesprintet. Der eine, der hinten gesessen hatte, war noch jung, neu bei der Kripo. Er hielt eine Stirling-Maschinenpistole in der rechten Hand und zielte damit auf Fußgänger, die nach vorne drängten, zu dem lodernden Inferno, das der Rover gewesen war; er brüllte Schimpfwörter und weinte dabei. Der Beifahrer des Eskortenwagens besprühte die Flammen mit einem Feuerlöscher.

Hoffnungslos, verfluchte Zeitverschwendung. Erst als der Feuerlöscher schon fast leer war, bemerkte er, daß all seine Bemühungen, die Flammen zu bekämpfen, sich nur auf das Vorderteil des Wagens konzentrierten, wo seine Freunde gesessen hatten. Er sprühte weiter mit dem Schaumlöscher, bis die schwarzen Gestalten in den Sicherheitsgurten in weiße Schleier gehüllt waren, bis keine Flammen mehr im verkohlten Innern des Rovers glimmten. Er ließ den Feuerlöscher auf die Straße fallen. Dann ging er hinüber zu dem Neuen, der immer noch schrie.

»Tu uns bloß den einen Gefallen und halt dein verdammtes Maul!«

Jetzt waren mehrere Sirenen zu hören, die langsam auf sie zukamen. Er hatte seine Kollegen verloren, er hatte seinen Schützling verloren.

Er ging zu seinem Wagen.

»Was hast du durchgegeben?«

Der Fahrer der Eskorte antwortete: »Nur eine Meldung. Daß es ein RPG-Treffer war...«

Er nahm das Mikrofon, zerrte das Kabel weit weg vom Fenster. Vor ihm stand der Rover und qualmte schwarz. Er konnte die Polizisten und Soldaten sehen, die im Laufschritt vom Gerichtsgebäude angerannt kamen.

»Hier spricht Foxtrott Zulu 24. Zeit null neun null sieben. Wir haben Jupiter verloren. RPG, direkter Treffer. Jupiter ist tot... und meine Kameraden auch, verdammt... Ende.«

Er ging vom Auto weg und übergab sich auf dem Steinmäuerchen in der Mitte des Platzes.

Jeder Mann in dem Wagen spielte eine wesentliche Rolle bei der Ausführung des Plans.

Die ganze vergangene Woche hindurch hatte der

Späher, der heute das Signal zum Abschuß gegeben hatte, das Auto des Richters beobachtet und verfolgt. Der Mann, der bei McAnally geblieben war, galt als Experte im Gebrauch der M16 mit Klappschaft, er war verantwortlich für die Sicherheit des Fluchtautos. McAnally war der RPG-Scharfschütze, und er hatte einen Treffer gemacht. Der kritische Faktor für die Flucht vom Tatort war jetzt der Fahrer.

Der Fahrer des Fluchtautos war zunächst die Clifton Street heruntergekommen und hatte dann die etwas unter Erdniveau verlaufende Westlink-Schnellstraße genommen, unter den Brücken hindurch, die zur Shankill Road und zur Divis Street führten. Als der Westlink bei der Grosvenor Road wieder an die Oberfläche kam, war er scharf rechts und dann noch mal rechts gefahren, um zwischen den modernen Reihenhäusern von Cullingtree zu verschwinden. Er hatte nun gewissermaßen die Richtung völlig gewechselt und raste an Kindern vorbei, die draußen auf der abgebröckelten Böschung der Hochhaussiedlung Divis Flats spielten. Die Beschreibung des Autos dürfte mittlerweile über Funk an Polizei und Armee durchgegeben worden sein, wahrscheinlich als flüchtig in südwestlicher Richtung, auf der Schnellstraße, die zur Autobahn führte.

Seine einzige Rolle in der Bewegung war das Fahren von Autos. Er hielt sich für den Besten, und es gab nicht viele, die ihm da widersprachen. Das Wichtigste war jedesmal, den ersten Wagen möglichst rasch vom Tatort wegzubringen. Die Reifen quietschten in den Kurven auf dem holprigen Boden vor den Flats. Ein kantiges, selbstsicheres Lächeln lag auf dem Gesicht des Fahrers. Das hier war seine Sache. Der Wagen bog in voller Fahrt in die Divis Street ein. Laut Plan sollte er fast bis zum Ende auf der Divis Street bleiben, kurz nach der Bibliothek nach rechts in die Sebastopol, links in die Odessa, rechts in die Clonard, rechts in die Kashmir, links in die Bombay. In der Bombay Street würden zwei Autos warten, damit das Team sich trennen konnte.

Sie waren mitten im Verkehrsstrom. Das Lächeln verschwand von den Lippen des Fahrers. Sie wurden langsamer. Der beschissene LKW vor ihnen ließ seine Bremslichter aufleuchten. Keine Zeit für den Fahrer, sich zurückzulehnen und in der Nase zu bohren, nicht vor dem ersten Autowechsel, nicht bevor sie sich getrennt hatten. Er riß das Lenkrad herum, steuerte den Wagen abrupt in die Gegenverkehrsspur. Sein Fuß trat das Gaspedal herunter. Keine Reserven hatten diese miesen Fords. Er röhrte an dem Laster vorbei.

»Scheiße, da vorn ist 'ne Sperre«, schrie McAnally.

McAnally hatte den Fusilier gesehen, der ganz vorn auf der Divis Street in Stellung gegangen war. Die rotweißen Federn an seinem Barett waren ihm aufgefallen.

Jetzt sahen alle vier Männer im Auto den Landrover, der mitten auf der Straße stand.

»Scheiße ... Verflucht ... Heilige Kacke ... Mach die Bastarde fertig ...« Rings um den Fahrer überschlugen sich die Flüche.

Er sah den Oberkörper des großen Soldaten hinter dem Landrover. Er spürte McAnallys angstvolle Atemstöße im Nacken. Der Mann neben ihm zog sein Gewehr unter den Knien hervor. Er hörte das rasselnde Laden der beiden Gewehre.

Einen kurzen Moment lang sah der Fahrer den überraschten Blick des jungen Soldaten, der vor dem Landrover hockte.

Ein Krankenwagen kam direkt auf ihn zu. Scheiß auf den, der sollte sehen, wo er blieb. Er fuhr wieder auf die Gegenverkehrsspur. Mit aller Kraft, die er aus dem klapprigen Ford herausholen konnte, schnitt er knapp am hinteren Ende des Landrovers vorbei. Die Gewehre der beiden Schützen waren auf Automatik. Es stank nach verbranntem Pulver im Auto, dazu der hämmernde Lärm des Gewehrfeuers. McAnally brüllte etwas hinter ihm, der Fahrer verstand ihn nicht. Der Fahrer sah den Soldaten hinter dem Landrover, der sich jetzt auf die Straße warf.

»Runter... runter!« rief der Fahrer. Er hatte den einzelnen Soldaten bemerkt, der in einem Hauseingang weiter hinten postiert stand. Der war für die Gewehre auf der falschen Seite. Der Fahrer hielt direkt auf den Soldaten zu, bis der beiseite sprang, dann riß er den Wagen wieder auf die Straße zurück. Er hörte die Hupe des Lieferwagens plärren... Laß gut sein, Alter... dann hörte er noch einen Gewehrschuß, der sie aber verfehlte.

Sie rasten weiter die Divis Street entlang und bogen nach rechts in die Sebastopol ein. Alle im Auto brüllten und lachten, klopften dem Fahrer auf die Schulter.

Ferris stand langsam wieder auf, nahm sich kurz die Zeit, den Dreck von seinen Tarnhosen zu wischen. Er blickte nach vorn und nach hinten. Er sah seine Fusiliers, die zu ihm herübersprinteten. Sein Fahrer stand neben der Motorhaube und runzelte die Stirn, als hätte man ihm ein Rätsel vorgelegt, dessen Auflösung ihm völlig schleierhaft war. Schon hatte sich eine Menschenmenge auf den Bürgersteigen gebildet, die ihn beobachtete.

Ein Kind rief mit schriller, durchdringender Stimme: »Hey, Mister, die Provies haben Sie wohl ziemlich überfahren, was? Die Provies haben ein Arschloch aus Ihnen gemacht, Mister!«

Ferris drückte auf den Sprechknopf seines Funkgeräts. Seine Hand zitterte. Er konnte den Knopf kaum gedrückt halten.

Der Minister für Nordirland hatte früher als ehrgeiziges Kabinettsmitglied gegolten. Zu ehrgeizig, hatten gewisse Kollegen der Regierung befunden. Sie saßen auf hohen Posten, diese Kollegen, hoch genug auf der Leiter, um das Ohr des Premierministers zu erreichen, wenn sie sich auf die Zehenspitzen stellten. Also hatte dieser ehrgeizige Mann vor rund eineinhalb Jahren die Zuständigkeit für die Kriegsprovinz des Vereinigten Königreichs bekommen. Es war ein reichlich beschissener Job. Wenn die Gewaltakte nachließen, nutzte ihm das nur wenig, die Lorbeeren gingen an die Generäle und den Chief Constable. Wendete sich das Blatt dagegen, dann spuckten die Medien ihre bluttriefenden Schlagzeilen aus, und der Nordirland-Minister mußte es ausbaden. Inzwischen war er nicht mehr ehrgeizig.

Am Morgen war er in Aldergrove gelandet und in einem Hubschrauber der Royal Air Force zu seiner Residenz nach Stormont Castle gebracht worden. Einige Anfragen im Unterhaus und ein Abendessen mit amerikanischen Industriellen hatten ihn nach London geführt. Die Tagesordnung des Vortages hatte aus einer Salve von Vorwürfen der Unfähigkeit durch protestantische Abgeordnete sowie aus vagen Versprechungen von wirtschaftlicher Beteiligung bestanden. Jetzt hieß es zurück in die Tretmühle. Zurück ins Elend.

Auf dem Rasen vor dem Schloß gab er dem Hubschrauberpiloten grinsend die Hand. Sein Gesicht war eine selbstsichere Maske. Es gehörte zu seiner Rolle, selbst bei Katastrophen keine Regung zu zeigen, ständig Optimismus auszustrahlen. Seine Leibwächter flankierten ihn, während er forsch auf die Seitentür des Schlosses zuging. Er ging immer forsch, nicht weil er besonders sportlich war, sondern weil so die Anweisung des Inspektors von Scotland Yard lautete, der seine Sicherheitsabteilung kommandierte.

Auf den Stufen des Seiteneingangs wartete sein Berater, ein in Ulster geborener Beamter, ein hagerer Mann mit freudlosem Blick.

Wenn dieser Mann am Eingang stand, bedeutete das nur noch schlechtere Nachrichten. Der Minister trug keinen Mantel; der Regen fiel auf sein Jackett, machte Flecken auf seiner Krawatte. »Morgen, Fred.« Der Minister nannte seine Berater gerne beim Vornamen, das sollte eine Team-Atmosphäre schaffen.

»Morgen, Herr Minister.«

Der Beamte ging jetzt neben ihm, hatte sich vor die beiden Sekretäre gedrängt, die mit aus London gekommen waren.

Der Minister lächelte dünn. »Ich habe gut geschlafen, ich habe einen guten Flug gehabt, ich bin so bereit wie selten. Erzählen Sie mir die düsteren Neuigkeiten.«

»Es war ein schlimmer Morgen für die Provinz Ulster.«

»Mein Gedächtnis reicht nicht weit genug für einen guten.« Der Scherz klang gekünstelt.

Sie betraten das Büro des Ministers, palastartig und doch gemütlich. Ein warmer, freundlicher Raum, gedämpftes Licht, frischgeschnittene Blumen auf dem Tisch vor dem Fenster aus detonationssicherem Glas.

Abrupt sagte der Minister: »Also, drucksen Sie nicht rum, Fred.«

»Sie haben einen Richter ermordet.«

Der Minister blickte zu Boden. Er sah die nassen Grashalme an seinen Schuhen. Seine Lippen kräuselten sich. Einen Richter ...

»Einzelheiten.«

»Vor einer halben Stunde. Der Provisional Wing der IRA hat sich schon dazu bekannt, das war vor fünf Minuten. Richter Simpson, Billy Simpson. Hat für Verschwörung oder Schußwaffenbesitz immer zehn Jahre verhängt ... Sie wissen schon, ›Zehner-Simpson‹.«

»Hatte er denn keine Bewachung, zum Teufel?« fragte der Minister wütend.

»Er hatte fünf Männer bei sich, drei bei der Eskorte, zwei in seinem Wagen. Sein Wagen bekam einen direkten Treffer von einem RPG7-Granatwerfer. Zwei Kriminalbeamte waren bei ihm, und beide wurden getötet.«

»Und niemand verhaftet.« Der Minister versuchte, ärgerlich zu klingen. »Natürlich niemand verhaftet.«

»Niemand verhaftet.«

Der Minister starrte in das zerfurchte, fleischlose Gesicht seines Beraters. »Also, was soll ich tun?«

»Ich würde vorschlagen, Sie sprechen mit dem Premierminister ... tut mir leid, aber das sollten Sie als erstes tun. Dann eine Stellungnahme vor der Kamera für die Mittagsnachrichten. Dann ein Treffen mit dem Chief Constable ...«

»Ich werde noch zu einem blöden Papagei hier, ist Ihnen das klar? Ich habe keine Ahnung, was ich da sagen soll, was ich nicht schon früher gesagt habe. Ich hasse diese Gegend, Fred. Ich hasse sie, weil hier jedes Gefühl von Schock und Empörung aus meinem Hirn gewischt worden ist.«

Der Minister ließ sich in einen Lehnstuhl fallen. Er hörte, wie der Berater den Raum verließ. Als er allein war, als seine Gedanken sich beruhigten, konnte er sich an Billy »Zehner-Simpson« erinnern. Einer von vier Golfpartnern im Shandon Park, ein recht guter Spieler, beinahe Spitzenklasse. Ein kleiner, runder, niemals lächelnder Mann, der einen Kriminalbeamten als Caddy nahm und nicht viel gute Worte über das Spiel des Ministers übrig hatte. All die üblichen Phrasen wirbelten dem Minister durch den Kopf ... sinnloser Mord ... bestialische Feigheit ... Entschlossenheit unserer Regierung ... alle anständigen Menschen ... persönlicher Verlust ... weiterhin nicht abbringen lassen ...

Er griff nach dem Telefon und ließ sich von der Zentrale mit Downing Street verbinden.

»Ich dachte, Sie sollten davon erfahren, Premierminister, es war ein schlimmer Morgen für die Provinz Ulster ...«

Großer Aufruhr in der Kaserne Springfield Road. Immer das gleiche nach einem größeren Zwischenfall.

Die örtlichen Kommandeure ließen in ihren Gebieten nach einem bösen Ding regelmäßig hart durchgreifen. Kein Gebietskommandeur ließ sich gern nachsagen, daß seine Reaktion mangelhaft war. Also wurde hart durchgegriffen in den Falls und in Clonard und Springfield und Beechmount und Ballymurphy. Ein Tritt in den Hintern für jeden Zugführer oder Polizeisergeant, der zu fragen wagte, wonach man eigentlich suchte. Schnelle Reaktion war am wichtigsten.

Der Ford war gefunden und von der Bombay Street hergebracht worden. Sie hatten ihn in den hinteren Hof der Kaserne geschleppt. Jetzt stand er inmitten von Warnschildern mit einer handgeschriebenen Notiz: NICHT BERÜHREN – SPURENSICHERUNG ABWARTEN.

Fusilier Jones starrte den Wagen an. Dort war das Loch zu sehen, das Nobbys Kugel gemacht hatte, der Einschlag seitlich am Kofferraum, nicht allzu weit vom Rücksitz entfernt, aber eben doch weit genug, ein Riesenpech einfach. Durch das offene Fenster konnte er auf den Rücksitz sehen.

»Jetzt hol mich doch . . .«

Fusilier Jones fuhr herum und ging so schnell wie möglich ins Wachzimmer, um mit seinem Lieutenant zu sprechen.

»Ist er auch sicher?« fragte Sunray.

Über Funk wurde der Bataillonskommandeur mit dem Codenamen »Sunray« – Sonnenstrahl – bezeichnet. Der Name gefiel ihm, und er ermunterte zu seiner Verwendung. Angeblich hatte er einmal gesagt, daß er die aktive Rolle und Einsatztätigkeit des Bataillons hervorhebe. Wenn der Einsatz in der Provinz Ulster zu Ende war, würde er wieder einfacher Bataillonskommandeur werden; aber in Belfast konnte er Sunray sein.

»Er ist sich sicher«, sagte Ferris überzeugt.

»Das muß wirklich wasserdicht sein.« Sunray saß an seinem Schreibtisch.

»Können uns keinen Fehler leisten, bei einer Sache wie dieser.«

Der diensthabende Offizier stand in der Tür.

»Wenn das keine Ente ist, dann wird's ein Riesending.« Der Nachrichtenoffizier hielt den Computerausdruck über Sean Pius McAnally in den verschränkten Händen.

»Er ist sich absolut sicher«, wiederholte Ferris.

»Das muß er auch.«

»Er müßte vor Gericht einen Eid darauf leisten.«

»Dienstweg wäre zwar eigentlich, daß wir unsere Freunde in Flaschengrün einweihen ... aber wir könnten ihn ja ebensogut selbst hochnehmen.«

»Fusilier Jones wird darauf schwören, daß der Mann, den ich gestern im Drive von Turf Lodge angesprochen habe und der seinen Namen mit Sean Pius McAnally angab, derselbe ist, den er auf dem Rücksitz jenes Autos sitzen sah, das heute früh auf der Divis Street unsere Sperre durchbrochen hat«, sagte Ferris.

»So und nicht anders wird die Aussage von Fusilier Jones lauten.«

»Ruhig Blut, David, Sie haben das sehr gut gemacht heute morgen. Schnell geschaltet, sehr professionell, verdammt ordentliche Arbeit.« Ritterschlag von Sunray.

»Das Auto wurde am Tatort des RPG-Anschlags als der Fluchtwagen identifiziert... Das wäre eine ganz große Sache für unser Bataillon, Sir, wenn wir einen dieser Kerle auf Mord festnageln könnten. Könnte zum Höhepunkt unserer Tour hier werden...« Enthusiasmus beim Nachrichtenoffizier.

»Viel Dankeschön haben wir von der Polizei in letzter Zeit ja nicht gehört, die würden wegen dieser Sache bestimmt auf den Knien vor uns rumrutschen.« Schlitzohrigkeit beim Diensthabenden.

Ferris dachte an den Augenblick, als er den spuckenden Lauf der Armalite aus dem Fenster des Fords gesehen hatte, an den Augenblick der Angst, an den Augenblick, als er dachte, er müsse sterben. Er konnte die Schürfwunden an Knien und Ellenbogen spüren. Er hatte das Gesicht auf dem Rücksitz des Autos nicht gesehen, er hatte nur den schwarzen Lauf der Armalite gesehen.

»Gut, der Dienstweg wäre also, die Royal Ulster Constabulary von unserem Verdacht über McAnally zu informieren ...« Sunray zündete sich eine Pfeife an.

»Bei der Verhaftung braucht die Polizei nicht dabei zu sein.«

»Wir können es nach Paragraph 14 machen. Kein Problem.«

Das Gesicht des Mannes erschien in Ferris' Vorstellung. Das dünne rötliche Haar, die nervösen Augen, das schlaffe Kinn, der Mund mit dem unsicheren Lächeln, das einen netten Eindruck machen sollte.

»Das wird Ihr Zug machen, David, 2.00 Uhr morgen früh. Es wird insgesamt eine prächtige Leistung für Ihren Zug abgeben ... ich gratuliere noch mal.«

»Wird jemand zur Überwachung des Hauses abgestellt, Sir?« fragte Ferris.

»Wozu denn?«

Ferris zögerte, es schien so logisch. »Damit wir wissen, daß er da ist, Sir, bevor wir hingehen.«

»Keine Überwachung. Diese Option haben wir einfach nicht, nicht in Turf Lodge. Die Wahrscheinlichkeit, daß wir's vermasseln, ist ein gutes Stück höher, wenn unsre Leute heute abend da im Drive über die Mülleimer stolpern. Wir machen es direkt, weil das immer noch besser ist.«

»Jawohl, Sir.«

»Und ich gratuliere noch mal, David.«

Sie hatten ihre Fahrzeuge, zwei Panzerwagen und einen Landrover, an der Kreuzung Drive und Parade stehengelassen. Bis Nr. 63 würden sie zu Fuß vordringen. Gesichter und Hände schwarz gefärbt. Gewehre gespannt, eine Kugel im Lauf. Leise schleichende Füße. Das Glitzern der Restlichtverstärker an den Zielfernrohren der Scharfschützen. Zwanzig Mann genau positioniert in einem äußeren und einem inneren Kreis, dazu vier weitere bei Ferris für die Aktion. Immer mußte es regnen, und die Schleier der Nebelwolken zogen von den Wiesen am Fuß des Berges herein, um sich wie eine Decke über Turf Lodge zu legen. Keine Straßenlaternen; die Laternen waren 1971 kaputtgemacht worden, bei den Internierungsgesetzen, man hatte sie repariert; von neuem kaputtgegangen bei den Unruhen anläßlich des Besuchs der Königin, wieder repariert; von neuem kaputtgegangen in den Hungerstreik-Straßenkämpfen 1981, und dann einfach so gelassen worden.

Einen Schritt hinter Ferris trottete Fusilier Jones forsch drauflos, als wäre er auf dem Weg ins Wembley-Stadion, das entscheidende Tor für ein Scheiß-Endspiel auf der Schuhspitze.

Nur war es für Ferris überhaupt kein Spiel. Es ging darum, einen Mann mitten in stockdunkler Nacht aus seinem Haus heraus zu verhaften, ihn aus dem Bett zu zerren, ihn seiner Frau und seinen Kindern zu entreißen. Es ging darum, einen Mörder für lebenslänglich in die Zelle zu stecken. Schönes Spiel. Wenn das ein Spiel war, dann war's ein sehr schmutziges.

Nr. 63. Der Sergeant seines Zuges stand neben Ferris.

Ferris hörte das Flüstern: »Alles bereit ... holen wir den Scheißer aus seiner Wichsbude!«

Er war kurz vor der Explosion aufgewacht, mit der die Eingangstür geborsten war. Kerzengerade hatte er sich aufgesetzt, kurz bevor das Schloß kreischend aus dem Türrahmen flog. Er fühlte, wie Roisin sich neben ihm regte. Sie hatte vier Bacardi-Cola intus, er sechs Dunkle, und sie bewegte sich schläfrig.

McAnally hörte die Flüche vom Fuß der Treppe. Baby Seans Kinderwagen stand tagsüber immer draußen vor der Tür, und abends brachten sie ihn in den Flur; war einfach kein Platz für das Ding... Mutter Maria, englische Flüche, verdammt.

Er trug ein Unterhemd, sonst nichts. Er schwang sich aus dem Bett, zog Bettuch und Laken hinter sich her. Er sah den weißen Schein von Roisins Schenkeln und ihren Bauch. Krachend stieß er an Baby Seans Bettchen und war aus der Tür, bevor der Kleine zu schreien anfing. Vom Treppenabsatz sah er die Taschenlampe im Flur unten, und eine dunkle Gestalt, die mit dem Kinderwagen kämpfte. Er sah, wie der Strahl der Lampe die Stufen hinaufzuckte.

»Stehenbleiben, McAnally...«

Der Schrei ließ ihm fast die Ohren platzen. Er stürmte ins hintere Schlafzimmer, sprang auf Gerards Bett, strauchelte über Klein-Pattys Körper, erreichte das Fenster, riß an den Baumwollvorhängen. Er hatte keinen anderen Gedanken als Flucht – verschwinden und überleben. Er hörte das Poltern von Stiefeln auf der Treppe, die Geräusche wirkten in dem winzigen Schlafzimmer noch um vieles lauter.

Seine Finger fanden den Hebel, er schob das Fenster hoch, machte es ganz auf. Die kalte Nachtluft packte seinen Bauch und seine Geschlechtsorgane. Licht flutete in den Raum. Er sah die furchterregende Gestalt des Soldaten ins Zimmer stürmen. Er sah, wie Gerard sich im Bett erhob und mit dem Soldaten rang. Er sah, wie der Soldat den Jungen beiseite stieß. Als der Soldat auf ihn losging, sprang McAnally.

Er war wie betäubt, im Schock.

Er schlug auf das kleine Flachdach der Küche, prallte auf, riß sich Schienbeine, Schenkel und den Bauch an der Regenrinne auf. Er rollte weiter, fiel auf die Betonplatten neben der Küchentür. Ein Bein verhedderte sich im Rahmen von Gerards Fahrrad. Er konnte das Fahrrad sehen, die Farben genau erkennen. Das Licht vom hinteren Schlafzimmer erleuchtete den kleinen, quadratischen Hinterhof. Gerade hatte er sich von dem Fahrrad befreit, da sah er die Soldaten aus den Schatten auftauchen, hinter dem Kohlenkasten, hinter der Schaukel für die Kinder, aus dem Schatten am hinteren Zaun.

McAnally trat nach dem ersten Soldaten, der ihn erreichte. Der nackte Rist seines Fußes traf den Soldaten im Unterleib. Über sich sah er Roisin im dunklen Geviert des Schlafzimmerfensters, wie sie mit Baby Seans gelbem Plastiknachttopf auf einen Soldaten einprügelte. Sein Angreifer ging in die Knie. Brüll schon, du Sau ... aber der Soldat stöhnte nur auf. Er hieb mit den Fäusten auf den Soldaten ein, der von der Seite kam, und seine Knöchel trafen den Rand eines Helms. Ein Gewehrschaft donnerte auf seinen Hinterkopf nieder. Ein Stiefel krachte an sein Schienbein. Einer warf sich noch auf ihn, als er fiel; McAnally tastete herum, fand die Wangen und Augen des Mannes und krallte seine Fingernägel hinein. Er kämpfte mit Händen und Zähnen und Beinen, während die Schläge auf ihn herabprasselten, auf seinen ganzen Körper niedergingen. Er hörte die Schmerzensschreie der Soldaten, und weiter weg die Rufe von Gerard und das Wutgebrüll von Roisin. Er kämpfte nur ums Überleben. Er fühlte den Schmerz nicht mehr. Er sah die Soldaten nicht mehr. Er hörte die Stimmen von Gerard und seiner Roisin nicht mehr.

Sein Körper war taub, er hatte Nebel vor den Augen und Watte in den Ohren.

Undeutlich sah er die Beine über sich.

»Zum Teufel, jetzt hört endlich auf ...«

Er fühlte, wie das Blut von seinem Kopf und seinen Lippen tropfte.

»Das ist ein Gefangener, zum Teufel!«

Der Offizier stellte sich über ihn.

»Er ist ein Gefangener, und er wird als Gefangener behandelt ...«

Die Soldaten standen im Kreis außerhalb seiner Reichweite. Und jetzt war er auch außerhalb ihrer Reichweite.

»Ihr seid Soldaten, ihr seid dienstlich im Einsatz, nicht in irgendeiner Wirtshausschlägerei. Sergeant, dieser Mann hier wird nicht mehr angerührt. Kommen Sie her, Jones!«

Der Offizier hielt McAnally am Handgelenk gepackt, hielt ihn sehr fest. Er leuchtete McAnally mit der Taschenlampe ins Gesicht, blendete ihn.

»Das ist er, Mr. Ferris, das ist derselbe, den ich gesehen hab.«

Die Lampe wurde ausgeknipst.

Der Offizier sagte: »Sean Pius McAnally, ich verhafte Sie laut Paragraph 14 der Notstandsverordnungen des Nordirland-Gesetzes von 1978. Sie brauchen keine Fragen zu beantworten, außer jene nach ihren persönlichen Daten ... Sie sollten sich besser etwas anziehen, Mr. McAnally. Es wird Ihnen nichts geschehen, Sie sind in meiner Obhut.«

Nach dem, was er am vorigen Morgen getan hatte, hätten sie ihn fertigmachen können. Er hatte das Auto in der Glotze gesehen, bevor er mit Roisin in die Kneipe gezogen war, hatte das Autowrack gesehen und die Fotos von »Zehner-Simpson« und den beiden Kripo-Beamten. Er hatte die Nachrufe gehört ... sie hätten ihn totschlagen können für das, was er getan hatte.

Der Offizier führte ihn in die Küche zurück. McAnally bedeckte seinen Unterleib.

4. Kapitel

Kurz vor drei war Ferris wieder im Kasino.

Er war nun schon knapp 21 Stunden auf den Beinen, aber er hatte noch seine Geschichte erzählen müssen, einmal lakonisch im Regimentsstil für den Nachrichtenoffizier und den Bravo Company Commander, dann noch einmal extra für Armstrong und Wilkins, mit denen er das Zimmer teilte. Er hätte auf die Belobigungen verzichten können, nachdem er den Gefangenen in die Zelle von Springfield Road gebracht und der Polizei übergeben hatte.

Eine handgeschriebene Notiz von Sunray lag für ihn da: »Hervorragend gemacht, eine ruhmreiche Nacht für das Bataillon, schnelle, professionelle Soldatenarbeit. Gratuliere Ihnen. Townsend.« Am Morgen würde er also alles noch mal für Sunray durchkauen müssen.

Er trank zwei Glas Orangensaft, dann erfuhr er vom Nachrichtenoffizier, daß später ein Kriminalbeamter von Castlereagh heraufkäme, ein Mann namens Rennie, und daß er auf ihn warten solle. Er blieb allein im Kasino zurück, streckte sich auf dem Sofa aus und konnte ein bißchen dösen.

Der Company Commander hatte geschwärmt, der Nachrichtenoffizier war kühl geblieben, Armstrong und Wilkins waren neidisch geworden wie junge Kater. Er hatte nichts von dem Vorschlaghammer gegen das nasse, verfaulte Holz der Eingangstür erzählt, nichts davon, wie sie im Flur von einem Kinderwagen aufgehalten worden waren, der nach altem Urin stank, nichts vom Hinaufpoltern über die Stufen, denen der Läufer fehlte, nichts von dem kleinen Jungen von sieben oder acht Jahren, der sich auf die Soldaten gestürzt hatte, um seinem Vater beizustehen, nichts von der stolzen Frau, die ihren Haß gegen seine Männer losgelassen hatte. Er glaubte nicht, daß sie das hören wollten.

Sam würde es vielleicht hören wollen. Wenn er mit

dem Kripo-Mann fertig war, nach einer ordentlichen Portion Schlaf und einem Bad, falls er heißes Wasser kriegen konnte, würde er ihr einen Brief schreiben. Er dachte an Sam, etwas schläfrig und glücklich, als das Deckenlicht im Kasino aufflammte.

»Sind Sie Mr. Ferris?« Der kratzende Akzent von Belfast.

Ferris setzte sich auf. »Der bin ich.«

Es war ein Riese von einem Mann, der sich da vor ihm aufbaute, wobei dieser Eindruck durch Ferris' Lage auf dem Sofa noch verstärkt wurde.

»Ich bin Rennie... Detective Chief Inspector Rennie...«

Er sprach die Worte langsam aus, als ob ihn der Rang stolz machte. Ferris streckte sich, rieb sich die Augen.

»Howard Rennie, von Castlereagh... wie ich höre, habt ihr Scheißer uns ein bißchen verarscht...«

»Wie bitte...?« Ferris gähnte. Im Kasino war es kalt wie in der Arktis. Er stand auf und steckte sich das Hemd in die Hose.

»In Belfast nimmt heutzutage die Polizei Leute fest, falls Sie das nicht wußten. Das Militär leistet dabei Unterstützung, auf Anfrage. Ich kann ohne euch Klugscheißer auskommen.«

»Sie haben kein Recht hierherzukommen, in unser Kasino, und hier derartige Ausdrücke zu verwenden.«

»Bei mir wird ein Mann aus dem Bett geholt und sitzt im Landrover rüber nach Castlereagh, bevor er noch richtig aufgewacht ist. Bei mir ist er ausgezogen, gewogen, durchsucht und in der Zelle, bevor er überhaupt Zeit zum Nachdenken hat. Ich muß ihn bearbeiten, junger Mann, und ich habe beschissen wenig Zeit dafür, wie Sie wissen dürften, falls Sie sich mal die Mühe gemacht haben, die einschlägigen Antiterrorismus-Gesetze zu lesen; dabei hilft es mir ausgesprochen wenig, daß er hier in der Zelle hockt und sich langsam mit dem Einsitzen vertraut macht. Mir jedenfalls, junger Mann, liegt überhaupt nichts daran, daß Ihr blöder Colonel von seinem General ein Schulterklopfen kriegt, sondern ich will unser Freundchen in der richtigen Geistesverfassung ins Verhörzimmer kriegen. Verstanden?«

Ferris fand, daß er den Mann mochte. Er lachte in sich hinein.

»Verstanden ... bei uns hier, Mr. Rennie, hätte man fast glauben können, daß die Verhaftung des guten McAnally schon den endgültigen Sieg bedeutet.«

Das Gesicht, das Ferris vor sich hatte, war groß und wettergegerbt. Nicht die Spur eines Lächelns lag darin. Die Haare des Schnurrbarts standen in alle Richtungen ab. Am Hals war ein kleiner Schnitt von einer hastigen Rasur. Der Atem roch nach Zigaretten und Gin. Das Deckenlicht spiegelte sich auf der hohen Stirn. »Morgen, wenn mir Ihr ›guter McAnally‹ zwischendurch ein bißchen Zeit läßt, warten auf mich zwei Beerdigungen, gute Freunde von mir, deshalb bin ich nicht in Stimmung für einen Lacher in Ihrem Kasino. Ich will jetzt McAnally haben, und ich will Sie und den Burschen, der ihn identifiziert hat, morgen nachmittag in Castlereagh zur Aussage.«

»Er ist doch sowieso schon in Polizeigewahrsam, warum nehmen Sie ihn nicht einfach mit?«

»Für all diese Dinge gibt's Vorschriften. Er wird hier vor Gericht erscheinen, lange nachdem Sie wieder abgedampft sind, zurück nach Deutschland zu Ihren Kriegsspielchen. Lange nachdem Sie weg sind, wird irgendein pfiffiger Anwalt die Vorkommnisse bei der Verhaftung unters Mikroskop nehmen. Sie werden dann nicht mehr hier sein, aber ich schon, deshalb sage ich jetzt, daß alles seine Ordnung haben muß, also übernehme ich ihn von *Ihnen*. Verstanden?«

Ferris ging voraus. Hinaus in die Nachtluft zum Polizeigefängnis hinüber, den Korridor entlang in Begleitung eines Constable. Das Klirren der Schlüssel, das

Schaben der Tür. McAnally saß auf dem eisernen Bett. Er hielt die Knie dicht aneinandergepreßt, die Arme eng um den Körper geschlungen. Seine Lippe war geschwollen. Ferris stand hinter dem Kriminalbeamten und sah ihm über die Schulter, doch er bemerkte, wie McAnally beim Anblick von Howard Rennie zusammenfuhr, erstarrte. Ferris hielt es für die Trotzreaktion einer Ratte in der Falle.

»Morgen, Gingy...«

McAnally stand auf. Er hob das Kinn, so hoch er konnte. Er ging zu Rennie hinüber, wo er sich umdrehte und die Handgelenke auf das Ende der Wirbelsäule legte, um sich Handschellen anlegen zu lassen. Dann drehte er sich wieder zu Rennie um.

»Die Verletzung am Mund des Häftlings, Mr. Ferris, das ist während der Verhaftung geschehen?«

»Richtig.«

»Ich stell das bloß klar, Mr. Ferris, wie gesagt. Komm schon, Gingy.«

Detective Chief Inspector Howard Rennie schritt durch den Korridor davon. Seine Schuhe trugen eiserne Spitzen und hallten wider. Sein offener Steppanorak schien den ganzen Gang auszufüllen. Ferris folgte ihm, neben sich McAnally. Der Constable ging hinter ihnen. Rennie war in Eile, als wäre der ganze Besuch in Springfield Road eine ziemliche Zumutung für ihn gewesen. Ferris spürte die leichte Berührung am Fuß. McAnally ging dicht neben ihm. Der Gefangene blickte kurz zu Ferris' Gesicht auf. Er sprach leise, fast im Flüsterton, aus dem Mundwinkel.

»Ich weiß, was Sie gemacht haben.«

»Wofür ich bezahlt werde.«

»Sie haben die dran gehindert, mich zusammenzutreten.«

»Gute Fahrt, McAnally.«

McAnally wurde in einen Polizei-Landrover geschoben. Der Motor lief schon und qualmte den Hof voll.

Rennie schloß seinen Wagen auf. Ferris sah, wie er den Anorak auszog und auf den Rücksitz warf, dann seine Pistole aus dem Schulterhalfter unter dem Jackett nahm, entsicherte und in seinen Schoß legte. Der Landrover und Rennies Wagen verschwanden im Konvoi durch das Tor, hinaus in die Dunkelheit des frühen Morgens.

Ferris ging erst mal auf die Suche nach einer Tasse Tee und dann sofort ins Bett.

»Einstweilen Vorsicht damit, richtig fest mach ich's ein andermal.«

Der Nachbar trat zurück, um Roisin McAnally den Weg durch die Tür von Nr. 63 freizugeben. In den Stunden nach der Razzia des Militärs waren schon alle Nachbarn dagewesen. Die ersten waren in Schlafanzügen, in Bademänteln und Pantoffeln gekommen. Als es hell wurde, trugen sie schon ihre Tageskleidung. Manche kamen, um zu trösten, manche um zu helfen, manche nur, um dabeigewesen zu sein. Dieser Nachbar war mit der Werkzeugkiste gekommen, um die Eingangstür zu reparieren.

»Das ist schon eine verdammt beschissene Art, einer Familie ihr kleines Heim zu zerstören ...« Der Nachbar zuckte die Achseln. Er war mit seinen Bohrern und Schraubenziehern gekommen, weil seine Frau gesagt hatte, daß das sein mußte. Er konnte nicht behaupten, daß er Roisin McAnally mochte. Nach ein paar Drinks hätte er sie eine hochnäsige Kuh genannt. Aber seine Frau hatte ihn hingeschickt, also hatte er sich daran gemacht, die Scharnieraufhängung der Tür notdürftig zu flicken. Und die Alte bedankte sich nicht mal, blickte direkt durch ihn durch und stampfte über den kleinen Weg zum Gartentor, das auch schief in den Angeln hing, allerdings schon seit viel längerer Zeit. Er war ja nicht so blöd und reparierte das Gartentor auch noch ... Bei sich dachte der Nachbar, diese Provo-Witwen waren doch alle gleich, alles hochnäsige Kühe. Nicht daß er diese Ansicht öffentlich vertreten hätte, Samstagabend in der Kneipe hätte er so was nicht ausgesprochen. Sie wurden immer »die Witwen« genannt, egal ob ihr Mann tot oder auf der Flucht oder im Kesh eingebuchtet war; und er fand, sie alle trugen ihre Witwenrolle mit dieser Scheiß-Arroganz. Also keinen Dank dafür, daß er ihre Tür repariert hatte. Er sah ihr mit einfältigem Lächeln nach, wie sie davonstolzierte. Ganz schön schlechte Laune, dachte sich der Nachbar. An ihrem Kinn und ihrem Mund und in den Augen war's zu sehen, als würde sie gleich dem nächsten besten in den Arsch treten wollen, der ihr über den Weg lief.

»Immer schön vorsichtig damit, Missus«, rief ihr der Nachbar noch nach ... und etwas leiser: » ... oder Sie können den Dreck selber reparieren, wenn Sie's hinmachen.«

Der Nachbar hatte Roisin McAnallys Stimmung richtig eingeschätzt.

In ihr loderte rasender Zorn, als sie den löchrigen Bürgersteig des Drive entlangschritt. Sie hielt den Rükken gerade, den Kopf in die Höhe gereckt, und sie wußte, daß sich in der ganzen Straße jetzt die Vorhänge zurückschoben. Alle würden sie beobachten, alle in 61 und 59 und in 57 und 55 ... und auch die Vorhänge auf der anderen Straßenseite würden beiseitegehen; und wer sie nicht richtig sehen konnte, weil ein geparktes Auto im Weg stand, der würde hinaus auf die Eingangsstufen hasten, um einen guten Aussichtsplatz zu ergattern ... Schon in der Nacht waren sie gekommen, um ihre Anteilnahme herauszublöken und ihre hinterfotzigen, blöden Fragen zu stellen: »Was hat er denn bloß gemacht, Missus McAnally?.. Er ist doch keiner, der so leicht Schwierigkeiten kriegt, oder, Mrs. McAnally? ... Ging ihm doch gut unten im Freien Irland, nicht wahr, Missus McAnally? ...« Ihre Mutter war jetzt im Haus, schrecklich in Sorge, aber sie kümmerte sich um die Kinder, und die waren alle ganz still, als hätten sie eine Tracht Prügel bekommen. Gerard hatte nicht mehr den Mund aufgemacht, seit die Soldaten mit seinem Vater davongefahren waren; Klein-Patty hatte geweint und ins Bett gemacht, was seit einem Jahr nicht mehr passiert war; Baby Sean hatte geschrien, weil seine Mutter kalt und fern war und ihm keine Liebe geben konnte.

Und dann war die innere Kälte in Wut umgeschlagen.

Sie wußte, wohin sie gehen mußte. Sie kannte ein Haus, wo sie ihre Wut herauslassen konnte. Eine gute Viertelstunde Fußweg an diesem kalten, feuchten Morgen.

Sie wußte, daß ihr Mann auf den RPG-Granatwerfer spezialisiert war.

Sie wußte, was er am Vortag getan hatte. Daß er bei einem Auftrag war, hatte sie gewußt, als er vor Morgengrauen aus dem Haus schlich, und als er wieder heimkam und einen Witz machte und lachte und sein Kinn dabei zitterte, als hätte er Drähte an den Muskeln, die locker und außer Kontrolle geraten waren. Sie hatte es daran gemerkt, wie er in dem kleinen Wohnzimmer ruhelos hin und her ging und die Kinder hochhob und zuviel Lärm machte und nicht richtig zur Ruhe kommen konnte. Daran, daß er eine halbe Schachtel Zigaretten rauchte und Kippe auf Kippe ausdrückte. Daran, wie er in ihrem Bett mit ihr geschlafen hatte ... Nur einmal am nächsten Tag war er still gewesen, als die Fernsehnachrichten kamen, als er ein ausgebranntes Auto gesehen und den Chor der Politiker und Kirchenleute gehört hatte, die ihre Litanei der Verurteilungen herunterleierten. Und sie hatte keinerlei Bemerkung gemacht. Sie hatte getan, als ob sie nichts davon wußte. So etwas taten die Witwen nicht. Die Witwen erwarteten nicht, etwas erzählt zu bekommen. Die Witwen waren dafür da, Essen auf den Tisch zu bringen und den Trost zwischen ihren Beinen bereitzuhalten. Tief in ihrem Innersten unterstützte sie, was ihr Mann für die Bewegung machte, sah sie sich als einen Halt für ihren Mann. Sie hatte einen Bruder und einen Cousin im Kesh einsitzen. Sie hatte sich keine Mühe gegeben zu verstehen, warum ihr Mann in den Süden gegangen war und dem Krieg den Rücken gekehrt hatte. Sie wußte, wie sehr einen der Krieg belasten konnte. Sie ertrug die gleiche Belastung. Roisin McAnally drückte sich vor nichts. Sie glaubte an den Krieg, sie war überzeugt vom Gedanken an den bewaffneten Kampf. Sie vergoß keine Tränen über gefallene Feinde. Wenn sie einen der Soldaten, die am Morgen in aller Frühe in ihr Haus gekommen waren, hätte töten können, so wäre es ihr ein Vergnügen gewesen.

Ihr rabenschwarzes Haar wehte hinter ihr her, während sie dem Wind die Zähne zeigte. Sie trug Jeans, einen Pullover und eine grellrote, wasserdichte Jogging-Jacke. Ihre Kleider, genau wie die der Kinder, suchte sie auf Basaren und unter den abgelegten Sachen von Verwandten zusammen. Und mit dem hocherhobenen Kopf, dem hervorgestreckten Kinn und den vor Zorn brennenden Augen war Roisin McAnally schön.

Auf ihr Klopfen öffnete ihr der Mann die Tür. Er gehörte zum Bataillonsstab. Er war unrasiert. Sie kannte ihn, weil er ihr damals Geld gebracht hatte. Er trug nur Socken, eine Hose und ein Unterhemd. Um seine Füße herum tobten seine Kinder, den Mund mit Marmelade und Brotkrümeln verschmiert. Einmal hatte er versucht, sie ins Bett zu kriegen, aber er war besoffen gewesen, und sie hatte es ihm nicht übelgenommen. Ihre Wut konnte er jetzt nicht übersehen, er machte ihr Platz und öffnete rasch die Tür zum Wohnzimmer, das nach schalem Rauch stank und eine kalte Feuchtigkeit verströmte, stieß die Kinder aus der Tür und schloß sie vor ihren Protesten.

»Sie haben meinen Sean abgeholt, heute früh ist die Armee gekommen und hat ihn geholt ...«

Sie sah den Schock auf seinem Gesicht und die Schatten auf seiner gerunzelten Stirn.

»Sie haben Gingy ...?«

Sie brüllte ihn an: »Ja, sie haben Sean abgeholt. Er war gerade zwei Tage zurück, und sie greifen ihn. Der erste Auftrag in zwei Jahren, und er wird hochgenommen. Woher haben die von ihm gewußt? Er ist denunziert worden ... irgendein verfluchter Verräter hat ihn verpfiffen ...!«

Der Mann zuckte zusammen, als wollte er die Anschuldigung von sich ablenken. »Denunzieren« und »Verräter«, das waren obszöne Worte innerhalb der Bewegung. Er biß sich auf die Unterlippe. Nikotingelbe Zähne auf dem blassen Rosa seiner Lippe.

»Das kannst du nicht so einfach sagen, Missus.« In einem Ton, als glaubte er selbst kaum an seinen Einwand.

»Ich kann wohl sagen, was die Wahrheit ist ... Er kommt zurück, geht einmal aus dem Haus, und dann nehmen sie ihn hoch. Das war keine Zufallsaktion. Mein Haus ist halb übergelaufen, verdammt, so viele Soldaten waren das. Wer hat meinen Sean verpfiffen?«

Der Mann kniff die Augen zusammen und schüttelte den Kopf. »Was soll ich dir antworten ...?«

»Dann finde gefälligst 'ne Antwort. Finde raus, wer Sean verpfiffen hat.«

»Geh jetzt lieber nach Hause ... zu Hause bist du am besten aufgehoben.«

»Willst du nicht mit mir reden? Kannst mir wohl nicht ins Gesicht sehen?«

»Wenn Gingy verpfiffen worden ist, dann hab ich jetzt 'ne Menge zu tun.«

»Leg den Dreckskerl um! Leg ihn für mich um!« Vor das Feuer in ihren Augen legte sich ein Schleier.

»Wenn es einen Verräter gibt, dann werden wir ihn finden.«

»Und umlegen . . . Was ist denn das für 'ne beschissene Armee, wenn man nicht mehr weiß, ob der Junge neben einem ein Freund oder ein Scheißverräter ist?«

Sie schluchzte, und der Mann nahm sie in den Arm. Er fand, sie war eine tolle Frau, er hielt sie für eine der besten. Er drückte sie an sich und spürte die zuckenden Bewegungen ihres Schluchzens.

»Wenn es einen Verräter gibt, dann werden wir ihn finden. Das verspreche ich.«

»Wie schön für mich!« Sie schluckte und sprach gepreßt. »Mein Sean hat Aussicht auf lebenslänglich . . .«

Sie weinte immer noch, als sie auf die Straße trat. Einmal stolperte sie auf dem kaputten Bürgersteig, da wo die Steine herausgebrochen worden waren, um Wurfgeschosse daraus zu machen. So weit ihr Blick reichte, sah sie die schmalen Dächer mit den Rauchspiralen und die verdreckten Fassaden. In diesem Augenblick haßte sie Turf Lodge. In Turf Lodge hatte jemand ihren Sean verpfiffen. Sie sah die Graffiti-Parolen . . . »Provo Power« und »Britenschweine raus« und »Nieder mit den Hochsicherheitstrakten« und »Verräter werden erschossen«. Erschießen war zu gut für einen Verräter.

Es kam ihr nicht in den Sinn, daß es auch einen anderen Grund für die Verhaftung ihres Mannes geben konnte. Er saß im Bau, weil irgendein Verräter ihn dort hingebracht hatte. Sie sah ihr ganzes Leben vor sich, von jungen bis in die mittleren Jahre und bis ins Alter, immer auf dem Weg von der Bushaltestelle zum Gefängnis . . . nur wegen so einem Schwein von Verräter.

Rings herum fühlte sich der frühe Morgen leer an. Ein Leben lang auf den Scheißbus zum Gefängnis warten. Ein Leben lang ohne Mann. Ein Leben lang sparen und auf jeden Penny schauen.

Sie begann zu rennen, und die Tränen trieben sie

voran. Sie rannte zurück zum Drive und in ihr Zuhause, zurück zu ihren Kindern.

Es würde sich rasch herumsprechen, so schnell wie ein Gestank sich verbreitete, wie das Wehen eines Winterwindes von Divis Mountain herab. Es würde heißen, daß Roisin McAnally vor einem Stabsoffizier des Bataillons behauptet hatte, ihr Mann sei verraten worden. Das Wort versetzte der Bewegung einen bösen Stich. Mehr als alle Soldaten und alle Polizisten, mit denen sie es zu tun hatte, fürchtete die Bewegung den Verräter. Der Verräter war ein dunkler Schatten, der wie eine Bazille im Blutstrom dahinschwamm. Der Verräter traf die Bewegung mitten ins Herz. Der Verräter verdiente die Folter, den Sack über den Kopf, die Exekution, den Tod in der Gosse.

Innerhalb einer Stunde nach Roisin McAnallys Heimkehr hatte die Nachricht von Gingys Verhaftung das billige Einfamilienhaus in Andersonstown erreicht, in dem der Chief sich gegenwärtig aufhielt. Er berief eine Konferenz für den frühen Nachmittag ein. Zu diesem Treffen lud er nur die Männer ein, die ihm am allernächsten standen, in die er absolutes Vertrauen hatte. Dennoch nagten Zweifel in ihm. Die Männer, die ihm am allernächsten standen, waren dieselben, die von McAnallys Ankunft in Belfast gewußt hatten.

Der Chief verfuhr mit Verrätern immer gleich. Glühende Zigaretten an die Eier und den Bauch, für das Geständnis. Dann den Sack über den Kopf. Dann das laute Entsichern der Pistole neben dem Ohr des Verräters. Dann der Schuß in die Erde neben seine Füße, damit der Verräter sich vollpißte und anschiß. Dann der Lauf in den Nacken gedrückt. Dann die Erschießung.

Es mußte ein Verräter gewesen sein, und zwar einer, der McAnallys Rolle bei dem Anschlag an der Crumlin Road kannte. Der aber weder den Namen des Mannes kannte, der den Wagen gefahren hatte, noch die Namen der beiden, die mit den Gewehren dabeigewesen waren, noch den Namen des Jungen, der den Granatwerfer in Sicherheit gebracht hatte.

Mary, das Mädchen, mit dem er zusammenlebte, blieb im Schlafzimmer, ließ ihn allein bei seinem wütenden Umhergehen im Wohnzimmer.

»Du bleibst im Bett, wenn sie kommen!« Er brüllte sie an, als wäre sie etwas, das man einfach in den Schrank steckte, beiseite stellte, wenn es Wichtiges zu tun gab. Einen Moment lang verspürte er Bedauern ... Es hatte einmal einen Mann gegeben, der ihm in vollem Ernst gesagt hatte, seine Mary sei ein Risiko für seine Sicherheit, und er hatte dem Mann den Kiefer gebrochen. Jetzt hatte er sie so angebrüllt, als wäre sie eine Gefahr für ihn und seine engsten Vertrauten.

»Du bist nicht zur Aussage verpflichtet, wenn du es nicht möchtest, aber was du sagst, kann schriftlich festgehalten und als Beweismaterial verwendet werden ... du bist Sean Pius McAnally?«

»Ihr wißt, wie ich heiße.«

Zwei Kriminalbeamte waren mit ihm im Verhörzimmer. Er wußte, daß es einen Riesen-Familienkrach wegen seiner Verhaftung gegeben hatte. Er wußte, wenn sie mit ihm gerechnet hätten, dann wären die Kriminalbeamten sofort an die Arbeit gegangen.

»Nr. 63 im Drive, Turf Lodge?«

Hoch oben an der Decke des kahlen Raumes, direkt auf ihn gerichtet, war die Kamera. In den alten Zeiten hätten sie ihn verprügelt. Er wußte, die Kamera würde dafür sorgen, daß die Polizisten ihn nicht anrührten. Er kannte alle Spielregeln, denen die Polizei unterworfen war.

»Ihr wißt, wo ich wohne.«

»Wir nennen dich Gingy, in Ordnung?«

»Nennt mich, wie ihr wollt.« McAnally saß auf einem Stuhl am Tisch. Der Beamte, der ihm die Fragen stellte, stand hinter ihm. Auf der anderen Seite des Tisches saß der mit dem Notizblock.

»Ob du uns wohl sagen möchtest, wo du gestern früh gewesen bist, Gingy?«

Antworte ihnen nicht. Das hatten die Bosse gesagt. Denk an deine Frau, denk an deine Kinder, hör überhaupt nicht darauf, was sie dir erzählen.

»Gestern früh, Gingy. Sag uns, wo du gewesen bist.«

Er betrachtete seine Fingernägel. Er sah die Runzeln auf seiner Hand und die kleinen Risse, die vom Arbeiten auf der Farm unten am Kanal im Süden kamen.

»Willst du lieber, daß wir dir sagen, wo du gewesen bist?«

Bevor die neuen Spielregeln im Verhörzimmer in Kraft traten, wäre er ihren Fäusten und Stiefelspitzen ausgeliefert gewesen, ganz ordentlich, ohne Spuren danach. Das hatten sie damals mit ihm gemacht, als er gerade eine Woche verheiratet gewesen war.

»Was meinst du, wenn ich sage, daß du gestern früh in der Crumlin Road gewesen bist, wie ist das, Gingy?«

Beim letztenmal hatte er standgehalten, trotz all der Ohrfeigen und Schläge und Tritte. Die Schweine wußten, wie man das machte, so daß es keine blauen Flekken gab. So daß es nur die Schmerzen gab.

»Gingy, du bist reichlich mies dran. Du bist identifiziert worden. Du bist an der Crumlin bei dem RPG-Team gesehen worden. Dreifacher Mord. Du bist auf der Divis Street im Fluchtwagen gesehen worden. Mehrfacher Mordversuch. Das macht lebenslänglich, Gingy. Da kommst du nicht mehr raus. Das bedeutet lebenslänglich, und der Richter wird noch empfehlen, daß du mindestens fünfundzwanzig Jahre drin bleibst. Es sieht übel aus, Gingy.«

Er kannte ihre Tricks. Der Trick war, immer so zu tun, als wüßten sie viel mehr als in Wirklichkeit.

»Fünfundzwanzig Jahre, Gingy, das ist eine verdammt lange Zeit. Bist du deswegen extra aus dem Süden zurückgekommen, um hier fünfundzwanzig Jahre abzusitzen?«

Er dachte an Gerard in 25 Jahren, und an Klein-Patty, und an Baby Sean. In 25 Jahren würde Roisin eine grauhaarige Witwe sein. In 25 Jahren wären die Kinder groß, raus von zu Hause und verheiratet.

»Gingy, es ist doch klar: der Mann auf dem Rücksitz des Fluchtwagens ist das Schmuckstück. Der Mann neben ihm und der Beifahrer, das sind die Hilfskräfte, und dann gibt's noch den Fahrer. Also: das Schmuckstück ist der Bursche, der an der RPG gestanden hat. Und klar ist auch, daß du das Schmuckstück bist, Gingy McAnally... und ein so besonders wertvolles Schmuckstück wie du geht für fünfundzwanzig Jahre in den Bau.«

Schwierig, sich Gerard als erwachsenen Mann vorzustellen. Ein erwachsener Mann, der zum Kesh fahren würde, um seinen Vater zu besuchen, der dort in einem H-Trakt langsam alt wurde. Gerard hatte die verfluchten Soldaten angegriffen; noch ein Kind und war so loyal zu seinem Vater gewesen, die Soldaten anzugreifen.

»Eine schöne Zukunft, was, Gingy? Fünfundzwanzig Jahre Knast. Was wird deine Alte da wohl machen, Gingy? Ein braves Mädchen ist sie ja, oder? Wird sie schön sauber bleiben und auf dich warten? Was glaubst du, Gingy?«

Er biß die Zähne zusammen. Er konnte das Rasierwasser der Kriminalbeamten riechen, und er sah ihre frisch gewaschenen und gebügelten Hemden. Sie trugen gut geschnittene Jacken, Hosen mit Bügelfalten und geputzte Schuhe. Nachdem sie mit ihm fertig waren, würden sie sich wohl eine Tasse Kaffee und ein Sandwich holen; nach Feierabend würden sie sich ein paar Bier genehmigen und sich dabei vor Lachen anpissen, wenn sie an Gingy McAnally dachten.

»Na, wie du willst, Gingy. Das Ganze hier ist ja bloß, um dich kennenzulernen, und damit du uns kennenlernst. Bloß damit du gleich weißt, wo du stehst... und da wirst du fünfundzwanzig Jahre stehen, Gingy. Das wäre alles ... einstweilen.«

Sie gingen zur Tür. Sie machten sich nicht die Mühe, sich zu ihm umzudrehen. Der Beamte, der die Fragen gestellt hatte, flüsterte dem mit dem Notizblock etwas zu, das McAnally nicht hören konnte, und beim Hinausgehen kicherten sie.

Ein uniformierter Constable füllte den Türrahmen aus. Sein Gesicht war ausdruckslos, kalt. Er nickte McAnally barsch zu, er solle zur Tür kommen.

Aus Rennies Büro wurde die Information an das Pressebüro des Polizeihauptquartiers Knock Road geleitet. Das Pressebüro gab die Information als »aus gutinformierten Quellen stammend« weiter.

In den Mittagsnachrichten des örtlichen Fernsehsenders und den ersten Abendausgaben der Belfaster Zeitungen fand sich der Bericht, daß »laut gutunterrichteten Kreisen der Polizei ein Mann nach einem anonymen Hinweis in Haft genommen wurde, der jetzt in Verbindung mit den Ermittlungen über die gestrigen Morde an Richter William Simpson und seinen beiden Polizei-Leibwächtern verhört wird«.

Roisin McAnally sah die Mittagsnachrichten und fühlte sich bestätigt.

Der Nordirland-Minister bekam eine Mitschrift der Meldung zu lesen, und einer seiner Berater sah ihn erleichtert aufatmen.

David Ferris las eine Zusammenfassung der Geschichte in der Abendzeitung. Er hatte geschlafen, war ausgeruht, aber trotzdem schüttelte er verwirrt den Kopf, als der Nachrichtenoffizier ihm trocken die Feinheiten der »psychologischen Kriegführung« darlegte. Und er hatte auch nicht viel Zeit zum Herumstehen, denn er und Fusilier Jones waren schon etwas spät dran für ihren Termin in Castlereagh.

Der Chief hörte Radio; danach war er überzeugt, und er wartete auf die Männer, die er zu dem Treffen in das Einfamilienhaus bestellt hatte.

Und Belfast ging seinen Geschäften nach. In der Royal Avenue waren die Geschäfte voll, vor dem Rathaus drängten sich die Menschen an den Bushaltestellen. Die Stadt atmete durch und das Leben ging weiter. Und die Empörung über einen dreifachen Mord schwand im Laufe des Tages.

»Es waren nicht die Jungs, die ihn vom Süden raufgebracht haben. Für die bürge ich mit meinem Leben«, sagte der Brigadeadjutant.

»Es war auch keiner von denen, die zusammen mit Gingy an der Crumlin Road dabei waren, sonst hätten sie nicht bloß Gingy hochgenommen«, sagte der Quartiermeister.

»Und wir alle, wir wußten, daß Gingy aus dem Süden zurück war, und wir wußten, was er vorhatte.« Der Chief sagte es betont leichthin, Eiswürfel klingelten in seiner Stimme.

»Das ist doch lächerlich, zum Teufel . . . wenn einer von uns ein Spitzel ist, dann können wir doch den ganzen verfluchten Krieg vergessen . . .« Die heisere Antwort vom Nachrichtenoffizier der Brigade. »Wenn das ein Scherz sein sollte . . .«

»Ich bin gerade am Überlegen, und ich überlege folgendes . . .«

Der Quartiermeister zupfte den Chief am Ärmel, um dessen Aufmerksamkeit zu bekommen. »Ich überlege mir, ob Gingy McAnally wohl einer von uns ist.«

»Was soll das heißen?«

»Es heißt, daß er immerhin ausgestiegen ist. Er hat sich über die Grenze abgesetzt.«

»Du hast mir noch nicht gesagt, was du meinst.«

»Wie wird er sich da drin wohl aufführen? Um es mal klar auszudrücken.«

»Was willst du damit sagen?«

»Scheiße, muß ich erst 'ne Zeichnung machen?«

Der Chief starrte zurück. »Ja, das mußt du wohl.«

Der Quartiermeister suchte nach Unterstützung beim Nachrichtenoffizier und beim Einsatzleiter, aber von denen bekam er keine ermutigenden Blicke. »Ich hab mich ja nur gefragt, wie Gingy das wohl aushalten wird in Castlereagh, weil er doch schon einmal weg wollte ...«

Die Anklage erstarb auf seinen Lippen.

»Ich habe Gingy McAnally aus dem Süden herbringen lassen, also geht das mich an«, sagte der Chief. »Wenn ich ihn habe herbringen lassen, dann ist er keiner, der zum Verräter wird. Und du hast dich ein bißchen im Ton vergriffen. Das ist eine Frechheit von dir, ganz schön teuflisch, hier darüber zu reden, ob Gingy McAnally wohl was ausquatschen wird, wo er selber grade von irgendeinem Dreckskerl verpfiffen worden ist.«

»Es sollte jedenfalls mal gesagt werden.«

»Und ich hab's beantwortet ... Also, da war doch dieser Junge, der den Kurier gespielt hat, um ihn zu dem Treffen mit uns zu bringen ...« Der Chief sprach beinahe im Flüsterton.

»Das war Mattie Blaneys Sohn ...«

»Ich weiß, wer es war.« Der Gesichtsausdruck des Chiefs wirkte endgültig, als wäre alles andere nur ein Vorspiel gewesen.

»Mattie Blaney ist ein treuer Republikaner wie sonst kaum einer ...«

»Ich war bei Matties Hochzeit dabei.«

»Das würde Mattie umbringen, der Gedanke, daß sein Junge ein Verräter ist.«

»Der Junge, der Gingy hergebracht hat, als Gingy gar nicht so begeistert war, der hat nur Gingy gesehen.« Der Chief lächelte, ein trauriges, dünnes Lächeln. »Und nur Gingy haben sie festgenommen.«

»Mann, Matties Junge ist gerade erst vierzehn Jahre alt.«

»Verräter bleibt Verräter.« Der Chief klatschte effektvoll in die Hände. »Verräter sind unser Ende. Die Leute müssen lernen, daß Verräter keine Zukunft haben.«

Sie gingen schweigend auseinander. Sie gingen davon, um ihre Befehle an jene zu geben, denen sie trauen konnten. Sie ließen den Chief allein, der über den Flur zu Mary ins Bett ging. Sie suchten sich die Männer zusammen, die sich Mattie Blaneys Jungen greifen würden, den Jungen, der rauchend auf einem Auto gesessen und gewartet hatte, um Sean Pius McAnally zu einem Treffen zu führen, bevor er in die Schule ging.

Rennie ging mit David Ferris und Fusilier Jones den Korridor im Erdgeschoß entlang, der an den Verhörzimmern vorbeiführte. Ganz hinten öffnete sich eine Tür. Zwei Kriminalbeamte traten heraus. Direkt nach ihnen kam der Häftling mit seinem Bewacher.

Der Häftling erkannte Rennie. Er blickte zu Boden, sein Gesicht war voller Anspannung. Er erkannte Rennie und warf ihm einen bösen Blick zu. Er war ein Gefangener, ohne jede Chance, für seine Freiheit zu kämpfen.

Dann sah der Häftling Ferris. Rennie hatte diese Situation herbeigeführt, um eine formelle Identifizierung des Häftlings durch Fusilier Jones zu erhalten. Der Häftling erkannte Ferris, und einen Augenblick lang schwand sein Widerstand. Möglicherweise bewegte sich sein Mund, um etwas zu sagen; Ferris war nicht sicher, und er hörte auch nichts, aber er konnte sich nicht beherrschen und lächelte kurz.

Rennie beobachtete diesen stillen Blickwechsel. Sie drückten sich gegen die Wand des Korridors, um den Häftling und seinen Bewacher vorbeizulassen.

Rennie war nachdenklich.

»Also?«

»Das ist er, Sir. Das ist Sean Pius McAnally, den ich ohne jeden Zweifel als den Mann wiedererkenne, der in dem Auto auf der Divis Street saß«, erklärte Jones.

»Sehr gut. Wir werden das noch schriftlich festhalten. Entschuldigen Sie diese Vorstellung, aber das ist nötig.« Rennies Stimme erstarb. Er musterte Ferris' Gesicht, und er beobachtete Ferris, dessen Blicke dem Häftling durch den Korridor folgten.

5. Kapitel

In den alten Tagen der »Unruhen«, in den Tagen, als die Armee noch den Oberbefehl führte, hatte ein Nachrichtendienstleiter des Militärs einmal über Howard Rennie bemerkt: »Der holt noch aus Granit Blut raus.« Diesen Spruch hatte ein jüngerer Offizier komisch gefunden, und über einem Drink im Kasino des Hauptquartiers in Lisburn gelangte er ans Ohr eines Majors, der als Verbindungsoffizier zur Royal Ulster Constabulary fungierte. Durch die täglichen Kontakte des Majors war die Geschichte ins Polizei-Hauptquartier gelangt. Der Beiname »Granit-Rennie« war inzwischen zur Legende bei der Polizei geworden. Es gab eine Reihe von älteren Offizieren, die nur einen kurzen Auftritt in der vordersten Linie des Krieges hatten. Viele dienten ihre zwei Jahre bei der Kriminalabteilung in Andersonstown oder Crossmaglen ab, bevor sie sich in die sichereren protestantischen Gegenden der Grafschaften Antrim oder Down versetzen ließen. Howard Rennie hatte das heiße Pflaster nie verlassen. Er ging mittlerweile in sein neuntes Jahr bei der Kriminalpolizei; davor hatte er sechs Jahre beim Special Branch hinter sich gebracht.

Er war jetzt neunundvierzig. Er hatte genügend Jahre

hinter sich für eine anständige Pension; und es gab eine Menge Wirtschaftsunternehmen in der Provinz, für die er gutes Geld wert gewesen wäre, wenn er bei ihnen als Sicherheitsberater angefangen hätte. Er hatte niemals mit diesem Gedanken gespielt. Und er hatte auch nie eine Versetzung an den Schreibtisch beantragen wollen. Howard Rennie war ein Kämpfer an der vordersten Front.

Seine Körpergröße und sein einschüchterndes, knorriges Aussehen hatten ihm einen gewaltigen Ruf als Verhörspezialist verschafft. Unter den Leuten von der Provisional IRA, sowohl unter den eingesperrten wie bei denen in Freiheit, stand er ganz oben auf der Abschußliste.

Seine Kraft lag in der Stärke seines Glaubens an einen endgültigen Sieg. Nicht ein Sieg morgen oder nächste Woche oder nächstes Jahr, aber ein Sieg irgendwann einmal. Er glaubte daran, daß die Gegner eines Tages in ihrem eigenen Dreck ersticken würden, daß ihre Fähigkeit zum Zurückschlagen eines Tages endgültig zerstört sein würde. Es war keine Ansicht, die höheren Orts geteilt wurde, weder im Polizei-Hauptquartier noch bei den Politikern aus London, die die Provinz verwalteten. Die Ansichten von Howard Rennie paßten angeblich nicht ins Bild der höheren Befehlsebene, und deshalb war er immer nur Detective Chief Inspector geblieben und bei der Beförderung zum Superintendent viele Male übergangen worden. Er führte einen Zermürbungskrieg. Er konnte sich kein Ende des Krieges vorstellen, bei dem der Feind auf irgendeine Weise befriedet wurde. Wenn es irgendwann einmal einen Sieg geben sollte, dann einen zu Howard Rennies Bedingungen.

Das aufgedunsene Doppelkinn wies deutlich auf hemmungsloses Trinken außerhalb der Dienstzeit hin. Daß er Alkoholiker war, hätte er ärgerlich abgestritten und gesagt, er trinke nicht mehr als jeder andere, und damit Schluß. Wegen seiner äußerst exponierten Arbeit bei der Polizei stand er unter ständigem Streß; die Erleichterung von diesem Streß kam teilweise aus der Ginflasche. Für die Bewegung stellte er eine beachtliche Bedrohung dar, die man bereits zweimal auszuschalten versucht hatte. Das Wohnzimmer seines Hauses in einer Sackgasse des ruhigen Vororts Dunmurry war inzwischen frisch verputzt und neu tapeziert, zeigte aber immer noch die Einschüsse der Salve eines auf Dauerfeuer gestellten Armalite-Gewehrs von damals, als diese Bestien es bis in sein Haus geschafft hatten, um dort auf ihn zu warten. Nicht ganz so lange her war der Versuch, ihn mit einer Autobombe zu erwischen. Ein Ford Fiesta voller Kunstdünger-Gemisch, auf der Hauptstraße direkt an der Kreuzung geparkt, wo er auf dem Weg zur Arbeit vorbeifahren mußte, die ferngesteuerte Zündung einen Sekundenbruchteil zu spät, und die ganze Gewalt der Detonation hatte eine junge Hausfrau beim Einkaufen abgekriegt. Die Frau war gestorben, Rennie war ohne eine Schramme davongekommen und hatte eine halbe Flasche vor dem Mittagessen getrunken. Eine große Stütze für ihn war seine Frau, die nie den Sonntagabend vergessen würde, als sie ihre Kinder an sich gedrückt und in den Lauf der Armalite und in das hagere, haßerfüllte Gesicht eines Scharfschützen der Provisionals geblickt hatte. Sie stellte ihrem Mann niemals Fragen, noch versuchte sie, ihn von der Verfolgung seiner Gegner in diesem Krieg abzubringen. Sie akzeptierte, daß auf dem Tischchen neben ihrem Ehebett in der Nacht immer eine geladene PPK-Pistole liegen würde. Das war Gloria. Sie wohnte hinter detonationssicheren Fensterscheiben, sie lebte in einem Haus, das nachts in grelles Licht getaucht war. Sie half bei den Ausflügen für die Witwen und Verwandten von getöteten Polizisten der RUC und bei den Tombolas, wo man Geld für sie sammelte. Ihr Mann verließ das Haus meist vor acht Uhr morgens und kam vierzehn oder fünfzehn Stunden später zurück ... und den ganzen Tag über hörte sie die Nachrichten auf jedem der verschiedenen Radiosender. Sie fand, daß Howard Rennie ein großartiger Mann war, und sie wußte, daß sie keinerlei Chance hatte, ihn zu ändern.

Im Krieg waren die Verhörzimmer sein bevorzugtes Schlachtfeld. In den 21 Verhörzimmern von Castlereagh war er eine bekannte Gestalt. Er konnte sich klein machen und vertraulich und nett sein, die Ellenbogen auf den Tisch gestützt, das Gesicht dicht vor dem des Häftlings. Er konnte auch wütend sein, im Raum auf und ab gehen und dabei herumbrüllen und drohen. Die Kamera beobachtete ihn, aber Mikrofone gab es keine in den Verhörzimmern von Castlereagh.

Es war Abend geworden.

Rennie hatte in der Kantine etwas gegessen. Würstchen und Pommes mit einer schmierigen braunen Soße und einen Becher Tee mit zwei Stück Zucker. Von der Kantine stampfte er hinüber zum Verhörtrakt. Er schlenderte selten. Aus Gewohnheit war er immer in Eile. McAnally war jetzt zum drittenmal dran. Und schon das dritte Team der Kripo bearbeitete ihn. Rennie wußte, daß sie beim erstenmal kurz und knapp gewesen waren. Das war eine häufige Taktik. Erst mal die Konsequenzen der Verhaftung in den Kopf des Häftlings einsickern lassen. Die zweite Sitzung war immer härter, direkter, ein Versuch, diese Konsequenzen auszunutzen ... aber natürlich, seitdem diese verblödeten Amnesty-Genossen und die Kreaturen vom Europäischen Gerichtshof ihr Wörtchen mitredeten, war es Typen wie Howard Rennie nicht mehr erlaubt, einen Häftling zu schlagen und zu reizen – dafür war die Kamera da, um zu gewährleisten, daß Typen wie Howard Rennie ihre Fäuste nicht auf dem Kinn eines üblen kleinen Bastards landen ließen, dessen einzige Fähigkeit es war, mit einer Woodmaster Remington aus dem Hinterhalt zu schießen oder Kunstdünger für eine Bombe im Bierfaß zusammenzumischen... Scheiße, und wenn man diesen Bastarden nicht eine reinhauen konnte, dann konnte man den Gedanken, einen zum Reden zu kriegen, so ziemlich vergessen.

Rennie wußte, daß McAnally beim zweiten Verhör nicht den Mund aufgemacht hatte. Kein einziges Wort von der kleinen Bestie, das sie weitergebracht hätte.

Er stürmte vorbei an dem uniformierten Polizisten, der den Korridor bewachte, und hinein in den fünftletzten Raum rechts. Er nickte dem jüngeren der beiden Kriminalbeamten zu, er solle seinen Stuhl freimachen und hinausgehen. Die verdammten Vorschriften besagten, daß zu keiner Zeit mehr als zwei Beamte bei einem Verhör zugegen sein durften... diese verdammten Vorschriften banden all jenen Männern die Hände, die sich bemühten, die Provinz für anständige Menschen sicher zu machen; das war Howard Rennies ewiges Lied.

McAnally sah zu Rennie auf.

»Ich bin verpflichtet, dir meinen Namen zu sagen. Ich heiße Rennie, Detective Chief Inspector...« Rennie drehte den Stuhl verkehrt herum. Krachend ließ er sich nieder, die Ellenbogen ruhten auf der Rückenlehne. Er rülpste, all diese Pommes frites im Magen. Er lehnte sich vor.

»Heute ein bißchen kooperativer, Gingy, oder nicht?«

Hinter McAnally schüttelte der Kriminalbeamte den Kopf.

»Ob wir heute wohl vernünftig werden, oder wollen wir es uns schwermachen? Wollen wir lebenslänglich ohne Empfehlung für eine Mindesthaftdauer, oder lebenslänglich mit mindestens fünfundzwanzig Jahren im Urteil?«

McAnally ließ den Kopf in die Fäuste sinken.

Ein kühles Lächeln von Rennie. »Ich darf dir ja nichts versprechen, McAnally, aber jeder von den Jungs kennt die Spielregeln. Hilf uns, und es gibt lebenslänglich ohne ein Wort über Mindesthaftdauer, das ist verdammt leichter zu ertragen als fünfundzwanzig Jahre ...«

McAnally hielt sich die Ohren zu.

»McAnally, wenn du nicht blöd bist, dann überlegst du dir langsam mal deine Situation. Du bist verpfiffen worden ... so verrottet ist deine Bewegung schon, die ist verrottet vom Keller bis zum Dach. Deine eigenen Leute haben dich verraten.«

McAnally öffnete die Augen und starrte Rennie bösartig an. Seine Lippen zitterten, doch er sagte nichts. Kämpfte mit sich, nichts zu sagen.

»Können ja nicht allzu viele gewesen sein, die wußten, daß du vom Süden raufgekommen bist. Na ja, einer von denen, die's wußten, war jedenfalls so nett zu uns und hat dich verpfiffen. Willst du wirklich im Knast sitzen und die ganze Zeit grübeln, welcher es nun wohl war? Na klar, hast ja genug Zeit dafür, du hast fünfundzwanzig Jahre Zeit, darüber nachzugrübeln ... wenn du nicht vernünftig bist. Du warst doch schon mal im Bau, Gingy. Du weißt genau, wie lange fünfundzwanzig Jahre da drin dauern.«

McAnally ließ sich vom Stuhl fallen.

Er lag auf dem Boden des Verhörzimmers.

Er lag mit dem Gesicht zum Fußboden und hielt sich die Ohren zu.

»Kriegst du's langsam mit, Gingy?«

Rennie war aufgestanden und ließ sich auf Hände und Knie sinken, dann streckte er die Beine aus, als wollte er ein paar Liegestützen machen, und ließ sich langsam nieder, auf den Fußboden, ganz hinunter, neben McAnally.

»So langsam müßtest du es schnallen, Gingy. Die haben dich verpfiffen. Sie haben dich für einen einzigen Schuß zurückgeholt, und damit warst du für die zu nichts mehr nütze.«

Der kleine Gingy McAnally und der große Howard

Rennie, beide bäuchlings auf dem Boden, McAnally die Handflächen an die Ohren gepreßt, und Rennie flüsterte durch die Spalten zwischen seinen Fingern.

»Böse Platzwunde da an deiner Lippe, Gingy.«

McAnallys Zunge zuckte hinter den Zähnen hervor und fuhr über die geschwollene Lippe.

»Läßt du dich nicht gerne fertigmachen, Gingy? Du kannst doch auch ganz gut austeilen. Billy Simpson hast du ja auch ziemlich fertiggemacht. Hier gibt's ne Menge Leute, die dir liebend gern den Arsch dafür aufreißen würden.«

Rennie sah, daß McAnally den Kopf eng an die Brust preßte, als könnte er so die ständige Berieselung durch diese Stimme besser ausschalten.

»Ich hätte ja gedacht, daß die Soldaten dich halb umgebracht hätten, Gingy...«

Er bemerkte, daß McAnally wie zur Bestätigung den Kopf ganz kurz und schnell bewegte. Rennie kauerte nun über McAnally, seine Hände stützten sich seitlich von McAnallys Kopf auf, und sein Mund berührte beinahe die Haut an McAnallys Nacken.

»Der Offizier hat dich gerettet, Gingy, oder? Hat dich davor gerettet, ganz fürchterlich verprügelt zu werden, oder?«

McAnally nickte.

»Der Offizier hat sie daran gehindert, dir die Seele aus dem Leib zu prügeln, ja, Gingy?«

»Ja.«

»Dieser Offizier war ein bißchen nett zu dir?«

»Ja.« Eine dünne, piepsige Stimme.

»Ein bißchen nett, wo du's gar nicht erwartet hattest?«

»Ja.«

»Diesem Mann, diesem Offizier, dem würdest du vertrauen, Gingy, stimmt's?«

»Ja.«

»Du würdest ihm vertrauen, weil er ein guter

Mensch ist, weil er nicht so ein Schwein ist wie ich, weil er dich vor den Schlägen gerettet hat. Stimmt's, Gingy?«

»Ja.«

»Und dieser Offizier ist Lieutenant Ferris?«

»Ja.«

Alles bei einem Verhör war Glückssache. Wenn er ins Verhörzimmer kam, hatte er nie im voraus einen Plan, wie er sich dem Häftling gegenüber verhalten würde. Er folgte jedesmal seinem Riecher, manchmal ging es gut, oft genug lag er daneben. Rennie ließ den Kopf sinken, seine Stirn berührte den Boden. Sein Mund war dicht an McAnallys Ohr.

»Ich schätze, diesem Offizier tust du leid.«

Rennie griff nach oben. Seine Finger fanden die Tischkante, und er zog sich hoch. »So, ich hab heute noch was zu tun, Gingy. Aber ich komme wieder. Und inzwischen kannst du ja ein bißchen über deine Freunde nachdenken«, sagte Rennie. »Das hat natürlich keine Eile«, setzte er hinzu, bevor sich die Tür hinter ihm schloß.

Nach neun Uhr abends, und die Lampen leuchteten durch die dünnen Vorhänge in den Straßen von Turf Lodge. Nasse Straßen, die im Scheinwerferlicht der Landrover glänzten. Leere Straßen, denn das Sozialamt zahlte erst morgen früh aus, und es war kein Geld mehr übrig zum Versaufen. Die Landrover fuhren langsam herum, mit heulenden Motoren. Ferris mit seinem Fahrer und zwei Gefreiten im vordersten Wagen.

Ferris dachte an Sam. In dieser Woche war kein Brief von ihr gekommen, aber er hatte auch keine Zeit gehabt, sie anzurufen; also waren sie quitt. Wenn er ihr schrieb oder am Telefon mit ihr sprach, hatte er nie viel über Turf Lodge zu sagen, über die Patrouillen bei Nacht. Wenn er nicht so oft schrieb oder anrief, dann lag es nur daran, daß er nicht viel zu erzählen hatte, was sie wissen sollte, nicht etwa daran, daß sie ihm nicht fehlte. Ein Mädchen, das mit den Eltern in einer Achtzimmervilla mit Pferdekoppel und Obstgarten im schönen Somerset wohnte, hatte eben nicht allzu viel zu tun mit nächtlichen Patrouillen im Bezirk Turf Lodge – also erzählte er ihr nichts davon. Von Sean Pius McAnally würde er ihr erzählen, aber nur gerade so viel, daß sein Zug jede Menge Lorbeeren von Sunray für ihn erntete. Das würde ihr gefallen, und sie würde es ihrem Vater weitersagen. Sams Vater war ein Fast-Colonel im Ruhestand. Eigentlich war er Major gewesen und hatte eine Kompanie in der alten Somerset Light Infantry kommandiert, aber sie hatten ihn zum Lieutenant Colonel befördert, damit er die Kadetteneinheiten der Schule in seiner Gegend beaufsichtigen konnte. Kein schlechter Kerl, Sams Vater, und er mischte sich auch nicht ein in das, was Sam tat, wenn David Ferris auf Urlaub bei ihr drüben war. Nur hatte er leider vergessen, daß er's doch nicht zum General gebracht hatte, ganz einfach total vergessen, als er die Karte der Falklands in seinem Arbeitszimmer aufgehängt hatte während der Sache im Südatlantik.

Sie war wunderbar, seine Sam, aber an Sam zu denken in einer kalten, nassen Nacht in Turf Lodge, das könnte reichen, um sich von einem Heckenschützen erwischen zu lassen. Sicherer war's, daran zu denken, daß ein Scharfschütze zwischen Drive und Parade im Hinterhalt liegen könnte. Sie hatte herrliche Schenkel, weil sie dreimal pro Woche joggen ging, und herrliche Brüste, weil sie morgens immer anderthalb Liter Milch trank; sie war eine herrliche Frau, weil sie sich die ganze Zeit für David Ferris aufhob, während er durch den Bezirk von Turf Lodge auf Streife fuhr. Aber wenn man sich schon von einem Heckenschützen erwischen lassen mußte, dann immer noch besser, ein klares Bild von Sams wunderschönem Körper im Kopf zu haben, während das Zielfernrohr auf einen gerichtet war.

»Woran denken Sie, Jones?«

»Ans Bumsen, Sir. Und woran denken Sie, Sir?«

»An militärische Taktik, Jones, woran sonst?«

In dem fahlen Licht konnte Ferris sehen, daß Jones ganz ernst blieb. Er lächelte. Er hörte das Kichern der Gefreiten hinter sich. »... DELTA FOXTROT KOMMEN ...«

Bei dem plötzlichen Lärm im Ohrhörer zuckte er zusammen. Er tastete nach dem Knopf am Funkgerät, drehte die Lautstärke herab.

»... Delta Foxtrot hört Sie, bitte kommen ...«

»... DELTA FOXTROT HIER 49 ... R. W. M. ZU PARADE STRICH AVENUE, LAGE PRÜFEN ... ENDE ...«

Ferris sprach leise zu Jones: »So rasch wie möglich zur Kreuzung Parade und Avenue.« Er drehte sich zu den Gefreiten um. »Augen auf, Jungs ...!«

Fusilier Jones kannte Turf Lodge wie ein Einheimischer. Dreimal rechts und einmal links.

Die Scheinwerfer leuchteten die Straße ab und erfaßten einen Gefreiten, der neben einer überwachsenen Hecke kauerte, und dann den Corporal, gebückt neben der Mauer eines kleinen Garagenschuppens. Ferris erkannte etwas neben dem Corporal, das aussah wie ein Bündel Lumpen, vielleicht ein Sack, bevor Jones das Licht ausmachte. Er schwang sich aus dem Landrover und rannte geduckt zu seinem Corporal hinüber.

Der gedämpfte Schein der Taschenlampe beleuchtete ein kleines, blasses Gesicht. Ferris sah die verschreckten, starren Augen und die blutleeren Wangen, auf denen Tränen verschmiert waren.

Ferris Gedanken rasten. So ein verfluchter Kerl hat Fahrerflucht begangen, weil diese beschissenen Straßenlaternen nicht funktionieren ... aber die Taschenlampe des Corporals beleuchtete den kurzen Ärmel des Jungen ... Ferris sah das Loch am Ellenbogen, ganz durchgewetzt ... und die Lampe bewegte sich weiter zum Bein des Jungen. Er sah das blutende Knie des

Jungen, und das schwarze Loch der Kugel inmitten des scharlachroten Flecks.

»Aber das ist doch noch ein Kind, verdammt ...«

»Ja, ein Kind, Mr. Ferris, und sie haben ihm die Kniescheibe zerschossen«, sagte der Corporal grimmig.

»Gütiger Gott ... ich glaub's einfach nicht ...«

»Das ist Liam Blaney, dreizehn Jahre alt. Sein Vater sitzt im Kesh ... Wollen Sie mal seinen Bauch sehen?«

Der Corporal wartete nicht auf Ferris' Antwort. Er zog das Hemd des Jungen zurück, zog das Unterhemd hoch. Ferris sah die Brandwunden und die blauen Flekken.

»Haben ihn wohl für einen Denunzianten gehalten, Sir«, fügte der Corporal hinzu.

Ferris hatte die Kinder des Corporals schon einmal auf einem Stützpunkt daheim in England getroffen. Er wußte, daß diese trockenen, emotionslosen Antworten nur gespielt waren.

»Ich bringe ihn rüber in die Kaserne und fordere einen Krankenwagen an. Werd ihnen Beine machen über Funk ... Na komm, Sohnemann.«

Er nahm das Kind in die Arme. Er spürte, wie der Junge dagegen ankämpfte und sich dann vor Schmerz wand. Er hörte ihn aufschreien. Er konnte sich vorstellen, was es für dieses Kind hieß, in den Armen eines britischen Offiziers zu liegen; er glaubte auch den rasenden Schmerz nachvollziehen zu können, den eine Kugel hervorrufen mußte, die aus nächster Nähe durch Knochen und Muskulatur und Gewebe in die Kniescheibe gefeuert wurde, und das war nach den Zigaretten und nach den Schlägen gewesen. Er hielt das Kind gegen die Brust gedrückt, ganz fest, damit es ihm nicht Widerstand leisten konnte. Er ging zum Landrover und stieg ein, den Jungen hielt er im Schoß.

»So was würden sich nicht einmal irgendwelche Viecher im Zoo antun, Mr. Ferris«, bemerkte Füsilier Jones, als er den Gang einlegte.

»Jetzt fahren Sie endlich, Jones ...«

Er hatte keine Ahnung, was er dem Jungen sagen sollte. Er wußte nicht, wie man ein Kind tröstet, das eine zerschossene Kniescheibe und Brandlöcher auf dem Bauch hat. Er klemmte sein Gewehr zwischen die Sitze und hielt den Jungen fest und versuchte, ihn vor den harten Stößen des Landrovers zu schützen.

»Was für ein Mensch ist dieser Ferris eigentlich?«

Zum Glück hatte der Bataillonskommandeur Rennie einen Gin angeboten.

Sunray trank Scotch, und der Nachrichtenoffizier hielt einen silbernen Bierkrug in der Hand.

»Ein äußerst professioneller junger Offizier, das hat er ja durch seine Aktion gestern abend bewiesen.« Sunray saß an seinem Büroschreibtisch, seine Finger spielten mit einem Brieföffner.

»Ich bin nicht an seinen dienstlichen Fähigkeiten interessiert, Sir. Sondern an seiner Persönlichkeit. Ganz ehrlich, bitte.«

»Na ja, so ziemlich wie jeder andere hier«, sagte der Nachrichtenoffizier vorsichtig.

»Wenn er so ziemlich wie jeder andere wäre, dann hätt ich's mir sparen können, hierher zu kommen. Wenn er nicht ein bißchen *anders* wäre, dann würde ich jetzt zu Hause vor dem Kamin sitzen, zum Teufel! Also, wenn Sie hier drumrum reden wollen, dann verschwende ich nur meine Zeit, und dann laß ich Sie lieber in Ruhe ...« Rennie leerte sein Glas und knallte es auf den polierten Tisch neben sich. »Wenn Sie nicht drumrum reden wollen, dann könnte Mr. Ferris für mich eventuell sehr nützlich sein ... Colonel, wenn das hier nicht sehr wichtig wäre, dann wäre ich nicht hier.«

Sunray hatte normalerweise sehr wenig Zeit für Polizisten aus Ulster. Aber diesen Mann konnte er achten. Ein grober Klotz, und ein hartes, müdes Gesicht.

»Sagen Sie's ihm, Jason.«

»So etwas wie Familientradition in der Armee gibt es nicht, und er ist anders als die, die wir sonst so kriegen. Er hatte sich eigentlich um ein Offiziersstipendium für die Uni bemüht, aber seine Noten in der Oberschule reichten nicht, also ging er auf die Royal Military Academy und kam auf diesem Wege zu uns. Er ist in unserem Regiment, aber ich würde nicht sagen, daß er zu uns gehört. Letztes Jahr wollte er weg, als unsere Zeit in Crossmaglen vorbei war. Er hatte sich für den Special Air Service beworben. Verstehen Sie mich richtig, das geht nicht gegen ihn, aber der SAS hat ihn mit der Bewertung abgewiesen, ihm fehle die notwendige Härte für diese Spezialeinheit . . .«

Sunray unterbrach ihn. »Wenn die Armee sich nur aus Akademikern und SAS-Kandidaten zusammensetzen würde, dann wäre es eine ziemlich kleine Armee. Mich würden sie schon mal gar nicht nehmen.«

»Er ist ein stiller Mann, Inspector Rennie, macht nicht viel Wirbel. Wenn wir im Kasino mal einen draufmachen, dann geht er nicht hin, ist nichts für ihn. Leute wie mich hält er für Schwarzweiß-Denker, und daher für ein bißchen blöde.«

Sunray bemerkte: »Seine Männer mögen ihn offenbar recht gern. Was nicht immer unbedingt gut sein muß.«

»Er hat etwas sehr Verbissenes. Wenn er sich was in den Kopf gesetzt hat, ist es völlig nutzlos, ihn davon abzubringen. Und außerdem ist er ein Zweifler, wenn Sie wissen, was ich meine.«

»Woran zweifelt er denn?« fragte Rennie.

»Na, an dem, was wir hier machen, woran denn sonst?.. Zum Beispiel neulich, da hat er mich angejammert, nachdem er diese Type McAnally überprüft hatte, das war vor dem RPG-Anschlag. Ich meinte zu ihm, er solle sich mal klarmachen, daß wir es hier mit Psychopathen zu tun haben, und er hat dauernd nur davon geschwafelt, daß es auch Menschen wären. Wir hatten uns ziemlich in den Haaren.«

»Genau das habe ich zu hören gehofft«, sagte Rennie. »Ich würde mir Mr. Ferris gerne von Ihnen ausleihen, Colonel.« Rennie grinste und streckte sein leeres Glas aus. »Und ich hätte gerne noch die andere Hälfte.«

Der Krankenwagen wartete schon im Kasernenhof, als Ferris mit Mattie Blaneys Sohn hereinkam. Das Weinen hatte aufgehört. Wahrscheinlich setzte jetzt der Schock ein.

Auf der Rückfahrt in die Kaserne hatten seine Soldaten kein Wort gesprochen. Es war, als hätte jeder im Landrover die Botschaft begriffen: Wenn der Gegner so etwas mit Kindern machte, mit den Kindern seiner eigenen Leute, was würde er dann einem Soldaten antun, wenn er ihm je in die Hände fallen sollte; was würde er mit einem Zivilagenten vom SAS oder von der Mobilen Einsatzgruppe oder vom Abwehr-Corps machen ... Allein bei dem Gedanken schauderte Ferris.

Auch der Priester war schon in der Kaserne angekommen. Die Gefreiten nannten ihn alle »F-Zwo« oder auch die »Fasel-Fotze aus der Kirche«. Er hieß Father Francis ... angeblich sprach er lieber Gälisch als Englisch und war auch besser in dieser Sprache. Wenn irgend etwas passierte, kam er regelmäßig sofort aus Turf Lodge herunter und war in der Kaserne zur Stelle. Er war jung, kaum älter als zwanzig, hatte kurzes Haar und trug eine schwere Brille aus Kristallglas über den rosa Wangen, die noch keine Rasur nötig hatten. Die Offiziere im Kasino waren alle überzeugt, daß er jede Nacht auf den nackten Knien darum betete, die Erde möge sich öffnen, um die britische Armee in Nordirland zu verschlingen, sich dann wieder schließen und sie alle ersticken. Obwohl er ihm auch hätte ausweichen können, stieß der Priester einen von Ferris' Soldaten absichtlich beiseite, als er vortrat, um zuzusehen, wie der Junge in den Krankenwagen verladen wurde. Offensichtlich flüsterte er dem Jungen etwas ins Ohr, bevor sich die Türen schlossen.

Ferris spürte Ärger in sich aufsteigen. Sie bekamen immer gesagt, höflich zu Priestern zu sein. Nach Ansicht des Hauptquartiers besaßen die Priester einen beschwichtigenden Einfluß auf die Gemeinde und waren ein notwendiges Instrument, um die Bevölkerung aus den Klauen der Provisionals zu reißen. Aber im Hauptquartier redeten sie offenbar nur mit den Bischöfen.

»Sie haben da ja anscheinend ein paar nette Schäfchen im Kirchspiel, Father Francis . . .« sagte Ferris.

»Mr. Ferris, der sind Sie doch? Jetzt haben Sie ja wohl, was Sie wollten, Mr. Ferris – einen Jungen mit durchschossenen Knien, hätte wohl auch gleich eine Hinrichtung sein können.«

»Was ich wollte? . . . Das ist doch ein verfluchter Blödsinn.«

Der Priester starrte Ferris böse an. »Kraftausdrücke sind für gewöhnlich das Zeichen eines mangelhaften Wortschatzes. Sie haben Sean McAnally abgeholt, einen guten Familienvater, einen Mann, der im Süden lebt und versucht hat, sich der Gewalt zu entziehen; Sie nehmen ihn fest, wenn er seine Frau besuchen möchte, und dann verkünden Sie ihre bösartigen Anschuldigungen über die Medien . . .«

»Wovon reden Sie überhaupt, zum Teufel?«

»Sie haben doch bekanntgeben lassen, daß ein Denunziant Sie auf die Spur von Sean McAnally gebracht hat. Sie wissen genau, was mit Denunzianten passiert, Mr. Ferris. Deshalb kann ich mit voller Überzeugung sagen, daß die Verstümmelung dieses Kindes genau das war, was Sie wollten.«

Der Priester drehte sich zum Gehen um.

»Das ist einfach nicht wahr, verdammt!« rief ihm Ferris nach. Der Priester wirbelte noch einmal herum. »Ich habe keine Zeit, hier herumzustehen, Mr. Ferris.

Ich muß ins Royal Victoria Hospital, um einem kleinen verletzten Kind Trost zu spenden, während die Chirurgen seine Kniescheibe verarzten. Sie leisten gute Arbeit dort, aber er wird nie wieder laufen können. Danach muß ich zu seiner Mutter. Irgend jemand muß ja den Dreck aufkehren, den Ihre schmutzigen Tricks hinterlassen.«

Der Priester verschwand aus dem Licht der Bogenlampen, verschwand in die Nacht. Die hohen Eisentore schlossen sich hinter ihm.

Ferris schüttelte den Kopf, als hätte er Kopfschmerzen und einen schlechten Geschmack im Mund. Er hatte den Satz über den »anonymen Hinweis« im Radio auch gehört und sich gewundert; und er hatte im stillen gelacht, als der Nachrichtenoffizier ihm die Sache erklärt hatte. Mann, was für eine beschissene Stadt das war. Mit seinem Ärmel hatte er dem Kind die Tränen von den Wangen gewischt.

Der Nachrichtenoffizier stand in einer Kasernentür und sah ihm zu. Er dürfte die Unterhaltung gehört haben.

»In Sunrays Büro, David.«

Ferris ging hinüber zum Waffenstand, zielte auf den Sand, entlud das Gewehr und kam dann hinüber. Er fühlte sich verraten. Es lag eine gewisse Wahrheit in der Anschuldigung von F-Zwo. »Psychologische Kriegführung« nannte es der Nachrichtenoffizier. »Schmutzige Tricks« sagte der Priester dazu. Und beide wußten genau, daß sie recht hatten.

Er folgte dem Nachrichtenoffizier zu Sunrays Büro.

Er sah Rennie bequem im Sessel sitzen, ein Glas in der Hand. Sunray bot Ferris nichts zu trinken an. Er kam sofort zur Sache. Detective Chief Inspector Rennie hatte die ungewöhnliche Bitte gestellt, Ferris möge von Zeit zu Zeit in Castlereagh zur Verfügung stehen. Diese Bitte war keineswegs unbegründet; er hatte sich von der Dringlichkeit der Angelegenheit überzeugen lassen; deshalb verzichtete er auf den normalen Dienstweg, bei dem zunächst das Hauptquartier in Lisburn hätte befragt werden müssen. Ferris sollte sich Detective Chief Inspector Rennie zur Verfügung halten. Ferris sah auf die Uhr. Fast zehn.

»Dann mal los, junger Mann.« Rennie dankte dem Kommandeur mit einem Nicken für den Drink und ging voran.

Ferris fuhr bei Rennie im Auto mit. Ziemlich schwierig, ein automatisches Gewehr halbwegs schußbereit zu halten, wenn man auf dem Beifahrersitz einer Limousine hockte. Hinter ihnen kam ein Polizei-Landrover. Rennie fuhr schnell, mit wachsamem Blick auf die Straße vor sich und auf die Bürgersteige. Hin und wieder wanderten ein paar Kneipenbrüder auf der Straße herum. Ansonsten wirkte die Stadt verlassen.

Ferris brach das Schweigen, als sie von der Grosvenor Road abfuhren, um das Stadtzentrum zu durchqueren. Er hatte nicht sprechen wollen, solange sie noch »in Feindesland« waren, um den Fahrer nicht abzulenken.

»Es stimmt nicht, daß wir McAnally durch einen Hinweis gekriegt haben ... Wer immer das verlautet hat, sollte sich verdammt noch mal schämen.«

»Das habe ich verlauten lassen«, sagte Rennie. »Und, Mr. Ferris, es braucht noch viel mehr, damit ich mich schäme.«

»Das war noch ein Kind.«

Rennie nahm den Blick von der Straße, sah Ferris direkt an.

»Ich kämpfe jetzt schon seit mehr als fünfzehn Jahren in diesem Krieg. In dieser Zeit sind ein paar Dinge geschehen, die ich bedaure. Aber ich habe es nicht nötig, mir von jemandem, der erst acht Wochen hier ist, Vorhaltungen über falsche Entscheidungen machen zu lassen ... Wir haben hier Krieg, Mr. Ferris. Wollen Sie ein paar Kriegsopfer sehen? Gehen Sie doch mal in eine Gemeinde der Pfingstler, die man niederschießt, während sie ihre Choräle singen. Gehen Sie zu den Krankenschwestern, bei denen abends zur Schlafenszeit eine Bombe hochgeht. Gehen Sie zu den Leuten, die im ›La Mon‹ mal gut essen gehen wollen und dafür zu Asche verbrennen. Da sind die Opfer, die für mich zählen: Kirchgänger, Krankenschwestern und Leute, die im Restaurant zu Abend essen. Jedenfalls sind die mir wichtiger als ein Bursche von den Provos, dem sie in die Kniescheibe geballert haben.«

»Also sind Sie nicht wegen diesem Jungen gekommen?« warf Ferris dazwischen.

»Erzählen Sie mir doch nicht, daß bei Ihnen 'ne Schraube locker ist, das geht uns doch allen so. Und sagen Sie bloß nicht, daß das Ganze unfair ist — alles, was in dieser gottverlassenen Stadt passiert, ist unfair. Hören Sie mal zu: meine besten Kumpel liegen hier begraben. Deshalb ist es mir wichtig, diesen Krieg zu gewinnen. Deshalb macht's mir nichts aus, wenn mal ein Irrtum passiert.«

»Ich höre ja zu.«

»Also dann hören Sie auch zu, und unterbrechen Sie mich nicht.«

Ferris grinste. »Na, dann erzählen Sie mal, Mr. Rennie.«

»Zunächst die Vorschriften: Wir dürfen einen Häftling viermal pro Tag verhören, wobei ein Tag bis Mitternacht dauert. Wir werden um elf in Castlereagh ankommen, und heute haben wir schon dreimal mit unserem Bürschchen geredet ...«

»Mit McAnally?«

»Tun Sie mir doch den Gefallen, junger Mann, und halten Sie den Mund ... Mir bleibt noch eine Stunde mit McAnally, bevor ich ihn ins Bett schicken muß, und ich krieg ihn erst wieder, wenn er sein warmes Frühstück intus hat. Soweit also die Vorschriften. Jetzt zur Vorgeschichte ... Damals, als die Polizei dem Militär übergeordnet wurde, haben wir die Aufgabe bekommen, die Paramilitärischen zu kriminalisieren. Wir mußten sie vor Gericht bringen und eine Verurteilung wegen krimineller Handlungen erreichen – Mord, Mordversuch, Besitz von Schußwaffen, Mitgliedschaft in einer verbotenen Organisation. Zeugen haben sich da natürlich nie hervorgetraut, kann man ihnen ja wirklich nicht verübeln, also sind wir meistens ein bißchen hautnah geworden, um die ›Freiheitskämpfer‹ trotzdem dazu zu bringen, ihre Freiheit in den Wind zu schreiben. Dann machten sie ihr Geständnis, der Richter gab ihnen ein paar Jahre Knast und die Politiker drüben machten sich plötzlich in die Hosen und fingen an zu weinen. Immerhin haben wir sie ins Kesh gebracht, die Mistkerle eingesperrt ... Aber das ist inzwischen alles schon Geschichte. Heutzutage gibt's in Castlereagh überall Kameras. In jedem Korridor stehen Uniformierte. Deshalb kriegt man auch nicht mehr so leicht ein Geständnis. Verstehen Sie ein bißchen?«

Sie waren jetzt in den südöstlichen Vororten. Baumbestandene Alleen, brave Einfamilienhäuser. Häuser für die Protestanten, in denen sie ruhig schlafen konnten, während in ihrem Namen der Krieg in den Ghettos ausgefochten wurde, weit weg im Westen der Stadt.

»Ich verstehe schon.«

»Also mußten wir uns was anderes einfallen lassen. Eines haben wir hier ja wirklich, aber das ist auch das einzige. Wir haben Geld, soviel Geld, wie wir ausgeben können. Wir mußten zwar damit aufhören, die Geständnisse aus ihnen rauszuprügeln, aber dafür fingen wir an, die Informationen zu kaufen, die wir brauchten. Also kauften wir uns Informanten ... fünfundzwanzig Pfund pro Woche in gebrauchten Scheinen, und bis zu zweihundert, wenn die Quelle gut und tüchtig war. Die PIRA mag keine Denunzianten, deshalb lagen immer mehr Leichen herum. Unsere Gewährsleute kriegten bald mit, daß das kein Job für die Rente war. Also machten wir's anders: Wir haben uns auf die konzentriert, die wir sowieso schon im Bau hatten, auf die jenigen, die vor dem Femegericht hinter irgendeinem Bauzaun und der Kugel im Genick sicher waren. Wir nannten es die Bekehrung von Terroristen.«

»Überläufer.«

Rennie saß über das Lenkrad gebeugt und sprach leise in Richtung Armaturenbrett.

»Die Briten müssen doch wirklich allem und jedem so einen komischen Namen geben. ›Überläufer‹ ist Ihr Wort, so eins aus East End London. ›Bekehrter Terrorist‹ ist meins. Für die Provos ist er ein ›Verräter‹... Sogar dieser Heini in Stormont Castle sagt ›Überläufer‹ zu ihnen... wenn's Ihnen lieber ist, David, dann nennen wir sie eben so, bleiben wir schön britisch. Jedenfalls war es ein genialer Einfall...«

»Wenn es funktioniert.«

»Er ist genial, weil sie nie wissen, woher die nächste Gefahr kommt. Die Hälfte ihrer Zeit müssen sie darüber nachdenken, ob sie gerade von ihren eigenen Leuten verkauft werden.«

»Ich lese Zeitung, hören Sie, ich bin doch kein Idiot, Sie haben ein paar gehabt, bei denen hat's funktioniert, aber es waren noch mehr, die ihre Aussage später zurückgezogen haben.«

Rennie beachtete die Unterbrechung nicht. Er hatte eine Zigarette im Mund, zündete sie mit einem Streichholz an, bog links ab und schaltete in den nächsten Gang. Perfektes Zusammenspiel von Hand und Auge.

»Wir haben so eine Art Muster für den Mann rausgefunden, der eventuell zum Überläufer wird. Er ist über fünfundzwanzig, hat die Straßenkampf-Sachen hinter sich, die Benzinbomben und Pflastersteine, aber jetzt ist er dafür zu alt. Er hat eine Frau, wahrscheinlich auch Kinder. Er hat eine feste Adresse. Er war ein paar Jahre im Knast, also weiß er, wie Long Kesh von innen ist. Er ist wieder rausgekommen und hat weitergemacht wie vorher, und dann wird er geschnappt, und diesmal geht er für lebenslänglich rein, jedenfalls für so lange, daß es schon egal ist. Er hat keinerlei Perspektive, weil er mit den Vorstrafen und der neuen Anklage ein alter Mann sein wird, wenn er aus dem Knast rauskommt. Das ist der Typ, den wir bekehren.«

»Das ist McAnally«, sagte Ferris leise. Vor sich sah er die hohen grellen Lampen am Zaun von Castlereagh. Er spürte, wie seine Hände am Schaft des Gewehrs zitterten.

»Als Sie ihn sich gegriffen haben, hatte er immer noch dasselbe Unterhemd an, echt ein Blödmann, aber sehr liebenswürdig von ihm. Die lernen nie was dazu. Unsere Spurensicherung hat sich das Unterhemd vorgenommen. Laut Laborbericht stand McAnally an der RPG. Laut Ihrem Fusilier war McAnally im Fluchtwagen. McAnally sitzt für fünfundzwanzig Jahre drin, das hab ich ihm schon erzählt.«

»Warum ich?« Ferris kannte die Antwort schon.

»Denunziant zu werden, das ist eine verdammt wichtige Entscheidung. Der Mann läßt dabei ja alles hinter sich, alles was er kennt, alles und jeden, vielleicht gerade noch mit Ausnahme seiner Familie.«

Sie standen vor dem Tor. Rennie hielt seine Ausweiskarte hoch. Der Polizist im Häuschen prüfte sie.

»Warum ich?«

»Er kehrt allen den Rücken, auf die er sich früher verlassen hat, und dazu muß er verdammt großes Vertrauen in uns haben.«

»Und mir vertraut er, darum geht's also?«

»So ähnlich.«

Rennie gab Tempo und fuhr auf den Parkplatz von Castlereagh. Er hielt an und schaltete den Motor ab.

»Wenn sie erst mal loslegen, sind sie nicht mehr aufzuhalten. Die Schwierigkeit liegt darin, sie zum Loslegen zu bringen. Bringen Sie Gingy McAnally heute zum Loslegen, und ich küsse Ihnen beide Arschbacken.«

Rennie stieg aus; als er sich umdrehte, sah er, daß

Ferris immer noch im Auto saß und ausdruckslos durch die Windschutzscheibe starrte.

»Ich sagte Ihnen schon, ich hab nicht die ganze Nacht Zeit.«

»Ich bin mir nicht sicher, ob ich es machen will.«

Rennie stieg wieder in den Wagen, ein Knie auf den Sitz gestützt. Er beugte sich über Ferris. »Verdammte Scheiße, erzählen Sie mir doch nicht, was Sie machen *wollen.* Was Sie machen *wollen,* das können Sie sich gar nicht aussuchen . . . machen Sie's ganz einfach!«

Ferris warf die Autotür hinter sich zu. Er ging zum Postenhaus und bekam eine Marke für sein Gewehr. Er folgte Rennie durch die inneren Tore und in den Zellenblock.

Über einem zähen Käsebrot und einem Topf Kaffee in der Kantine hatten sie ihn eingewiesen. Er wußte, was er zu sagen hatte. Er wußte, wie wenig Zeit ihm dafür blieb.

McAnally saß im Schneidersitz am Kopfende des Bettes. Er trug Hosen, war aber am Oberkörper nackt, weil er sein Hemd ausgezogen hatte; das Unterhemd hatten sie ihm abgenommen. Ferris saß auf dem Boden, den Rücken an die Wand gelehnt. Die Zelle wurde trübe vom Deckenlicht erhellt. Die Zelle war warm. McAnally sagte kein Wort.

Ferris redete; manchmal schien McAnally zuzuhören, manchmal war er auch ein Jahr weit weg, manchmal eine Laune weit weg, manchmal reagierte er und wand sich, und manchmal verzog sich sein Gesicht, als ob er seine Gefühle kaum aushalten könnte. Ferris konnte sehen, daß McAnally ausgelaugt war, zweiundzwanzig Stunden war es her, daß sie ihn geschnappt hatten, und er sehnte sich nach Schlaf. Wäre McAnally nicht so müde gewesen, dachte Ferris, er hätte den plumpen Vorwand sicher durchschaut.

Ferris sagte, er sei zufällig gerade in Castlereagh,

weil er auf Patrouille vorbeigefahren war, und das war die erste Gelegenheit für ihn, seine Aussage zu Protokoll zu geben, beim letztenmal sei keine Zeit dafür gewesen. Er hatte weitergeredet, ein planloser Monolog.

»... Wir waren auf Streife in Turf Lodge, sind bei Ihrem Haus vorbeigekommen. Im ersten Stock war Licht an. Wahrscheinlich waren sie beim Schlafengehen, hab niemanden gesehen, wir haben auch nicht geklopft. Drei Kinder sind's, oder? Ich hätte gerne mit Ihrer Frau gesprochen. Wenn oben noch Licht war, dann hat sie wohl gerade die Kleinen ins Bett gebracht. Einen verdammt guten Jungen haben Sie ...«

Immer weiterreden, genau wie sie es ihm gesagt hatten.

»Eigentlich bin ich heut abend ein bißchen durcheinander. Wir haben eine ziemlich üble Sache in Turf Lodge ansehen müssen. Eine meiner Fußstreifen, die vor uns ging, hatte mich angefunkt. Sie waren auf einen Jungen gestoßen, dem man die Kniescheibe zerschossen hatte. Ich hatte so was noch nie gesehen. Er muß so ungefähr dreizehn sein, der Junge, dem sie die Kniescheibe zerschmettert haben, und sie haben ihm brennende Zigaretten in den Bauch gedrückt. Ich bin gleich mit ihm in die Kaserne und hab ihn in einen Krankenwagen verfrachtet. Er konnte gar nicht richtig reden. Wahrscheinlich im Schock. Aber er war wirklich tapfer ... Mann, ich kann mir kaum vorstellen, was für Schmerzen er gehabt haben muß. Offenbar haben Ihre Freunde geglaubt, daß er Sie denunziert hat. Der Junge heißt Liam Blaney ... Sie werden ihn ja wohl kennen. Wie ich höre, können sie so etwas im Royal Victoria Hospital ganz gut wieder hinkriegen. Und er war echt tapfer ...«

Ferris konnte den Blick nicht von McAnallys Gesicht wenden. Er sah, wann er getroffen hatte, und er sah auch, wann McAnally ihn abprallen lassen konnte. Aber das Gesicht war jetzt ruhiger, nicht mehr so sehr in Aufruhr. Der Blick wirkte weniger gehetzt.

»Der Polizist, der Sie gestern bei uns abgeholt hat, mit dem hab ich heute gesprochen. Er hat mir erzählt, daß Sie den Absprung aus der Bewegung schon geschafft hatten. Ich sollte das zwar eigentlich nicht sagen, aber das muß eine verdammt schwere Entscheidung für Sie gewesen sein. Er hat mir auch erzählt, daß Sie in den Süden gezogen waren, daß Sie rübergegangen waren, um dort zu leben. Muß wirklich schwer gewesen sein, da auszubrechen ... Na ja, schwer oder nicht, aber immerhin ist es wahrscheinlich ein tolles Gefühl, abends ins Bett zu gehen und zu wissen, daß man bis zum Morgen durchschlafen kann, daß einem nicht solche Typen wie meine Soldaten mitten in der Nacht durch die Wohnung trampeln ...«

Ein schwaches, dünnes Lächeln erschien auf McAnallys Gesicht.

»Sie sind der erste Provisional, den ich je gesehen hab, wissen Sie das? Vorher hab ich nur öfter mal ein paar Burschen bei Verhören gesehen, wo unser Nachrichtendienst sagte, der und der ist Mitglied in der Organisation, aber Sie waren der erste aus Fleisch und Blut ... Ich hab gehört, daß Sie mit dem Ding von Crumlin Road was zu tun haben. Das ist eine scheußliche Sache ... Ich meine, da haben Sie eine Entscheidung getroffen und sind weg in den Süden. Und dann haben die Sie ja wohl für dieses Ding zurückgeholt, für den Job mit der RPG ... 'tschuldigung, sagen Sie jetzt nichts, ich bin kein Polizist. Wenn ich ›scheußliche Sache‹ sage, dann find ich's scheußlich, daß die Mistkerle Sie nicht in Ruhe lassen konnten. Da bauen Sie sich ein neues Leben auf, und dann passiert das hier ... Daß man Sie da drüben nicht in Ruhe gelassen hat, das ist für mich schlimmer als das, was mit dem kleinen Blaney gemacht worden ist ... Mein Gott, ich kann diesen Jungen nicht vergessen, es geht mir nicht aus dem Kopf, daß er nach dem, was die ihm angetan haben, nie wieder rennen kann, nie wieder Fußball spielen kann ... Ich weiß schon, daß meine Jungs Sie auch ganz schön hergenommen haben, dem einen haben Sie ja dafür ein Ding in die Eier verpaßt, aber was die mit Ihnen gemacht haben, das ist nichts gegen das, was Liam Blaney angetan wurde ...«

Ferris sah auf die Uhr. McAnally blickte ihn irgendwie flehentlich an, als er aufstand.

»Tut mir leid, ich muß jetzt gehen, sehen Sie mal auf die Uhr. Ach so, die haben sie Ihnen ja abgenommen, klar ... es ist kurz vor Mitternacht. Wenn ich Ihre Frau sehe, rede ich mal mit ihr, werd ihr sagen, daß es Ihnen gut geht.«

Er ging zur Zellentür und schlug mit den Knöcheln dagegen. Als er sich umdrehte, sah er, daß McAnally die Wand anstarrte.

»Gute Nacht, Mr. McAnally ... Versuchen Sie, sich auf irgendeine Weise zu helfen ... nach dem, was diese Schweine mit Ihnen gemacht haben, nach dieser Scheiße, die sie Ihnen eingebrockt haben, denken Sie am besten zunächst daran, wie Sie sich selbst helfen können, und Ihrer Frau und den Kindern ... Nur der Himmel weiß, was es für Möglichkeiten gibt. Aber wenn sich Ihnen irgendeine bietet, dann greifen Sie danach ... Gute Nacht, Mr. McAnally.«

Ferris warf einen letzten Blick auf das halb abgewandte Gesicht, das gegen die Wand gerichtet war. Er fühlte sich besudelt. Rennie hatte entschieden, daß ein diensttuender Offizier des britischen Regiments empfindsam genug war, um das Innere eines RPG-Scharfschützen der PIRA anzurühren, dem eine dreifach lebenslängliche Zuchthausstrafe bevorstand. Und das Arschloch hatte recht behalten. McAnally biß sich auf die Lippen und murmelte etwas in die Richtung der weißgestrichenen Ziegel seiner Zellenwand. Rennie hatte gewußt, wie er funktionierte.

»Verstehen Sie was von Turmfalken, Mr. Ferris?«

»Nein, leider nicht«, sagte Ferris.

Der Constable hatte die Tür aufgeschlossen und ließ Ferris an sich vorbei aus der Zelle.

Rennie stand an der gesicherten Tür am Ende des Zellenblocks und beobachtete Ferris, der auf ihn zukam. Er sah Ferris im Schein der grellen Deckenbeleuchtung. Er versuchte zu erkennen, in welcher Stimmung der Mann war. Dann trat ein Lächeln auf seine Wangen. Er seufzte erleichtert. Er hatte den besorgten Ausdruck auf Ferris' Gesicht gesehen.

»Gut gemacht, David ... und falls es neu für Sie ist: der Krieg ist wichtiger als diese kleine Ratte da.«

»Ihre kleine Ratte hat mich gefragt, ob ich was von Turmfalken verstehe.«

»Und, was haben Sie geantwortet?«

»Daß ich nichts darüber weiß.«

»Dann finden Sie was raus.«

»Warum?«

»Weil Falken für die Freiheit stehen, und darüber soll er reden, darüber soll er nachdenken.«

6. Kapitel

Als er noch aktiv war, bevor er in den Süden gegangen war, in der Zeit, als er zum RPG-Team gehört hatte, bekamen die Freiwilligen und Bataillonsangehörigen mehrmals etwas über die Taktik der Verhörspezialisten erzählt und über Gegenmaßnahmen zum Unterlaufen dieser Taktik. Die Männer, die ihnen diese Unterweisung gaben, das waren jene, die regelmäßig in den Einzelzellen und den Verhörzimmern von Castlereagh in Belfast, Gough in Armagh oder Strand oben in Derry gesessen hatten. Die ersten vierundzwanzig Stunden waren noch nicht so schlimm, sagten sie, weil der Häftling in Gedanken immer noch bei sich zu Hause, bei seiner Familie und seinen Kumpels war, aber in den nächsten vierundzwanzig Stunden packte ihn die Isolation, und am schlimmsten war es dann in den dritten vierundzwanzig Stunden. Nach drei Tagen, sagten sie, ließ die Isolation wieder langsam nach. Sie konnten einen nur sieben Tage lang festhalten. Nach sieben Tagen mußten sie einen anklagen oder wieder freilassen. Nach sieben Tagen wurde der Häftling entweder rausgeschmissen, um zu seiner Familie zurückzukehren, oder es gab ein Protokoll, und sie brachten ihn rüber in das überfüllte Untersuchungsgefängnis an der Crumlin Road. Sieben Tage lang dauerte die Isolation. Sieben Tage lang sah der Häftling nur die Polizisten, die ihn rein- und rausbrachten, und die Kripo-Beamten, die ihn verhörten. Und der zweite und dritte Tag, das waren die schlimmsten, denn nach dem dritten Tag war der Häftling schon wieder auf dem Weg in die Gesellschaft; bald würde er entweder bei seiner Familie oder bei den anderen U-Häftlingen sein. Bei der Unterweisung sagten sie, daß es sicher am zweiten oder dritten Tag der Einsamkeit geschah, wenn jemand etwas über sich oder seine Freunde aussagte. Sie sagten, daß man es am leichtesten aushielt, wenn man den Mund halten konnte ... Scheiße, McAnally hatte versucht, den Mund zu halten, hatte sich sogar auf den Boden geworfen, um dem tropfenden Wasserhahn ihrer Stimmen zu entrinnen; und dieser Dreckskerl Rennie hatte sich einfach zu ihm auf den Boden gelegt. Bei der Unterweisung sagten sie, es sei viel schwerer, wenn man versuchte, den Fakten zu widersprechen, die einem aufgetischt wurden. Sie gaben ihnen den Tip, sich möglichst ein Steinchen oder einen Glassplitter in den Schuh unter die Zehen zu stecken, damit man mit den Zehen dagegendrücken konnte und es weh tat und einen von den Fragen ablenkte. Sie sagten, die Kripo-Beamten würden versuchen, einen umzudrehen und dafür Geld anzubieten, Geld und Freiheit, Geld und die Freiheit vor Strafverfolgung und ein Leben lang Sicherheit – gegen eine Aussage, mit der man die Bewegung verriet.

Sean Pius McAnally hatte noch sechs Tage des Widerstands vor sich.

Und nach den sechs Tagen? Nach den sechs Tagen kam ein Jahr U-Haft. Und nach dem einen Jahr U-Haft? Nach einem Jahr Crumlin Road würde es ein Gerichtsurteil geben, mit der Empfehlung, daß der Häftling mindestens fünfundzwanzig Jahre absitzen sollte.

Er glaubte, sich noch an jeden einzelnen Tag seiner fünf Jahre Haft im H-Block 7 erinnern zu können... Scheiße, jetzt ging's um fünfmal fünf Jahre Haft. Das bedeutete, jeder Tag seiner fünf Jahre mal fünf. Jeder Tag in der Zwei-Kojen-Zelle mal fünf, jede Leibesvisitation und jede Zellendurchsuchung mal fünf, jeder Besuch von Roisin und ihrer Mutter und Gerard mal fünf, jedes höhnische Grinsen von den Schließern mal fünf, und jedes Jahr, in dem der Sieg immer noch nicht näherrückte, mal fünf... Und in fünf mal fünf Jahren würden ihre Mutter und seine Mutter tot sein, Roisin würde Altersrunzeln haben und – Scheiße – sein Gerard könnte in einer anderen Zelle im selben Block sitzen.

Tag um Tag hatte er sich in seinem Wohnwagen bei Vicarstown geschworen, nie wieder zurückzugehen, sich nie wieder in die Bewegung hineinziehen zu lassen... weil er unter der Last von noch mal fünf Jahren, geschweige denn fünfmal soviel, kaputtgehen würde.

Er hatte dem Vogel vom Kesh erzählt. Der Vogel konnte frei herumfliegen, und wenn er im Geäst über der Wohnwagentür saß und auf die Speckschwarten lauerte, hatte er ihm von den Trakten und Mauern und Zellenblocks und Schlüsseln und Gitterstäben und Wachtürmen des Kesh erzählt. Der Vogel wußte verdammt genau, was das hieß. Der Vogel konnte von den Bäumen beim Wohnwagen wegfliegen und mit dem Winterwind hoch über dem Kanal in den Himmel aufsteigen. Einmal war er in die Bücherei von Monasterevan gegangen und hatte sich ein Buch über Falkenbeize vom Regal geholt – das erste Mal seit Gott weiß wie lange, daß er ein Buch von einem Regal genommen hatte; und dort hatte er etwas über die Ausrüstung gelesen, die die Leute zum Zähmen von Raubvögeln verwendeten. Er hielt das alles für Scheiße. Für ihn waren die Kapuzen und die Lederfesseln und die Koppelriemen und auch die Schellen nur andere Wörter für Trakt, Mauer, Zellenblock, Schlüssel, Gitterstab. Diesen Vogel einzufangen und zu zähmen, das hieße, den Turmfalken zum Kesh zu verurteilen. Vor sich sah er jetzt den Vogel, und er fragte sich, ob der Farmer, der Cousin seiner Mutter, ihn immer beim Wohnwagen fütterte. Er fragte sich, ob der Vogel wohl auf ihn wartete oder ob er davongeflogen war.

Die Zellen hatten schalldichte Wände. Er war allein und erstickte an seiner eigenen Stille.

Sie würden ihm nicht weh tun, nicht so wie letztes Mal. Wozu sollten sie ihn auch schlagen und treten und herumschubsen, wo sie ihn doch noch sechs Tage lang in Castlereagh hatten, plus ein Jahr in U-Haft, plus weitere fünfundzwanzig Jahre im H-Block 7? Verdammte Scheiße... Und er hatte einen Eid abgelegt, hatte Treue geschworen oben auf dem Treppenabsatz im Haus seines Vaters und hatte nie daran gezweifelt, daß er diesen Eid würde einhalten können.

Die Zellentür ging auf. McAnally hatte die Schritte draußen auf dem Korridor nicht kommen gehört.

Der Polizist musterte den Häftling neugierig, als sei er eine Art Monstrum.

»Sind Sie in Ordnung, McAnally?«

Warum sollte er nicht in Ordnung sein? Waren ja bloß noch sechs Tage und dann ein Jahr U-Haft und dann fünfundzwanzig im H-Block 7.

McAnally nickte. So schrecklich müde, die Augen taten weh und die Gestalt des Polizisten in der Tür verschwamm schon. Der Polizist sprach mit englischem

Akzent, einer dieser Schweinekerle, die übers Wasser kamen, um hier einen dreckigen Job zu machen. Das waren immer die Schlimmsten. Die hatten einen ruhigen Sessel in petto, drüben bei sich zu Hause.

»Bring dein Tablett rüber, McAnally.«

Ohne nachzudenken, hob er das Tablett vom Zellenboden auf und trug es zu dem Polizisten an der Tür. Im Korridor stand ein Teewagen, und daneben ein zweiter Polizist, der ihn voller Mißtrauen und Abneigung ansah.

»Können Sie mir die Zeit sagen, Sir?«

»Die Zeit? Na, Frühstückszeit natürlich.« Und der Polizist lachte mit seinem Kollegen, als der die Tür zumachte und wieder verriegelte.

Er haßte sie, weil sie der Feind waren. Und wenn er die RPG in der Hand hätte, würden ihn die Schweine nicht mehr auslachen. Er versuchte, sich zu erinnern, wie sich die RPG anfühlte. Schon so verdammt lange her ... Zwei Tage.

»Was war denn gestern abend los?«

Armstrong reichte Ferris die Orangenmarmelade. Er hatte in der Einsatzzentrale Dienst gemacht, als Ferris aus Castlereagh zurückgekommen war.

»Nicht allzu viel.«

Wilkins schob die Butter über den Tisch. »Du bist hier gestern reingeschlichen, als ob die ganze Welt auf deinen Schultern lastet.« Er hatte sich beim Kaplan im Zimmer einen Kaffee gegönnt und von dort aus gesehen, wie Ferris in ihr gemeinsames Zimmer gegangen war.

Armstrong ließ nicht locker: »Irgendwas muß doch passiert sein, wenn die dich da unten in Castlereagh anfordern.«

»Sie haben mich zu McAnally in die Zelle gesteckt.«

»Wozu denn, um Himmels willen?«

»Na, um ihn umzudrehen.« Ferris brauste auf. »Wozu denn wohl sonst?«

»Bleib auf dem Teppich, Alter, hab ja bloß mal gefragt.«

»Und jetzt weißt du's.«

Wilkins bemerkte: »Hoffen wohl, daß er überläuft, was? Wäre ja ein Riesending für einen Zugführer.«

Armstrong sagte: »Wahrscheinlich hat er sich schon längst angeschissen, jetzt wo er im Käfig sitzt.«

»Ich esse hier mein Frühstück, zum Teufel!«

»Wird so was wie gestern abend noch öfter vorkommen?« Armstrong goß sich Kaffee nach.

»Was geht dich das an?«

»Wenn du hier dauernd nach Castlereagh rüberspazierst, dann dürfen George und ich deinen Dienstplan dazu übernehmen; deshalb geht's uns sehr wohl was an.«

»Ich geb dir einen Rat, David«, sagte Wilkins bedächtig, »misch dich da nicht ein.«

Ferris stieß seinen Stuhl geräuschvoll zurück. Auf seinem Teller lag ein mit Butter bestrichener Toast, unberührt. Er fuhr in die Höhe.

»Verdammt, ich hab nicht drum gebeten, mich da einzumischen. Mir hat man gesagt, es wäre scheißegal, was ich selber will.«

»Überläufer sind Sache der Polizei.«

»Pech, daß das keiner gestern abend gesagt hat, als ich hier gekidnappt worden bin.«

»Keine Chance, nicht wenn er so ist wie gestern, als ich ihn mir vorgenommen hab.« Detective McDonough war seit fünf Jahren bei der Kriminalpolizei und galt als Verhörfachmann.

»Du warst bei der letzten Sitzung nicht dabei, ich schon«, sagte Rennie schroff. »Und sein Soldatenfreund war als Betthupferl hier, bevor wir ihn ins Bett gebracht haben ... Es besteht eine gute Chance.«

»Er geht wegen dreifachen Mordes hinter Gitter. Was haben wir ihm schon anzubieten?« Astley war jünger als McDonough, zeigte seinen Eifer eher.

»Nichts Bestimmtes, aber McAnally fühlt sich momentan ziemlich wacklig, und wir müssen ihn am Wakkeln halten.« Rennie schloß die Akte.

»Bist du heute vormittag da, Rennie?« fragte McDonough.

Rennie zögerte. »Den Vormittag über nicht, hab was zu tun. Nach dem Essen bin ich wieder zurück.«

»Also wir haben nichts anzubieten?« Astley putzte seine Brillengläser. Eher wie ein Schulmeister als ein Verhörspezialist.

»Für 'n paar Namen, für den Schritt in den Zeugenstand, da könnte vielleicht die empfohlene Mindesthaftdauer unter den Tisch fallen«, sagte Rennie.

»In sieben Jahren ist der wieder draußen, fünfzig Prozent von denen kriegen doch sowieso Straferlaß.« McDonoughs Lippen zuckten angewidert.

»Wie gesagt, für ein paar Namen.«

Der Minister stand barhäuptig im Regen. Dieses eine Mal hatte er sich dem Detective Inspector, der für seine persönliche Sicherheit verantwortlich war, widersetzt. Der Detective Inspector wollte, daß er nach dem Gottesdienst in der Kirche blieb und nicht mit ans Grab hinausging, weil am Kirchtor eine Menschenmenge versammelt war, die den Minister schon bei seiner Ankunft ausgebuht hatte; sobald der Leichnam erst einmal im Grab und mit Erde bedeckt war, würde die Hemmschwelle noch wesentlich niedriger liegen. Er hatte jedoch darauf bestanden, mit auf den Friedhof zu gehen, egal ob ihm dort Tritte und Püffe und Steinwürfe drohten.

William »Zehner« Simpson wurde auf dem Friedhof eines Dorfes nördlich von Ardmillan beerdigt, in Sichtweite der düsteren Inseln, die im Küstengewässer des Strangford Lough verstreut lagen. Es war protestantisches Land. Es war das Land von Leuten, die der Krone treu ergeben waren.

»Doch, o geheiligter Vater, o allmächtiger Vater, o heiliger und barmherziger Erlöser, errette uns vom bitteren Schmerz des ewigen Todes.«

Kein nasses Auge zu sehen, dachte der Minister. Diese Leute waren nicht vom weinerlichen Schlag. Sie standen kerzengerade, mit starrem Gesicht. Sie ignorierten den Minister als unwillkommenen Eindringling. Am Kirchtor würde er jedoch nicht ignoriert werden. Sobald er den geweihten Boden verließ, würde die Menge ihm voller Wut ihre innersten Gefühle für die Sicherheitspolitik entgegenschleudern, die seine Aufgabe hier war.

»Da es nun dem allmächtigen Gott in seiner großen Barmherzigkeit gefallen hat, die Seele unseres geliebten dahingegangenen Bruders zu sich zu nehmen, übergeben wir seinen Leichnam der Erde.«

Bevor er Stormont verlassen hatte, war der Premierminister am Telefon gewesen. Der Premierminister würde am Nachmittag eine Fragestunde im Unterhaus haben, und es lag wieder einmal eine Anfrage vor, die den Rücktritt des Nordirland-Ministers forderte und wissen wollte, welche Maßnahmen gegen republikanische Banden getroffen würden, die am hellichten Tag einen Richter ermorden konnten ... Er hätte dem Premierminister nur allzu gern berichtet, daß man das Attentat auf Simpson einem gewissen Sean Pius McAnally zur Last legte. Er hatte aber nur erwidert, ein Mann helfe der Polizei bei den Ermittlungen; dann hatte er das ungeduldige Pfeifen durch die verschlüsselte Leitung gehört.

»Erde zu Erde. Asche zu Asche. Staub zu Staub.«

Scharrend rutschte der Sarg ins Grab.

Der Minister spürte die leichte Berührung auf der Schulter und drehte sich zu seinem Berater um.

»Bißchen früh, Fred.« Der Minister formte die Worte mit dem Mund.

»Niemand hier wird sich grämen, Ihnen nicht die

Hand gedrückt zu haben«, sagte der Berater. »Sie sind auf dem Foto mit drauf, das reicht.«

Er wurde rot. Er entfernte sich von der Trauergemeinde. Sein Berater ging neben ihm. Acht Kriminalbeamte bildeten eine Mauer rings um ihn. Sie verließen den Friedhof durch ein Gärtnertürchen, wo sein Wagen und die Eskorte neben dem gemähten Gras und dem Komposthaufen geparkt standen. Uniformierte Polizisten hielten ein Grüppchen von verdrießlich blickenden Männern und Frauen zurück. Die Witwe stand noch am Grab. Vielleicht würde er ohne Zwischenfall davonkommen. Seine Leibwächter drängten ihn, zwangen ihn fast zum Rennen. Die Menge verabscheute ihn, weil in ihren Augen der Mann aus Westminster für die Greueltaten der Provisionals verantwortlich war ... Die hintere Tür des Wagens stand schon offen. Sein Berater drückte ihn sanft hinein, stieß ihn auf den Sitz. Die Wagen fuhren ruckartig an. Einen Augenblick lang preßte sich das Gesicht einer Frau gegen die Panzerglasscheibe neben dem Kopf des Ministers. Er hörte, wie sie ihm etwas zubrüllte, konnte aber nicht verstehen, was es war. Ein Constable zerrte sie zurück, dann fuhr der Wagen mit der Eskorte dahinter davon.

»Was hat sie gesagt, Fred?«

»Sie sagte: ›Ihr werdet ihn zum Überläufer machen, diese Ratte, die unseren Billy getötet hat, und ihm die Strafe erlassen‹ – das war's, in etwas milderen Worten.«

»Ein Mann, der einen Richter umgebracht hat, soll für eine Aussage Straffreiheit bekommen? Nur über meine Leiche.«

McDonough rauchte Pfeife. Astley zündete sich eine Zigarette an. McDonough ging auf und ab. Astley lehnte an der Wand.

McAnally saß am Tisch.

»Ihr habt mir also kein Angebot zu machen?«

Astley schüttelte den Kopf.

McDonough begann: »Was zunächst mal angeboten wird, Gingy, das ist dreimal lebenslänglich ...«

»Was ist mit einem Angebot, verdammt?«

»... mit der Empfehlung, daß ein bestimmtes Mindestmaß an Jahren verbüßt wird.«

»Wir schätzen, der Richter wird bei dir fünfundzwanzig empfehlen, Gingy«, sagte Astley. »Er wird wohl nicht gerade milde gestimmt sein, wo es doch einer von seinen eigenen Kollegen war.«

Der Atem pfiff durch McAnallys Lippen. Manchmal konnte er Astleys Uhr erkennen. Er war jetzt eine Stunde drin. Es hatte lange, drückende Pausen gegeben. Sie schienen kein Interesse zu haben, mit ihm zu sprechen; sie wollten ihn offenbar am Tisch sitzen und über die fünfundzwanzig Jahre nachgrübeln lassen.

»Du hast ein Problem, Gingy«, sagte McDonough ernsthaft.

»Zum Teufel, fünfundzwanzig Probleme.«

»Guter Witz, Gingy.« Astley kicherte.

McAnally kratzte sich am Kopf. Er dachte an den Eid. Er dachte an Roisin und Gerard und Klein-Patty und Baby Sean.

Er dachte an die Männer, die mit ihm bei dem Anschlag dabeigewesen waren, und an die Männer, die ihn aus seinem Wohnwagen nach Belfast geholt hatten. Er dachte an lebenslänglich im H-Block 7. Er hatte kein Steinchen im Schuh, keinen Glassplitter, den er sich in die Zehen treiben konnte. Immer nannten sie ihn »Gingy«. Egal ob sie mit ihm rumbrüllten oder flüsterten, immer war er »Gingy«. Seine Freunde nannten ihn »Gingy«, seine Freunde vom RPG-Team, und die Männer, die er im Kesh kennengelernt hatte und die immer noch in den Zellen, hinter dem Stacheldraht dort saßen. Wofür hielten sich diese Schweine, daß sie ihn »Gingy« nennen durften?

Die Stille wurde von Astleys bellendem Husten gebrochen, einem typischen Raucherhusten. Dann, nachdem er sich geräuspert und in sein Taschentuch gerotzt hatte, war die Stille wieder da und brodelte im Raum.

»Was wäre denn das Beste, was passieren könnte?« Er hörte seine eigene Stimme von den Wänden widerhallen.

»Tja, wenn ›Zehner-Simpson‹ und seine beiden Gorillas hier plötzlich reinspazieren würden, das wäre so ziemlich das Beste für dich ... aber die werden nirgendwo mehr reinspazieren.« McDonough klopfte seine Pfeife in dem Stanniol-Aschenbecher auf dem Tisch aus. »Deshalb weiß ich gar nicht, was das Beste wäre, das dir passieren könnte.«

»Piß mich nicht an.« McAnallys Blicke hetzten zwischen den beiden Männern hin und her, die ihn gleichgültig betrachteten. »Was bietet ihr mir an?«

»Wir haben nichts anzubieten, Gingy«, sagte Astley.

»Wir müssen dir auch gar nichts anbieten, Gingy«, sagte McDonough.

»Wir haben dich für dreifach lebenslänglich festgenagelt«, sagte Astley.

»Mit Empfehlung für eine Mindestdauer«, sagte McDonough.

»Wenn ich du wäre, Gingy ...«

»Hör ihm gut zu, Bürschchen!«

»... dann würde ich mal ein bißchen nachdenken, im stillen Kämmerlein.«

»Denk doch mal nach, wofür wir wohl dankbar sein könnten.«

»Es gibt da eine winzige Möglichkeit, Gingy ...«

»Nichts weiter als eine Möglichkeit.«

»... daß wir den Richter dazu kriegen, das mit der empfohlenen Mindestdauer zu vergessen«, sagte Astley.

»Falls wir ihm erzählen, daß wir wirklich dankbar sind«, sagte McDonough.

»Warum willst du nicht ein bißchen drüber nachdenken, Gingy?« Astleys Hand lag auf McAnallys Schulter. Er riß ihn hoch, nahm ihn leicht in den Schwitzkasten und führte ihn zur Tür. »Mal ganz in Ruhe nachdenken, Gingy«, sagte McDonough.

Früher Vormittag in Turf Lodge. Die Patrouille bewegte sich vorsichtig durch das Viertel. In den oberen Stockwerken von The Drive 31 und 35 und 39 und 47 und 53 waren die Vorhänge zugezogen. Ferris bemerkte die Vorhänge. Er wußte, die Männer in diesen Häusern hatten keine Arbeit. Die Frauen standen früh auf, um die Kinder mit den Pausenbroten in die Schule zu schikken, und die Männer blieben im Bett. Die Männer würden erst kurz vor dem Mittagessen aufstehen; am Nachmittag würden sie ihren Platz an der Ecke Drive und Avenue einnehmen, falls es nicht regnete, und mit den Kumpels schwatzen oder stumm daneben stehen und dem gemächlichen Treiben von Turf Lodge zusehen. Ferris wußte, daß die Arbeitslosigkeit unter den Männern in Turf Lodge bei mehr als fünfzig Prozent lag. Er vermutete zwar, daß es auch in England Vorstadtviertel mit ebenso hohen Arbeitslosenzahlen gab; eins wußte er aber genau: in England gab es kein Vorstadtviertel, in dem Soldaten unter größter Wachsamkeit Streife gingen.

Ferris' Vater war Bankdirektor und wohnte am Stadtrand von Preston in Lancaster. Er glaubte fest an den Rat, den ein englischer Politiker den Arbeitslosen einmal gegeben hatte: sie sollten sich gefälligst aufs Fahrrad schwingen und einen Job suchen. David Ferris' Vater wußte nichts vom Leben in Turf Lodge und noch weniger darüber, was sein Sohn in diesem Viertel von Belfast tat.

Der frühe Vormittag war eine schlechte Zeit für Patrouillen ... Etwas vorher brachten die Mütter ihre Kinder zur Schule; später, zur Mittagszeit, waren sie noch mal auf der Straße und holten ihre Kleinsten wieder ab; am Nachmittag kamen die älteren Kinder nach Hause. Die Soldaten fühlten sich immer entspannter, wenn die Straßen und Bürgersteige voller Kinder waren. Das Bombenrisiko war am größten, wenn die Straßen leer waren; die Autobombe, die Fahrradbombe, die Gullybombe, die Rohrbombe, die Bombenfalle. Die Bombe könnte im Kofferraum des rostzerfressenen Ford Cortina warten, der dort halb auf dem Bürgersteig geparkt stand, sie könnte in der festgeschnallten Tasche auf dem Gepäckträger des Fahrrads dort stekken, sie könnte unter dem Kanaldeckel da vorn sein, sie könnte in dem Leitungsrohr aus Plastik auf dem Bauplatz dort liegen, sie könnte unter den Holzbohlen der Treppe in dem verfallenen Haus dort versteckt sein. Ausgelöst werden könnte die Bombe per Fernzündung, über Draht oder durch direkten Kontakt.

David Ferris dachte daran, daß sein Vater, der im Direktionsbüro seiner Bank saß, bestimmt nicht hätte begreifen können, was es für seinen Sohn bedeutete, an diesem Dezembervormittag durch Turf Lodge zu gehen. Er wußte, seine Eltern gingen jetzt gerade in die Kirche, er wußte, sie beteten jede Woche darum, daß er unverletzt aus dieser barbarischen Gegend zurückkehrte, und das würden sie weiter tun, bis er seine sechzehn Wochen abgeleistet hatte.

Er sah Mrs. McAnally, mit dem Kinderwagen und dem kleinen Mädchen neben sich, aus dem schief hängenden Tor von Nr. 63 heraustreten. Sie war auf derselben Straßenseite wie Ferris, kam auf ihn zu.

Der Soldat vor Ferris machte ihr Platz, so daß sie sich zwischen ihm und einer Gartenhecke vorbeidrängen konnte. Sie blickte zu Boden, als sie an dem Soldaten vorüberging. Als sie aufsah, stand Ferris vor ihr. Einen Augenblick lang starrte sie ihn an, erkannte ihn.

»Mrs. McAnally...«

Er sah, wie sich ihre Unterlippe voller Widerwillen

vorschob, und ihr müder Charme war wie weggewischt.

»Ich habe gestern abend Ihren Mann gesehen.«

Für einen Moment zuckte ihr Kinn, als wollte sie ihm etwas antworten, dann stieß sie den Kinderwagen vorwärts, das Rad fuhr über seinen Stiefel und eine Flügelschraube riß kurz an seinem Hosenbein; dann war sie an ihm vorbei.

Er verspürte ein Gefühl der Verzweiflung. Ein paar Sekunden lang, solange wie er für ein Dutzend Meter brauchte, waren seine Gedanken mit dem Abscheu auf ihrem Gesicht und in ihren Augen vernebelt.

Sie hätte ihn gerne tot gesehen, das wußte er; und er war sich ziemlich sicher, wenn er tot auf dem Drive umgefallen wäre, hätte sie geklatscht.

Sean Pius McAnally lag mit dem Gesicht nach unten auf der Bettmatratze in seiner Zelle.

Seine Hände lagen vor den Augen. Die Handgelenke waren zwischen sein Gesicht und das Bettzeug geschoben.

In seinem Kopf rasten die Gedanken und marterten ihn. Es waren Gedanken übers Aussteigen, wieder in den Süden zu gehen und der Bewegung den Rücken zu kehren, es waren Gedanken über ein einsames Leben in dem Wohnwagen am Kanal. Er hatte nicht darum gebeten, daß man ihn zurückbrachte. Er hatte nicht darum gebeten, daß man ihm die verdammte RPG in die Hand drückte ... und er hatte nicht darum gebeten, in einer Zelle von Castlereagh Holding Center zu landen, wo er fünfundzwanzig Jahre im Kesh dicht vor der Nase hatte.

Während er auf dem Bauch im Bett lag und sich quälte, beschloß Sean Pius McAnally, um seine Freiheit zu kämpfen. Er machte sich weder Gedanken über die moralische Bedeutung seiner Entscheidung noch über ihre Konsequenzen. Seine Gedanken waren einfach und auf Unmittelbares gerichtet. In ihnen kamen die hallenden, kalten Gänge des H-Blocks vor, seine Kinder, die auf ihm herumkrabbelten, Roisins Wärme neben ihm in der Nacht, der Vogel im Baum über dem Wohnwagen und die kühlen Abendnebel, die über dem Kanal aufstiegen.

Abrupt setzte er sich auf, wandte sich der Zellentür zu und wartete auf den Polizisten, der ihn zurück ins Verhörzimmer führen würde.

Die Polizeikapelle war ganz vorn und blies klagend den Trauermarsch. Howard Rennie ging in der zehnten Reihe der Trauernden hinter dem Sarg. In der ersten Reihe ging die Familie des Detective Sergeant, der in der Crumlin Road gestorben war, und hinter der Familie gingen die öffentlich bekannten Gesichter der Sicherheitskräfte: der Chief Constable, der Deputy Chief Constable, der General Officer in Command für Nordirland, der General Officer in Command der Landstreitkräfte; sie waren von Billy Simpsons Begräbnis mit dem Hubschrauber eingeflogen.

Rennie war hinten bei den Kriminalbeamten, bei den Männern, die mit dem Detective Sergeant zusammengearbeitet hatten und die alle eine gute Chance besaßen, ihm einmal auf dem gleichen Weg über den Friedhof Roselawn nachzufolgen.

Sie war eine großartige Frau, die Witwe. Sie ließ sich nicht gehen, nicht in der Kirche und auch nicht am Grab.

Rennie kannte den presbyterianischen Pastor, der seinen Freund beerdigte. Er hatte ihn beim letzten Polizeibegräbnis für ein Gemeindemitglied erlebt, hatte gehört, was er über die Mörder eines Polizeibeamten gesagt hatte. Wenn der Pfarrer je nach Castlereagh rüberkäme, um beim Verhör eines Mordverdächtigen zuzuhören, würde er vielleicht das Gequassel übers Gewissen aus seinen Grabreden streichen. Bis jetzt hatte

Rennie noch keine Reue im Verhörzimmer erlebt. Bedauern darüber, daß sie erwischt worden waren, das schon. Gewissensbisse niemals.

Mit der Friedhofserde noch an den Schuhen würde er von Roselawn direkt nach Castlereagh zurückgehen, zum Mörder seines Freundes.

»Jetzt reiß mir nicht gleich den Kopf ab. Ich sage dir bloß, daß man äußerst sauer über das ist, was mit Blaneys Jungen passiert ist. Weiter sag ich ja gar nichts.«

»Wer ist da sauer?« Der Chief saß im Hinterzimmer einer Bar auf der Beechmount Avenue im Falls-Bezirk. An der Tür zum Hinterzimmer stand ein Mann postiert. Die Gäste im Schankraum konnten nicht hineinsehen. An diesem Vormittag hielt der Chief Hof für zwei Stabsmitglieder der Brigade und den Bataillonskommandeur der Falls Provies. Es war ein düsterer enger Raum, das Licht durch das kleine Fenster wurde von dem schweren Schutzdraht draußen vor der Scheibe noch mehr gedämpft. »Wer ist da sauer, zum Teufel?«

»Die Leute sind sauer, die Leute aus der Straße, wo Blaneys Junge wohnt.« Es kam nicht oft vor, daß der Bataillonskommandeur der Provies den Chief so anging.

»Sind wohl zimperlich geworden, wenn's um Verräter geht, da in der Straße von Blaneys Göre, was?«

»Sie sind sauer, weil sie sagen, daß er keiner war, sie sagen, der Junge von Mattie Blaney könnte nie ein Verräter sein.«

»Es hat ein Kriegsgericht gegeben ...«

»Aber er hat nichts gestanden.«

»Klar hat er nichts gestanden. Es war rechtmäßig ... Ich dulde keine Scheißverräter, ganz egal, wessen Söhne es sind.«

»Das ist meine Gegend da oben, Turf Lodge, das ist mein Hinterland.«

Der Chief lehnte sich über den Tisch. Sein Atem

roch süß-säuerlich. »Verräter machen uns fertig ... verstanden? Verräter machen uns fertig, also machen wir die Verräter fertig. Dieser kleine Blaney kann froh sein, daß er nicht ganz fertig gemacht worden ist ... verstanden?«

»Und wenn er nun kein Verräter war?«

Der Chief ließ seine Faust über den Tisch schnellen, packte den Bataillonskommandeur der Provies am Kragen und drehte die Hand herum, so daß der Kragen den Hals einquetschte. »Ich will nichts mehr von Blaneys Jungen hören. Blaneys Junge ist mir scheißegal. Mir ist Gingy viel wichtiger als Blaneys Junge ... und Gingy sitzt in Castlereagh, verdammt noch mal ...«

Die Faust lockerte den Griff.

»Ich wollte dir das ja nur mal sagen, sonst nichts ...« Der Bataillonskommandeur der Provies war Fensterputzer. Er kannte sich gut mit dem Gewehr aus, aber nicht so gut mit Worten. Er wünschte, er hätte den Mund gehalten. Im hintersten Winkel seines Kopfes verdrängte er die Gedanken an Mattie Blaneys Jungen, die brennenden Zigaretten auf dem Bauch des Kindes, das Schreien und das Blut aus der zerschmetterten Kniescheibe. Er verdrängte diese Gedanken, weil er sich in jedem wachen Moment der Hauptfurcht des Chiefs bewußt war, der Furcht vor Verrätern.

Es klopfte an der Außentür zum Hinterzimmer. Die Tür ging ein Stück auf. Eine Papiertüte wurde hereingereicht. Dem Bataillonskommandeur wurde fast schlecht beim Gestank des chinesischen Essens.

»Also, ich geh dann.«

Der Chief riß das Stanniol von den Speiseschälchen und zog die Plastikgabel aus der Tüte heraus.

»Wenn wir nicht auf die Verräter einprügeln, dann werden die Verräter uns zerstören.« Dann beschäftigte sich der Chief mit seinem Essen.

Er wurde ins Verhörzimmer gebracht, setzte sich hin

und hörte die Tür hinter sich zufallen; dann sagte er: »Wenn ich aussage, was springt dann für mich raus?«

Hinter ihm grinste Astley. Vor ihm saß McDonough und zog an seiner Pfeife.

»Was ist drin für mich, wenn ich rede?«

McDonoughs Gesichtsausdruck war eine Maske. »Ich bin Detective Sergeant McDonough, mein Kollege heißt Detective Constable Astley. Sean Pius McAnally, Sie sind nicht verpflichtet, irgend etwas gegen Ihren Willen auszusagen, aber alles, was Sie sagen, kann schriftlich festgehalten werden und als Beweismittel dienen ... Könnten wir das eben noch mal hören, Gingy?«

»Wenn ich eine Aussage mache, was krieg ich dafür?«

McDonough spielte den Gleichgültigen. »Wenn du dich selbst belastest, ein kleines bißchen. Es könnte ein bißchen ausmachen, aber nicht allzu viel. Wenn du eine Aussage machst, die andere belastet, dann wird's ein bißchen mehr ... aber wir fangen das hier verkehrt rum an, Gingy. Eigentlich funktioniert es so, daß du die Aussage machst, und dann hat der Leiter der Anklagebehörde darüber zu befinden, was mit dir geschieht. Ich mache keinen Handel hier ...«

»So was wird nicht auf unserer Ebene gemacht, Gingy«, sagte Astley.

»Das Ganze muß auf Vertrauen basieren, Gingy«, sagte McDonough. »Du mußt uns vertrauen, weil du gar keine anderen Typen hast, denen du vertrauen kannst. Ich will mal offen reden, Gingy. Wir würden schon verdammt viel von dir erfahren müssen, daß es auch nur im mindesten aufwiegt, was du getan hast. Im Grunde will ich dir damit sagen, Junge, daß ich mir kaum vorstellen kann, was du für uns tun könntest, um dir irgendwie zu helfen ... Wie gesagt, ich wollte mal offen reden.« McAnally schüttelte sich. Sein Körper zitterte, und die Beine des Stuhls, auf dem er saß, klackten rhythmisch auf dem Boden, während er darauf herumkippelte.

»Kann ich denn nichts sagen, was mir hilft?«

»Müßte schon verdammt viel sein, was du da sagen willst, daß es dir was hilft, Gingy.« Astleys Stimme klang ruhig, beschwichtigend. »Und wir machen hier kein Angebot, wir bieten dir keinen Anreiz. Du mußt anfangen, Gingy.«

Seine Finger trommelten auf den Tisch. Er atmete schwer. An seinem Hals glänzte der Schweiß.

Der Qualm aus McDonoughs Pfeife legte sich zwischen sie.

McAnally blickte McDonough direkt an. Er sah den harten, gleichgültigen Mund seines Feindes. Er sah die mitleidlosen Augen seines Gegners. Wie ein Krächzen schienen die Worte über seine Lippen zu kommen.

»Ich will Straffreiheit.«

»Straffreiheit, Gingy?« McDonough stieß einen überraschten Pfiff aus. »Zwei Bullen umgelegt, dazu einen Richter, und du verlangst Straffreiheit?«

»Keine Strafverfolgung.«

McDonough schüttelte theatralisch langsam den Kopf. »Ich kann mir das nicht vorstellen ... Können Sie sich's vorstellen, Detective Constable Astley? Ich meine, wie soll einer Straffreiheit für dreifachen Mord kriegen?«

»Für weniger red ich nicht, nur für Straffreiheit.«

»Willst du überlaufen, Gingy, meinst du das damit?«

»Klar mein ich das ...« Die Worte sprudelten aus McAnally heraus.

»Du meinst, mit allem, was dazugehört?« McDonough sprach mit ihm wie mit einem Kind.

»Als Zeuge, Gingy? Rein in den Zeugenstand und eine Aussage machen?« fragte Astley leise von hinten.

»Rein in den Zeugenstand, wenn ich straffrei ausgehe ...«

Die Worte hingen in der Luft, zusammen mit dem Rauch aus McDonoughs Pfeife. McAnally starrte McDonough an.

Warum mußte er alles ständig wiederholen? Und warum lächelte dieser Scheißer nicht und freute sich?

McDonough seufzte. »Na, das wäre ja toll, Gingy, wenn's bloß so einfach wär. Zwei Typen von der Kripo tot, dann noch ein Richter, aber Gingy McAnally wird ja zum Überläufer und verpfeift ein paar von seinen üblen Freunden, wir greifen uns eine Handvoll kleiner Freiwilliger der PIRA, und dafür kriegt er dann Straffreiheit. Wär das nicht toll, Gingy?«

»Was soll das heißen?«

»Sei doch nicht blöd, Gingy... Was kannst du anbieten, was zwei Bullen und einen Richter aufwiegt...? Moment, kleiner Fehler, nicht aufwiegt... Was kannst du uns anbieten, was mehr ist als die Verurteilung eines Granatwerferschützen für drei Morde?«

»Da ist noch eine andere Sache, Detective Sergeant McDonough«, warf Astley ein.

»Was für eine andere Sache, Detective Constable Astley?« fragte McDonough.

Astley sagte leichthin: »Warum haben sie Gingy denn aus dem Süden zurückgeholt? Sie haben ihn zurückgeholt, weil sie wußten, daß er gut an der RPG ist. Und wieso war er so gut an der RPG? So gut ist er ja wohl geworden, weil er damit geschossen hat, ist doch logisch. Ganz logisch, daß Gingy so verdammt gut an der RPG ist, daß er genau der Mann war, den sie haben wollten... Also ist es logisch, daß er vorher damit geschossen hat. Und ebenso logisch, daß es hier noch einige sehr ernste Verdachtsmomente gibt, die wir bis jetzt noch nicht einmal aufgeworfen haben.«

»Gingy, Detective Constable Astley korrigiert mich hier. Ich hätte sagen sollen: Was kannst du uns anbieten, das mehr ist als die Verurteilung eines Granatwerferschützen für drei Morde und außerdem für Verbrechen, die wir bis jetzt noch nicht einmal bedacht haben?... Das wird nicht so leicht sein. Das siehst du doch wohl ein, Gingy?«

McAnally fühlte den Schweiß an Nacken und Rücken hinabrinnen. Er spürte die Feuchtigkeit in seinen Bauchfalten, die allmählich hinunterlief. Er glaubte, das Knallen der Zellentüren in den Hochsicherheitstrakten zu hören, und das Lachen seines Sohnes Gerard. Er glaubte, das naßkalte Gefühl der oben vergitterten Käfighöfe im Kesh zu spüren, und Roisins Wärme neben sich. Er dachte an die Einsamkeit der Gefängniskorridore und an den Frieden und die Freiheit seines Wohnwagens neben dem Kanal. Hysterie stieg in Sean Pius McAnally auf.

»Die Typen, die in der Crumlin Road mit dabei waren ...«

»Freiwillige in einer Aktiven Einsatzgruppe ...? Das reicht nicht«, sagte McDonough.

»Die Jungs, die mich zurückgeholt haben.«

»Kuriere, völlig unwichtig ... die sind Vogeldreck.«

»Die Typen, die mich eingewiesen haben.«

»Einsatzleitung und Nachrichtendienst auf Bataillonsebene, das wird kaum reichen, Gingy.« McDonoughs Stimme wurde zum Flüstern.

»Verdammt noch mal, ich bin vom Chief eingewiesen worden«, schrie Gingy ihn an.

McDonough knallte den Pfeifenkopf in seine Hand und leerte den Inhalt in den Aschenbecher. Er griff in die Tasche, um neuen Tabak hervorzuholen.

»Sag das noch mal, Gingy.«

»Ich bin vom Chief eingewiesen worden.«

»Vom Anführer der Brigade Belfast?«

»Der hat mich eingewiesen.«

»Wer war alles dabei, als er dich eingewiesen hat, Gingy?«

»Der ganze Brigadestab: Quartiermeister, Nachrichtenoffizier und Einsatzleiter.«

McDonough stopfte seine Pfeife, stopfte sie wie ein Blinder, nur nach Gefühl. Sein Blick ließ McAnally keinen Moment los. »Als man dich für den Auftrag eingewiesen hat, da waren dabei: der Brigadekommandeur der PIRA Belfast, dazu der Quartiermeister, der Nachrichtenoffizier und der Einsatzleiter der Brigade, stimmt das?«

»Das hab ich doch eben gesagt, verdammt!«

»Und das bietest du uns an?«

»Gegen Straffreiheit.«

»Und du würdest darüber eine Aussage machen und damit auch in den Zeugenstand gehen?«

»Gegen Straffreiheit.«

McDonough riß ein Streichholz an. Es dauerte einen Moment, bis die Flamme den Pfeifentabak erfaßte. »Holst du mal Rennie her?«

Die Tür schloß sich hinter Astley.

»Reicht euch das für Straffreiheit?«

»Ich weiß nicht«, sagte McDonough, stand auf und reckte sich. »Diese Entscheidung treffe Gott sei Dank nicht ich.«

Astley klopfte an und stürmte sofort in Rennies Büro hinein. Er strahlte vor Aufregung.

»McAnally spuckt alles aus ... Er will uns den ganzen Brigadestab ausliefern.«

Astley sah den schwarzen Schlips, der lose um Rennies Hals baumelte, unter dem offenen Kragenknopf.

»Gegen Straffreiheit liefert er uns den gesamten Stab der Brigade Belfast aus.«

Rennie faltete die Hände, ließ das Kinn niedersinken. »Die kleine Drecksau«, sagte er.

»Genau das geht Ihnen gegen den Strich, was, Mr. Rennie? Daß sie freigehen nach all dem, was sie getan haben?«

»Mein einziger Trost, junger Mann, ist nur das Wissen, daß es eine ziemlich rauhe Art von Freiheit ist.«

Er klappte die Akte auf seinem Schreibtisch zu. Er dachte an die Witwe, die stolz und aufrecht an dem Grab gestanden hatte. Er warf Astley ein knappes, angedeutetes Lächeln zu. Rennie verließ sein Büro und machte sich auf den Weg zu den Verhörzimmern, um damit zu beginnen, den Mann umzudrehen, der diese Frau zur Witwe gemacht hatte.

7. *Kapitel*

Die Polizisten in Uniform, die in den Korridoren des Zellenblocks und des Verhörtrakts von Castlereagh postiert waren, erkannten die Zeichen. In den vergangenen beiden Jahren war es oft genug vorgekommen, so daß sie die Signale wahrnahmen, die das Umdrehen eines Häftlings ankündigten.

An diesem Nachmittag sahen die Uniformierten Howard Rennie und Astley den Korridor entlangstampfen, auf dem Weg ins Erdgeschoß des Verhörtrakts ... Wieder mal hatte ein kleiner Scheißer die Fronten gewechselt, um seinen Hals zu retten.

Für die Constables in Uniform waren die Kripo-Männer in Zivil immer die Cowboys, die Einzelgänger. Sie kicherten gern hinter vorgehaltener Hand, wenn die Kriminalbeamten aus den Verhörzimmern gestürmt kamen und ihren Vorgesetzten herbeiholten. Zunächst wurden sie auch ein wenig von der Aufregung erfaßt, wenn sie erfuhren, daß in den Büros der Verwaltung der Blackbush-Whisky flaschenweise strömte; aber sie grinsten sich auch wissend an, wenn dann der Katzenjammer kam, sobald der Bekehrte die zweite volle Kehrtwendung machte und seine Aussage widerrief.

Es war eine Sache – so hätten die Polizisten in Uniform gesagt –, einen Provie dazu zu bringen, seine früheren Freunde zu belasten, und eine ganz andere war es dann, dem Kerl auch den Mut einzuflößen, Wochen oder Monate später in den Zeugenstand zu treten und dort auszusagen. Die Polizisten in Uniform hatten gesehen und gehört, wie die Bekehrungen gefeiert wurden. Und sie hatten auch gesehen und gehört, wie die Kriminalbeamten ihren Ärger ertränkten, wenn sich herumsprach, daß wieder mal ein Überläufer umgefallen war.

Astley schloß die Tür des Verhörzimmers hinter sich und Rennie vor den neugierigen Blicken des uniformierten Polizisten, der im Korridor lauerte.

»Bringen wir die Formalitäten hinter uns«, sagte Rennie. »Ich bin Detective Chief Inspector Howard Rennie. Über Ihre Rechte sind Sie von Mr. McDonough und Mr. Astley schon belehrt worden. Also, dann schieß mal los.«

McAnally hing kraftlos im Stuhl. Rennies Gegenwart wirkte auf ihn beengend. Langsam richtete sich McAnally auf, als ob ihn die Bewegung erschöpfte.

»Ich verlange Straffreiheit. Wenn ihr mir Straffreiheit zusichert, sage ich aus ...«

»Was werd ich denn von der Aussage haben?«

»Wer mit dabei war, bei meinen Anschlägen ...«

»Das reicht nicht.«

»Wer mir die Aufträge erteilt hat. Für Simpson kam der Auftrag direkt von der Brigade.«

»Namen?«

»Ja.«

»Das bietest du uns im Tausch gegen Straffreiheit an?«

»Das ist verdammt viel, so viel habt ihr noch nie gekriegt.«

»Und du gehst in den Zeugenstand, vor Gericht?«

»Sag ich doch dauernd!«

»Und du verlangst dafür Straffreiheit?«

»Und dazu will ich, daß ihr meine Frau rausholt und meine Kinder. Ich will ins Ausland gebracht werden.«

»Ich weiß nicht, ob ich das durchkriege, Gingy«, sagte Rennie.

»Du mußt es einfach durchkriegen!« McAnallys Stimme hob sich. Große Augen starrten Rennie an, durchbohrten ihn. »Ich kann da nicht wieder rein, nicht ins Kesh, nicht für fünfundzwanzig ... ich kann einfach nicht ...«

Rennies Hand stieß vor wie eine Schlange. Er klopfte McAnally sanft auf die Schulter.

»Ruhig, Junge.«

»Alles sag ich euch, aber steckt mich nicht wieder da rein.«

»Ruhig, Junge, aber ganz so einfach wird's nicht werden.«

»Ich hab doch gesagt, ich geh bis in den verfluchten Gerichtssaal, ich laß sie auffliegen, die ganze Brigade ... Was wollt ihr denn bloß noch von mir?«

»Gingy, hör mal zu ...« Rennie stand über McAnally gebeugt, und seine Hand hielt ihn väterlich am Hemd gepackt. »Hör zu ... letztes Jahr, und auch vorletztes Jahr, da haben wir mit dem Versprechen auf Straffreiheit gegen Aussagen vor Gericht nur so herumgeschmissen. Irgendwann standen wir dann ein bißchen blöde da, Gingy. Zu viele haben Schiß gekriegt, zu viele haben ihre Aussage widerrufen.«

»Ich halt bis zum Ende durch, zum Teufel, das schwör ich.«

»All die Jungs, die widerrufen haben, die haben alle geschworen, daß sie das nicht machen werden.«

»Was soll das heißen?«

»Das heißt, die Zeiten sind schlecht für mich, dir Straffreiheit zu versprechen, und für dich, zu versprechen, daß du bis in den Gerichtssaal durchhältst.«

McAnallys Kopf fiel nach vorn in seine Hände. Rennie fragte sich, ob er gleich zu weinen anfangen würde. Er glaubte, sie inzwischen alle schon dagehabt zu haben, all die Scharfschützen und die Bombenbastler und die Hinrichtungsexperten. Eine verdammt traurige Figur boten sie, wenn sie allein waren, ohne ihre Armalite im Schoß.

»Du machst es also nicht?«

»Hab ich das gesagt, Gingy? Hör mir zu. Es läuft doch auf eine Frage des Vertrauens raus. Wir müssen beide einander vertrauen. Du mußt mir vertrauen, und ich muß dir vertrauen. Vertrauen ist was, das in beide Richtungen da sein muß. Hörst du mir zu, Gingy?«

McDonough sah zu und schüttelte langsam den Kopf. Man mußte es dem Alten schon lassen. Wie er diesen Scheißer weichkochte, also wirklich.

»Vertrauen, Gingy... Du mußt mir genauso vertrauen wie ich dir. Du mußt mit mir reden und darauf vertrauen, daß ich das Beste für dich zu erreichen versuche. Vielleicht fällt die empfohlene Mindesthaftdauer weg, vielleicht gibt's auch Straffreiheit, du mußt mir eben vertrauen. Das ist die eine Seite. Es gibt noch 'ne andere Seite: Ich muß auch dir vertrauen. Eine Aussage von dir, lauter Namen und Daten und Adressen, das nützt mir alles gar nichts, solange ich dich nicht bis vor Gericht bringe, solange ich nicht sicher bin, daß du da unter Eid aussagst und einem Kreuzverhör standhältst. Die Medaille hat zwei Seiten, Gingy. Die Frage ist nun, Gingy, kann ich dir vertrauen?«

»Vertrauen, zwischen dir und mir, du machst wohl Witze, Rennie«, schnaubte McAnally. »Vergiß es. Entweder Straffreiheit oder gar nichts.«

McDonough schluckte. Astley richtete sich kerzengerade auf, lehnte nicht mehr an der Wand. Rennie war rot im Gesicht vor Wut.

»Ich bin bloß ein einzelner Mann«, sagte McAnally und spuckte aus. »Im Kesh bin ich für euch doch einen Dreck wert. Der gesamte Brigadestab, das ist was wert für euch, das ist viel besser als ich. Ich will eine Antwort.«

Rennie biß sich auf die Lippe. Seine Fingernägel gruben sich in das weiche Fleisch seiner Handfläche. Er riß sich zusammen. »Ich besorg dir deine Antwort, Gingy.«

Rennie drehte sich auf dem Absatz um und stürmte aus dem Verhörzimmer.

»Wenn das ein Witz ist, Fred, dann ist es ein äußerst geschmackloser Witz.«

»Der Chief Constable ist keiner, der Witze macht.«

Der Minister schob das Tablett auf seinem Schreibtisch beiseite. Sein Berater bediente sich mit einem Sandwich und wischte sich sorgfältig die Lippen mit dem Taschentuch ab.

»Ich kann keine Entscheidung über Straffreiheit fällen.«

»Diese Entscheidung fällt der Leiter der Anklagebehörde. Der ist auf Regierungsebene dem Justizminister verantwortlich. Und der Justizminister sitzt im Kabinett, genau wie Sie. Wenn Sie nun einem politischen Gefährten nahelegen, eine bestimmte Handlungsweise zu ergreifen ...«

»Der Premierminister müßte es ohnehin genehmigen.«

»Das müßte der Premierminister, da haben Sie ganz recht.«

»Können Sie sich vorstellen ...«

»Was der Premier sagen würde? Da bin ich mir einigermaßen sicher. Der Chief Constable schlägt einen ungewöhnlichen Weg ein. Er bringt den Detective Chief Inspector mit, der McAnally bearbeitet.«

»Um mich mit Gerede über innere Sicherheit zu verwirren?«

»Um Sie ins Bild zu setzen.«

»Wann kommt er denn?«

»In einer halben Stunde.« Der Berater nahm sich noch ein Sandwich. Sie waren mit eingelegten Krabben bestrichen. Er nahm an, daß die Frau des Ministers sie zu Hause zubereitet hatte. Sie waren ganz ausgezeichnet.

»Danach hab ich den Moderator der reformierten

Kirche hier, der mir wieder Tiraden über die Sicherheit seiner Schäfchen an der Grenze halten wird.«

»Ich hab ihn auf Eis gelegt, Sie haben Zeit für den Chief Constable.«

»Ich verwünsche Sie, Fred. Es ist mir widerwärtig, eine Bestie wie McAnally freigehen zu lassen, ganz egal, was er für uns tut.« Der Berater lächelte. »Im Krieg, Sir, sind Prinzipien ein Luxus ... Ich werde bei der Unterredung mit dem Chief Constable und seinem Kettenhund dabei sein.«

Ferris' Landrover traf gleichzeitig mit dem ersten Krankenwagen beim Supermarkt ein. Die Straße vor den großen Schaufenstern, in denen Sonderangebote für die Arbeitslosengeldempfänger prangten, füllte sich mit Panzerwagen und Polizeibussen. Die Kunden, die zur Zeit des Überfalls und der Schießerei drin gewesen waren, strömten jetzt auf den breiten Vorplatz des Supermarkts hinaus. Er sah den Schock und die verstörte Blässe in den Gesichtern der Hausfrauen. War es nicht absolut erstaunlich, daß nach fünfzehn Jahren der »Unruhen« diese Leute immer noch vom Schock gepackt werden konnten? War doch eine verdammt alltägliche Sache, oder, ein Überfall, der schiefging?

Er sah den Company Sergeant Major. Ferris ging zu ihm.

»Lagemeldung, Mr. Ferris?«

»Erzählen Sie mir, was passiert ist, das reicht.« Ferris sah, wie der Offizier den Mund zum Grinsen verzog. Jeder im Bataillon wußte, daß Ferris sich nicht auf den dummen Militärjargon einließ.

»Zwei wilde Helden sind reingekommen und wollten die Kasse vom Weihnachts-Sparverein. Heute nachmittag sollte Auszahlung sein. Der stellvertretende Filialleiter sagte, das Geld wäre im Safe, er hätte den Schlüssel nicht, und damit er doch noch mal in seiner Tasche nachguckte, haben sie ihm zur Aufmunterung 'ne Kugel verpaßt ... Zufällig tuckerte gerade ein Einsatzwagen der RUC vorbei, als die Helden getürmt sind. Die Brüder in Flaschengrün haben die Kugeln pfeifen lassen, als wären sie auf den Falklands, erwischt haben sie eine Oma, die Helden sind über alle Berge. Inzwischen sitzen die irgendwo in Andy'town.«

»Beschreibungen der Täter?«

»Guter Scherz, Mr. Ferris ... völlig taubstumm, die Bande hier.«

Ferris sah zu, wie die erste Trage herausgebracht wurde. Es war ein junger Mann, er lag auf dem Rücken, der Mund stand ihm weit offen, und sein Atem ging in kurzen Stößen. Sein Hemd war blutverschmiert ... Was für ein widerlicher Ort, was für ein beschissener, schrecklicher Ort, diesen beschissenen, schrecklichen Nachmittag zu verbringen. Er sah die alte Dame hinten am Ende des Vorplatzes liegen. Man hatte ihren Kopf mit einer Decke aus dem Krankenwagen zugedeckt, mit einer warmen scharlachroten Decke. Ihre Fußknöchel sahen unter der Decke hervor, Ferris sah, daß sie dicke Strümpfe und bequeme Schuhe trug, und das Blut sickerte unter der Decke heraus, bei dem Buckel, der ihr Kopf war. Sie würde dort liegenbleiben, bis der Polizeifotograf kam.

Er ließ den Offizier stehen und machte sich an die Routinearbeit. Er ging zu der Menge, die sich angesammelt hatte, um die Toten und Verletzten, die Krankenfahrer, die Soldaten mit den Gewehren im Anschlag zu beobachten. Jones, sein Fahrer, war dicht hinter ihm.

»Irgend jemand gesehen, was hier passiert ist?« Ferris brachte eine gute, kraftvolle Stimme auf.

»Die Bullen haben Mrs. Murphy erschossen.«

»Grade erst aus'm Krankenhaus raus, und die Dreckschweine legen sie um.«

»Leistenbruch hat sie gehabt, diese Mörderbullen.«

»Mrs. Murphy hat nichts geklaut, trotzdem is' sie erschossen worden.«

Vielleicht hätte er ihnen ins Gesicht lachen sollen. Vielleicht hätte er loslachen sollen, bis ihm der Bauch weh tat.

»Hier war ein Raubüberfall ...« begann Ferris.

»Und dann sind die Bullen gekommen und haben Mrs. Murphy getötet, wollt grade ihre Einkäufe machen.«

»Hat irgend jemand hier die Täter gesehen?« Ferris bemühte sich um Deutlichkeit und stellte seine Frage so, als spräche er mit geistig zurückgebliebenen Kindern. »Hat irgend jemand hier die beiden Männer gesehen, die den Raubüberfall auf den Supermarkt verübt haben?«

»Ich hab bloß gesehen, wie sie Mrs. Murphy erschossen haben ...«

»Ermordet haben die sie, verdammt!«

»Ich hab gesehen, wie die Bullen das gemacht haben.«

»Aber die Diebe habt ihr wohl nicht gesehen ...?« Ferris starrte in die Gesichter der Menge. »Die Freiheitskämpfer habt ihr nicht gesehen ...? Ihr habt nicht gesehen, wie diese verdammte Freiheitskämpfer-Einsatzgruppe den Supermarkt hier angegriffen hat und sich, mit vollem Recht natürlich, eure verdammte Weihnachtskasse gegriffen hat ...?«

»Fluch hier nicht rum, du beschissenes Britenfotzengesicht!«

Ferris drehte sich nach rechts um, wo die Stimme herkam. Es war ein ziemlich hübsches Mädchen. Sie war etwa siebzehn, trug einen engen Pullover unter dem offenen Anorak und enge Jeans, und ihr Mund verzerrte sich grimmig.

»Kernig gesagt, Miss.«

Er ging zurück zum Landrover. Mit seinen Gefreiten und Jones stieg er ein. Er befahl Jones, durch die Seitenstraßen von Andersonstown zu fahren, in die Gegend hinter dem Supermarkt. Es ging darum, irgend etwas zu tun.

Sie verließen die Hauptstraße, verschwanden im Labyrinth der engen Straßen zwischen roten Ziegelhäusern.

»Die müßte mal einer durchficken, diese Kuh...« bemerkte Jones. »Haben Sie eigentlich je das Gefühl, daß Sie hier Ihre Zeit verschwenden, Mr. Ferris?«

»Solche Gedanken sind Offizieren nicht gestattet, Fusilier Jones.«

Sie fuhren eine halbe Stunde in Andersonstown herum. Da sie keine Ahnung hatten, wie die flüchtigen Täter aussahen oder was sie anhatten, war der Aufwand ohnehin umsonst.

Als sie über Funk in die Kaserne zurückbeordert wurden, nahmen sie den Weg beim Supermarkt vorbei. Eine etwas kleinere Streitmacht aus Polizei und Militär war immer noch in Stellung, weiße Sperrbänder markierten den Tatort. Die Kunden strömten an den Bändern vorbei in den Supermarkt und wieder heraus. Die Blutspur aus den Wunden der alten Dame konnte Ferris nicht sehen, der Regen hatte sie weggewaschen. »Fusilier Jones, wenn wir nicht hier wären, dann wäre alles noch schlimmer, als es schon ist«, sagte Ferris. »Deswegen hat es seinen Nutzen, daß wir hier sind.«

Fusilier Jones behielt den Verkehr vor sich weiter im Auge. »Wenn Sie meinen, Mr. Ferris.«

McAnally hatte in seiner Zelle zu Mittag gegessen. Der uniformierte Polizist hatte ihm eine Zigarette gegeben, als das Tablett herausgetragen wurde. Der Polizist wußte, daß McAnally etwas Besonderes war, und hatte ihm eine von seinen eigenen Bensons geschenkt. McAnally setzte sich aufs Bett. McAnally war eine Oase im ganzen Zellenblock. Alle Zellen waren belegt. Er war derjenige, der umgefallen war, der Straffreiheit verlangt hatte. In den übrigen Zellen saßen sowohl Männer von den Provos als auch von der Irish National Liberation Army und von der Ulster Volunteer Force und von der

Ulster Defence Association. Castlereagh kannte kein Sektierertum. Die paramilitärischen Evangelen hatten ihre Zelle neben denen der paramilitärischen Katholen. Er zog an seiner Zigarette. Er rauchte nur selten. Roisin hatte immer eine Kippe im Mund, sogar wenn sie ihr Baby im Schoß hatte ... Vielleicht war es die starke Zigarette, vielleicht war es auch, weil er sich Straffreiheit ausbedungen hatte, auf jeden Fall fühlte er sich leicht schwindlig, als hätte er Klebstoff geschnüffelt. Alle Zellen waren belegt, aber seine war etwas Besonderes. In dieser Zelle saß ein Mann, der übergelaufen war, ein Mann, der angeboten hatte, seinen Eid auf die Bewegung zu brechen. Und alles war so leicht gegangen ... Sean Pius McAnally war keiner, der Nabelschau betrieb, doch er mußte insgeheim kichern, wenn er überlegte, wie leicht es gewesen war. Und seinetwegen rannte dieser Rennie in der Gegend herum, nahm den Arsch hoch und flitzte herum. Er würde auspacken. Er würde vor Gericht aussagen. Was war denn so schlimm dran, vor Gericht auszusagen? Überhaupt nicht schlimm ... Er würde vor Gericht aussagen. Und dann kam das neue Leben. Es gab ein Leben fern von Belfast, ein Leben außerhalb Irlands ... Alles so verdammt leicht, so verdammt einfach. Er würde ein neues Leben anfangen mit Roisin und Gerard und Klein-Patty und Baby Sean, während die H-Blocks voll waren, während die Gerichtssäle voll waren, während sich die Scheißfriedhöfe langsam füllten.

Sie hatten geglaubt, Gingy McAnally wäre kein Problem, als sie ihn aus seinem Wohnwagen neben dem Kanal herausgeholt hatten, sie würden schon erfahren, womit sie das bezahlen mußten.

Super-Überläufer ... Super-Gingy ... Super-McAnally ... Super-Scharfschütze an der RPG ... Superverräter.

Er lachte auf. Sein Lachen wurde von den Zellenwänden auf ihn zurückgeworfen. Er empfand keine Reue über seinen Verrat. Er empfand keine Schuldgefühle wegen seiner Treulosigkeit. Er empfand Ekstase, weil er glaubte, dreimal lebenslänglich mit einer empfohlenen Mindesthaftdauer von fünfundzwanzig Jahren ausgetrickst zu haben.

Einfach super, dieser Gingy McAnally, und nicht so einfach unterzubuttern, von niemandem.

»All meine Instinkte, Chief Constable, all meine Instinkte halten mir die moralischen und politischen Gefahren vor Augen, die sich auftürmen, wenn wir diesem Mann Straffreiheit gewähren.«

Der Nordirland-Minister war in die Ecke gedrängt und kämpfte auf verlorenem Posten.

Der Chief Constable war ein schroffer, kleiner Mann, der seinen Ruf genoß, bei Konfrontationen mit Politikern zu direkter Aggression überzugehen.

»Ihre Instinkte sind falsch, Herr Minister.«

»Es ist ein schmutziges Geschäft, die Sache mit den Überläufern, und es hat ja bekanntlich auch seine Schwächen.«

»Die Politik der Bekehrung von Terroristen hat uns wesentlich mehr Informationen über die PIRA verschafft, als wir je zuvor besessen haben.«

»Jedes widerrufene Geständnis nach der Zusage von Straffreiheit macht uns zum Gespött der Leute.«

»Das ist das Schlimmste, Herr Minister, die Widerrufe. Aber selbst wenn einer alles widerruft, haben wir dennoch wertvolle Informationen gesammelt.«

Der Minister hielt den Chief Constable für einen Anti-Alkoholiker, denn er trank nie etwas, wenn sie sich bei gesellschaftlichen Anlässen trafen. Er glaubte, es gebe eine direkte Verbindung zwischen seiner monumentalen Schwülstigkeit und der Abstinenz.

»Ich arbeite jetzt drei Jahre in diesem Job, und zum erstenmal in diesen drei Jahren glaube ich, ich könnte einen wirklich erfolgreichen Schlag gegen die ganz alltägliche Macht der PIRA landen . . . politische Erwägungen interessieren mich nicht. Was die moralischen Erwägungen angeht, glaube ich sie ebenso gut beurteilen zu können wie jeder andere. Ich will die Paten treffen. Ich will Straffreiheit für McAnally.«

Der Minister fühlte sich ungemütlich auf dem Sofa. Das war sein erster Fehler gewesen, sich in die weichen Kissen sinken zu lassen, während der Chief Constable auf einem Stuhl mit hoher Lehne Platz nahm, auf erhöhtem Terrain, von wo er dominieren konnte. Und Fred war auch keine Hilfe, hielt nur den Mund. Und die ganze Zeit über war da die mächtige Gestalt dieses Kriminalbeamten, den der Chief Constable mitgebracht hatte und der hinter dem Stuhl seines Herrn stand, als sei er ein stummer Diener.

»McAnally ist ein Mörder.«

»Dafür klagen wir ein Dutzend Männer des Mordes an, und den gesamten Brigadestab wegen Verschwörung zum Mord.«

»Im Kabinett werden sie dem nicht zustimmen.«

»Sie müssen sie zur Zustimmung überreden, andernfalls wird einer Menge von Leuten, die in diesem Augenblick ein gutes Leben führen, genau dieses Leben geraubt – wenn wir den Stab der Brigade nicht festnehmen.«

»Das ist doch Rhetorik, Chief Constable!«

Der Minister erhob sich aus dem Sofa. Das Zimmer war zu warm, er schwitzte. Er ging zum Fenster. Er fühlte sich, als hätte man sein Zimmer besetzt.

»Was verlangen Sie von mir?«

Die Stimme des Chief Constable wurde sanfter, da die Früchte seines Sieges nun näher rückten. »Ich möchte, daß Sie mit dem Justizminister sprechen, und ich möchte, daß Sie Mr. Rennie zuhören. Mr. Rennie ist einer der beiden Offiziere in Castlereagh, die das Programm zur Bekehrung von Terroristen leiten. Er ist ein beachtlicher Gegner der Provisionals, die zweimal einen Mordanschlag auf ihn versucht haben. Ich möchte, daß er Ihnen aus erster Hand erzählt, wie wichtig uns der Stab der PIRA-Brigade ist.«

»Dann erzählen Sie mal, Mr. Rennie.«

»Ich war heute früh bei einem Begräbnis, Herr Minister, genau wie Sie. Ich habe den Sarg ein Stück getragen. Es war ein alter Freund, ein guter Freund. Er wurde von Sean Pius McAnally getötet . . .«

Was für ein strenges, hartes Gesicht, dachte der Minister. Lieber Gott, würde er sie je vergessen können, diese leidenden, eindringlichen Gesichter? Er wirkte einschüchternd, dieser Rennie. Nur selten traf der Minister die mittleren Dienstränge. Er kam mit den Generälen und leitenden Offizieren in Konferenzen zusammen, und er hatte hin und wieder kurze, belanglose Unterhaltungen mit Gefreiten und Constables.

»Ich verbringe meine Zeit damit, Freiwillige einzusperren. Ich erwische nie einen der Männer, die diese Freiwilligen befehligen. Der Brigadestab trägt keine Waffen, sie haben keine Pläne von Überfallzielen bei sich, sie haben nicht mein Foto in der Tasche. Wer die Waffen und die Stadtpläne und die Fotos bei sich hat, das sind die kleinen Fische. Die Brigade ist über belastendes Material erhaben. Wenn ich jemanden vor Gericht zerren kann, der den Stab der Brigade Belfast belastet, dann versetze ich der Bewegung damit einen harten Schlag. Ich brauche Straffreiheit für McAnally. Ich brauche die Gewißheit für McAnally, daß er nicht ins Zuchthaus muß. Ich muß sein Vertrauen gewinnen, vielleicht sogar seine Zuneigung . . . und er hat meinen Freund umgebracht. In der Brigade glauben sie, vor uns sicher zu sein. Ich will, daß sie das nicht mehr länger glauben.«

Am kommenden Wochenende würde der Minister zu Hause in England sein, auf seinem Gut in Yorkshire, und während er draußen im Moor mit seinem Hund spazierenging, würde dieser Mann im Verhörtrakt von Castlereagh sitzen. Er sah, wie Rennie zögerte, sich offenbar fragte, ob es klug sei, weiterzusprechen. »Nein, Mr. Rennie, ich möchte, daß Sie mir alles erzählen.«

»Die Ghettos in Ulster, Sir, werden von zwei Faktoren zusammengehalten: Angst und Treue. Indem er seine Leute verrät, hat McAnally seine Treuebande gebrochen. Sie werden versuchen, ihm Angst einzujagen. Es ist eine Angst, die für Außenstehende schwer zu begreifen ist, denn es ist die Angst, einen bösen Tod durch die Hand der eigenen Leute zu sterben ... Worauf ich hinauswill, ist folgendes: Wenn wir McAnally gegen die Brigade einsetzen wollen, müssen wir ihm unser Vertrauen beweisen. Wenn wir nur versuchen, ihn in den Zeugenstand hineinzuprügeln, mit ein paar Tricks womöglich, dann werden wir einen Reinfall erleben ... Sir, dieser Mann ist weiter gegangen, als ich es gewagt hätte. Ich persönlich würde wohl lieber die fünfundzwanzig Jahre absitzen.«

»Und damit wir sein Vertrauen gewinnen, wollen Sie Straffreiheit für ihn?«

»Ja, Sir, ich möchte Straffreiheit für McAnally.«

Sehr leise sagte der Minister: »Also gut.«

»Ich danke Ihnen, Sir.«

Rennies Blicke schweiften durch den Raum, wie auf der Suche nach einer Whiskyflasche. Kein Tropfen in Sicht. Der Chief Constable stand auf, die Aktentasche im Arm, und sah demonstrativ auf die Uhr. Der Berater des Ministers zeigte Erleichterung, weil der Moderator der reformierten Kirche eventuell doch noch im Terminplan Platz hatte.

Der Minister lächelte sein Öffentlichkeitslächeln. »Was für ein Mensch ist dieser McAnally eigentlich?«

»Ein ekelhafter kleiner Wicht, Sir«, erwiderte Rennie.

Enttäuschung legte sich über das Gesicht des Ministers. »Wenn ich Straffreiheit für ihn vertreten soll, hätte ich gerne etwas Besseres über ihn gehört ... Sie werden mich nicht im Stich lassen?«

»Ich werde mein Bestes tun, Sir.«

Ferris wurde vom Ruf des Adjutanten aus dem Bett gerissen. Der Kommandeur ließ ihn holen.

Man reichte ihm ein Telex vom Hauptquartier in Lisburn. Das Büro des General Officer in Command wies Sunray darin an, Lieutenant David Ferris jederzeit für die Zusammenarbeit mit Detective Chief Inspector Howard Rennie von der RUC in Castlereagh bereitzuhalten.

»Sie haben das nicht eingefädelt?«

»Nein, Sir.«

»Was wird denn da ausgebrütet?«

»Ich weiß nicht, Sir.«

»Ich mag es nicht, wenn man mit schlauen Spielchen den professionellen Aufgaben von uns Soldaten ins Gehege kommt.«

»Es sieht so aus, als bliebe mir kaum eine Wahl, Sir.«

»Ihnen bleibt keine Wahl, und mir auch nicht, weshalb mir das Ganze auch nicht gefällt. Was ist denn so besonders an Ihnen und diesem McAnally?«

»Ich habe selber keine Ahnung, Sir«, sagte Ferris.

Sunray warf Ferris einen merkwürdigen Blick zu. »Unser Bataillon ist eine offene Familie, David. Unser Bataillon kennt keine Geheimnisse.«

»Ich tappe genauso im Dunkeln wie Sie, Sir.«

Draußen wartete ein Landrover der Polizei, um Ferris zur Kaserne von Springfield Road zu bringen.

Der Chief hatte vor zweieinhalb Jahren die Führung der Brigade Belfast übernommen, wer er aber war, wußte in der ganzen Stadt nur eine Handvoll von Männern. Als Figur im Hintergrund der öffentlichen Ereignisse war der Chief mit dem neuen Problem der Überläufer gut fertig geworden, das die innerste Substanz der Bewegung zu zerstören gedroht hatte. Einer nach dem anderen waren sie alle umgefallen, hatten widerrufen, ihre Aussage zurückgezogen. Die Bewegung hatte überlebt, war aber inzwischen vorsichtiger geworden. Er war sicher, daß die Bewegung straffer geführt wurde seit der Zeit, als er den Kommandeursrang in der Brigade Belfast an sich gerissen hatte. Er arbeitete nach dem Prinzip: Was muß der einzelne unbedingt wissen?

Durch eine labyrinthartig weitverzweigte Befehlskette kontrollierte er die Aktivitäten der Einsatzgruppen, die Waffen-Nachschubsysteme, die Finanzierung aus Überfällen auf Banken, Postämter und Geschäfte, und die innere Disziplin der Bewegung. Diese Befehlskette war gut verschleiert. Kein Freiwilliger konnte ihn ausliefern, und auch kein Kompanieführer, nicht einmal die Männer, die das Stammkader der Bataillone befehligten. Seine Freunde in der Brigade waren alles alte Kameraden aus den Anfangstagen des Krieges. Mit Vergnügen las er in englischen Zeitungen, daß der Premierminister voller Frustration feststellte, die britischen Truppen seien unfähig, ihn auszuspähen und einzufangen.

Der Chief war Militärfachmann. Er hatte sich mit der Geschichte der Befreiungskämpfe beschäftigt. Er kämpfte einen Zermürbungskrieg. Erst durch die Zermürbung seiner eigenen Kameraden war er an die Spitze der Brigade Belfast gelangt. Er glaubte nicht an den großen Schlag, mit dem die britische Verwaltung und der protestantische Widerstand plötzlich zusammenbrechen würden. Nur selten hielt er Reden, doch wenn er spät abends mit seinen Freunden sprach und sie respektvoll schweigend um ihn herum saßen, dann redete er davon, die wehrlosen untersten Stützen der Besatzungsmächte anzugreifen – den Polizeiposten auf dem Zebrastreifen vor der Schule, den Rektor, der in der Freizeit Reservist im Ulster Defence Regiment war, den unbewaffneten Gefängniswärter, der von der Arbeit heimkam. Wenn der gewöhnliche Bürger mit dem Tod im Nacken allein gelassen wurde – so hätte der Chief seinen Zuhörern gepredigt, wäre er ein Redner gewesen –, während die großen Tiere in der Stadt sich hinter ihren Leibwächtern verschanzten, dann würde der gewöhnliche Bürger das Vertrauen in die Fähigkeit der Briten verlieren, ihn zu beschützen. »Zehner-Simpson« war eine Ausnahme gewesen. »Zehner-Simpson« war ein gutes Opfer, ein populäres Opfer unter den Männern, populär bei all jenen, die im Kesh die zehn Jahre absaßen, die ihnen Simpson verpaßt hatte. Der Chief würde kämpfen, bis er von den militärischen Sonderkommandos, dem SAS oder der Mobilen Einsatztruppe oder von den taktischen Einheiten der Polizei festgenommen oder erschossen wurde. Tiefe Verachtung hegte er für die früheren Kämpfer, die ihre Armalite abgelegt hatten und sich nun als Kandidaten der Provisional Sinn Fein dem politischen Spiel des Wahlkampfs verschrieben. Er verachtete sie, weil sie sich in seinen Augen aus dem einzig wichtigen Spiel gedrückt hatten, aus dem Kriegsspiel nämlich. Er verachtete sie, weil für ihn ihre Kampagnen um bessere Wohnbedingungen und die Kanalisation und die Linienführung der Autobusse ein äußerst ärmlicher Ersatz dafür war, die Briten dort zu schlagen, wo es einen Sinn hatte, auf dem Schlachtfeld der Straße. Wichtig war es, britische Soldaten in Holzkisten nach Hause zu schicken und die Polizeikapelle auf dem Friedhof von Roselawn zum Trauermarsch aufspielen zu lassen.

Er war ein einsamer Mann. Als er noch Straßenkämpfe geleitet hatte, konnte er in der Menge untertauchen wie ein Fisch im Wasser. Als er es zum Scharfschützen gebracht hatte – ein einziger Schuß und der saß tödlich –, war er in der Kameradschaft der Freiwilligen aufgegangen. Auch als er das Erste Bataillon geführt hatte, war ihm noch eine gewisse Bewegungsfreiheit erhalten geblieben. Jetzt war er einsam, weil der Kommandeur der Brigade Belfast das eben sein mußte. Und einsam war er auch seit dem Tod seiner Frau. Mary war eine schwache Kopie seiner Frau, jünger und hübscher, aber nicht zu vergleichen. Die Briten hatten seine Frau getötet, so sagte er es immer... An jenem Nachmittag nach einer frühmorgendlichen Razzia des Militärs in seinem Haus hatte sie eine Überdosis geschluckt. Er war weg gewesen, drüben im Süden, hatte mit dem Army Council wegen einer Waffenlieferung verhandelt. Das Militär war gekommen und hatte sein Haus auseinandergenommen, die Fußbodenbretter hochgerissen, die dünnen Wände des billigen Häuschens aufgestemmt. Sie hatte dann eine ganze Flasche voller Nembutalpillen geschluckt. Die Briten hatten sie getötet... Es war ihm nie in den Sinn gekommen, daß eine gewisse Verantwortung für ihren Tod bei ihm liegen könnte, daß er als Kommandeur des Ersten Bataillons die Soldaten überhaupt erst ins Haus gebracht hatte.

Ein einsamer und verwegener Mann, den Tausende von Soldaten suchten. Ein skrupelloser und fähiger Mann, den Hunderte von Polizisten jagten.

Weil der Chief sein Leben dem einen Ziel verschrieben hatte, die Briten mit vorgehaltenem Gewehr aus der Provinz zu vertreiben, war er ein Mann von seltenem Kaliber in der Bewegung.

Vor den Fenstern des Einfamilienhauses, in dem er wohnte, ging der Nachmittag vorüber, und der Abend legte sich über die Straße draußen. In den Radionachrichten hatte er von dem mißglückten Überfall auf den Supermarkt in Andy'town gehört. Am Morgen würde er erfahren, ob die Heckenschützen-Einheit in Clonard Erfolg gehabt hatte. Der Krieg ging weiter, im Pech wie im Glück, der Zermürbungskrieg.

Rennie hatte Ferris am Eingang zum Verhörtrakt in Empfang genommen, ihn dem Constable abgenommen, der ihn begleitet hatte.

»Wozu bin ich hier?« fragte Ferris aggressiv.

»Sie sind hier, weil ich verlangt hab, daß Sie hier sind.«

»Das ist kein Grund.«

»Sie sind hier, weil Sie in Castlereagh etwas verdammt viel Wichtigeres tun können, als da draußen auf den Straßen rumzulatschen«, sagte Rennie.

»Erzählen Sie mal, was das sein soll?«

Sie kamen ins Verhörzimmer. Kahle Wände, keine Dekoration. Ein Tisch und zwei Stühle. Ferris blickte die beiden Kriminalbeamten an, die im Raum waren.

»Das ist D. S. McDonough ... das ist D. C. Astley ... David Ferris, Lieutenant.«

Man schüttelte einander die Hände, Ferris und McDonough und Astley, voller Zurückhaltung.

»Setzen Sie sich, David.«

Ferris setzte sich an den Tisch. Die Polizisten blieben stehen. Er spürte die Nässe des Regens in seinen Sachen, spürte den Zwölf-Stunden-Stoppelbart auf seinem Kinn.

»Sie haben einen Draht zu McAnally, und in diesen Draht werden wir uns reinhängen. Vertrauen lautet das Motto dieser kleinen Übung, und McAnally vertraut Ihnen. Sie werden mir glauben müssen, wenn ich sage, daß wir unser Bestmögliches tun, um für McAnally Straffreiheit zu kriegen ... als Gegenleistung für das volle Paket ...«

»Und wie voll ist das?«

»Die PIRA-Brigade von Belfast, und eine Aussage im Zeugenstand gegen sie. Es ist ein verdammt hohes Risiko, das wir eingehen, David. Was ich Ihnen gern klar machen möchte: ohne Ihre Mitarbeit lohnt sich dieses Risiko gar nicht.«

Und dieser verdammte Nachrichtenoffizier hatte ihm geraten, sich nicht hineinziehen zu lassen ... Herr im Himmel.

Ferris erinnerte sich an die Gesichter McAnallys. Das Gesicht auf dem Rücksitz des Autos, nervös. Das Gesicht bei der Überprüfung auf dem Drive in Turf Lodge, furchtsam. Das Gesicht im Hinterhof von Nr. 63, gebrochen. Das Gesicht im Zellenblock gestern abend, verzweifelt. Er hätte gern gewußt, wie das Gesicht in dem Moment ausgesehen hatte, als er die RPG abgefeuert, einen Richter und zwei Polizisten umgebracht hatte.

»Dann bringen Sie ihn mal rein«, sagte Ferris verbissen.

McAnally saß am Tisch. Er wußte, das jetzt war anders als sonst. Daß mehr als zwei Bullen im Verhörzimmer standen, zeigte ihm, daß die Vorschriften zum Fenster rausgeflogen waren.

Ihm gegenüber saß Ferris, auch am Tisch. Der große Bulle, Rennie, stand hinter Ferris. Die anderen zwei Bullen hatte er im Rücken.

Es fiel McAnally schwer, sich zu konzentrieren. All diese guten Nachrichten strömten aus dem Mund von Ferris und in sein Ohr. All die verfluchten, unglaublich guten Nachrichten.

»Sie werden tatsächlich Straffreiheit bekommen, Mr. McAnally... das Problem ist nur, daß wir das einstweilen noch nicht endgültig zusichern können, einstweilen nicht, aber wir wissen, daß Sie sie bekommen werden. Das Gesuch muß zum Leiter der Anklagebehörde und dann zum Justizminister, und der muß das in London klären. Sie kriegen die Straffreiheit, wegen Ihrer Person und wegen Ihrer Aussage, aber die großen Köpfe in London müssen noch grünes Licht geben. Das wird ein paar Tage dauern... Bevor wir es aber mit Brief und Siegel haben, Mr. McAnally, müssen Sie uns vertrauen. Uns bleiben noch fünf Tage, und dann muß die Polizei die Leute festnehmen, die Sie angeben. Sie wissen ja, nach dem Gesetz zur Verhütung von Terrorakten müssen Sie innerhalb von sieben Tagen entweder angeklagt oder freigelassen werden. Nach sieben Tagen kommen Sie in Schutzhaft, und die Festnahmen gehen los. Wenn Sie weder freigelassen noch angeklagt werden, dann weiß jedermann, daß Sie umgefallen sind, und alle werden sich dünnmachen. Sie verschwinden einfach. Und Ihre Aussage ist dann nichts mehr wert. Deswegen müssen Sie schon jetzt anfangen, mit Mr. Rennie und seinen Kollegen zu sprechen ... Ich weiß, daß Sie Ihre Straffreiheit bekommen werden. Ich glaube das wirklich. Mr. McAnally...«

»Und ein neues Leben?«

»Ein neues Leben für Sie und Mrs. McAnally und für Ihre Kinder.«

»Außer Landes?«

»Weit weg von hier... So wird es geschehen, Mr. McAnally. Glauben Sie mir, Mr. McAnally?«

»Ich glaube Ihnen.«

»Und man vertraut hier auch Ihnen, daß Sie das Ganze durchhalten.«

»Ich werde durchhalten, Mr. Ferris, ich schwör's, verdammt noch mal!«

»Vor Gericht aussagen, Mr. McAnally.«

»Sie können mir vertrauen, Mr. Ferris, so wie ich Ihnen vertraue.«

Keine Last lag auf seiner Seele. Er bog den Kopf zurück, als könnte er so zeigen, daß die Last von seinen Schultern verschwunden war. Er streckte die Hand aus. Er sah den Offizier erst zögern, dann reagierte er. Ihre Hände trafen sich. Er verspürte nur das Gefühl der Freiheit.

Und McAnally lachte, lachte den Offizier an und hielt seine Hand fest. Er sah nicht, wie sich auf Rennies Gesicht langsam ein zufriedenes Lächeln breitmachte. Er lachte sich halbtot, er lachte so sehr, daß seine Schultern zitterten, und seine Hand und die Hand des Offiziers krachten auf den Tisch, während er lachte.

Er lachte immer noch, als er Rennies rauhe Stimme hörte.

»Sehr schön, Gingy, dann wollen wir mal anfangen, uns diese Straffreiheit auch zu verdienen.«

Niemand war sie besuchen gekommen, den ganzen Tag lang nicht.

Allerdings war Roisin McAnally auch bis zum späten Nachmittag nicht zu Hause gewesen. Ihre Ma war da gewesen, und ihre Ma hörte nicht immer, wenn es klopfte. Ihre Ma hatte sich seit dem Mittagessen um Klein-Patty und Baby Sean gekümmert, und Gerard war in der Schule gewesen. Roisin McAnally hatte in der Stadt zu tun gehabt. Sie hatte mehr als eine Stunde lang im Vorzimmer von Mr. Pronsias Reilly gesessen. Sowohl hin wie zurück hatte sie sich ein Taxi geleistet, weil sie nicht auf die Busse warten konnte. Mr. Pronsias Reilly übernahm meistens die Verteidigung der Männer aus Turf Lodge. Sie hatte keinen Termin gehabt, hatte kein Münz-Telefon in Turf Lodge gefunden, das funktionierte ... und nie im Leben wäre sie zu einem Nachbarn gekrochen, um dort zu telefonieren, wenn die vom Wohnzimmer aus alle zugehört hätten, was sie draußen im Flur in den Apparat sagte ... Sie hatte siebzig Minuten im Wartezimmer vor dem Büro von Mr. Pronsias Reilly gesessen, und zuerst hatten sie gesagt, er sei bei einer Verhandlung und bald zurück, und dann hatten sie ihr gesagt, er sei rüber ins Untersuchungsgefängnis von Crumlin Road, um mit einem Häftling zu sprechen ... Er würde bald zurück sein. Sie hatte Mr. Pronsias Reilly noch nie zuvor kennengelernt. Er war nur ein Name, den sie schon mal gehört hatte, bis sie sein Foto an der Wand des Wartezimmers sah – fett und glatt und gut im Geschäft wegen der Rechtshilfe, verdammt gut im Geschäft bei den ganzen Typen hinter Gittern. Sie brauchte einen Rechtsanwalt. Sie brauchte einen Anwalt, der an die Tore von Castlereagh trommelte und Zugang zu ihrem Gingy verlangte. Er war ihr Mann ... Dann hatte sie ihre protestierende Ma hinausgeschoben, sie hätte doch gerne noch beim Abendbrot geholfen ... Was war das schon für 'n Abendessen? Würstchen und Nudelkringel ... Sie hielt ihre Ma einfach nicht aus, wenn sie alle nervös machte, sie selbst und die Kinder, nicht wenn Gingy in Castlereagh saß ... Heute war ein Kleiderbasar in der Kirche gewesen, da hatte sie hin müssen, ein Paar Schuhe für Klein-Patty besorgen, hatte die Schuhe besorgen müssen, bevor sie daran denken konnte, ein andermal in die Stadt zu kommen, um einen Termin bei Mr. Pronsias Reilly zu bekommen.

»Ma ... Ma ...«

Sie stand in der Küche. Sie briet die Würstchen langsam an. Wenn man sie zu schnell briet, verbrannten sie, und der Wohlgeschmack war dahin. Sie hörte Gerards durchdringende Stimme. »Komm mal schnell her, Ma!«

Sie kam gerade noch rechtzeitig, um die vertrauten Archivaufnahmen von Richter Simpsons Auto zu sehen. Sie stand in der Tür. Sie konnte das Brutzeln der Würstchen auf dem Gasherd hören. Gerard drehte sich zu ihr um.

»Eben haben sie gezeigt, wie zwei Bullen begraben worden sind ... hat unser Dad die Schweine umgelegt?«

Sie wandte sich ab und ging in die Küche zurück.

»Bring Patty mit, Gerard!« rief sie. »Essen ist fertig.«

Rennie ging im Verhörzimmer auf und ab, sagte kein Wort.

McAnally redete.

McDonough half hin und wieder nach, meistens saß er aber still gegenüber am Tisch, nickte nur ermutigend.

Astley saß hinter McAnally an dem Tisch, den sie extra hereingetragen hatten, und schrieb sein Notizbuch voll.

Immer mit dem Anfang anfangen, war Rennies Lehrsatz für die Verhörspezialisten. Sie hatten mit Sean Pius McAnallys Entlassung aus Long Kesh vor vier Jahren angefangen. Jetzt galt keine zeitliche Begrenzung mehr für sie, jetzt würden sie bis tief in die Nacht hinein weitermachen. Diese Kerle verblüfften Rennie immer wieder. Diese sachliche Beschreibung eines Mordes mit der RPG. Das Leben eines Constables weggepustet, und der erzählte das, als hätte er ein Tor in einem Ligaspiel geschossen, und nannte Namen dazu, als seien es andere Spieler seines Teams. Nachher würde er kurz rausflitzen, um seine Frau anzurufen und sie vorwarnen, daß er spät heimkommen würde, wieder einmal.

Er hatte Ferris zurück in die Kaserne geschickt, bevor die Aufnahme des Protokolls begann.

»... Shay war draußen, um die Lage zu peilen, und dann hat Shay den Landrover in die Whiterock Road einbiegen sehen. Da war so 'ne kleine Lücke zwischen den Garagen. Selber konnte ich den Landrover gar nicht sehen, nicht bis Shay gerufen hat... Eug hat mir dann die RPG gegeben, als Shay gerufen hat. In den zwei Wochen davor waren wir schon dreimal dagewesen. Ich hab abgedrückt. Dommy hat mir die RPG abgenommen. Wir haben dann nicht mehr lange rumgehangen, sind gleich über die Berge von da. Ich wußte, daß ich getroffen hatte... Wir sind dann ins Haus von Flaherty gerannt. Der hatte 'n paar Bierdosen im Kühlschrank. Wir haben jeder zwei Bier getrunken und sind dann nach Hause. Sie war wirklich gut, die RPG, hat funktioniert wie geölt. Eug hat mich von Flahertys Haus dann heimgefahren...«

Ziemlicher Glückstreffer, daß er diesen Ferris aufgegabelt hatte, dachte Rennie.

8. Kapitel

Während Sean Pius McAnally im Verhörzimmer seine Erinnerungen preisgab, krächzte, hustete und vegetierte Belfast durch die Wintertage.

Jeden Morgen und jeden Nachmittag und jeden Abend nieselte der Regen herab auf die Straßen hinter den hohen Zäunen und den Metallmauern und den verschlossenen Türen von Castlereagh. Allein mit McDonough und Astley, in der Wärme der Ölheizung, im Licht von grellen fluoreszierenden Röhren, redete McAnally. Er trug frische Socken, die sie ihm gegeben hatten, und neues Unterzeug; man hatte ihm einen persönlichen Rasierapparat überlassen; und er wurde vom Atmen und Sterben der Stadt wie in einem Kokon abgeschirmt.

Ein Komiker von England drüben gab eine Vorstellung im Opera House und erzählte dem Interviewer von BBC Northern Ireland, daß er immer gerne in Ulster spiele, weil das Publikum dort einfach das beste überhaupt sei, und der Interviewer schenkte ihm ein müdes Lächeln und fragte sich, warum dieser Star so gönnerhaft sein mußte.

Ein deutscher Industrieller kam und besichtigte die ausgestorbene DeLorean-Fabrik und redete vor der Handelskammer über Tausende von Projekten für chemische Verarbeitung, und die Geschäftsleute applaudierten ihm und fragten sich, warum er so log.

Eine verschwägerte Cousine des Königshauses kam nach Ulster und pflanzte einen Baum und eröffnete eine Kinderstation in einem Krankenhaus und las eine vorbereitete Rede ab über den Mut der zivilen Bevölkerung; und die Krankenschwestern fragten sich, welche Wahl man hier wohl hatte, außer Mut zu beweisen.

Als der Minister nach Heathrow flog, sinnierte er neben seinem Berater, ob eine ruhige Kugel als Hinterbänkler im Unterhaus nicht der Führung von Nordirland vorzuziehen sei.

Die Blumen auf William »Zehner« Simpsons Grab welkten langsam.

Ein junger Sympathisant des Ulster Defence Regiment stand vor dem Haus seiner Mutter in Finaghy und wusch sein Auto, als die Attentäter auf einem Motorrad kamen; sie beschossen ihn mit einer Mauser, schossen daneben und köpften die Katze seiner Mutter, was wohl der Grund dafür war, daß der Vorfall überhaupt in den englischen Zeitungen erwähnt wurde.

Ein Mann wurde in seinem Haus in Newtonabbey erschossen, aber die Pressestelle der Polizei riet den Reportern, sich damit nicht weiter zu befassen, weil es nur eine Familienaffäre gewesen sei, und deshalb sei der Mörder sicher nicht rüber nach England geflohen.

Ein Junge von sechzehn Jahren, fünf Monate aus der Schule raus, erschien vor dem Bezirksgericht unter der Anklage, die Kennzeichen von Polizeiautos beim Verlassen des Reviers von Andersonstown notiert zu haben.

Der Chief Constable ließ eine Warnung verlauten, nach der prominente Persönlichkeiten des öffentlichen Lebens besondere Vorkehrungen gegen Feuerüberfälle der Republikaner treffen sollten ... Ein Armeebataillon hatte seine Zeit in Ulster abgedient und fuhr mit dem Schiff heim nach Liverpool, und über hundert von ihnen mußten sich vor Erleichterung und bei all dem Alkohol übergeben, bevor sie anlegten ... Ein Priester gab der *Irish News* ein Interview, in dem er über das brutale Vorgehen der Armee in Ballymurphy klagte ... Ein protestantischer Politiker berief eine Pressekonferenz ein, um den weichen, nur allzu weichen Kurs der Sicherheitskräfte gegen den Terrorismus anzuprangern.

Außerhalb der Einfriedung von Castlereagh gingen die Tage vorüber, nicht der Erinnerung und nicht der Rede wert.

McDonough und Astley waren jeder auf seine Weise gut in ihrer Arbeit.

Sie hatten gelernt, dem Denunzianten keine Feindseligkeit entgegenzubringen. Sie hörten der Aufzählung von Anschlägen zu – versuchten Anschlägen und mißlungenen Anschlägen –, ohne je ihren Abscheu zu zeigen. Sie hatten beide an dem Kurs des englischen Psychiaters teilgenommen, der über Körpersprache bei der Kommunikation mit Denunzianten gesprochen hatte. Nichts, was sie hörten, schien sie zu schockieren oder zu erschrecken. Nicht der Tod eines Constables, nicht die Blendung eines Soldaten. McDonough hakte immer nach, um die Informationen herauszulocken. Astley schrieb am zweiten Tisch alles wörtlich nieder. Im Laufe der Tage bemerkten sie eine wachsende Frechheit bei McAnally, als ob er sich in der Aufmerksamkeit badete, die man ihm entgegenbrachte. Sie ließen ihn gewähren, machten keinen Versuch, seiner Frechheit die Luft herauszulassen ... Bald genug würde für Gingy McAnally die Probe aufs Exempel kommen, und dann würde dieser Parasit alle Frechheit brauchen, die er aufbrachte.

»Ich wollte den Panzerwagen in der Mitte erwischen. Hab mir überlegt, wenn ich ihn in der Mitte treff, sind die Soldaten dran, die drin hocken. In so 'nem Wagen hockt immer 'n halbes Dutzend von denen hinten drin. Und 'n Panzerwagen ist für 'ne RPG wie Tontaubenschießen. Wir sitzen also unten auf der Beechmount Avenue, 'ne Menge von den Wagen fahren über die Beechmount durch die Falls. Wir hatten so 'n Haus besetzt ... wohnte bloß 'n alter Schwätzer drin, Fatsy hat auf ihn aufgepaßt, und ich bin rauf in den ersten Stock mit 'nem jungen Burschen ... hatte keinen Namen, hat ihn mir jedenfalls nicht gesagt. Also, es klappte nicht ganz so, wie es sollte. Wir hatten das Fenster offen, das vom vorderen Schlafzimmer oben ... Mann, das hat gestunken da im Schlafzimmer von dem Alten, der schlief wohl bloß auf Zeitungspapier ... Und zwar hat's deswegen nicht geklappt, weil der Fahrer genau in dem

Moment auf die Bremse gelatscht ist, wo ich den Abzug drück. Wenn man erst mal den Abzug drückt, kann man nicht mehr stoppen, das ist wie beim Pissen. Der Soldat da drin bremst also, grad als ich feuere, also ziel ich noch auf den Motor. Der Motor ist auch hochgegangen, hat aber bloß den Fahrer leicht angeschlagen, ist nicht mal dran gestorben. Ich bin dann die verfluchte Treppe runter, als ob ich Dünnpfiff hätte: Und was hat wohl Fatsy da unten gemacht? Ich schieß da oben 'nen Panzerwagen mit der RPG ab, und Fatsy soll den Alten im Auge behalten, statt dessen hat er dem seinen Fernseher hinten aufgeschraubt und macht ihm grade das Netzkabel ein bißchen fester. Das Beste war ja noch, drei Tage später ist Fatsy noch mal zu dem hin und hat die Glotze zu Ende repariert. Das ist echt unfaßbar... Der andre Bursche und ich und Fatsy, wir sind dann hinten aus 'm Haus raus, und gleich runter und...«

»Wer war gleich Fatsy?«

»Fatsy Rawe... runter zur Iveagh Parade, wo die Karre geparkt stand. Bugsy war bei der Karre. Wir sind dann den Broadway runtergefahren. Sind wohl grade noch rausgekommen, bevor die Straßen gesperrt wurden. Es war ziemlich beschissen, weil der Junge nicht aufgetaucht ist, der die RPG übernehmen sollte. Wir mußten das Ding selber mitschleppen. Konnten ja schlecht noch länger da rumhängen, was?...«

»Wer ist Bugsy?«

»Wir nennen ihn Bugsy, eigentlich heißt er Eamonn Malone... Wißt ihr was...? Ich hab mich da im Auto angepißt. Hab mir glatt ans Bein gepinkelt. Bin nach Hause zu meiner Frau und mußte sofort rauf, mir 'ne andre Hose anziehen, damit sie nichts merkte. Wegen der Sache haben sie mich dann noch ganz schön angeschissen, sie meinten, ich hätte entweder nicht abdrükken dürfen oder eben den Panzerwagen in der Mitte erwischen sollen. Diese Scheißkerle haben ja keine Ahnung, wie das ist an der RPG. Man muß die RPG aufs Ziel einrichten, und wenn man damit in 'nem engen Raum abdrückt, ist man nachher wie betäubt. Ich weiß das, aber erzähl das mal diesen Scheißern . . .«

»Wer waren die, Gingy, wer hat dich angeschissen?«

»Jimmy Flanagan, Noel Connelly, Brennie Curran, die waren vom Bataillon . . . Angeschissen haben sie mich deshalb, weil sie meinten, die Geschosse für die RPG wären Gold wert, und ich hatte ja den Fahrer nur verwundet und die anderen überhaupt nicht erwischt. Aber die haben den Mund ganz schön aufgesperrt, als ich ihnen sagte, daß der Junge die RPG nicht übernommen hatte. Dem haben sie dann mindestens eine verpaßt. Die RPG war ja noch mehr Gold wert, und weil wir sie also nicht losgeworden waren, hat Bugsy sie zu sich mit nach Hause genommen. Das Ding lag 'ne Woche lang unter seinem Sofa . . . Mächtig komisch das Ganze, seine Alte hat gleich angefangen rumzubrüllen deswegen, er hat ihr dann gesagt, sie soll die Schnauze halten, und ihr gleich eine gepellt. Die ganze Sache war ein Riesenreinfall . . . ich meine, einen hatten wir zwar erwischt, aber ein Soldat ist doch keinen Schuß aus 'ner RPG wert. Na ja, oder wie? Das war ja bloß 'ne Kinderei . . .«

Außer zu Kabinettssitzungen wurde der Minister nur selten in die Downing Street gerufen. Er war zwar jede Woche einmal in London, ob das Unterhaus nun tagte oder Ferien machte, aber er wurde kaum jemals hinbestellt.

Die Inflationsrate ging zurück, das Pfund Sterling war stabil, die Arbeitslosigkeit endlich auf dem Weg nach unten. Die Regierung gab sich schwungvoll und aggressiv. Überall wurde ausposaunt, die Gesundheit der Nation sei auf dem Wege der Besserung. Nur Nordirland riß Sprünge in das kernige Erfolgsmodell. Der Minister hatte die Frage der Straffreiheit für McAnally im Kabinett nicht erwähnt. Auf dem Hinflug hatte er beschlossen, die Angelegenheit zunächst lieber privat mit dem Justizminister zu besprechen. Und dieser grüne Junge hatte es natürlich sofort dem Premier weitererzählt. Manchmal glaubte der Minister aus der Ferne seines Prokonsulats in Belfast, daß seine Kabinettskollegen nicht einmal einen fahren ließen, ohne vorher die Erlaubnis des Premierministers eingeholt zu haben. Nur eine Stunde nach seiner Unterredung mit dem Justizminister, kaum daß er wieder an seinem Schreibtisch im Northern Ireland Office saß, hatte der Minister den Anruf erhalten.

Er war ins Büro des Premiers bestellt worden, ein Privat-Chefsekretär hatte Protokoll geführt. Einen Augenblick lang, bevor er zu einem Sessel gewinkt wurde, fiel sein Blick auf den kleinen Garten vor dem Fenster. Er war schön gemäht für den Winter. Da es warm und feucht draußen war, saßen scharenweise Singvögel auf dem Rasen. Nette, unbedeutende Sachen ...

»Der Justizminister hat mir, mit vollem Recht übrigens, diese Sache zur Kenntnis gebracht. Sie verlangen da Straffreiheit für einen Mann, der einen mutigen Richter und zwei ergebene Offiziere der Polizei abgeschlachtet hat. Das würde ja bedeuten, dem Mörder von drei wertvollen Menschen zu erlauben, frei herumzulaufen und sogar die Chance für ein neues Leben auf Kosten unserer Steuerzahler zu bekommen.«

»McAnally hinter Gitter zu bringen, verehrter Premierminister, bedeutet für uns den Sieg in einem kleinen Geplänkel. Straffreiheit für ihn gibt uns die Gelegenheit, eine Schlacht zu gewinnen ...« Der Minister mochte das. Fred hatte es ihm auf der Fahrt von Whitehall eingesagt.

»Der Gedanke, daß dieser Mann Straffreiheit haben soll, ruft in mir Abscheu hervor.«

»Die Realität von Nordirland ist oft eine abscheuliche, verehrter Premierminister, wie Sie sicherlich bei

Ihren Besuchen schon bemerkt haben.« Gute Einlage ... der Premier kam zu Weihnachten, um sich mit den Soldaten fotografieren zu lassen, ließ sich ganz besonders gern mit einem Marinebarett auf dem Kopf oder in einer Schutzweste fotografieren.

»Ich denke nicht, daß die öffentliche Meinung das hinnehmen würde, und ich persönlich ...«

»Mit der öffentlichen Meinung werden wir fertig. Da gibt es genügend Spezialisten in der Armee und in der Polizeiführung, die das schaffen.«

»Und wenn Sie am Ende nichts herausbekommen?«

»Das ist eben das Risiko dabei.«

»Was hindert ihn denn daran, sich von uns Straffreiheit gewähren zu lassen, dann zu widerrufen und als freier Mann davonzugehen?«

»Es gibt nichts, was ihn daran hindert.«

»Das ist eine schreckliche Antwort.«

»Es ist die Wahrheit.«

»Wenn das Ihr letztes Wort ist, dann steht mein Entschluß fest: keine Straffreiheit.«

Der Minister stand auf. Er hielt die Arme leicht vor der Brust verschränkt. »Sehr gut. Danke für Ihre Entscheidung. Hoffen wir nur, daß nichts durchsickert ...«

Er kannte den Premierminister. Er kannte die neurotische Furcht vor dem Durchsickern von vertraulichen Informationen. Er sah das zornige Stirnrunzeln.

»... Hoffen wir, daß in Castlereagh oder beim Polizei-Hauptquartier nichts durchsickert. Ich würde mir wirklich ungern vorhalten lassen, daß ich einen einzelnen Mann für lebenslänglich ins Zuchthaus schicke und dabei die Chance verschenke, den harten Kern der PIRA-Brigade hinter Gitter zu bringen, zusammen mit diversen Elementen aus dem Bataillonskommando und einem ganzen Bus voll Freiwilligen. Ich werde verdammt gut aufpassen, daß nichts davon durchsickert und womöglich auf Sie zurückfällt, verehrter Premierminister. Danke, daß Sie sich die Zeit genommen haben.«

Er drehte sich um. Dabei überlegte er, ob er bis zur Tür kommen würde, bevor der Premier ihn zurückrief.

»Ihr Job hängt davon ab. Daß er nicht widerruft.«

»Es hängen Menschenleben davon ab, daß er nicht widerruft. Ich danke Ihnen für diese Entscheidung. Dieser Kreatur Straffreiheit zu verschaffen, tut mir ebenso weh wie Ihnen, aber Sie haben die richtige Entscheidung getroffen. Auf Wiedersehen, verehrter Premierminister.«

»Sind einfach zu viele hochgegangen. Also denk ich mir, ich denke, Gingy McAnally wird da nicht dabei sein. Das war kurz nachdem ich das Ding mit dem Panzerwagen gedreht hatte. Da wurden in ganz West-Belfast jeden Morgen welche gegriffen. Ich war schon mal im Kesh gewesen, und ich war nicht scharf drauf, noch mal reinzugehen, schon gar nicht darauf, rumzusitzen und zu warten, welcher Scheißer als nächstes wen verrät. Wenn's nicht das Problem mit der RPG gegeben hätte, dann wär ich aber vielleicht doch geblieben. Ich hab mich mit Joey getroffen – Joey Mulvaney. Und Joey sagte, ich hätte das letzte Geschoß verbraucht, das sie für die RPG hatten. Sie wollten zwar wieder neue holen, aber die waren unten im Süden. Er sagte, daß sie ganze Stapel davon im Süden hatten, aber daß die in South Armagh sie auch haben wollten, und Derry hatte sich auch dafür angemeldet. Er war recht anständig zu mir, der Joey Mulvaney, hat mir keinen Blödsinn vorgelabert. Er sagte, daß es Wochen dauern konnte, bevor der Quartiermeister vom Army Council uns wieder welche schicken würde. Ich hatte eben jetzt zweimal abgedrückt, und die Jungs unten in Armagh und oben in Derry plärrten schon dauernd, daß sie auch mal ranwollten. Und da brauchten sie erst mal ein paar Geschosse zum Üben. Er sagte, wir wären ganz unten auf der Liste . . .«

»Und Joey Mulvaney war . . .?«

»Kommandeur vom Zweiten Bataillon... Ich war kein Scharfschütze... na ja, bin mal mit der M-16 draußen gewesen, aber ich glaub, ich hab nicht mal die Wand hinter dem Soldaten getroffen. Scharfschütze, das ist was ganz andres...«

»Wann, wo und mit wem warst du da zusammen?«

»Verdammt... im September, muß wohl der achte gewesen sein, weil das war der Tag vor Roisins Geburtstag... Ich wollte gar nicht mit, hab gesagt, daß ich ihr was kaufen muß, bin also los und zu Fuß bis runter zur Royal Avenue. Bis zur Avenue bin ich gar nicht gekommen, sondern bin über den Smithfield Market und hab ihr 'n neues Bügeleisen besorgt... na ja, neu war's eigentlich nicht, war 'n gebrauchtes... Wir waren also zu dritt, jeder ein Gewehr. Wir haben hinter der Mauer am Friedhof von Milltown gestanden, drauf gewartet, daß ein paar Soldaten aus der Kaserne von Andersonstown kommen. Das war das Wann und das Wo... Joey war an dem einen Gewehr, Dusty an dem andren...«

»Dusty?«

»O'Hara... Damien O'Hara. Billy Clinch hat uns die Kanonen abgenommen, hinten am Friedhof. Dusty hat ihn fast noch erschossen, ist über 'n Stein gestolpert, und das Ding war nicht gesichert. Mann, hat Billy da vielleicht mit ihm rumgeflucht. Ich war jedenfalls kein Scharfschütze... war auch nicht gut mit Sprengstoffen. Alle unsre Bomben kamen immer in Schachteln aus Monaghan rauf. Der Typ da unten hat sie konstruiert, dann kamen sie in Einzelteilen nach Belfast, und hier wurden sie wieder zusammengebaut. Aber ich wollte so 'ne Bombe nicht mal anfassen. Der war Uhrmacher, der Typ, der die Bomben gemacht hat, der hat immer alte Uhren für die Zeitzünder genommen, die einer bei ihm zum Reparieren gegeben und dann nicht abgeholt hatte. Die Jungs haben immer gesagt, die Digitaluhren aus Japan würden ihm mal das Geschäft vermiesen. Ich hab nie seinen Namen gehört, aber er wohnte irgendwo hinter dem Markt in Monaghan. Als Heckenschütze war ich also nichts wert, und mit Bomben wollte ich auch nichts zu tun haben. Ich war an der RPG, und die hatten keine Geschosse dafür. Und dauernd wurden welche festgenommen, jeden Tag, verdammt ... Also bin ich nach Süden. Roisin hat mir keinen Ärger gemacht. Sie hat nicht gesagt, daß ich die Hosen voll hab, kein Wort von so was. Sie hat auch nicht gesagt, daß ich's nicht machen sollte. Sie ist toll, meine Roisin. Sie hat keine Szene gemacht, hat mir einfach 'ne Tasche gepackt. Und ich bin nach Süden ... Scheiße, ich hatte gar nicht gewußt, daß das Leben so verdammt schön sein kann wie da unten im Süden.«

»Wir müssen alles wissen. Jede Einzelheit.«

»Da war noch ein Postamt. Dann hab ich zweimal ein Auto geknackt und ausgeliehen. Und eine Hinrichtung, ich hab ihn aber nicht selber erschossen ...«

»Eins nach dem anderen, schön der Reihe nach, und Namen dazu.«

»Mach ich mich gut?«

»Bis jetzt ganz gut. Fangen wir bei dem Postamt an ...«

»Es ist ja wirklich eine ganz nette Idee, Mrs. McAnally. Es ist eine schöne Idee, aber so läuft es eben einfach nicht. Theoretisch kann ich natürlich nach Castlereagh hinfahren und am Tor verkünden, daß Sie mich beauftragt haben, Ihren Gatten zu vertreten, und daß ich ihn deshalb jetzt sprechen möchte. Und wenn sie mich hinein und zu Ihrem Gatten lassen würden, dann wäre das in der Tat nett und schön. Aber wie gesagt, so läuft das nicht.«

Mr. Pronsias Reillys Schreibtisch lag voller Schriftsätze. Er hatte von vier Männern Mandate auf dem Tisch, die am Vormittag vor Gericht erschienen waren, und noch zwei Mandate für Männer, die am nächsten Vormittag dran waren. Er hatte Mandate von sechs weiteren Klienten, deren Fall den ganzen Tag lang im Saal des Lordoberrichters an der Crumlin Road verhandelt worden war, und das war die Berufungsinstanz, wo es Freisprüche geben konnte. Also mußte er für morgen früh noch seine Plädoyers vorbereiten.

»Wenn ich den ganzen Tag lang Zeit hätte, um mich Ihrem Gatten zu widmen, Mrs. McAnally, dann könnte ich unter Umständen nach Castlereagh hineinkommen und sie müßten ihn mir vielleicht irgendwann vorführen. Aber die kennen dort meinen Terminkalender, die wissen, wie wenig Zeit ich übrig habe, also lassen sie mich auf einer Wartebank mit den Beinen baumeln, und währenddessen vergehen Stunden. So läuft es dort.«

Er fand, sie sei eine recht gutaussehende Frau. Er fand, wenn sie nicht in einem von der Sozialhilfe bezahlten Haus in Turf Lodge gewohnt hätte, dann könnte sie sich zu einer wirklich gutaussehenden Frau machen. Ein bißchen knochig um die Hüfte und ein etwas schlaffer Busen, aber ein herrliches Gesicht hatte sie. Um Klassen besser als fünfzig Prozent der Weiber, die sich in seinem Büro einnisteten und ihn baten, ihre Männer vor dem Kesh zu retten.

»Bei dem – äh – Vorleben Ihres Gatten wird er wohl wissen, daß er nur sieben Tage lang den Mund zu halten braucht... danach kommt er entweder wieder nach Hause oder er kommt vor Gericht und wird angeklagt. Wenn er angeklagt wird, werde ich seinen Fall vor Gericht übernehmen... Es geht um Richter Simpson, oder? Was ich so um drei Ecken gehört habe, haben seine Kleider bei der Spurensicherung nicht allzu gut ausgesehen. Glauben Sie mir, Mrs. McAnally, selbst wenn ich in Castlereagh ein Lager aufschlagen und irgendwann zu ihm gelassen würde, ich glaube nicht, daß ich ihm die Verhandlung ersparen könnte.«

Er sah, wie sie zusammenzuckte, ihre Lippen waren

blaß und schmal, und ihre Finger zerknüllten ein kleines Taschentuch. Sie war eine harte Frau, sie bumste sicher wie eine Dampfmaschine ... Er lächelte, streckte die Hand aus, damit sie sie schüttelte und um anzudeuten, daß die Unterredung beendet war. Wenn die Männer der PIRA ebenso hart wie die Frauen wären, die sie zurückließen, dachte er oft, dann könnte der Krieg schon seit vielen Jahren gewonnen sein.

»Danke, daß Sie vorbeigeschaut haben, Mrs. McAnally. Sie sollten die Dinge von der besten Seite betrachten ... Ich bin sicher, Mr. McAnally ist viel zu vernünftig, um sich zu belasten.«

Von wegen vorbeigeschaut. Er wußte, daß die arme Frau gleich einen Ringkampf in der Schlange am Taxistand vor sich hatte, und dann den langen Fußmarsch von der Glen Road zurück in die Niederungen von Turf Lodge.

» ... Ich bin so alle drei, vier Monate vom Süden raufgekommen, aber immer nur für 'n paar Tage, um Roisin und die Kinder wiederzusehen. Man braucht eben 'ne Frau, wenn man nicht irgend so 'n bescheuerter Mönch ist, und seine Kinder will man auch mal sehn. Die Jungs haben mich immer in Ruhe gelassen, wenn ich hergekommen bin ... Müssen wohl gewußt haben, daß ich da war, in Turf Lodge kann man ja nicht mal husten, ohne daß die Jungs davon erfahren, also wußten sie sicher, daß ich bei Roisin war, aber sie haben mich in Frieden gelassen. Ich dachte mir, die rührten sich nicht, weil sie keinen Werfer hatten, oder falls doch einer da war, hatten sie jedenfalls keine Granate dafür. Hin und wieder bin ich in die Kneipe, wenn ich bei Roisin war, und wenn ich mal einen Bekannten gesehen hab, hab ich ihm gewinkt, und er hat zurückgewinkt, aber sie haben mich immer in Ruhe gelassen. Wahrscheinlich war's irgendwie klar ...«

Sean Pius McAnallys Selbstvertrauen war grenzenlos.

Vor ihm saß McDonough und nickte ihm ernsthaft und ermutigend zu, und hinter ihm schrieb Astley wie rasend mit. Der fünfte Tag ging langsam vorbei, und McAnally genoß jetzt alle möglichen Vergünstigungen, er gehörte nun zur Armee eines anderen. Er sagte sich, daß er all das für Roisin tat, und für Gerard und Klein-Patty und Baby Sean.

»... dann sind die beiden zu meinem Wohnwagen gekommen.«

»Namen, Gingy.«

»Die hatten keine Namen, und gesehen hatte ich die auch noch nie. Haben mir ihre Namen nicht gesagt. Sie haben mich zurückgeschleppt. Sie haben mich nicht gebeten mitzukommen, sondern mich einfach zurückgeschleppt, so als wäre ich ein Scheiß-Deserteur. Die hatten kein Recht, mich zu behandeln, als ob ich 'n Stück Dreck wär.«

»Wir lassen dich nachher mal in unser Album mit den Schnappschüssen reinsehen.«

»Keiner hat denen angeschafft, mich wie 'n Arschloch zu behandeln. Sie haben mich einfach zurückgeschleppt, haben anscheinend gedacht, ich wär einfach abgehauen, als ich ins freie Irland bin ... diese Schweine.«

»Wenn du mit ihnen fertig bist, Gingy, dann werden sie sich wünschen, sie hätten dich nie wie Dreck behandelt.«

»Ich war ein guter Mann, ich war einer der besten in der Bewegung. Als ich noch dabei war, hab ich nie einen im Stich gelassen. Ich hab getan, was von mir verlangt wurde, und ich hab's immer gut gemacht.«

»Wir haben's mitgekriegt, Gingy. Und die werden es auch noch mitkriegen.«

»Da habt ihr aber verdammt recht.«

Jeden Abend diktierte Astley den Schreibkräften seine Notizen; die Akte mit Sean Pius McAnallys Aussage wurde immer dicker. Und die Akte mit seiner Aussage erzeugte neue Akten, und die Kreuzverweise und Computer-Suchbefehle wurden ständig mehr. Es gab einen Kreuzverweis und eine neue Akte für jeden Namen, den der Verräter nannte. Und jede Nacht, wenn die Schreibkräfte fertig waren, landeten die neuen Akten und die Ausdrucke des Personenfahndungs-Computers auf Rennies Schreibtisch.

Es war kaum zu glauben, wie ein Wunder.

Er wußte, daß dies erst der Anfang war. Jemanden umzudrehen, das war eine Sache, ihn aber auch bei der Stange zu halten, war verteufelt schwierig. Howard Rennie war ein methodischer Mensch. Am fünften Abend hatte er begonnen, die Verhaftungen und Razzien zu planen, die am siebenten Tag von McAnallys Einzelhaft in Castlereagh einsetzen würden; er ließ verlauten, er müsse dann den gesamten Zellenblock geräumt und leer haben, damit die neue Ladung gleich hinein könne. Und es war eine Botschaft von ganz hoch oben gekommen, vom Schloß in Stormont. Die Botschaft lautete, daß er, Howard Rennie, allein dafür verantwortlich sei und daß seine Karriere von McAnallys Aussage abhänge.

Sein Zug hatte Bereitschaftsdienst, also wurden sie als erste von Springfield Road losgeschickt.

Zwei Landrover und zwei gepanzerte Mannschaftswagen rasten in wahnwitzigem Tempo aus der Kaserne heraus, die Scheinwerfer eingeschaltet und mit gellenden Sirenen, der Verkehr stob auseinander, und sie verschwanden unter Getöse die Falls Road hinunter.

Die Meldung, die die Soldaten aus ihrer Ruhe in Springfield Road herausgerissen hatte, klang ebenso vage wie die meisten Durchsagen dieser Art.

Die Meldung besagte, eine Menschenmenge habe sich auf der Divis Street vor einem Schnellimbiß versammelt, und es seien Schüsse gefallen. Man würde nichts Genaueres wissen, bis Ferris und sein Zug am Ort des Geschehens waren und über Funk berichtet hatten. Es wurde wenig geredet im Landrover. Alle wirkten gespannt, weil sie sich auf einer Fahrt ins Ungewisse befanden. Gespannt und schweigend, weil keiner der Männer den Gedanken an einen Trick vertreiben konnte, an eine Falle, mit der die Sicherheitskräfte ins Schußfeld eines Heckenschützen oder auf eine versteckte Mine gelockt werden sollten.

Sie kamen an die Kreuzung von Falls Road und Springfield Road.

Ferris sah auf halber Höhe der Divis Street die Menge, die schon vom Bürgersteig auf die Fahrbahn übergriff. Er hörte ihre wütenden Rufe.

Drei einzelne Schüsse fielen, und eine Sekunde lang verstummte die Menge und wich rasch ein Stück zurück, dann drängte sie wieder vorwärts, als reichten die Schüsse nicht aus, um ihr Angst einzujagen. Hinter Ferris erklang das metallische Rasseln, mit dem die Soldaten auf dem Rücksitz ihre Gewehre schußbereit machten. Wenn Ferris irgend etwas als beruhigend empfand, dann war es das schwere Dröhnen der Mannschaftswagen hinter ihnen. Sie kamen der Menge jetzt näher, und die Stimmen gewannen an Schärfe und Feindseligkeit.

Der Zug hatte einen festen Aktionsplan für solche Situationen. Ferris brauchte gar nichts zu sagen, es lief alles automatisch ab. Sein Landrover und der dahinter fuhren bis direkt an den Rand der Menge, bevor sie quietschend anhielten. Der erste Mannschaftswagen fuhr an ihnen vorbei und wendete dann fünfzig Meter weiter auf der Straße, um den Verkehr aus dieser Richtung zu blockieren. Der andere würde das gleiche hinter ihnen tun. Die Absperrung war sofort perfekt.

Haßerfüllte Gesichter, wo Ferris auch hinsah. Die Frauen standen in der halbkreisförmigen Menge ganz hinten, ihre Stimmen schrien hinauf zu den oberen Fenstern des Backsteinhauses, sie brüllten und deuteten mit den Fingern auf das Doppelfenster über der

Imbißstube Fiori. Es war ein alberner Gedanke, aber Ferris gab sich ihm kurz hin ... Hier war nun das schlimmste Stadtguerilla-Schlachtfeld auf der ganzen Welt, aber Signor Fiori mußte sich ausgerechnet diesen Ort aussuchen, um einen Schnellimbiß aufzumachen und dort Hamburger und Würstchen und Bratfisch zu verhökern ... Mann, da mußte es schon ziemlich übel in Neapel sein, wenn Signor Fiori sein Glück lieber im Falls-Bezirk von Belfast versuchte ... wirklich ein blöder Gedanke ... Die Frauen standen hinten, und vorn in der Menge waren ihre Männer. Ferris sah, wie die, die sie im Kasino immer nur die Straßenlümmel nannten, sich gegen die verschlossene Haustür warfen, als ginge es um ihr Leben. Ihr Ziel war die Seitentür neben dem Eingang zum Imbiß. Hinter der Tür befand sich wahrscheinlich die Treppe zu einer abgetrennten Wohnung über der Imbißstube. Ferris konnte sehen, daß die oberen Fenster zerbrochen und ohne Vorhänge waren ... eine verlassene Wohnung.

Die Stimmen schwollen zum Tohuwabohu an, als Ferris mit Fusilier Jones und einem dritten Mann aus dem Landrover stieg. Der Lärm dröhnte ihm in den Ohren, aber im ersten Moment nahm er keine einzige verständliche Stimme wahr, nur ein irres Gebrabbel in diesem fremden Dialekt. Die Soldaten bahnten sich einen Weg durch die Menge zum Eingang von Fioris Imbiß und setzten ihre Gewehrkolben ein, um die Menschen von der Tür wegzudrängen. Als Ferris aufblickte, glaubte er einen Schatten dicht hinter dem Fenster zu erkennen. Er rümpfte die Nase, in die nun ein scharfer, stechender Geruch stieg.

»Hinten ist alles klar, Mr. Ferris ...« rief der Sergeant. »Gibt aber sowieso keinen zweiten Ausgang.«

Ferris war jetzt dicht bei der Seitentür. Unter der Tür und aus dem altmodischen Briefschlitz quoll dichter grauer Qualm hervor. Er spürte das Brennen in den Augen. Tränengas, verdammt noch mal ... CS-Reizgas... Die Gesichter der Menge dicht vor ihm waren vor Wut verzerrt, als entginge ihnen gerade ein Hauptgewinn. Endlich verstand er die zornig gezischten Worte:

»Diese Dreckschweine vom SAS...« »Seid hergekommen, um eure beschissenen Spione in Sicherheit zu bringen, was?« »Verfluchte Mörder, ihr!« »Euch sind wir draufgekommen, ihr Säue, ihr seid nämlich lange nicht so schlau, wie ihr immer denkt... !«

Jetzt begriff Ferris.

Die leerstehende Wohnung war ein geheimer Beobachtungsposten des Special Air Service, jetzt allerdings nicht mehr allzu geheim. Der Mob hatte sie von draußen bedrängt, und die SAS-Spezialkämpfer hatten Warnschüsse abgefeuert und CS-Granaten die Treppe hinuntergeworfen, um die Menge zurückzuhalten. Obwohl es kein Lachgas war, mußte Ferris grinsen. Einmal hatte er von einem Ladenbesitzer gehört– das war unten auf dem Land bei seinem ersten Einsatz damals gewesen –, der hatte geglaubt, er habe Ratten im Dachstuhl, also wurde ein Kammerjäger geholt, und der war dann mit seiner Büchse voll Gift durch eine Deckenklappe hinaufgekrochen, wo er plötzlich vor einem Langzeit-Überwachungsteam gestanden hatte... tja, Ratten im Gebälk. Wenn der SAS sich einmal erwischen ließ, dann brachte das einen normalen Soldaten noch allemal zum Grinsen, ganz besonders Ferris, der von dieser Einheit verschmäht worden war.

»Fahrt den Mannschaftswagen rückwärts ran, bis dicht an die Tür... Laßt euch nicht den ganzen Tag Zeit, zum Teufel!« Eine gepreßte Stimme mit Birmingham-Akzent tönte durch den Briefschlitz.

Ferris erteilte seine Befehle. Seine Fusiliers drängten die Menge geduldig zurück, doch deren Zorn war ohnehin verraucht, denn die Chance auf Erfolg war nun dahin. Der gepanzerte Mannschaftswagen wurde dicht an die Tür rangiert, und die Hecktüren gingen auf, bildeten einen Schutzschild, der die Menge von der Haustür wegdrängte.

Inzwischen hatte Ferris das Gas in den Augen. Man sollte sich nicht mit dem Ärmel die Augen wischen, man sollte nicht zwinkern und versuchen, die Reizung durch Zukneifen der Augen zu vertreiben. Er tat beides.

Ferris beugte sich zum Briefschlitz hinunter.

Er rief hinein: »Ihr könnt jetzt rauskommen, es ist sicher...«

Ferris spürte, wie er schwankte. Und sein Gleichgewicht war nur wegen dieser Männer gestört, die einer Einheit angehörten, die ihn abgelehnt hatte. Er hörte, wie einige in der Menge über ihn lachten, während er kaum noch geradestehen konnte.

Die Tür flog auf.

»Habt euch ja Zeit gelassen, Alter...« Der mit dem Akzent aus Birmingham kam durch die Tür. Er war kurz und untersetzt, wie eine wohlgenährte Spinne. Er trug einen Marine-Overall, eine wollene Mütze, und er hatte sich eine Woche lang nicht rasiert. Bei sich hatte er ein Gewehr, ein dickes Nachtfernglas und einen Rucksack. Er setzte schnell durch die Tür und sprang leichtfüßig in den Mannschaftswagen. Dann kamen noch zwei, schwer beladen mit Überwachungsgeräten und kleineren Feuerwaffen.

Ferris starrte in den Wagen hinein.

»Weshalb seid ihr denn aufgeflogen?«

Der zuletzt Gekommene antwortete. Er war aus Glasgow. »Ich hab 'nen Krampf im Bein gekriegt, wollte es ausstrecken und hab dabei unsren Klo-Eimer umgekippt... Jetzt bringt uns schon weg hier!«

Er erwartete keine Höflichkeit, nicht von den geheimen Helden. Ferris ging zum Fahrer des Mannschaftswagens und gab ihm seine Anweisungen.

Er sah zu, wie der Wagen davonfuhr. Bei sich dachte er, daß der Krieg für ihn ja eigentlich recht angenehm verlief, im Gegensatz zu diesen Männern, die tagelang in der feuchten, kalten Dachkammer über Fioris Imbißstube hocken mußten.

Er hörte noch das Gejohle der Menge, als er den Befehl zum Losfahren gab.

»... Am Morgen, nachdem ich zurück bin, haben mich zwei Männer bei mir zu Hause besucht. Sie sind einfach reingewandert, als wär das so 'ne Art öffentliche ...«

»Namen, Gingy.«

»Einer war Phonsie McGurr, und der andere hieß Devitt, den Vornamen weiß ich nicht, so ein großer Typ mit 'ner dreifarbigen Tätowierung auf dem Handgelenk. Mir haben sie ihre Namen nicht gesagt, aber ich kannte sie noch von früher. Die glaubten anscheinend, sie brauchen bloß mit den Fingern zu schnipsen und Gingy McAnally springt schon für sie. Sie sagen zu mir, ich hätte für den nächsten Morgen einen Auftrag, und ich sag ihnen, daß sie sich da irren. Sie sagen, da wäre ein Job auf der Crumlin Road, alles schon vorbereitet für mich, ich sag, das wär wohl für jemand anders. Dann sagen sie, alle hätten sich die Beine ausgerissen, damit das klappt, und es muß am nächsten Morgen über die Bühne gehen, und ich sag ihnen, da müssen sie es eben noch mal neu vorbereiten ... Ich hab ihnen gesagt, ich würd mich nicht wie ein Blödmann am hellichten Tag mitten auf die Crumlin pflanzen und mit 'ner RPG rumballern ... Wir waren ins Schlafzimmer raufgegangen, saßen auf Roisins Bett ... Sie haben gesagt, das wäre das allerdickste Ding im ganzen Jahr in Belfast, die Briten würden so laut brüllen vor Wut danach, daß man's bis London hören könnte. Sie haben gesagt, das sei nur 'ne einmalige Sache, danach könnte ich gleich nach Hause, und am nächsten Tag könnte ich schon wieder drüben im Süden sein, als wär gar nichts passiert ... Ich hab ihnen gesagt, ich würd das nicht machen. Immer wenn ich ihnen gesagt hab, daß ich ausgestiegen bin, haben die einfach weitergeredet, als ob sie mich nicht hören. Das waren echt Schweine, die haben mir einfach nicht zugehört. Sie haben gesagt, kein andrer außer mir könnte mit der RPG umgehen. Sie haben gesagt, es wär schon schwer genug gewesen, die RPG in die Stadt zu bringen und ein Geschoß dafür zu besorgen ... Sie haben gesagt, ich müßte das einfach machen. Wir haben alle drei rumgebrüllt ... Ich war bloß zurückgekommen, um meine Frau und meine Kleinen zu sehen, und dann muß ich im Schlafzimmer mit denen sitzen und rumbrüllen, ob ich nun einen Anschlag ausführ oder nicht. Sie haben dann gesagt, der Chief würde mit mir reden ...«

Astley blickte rasch auf, verlor die Konzentration auf den Notizblock. McDonough biß auf das Ende seines Bleistifts.

»Der Chief ... ?« McDonough war ein guter, erfahrener Kriminalbeamter. Mit diesen Worten hatte ihn der Chief Constable gelobt, doch jetzt klang seine Stimme heiser, als er die Worte wiederholte.

McAnally grinste keck. »Ja, der Chief ... die Nummer eins der Brigade Belfast.«

»Und den hast du dann getroffen?«

Das Grinsen legte sich über McAnallys ganzes Gesicht. »Ihr habt doch gesagt, wir fangen beim Anfang an, und ich soll nichts überspringen ... Ich hab den Chief aber erst am nächsten Tag getroffen.«

»'tschuldige ...« McDonough bemühte sich, bei McAnallys guter Laune mitzuhalten. »Hast ja recht, Gingy. Meine Schuld ... also, wenn wir zum nächsten Tag kommen, dann kommen wir auch zum Chief.«

Einen Augenblick lang ruhte McDonoughs Hand auf McAnallys geballter Faust auf dem Tisch. Astley beobachtete sie.

Ein leichter, kurzer Schauer der Furcht erfaßte Astley. Wenn die Provos die Beamten identifizieren konnten, die einen Mann erfolgreich zum Überläufer gemacht hatten, dann erschossen sie diese Beamten. Schon passiert in Londonderry, schon passiert in Belfast. Sie schlachteten die Beamten ab, die einen Mann zum Verräter bekehrt hatten, wenn sie wußten, wer es gewesen war. Und der Mann, der hier am Tisch mit McDonough und Astley saß, war der beste Überläufer, der größte Verräter, der wertvollste Informant, der bis jetzt in Castlereagh gesessen hatte. Wenn sie die Beamten, die McAnally umgedreht hatten, jemals identifizieren konnten, würden sie sie ganz oben auf ihre Liste setzen. Er hätte doch auch eine Stelle in der Bank annehmen können, oder Versicherungsvertreter werden, oder rüber nach England umziehen. Astley atmete tief durch, konzentrierte sich wieder auf seinen Notizblock.

McDonough grinste immer noch. »Gut, Gingy, also die haben zu dir gesagt, du solltest besser mal mit dem Chief reden.«

»Was ist mit Gingy McAnally?«

Der Chief und Frankie Conroy gingen über das nasse Pflaster der abendlichen Straße. Der Chief mochte Frankie. Es kam selten vor, daß der Chief Freundschaften innerhalb der Bewegung schloß, er besaß nur wenige Freunde, seit er sich ins Oberkommando der Brigade Belfast durchgeboxt hatte. Frankie war loyal und unterwürfig, und er führte Befehle aus, stellte sie nicht in Frage. Frankie hatte einen guten Ruf in der Bewegung ... und er hatte auch beim Leiter der Anklagebehörde einen guten Ruf.

Sie gingen durch Andersonstown. Mantelkragen hochgeschlagen, flache Mütze auf dem Kopf, Umhängetasche über der Schulter. Für eine vorbeifahrende Streife sahen sie aus wie zwei Arbeiter nach Feierabend auf dem Weg nach Hause.

»Machst du dir wegen Gingy irgendwelche Gedanken?« In Frankies Stimme schwang ein zischendes Pfeifen mit. Vor langer Zeit hatte ihm ein britischer Spitzel in den Hals geschossen, und danach hatte er die Hälfte von zwölf Brummern wegen Mordversuch, Waffenbesitz und Mitgliedschaft abgesessen.

Wenn der Chief das vernarbte Loch in Frankies Hals sah, dachte er jedesmal, der Mann könne von Glück reden, daß er noch lebte.

»Ich mach mir wegen jedem armen Schwein Gedanken, das sie sich greifen.«

»Er war was Besondres, wollte nicht wieder in 'n Knast, hab ich mir sagen lassen.«

»Hast du schon mal 'nen Scherzkeks gesehen, der da gerne reingeht, Frankie? Aber was erzählt man sich denn so über ihn?«

»Soweit man hört, spielt er da drin das steinerne Denkmal.«

»Von wem hast du das?«

»Der Junge von meinem Cousin, der ist Schreiberling bei der *News*. Er trifft öfters diesen dicken Bullen Rennie in 'nem Sportclub, in 'nem beschissenen Rugby-Club. Der Junge von meinem Cousin ist 'n guter Spieler, sonst würden die ihn da gar nicht erst reinlassen, das ist 'n Protestanten-Club. Rennie hat ihm erzählt, daß Gingy das Maul nicht aufgemacht hat, seit er da ist. Er macht einen auf stumm da drin, hat Rennie dem Jungen von meinem Cousin gesagt.«

»Haben die denn genug, um Gingy anzuklagen?«

»Anklagen werden sie ihn morgen, oder er kommt raus. Der Junge von meinem Cousin hat nichts von 'ner Anklage gehört.« Frankie hörte, wie der Chief einen fahren ließ, und der Gestank stieg ihm in die Nase. Er kannte den Chief schon zu lange, um darauf überhaupt noch zu reagieren.

»Wir haben demnächst was Nettes vor, Frankie. Das Briten-Bataillon in der Springfield Road fährt im offenen Landrover rum, immer offen. Wenn sie an der Ampel Ecke Falls Road warten, wenn sie da anhalten, dann besteht eine gute Chance, ihnen eine Benzinbombe von oben aus einem Fenster reinzuschmeißen ... gefällt dir die Idee, Frankie?«

»Gefällt mir gut ...« Frankie sah den Chief direkt an. »Dieser Kleine da, Mattie Blaney, der hat doch eine in die Kniescheibe gekriegt, weil er Gingy verpfiffen haben soll, das stimmt doch, oder?«

Er sah das ferne Glitzern in den Augen des Chiefs. Er war zu weit gegangen. Er hatte immer Angst vor dem Chief, wenn er zu weit gegangen war.

»Ich hab dich gefragt, Frankie, wie dir die Idee gefällt, ein paar Briten in ihrem offenen Landrover zu schmoren.«

»Ja, fände ich gut«, sagte Frankie und sah den Chief dabei nicht mehr an.

»Also, wer war mit in dem Zimmer?«

»Der Chief ... und der Quartiermeister der Brigade, und der für den Nachrichtendienst, und der Einsatzleiter.«

»Namen, Gingy.«

»Der Chief, das ist Kevin Muldoon ... Quartiermeister ist Ollie O'Brien ... Nachrichtenoffizier ist Joe McGilivarry ... Einsatzleiter ist Tom McCreevy ... Sie waren alle im Zimmer, als mir der Chief den Plan erklärt hat.«

»Nicht, daß du dir's noch anders überlegst, Gingy.«

»Ich hab euch doch gesagt, ich mach's!«

»Wenn es hart auf hart geht, Gingy ...«

»Ich hab euch gesagt, ich mach's, verdammt noch mal!«

»Es wird wirklich sehr hart werden, Gingy.«

Sean Pius McAnally musterte McDonough scharf mit seinen Frettchenaugen. »Aber ich krieg dafür Straffreiheit, ja? Und ihr werdet mich in Sicherheit bringen, mich und meine Alte und die Kinder, oder?«

Es würde ein hektischer Abend für Howard Rennie werden. Hinein ins Zentrum von Belfast, kurz bevor die Büros schlossen, für ein Gespräch mit dem Leiter der Anklagebehörde, um die Bestätigung der Straffreiheit für einen geständigen Mörder zu bekommen, und um eine achtundsiebzig Seiten lange Aussage abzuliefern, in der der Mörder gestand und andere schwer belastete.

Dann ins Polizei-Hauptquartier, um die Festnahmen von achtundzwanzig Männern und drei Frauen zu besprechen.

Und später, sehr spät am Abend, fünf Minuten der wertvollen Zeit des Chief Constable.

»Sie bringen ihn vor Gericht, Rennie?«

»Und wenn ich ihn selber reintragen muß, Sir.«

9. Kapitel

Er saß auf dem Rücksitz eines gepanzerten Polizei-Landrovers.

Über die Schultern des Fahrers und des Spähers auf dem Vordersitz konnte er die Lichter der nächtlichen, wie ausgestorbenen Stadt sehen.

Auf der einen Seite neben ihm saß Rennie. Von der anderen Seite her quetschte ihn ein Polizei-Sergeant ein, in Uniform und riesig in seiner Kugelweste.

Man hatte Sean Pius McAnally erklärt, daß er kein Gefangener mehr sei, daß er sich nicht mehr in polizeilichem Gewahrsam befinde. Rennie hatte ihm gesagt, daß er jetzt ein freier Mann war, daß er nur in polizeilicher Obhut war. Wenn er noch in ihrem Gewahrsam wäre, würde er jetzt Handschellen tragen, während der Konvoi aus den Toren von Castlereagh brauste. Weil er aber in ihrer Obhut war, wurde er nur zwischen Rennie und dem Sergeant eingezwängt. Es gab eben einen Unterschied zwischen Gewahrsam und Obhut ...

Und Sean Pius McAnally benötigte Obhut, denn er war zum Verräter an seinen eigenen Leuten geworden.

Im Landrover wurde kein Wort gesprochen. McAnally und Rennie und der Sergeant und die beiden Constables saßen in tiefem Schweigen auf den Sitzen. Da war nur das Aufleuchten ihrer Streichhölzer und Feuerzeuge und die Glut ihrer Zigaretten. Wenn sie an ihren Zigaretten zogen, konnte McAnally die Gesichter rund um sich erkennen. Es waren die Gesichter von Männern, die seine Feinde gewesen waren. Viel nachdenken konnte er nicht. Er war erst spät ins Bett gekommen und sehr früh in seiner Zelle geweckt worden. Sie hatten ihn abgeholt, um vier. Sie hatten ihm einen Topf Tee gegeben und einen Schokoladenkeks, und er hatte die Bartstoppeln auf seinem Gesicht gespürt und die schmutzige Kälte zwischen den Beinen. Sie hatten ihn zu Rennie auf den Parkplatz gebracht. Rennie hatte gesagt: »Ich bin für dich ein Risiko eingegangen, Gingy. Ich bin ein verdammt großes Risiko eingegangen. Ich habe darauf gebaut, daß du den Mumm hast, das Ganze durchzustehen. Ich hab riskiert, dir Straffreiheit zu verschaffen. Du bist jetzt ein freier Mann. Du kannst uns den Rücken kehren und uns sitzen lassen. Aber das wirst du nicht tun, Gingy, weil du genau weißt, daß du ab heute tot bist, wenn du das machst. Versteh mich nicht falsch, Gingy, ich will dir nicht drohen. Ich sage dir nur: Nach deinen Aussagen, nach unseren Verhaftungen bist du tot, wenn wir nicht auf dich aufpassen. Das ist mal Tatsache.« Sie hatten auf dem Parkplatz gestanden, Rennie und McAnally, außer Hörweite der uniformierten Polizisten. In der Kälte waren sie eingehüllt in ihre eigenen Schatten. Als Rennie gesagt hatte, was ihm auf dem Herzen lag, hatte er McAnally kraftvoll in die Schulter geboxt, als wäre das nun für lange Zeit das Ende der privaten Unterhaltungen, und McAnally hatte die Stärke von Rennies Faust gespürt, und dann waren sie zum Landrover gegangen.

Zu früh für die Stadt, selbst für die Karren der Straßenkehrer. Breite, nasse Straßen. Drei Landrover im Konvoi. McAnally zwischen zwei Männern eingeklemmt, und sein Landrover zwischen zwei anderen.

Die Wagen erreichten den Anfang der Grosvenor Road. Er kam langsam in sein Heimatviertel, und er kam in der schützenden Obhut der Polizei. Er spürte neben sich die Wärme von Rennie und die scharfen Kanten der gepanzerten Weste des Sergeant. Er kam zurück, um seine Frau abzuholen und seine Kinder einzusammeln. Er zitterte, aber kalt war ihm nicht. Er versuchte, sich zu erinnern, was er Roisin sagen wollte; sein Kopf war leer, und er fand die Worte nicht.

Sie fuhren am Royal Victoria Hospital vorbei. Der Soldat, dem er vor langer Zeit mit der RPG das Augenlicht genommen hatte, war damals dort in die Unfallstation eingeliefert worden. Der Polizist, der verletzt worden war, als er den anderen umgelegt hatte, war auch durch denselben Hintereingang des alten Krankenhauses gebracht worden. Kein Verkehr auf der Grosvenor, und die Landrover überfuhren an den Kreuzungen rote Ampeln. Ließen sich auf keine Pausen ein, die Landrover auf dem Weg durch Provoland, nicht wenn sie einen Verräter drin sitzen hatten, was? Der Konvoi wurde langsamer, als sie sich der Kaserne von Springfield Road näherten. McAnally spürte die Spannung der Männer im Wagen. Die Blicke auf die oberen Fenster, ein Paar Hände fest auf dem Lenkrad, andere Hände auf den entsicherten Stirlings. Scheiße ... und er mußte sich noch die Worte für Roisin einfallen lassen.

Sie bogen durch das Tor ein.

Die Kaserne war ein Heerlager. Als sich die hinteren Autotüren öffneten, wurde McAnally herausgewinkt, und er sah die vielen Männer und ihre Fahrzeuge im

Hof der Kaserne. Soldaten in Kampfanzügen, uniformierte Polizisten und Panzerspähwagen mit dröhnenden Motoren und wehenden Auspuffschwaden. Er blieb dicht bei Rennie. Er war ein Hund auf einer fremden Straße und hielt sich eng bei seinem Herrchen. Er konnte gar nicht anders. Er sah die Blicke, die auf ihm lagen. Die scharfen Augen der jungen Polizisten in Uniform, und die Augen der Soldaten, wie helle Juwelen in der Tarncreme auf ihren Gesichtern. Jeder Typ auf dem ganzen Hof wußte, daß er um fünf Uhr früh Dienst machen durfte, weil Gingy McAnally übergelaufen war. Die Blicke verfolgten ihn, spürten ihn auf.

Eine Hand legte sich auf McAnallys Ärmel. Er fuhr herum. Er sah Ferris, den Offizier. Und im Moment des Erkennens ließ ihn Rennie sofort allein. Schnell weitergeben, den Schwarzen Peter, Rennie rüber zu den hohen Tieren, um zu reden, und Gingy allein mit Ferris, dem Offizier.

»Gut gemacht, Gingy...« Ferris' leise Stimme dicht an McAnallys Ohr, ganz privat.

»Was meinen Sie damit?« Die Frage hervorgebellt. McAnally wartete auf die Antwort und sah zu Ferris' geschwärztem Gesicht auf.

»Daß Sie das Richtige getan haben.«

»Ich mach das nicht, weil ...«

»Ist ganz egal, warum Sie's machen.«

»Ich mach's für meine Frau und die Kinder, verstanden?«

»Schon verstanden, Gingy. Und viel Glück.«

Ferris ging davon. Rennie kam wieder herüber zu McAnally, er lauschte aufmerksam an einem Handfunkgerät. McAnally verlor Ferris in dem Gewirr von Uniformen aus den Augen, als die Soldaten jetzt in die Wagen einstiegen. Befehle wurden gerufen, und die Panzerspähwagen und Landrover füllten sich rasch.

Der Polizei-Sergeant stand hinter McAnally und hielt

die Stirling schußbereit, als sei seine Sicherheit von nun an eine zweifelhafte Angelegenheit. Rennie packte McAnallys Arm und führte ihn zurück zum Landrover.

Die lange Kolonne von Fahrzeugen strömte hinaus auf die Springfield Road.

Sie fuhren schnell, waren auf Überraschung aus. Durch die Straßensperren, die schon aufgebaut waren, um West-Belfast abzuriegeln.

Die Kolonne trennte sich, teilte sich, schwärmte in verschiedene Richtungen aus.

Er konnte sich nicht mehr an die Worte erinnern. Es war so leicht gewesen, die verdammten Worte zu behalten, als er noch in der Zelle saß. Er würde nicht viel Zeit haben. Das hatten sie ihm gesagt. Gerade genug, daß seine Frau sich anzog und die Kinder in ihre Kleider steckte und die Koffer packte. Nicht genug für irgendwelche Diskussionen.

Donnernd die Springfield Road entlang, auf dem Weg nach Turf Lodge. Ein Verräter, der unter dem Deckmantel der Dunkelheit mit den Soldaten und Polizisten kam, zurück in sein Zuhause kam.

Bravo Company und Charlie Company vom Zweiten Regimentsbataillon und etwa zweihundert Polizeikräfte hatten sich in Bewegung gesetzt, waren draußen auf den Straßen.

Einunddreißig Verhaftungen, die die Soldaten und Polizisten unter sich verteilt hatten.

Ferris saß vorne in seinem offenen Landrover, hinter ihm kamen ein Panzerspähwagen und zwei Polizei-Landrover.

In der Brusttasche seines Uniformrocks steckte das 5x10 cm große Foto eines Mannes im mittleren Alter, die Züge schwer zu erkennen bei der Vergrößerung, mit einem aufgestempelten Namen am unteren Bildrand: Kevin Muldoon. Neben dem Foto steckte sein Notizblock; die bleistiftgeschriebene Adresse auf der ersten Seite gab an, wo Kevin Muldoon heute nacht vermutlich schlief.

»Wen haben wir denn gekriegt, Mr. Ferris?« fragte Fusilier Jones gutgelaunt. »Einen von den schweren Jungs etwa?«

»Glauben Sie denn, Fusilier Jones, die erzählen der miesen kleinen Infanterie, ob wir uns nun einen der Bosse oder nur einen Laufburschen greifen?«

Wieder ging ihm der Abend durch den Kopf, an dem er in McAnallys Zelle in Castlereagh gewesen war. Er hatte sich mit vollem Wissen dem Komplott zum Umdrehen eines Kämpfers angeschlossen ... Scheißegal, was der Kämpfer getan hatte. Er hatte einem Mann das Schwungrad seiner Seele aus dem Gleichgewicht gebracht. Auf Fusilier Jones wirkte er leicht benommen, als er den Kopf schüttelte, weil er sich fragte, wie es Gingy McAnally ergehen würde, wenn er direkt mit dem konfrontiert war, was er getan hatte.

»Sind Sie in Ordnung, Mr. Ferris?«

Wenn er bei Nr. 63 im Drive von Turf Lodge ankam, dann würde Gingy McAnally wissen, was er getan hatte.

»Alles klar, danke.«

Der Landrover hielt an der Absperrung ein Stück weiter oben auf dem Drive. Neben McAnally beugte sich Rennie vor und sprach durch das Fahrerfenster eindringlich mit einem uniformierten Inspector. Von draußen kamen Stimmen, erregt und geflüstert, sie drangen zu McAnally hinein, protestantische Stimmen aus der Provinz Ulster und englische Stimmen von ganz woanders. Rennie hatte genug gehört. Er tippte dem Fahrer auf die Schulter.

Er sah sein eigenes Haus im Licht der Scheinwerfer. Ihm wurde übel. Er sah seine eigenen Vorhänge und seine eigene Eingangstür und sein eigenes Gartentor. Die Scheinwerfer gingen aus. Schattenhafte Gestalten rannten an der Windschutzscheibe des Landrovers vorbei. Er hielt die Augen geschlossen, als Rennie ihn energisch zur Tür schob. Er öffnete die Augen. Rennie quetschte sich auf dem Sitz dicht an ihn, den Kopf eingezogen unter dem niedrigen Dach des Landrovers. Der Geruch von Rennies Atem und von schalem Rauch und von Auspuffgasen. Die Türen gingen auf.

Rennie führte McAnally zur Eingangstür. Nur zu zweit gingen sie den kurzen Weg.

»Klopf sie wach!«

Rennie hatte sich hinter McAnally gestellt.

Beinahe schüchtern klopfte McAnally an die Tür. Hinter der Tür lag die Stille eines schlafenden Hauses. Er fuhr sich nervös durch das kurzgeschnittene Haar. Hinter sich hörte er Rennie ungeduldig atmen. Er schlug mit der Faust gegen die Tür, dann bückte er sich, um die Briefschlitzklappe hochzuheben und zu lauschen. Aus einem der oberen Räume fiel schwaches Licht auf den Vorgarten. Polizisten fluchten leise und huschten aus ihren Verstecken in den Schutz neuer Schatten. Ein Geräusch im ersten Stock, eine Tür ging auf. Er drückte den Mund gegen den Briefschlitz.

»Roisin, ich bin's, Gingy!«

Mehr Lichter, rasche Schritte auf der Treppe, das Trappeln auf den Dielen, das Quietschen der Kinderwagenräder, das Knarren beim Zurückschieben des Riegels.

Sie trug ein Nachthemd aus rosa Flanell. Über ihren Schultern lag lose ein Morgenmantel, den sie am Hals zusammenhielt. Sie sah ihm direkt ins Gesicht, ihr Kinn fiel herunter, der Mund stand weit offen, und sie starrte ihn voller Erstaunen an. Sie hatte hundert Fragen auf den Lippen und verschluckte sie alle. Ihre Arme hoben sich empor, um ihren Mann an sich zu ziehen, und dann sah sie die ungeschlachte Gestalt von Howard Rennie; ein Lichtstrahl aus der offenen Tür erfaßte den Polizisten, der mit dem Gewehr am Gartentor kauerte.

Ein leises Würgen erklang aus ihrem Hals, das Aufwachen aus einem Traum. Ihre Arme fielen herab, und der Morgenmantel rutschte zu Boden.

Rennie stieß McAnally durch die Tür.

»Los jetzt, Gingy.«

Sie wich zum Kinderwagen zurück, zuckte zurück. Sie wollte die Treppe hinauf. McAnally stürmte vor, packte sie mit beiden Händen. Sie blickte zurück, an ihm vorbei, und sah, wie Rennie die vielen Uniformen und Waffen in den Flur einließ. Von alledem begriff sie überhaupt nichts. McAnallys Hände lagen auf ihren Hüften, spürten die Knochen ihres Körpers durch das Nachthemd hindurch. Er schob sie mit Gewalt die ersten Stufen empor und hielt sie fest, als sie stolperte, schob sie immer weiter, und die ganze Zeit über starrte sie sprachlos auf die Polizisten im Flur hinunter.

Sie erreichten das Ende der Treppe. Er führte sie in ihr gemeinsames Schlafzimmer. Er hörte das heisere Husten von Klein-Patty. Er sah ihr Bett und Baby Sean, der unter dem Deckenlicht schlief und nur halb vom Bettzeug bedeckt war.

»Ich hab es für dich getan.« Verzweiflung in McAnallys Stimme. Ihre Lippen waren geöffnet, sie zitterte wie im Schock.

»Ich hab das alles für dich getan.«

Leise, gedämpfte Stimmen drangen vom unteren Flur hinauf, dazu das statische Pfeifen eines Funkgeräts.

»Es war alles für dich, und für die Kinder ... Deshalb hab ich's getan.«

Durch die dünne Wand quietschte Gerards Bett, als er sich darin umdrehte, und wieder der bellende Husten von Klein-Patty.

»Es wird wieder gut werden für uns. Es wird ein neues Leben geben. Wir werden ein neues Leben führen ... das werden die uns verschaffen.«

Jetzt begriff sie. Sie hatte Haare im Gesicht, beachtete sie nicht. Sie stieß ihn grob von sich weg. Er konnte die Konturen ihres Körpers sehen. Er konnte die Wut in ihrem Stirnrunzeln sehen. »Es war das Beste für uns«, sagte er laut.

»Du bist ein Verräter geworden?« fragte sie anklagend.

»Für uns alle, für dich und mich und für die Kinder...«

»Du bist ein Überläufer geworden, ein Verräter...? Gütiger Gott... Sean, sag mir, daß es nicht wahr ist.«

Ebensogut hätte er ihr die Faust ins Gesicht schlagen können. »Zieh dich an, zieh die Kinder an, pack deine Sachen in einen Koffer!«

»Bist du zum Verräter geworden, Sean, wirklich...?« Und kein Zweifel mehr in ihrem Gesicht, nur ein ersterbendes Wort.

»Verdammt, ich wäre für fünfundzwanzig Jahre in den Bau gegangen!« brüllte McAnally. »Hättest du das vielleicht gewollt? Hättest du mich für fünfundzwanzig Jahre da drin gewollt? Hättest du gewollt, daß ich weg bin, bis ich alt bin, und du alt bist, bis die Kinder aus dem Haus sind? Wir kommen doch zuerst, nicht irgendwer andrer!«

Er schleuderte ihr die Worte entgegen. Sie schien in sich zusammenzusinken, als hätten sie die Kräfte verlassen.

»Du verdammter Dummkopf, Sean!«

»Zieh die Kinder an. Und zieh du dich auch an.«

»Warum hast du es getan?« Ihre Stimme war nur ein Murmeln. Sie fiel auf das Bett. Ihre Finger umklammerten den Mund. Das Nachthemd war ihr von der Schulter gerutscht.

McAnally packte seine Frau am Kinn, zwang sie ihn anzuschauen. »Ich hab's wegen fünfundzwanzig Jahren meines Lebens getan, und das sollte dir doch reichen.«

Ihr Kopf fiel zurück auf ihre Faust, das Weinen begann.

»Mrs. McAnally...« Rennie stand im Rahmen der Tür.

Er sprach mit barscher Stimme. Seine Worte hallten durch den Raum. »Mrs. McAnally, es gibt einige Tatsachen bezüglich der Situation Ihres Mannes, die Sie verstehen sollten. Ihr Mann hat eine volle Aussage über seine kriminelle Tätigkeit als Angehöriger der Provisional IRA gemacht. Ihr Mann hat viele hochrangige Mitglieder dieser Organisation belastet. Als Gegenleistung dafür, daß Ihr Mann in den Zeugenstand tritt und unter Eid gegen knapp dreißig Männer aussagt, ist ihm Freiheit von der Strafverfolgung zugesichert worden. Außerdem wurde ihm versprochen, daß er die Chance auf ein neues Leben mit Ihnen und Ihren Kindern erhalten wird, an einem Ort, wo Sie vor der Provisional IRA sicher sein werden. Sie sollten tun, was er von Ihnen verlangt, Mrs. McAnally. Sie sollten sich selbst und Ihre Kinder anziehen.«

Sie schluchzte. »Sie haben meinen Mann zu einem verdammten Verräter gemacht!«

»Bekehrter Terrorist sagen wir dazu.«

»Hoffentlich sind Sie stolz auf das, was Sie uns angetan haben.«

»Er kann wirklich von Glück reden, daß er die Chance zum Umfallen gekriegt hat. Sie haben knapp zehn Minuten zum Packen.«

»Und wenn ich nicht . . .«

»Dann werden Sie Ihren Mann nie wiedersehen, Ihr ganzes Leben nicht mehr, Mrs. McAnally«, sagte Rennie. »Und Ihre Kinder werden ihren Vater nie wiedersehen . . . Ich weiß nicht, was es da zu diskutieren gibt.«

Ihr Blick, zornerfüllt, schnitt McAnally und traf Howard Rennie. Er hielt ihm stand. Sie zog sich das Nachthemd über den Kopf und warf es hinter sich. Einen Augenblick lang saß sie noch auf dem Bett, nackt, weiß, voller Trotz. Dann wurde sie vom Weinen geschüttelt. Sie nahm ihre Unterwäsche vom Stuhl, streifte sie sich automatisch und ohne nachzudenken über, dann ihre Jeans und ihren Pullover und ihre Socken und ihre Turnschuhe.

»Nach einiger Zeit wird es Ihnen besser vorkommen, Mrs. McAnally, und es wird verdammt viel besser sein, als wenn Sie hiergeblieben wären.«

»Wir haben noch nie einen Verräter in der Familie gehabt.«

»Wahrscheinlich weil noch nie einer genug Mumm dafür gehabt hat.« Leise schloß Rennie die Schlafzimmertür hinter sich.

»Roisin, ein neues Leben woanders für uns alle muß doch was Besseres sein, als du weiter hier und ich für fünfundzwanzig Jahre im Kesh.« McAnallys Hände zappelten sinnlos vor seinem Bauch. Sie warf den Kopf zurück, band ihren Pferdeschwanz mit einem Gummiband fest. Er wandte sich zur Tür.

»Wo willst du hin?«

»Die Kinder aufwecken.«

»Wehe, du gehst auch nur in die Nähe von meinen Kindern!« Er ging ungelenk zum Schrank. Er erinnerte sich, daß die Tür immer klemmte, weil das Holz sich in der Feuchtigkeit verzogen hatte. Mit einem Ruck riß er sie auf. Baby Sean hatte zu schreien begonnen. Im Schrank lag nur ein einziger Koffer. Es war der Koffer, in den sie damals ihre spärliche Aussteuer für die Flitterwochen in Bray gepackt hatte. Er zog den Koffer heraus und machte den Reißverschluß auf. Es war blaßgrüner Schimmel darin. Ungestüm wischte er ihn mit dem Anorakärmel weg.

Sechs Minuten später hatten sie Nr. 63 verlassen.

Zwei Kinder mit weißen Gesichtern und zusammengepreßten Lippen, ein ausdauernd schreiendes Baby, Roisin McAnally und Sean Pius McAnally, der zum Überläufer geworden war, wurden über ihren Gartenweg gedrängt, vorbei an einer Allee aus bewaffneten Polizisten, durch das Gartentor über das geborstene Pflaster und auf den Rücksitz des Landrovers.

Überall auf dem Drive waren die Lichter angegangen, und die Vorhänge an den oberen Fenstern schoben sich beiseite. Die Nachbarn sahen, wie ein Polizist Klein-Patty in den Landrover hob und wie ein Koffer hinter ihr hineingereicht wurde. Die Nachbarn hätten gerne die Gesichter von McAnally und seiner Frau gesehen, das wäre noch der Zuckerguß auf dem Kuchen gewesen, aber die Dunkelheit der frühen Morgenstunde verwehrte ihnen diese Freude.

Über sein Funkgerät gab Rennie an die Einsatzzentrale in Springfield durch, daß das Einladen der Familie McAnally abgeschlossen war.

Die Landrover ließen die Motoren aufheulen. Die Straße war ins Licht ihrer Scheinwerfer getaucht, dann senkte sich wieder die Stille der Nacht über den Drive in Turf Lodge.

Roisin McAnally erlaubte ihrem Mann, auf dem Rücksitz des Landrovers ihre Hand zu halten. Ihre Fußgelenke stießen gegen die Stiefel eines Constables; Klein-Patty saß auf ihrem Knie, Baby Sean plapperte an ihrer Schulter, und Gerard klammerte sich an ihren Ellenbogen. Er hielt ihre Hand. Sie gab sich keine Mühe, den Druck zu erwidern. Den Trost, der in seinem Händedruck lag, nahm sie nicht wahr. Sie weinte nicht mehr. Sie würde nicht zulassen, daß der Constable, der mit der Stirling auf den Knien ihr gegenübersaß, sie weinen sah.

Durch das Funkgerät kam die verschlüsselte Meldung, die Verhaftungen seien schon in vollem Gange.

Der Gefreite in der Mitte der Dreiergruppe stützte sich mit den Armen auf die Schultern der beiden anderen. Seine Beine hingen frei herab, während sie durch den Korridor des Apartmenthauses stürmten. Er zog die Knie an und stieß dann die Stiefelsohlen gegen die dünne Tür. Die Tür flog aus den Angeln. Ferris kam hinter den Gefreiten, zusammen mit einem Inspector in Uniform. Das Licht vom Treppenhaus erleuchtete den Flur ein wenig, zeigte ihnen die geschlossenen Türen, die von ihm abgingen. Die erste Tür, die sie probierten, war die Küche, die zweite Tür war das Wohnzimmer, die dritte Tür das Schlafzimmer.

Es dauerte einen Moment, bis sie den Lichtschalter an der Tür gefunden hatten. Es war ein winziger Raum, gerade groß genug für ein Doppelbett, einen kleinen Schrank und zwei Holzstühle. Das Bett stand quer an der hinteren Wand. Sie waren in vollem Tempo hereingestürmt und blieben jetzt abrupt stehen, weil in dem Bett nur ein Mädchen lag. Es war ein hübsches kleines Ding, ein junges Gesicht, als sei sie gerade aus dem Schulalter heraus, und sie hatte wuschliges, gelocktes kastanienbraunes Haar. Sie saß aufrecht im Bett, die Träger ihres Nachthemds auf den Schultern, und die Decke mit aller Macht gegen die Brust gepreßt. Ferris sah das Grinsen auf Fusilier Jones Lippen.

»Entschuldigen Sie unser Eindringen, Miss, aber ich habe hier einen Haftbefehl«, intonierte der Inspector. »Ich komme wegen Kevin Muldoon.«

Für Fusilier Jones und seine Kameraden waren es Dinge wie das Aufstöbern eines Mädchens mit nacktem Hintern in seinem Bett an einem nassen Dezembermorgen um 5.35 Uhr, die das Soldatendasein lebenswert machten.

»Er ist nicht hier.« Trotzig, schön, blitzende Augen.

Ein Gefreiter öffnete den Schrank, machte den Inspector mit einer Geste aufmerksam und richtete die Taschenlampe auf einen wirren Kleiderhaufen: Hose, Hemd, Strickjacke und Männerschuhe.

Im Lächeln des Inspectors lag keine Freude, es war anders als das Vergnügen von Fusilier Jones. Der Inspector schob sich an Ferris und den Gefreiten vorbei zum Bett und zerrte die Bettwäsche auf den Boden. Alle Soldaten im Zimmer sahen ihre Beine und den goldenen Flaum unter ihrem Bauch; einer kicherte, und alle sahen das abgelegte Pyjama-Unterteil zu ihren Füßen. Der Inspector packte das Mädchen am Arm und zog sie vom Bett herunter. Ferris und seine Männer reagierten sofort und schoben das Bett beiseite.

Der Mann lag auf der Seite, gegen die Wand gedrückt. Er war nackt, er zitterte, sein Gesicht war krebsrot. Eine Hand hielt er sich vor die Geschlechtsteile, die andere war erhoben, um seinen Kopf zu schützen.

Ferris starrte fasziniert auf ihn herab.

Gewehrläufe und MP-Läufe richteten sich auf ihn. Ferris sah die Narbe auf seinem Nasenbein. Er dachte sich, wenn der Mann Hosen angehabt hätte, wäre er auf seine Angreifer losgestürzt. Kein Mann kann ohne Hosen kämpfen.

»Hände über den Kopf legen, Muldoon«, sagte der Inspector leidenschaftslos.

Die Hände gingen in die Höhe, wurden von einem Constable gepackt, und die Handschellen klickten.

Kevin Muldoon bekam die Kleider angezogen, die vorher hastig in den Schrank geworfen worden waren. Der Inspector rezitierte den Text der Notstandsverordnungen, während dem Mann die Hosen über die Knie gezerrt wurden.

Die Menge der bewaffneten Männer im Raum wich zurück, damit Muldoon von seiner Eskorte aus dem Schlafzimmer gebracht werden konnte, zurück durch den Korridor und hinaus in den Landrover.

»Wer ist Kevin Muldoon?« fragte Ferris den Inspector leise. »Was hat er für eine Position?«

Der Inspector warf ihm ein hochmütiges Lächeln zu. »Was geht denn das einen Lieutenant der Infanterie an?«

»Ich hab geholfen, McAnally umzudrehen.«

Jetzt flackerte Interesse auf dem Gesicht des Inspectors auf. »Das ist der Mann an der Spitze. Leiter der Brigade.«

Ferris blickte sich um, durch die offene Schlafzimmertür und durch die offene Eingangstür. Er blickte hinaus in die Nacht, wo von der Straße die Geräusche der Soldaten und Polizisten und ihrer Fahrzeuge hereindrangen. Er begriff, warum McAnally ein Juwel in Rennies Schlachtplan darstellte. Er begriff, warum McAnally ihm so fest die Hand gedrückt hatte, um das Vertrauen zu besiegeln. Er fand, er hatte letztlich doch etwas erreicht in all den Wochen in Belfast, und das war die Verhaftung eines nackten Mannes, der sich auf dem Fußboden unter seinem Bett versteckt hatte.

Ferris sagte: »Ein wichtiger Mann, den wir da einsperren.«

»Wenn wir ihn einsperren ...« rief der Inspector aus dem Korridor zurück. »Jetzt ziehen Sie sich endlich an, gute Frau, ich habe nicht ewig Zeit.«

»McAnally wird ihn einsperren.«

»Wenn Sie glauben, daß die PIRA nach dieser Sache hier auf der Nase liegt, dann sind Sie ein grüner Junge, Lieutenant. Nach dieser Sache wird die Hölle los sein ... Kevin Muldoon festzunehmen ist das leichteste, aber ihn hinter Gitter zu bringen, das wird verdammt schwierig werden, ganz egal, was diese Type McAnally jetzt sagt ... oder haben die Ihnen das nicht erzählt? Haben sie Ihnen nicht erzählt, daß das Überlaufen kein Picknick ist? Ich sag Ihnen mal was: Falls McAnally wirklich durchhält, wenn die Kacke erst mal am Dampfen ist, dann wäre das ein verdammtes Wunder.«

Das Mädchen stand in der Tür des Schlafzimmers, angezogen. Ein Constable stand vor ihr und ein zweiter hinter ihr, und dennoch zeigte sie keinerlei Ergebenheit in ihr Schicksal. Sie sah aus, als würde sie den Soldaten und Polizisten gleich ins Gesicht spucken.

Der Inspector sagte ruhig: »Dann machen wir uns mal auf den Weg, gute Frau ...« Er drehte sich zu Ferris um. »In meinem Job sehe ich nicht allzu viel Hoffnung auf Wunder.«

Die Tür der Wohnung war zu stark beschädigt, um sie wieder zu schließen, also blieb sie offen stehen; die Lichter im Flur und im Schlafzimmer blieben eingeschaltet; draußen wurde eine Wache aufgestellt, um auf das Eintreffen der Spurensicherung zu warten.

Die Polizei-Landrover fuhren gerade ab, als Ferris auf die Straße trat. Die ersten grauen Flecken des Tageslichts schwebten über den Dächern und Schornsteinen. Er hatte den Mann gesehen, der die Brigade Belfast anführte, und der Kerl unterschied sich in nichts von den Hunderten Männern mittleren Alters, die er jeden Tag auf seinen Patrouillengängen im Falls-Bezirk sah.

Roisin McAnally saß in der Polizeikantine von Springfield Road.

Sie hatte sich abgewandt von ihrem Mann, der bei einem kräftig gebauten Detective stand und die Namen flüsterte und durch einen schmalen Schlitz spähte, den er in der Jalousie aufhielt.

Sie fühlte sich wie erdrückt von der Tüchtigkeit und Aufmerksamkeit zweier Polizistinnen, die zwischen ihr und den Kleinen hin und her flitzten. Sie hatten ein Kinderstühlchen für Baby Sean besorgt; sie hatten Pommes frites und Würstchen für Klein-Patty geholt und ihr die Würstchen noch klein geschnitten; sie hatten ein paar Krieg-der-Sterne-Comics für Gerard aufgetrieben. Auf ihren Sohn Gerard war sie stolz. Mechanisch blätterte er die Seiten um und zeigte keinerlei Vergnügen daran. Sie war auf ihren Jungen stolz, weil er den beiden Kühen, die so ein Tamtam um ihn machten, nichts schenkte. Klein-Patty hätte sie am liebsten einen Tritt versetzt, weil die ihre Würstchen runterschlang, als hätte sie seit Wochen nichts mehr zu essen gekriegt. Und Baby Sean kümmerte sich einen Dreck, denn Baby Sean hatte ein breites, glückliches Grinsen für die Polizistin übrig, die vor seinem Stühlchen verzerrte Grimassen riß. Baby Sean gab einen Dreck darum, ob sein Vater ein Verräter war oder nicht.

Lärmend trafen die Landrover draußen im Hof unter dem Kantinenfenster ein. Obwohl er flüsterte, hörte sie ihren Mann klar und deutlich.

»Der da ist Ollie O'Brien.«

»Quartiermeister der Brigade, Gingy.«

»Stimmt, Mr. Rennie.«

Viele Namen hatte sie aus seinem Mund gehört. Sie hatte die Namen von Joey McGilivarry und von Tom McCreevy gehört, und von Joey Mulvaney und Billy Clinch und Dusty O'Hara ... Sie kannte sie alle. Sie hatte mal mit Dusty rumgeknutscht, als sie siebzehn war, hatte seine Hand in ihrer Bluse geduldet, aber nicht weiter unten in den Jeans. Und Billy hatte ihr manchmal Geld gebracht, als ihr Mann im Kesh eingesperrt war. Und es hatte eine Nacht im vorletzten Jahr gegeben, als Joey zu ihr gekommen war; und wenn sie nicht gerade ihr monatliches Übel gehabt hätte, dann hätte sie ihn ganz bestimmt mit hinaufgenommen, weil die Kinder schon eingeschlafen waren. Und Tom sang immer so traumhaft an den Samstagabenden in der Kneipe, sang die Lieder vom Sieg, verdammt. Und Joey war mit ihrer Schwester gegangen, bevor er erwischt wurde und sie nach Kanada ausgewandert war.

Und noch mehr Namen ... Eine Polizistin hatte die Hand auf Gerards Arm gelegt, fragte ihn, ob er vielleicht etwas essen wollte, und lächelte süßlich, als er schwerfällig den Kopf schüttelte. Es war ein Alptraum, von dem sie nicht erwachen konnte. Polizisten kamen in die Kantine, machten Lärm und lachten zu laut, denn noch vor wenigen Minuten waren sie draußen auf den Straßen gewesen und hatten Angst gehabt; deshalb mußten sie jetzt laut auflachen, um zu zeigen, wie mutig sie waren. Sie trugen ihre Tabletts an Roisin McAnally und den beiden Polizistinnen und den Kindern vorbei, und alle sprachen sie plötzlich leiser, und alle sahen sie einfach in eine andere Richtung, und alle taten sie so, als gäbe es nichts Besonderes an der Familie dort am Tisch.

»Das ist Kevin Muldoon, Sir.«

»Sag mir, wer das ist, Gingy.«

»Sie wissen doch, wer's ist.«

»Sag es mir!«

»Er ist der Kommandeur der Brigade Belfast, Mr. Rennie.«

Mit beiden Händen packte sie Gerards Kopf und zog ihn dicht an ihren Mund, und sie küßte ihn aufs Haar. Als sie seinen Kopf wieder losließ, sagte sie kein Wort, und er blätterte wieder die Seiten in seinem Comic-Heft um. Klein-Patty hatte die braune Soße auf den Tisch gekippt, die Polizistin sagte, das macht nichts, und wischte es mit einem Lappen weg.

Sie konnte nicht weinen. Wenn sie im Landrover nicht geweint hatte, dann konnte sie auch in der Polizeikantine nicht weinen.

Die schwache Sonne schien grell im Morgengrauen über Belfast, als der Regen einmal kurz aufhörte und die Landrover ihre Gefangenenladungen von der Springfield Road zur Haftanstalt Castlereagh transportierten. Bis auf zwei hatten alle von McAnally genannten Männer und Frauen erfolgreich festgenommen werden können. Nur einer von ihnen hatte versucht, sich der Verhaftung zu widersetzen; der würde am Mittag ein Auge in Technicolor haben, und zwei Constables würden für den Rest der Woche Pflaster im Gesicht tragen.

Mr. Pronsias Reilly wurde vom Radiowecker neben dem Bett aus dem Schlaf geholt. Er begann den Tag immer mit den Schlagzeilen-Meldungen des Lokalsenders. Aus den ersten Frühnachrichten erfuhr er meistens, ob er sich rasch beim Polizeirichter einfinden mußte oder ob er direkt zum Gerichtsgebäude an der Crumlin Road fahren konnte. Erst nach den Nachrichten und dem Wetterbericht fiel ihm auf, daß etwas gefehlt hatte. Keine Meldung über eine Anklage gegen Sean Pius McAnally. Wenn ein Mann des Mordes an »Zehner-Simpson« angeklagt worden wäre – und des Mordes an zwei Bullen –, dann hätte die Pressestelle die Nachricht an die Redaktion herausgekräht wie ein Hahn auf dem Misthaufen. Und er hatte um ein paar Ecken gehört, daß die chemische Analyse von McAnallys Kleidung ihn hundertprozentig belastete.

Für Mr. Pronsias Reilly, der sich nun Pre-Shave-Lotion ins Gesicht rieb und nach seinem Batterie-Rasierer tastete, gab es nur eine Schlußfolgerung aus den Nachrichten des Lokalsenders ... Sean Pius McAnally hatte sich auf eine Absprache eingelassen.

Wenn er allein war, in seinem Badezimmer, beim Spaziergang auf den Sperrin Mountains, beim Segeln auf Carlingford Lough, allein mit seinen privaten und ehrlichsten Gedanken hätte er sich nicht als Kampfgefährte der PIRA betrachtet. Doch er war Republikaner, er glaubte an ein Vereinigtes Irland, und er haßte die protestantischen Machthaber. Er hatte zu lange innerhalb der katholischen Minderheit gelebt, um je seine Wurzeln hinter sich zu lassen. Noch bevor er seine Examina an der Queen's University bestanden hatte, war er schon Rechtsanwalt im Selbststudium geworden.

Er erinnerte sich an die Frau, die zu ihm ins Büro gekommen war. Er erinnerte sich daran, was er über sie gedacht hatte. Er erinnerte sich an die ungestüme Loyalität der Frau für ihren eingesperrten Mann, und dabei hatte sie einem beschissenen Verräter die Treue gehalten.

Ein Jahr zuvor hatte er einen Klienten in dessen Haus in Whiterock besucht, und dort war sein Wagen von ein paar Jugendlichen geklaut worden. Er hatte auf der Straße herumgebrüllt und geschimpft, und ein großer Mann war zu ihm getreten, ein Mann mit einer Narbe von einer Schußwunde am Hals. Der Mann hatte ihn besänftigt und war davongegangen, und zwanzig Minuten später war der Mann am Steuer seines Wagens wiedergekommen, kein Kratzer war daran gewesen. Er hatte versucht, dem Mann Geld zu geben, und der Mann hatte es abgelehnt. Mr. Pronsias Reilly wußte nicht, welchen Rang Frankie Conroy innerhalb der Bewegung bekleidete, und er fragte auch nicht danach. Seitdem hatte Frankie Conroy drei Frauen für Besprechungen zu ihm gebracht, deren Männer im Knast saßen.

Jeder Dienst verdiente seinen Gegendienst.

Er rief Frankie Conroy an.

Er hörte, wie eine schlaftrunkene Stimme die Nummer nannte, die er gewählt hatte.

Er stellte sich nicht vor.

»Sie sollten sich fragen, ob Sean Pius McAnally vielleicht zum Überläufer geworden ist.«

Er hängte den Hörer wieder ein.

Der Minister hatte in der Wohnung über seinem Büro in Stormont Castle Toast und Orangensaft zum Frühstück, als sein Berater ihm die Morgenzeitungen hereinbrachte.

»Ein bißchen früh, Fred, zum Teufel.«

»Ich bin schon seit fünf bei der Polizei. Die Brigade Belfast genießt momentan in ihrer Gesamtheit die Gastfreundschaft der Haftanstalt von Castlereagh.«

»Das ist ja prächtig.«

»Es ist gelaufen wie ein Uhrwerk, bis jetzt jedenfalls.«

Der Minister blickte seinen Berater scharf an. »Dann halten Sie die Uhr nur aufgezogen ... Wenn uns das Ding danebengeht, landen wir alle im Mülleimer.«

»Und wenn es uns gelingt, Sir, dann ist es die PIRA von Belfast, die in der Müllabfuhr landet.«

Der Berater legte die Zeitungen ab, lächelte knapp und ging wieder aus dem Zimmer.

Der Minister gab sich dem Gedanken hin, daß seine politische und öffentliche Karriere nun davon abhing, ob ein umgedrehter Provo seinen Verrat gegen die Organisation durchhielt, der er einen Treueeid geleistet hatte.

Er warf einen Blick auf die erste Seite des *Newsletter.* Neuerliche Forderungen der protestantischen Politiker nach seinem Rücktritt. Er nahm die *Irish News* zur Hand. Ein katholischer Führer erklärte über ihn, er sei der Inbegriff der Parteilichkeit und sollte als versöhnliche Geste für die republikanische Bevölkerung entlassen werden. Gott allein wußte, daß er sein Bestes für diese verfluchte Gegend tat, und Gott allein wußte auch, wo er ein wenig Dank für seine Bemühungen ernten würde.

Frankie bog in den Drive ein und bremste scharf.

Vorne in der Straße sah er die Polizei-Landrover, und dahinter stand ein Möbelwagen am Randstein geparkt.

Mehr brauchte er nicht zu sehen. Er setzte zurück und fuhr davon.

Frankie Conroy hatte dem Chief erzählt, daß Gingy McAnally in Castlereagh das steinerne Denkmal spielte, und die ganze Zeit über hatte die Drecksau gesungen... Verfluchter Mist, Gingy McAnally war vom gesamten Brigadestab über »Zehner-Simpson« eingewiesen worden.

Man hatte ihn einer Leibesvisitation unterzogen. Seine Beine waren auseinandergezogen worden, eine kalte, trockene Hand hatte ihm zwischen die Beine gegriffen, und man hatte ihm die Arschbacken für eine Spiegeluntersuchung aufgerissen. Er war gewogen worden. Er war gefragt worden, ob er einen Arzt haben wollte. Er hatte für seine kümmerlichen Besitztümer unterschrieben. Seine Unterschrift war die einzige aktive Kooperation bei der Aufnahme in Castlereagh geblieben. Der Chief saß nun in einer Einzelzelle.

Er konnte nicht wissen, wie viele Männer außerdem festgenommen worden waren, aber er hatte die Massen von Fahrzeugen im Hof von Springfield Road gesehen. Die Anzahl der Panzerspähwagen und Landrover ließ auf eine großangelegte Verhaftungsaktion schließen.

Verwirrung, Wut und Frustration gingen ihm durch den Kopf. Was konnten ihm die Bullen nachweisen? Was hatten die Bullen gegen ihn in der Hand, was stand bereit und wartete auf ihn? Bis jetzt hatte sich kein Detective die Mühe gemacht, mit ihm zu sprechen. Die ließen ihn einfach in Einzelhaft schmoren.

Sie hatten dem Chief die Uhr abgenommen. Er saß wohl kaum länger als zwanzig Minuten in der Einzelzelle, und es erschien ihm schon wie eine Ewigkeit. Viele Male, immer wieder in all den Jahren, war er verhaftet worden. Diesmal war es anders. Nie zuvor hatten die Schweine ihrer Sache so sicher gewirkt.

Frankie kam in Sichtweite des Apartmenthauses.

Vor dem Haus standen Landrover und uniformierte Polizisten, und als er gemächlich vorbeifuhr, sah er zwei Detectives aus der Tür kommen, die zwischen sich einen Plastiksack voller Kleidungsstücke trugen.

Frankie kannte das Haus. Er wußte, es war das, wo der Chief gegenwärtig übernachtete.

Er machte sich auf den Weg, um die Wohnungen von Ollie O'Brien und Joey McGilivarry und Tom McCreevy zu überprüfen. Er wußte, was er dort finden würde. Sein Gesicht war starr und verbissen.

Als er die Landrover vor Ollie O'Briens Haus in Andy'town stehen sah, murmelte er leise vor sich hin: »Gingy McAnally, du Arschloch, du bist so gut wie tot. Ich schwör's dir, du bist schon tot, du dreckiger Verräter.«

Rennie hatte ihm gesagt, er solle gar nicht versuchen, mit Roisin zu sprechen, ehe sie an einem sicheren Ort waren. Rennie hatte ihn gewarnt, sie habe einen Schock erlitten und er solle es langsam angehen. Dieser Rennie spielte den Scheiß-Priester und Eheberater für ihn. Rennie hatte am Fenster leise mit ihm geredet, nachdem die Männer durch den Hof geführt worden waren. Sie würden den Vormittag, oder was davon noch übrig war, zusammen bleiben, und nach dem Essen würde Rennie zu dem Unterschlupf kommen und Roisin erklären, wie es weiterging, und dann würde sie alles leichter begreifen.

Einstweilen begriff sie's anscheinend noch nicht so recht. Hatte kein einziges Wort mit ihm gesprochen die ganze Zeit, wo sie jetzt in der Kantine saßen, und er hatte ihren bösen Blick gesehen, als Klein-Patty zu ihm auf den Schoß gekrabbelt war. Rennie war hinausgegangen, als die Landrover nach Castlereagh abgefahren waren.

Am Nebentisch ein Inspector in Uniform, der sich die Fingernägel mit einem abgebrannten Streichholz saubermachte, dann waren da die Polizistinnen, die allmählich genug davon hatten, Klein-Pattys Essen aufzuwischen und neue Comics für Gerard aufzutreiben, und dann waren da noch die beiden Constables, die etwas weiter weg an einem Tisch saßen und als Wachhunde dienten, um jeden, der in die Kantine kam, davon abzuhalten, ihnen zu nahe zu treten.

Abrupt sah der Inspector auf die Uhr, als käme ihm das nur so in den Sinn, und spielte dann den Überraschten ... verfluchter Lügner ... Der Inspector stand auf, winkte McAnally herüber und machte Roisin und den Kindern ein Zeichen, auch mitzukommen ... tat so, als würde er sich 'ne Seuche einfangen, wenn er mit ihnen sprach. Roisin hatte Baby Sean auf dem Arm. McAnally hob Klein-Patty hoch. Er streckte Gerard die Hand entgegen, doch der Junge schob die Hände tief in die Taschen. Wenn er das morgen noch mal machte, würde er dem kleinen Miststück eins überziehen.

Der Inspector ging voran, dahinter die Familie, und nach der Familie kamen die Polizistinnen und die beiden Constables. Sie traten in den Hof hinaus. Draußen war es ruhig. Die Familie überquerte den Hof. Es schien, als seien sie jetzt plötzlich unauffällig und uninteressant. McAnally konnte niemanden sehen, der sie beobachtete. Er sah Soldaten und Polizisten, die ihrer Arbeit nachgingen; trotzdem nahm er Klein-Patty etwas höher auf den Arm und hielt sich beim Gehen noch aufrechter. Drei Landrover und mehrere Polizisten, ihre Eskorte, warteten schon. Er konnte sich nicht umwenden, konnte Roisin nicht ins Gesicht sehen. Er spürte, wie Klein-Patty auf seinem Arm zappelte, als er auf die Landrover zuging.

»Gut gemacht, Mr. McAnally.«

Er blieb stehen, fuhr herum und sah Ferris. Ferris kam von hinten auf ihn zu, in raschem Tempo. Er sah den Offizier etwas zögernd lächeln. Auf seinem Gesicht war immer noch die Tarncreme verschmiert.

»Ich hab das ernstgemeint, was ich vorhin schon gesagt habe: gut gemacht. Ich bewundere, was Sie da getan haben.«

Roisin stand direkt neben ihm. Er spürte ihren Blick auf sich. »Ich hab Ihnen doch gesagt, warum ich's gemacht hab.«

Ferris sagte: »Ist egal, warum. Wichtig ist nur, was Sie gemacht haben.«

McAnally fixierte Ferris. »Ich hab's bloß gemacht, damit ich nicht wieder im Kesh lande.«

Der Offizier schüttelte den Kopf, lachte dabei leise. »Blödsinn, wenn Sie den Ausdruck gestatten, Mr. McAnally. Sie haben einer bösen Sache den Rücken gekehrt, und deshalb bewundere ich, was Sie getan haben ...«

Roisin starrte ihn an, Verachtung auf den Lippen, und ihr Mund schien das Wort »böse« zu formen, als sei es eine Beleidigung für ihre Religion.

»Sie wissen wohl alles, was?«

»Testen Sie mich ruhig, Mr. McAnally, testen Sie mich irgendwann mal. Kommen Sie mal wieder und sagen Sie mir dann, ob es Ihnen nur darum ging, sich vor dem Kesh zu retten, oder dabei zu helfen, etwas Verkommenes in diesem Gemeinwesen auszumerzen... Sie können sehr stolz auf ihn sein, Mrs. McAnally.«

»Halten Sie sie da raus!«

»Ich hab was über den Turmfalken gelesen, Mr. McAnally. Großartiger Vogel. Frei ohne jede Einschränkung. So frei, wie Ihre Kinder sein sollten, so frei, wie Mrs. McAnally sein sollte.«

McAnally trat nahe an Ferris heran.

»Warum bin ich Ihnen wichtig?« fragte er heiser.

»Wollen Sie's wissen?«

»Ja, das will ich wissen.«

»Ich kann den Verlauf dieses Krieges hier nicht ändern, auch nicht einen Zentimeter. Sie dagegen können ihn ändern, Sie können etwas wegschneiden, das verrottet ist. Ich kann das nicht, Sie schon. Verglichen mit dem, was Sie tun können, verplempere ich nur meine Zeit. Ich bin völlig unerheblich, wir alle hier sind unwichtig im Vergleich zu dem, was Sie erreichen können.«

»Ich hab das für mich gemacht, nur für mich und meine Familie.«

»Das glaube ich nicht.«

»Warum hören Sie einem bloß nie zu?«

»Vielleicht glaube ich nicht alles, was man mir erzählt.«

McAnally ging zum Landrover. Er wartete an der hinteren Tür, um Roisin beim Einsteigen zu helfen.

10. Kapitel

Der Landrover, in dem die Familie McAnally saß, bremste scharf. Die hinteren Türen gingen auf, der Innenraum wurde in Licht getaucht. Die Eskorten sprangen ab. Sie standen in der Mitte einer Wohnsiedlung. Hinter den Gestalten der Constables sah er kleine Vorgärten mit niedrigen, weißgestrichenen Zäunen und Tüllvorhängen und Topfpflanzen in den Fenstern. Es waren jeweils Zweifamilienhäuser, aus Weichpreßziegeln gebaut und mit Holzverblendungen. Einer der Constables beugte sich in den Landrover, um den einen Koffer herauszuheben.

»Jetzt machen wir es Ihnen gemütlich, Mrs. McAnally«, sagte der Inspector brüsk. »Bei der Gemütlichkeit haben Damen den Vortritt, stimmt's, Mr. McAnally?«

McAnally dachte, es müsse dem Inspector schwerfallen, sie eine »Dame« und ihn »Mister« zu nennen. Neben ihm schnaubte Roisin verächtlich.

Sie stieg zuerst aus, Baby Sean auf dem Arm. Er folgte ihr mit Klein-Patty. Gerard ignorierte die Hand seines Vaters und die Hand eines Constables, die ihm aus dem Auto helfen wollten, sondern rutschte auf dem Hosenboden den Sitz hinunter und landete auf dem Straßenpflaster.

Eine ganz gewöhnliche Wohnsiedlung, solange McAnally den Blick nicht zu hoch hob. Eine normale Siedlung für normale Leute. Ihres war das letzte Haus rechts in einer Sackgasse.

Der Inspector sah sich wachsam um, als könnte in einer ganz gewöhnlichen und normalen Wohnsiedlung Gefahr drohen.

»Geradeaus hinein bitte, Mrs. McAnally.«

McAnally betrachtete den ferneren Horizont. Auf dem Hügel hinter den Häusern sah er die Wellblechumzäunung und die gewundenen Stacheldrahtkronen darauf. Er sah einen Wachturm am Rand, schwarz gestrichen, mit Tarnnetz umhüllt und zusätzlich durch ein Anti-Raketen-Drahtgitter geschützt. Sie wohnten am Abhang eines Hügels, unter ihnen die Shorts-Flugzeugfabrik und dahinter das Wasser von Belfast Lough.

Palace Barracks. Von denen, die der Bewegung den Eid geschworen hatten, kannte jeder Palace Barracks in Holywood. Die Legende von Palace Barracks hatte ihren Ursprung in den Aktivitäten der Verhörspezialisten des Special Branch und des Intelligence Corps, die dort zwölf Jahre zuvor gewirkt hatten, und in den »Fünf Methoden«, die man in den Kriegsanfängen dort gegen Provo-Verdächtige einsetzte. Die Kapuze auf den Kopf, der Lärm-Generator, auf Zehenspitzen an die Wand stellen, Schlafentzug, nichts zu essen, das waren die Berüchtigten Fünf. Nach Nordirland importiert wegen ihres großen Erfolges in Aden, Zypern, Malaya, überall, wo irgendein kleiner national gesinnter Knülch den Briten keinen Respekt erwies. Über zweitausend Männer hatten Holywood hinter sich gebracht, bevor die Verhörspezialisten ihre Sachen packten, die Türen hinter sich zumachten und nach Castlereagh umzogen. Palace Barracks war danach wieder seinem ursprünglichen Zweck zugeführt worden, als Wohngebiet für die Familien von langzeitverpflichteten verheirateten Soldaten der regulären Armee. Palace Barracks, wohin man Gingy McAnally und seine Familie brachte, war jetzt achtzehn Monate lang die Heimatkaserne für das Regiment der Devons & Dorsets und ihre Angehörigen.

Gegenüber der Sackgasse stand eine Frau gebückt im Garten und hob mit der Hand jedes einzelne Blatt auf, das auf ihren winzigen Rasen gefallen war, steckte eines nach dem anderen in eine Einkaufstüte aus Plastik, und als sie das Treibgut aus dem Landrover gegenüber ankommen sah, stellte sie die Tüte mit deutlicher Geste auf den Boden, ging zu ihrem Haus zurück und knallte die Tür zu.

Roisin McAnally hatte die Frau gesehen. Sie starrte ausdruckslos auf die geschlossene Tür. Am Eingang der Sackgasse standen noch zwei Frauen, die eine mit Kinderwagen, die andere mit ihrem Soldatenehemann; ihre Münder bewegten sich in unverständlichem Gespräch, die Frau küßte den Soldaten auf die Wange, sie blickten ein letztes Mal zu der Familie herüber, und der Soldat ging in die eine Richtung und die Frauen mit dem Kinderwagen in die andere. Sie sah das Gesicht einer jungen Frau an einem Fenster, und als ihre Blicke sich trafen, fiel der Vorhang herunter und verbarg das Gesicht.

Sie folgte dem Inspector über den schmalen Gartenweg, er zog einen Schlüssel aus der Tasche und öffnete die Vordertür.

Sie drehte sich von Baby Sean weg und zu McAnally um.

»Du weißt, daß wir für die hier nur Scheiße sind, oder?«

Er gab ihr keine Antwort.

Falls der Inspector sie gehört hatte, ließ er es sich nicht anmerken. In raschem Tempo führte er Roisin McAnally im Haus herum. Es war möbliert, Armee-Mobiliar für einen jungen Unteroffizier mit Familie. Ein Durchgangs-Wohnzimmer mit abgewetztem Sofa und Stühlen um einen Gaskamin, ein Tisch am anderen Ende des Zimmers neben den Glastüren zum hinteren Garten, keine Bilder an den Wänden, und bei der Nippesfigur »Enten im Fluge« fehlte der letzten ein Flügel.

»Was Besseres konnten wir nicht beschaffen in der kurzen Zeit, die wir hatten, Mrs. McAnally... und es ist sicher hier, das ist ja das Wichtigste. Ein bißchen kahl, aber es wird recht gemütlich werden.«

Natürlich war für den Inspector nicht begreiflich, daß Roisin McAnally sich in Turf Lodge noch niemals unsicher gefühlt hatte und nie etwas anderes als Gefahr empfinden konnte, wenn sie im Herzen einer Kaserne der britischen Armee schlief.

Dann die Treppe hinauf, die Schritte gedämpft auf dem Läufer, der Inspector mit Roisin McAnally und Gerard, der sich dicht bei ihr hielt, und McAnally im Wohnzimmer, zurückgelassen mit Klein-Patty an der Hand und Baby Sean auf dem Arm.

»Drei Schlafzimmer hier oben, Mrs. McAnally. Eins hat ein Ehebett, das andere zwei einzelne, das letzte ist für eine Person. Badezimmer, Klo, Warmwasser ständig und soviel Sie wollen. Gar nicht so schlecht, oder?«

»Wie lange bleiben wir hier?«

»Das kann ich nicht sagen. Mr. Rennie wird bald kommen, der wird das entscheiden.«

»Und was entscheiden wir?« fuhr sie ihn an.

»Ihre Entscheidung ist bereits getroffen, Mrs. McAnally. Ihr Mann hat für Sie entschieden, deshalb sind Sie ja hier.«

Die Betten waren nicht bezogen. Auf den Matratzen lagen säuberlich gefaltete Stapel von Laken und Bettüchern und Kissenbezügen.

Sie kam nach ihm die Treppe herunter.

»Mein Baby braucht Milch.«

»Im Kühlschrank, Mrs. McAnally.«

Alles organisiert, alles geplant, und dieser Inspector schien ihr sagen zu wollen, daß das hier nach dem Leben in Turf Lodge eine Art Paradies sein müßte. Sie ging in die Küche, um die Milch aus dem Kühlschrank zu nehmen.

Sie hörte McAnallys Stimme aus dem Wohnzimmer.

»Haben Sie hier jemandem gekündigt? Haben Sie jemanden rausgeschmissen, damit Platz für uns ist?«

Sie hörte die Stimme des Inspectors.

»Ist letzte Woche frei geworden. Ein Corporal ist auf der Short Strand angeschossen worden. Die Kugel hat ihn im Rückgrat erwischt, Querschnittslähmung. Sie haben ihn dann nach Stoke Mandeville in England geflogen, ins Reha-Zentrum der Militärs da, seine Frau und die Kinder sind mit. Deshalb steht das Haus leer.«

Sie stand wie erstarrt an der offenen Kühlschranktür, ihre Hand lag auf der Milchflasche. Sie konnte nicht anders, sie mußte hören, was ihr Mann darauf antworten würde. Es entstand eine lange Pause.

»Tut mir leid«, sagte McAnally.

Gütiger Gott im Scheiß-Himmel. Sean McAnally sagte zu einem Protestantenbullen, daß es ihm leid tat, wenn ein Britensoldat sich auf der Krankentrage aus Belfast verabschiedet hatte.

»Ich bin draußen«, sagte der Inspector. »Mr. Rennie wird bald kommen. Sie sollten nicht hinausgehen, nicht bevor er hier ist, und die Kinder sollten auch nicht raus.«

Sie hörte, wie die Tür zufiel. Sie nahm die Milch aus dem Kühlschrank, öffnete dann einen Schrank und sah die Stapel von Tellern und Untertassen und Tassen und Bechern. Dort stand ein Becher mit aufgemalten Hasen, sie griff danach, ohne nachzudenken, und dann überlegte sie, ob er wohl in der panischen Hast der Abreise vergessen worden war. Sie dachte darüber nach, kniff die Augen zusammen und nahm den Becher heraus. Am liebsten hätte sie ihn an die Wand geschleudert, statt dessen goß sie Milch hinein.

Sie brachte die Milch ins Wohnzimmer.

Sie sah den flehentlichen Gesichtsausdruck ihres Mannes.

»Ist doch hübsch, oder?« sagte McAnally. »Ist ein hübsches Haus . . .«

»Du bist billig zu haben. Fließend Warmwasser und ein Läufer auf der Treppe, schon bist du glücklich, ein verfluchter Verräter zu sein.«

»Es ist das Beste für uns, für uns alle«, schrie er sie an. »Ich mach das, weil ich euch liebe, dich und die Kinder.«

Gerard kam vom Fenster zu seiner Mutter gerannt, packte sie um die Taille.

»Tut mir leid«, äffte sie ihn nach.

Er blickte aus dem Fenster. Er sah den Landrover und den Inspector, der vor der Tür stand und eine Zigarette rauchte. Er blickte in die andere Richtung, durchs Wohnzimmer und durch die Glastüren und in den Garten, und er sah die dunkle Silhouette eines Constable in Uniform.

»Eine verdammt miese Art, uns zu zeigen, wie sehr du uns liebst, Sean, wenn du uns dafür hierherschleppst.«

Frankie fuhr an diesem Vormittag viele Male quer durch Belfast in seinem Bemühen, die Größenordnung der Verhaftungen abzuschätzen. Er war in Twinbrook und Suffolk, in Finaghy und Beechmount, in Ballymurphy und Whiterock, in Andersonstown und den Falls. Er überprüfte die Wohnungen und Unterschlupfe der großen Tiere der Brigade und der einzelnen Bataillone. Er sah die eingetretenen Türen.

In der Bewegung war er als williger Helfer bekannt. Er nahm keinen Rang in der Brigade ein und hatte auch keinen Posten in einem bestimmten Bataillon. Seine Freunde betrachteten ihn gerne als eine Art Feuerwehrmann, was immer wieder ein Lacherfolg war, im Extrazimmer einer Kneipe oder in den hinteren Räumen einer Wohnung, wo man sich gerade traf. Er bewegte sich zwischen den Aktiven Einsatzeinheiten und den Freiwilligen und die Rangleiter hinauf zu den großen Tieren, die den Chief umgaben. Er kannte fast jeden der Männer, die nach Castlereagh abgeführt worden waren, daher wußte er, wie ernst der Schaden war.

An diesem Vormittag verspürte Frankie Conroy die Angst vieler Männer in der Stadt. Es war die Angst, die ein Verräter entfachte, und diese Angst wurde noch verstärkt durch die Gefahr eines Domino-Effekts. Wenn ein Mann umfallen und gleich einen ganzen Zellenblock voll seiner Freunde verpfeifen konnte, würde einer von denen dann vielleicht auch zum Überläufer werden? Wo sollte das denn aufhören?

Es gab nach Frankies Meinung einen Weg, nur einen Weg, wie man mit dem Verräter umspringen mußte. Man mußte ihm die Pistole auf die Brust setzen. Der Denunziant mußte so in Angst und Schrecken versetzt werden, daß er widerrief. Der lange Arm der Bewegung mußte den Unterschlupf des Verräters aufspüren. Und das Schwein konnte in jedem Polizeirevier und jeder Militärkaserne der Stadt sitzen, oder er konnte oben im Protestantengebiet im Norden von Antrim County sein, oder auf dem Luftwaffenstützpunkt Aldergrove ... wo zur Hölle sollte man mit dem Suchen anfangen?

Er hatte ein Treffen einberufen. Ohne jede Ermächtigung dazu hatte er die Führung an sich gerissen. Wer sollte Frankie Conroy schon die Ermächtigung geben, sich auch nur die Nase zu putzen, wenn der gesamte Brigadestab in Castlereagh saß und die Hälfte aller Bataillonsoffiziere obendrein? Das Treffen war zur Mittagszeit in der Bar in Clonard anberaumt, die ein Extrazimmer hatte, wo Frankie sich sicher fühlte.

Den ganzen Vormittag über hatte Frankie hart gearbeitet. Er hatte in der Lebensgeschichte von Sean und Roisin McAnally herumgeforscht. In Turf Lodge verliefen Parade und Drive parallel. Er parkte auf der Parade, lief durch einen Garten, kletterte über den niedrigen Verbindungszaun und kam zur Hintertür eines Hauses im Drive, zur Hintertür von Nr. 12.

Er sah die alte Frau in der Küche ihre Unterhosen waschen.

Er klopfte ans Fenster.

Sie kam an die Hintertür.

»Sie sind Mrs. O'Rourke?«

»Wer will denn was von mir?«

»Das ist egal, wer was von Ihnen will ... Sie sind doch die Ma von Roisin McAnally? ... Sie sind die Oma von Gerard und Patty und Sean ...?«

Er sah die Nervosität in ihr aufsteigen.

»Schon in Nr. 63 gewesen heute, Mrs. O'Rourke?«

»Ja, war ich.«

»Und ich könnt wetten, Sie waren heute nicht sehr willkommen dort, Mrs. O'Rourke.«

»Was geht Sie das an?«

»Stellen Sie mir keine Fragen, Mrs. O'Rourke ... Was war also heute früh in Nr. 63?«

Zwischen Daumen und Zeigefinger hätte er ihr das dünne Ärmchen brechen können, doch er hielt ihren Arm nur leicht fest, wie ein Freund, und er sprach leise, wie ein Erlöser.

»Niemand war da, sie waren alle weg.« In ihren Augen glänzten die Tränen.

»Weggegangen, ohne ihrer Ma Bescheid zu sagen?«

»Sie hat mir nichts von erzählt, daß sie weggeht.«

»Haben Sie kein Telefon, Mrs. O'Rourke?«

»Sie hat mich ja nicht angerufen. Telefon hab ich schon. Aber sie hat mir nicht gesagt, daß sie weggeht.«

»Wo ist sie hin, Mrs. O'Rourke?«

Sie schlug die feuchten Augen nieder. Frankie stand jetzt in der Küche. Er schloß die Tür hinter sich. Sie gab ihm keine Antwort.

»Wo ist Ihr Mann, Mrs. O'Rourke, wo ist Roisins Dad?«

»Der liegt im Bett, er hat's auf der Lunge. Es tät ihn umbringen, wenn er erfährt, was sie getan hat.«

»Wissen Sie denn, was sie getan hat?«

»Ihre Möbel sind alle abgeholt worden, viel war's ja nicht, aber es ist alles weg.«

»Ich werd uns mal 'ne Kanne Tee machen, Mrs. O'Rourke ... Sean McAnally ist übergelaufen ... Wo haben Sie denn den Kessel? ... Ihre Roisin ist mit einem Verräter verheiratet ... 'tschuldigung, ich muß mal an den Wasserhahn ... Ihre Enkel haben einen Denunzianten zum Vater ...«

Frankie hatte den Kessel gefüllt. Er zündete den Gasofen an. Er suchte im Regal nach der Teedose, und sie zeigte sie ihm.

»Noch hat sich's nicht rumgesprochen, Mrs. O'Rourke, aber bald wird es überall rum sein. Der Dad von Gerard und Patty und Sean ist ein Denunziant. Er hat seine Freiheit damit erkauft, daß er dreißig Männer ins Gefängnis gebracht hat. Er ist ein bezahlter Spitzel. Er wird sich mit Meineiden durch einen Schauprozeß hindurchlügen. Die Männer, die er verraten hat, ein paar von denen zählen zu den besten irischen Patrioten, die je geboren wurden, Mrs. O'Rourke ... Wir brauchen dann noch Milch ... Mrs. O'Rourke, Sean McAnally wird in dieser Stadt überall verhaßt sein, wo man auf die irische Nation stolz ist. Er wird gehaßt werden, ebenso wie Ihre Tochter, ebenso wie Ihre Enkelkinder ... Das Wasser kocht jetzt, Mrs. O'Rourke.«

Sie machte den Tee in einer alten Kanne, in der Teekanne, die sie zur Hochzeit bekommen hatte.

Sie reichte Frankie Conroy eine Tasse Tee. Sie gab ihm einen Löffel Zucker hinein, ihre Hand zitterte dabei, und die Zuckerkristalle fielen auf den Tisch neben den Stapel der ungebügelten Wäsche.

»Was wollen Sie von mir?«

»Ich will Ihnen helfen, Mrs. O'Rourke. Ich verlange gar nichts von Ihnen. Ich will Ihnen helfen, Sie vor dem bewahren, was auf Sie hereinbrechen wird, wenn es sich rumspricht, daß der Mann Ihrer Roisin ein Verräter ist.«

»Was verlangen Sie von mir?«

»Sie verstehen mich falsch, Mrs. O'Rourke, ich helfe Ihnen ... der Tee ist sehr gut ... Es wird Sie ein Mann aufsuchen, ein Rechtsanwalt, der wird etwas von Ihnen verlangen. Mrs. O'Rourke, wir wollen Ihnen Ihre Roisin zurückbringen, zurück in ihr Haus mit Ihren Enkelkindern, sonst wollen wir gar nichts. Mrs. O'Rourke, wenn Roisin Sie anruft, dann finden Sie raus, wo sie ist. Wenn sie nicht als Feindin des irischen Volkes verhaßt sein soll, dann müssen wir wissen, wo sie ist ... wunderbarer Tee, vielen Dank ... Wir wollen doch nicht, daß sie genauso gehaßt wird wie Sean McAnally, oder, Mrs. O'Rourke ...?«

Er ließ seinen Tee halb ausgetrunken stehen. Er ging aus der Küche und verließ das Haus so, wie er gekommen war.

Rennie hielt seine Ausweiskarte bei der Schranke am Tor hoch. Der wachhabende Soldat musterte sie, nickte ihm zu, weiterzufahren, und Rennie deutete hinter sich, um auf die beiden folgenden Autos hinzuweisen.

Er kannte den Weg so ungefähr. Es war ein Dutzend Jahre her, daß er in Palace Barracks gearbeitet hatte, doch er erinnerte sich an das Gelände, obwohl die Verheirateten-Quartiere inzwischen erweitert worden waren.

St. Andrew's Close Nr. 15. Es war verteufelt schwer zu finden, weil diese Closes und Terraces und Gardens und Avenues sich alle so verdammt ähnlich sahen. Er fragte eine Hausfrau, entschlüsselte ihren Plymouth-Dialekt, und fand dann das Haus, vor dem der Landrover und der Inspector standen.

Er ging zur Tür. Hinter ihm kamen zwei Männer, jünger als Rennie. McAnally machte ihnen auf.

»Alles klar, Gingy?« fragte Rennie, als könnte es gar keine Probleme geben.

»Sie redet nicht mit mir, die schneidet mich total.«

»Überlaß sie mir, Gingy.«

Er ging durch die Tür, und die zwei Männer folgten ihm. Sie ähnelten sich vom Typ her, ausgebeulte Jeans, schwere Schuhe, Pullover und Anorak. Sie waren wachsam, interessiert, sie waren bei der Arbeit, als hätten sie mit dem Eintreten durch die Tür eine Stechuhr betätigt.

Im Wohnzimmer lief der Fernseher, eine Kitsch-Serie mit trivialen Menschen, wo niemand daran dachte, einen Richter mit einer Granate aus einer RPG sowjetischer Produktion ins Jenseits zu ballern. Rennie rümpfte die Nase. Er vermutete, das Baby hatte auf den Teppich gepinkelt. Zigarettenqualm vernebelte den Raum. Er sah den vollen Aschenbecher auf der Lehne des Sessels, in dem sie saß. Die Hälfte des Rauchs stieg dem Baby in die Nase ... vielleicht pinkelte der Nuckler aus Protest auf den Teppich.

Rennie sagte: »Bringen wir das Vorstellen hinter uns ... Das ist John Prentice, und das ist Andy Goss. John und Andy garantieren Ihre Sicherheit ...«

Roisin McAnally sah zu ihm auf, ein höhnischer Zug lag auf ihrem Mund. »Sollen die hier aufpassen, daß wir nicht wegrennen?«

»Sie sind hier als Garantie für Ihre persönliche Sicherheit, nicht mehr und nicht weniger ... Kommen Sie bitte mal einen Moment, Mrs. McAnally.«

Er deutete mit dem Kopf nach hinten zur Tür. Es war keine Bitte; sie stand auf und folgte ihm. Sie traten aus dem Zimmer, und ohne Kommentar ging Rennie voran, die Treppe hinauf und in das große Schlafzimmer. Sie hatte das Bett nicht gemacht, sie hatte den Koffer nicht ausgepackt.

»Setzen Sie sich, Mrs. McAnally.«

Sie setzte sich und starrte zu ihm empor, und ihre Augen glänzten voller Schmerz und voller Mißtrauen.

»Ein paar Tatsachen, Mrs. McAnally: Ihr Sean ist ein bekehrter Terrorist, in unserem Wörterbuch jedenfalls. Das heißt, daß wir ihm Straffreiheit garantieren, und dafür ist er dazu bereit, vor Gericht gegen die Männer auszusagen, mit denen er vormals ungesetzliche und kriminelle Handlungen begangen hat. Mancher, der einen ähnlichen Weg gegangen ist, hat seine Familie verlassen, hat sie zu Hause zurückgelassen, wo sie dann für ihn die Suppe auslöffeln durften. Sean hat darauf bestanden, daß Sie und Ihre Kinder ebenfalls in unsere Obhut kommen, und wir gewähren Ihnen diesen

Schutz gerne. In den nächsten Wochen werden wir Sie in Belfast behalten, weil Sean noch ein gutes Stück des Weges vor sich hat, danach können Sie hinüber nach England, oder wir sehen uns etwas weiter weg um – Zypern, Gibraltar –, aber all das hängt davon ab, wann das Gericht die Häftlinge in die Strafanstalt einweist, wo Sean als Zeuge der Anklage auftreten wird. Wenn das vorbei ist, können wir längerfristige Pläne machen, den neuen Anfang für Sie alle. Für die Zeit nach dem eigentlichen Prozeß versprechen wir Sean, Ihnen und den Kindern eine neue Identität, einen neuen Anfang an einem neuen Ort. Finanziell wird für Sie gesorgt, nicht unbedingt luxuriös, aber sorgenfrei . . .«

»Sean hat Straffreiheit gekriegt?«

»Richtig.«

»Ihm wird Straffreiheit garantiert?«

»Richtig.«

»Wir sind keine Gefangenen hier?«

»Es steht Ihnen frei zu gehen, wann immer Sie wollen.«

»Und Sie werden uns nicht aufhalten, wenn wir jetzt gehen . . . wenn wir jetzt nach Hause gehen . . .«

Sie erhob sich.

»Hören Sie mich erst zu Ende an, Mrs. McAnally.«

»Ich gehe nach Hause.«

Ein kaltes Lächeln legte sich über Rennies Gesicht. Er zog ein gefaltetes Blatt Papier aus der Tasche.

»Dachte mir, das hier interessiert Sie vielleicht, eine Mitschrift der Radionachrichten von heute mittag . . . Hören Sie zu, Mrs. McAnally.«

Sie starrte ihn wie gebannt an. Wenn Sean Pius McAnally mit seinem Granatwerfer Howard Rennie abserviert hätte, dachte er, dann würde sie ihn sicher einmal extra bumsen lassen, um ihm zu zeigen, daß er gute Arbeit geleistet hatte.

»Also, das hier wurde vorhin durchgegeben . . . ›Kurz nachdem heute am frühen Morgen eine Familie aus

West-Belfast von der Polizei in Obhut genommen wurde, begannen die Sicherheitskräfte mit der bisher umfangreichsten Verhaftungswelle in diesem Jahr. Ein Sprecher der Provisional Sinn Fein räumte bereits ein, daß Sean Pius McAnally aus dem Drive in Turf Lodge als Überläufer viele führende Republikaner belastet hat, nachdem er vorige Woche im Zusammenhang mit dem RPG-Anschlag festgenommen worden war, bei dem Richter William Simpson und zwei seiner Polizei-Leibwächter umkamen.‹ ... Hören Sie mir zu, Mrs. McAnally? ... ›Aus Polizeikreisen wurde heute vormittag verlautet, daß Mr. McAnallys Aussage zur Verhaftung des gesamten Brigadestabes der PIRA in Belfast sowie zahlreicher Bataillonsoffiziere führte. Ein ranghoher Detective sagte dazu: ›Wir haben damit schwerwiegende Beweise gegen einige der gemeinsten Mörder, die unsere Stadt terrorisieren.‹ Nach letzten Angaben wurden mindestens dreißig Personen während der frühmorgendlichen Aktion festgenommen.‹ ... Begriffen, Mrs. McAnally?«

Rennie steckte das Papier zurück in die Tasche.

»Sie haben gar kein Zuhause, in das Sie zurückkehren können, Mrs. McAnally.«

»Sie Schwein!«

»Und Sie sind eine vernünftige Frau.«

»Was haben Sie mit ihm gemacht?«

»Ihr Baby schreit, Mrs. McAnally.«

»Ihr habt ihn kaputtgemacht, verdammt!«

»Ich habe ihn nicht kaputtgemacht, Mrs. McAnally. Ich habe keinen Richter und zwei Polizisten umgelegt, ich hatte auch keine fünfundzwanzig Jahre im Bau vor mir ... Zum Teufel, ich bin doch so was wie der Weihnachtsmann für Sie und Ihre Familie.«

»Er wird den Rest seines Lebens immer Angst haben müssen, daß wer hinter ihm her ist.«

»Stimmt nicht ... und selbst wenn's stimmte, ist das noch besser als den Rest des Lebens im Kesh. Mrs. McAnally, mit einem müssen Sie sich abfinden: Nach dem, was uns Sean erzählt hat, gibt es für ihn kein ›Nach-Hause-Gehen‹ mehr. Wenn Sean nach Hause geht, liegt er bald tot im Rinnstein. Erzählen Sie mir nicht, daß Ihnen das lieber wäre.«

»Sie *Schwein!*«

»Jetzt wiederholen wir uns doch, Mrs. McAnally... Danke, daß Sie mir einen Moment zugehört haben.«

Rennie ging hinaus und machte ihr die Tür vor der Nase zu. Er hörte noch das erste Schluchzen in ihrer Kehle aufsteigen.

Er ging die Treppe hinunter.

Gutgelaunt rief er durch die Tür: »Hast du die Dosen schon reingeholt, Andy?«

Im Wohnzimmer war die Antwort: ein Sechserpack Tennant-Bier auf dem Tischchen neben dem Sofa. McAnally sah Rennie fragend an.

Rennie sagte: »Sie hat einen verdammt harten Tag gehabt, Gingy. Jetzt legt sie sich ein bißchen hin, ist am besten für sie.«

Der Ford Cortina war unauffällig, acht Jahre alt, der Lack voller Kratzer und Roststellen.

Zwei Männer saßen in dem Auto, jeder auf seine Weise genauso unauffällig wie ihr Fahrzeug. Vielleicht waren es Arbeiter, vielleicht auch Bauernsöhne.

Schon zum drittenmal in drei Tagen waren die zwei Männer nun über die Grenze nach Süden in den Ort Monaghan gefahren. An den beiden vorangegangenen Tagen hatten sie sich über die alltäglichen Lebensgewohnheiten innerhalb und außerhalb der Werkstatt des Uhrmachers informiert. Die beiden Männer gingen zwischen den Menschen auf der Straße einfach unter. Dafür waren sie ausgebildet worden. Ohne weiter aufzufallen, hatten sie die Werkstatt beobachtet, das Fensterchen in Bodenhöhe auf der Rückseite gefunden, die Feuerdämmung der Kellerwände abgeschätzt, den Tagesablauf des Uhrmachers festgehalten.

Sie waren von der Gough-Kaserne in Armagh losgefahren, als die Nachmittagssonne schon langsam sank, und statt die direkte Strecke nach Monaghan zu nehmen, hatten sie einen Umweg über Killylea und Caledon gemacht, bevor sie von der Hauptstraße abbogen, um die nordirischen Nummernschilder gegen solche aus der Republik Irland auszuwechseln.

Jeder war mit einer automatischen Browning-Pistole bewaffnet. Es war riskant, es bestand die Gefahr, bewaffnet an einer Straßensperre der Guarda oder der irischen Armee aufgehalten zu werden, aber das war gar nichts gegen das Risiko, von den Provos erwischt zu werden und dann ohne jedes Mittel zur Selbstverteidigung zu sein.

Im Kofferraum des Autos war ein Fünf-Liter-Kanister Benzin. Über ihre Befehle existierte nichts Schriftliches. Sie sollten ihrer Eigeninitiative freien Lauf lassen. Sie schätzten diese Freiheit hoch ein. Alle Soldaten und Unteroffiziere des Special Air Service, die von Nordirland aus operierten, schätzten diese Freiheit. Die beiden Männer hatten die Information bekommen, daß der Uhrmacher in Monaghan in seiner Werkstatt nebenbei noch explosives Material herstellte.

Mr. Pronsias Reilly war in seiner Mittagspause nach Turf Lodge gefahren. Auf dem Rückweg ins Stadtzentrum hatte er im Geiste die Erklärung formuliert, die er im Namen von Mrs. Chrissie O'Rourke abgeben würde. Nach Mr. Pronsias Reillys Auffassung war es ein Skandal, daß eine Frau und ihre Kinder einfach mitten in der Nacht mit Waffengewalt von der Polizei »entführt« werden konnten.

Er hatte Mrs. O'Rourke gesagt, er würde sein verdammt Möglichstes tun, um ihr ihre Tochter zurückzubringen, und die Abgabe der Erklärung sei ein positiver Schritt dazu.

War Mr. Pronsias Reilly gegen die Provos? Zu vereinfachend, diese Frage, für einen erfolgreichen jungen rechtskundigen Kopf. Stellen Sie die Frage anders. War Mr. Pronsias Reilly gegen Gewalt? Selbstverständlich war er gegen Gewalt, gegen die Gewalt der britischen Armee, der Royal Ulster Constabulary, des Special Air Service, der Gefängniswärter, des Ulster Defence Regiment, der paramilitärischen protestantischen Mörderschwadronen. War Mr. Pronsias Reilly gegen die Gewalt der Provos? Ach, bei all der Gewalt, die gegen die republikanische Minderheit aufgeboten wurde, war es doch kein Wunder, daß diese sich an ihre eigene Armee um Schutz wandte.

Aus seinem Blickwinkel hielt er sich für realistisch. In den Augen seiner Standeskollegen galt er als zwiespältige Figur.

Auf deren Meinung allerdings gab er einen Dreck.

Es hatte sich herumgesprochen, daß Frankie Conroy eine Zusammenkunft in der Bar in Clonard einberufen hatte.

Acht Männer saßen in dem privaten Extrazimmer, ein Mann war an der Treppe postiert, und zwei weitere waren im Schankraum geblieben, um aufzupassen.

»Da wird nicht viel rumgeschissen, McAnally muß kaltgemacht werden. McAnally ist tot, von diesem Moment an ist er tot. McAnally wird nicht vor Gericht erscheinen. Für das, was er gemacht hat, kann er nicht einfach seine Zeugenaussage widerrufen und zu uns zurückkommen, als ob alles so wie vorher wäre. Er ist so gut wie tot. Ich will, daß er erst winselt und dann schreit und dann stirbt. Die triumphieren da oben im Hauptquartier. Aber der Triumph ist nicht von Dauer. Egal wo er ist, wir werden ihn uns greifen.«

Er wurde nicht unterbrochen.

»Wir greifen ihn uns, und wir schlagen ihn tot.«

Nach Frankies Ansprache setzten sich die Teilnehmer des Treffens hin, um die Kommandostruktur festzulegen, die die Organisation des festgenommenen Brigadestabs ersetzen sollte, und um das Informationsnetz vorzubereiten, mit dem man McAnally in seinem Unterschlupf aufspüren würde.

Acht Männer tranken und rauchten und planten den Tod des Verräters Sean Pius McAnally.

»Roisin wird uns zu ihm führen, ob sie es nun merkt oder nicht. Sie wird uns führen, direkt zu ihm. Sie ist ein gutes Mädchen, und sie ist der Weg zu ihm.«

Der Fernseher brachte für die Kinder Zeichentrickfilme.

John Prentice hatte sich einen Stuhl in den Flur geholt, er hatte Andy im Wohnzimmer bei den Kleinen gelassen. Er nahm an, daß Mrs. McAnally oben schlief; Gingy war gerade hinaufgegangen, um zu pinkeln, hatte ja auch fünf Dosen Tennant intus. Es war nicht das erstemal, daß Prentice den Aufpasser für einen Überläufer spielte. Er war jetzt zwei Jahre bei dieser Einheit. Der letzte war ein Protestant gewesen, ein Schläger von der UVF, der seine Show vor Gericht abgezogen hatte und dann nach Australien ausgeflogen worden war, der Junge dürfte ein Lichtblick für die Buchmacher von Melbourne oder Sydney oder Adelaide oder so geworden sein. Prentice war vorher Detective Constable in der Royal Ulster Constabulary gewesen, dann hatte man ihm gesagt, er sei für eine äußerst mühevolle Aufgabe ausgewählt worden. Mann, das klang ja nur halb so schlimm, wie es wirklich war, als er anfing. Er hatte alle Rollen zu spielen gelernt: Amme, Kindermädchen, Gefängniswärter, Vertrauter und Schinder. Die ersten Tage waren am schlimmsten bei einem neuen Überläufer. In den ersten Tagen mußte er erst mal herumtasten, um den Charakter seines Mannes herauszufinden, dann auf diesen Charakter zu reagieren und schließlich ihn zu beherrschen lernen. Der Psychologe im Hauptquartier sagte immer, die Beziehung zwischen einem Überläufer und seinem Aufpasser sollte in den ersten paar Tagen ruhig angegangen werden. Keine Hast und keine Eile, man war ja sowieso für Wochen und Monate aneinandergekettet.

Im Schulterhalfter unter seinem Jackett steckte eine PPK-Pistole. Er war ausgebildeter Scharfschütze. Sein Job als Aufpasser hatte zwei Seiten: erstens den persönlichen Kontakt, zweitens die Rolle als Leibwächter. Er war drei Jahre älter als Goss, drei Jahre länger im Dienst. Er war dafür verantwortlich, daß Gingy McAnally als Zeuge vor Gericht erschien und seine Aussage, die nicht durch Indizien erhärtet war, glaubwürdig vorbrachte. Er war dafür verantwortlich, daß Gingy McAnally es nervlich durchhielt, und dafür, daß der Mann weder in die Gosse noch in das Zielfernrohr einer Armalite geriet. Eine recht große Verantwortung für John Prentice, neunundzwanzig. Der Psychologe hatte gesagt, der Aufpasser müsse eine Atmosphäre von feinfühliger Steuerung und Beeinflussung aufbauen. Der Psychologe hatte das als »diskrete Dominanz« bezeichnet. Schön für den Psychologen. Der mußte sich ja auch nicht wochenlang mit einem Provo-Mörder und der Frau und den Kindern des Provo-Mörders einpferchen lassen. Eine Tasche im Kofferraum seines Autos enthielt ein frisches Hemd und frische Socken und einen Wegwerf-Rasierer. Er besaß nichts, was er sein Zuhause nennen konnte. Er wohnte in einer möblierten Kleinstwohnung nahe der Newtownards Road, wohnte dort, seitdem ihn seine Frau aus ihrer Villa in Glengormley hinausgeworfen hatte. Laß dich von der Polizei scheiden, sonst laß ich mich von dir scheiden, war ihr Ultimatum gewesen. Er hatte seine Wahl getroffen. Er hatte gefunden, sie sei jung genug, um einen anderen zu finden. So schlief er auf dem Sofa im Wohnzimmer des Unterschlupfs und dachte nicht viel darüber nach. Andy stand das noch bevor, der hatte eine Verlobte in der Northern Bank, die weder seine Dienstzeiten noch das Trinken dabei mochte und auch etwas gegen die Gefahr hatte. Andys Zeit würde auch noch kommen.

Mit Gingy konnte er klarkommen, hatte er festgestellt. Ob er mit Roisin klarkommen würde, wußte er noch nicht. Er war sich auch nicht sicher, ob Gingy mit Roisin klarkam.

Die Toilettenspülung rauschte. McAnally kam die Treppe herunter. Hinter McAnally ging die Schlafzimmertür auf. Der Schlaf ließ sie nicht gerade frischer aussehen. Sie kam im Eiltempo die Treppe herunter, rempelte ihren Mann an, warf ihn fast zu Boden und rannte dann ins Wohnzimmer, als glaubte sie, Andy würde dort ihre Kinder mißbrauchen.

»Alles klar, Gingy.«

»Halbwegs.«

In seiner Ehe hatte es keine Kinder gegeben. Er hatte seinen Stuhl in den Flur gestellt, weil er mit Kindern nicht gut fertig wurde. Andy war da besser. Andy kam aus einer kleinen Gemeinde in der Grafschaft Tyrone, die mit Kindern nur so vollgestopft war. Dem älteren Jungen standen die Probleme im Gesicht geschrieben, er antwortete Gingy nicht, wich ihm und Andy aus und war einfach viel zu still. Das Mädchen war ganz in Ordnung, das Mädchen war noch zu klein, aber der Junge wußte, daß sein Vater ein Verräter war.

Im Fernsehen waren die Zeichentrickfilme aus und die Werbung vorbei. John Prentice hörte die Einleitungsmelodie der Nachrichten.

Er hörte die Stimmen.

Mrs. McAnally sagte: »Lassen Sie's an!«

Andy sagte: »Besser, Sie sehen es nicht.«

Der Ansager nannte den Namen Sean Pius McAnally.

»Lassen Sie's an, zum Teufel!«

»Sie tun sich doch bloß weh dabei.«

Der Ansager bezeichnete Sean Pius McAnally als den bisher wichtigsten Überläufer für die nordirische Polizei.

John Prentice trat ins Wohnzimmer. Andy hatte es aufgegeben. Das kleine Mädchen zeigte unschuldig auf den Bildschirm und auf das Foto ihres Vaters. Das nächste Bild zeigte ein Haus in einer Wohnsiedlung, und der Junge betrachtete es ausdruckslos und sagte nichts dazu, denn es war sein Zuhause.

Schweigen im Zimmer, weil alle auf den Fernseher starrten. Dann fuhr sich Roisin mit der Hand vor den Mund, und ihre Faust ballte sich zusammen.

»Das ist Ma...«

Das Bild einer älteren Dame auf dem Fernseher. Und der Ansager erklärte, die alte Dame sei die Schwiegermutter von Sean Pius McAnally, und die Dame flehte ihre Tochter an, zu ihr nach Hause zurückzukommen...

»Das ist ja Oma...« sagte das kleine Mädchen.

Ihre Tochter solle zu ihr zurückkommen, denn egal was ihr Mann gemacht habe, Roisin habe sich nichts vorzuwerfen.

Scheiße, dieser blöde Andy Goss hätte den Stecker rausreißen sollen.

Prentice stürmte in das Zimmer, direkt zum Fernseher hin, schaltete ihn ab.

»Wieso haben Sie das gemacht?« brüllte ihn Roisin an.

»Weil er am besten aus ist.«

»Schreiben Sie mir vor, was ich mir anseh?«

»Wenn es besser für Sie ist, dann ja.«

»Sie finden also, ich soll nicht wissen, was über mich geredet wird?... Das war meine Ma, die Sie da abgedreht haben.«

»Eine Zeitlang ist es erst mal besser, Sie sehen sich das nicht an.«

»Sag's ihm!« Sie wandte sich an McAnally. »Sag ihm, daß ich mir das verdammte Fernsehen angucken will!«

McAnally ging davon. Er stieg über Gerards Beine, ging an Klein-Patty vorbei, vorbei an dem Sofa, wo Baby Sean schlief. Er ging zum hinteren Fenster des Wohnzimmers. Er konnte die lange Reihe der Bogenlampen am Sperrzaun rund um Palace Barracks sehen.

»Sag ihm, er soll mir den Fernseher wieder anmachen!«

Er ging wieder vom Fenster weg. Er war verzweifelt, er quälte sich. Sie baute sich vor ihm auf. Ihre Hände lagen auf den Hüften, ihr Kopf war zurückgeworfen. Seine Lippen zuckten, aber er konnte nicht sprechen.

Höhnisch sagte sie: »Ein richtiger Mann würde ihm sagen, er soll mir den Fernseher wieder anmachen.«

Prentice konnte dazu nichts sagen.

»Sag ihm, er soll ihn mir wieder anmachen!«

McAnally heulte auf, aus der Tiefe seines Schmerzes. »Ich hab's nur für euch gemacht, für dich und die Kinder.«

»Du verlogene Sau!«

»Es war nur für dich.«

»Du hast bloß nicht die Courage gehabt, ins Kesh zu gehen.«

»Weil ich meine Kinder liebe.«

»Die Männer im Kesh sind doppelt soviel wert wie du.«

»Weil ich dich liebe.«

»Du bist ein feiges Schwein!«

McAnally schlug seine Frau. Er schlug sie mit der flachen Hand ins Gesicht.

Goss hielt Gerard auf, packte den zappelnden Jungen, der auf seinen Vater losgehen wollte, seine Mutter verteidigen wollte. McAnally und seine Frau umklammerten einander. Beide weinten. Sie umschlangen sich mit den Armen, und die Tränen liefen ihnen das Gesicht herab. McAnally vergrub seine Küsse in Roisins Haar, die kopfschüttelnd schluchzte.

Goss sagte zu Gerard: »Komm, wir machen eine Tasse Tee für deine Ma, Junge.«

An diesem Abend starb der Uhrmacher von Monaghan in dem Keller unter seiner Werkstatt.

Er arbeitete gerade an einer Bombenfalle, als ein Stiefel das Kellerfenster unter der Decke splittern ließ, als das Benzin über seine Werkstatt strömte, als das Streichholz hereingeworfen wurde.

Der Uhrmacher von Monaghan hatte den Namen Sean Pius McAnally nie gehört.

11. Kapitel

Da Baby Sean gerade zahnte, wurde der Kleine die ganze Nacht hindurch immer wieder vor Schmerzen wach und weinte, selbst wenn Roisin sich an ihn kuschelte. Am Morgen kam Roisin die Treppe herunter, geistesabwesend, bleich und mit roten Augen. McAnally hatte sie gerade angeblafft, er müsse sich ja nicht jeden verdammten Morgen rasieren, und er hatte Tränensäcke unter den Augen, in denen ein seltsam starrer Blick lag. Gegen Morgen war Baby Sean endlich eingeschlafen und lag zusammengerollt in der Mitte ihres Betts.

Goss war schon in der Küche, kochte einen Kessel Wasser, stöberte nach Teebeuteln und brachte ein freundliches Lächeln für Roisin auf. Goss grüßte Roisin, als wäre nichts Besonderes dabei, daß eine Frau morgens in die Küche kam und dort einen Detective mit Schulterhalfter über dem ärmellosen Pullover antraf, der gerade nach einer Teekanne suchte. Er gab sich keine Mühe, sie zu fragen, wie sie geschlafen hatte. Eines hatte er in der kurzen Zeit in Palace Barracks schon herausgefunden, nämlich, daß die Frau die stärkere der beiden war. Egal, wie wichtig ihr Mann drüben in Castlereagh sein mochte; wenn es um ihr Zuhause ging, dann mußten die Aufpasser hauptsächlich mit Roisin McAnally auskommen. Goss nahm an, es gäbe wohl niemals zwei gleich starke Partner in der Ehe, einer war immer oben und einer unten, und in dieser Familie war es Roisin, die die Hosen anhatte. Wenn er und Prentice es sich mit ihr verscherzten, dann würden sie einen schweren Stand haben ... und sie hatte Mauern um sich aufgebaut, gegen die man lange würde anrennen müssen.

Sie ging in der Küche um ihn herum wie um ein Hindernis. Da Goss schon wach war und Prentice noch schlief, war es ziemlich klar, wie sie die Nacht verbracht hatten. Wechselnder Schlaf- und Wachdienst. Sie würde sich daran gewöhnen, sie würde sich daran gewöhnen müssen – auch an die Pistolen, die sie vor der Brust trugen, und an das kleine Funkgerät, das Prentice immer in der Hand hatte.

Sie hatte heute etwas Mühe auf ihr Äußeres verwendet. Sie hatte ein bißchen verschmierten Lippenstift aufgelegt, ihr Haar zurückgekämmt und das Gummiband darübergestreift. McAnally hatte sich keine Mühe gegeben. Nicht nur, daß sein kurzes Haar mal wieder eine Bürste brauchte; auch daß er sich nicht gewaschen hatte, war an den Druckerschwärzeflecken auf seinen Fingern vom Zeitungslesen gestern abend und am Schlaf in seinen Augen deutlich zu erkennen. Goss setzte sich mit ihnen zu Toast und Tee an den Küchentisch; er konnte McAnally riechen. Seine Freundin, das Mädchen, das in der Northern Bank arbeitete, nahm es mit der körperlichen Sauberkeit äußerst genau. Seine Freundin hätte Andy Goss gesagt, er solle den Job hinschmeißen und sich etwas halbwegs Anständiges suchen, irgend etwas, wo er nicht mit Dreck wie diesem hier in Berührung kam. Aber das war ein anderes Problem, seine Freundin, sie war ein Problem, das sich an diesem Morgen nicht lösen lassen würde.

Roisin übersah Goss am Tisch völlig. Goss existierte nicht. Sie reichte ihm weder den Toast noch die Butter noch die Marmelade. Sie ließ ihn seinen Tee und seine Milch selbst eingießen.

An der Tür klapperte ein Schlüssel. Roisin lauschte. Goss lauschte. Sie hörten erst die Stimme von Prentice, dann die von Rennie, eine gemurmelte, vertrauliche Unterhaltung draußen im Flur.

»Gehen wir heute mal raus?«

»Wohin?«

Roisin sah McAnally an, als sei er ein Idiot.

»Was einkaufen, für mich, für die Kinder, was zum Essen.«

»Ohne mich, das sag ich dir.« McAnally schaufelte sich Toast in den Mund.

»Wieso nicht?«

»Weil ich was vorhab.«

»Wohin willst du?«

McAnally antwortete nicht. Er griff nach dem nächsten Toast.

Wenn es nicht so verteufelt wichtig gewesen wäre, hätte Goss am liebsten herzlich gelacht. Gingy McAnally traute sich nicht, seiner Alten zu erzählen, daß er am Vormittag nach Castlereagh fuhr, um noch ein bißchen mehr zu denunzieren. Gingy hatte Schiß davor, seiner Alten die fröhliche Nachricht zu überbringen, daß er an diesem Vormittag noch ein paar mehr von seinen Kumpeln verpfeifen und sie auf Zehn- oder Zwanzigjahreslöhne im Knast festnageln würde.

»Na, wenn du was vorhast, was mach ich dann?«

McAnally goß sich Tee ein.

Rennie kam herein.

Rennie wirkte wie ein riesengroßer verdammter Medizinball. Falls er etwas von der eisigen Stimmung wahrnahm, dann ließ er sich jedenfalls nichts anmerken.

»Na, dann komm, Gingy... Du hast einen vollen Arbeitstag vor dir. Kannst schon mal in die Hände spukken.«

Guter Scherz, dachte Goss, denn er wußte aus den Akten, daß Sean Pius McAnally in seinem ganzen Leben noch nie eine feste Arbeit gehabt hatte. Ein Stadtguerillero, der von der Stütze lebte, Freiheitskämpfer auf Kosten der Fürsorge.

»Morgen, Mrs. McAnally, schon ein bißchen eingewöhnt, hoffe ich doch ... Komm jetzt, Gingy, setz dich in Bewegung, wir haben 'ne Menge zu tun heute.«

Eines mußte man Rennie ja lassen: Der alte Haudegen wußte genau, wie der Hase lief. Immer schön freundlich zu dem kleinen Drachen sein und dabei seine vergnügte, rücksichtslose Autorität spielen lassen. Goss sah den Blick, mit dem Roisin Rennie ansah. Prentice hielt sich raus, Prentice war schlau genug, den Kopf einzuziehen.

McAnally stand auf. Einen Moment lang wirkte er unschlüssig, dann beugte er sich rasch herüber und gab Roisin einen Kuß auf die Stirn; ihr Gesicht schien zu sagen: Wenn ich gewußt hätte, was du vorhast, dann wäre ich dir ausgewichen.

Prentice begleitete McAnally und Rennie hinaus. Rennie ging voran, und Prentice war dicht hinter McAnally.

Goss beobachtete Roisin. Sie starrte den Männern nach, dann auf die zugefallene Tür. Er sah ihr höhnisches Grinsen. Jetzt stand sie auf und ging zum hinteren Fenster.

Goss sah ihre schmalen Hüften, die Konturen ihrer Schulterblätter.

»Es wird schon besser werden, Mrs. McAnally. Richtig schlimm ist es bloß zweimal. Das jetzt ist die eine schlimme Zeit, wo Sie Ihr Gleichgewicht wiederfinden müssen, nach all dem, was Ihnen geschehen ist. Die zweite schlimme Zeit kommt, wenn Ihr Mann vor Gericht muß.«

Er konnte nicht sehen, was ihre Aufmerksamkeit draußen vor dem Fenster so in Anspruch nahm.

»Es gibt also zwei schlimme Momente, und dafür aber eine ganze Menge Vorteile. Sehen Sie die Sache doch mal so ... wenn Sean lebenslänglich ins Kesh gemußt hätte, dann wären Sie und die Kinder doch für immer am Boden gewesen. Jetzt sind Sie nicht am Boden, ganz und gar nicht. Es geht Ihnen recht leidlich, und Sie sind in guten Händen.«

Er sah, daß er an sie herangekommen war, daß sie ihm nun immerhin zuhörte. Ihr Kopf fuhr zurück. Er stellte sich vor, daß ein spöttisches Lächeln auf ihren Lippen lag.

»Die Kinder haben jetzt eine echte Chance. Sie haben eine Chance, etwas Anständiges aus ihrem Leben zu machen. Das Allerschlimmste bei allem, was hier passiert, ist doch, daß die Kinder ihr ganzes Leben lang alles mit sich herumschleppen müssen, was ihre Eltern getan haben. Sie glauben nicht, daß Sie in guten Händen sind? Dann werden wir Ihnen zeigen, daß Sie sich da irren.«

Sie wandte sich um und sah ihn an. Ein flüchtiges Lächeln legte sich über ihr Gesicht, dann blickte sie weg.

»Ich werde mal die Kinder anziehen und die Betten machen.«

Sie ging an ihm vorbei. Er hörte, wie sie auf der Treppe kurz stolperte.

»Sag ihm, du möchtest mit ihm Dame spielen!«

»Aber ich weiß gar nicht, wie das geht.«

»Ist mir egal, ob du's weißt. Sag ihm, er soll's dir beibringen.«

Roisin stand am Fenster des großen Schlafzimmers. Sie konnte die Frau aus dem übernächsten Haus und die Frau aus dem dahinter sehen. Beide hatten Mäntel an, und neben ihnen standen ein Kinderwagen und ein Einkaufswägelchen.

»Gerard, lern doch das Spiel von ihm, sei ein bißchen nett zu ihm.«

»Mir stinkt dieser Scheißbulle!«

Als er noch drei oder vier Jahre alt war, hätte sie ihm

für so einen Ausdruck eins hinter die Ohren gegeben. Inzwischen tat sie das nicht mehr. Seine Schimpfwörter fielen ihr kaum noch auf.

»Gerard, wenn ich nicht wollte, daß du mit ihm spielst, dann würde ich dich nicht darum bitten. Mach, was ich gesagt habe, Gerard!«

»Muß ich?«

»Ja, du mußt.«

Roisin kam ein Stück hinter Gerard die Treppe herunter. Baby Sean schlief noch, Klein-Patty lag im Bett und blätterte in einem Bilderbuch herum. Roisin hörte, wie Gerard Goss schüchtern darum bat, ihm Dame spielen beizubringen. Sie hörte die überraschte und erfreute Antwort des Detective. Aber klar, sehr gern täte der Detective das. Natürlich würde er dem Jungen zeigen, wie Dame ging. Die Tür zum Wohnzimmer stand offen. Goss würde die Eingangstür sehen können, würde sie beobachten können, auch wenn er ihrem Sohn Dame spielen beibrachte. Verdammt guter Junge, der Gerard. Ein guter Junge, weil er machte, was man ihm sagte, ohne gleich ein verdammtes Kreuzverhör von Erklärungen zu verlangen.

In der Nacht hatte sie beschlossen, was sie tun würde. Als sie nicht schlafen konnte, als Gingy auf dem Rücken gelegen und sorgenvoll herumgestöhnt hatte, als Baby Sean sich mit seinen neuen Zähnen gequält hatte, als sie sich an die Sache mit dem Fernseher erinnert hatte.

Die Küchentür war abgeschlossen, und kein Schlüssel da. Vorsichtig nahm sie die Kochtöpfe von der Abtropfplatte herunter. Sie kletterte ohne Probleme auf die Platte. Hinten im Wohnzimmer hörte sie das Geklapper der Damesteine und das Gelächter von Goss. Behutsam machte sie das Fenster auf.

Sie ließ sich aus dem Fenster fallen. Dann schob sie das Fenster hinter sich wieder zu.

Ein kalter, feuchter Wind riß an ihrem Pullover. Einen Mantel hätte sie nicht überziehen können, zu sperrig für das schmale Küchenfenster. Sie mußte an der Glastür des Wohnzimmers vorbei. Sie konnte sich nicht beherrschen, spähte kurz in den erleuchteten Raum hinein, sah Gerard auf den Knien hocken und Goss, der sich auf dem Stuhl herunterbeugte, und das Damebrett auf dem Teppich. Sie huschte an der Glastür vorüber. Ihre Zähne klapperten vor Kälte.

Die Seitenzäune, mit denen die schmalen Hofgärten abgeteilt waren, gingen ihr nur bis zur Taille. Ihr Fuß sank in einem Blumenbeet ein, als sie sich aufstützte und über den Zaun in den Nachbargarten schwang. Die Vorhänge auf der Rückseite des Hauses dort waren vorgezogen. Sie kletterte über den nächsten Zaun.

Die Küchentür in dem Haus der Frau mit Kinderwagen war nicht verschlossen.

Sie ging hinein. Auf Zehenspitzen schlich sie durch eine blitzblank gescheuerte Küche – so ein Putzteufel – und in den dunklen Flur.

Auf dem niedrigen Tisch bei der Eingangstür, neben dem Foto einer Hochzeit in Uniform, stand das Telefon.

»Denk immer dran, Gingy, er kann nicht an dich ran. Die Zeiten, als er dir was tun konnte, die sind vorbei. Du gehst jetzt da rein und ziehst die Sache ab, und denk dabei immer dran, daß die Zeiten, wo er Leuten Angst einjagen konnte, vorbei sind.« Wenn Sean Pius McAnally nicht in der Lage war, dem Chief seine Anschuldigungen direkt ins Gesicht zu sagen, wäre es verlorene Zeit, und zwar jedermanns Zeit, darauf zu hoffen, daß der Überläufer vor Gericht durchhalten und ein feindseliges Kreuzverhör überstehen würde. Rennie, der am Fenster auf und ab ging, wußte das. McAnally, der am Tisch saß, wußte das. Prentice und McDonough und Astley, die zwischen McAnally und der Tür standen, wußten es auch. Für jeden der Männer klar, doch unausgesprochen stand fest, daß Mc-

Anally fähig sein mußte, dem Chief seine Anklage ins Gesicht zu schleudern.

»Was ist schon dabei?« knurrte McAnally. »Wer sagt eigentlich, daß da was bei ist?«

»Genau die richtige Einstellung«, sagte Rennie.

»Er jagt mir keine Angst ein, Mr. Rennie.«

»Schön, das zu hören, Gingy.«

»Wo war er denn, als ich mit der verfluchten RPG dastand, mitten in der Scheiße?«

»Der Chief hatte längst nicht den Mumm, den du hast, Gingy.« McDonough schluckte, als würde ihm vom Sprechen übel.

Astley sagte: »Der hat sich währenddessen einen runtergeholt, Gingy. Auf keinen Fall hätte er sich so in vorderste Front begeben wie du.«

Prentice steuerte bei: »Wenn du jetzt da reingehst und ihm gegenüberstehst, das ist für ihn ein echter Schlag in die Eier. Damit wird ihm mal klar, was er dir angetan hat.«

McAnallys Wangen waren gerötet. Er sprach mit lauter Stimme. »Ihr denkt, ich hätte Schiß, was? Das denkt ihr doch, oder?«

Rennie grinste. »Zeig uns doch einfach, daß du keinen Schiß hast, Gingy.«

Wenn er das hier durchhielt, dann könnte er auch das Kreuzverhör durchhalten. Wenn er hier versagte, dann würde er auch im Zeugenstand versagen. Rennie schwitzte. Mitte Dezember, und die Zentralheizung war zu stark aufgedreht. Er wischte sich die Stirn ab.

»Ich bin kein Feigling, Mr. Rennie.«

»Es ist nicht seine Schuld, Ma. Sie haben ihm 'ne Gehirnwäsche verpaßt, weißt du ... Du mußt den Leuten sagen, daß es nicht unser Gingy ist, den sie da haben. Er kommt mir vor wie ein Mann, den ich gar nicht kenne. Ma, ich hab gesehen, was du gestern abend im Fernsehen gesagt hast. Deswegen ruf ich dich auch an.

Ma, irgendwas wird hier passieren. Ma, ich weiß nicht, was jetzt das Beste ist. Gingy ist so verändert, als wenn sie was mit seinem Kopf gemacht hätten . . .«

Beharrlich wiederholte Mrs. Chrissie O'Rourke die Frage, die sie schon zweimal gestellt hatte und die schon zweimal ignoriert worden war. Es war die Frage, die man ihr zu stellen aufgetragen hatte, bis sie eine Antwort bekam.

»Wo bist du, Roisin?«

Eine lange Pause, dann ganz leise: »Das brauchst du nicht zu wissen, Ma.«

»Wo bist du?«

»Wir müssen uns jetzt selbst helfen, Ma. Du kannst uns nicht helfen.«

»Ich hab das Recht zu wissen, wo meine Tochter ist, wo meine Enkelkinder sind.«

Mrs. Chrissie O'Rourke starrte auf das leere Papier auf dem Block neben dem Telefon. Sie zweifelte nicht an dem, was sie tat. Sie kannte Frankie Conroy als anständigen Menschen. Nachdem er das erstemal bei ihr zu Hause gewesen war, hatte sie sich nach ihm erkundigt. Sie hatte Father Francis nach ihm gefragt, der sie besucht hatte, um ihr sein Mitgefühl auszusprechen. Sie hatte auch den Anwalt gefragt, als er gekommen war. Sowohl der Priester wie der Anwalt hatten gesagt, daß Frankie Conroy ein anständiger Mensch war. Für sie bestanden keinerlei Zweifel. Den Anwalt fand sie etwas zu geschniegelt, aber zu Father Francis hatte sie eine gewisse Zuneigung. Der Priester war genau so, wie jede Ma ihren Sohn gerne hätte. Und er zog nie über die Provies her. Über die Briten-Armee zog er her, aber keiner in der ganzen Gemeinde hatte ihn je was gegen die Provies sagen hören. Dem Anwalt vertraute sie ein klein wenig. Father Francis vertraute sie ohne Einschränkung. Sie hörte die leise ins Telefon gesprochenen Worte, und sie schrieb sie auf.

Der Polizist packte den Chief leicht am Arm, als sie aus der Zelle in den Korridor hinaustraten. Der Chief schüttelte die Hand ab. Der Polizist machte keine große Sache daraus. Jeder Polizist trug seine Kenn-Nummer am Schulterteil der Uniformjacke. Sie waren alle leicht zu identifizieren, und jeder wußte, daß der Häftling in der allerletzten Zelle des Erdgeschosses unter »Brigadekommandeur der PIRA Belfast« lief. Dem Chief war klar, daß es alte Hasen waren, die hier in Castlereagh Dienst schoben, alte Hasen, die sich allmählich von miesen Posten an vorderster Front in West-Belfast oder South Armagh oder im Fermanagh-Grenzgebiet oder in Derry hochgearbeitet hatten. Die alten Hasen waren umsichtig und dachten an den Tag, an dem ein Mann wie der Chief wieder in Freiheit sein und sich an ein Polizistengesicht erinnern könnte, das Gesicht mit einem Namen und den Namen mit einer Adresse verbinden könnte. Keine große Sache also für diesen Polizisten: Er ließ den Chief vor sich hergehen, ohne daß er ihn am Ärmel packte.

In den wenigen Stunden seit seiner Verhaftung hatte der Chief nicht in Erfahrung gebracht, welche Beweismittel sie gegen ihn hatten. Bei dem eher knappen Verhör durch einen Detective Sergeant und einen Detective Constable war es offenbar darum gegangen, was er vor zehn oder elf Tagen tagsüber gemacht hatte. Natürlich hatte er den Bullen nicht geantwortet. Der Chief war entschlossen, seinen Mund nicht aufzumachen. Daß die Detectives sein Schweigen nicht weiter wichtig nahmen, verwirrte ihn allerdings ein wenig. Außer den Detectives und dem Polizisten zur Eskorte hatte er die ganze Zeitlang keinen Menschen gesehen. Sein Magen rumorte, die Luft darin blähte sich wie ein Knoten im Bauch. Sie kamen nun aus dem Zellenblock und gingen durch einen überdachten Hof in den Verhörtrakt.

Der Polizist klopfte an die Tür der dritten Verhörzelle auf der rechten Seite des Korridors. Von drinnen ertönte ein unverständlicher Ruf, und der Polizist öffnete die Tür.

Der Chief sah die beiden Bullen. Dieselben wie beim letzten und beim vorletzten Mal. Der ältere grinste ihn launig an, als seien sie gute Freunde. Der Chief ließ einen fahren und ging auf einen Stuhl am Tisch zu. Auch der jüngere grinste jetzt. Der Chief setzte sich hin. Was hatten diese Dreckskerle zu grinsen?

»Detective Sergeant McDonough ...«

»Detective Constable Astley ...«

»Ich kenn eure Scheiß-Namen«, sagte der Chief. Er saß, während die beiden anderen standen.

»Sind die Vorschriften«, sagte McDonough.

Schweigen ... als ob die zwei Bullen auf etwas warteten, als ob sie gar keine Fragen hätten. Der Chief sah die ferngesteuerte Kamera, die von hoch oben an der Wand auf ihn zielte.

Da das Verhörzimmer schalldicht war, konnten Geräusche weder hinaus noch von außen hereindringen. Der Chief hörte die näherkommenden Schritte auf dem Korridor nicht.

Die Tür ging auf. Der Chief sah blitzschnell hoch. In der Tür erkannte er Rennie. Er hatte einmal Rennies Ermordung befohlen. Er kannte Rennie von einem Foto, und das Foto paßte zu diesem Gesicht in der Tür. Das Gesicht war ausdruckslos. Ihre Bewegungen waren unmerklich vor sich gegangen, so daß es dem Chief erst auffiel, als alles vorbei war und McDonough und Astley plötzlich zwischen ihm und der Tür postiert standen. Draußen vor der Tür gab es jetzt ein Gedränge. Hinter Rennie war ein weiterer Detective, ein jüngerer Mann, dahinter standen zwei Polizisten in Uniform. Der Chief kniff die Augen zusammen, konnte sein Erstaunen nicht verbergen. Er hatte das Gesicht erkannt, das sich zur Hälfte hinter Rennies Schulter versteckt hielt. Ein nervöses, zuckendes, glotzendes kleines Gesicht, das bescheuerte Gesicht von Gingy McAnally.

Rennie sagte: »Also los, Gingy.«

Jetzt begriff der Chief. Wut stieg in ihm auf. Seine Fäuste waren geballt. Er sah, wie die Hände von McDonough und Astley aus den Taschen fuhren.

»Hast du deine Rolle gut einstudiert, Gingy, du Arschloch?« rief der Chief.

»Dieser Mann hier ist der Chief der Brigade Belfast. Dieser Mann hat mich für den Anschlag auf Richter Simpson eingewiesen ...«

Die Stimme des Chiefs donnerte zwischen McAnallys zögernd aufgesagtes Sprüchlein. »Ist deine Brieftasche voll genug, Gingy? Die haben dir die Scheiß-Brieftasche schön gefüllt, was?«

»Dieser Mann hat mir gesagt, wie ich Simpson umlegen sollte ...«

»Du wirst selber umgelegt werden, McAnally.«

»Er hat den ganzen Anschlag vorbereitet. Ich hab ihm gesagt, daß es sich nicht machen läßt, aber davon wollte er kein Wort hören ...«

»Du wirst nicht lange genug leben, um dein Scheiß-Geld noch auszugeben!«

»Er meinte, ich wär der einzige, den er kriegen konnte, der genügend Erfahrung an der RPG hatte, um sie ohne Üben zu benutzen.« McAnally plapperte die Worte stoßweise heraus.

»Eine Schande für deine Familie bist du!«

»Er hatte eine Karte ausgebreitet, er ist den ganzen Plan auf der Karte durchgegangen. Es ist sein Plan gewesen ...«

»Glaubst du etwa, daß du jemals sicher vor uns sein wirst, Gingy McAnally? Du oder deine Alte oder deine Gören?«

McAnally wandte sich zu Rennie um. Er zerrte an Rennies Mantel. »Das darf er nicht, lassen Sie ihn das nicht sagen ...«

»Wir werden dich erschießen. Du wirst dich ans Bein pissen, wenn du erschossen wirst.«

»Der da, der Chief, der hat mich dazu angestiftet. Wenn er nicht gewesen wär, hätte ich's niemals gemacht... Du gehst in den Knast, du gehst für lebenslänglich in den Knast, du kommst ins Kesh, du dreckige Sau... Ich werd mich kaputtlachen, wenn du im Kesh drin sitzt.«

Der Chief sah, wie Sean Pius McAnally immer hysterischer wurde, er sah die weit aufgerissenen Augen, sah den offenstehenden Mund, aus dem die gekreischten Worte kamen. Der Chief sah, wie Rennie sich abwandte. Er sah, daß Rennie dem Mistkerl nicht beistehen würde. Klar, daß er ihm nicht beistand... Wenn er ihm jetzt beistand, dann würde McAnally niemals durchhalten – später, wenn es ums Ganze ging.

Der Chief erhob sich. Nicht sehr schnell, aber entschlossen. Er kam um den Tisch. Er bewegte sich ganz langsam. Sein Blick fixierte McAnally, er hielt den Verräter mit den Augen gefangen. Die beiden Bullen, McDonough und Astley, standen Schulter an Schulter, jederzeit bereit, falls er auf ihren Schützling losgehen sollte, und hinter ihnen war Rennie. Er konnte McAnally nicht mit seinen Fäusten oder Stiefeln erreichen. Er konnte an den Mistkerl nur mit Blicken und mit seiner Stimme heran. Er sah, wie die Angst sich auf McAnallys Gesicht ausbreitete.

»Du bist tot, Gingy, du bist tot für das, was du getan hast«, flüsterte der Chief. »Du liegst tot auf der Straße, Gingy, bevor du auch nur in die Nähe von dem verdammten Gerichtsgebäude kommst. Sieh mich an, Gingy!... Du bist tot, bevor du das Scheiß-Geld noch ausgeben kannst, das sie dir gezahlt haben.« Rennie schob McAnally durch die Tür hinaus.

Der Chief sah noch einen Moment lang das blasse weiße Gesicht des Verräters.

»Du bist so gut wie weg, Gingy. Du liegst schon im Verrätergrab.«

Die Tür fiel krachend ins Schloß.

Frankie Conroy setzte ein breites, freundliches Grinsen auf.

»Gut gemacht, Mrs. O'Rourke. Sie haben das beste getan, was Sie tun konnten. Ich werde sie Ihnen zurückbringen, Mrs. O'Rourke, sie und die Kinder. Das haben Sie wirklich gut gemacht.«

Frankie Conroy machte sich eilig auf den Rückweg von der Hintertür des Hauses von Mrs. Chrissie O'Rourke am Drive in Turf Lodge, über den Zaun und durch den Nachbargarten zu seinem Auto.

Inzwischen hatte der Regen aufgehört. Die Wolken waren nach Osten abgezogen und hingen nun über der Stadt, die sich weitläufig unterhalb von Turf Lodge ausbreitete. Das Sonnenlicht fiel auf die dunklen Abhänge von Divis Mountain über ihm. Irgendwo in den unwegsamen, farnüberwachsenen Hängen des Berges war das Waffenversteck, auf das er später am Tag zurückgreifen würde, wenn er daran ging, Roisin McAnally von ihrem Mann wegzureißen. Er wußte, wie es mit den Überläufern für gewöhnlich ging: Wenn die Frau bei ihrem Mann blieb, dann vergrößerte sich die Chance, daß er tatsächlich in den Zeugenstand trat. Sobald aber die Frau den Mann verließ, wurde diese Chance beträchtlich verringert. Die Waffen, die auf Divis Mountain versteckt lagen, waren für ihn die einzige Gelegenheit, Roisin McAnally bei ihrer Angst zu packen.

Palace Barracks in Holywood war gar nicht so schlecht. Hätte schlimmer sein können. Es hätte auch Thiepval in Lisburn sein können, oder die Lager von Ballycastle oder Ballyclare.

An Palace Barracks würde er dicht genug herankommen, um Roisin McAnally zu Tode zu erschrecken. Sie so zu erschrecken, daß sie glaubte, es sei immer noch sicherer bei ihrer Ma als unter dem Schutz der Soldaten und der Bullen.

Prentice war zurückgeblieben, um auf McAnally aufzupassen. Sie hielten im Korridor eine Besprechung ab.

Durch das kleine Glasfenster oben in der Tür konnte Rennie McAnallys Profil sehen.

McAnally saß auf dem Stuhl. Seine Hände umfaßten eine dampfende Tasse Kaffee; sie zitterten derartig, daß er nicht wagte, die Tasse zum Mund zu führen. Er senkte den Mund zum Rand der Tasse, und als er den Kaffee schlürfte, lief er ihm das Kinn herab. Rennie sah, wie Prentice McAnally eine Zigarette anbot. McAnally nahm die Zigarette. Auf dem Tisch war der verschüttete Kaffee verschmiert; Prentice wischte ihn mit dem Taschentuch weg und versuchte zu lachen, während er McAnally Feuer gab. Abscheu auf Rennies Gesicht.

»Das war ja nur der erste, und er muß es noch dreißigmal durchstehen ... Na gut, vielleicht war der Chief für ihn am schlimmsten, aber die anderen sind auch nicht leichter. Auf McAnallys Einkaufszettel stehen eben keine blöden Freiwilligen, die sind alle entweder Brigade oder Bataillon. Das sind alles hochkarätige Burschen, und sie werden unseren guten Gingy einen Spießrutenlauf machen lassen, genau wie der Chief, oder? ... Und wenn der Chief allein ihn dermaßen fertigmachen kann, in welchem Zustand ist er dann, wenn er dreißigmal hintereinander fertiggemacht worden ist?«

Er redete zwar laut, aber zu sich selbst.

Astley war das egal. Astley brachte das Unangenehme zur Sprache: »Vielleicht waren wir zu übereifrig, vielleicht sind wir losgestürmt, wo wir es eigentlich hätten langsam angehen sollen.«

»Was soll das denn jetzt heißen?«

»Vielleicht hätten wir ihn erst mal anklagen sollen,

so daß er in U-Haft geht, und ihn dann später bearbeiten, nach sechs Monaten oder nach einem Jahr . . .«

»Scheißdreck, nachher ist man immer klüger. Wenn einer nachträglich klugscheißert in diesem Spielchen, dann kann ich das ganz besonders leiden.«

»Sie wollten ja meine Meinung hören, Mr. Rennie.« Astley war schon still.

»Klugscheißerei wollte ich jedenfalls nicht hören.«

McDonough packte Astley am Arm und drückte fest zu. Es war eine unausgesprochene Anweisung des Detective Sergeant an den Detective Constable, jetzt den Mund zu halten.

»Er ist nun mal, was wir haben«, sagte McDonough. »Was Besseres als ihn haben wir noch nie gehabt. Vielleicht ist er sogar das Beste, was wir je kriegen. Das ist jedenfalls meine Meinung.«

»Und das Beste ist der letzte Dreck«, sagte Rennie.

»Wir müssen ihn eben aufbauen, Mr. Rennie.«

Astley schüttelte McDonoughs Hand ab. »Dann schaffen Sie ihn doch außer Landes. Bringen Sie ihn einfach für ein paar Monate rüber nach England.«

»Geht nicht«, sagte Rennie. »Die wollen möglichst bald eine vorläufige Vernehmung vor Gericht, wollen ihn schnell in den Zeugenstand kriegen. Scheiß-Politik das Ganze. Da wollen die Politiker ihr Pfund Fleisch abkriegen, als Gegenleistung für die Straffreiheit, die sie McAnally gewährt haben, die wollen unser Kerlchen vor Gericht sehen, damit er ihnen Schlagzeilen voller Beweismittel liefert . . .« Jetzt lachte er. »Daß ja keiner von Gerechtigkeit redet, Gerechtigkeit hat mit all dem überhaupt nichts zu tun. Die Politiker wollen Erfolg haben, und Erfolg ist für sie, wenn McAnally bei der vorläufigen Vernehmung und dann bei der Hauptverhandlung sein Sprüchlein aufsagt. Sie wollen ihm zweimal ans Leder. Und dann steht schon der Special Branch in der Schlange, um ihn zu vernehmen, und dahinter wartet der Nachrichtendienst, und die Army würde ihn auch ganz gerne mal verhören ... Kurz und gut, wir können ihn nicht einfach ein paar Monate verschwinden lassen ... ich könnte ihn höchstens für ein paar Tage rausbringen.«

»Dann haben Sie da ein ziemliches Problem«, sagte Astley.

McDonough gab zu bedenken: »Natürlich brauchen wir gar nicht weiter nachzudenken, Rennie, wenn McAnally uns umfällt.«

»Wir brauchen deshalb nicht drüber nachzudenken, weil das einfach nicht passieren darf. Ich sag euch mal, warum das nicht passieren darf: Der Minister hat dem Premier gesagt, daß McAnally als Zeuge vor Gericht geht. Der Chief Constable hat dem Minister gesagt, daß McAnally als Zeuge vor Gericht geht. Und ich hab dem Chief Constable gesagt, daß McAnally als Zeuge vor Gericht geht, selbst wenn ich ihn hineintragen muß. Verstanden? Habt ihr verstanden, warum McAnally uns nicht durch die Lappen gehen darf? Geständnisse von all den Typen, die wir festgenommen haben, gibt's ja wohl keine? Keiner von denen übernimmt McAnallys Aufgabe, oder?«

»Sie machen wohl Witze«, schnaubte Astley.

»Keiner von denen macht den Mund auf«, sagte McDonough.

»Ohne McAnally können wir keinen festnageln, und alle diese Dreckskerle kommen wieder frei.«

Rennie starrte durch das Glasfenster auf McAnallys gesenkten Kopf. Er sah, wie McAnallys Schultern zitterten.

»Ich werde nicht die Amme für den Burschen spielen. Er muß eben mitkriegen, worauf er sich eingelassen hat. Heute vormittag werden wir ihn McGilivarry und McCreevy gegenüberstellen, und danach O'Brien.«

»Und wenn er zu Boden geht?« fragte Astley.

»Dann helfen wir ihm eben auf.«

»Und wenn er nicht alleine stehen kann?«

»Dann müssen wir uns was einfallen lassen, um ihn zu stützen«, sagte Rennie.

Rennie und McDonough gingen ins Verhörzimmer zurück, beide mit einem breiten Grinsen. Astley kümmerte sich um die Überführung von Joey McGilivarry, dem Nachrichtenoffizier der Brigade Belfast, aus dem Zellenblock zum Verhörtrakt.

Die Meldung über Funk war knapp.

In fünfzehn Minuten sollte Ferris mit seiner Fußstreife an der Kreuzung Whiterock und Glenalina Road sein, wo ihn ein Wagen abholen und direkt zur Kaserne an der Springfield Road bringen würde. Das war alles.

Whiterock Ecke Glenalina war kein angenehmer Platz zum Herumstehen, falls der Wagen sich verspätete. Aber das Fahrzeug, ein Schützenpanzer, hatte schon gewartet. Er hatte sich hineingeschwungen, und sie waren losgefahren. Selten kam so ein Fahrzeug einmal pünktlich. Vermutlich hatten sie in der Kaserne eine besonders dringliche Sache, für die sie ihn brauchten. Bei der Fußstreife hätte er gar nicht dabeisein müssen. Der Corporal, der jetzt den Befehl führte, hätte dies ebenso gut auch von Anfang an tun können, aber die Patrouillen zu Fuß gaben Ferris die Möglichkeit, aus der Kaserne herauszukommen, weg von den Drahtzäunen und den Mauern und den hohen Stahltoren und den Wachtposten.

Der Panzerwagen wurde auf dem Parkplatz schon vom Nachrichtenoffizier erwartet.

»Wir mußten ja ziemlich nach dir herumsuchen.«

»Bravo hat doch gewußt, wo ich war«, gab Ferris knapp zurück.

»Die wollen dich schon wieder. Dein Freund jammert, daß er dich braucht.«

»Was soll denn das heißen?«

»Dein kleiner Provo-Freund ... Gibt man dir schon

mal einen guten Rat, David, hörst du nicht darauf. Du schaffst dir da beträchtliche Probleme, indem du nicht auf einen guten Rat hörst.«

»Was für einen guten Rat?«

»Dich nicht in den Provo-Dreck einzumischen.«

»Ich hab's schon einmal gesagt: Mich hat niemand gefragt, ob ich mich da einmischen will.«

»Fällt aber den meisten auf, David, den meisten von uns im Kasino, daß du dir nicht gerade große Mühe gegeben hast, dich dieser Sache zu entziehen.«

»Also, wer sucht nach mir?« Ferris war zur Waffenkammer gegangen, und der Nachrichtenoffizier war ihm dorthin gefolgt. Er entlud sein Gewehr.

»Dieser Gorilla, dein anderer Freund, der Detective. Dein Spielchen da wird für uns andere allmählich langweilig. Hängst da mit dem letzten Abschaum und mit Polizisten herum. Was ist denn bloß los mit dir?«

»Ich werde dir erzählen, was mit *mir* los ist ... Ich für mein Teil geb mir Mühe, in diesem verdammten Krieg etwas weiterzubringen, nicht einfach nur meine vier Monate hier rumzubringen, sondern wenigstens eine offene Sache zu erledigen.« Zwar konnte er dem Nachrichtenoffizier nicht eins auf die Nase geben, aber immerhin spuckte er dem Miesling die Worte fast ins Gesicht. »Wir versuchen momentan, dreißig schlechte Menschen, böse Menschen – sprech ich jetzt die Sprache, die du verstehst? – von der Straße weg hinter Gitter zu bringen.«

»Einbildung ist für einen Soldaten kein Ersatz für Professionalität.«

»Dreißig Mann, das ist mehr, als unser ganzes Bataillon, wir alle sechshundert, jemals greifen werden.«

»Hoffentlich fällst du nicht aufs Maul damit, David. Ich würde mir weh tun beim Lachen, wenn dir das passieren sollte.«

Ferris ging mit schnellen Schritten zum hinteren Ende des Parkplatzes. Er hatte Rennies Wagen gesehen.

Der Nachrichtenoffizier rief ihm nach: »Sag uns Bescheid, wenn dein Mörderfreund genug von dir hat, damit wir dich wieder zur Führung deines Zuges einteilen können.«

Ferris blieb stehen und drehte sich um. »Laß mich doch in Ruhe, du Arschloch!« brüllte er.

Zwei Gefreite, die unter der Motorhaube eines Landrovers arbeiteten, hörten aufmerksam zu.

Der Nachrichtenoffizier verzog die Lippen. »Hat dir wohl niemand von meiner Schwester erzählt, vom Verlobten meiner Schwester, von der letzten Woche vor ihrer Trauung, von der Bombe, die in South Armagh unter einem Ferret-Spähwagen versteckt war, von dem Soldaten, dem es beide Beine und die Eier abgerissen hat, von einer geplatzten Hochzeit. Hat dir wohl niemand erzählt, warum ich nicht so auf Leute stehe, die mit den Provos auf du sind?«

Ferris ging weiter auf Rennies Wagen zu.

Im Wagen zeigte Rennie auf eine Decke auf dem Rücksitz und bedeutete Ferris, sein Gewehr darunterzulegen, damit es nicht zu sehen war. Ferris hängte sich Rennies Mantel über die Uniform, und Rennie gab ihm seine eigene Pistole, die er unter dem Mantel im Schoß halten sollte.

Rennie erzählte ihm von den Konfrontationen zwischen Sean Pius McAnally und den verhafteten Stabsmitgliedern der PIRA-Brigade Belfast. Beim Chief hatte es böse ausgesehen, beim Nachrichtenoffizier war es schon besser, dann wieder recht hart beim Einsatzleiter, und am allerschlimmsten war der Quartiermeister gewesen. Er hatte McAnally auf Gälisch angeschrien, und es hatte das reinste Chaos gegeben, weil weder Rennie noch seine Detectives ein Wort dieser Sprache verstanden. Rennie sagte, es sei ihm vorgekommen wie in einem schlechten Film, wenn die böse Hexe jemanden verwünschte.

McAnally war in schlechter Verfassung. Rennie sagte,

Ferris sei der einzige, dem er zutraute, Sean Pius McAnally wieder ein bißchen Mumm einzuflößen.

»Wir stehen alle auf dem Schlauch, David«, sagte Rennie. »Verstehen Sie mich bitte, ich muß Sie einfach benutzen. Ob mir das nun gefällt, oder ob's Ihnen gefällt, Sie sind eben meine einzige Hoffnung.«

Der Mörser war in einer Leichtmaschinenfabrik weit weg auf der anderen Seite der Grenze hergestellt, am Stadtrand von Waterford an der Südküste. Er war mit Präzisionswerkzeugen gemacht worden und so ziemlich das beste, was sich kriegen ließ, solange die Bewegung nicht eine normale Armeewaffe in die Finger bekam. Er war ein Nachbau des alten Zwei-Zoll-Modells und konnte seine Bomben gute 250 Meter weit verschießen.

Frankie Conroy hatte sich heiser gebrüllt, um diesen Mörser zu bekommen.

»Wenn die Männer, die jetzt in Castlereagh sitzen, je wieder da rauskommen und erfahren, daß ein angeforderter Mörser nicht zur Verfügung gestellt wurde, dann könnt ihr euch schon mal 'ne Plastik-Kniescheibe zurechtlegen.«

Der Mörser war ein Prachtstück.

»Gott steh dir bei, Frankie Conroy, wenn du ihn nicht wieder zurückbringst!«

In der Stadt hatte die Bewegung noch nie Mangel an Handfeuerwaffen oder Gewehren gelitten; es hatte ihr nie an Kunstdünger-Mischung für die großen Bomben gefehlt; sie hatte nie lange nach Präzisions-Detonatoren suchen müssen, aber der Mörser war schon ziemlich wertvoll.

»Wehe, du läßt ihn dort liegen, wo du ihn hinschleppst! Vier Geschosse kannst du dafür haben . . .«

Und einen Mann zum Ausrichten des Mörsers, und einen, der die Bomben in das Rohr laden würde.

Das Nachmittagslicht wurde schwächer. Er hatte den

Mörser und die Geschosse, er hatte zwei Jungs nach Andy'town losgeschickt, um einen Kleinlaster mit Ladepritsche zu organisieren, er hatte die Männer, die den Mörser auf der Ladefläche des Wagens bedienen würden, er hatte einen mutigen Mann, der die kleine protestantische Wohnsiedlung in Holywood zwischen Palace Barracks und der Upper Sullivan School auskundschaftete, um eine günstige Feuerstellung zu suchen, und er hatte drei Männer draußen im Falls-Bezirk, die weitere Autos knacken sollten ... Scheiße, er brauchte bald eine ganze Armee.

Dann ging er zum Büro der Provisional Sinn Fein in der Falls Road. Man führte ihn in ein Hinterzimmer. Der Mann, mit dem er sprach, hatte früher mal wegen Schußwaffenbesitz gesessen, inzwischen glaubte er, daß die kommunale Parteipolitik ihm mehr Aussicht auf Karriere bot. Frankie bellte seine Forderungen heraus, als hätte er ein Stück Dreck vor sich.

»Ich brauche eine Lautsprecheranlage, die nach Gebrauch nicht mehr zum Besitzer zurückkommt. Also, ich will wissen, wo ich so was klauen kann, Lautsprecher mit Verstärker, den man mindestens zweihundert Meter weit klar und deutlich hört.«

Er bekam die Adresse der Firma, die tragbare Lautsprecheranlagen an die Provisional Sinn Fein vermietete.

Auf der Fahrt hatte Rennie bei einem Spirituosengeschäft haltgemacht.

Sie waren mit drei Sechserpacks Tennant-Bier und einer Flasche Rioja angekommen, und Rennie hatte dazu gemeint, wenn sie der Frau die spanische Brühe in die Kehle schütteten, dann würde sie wenigstens den Mund halten.

Prentice hatte ein paar Koteletts und dazu Pommes frites und Erbsen geholt, außerdem hatte er davon angefangen, daß es für Roisin endlich Zeit sei, einmal vom Kochen und Abwaschen freizukommen; dann hatte er das Essen gemacht, Goss hatte auf die Kinder aufgepaßt, und Rennie hatte dafür gesorgt, daß Roisins Glas immer gefüllt war.

Das Essen war vorüber. In der Küche saß niemand mehr außer McAnally und Ferris. Rennie hatte es gut durchgeplant. Kurz vorher noch war die Küche gerammelt voll gewesen, wie bei einer Party, wo niemand so recht in Stimmung war, und jetzt saßen nur noch der Lieutenant und der Verräter am Tisch, vor sich den letzten Sechserpack Bier.

Ferris riß die Pappverpackung auf, schob eine Dose zu McAnally hinüber.

»Scheißtag gewesen heute, was?«

»Kannst du laut sagen.« McAnallys Stimme konnte auch sehr weich klingen, als hätte er unten in dem Wohnwagen neben dem Kanal ein wenig von dem harten Belfast in sich verloren. »Echt ein Scheißtag.«

»Immer wenn sie dich verfluchen, immer wenn sie dir drohen, dann denk an deine Kinder, Gingy... Die reden doch bloß so daher. Sie können dir nichts anhaben.«

»Die haben gesagt, daß ich schon tot bin. Jeder einzelne von ihnen hat gesagt, daß ich schon tot bin.«

»Viel mehr können sie ja nicht sagen. Sie haben Angst, und jetzt packen sie dich voll mit ihren Lügen.«

»Tom McCreevy meinte, ich würde immer Schiß haben, wer hinter mir geht, bis ich tot bin, ob's nun einen Monat oder ein Jahr oder zehn Jahre dauert.«

Ferris sprach ernsthaft und ruhig. »Klar müssen sie so tun, als ob die Welt mit ihnen anfängt und aufhört... Aber das stimmt nicht, die Welt ist viel zu groß für sie und für ihre Drohungen. Du wirst irgendwo hingehen, wo sie dich nicht erreichen können, wo sie dir nichts anhaben können... Du wirst irgendwo hingehen, wo deine Kinder mit einer besseren Zukunft vor sich als die einer Haftstrafe im Kesh aufwachsen.«

»Ollie O'Brien hat irisch geredet – Rennie ist vor Wut fast hochgegangen – Ollie sagte, sie würden mich die größte Nutte von ganz Irland nennen.«

»Gingy, vielleicht warst du wirklich ein kleiner Scheißer früher in Belfast, aber du bist doch ausgestiegen, du hast doch eine andere Art zu leben kennengelernt, als du unten im Süden warst. Du hast dort gemerkt, daß es was anderes im Leben gibt als fünfundzwanzig Jahre hinter dem Stacheldraht.«

»Weißt du, wie sie sind, wenn sie einen hetzen? Glaubst du etwa, die vergessen mich einfach?«

»Sie werden gar nicht wissen, wo sie dich suchen sollen.«

»Die suchen sicher so lange, bis sie mich finden, verdammt!«

»Sie werden doch gar nicht wissen, wo sie anfangen sollen mit Suchen... Du wirst sicher sein, Gingy, sicher mit Roisin, sicher mit den Kindern... Hör zu, damals haben die Sowjets doch jeden abgeschlachtet, der ihnen im Weg war oder ihnen den Rücken gekehrt hat. Ich kann dir zwei Typen nennen, beides Russen, die abgehauen sind, Überläufer. Der eine war in Kanada, der andere in Australien. Wenn die Sowjets sie gefunden hätten, wären sie tot gewesen. Aber sie sind beide in Ruhe alt geworden..., weil sie neue Identitäten bekommen haben.«

Zweifel legte sich über McAnallys Gesicht. »Und die Kommunisten haben wirklich nach ihnen gesucht?«

»Die haben sie überall fieberhaft gesucht, und sie haben sie nicht gefunden.«

»Du meinst es ernst, oder? Du meinst es im Ernst, daß sie uns nie erreichen können?«

»Du wirst irgendwo sein, wo es keine Gefängnisse gibt, wo man Kindern nicht die Kniescheiben zerschießt, wo Roisin auch sicher weiß, daß du abends wieder heimkommst. Du wirst dort sein, wo richtige Menschen sind.«

McAnally ließ den Kopf in seine Hände sinken, die flach auf dem Tisch lagen. »Scheiße, ich will dir ja glauben.«

Der Lieferwagen stand vorn, früher einmal grellrot gestrichen, inzwischen ziemlich mitgenommen, auf dem Dach die montierten Lautsprecher. Dahinter war der Pritschenwagen, blockierte die Straße fast ganz. Hinter dem Pritschenwagen, Heck an Heck geparkt, stand der Cortina, Frankie am Steuer.

Frankie beobachtete den Sekundenzeiger seiner Uhr. Als er die Zwölf überschritt, drückte er auf die Hupe.

»Die Leute, mit denen du jetzt zusammen bist, Gingy, die werden dich nicht zu einer lebenden Zielscheibe machen. Sie werden dich beschützen, werden sich um dich kümmern. Das mußt du dir immer klarmachen, Gingy, du bist bei denen garantiert sicher. Nach deinem Auftritt im Zeugenstand werden sie dich nicht einfach rausschmeißen und deinem Glück überlassen, sie werden sich weiter um dich kümmern. Glaub mir...«

Das Haus erbebte, und die Vibrationen brachten die Deckenlampe zum Schwingen. Dann kam die Schallwelle der Explosion. Ferris war wie erstarrt, die Worte blieben ihm in der Kehle stecken, er konnte nicht mehr denken. McAnally riß den Mund auf und brüllte.

Der nächste Knall, und dann das Klirren von berstendem Glas, und die Vorhänge über der Spüle wurden vom Zugwind gebläht. »Sitzt doch nicht einfach rum hier!« Rennie kam in die Küche geschossen.

Rennie zerrte an McAnallys Pullover, hob ihm vom Stuhl hoch und schleppte ihn in den Korridor. Der Raum unter der Treppe stand leer. Rennie stieß McAnally in die Ecke und warf sich mit dem ganzen Körper über ihn.

Prentice kauerte mit gezogener Pistole an der Vordertür.

Eine dritte Explosion, näher als die erste, aber weiter weg als die zweite.

Ferris hatte Rennies Aktivitäten beobachtet, hatte zugesehen, wie er McAnallys Schutz übernahm. Ihm wurde bewußt, daß er immer noch am Küchentisch saß, und vor ihm lagen Glassplitter zwischen den Tennant-Dosen, und ein kalter Wind fuhr durchs Fenster herein. Er hörte Goss rufen, daß er Roisin und die Kinder zwischen dem Sofa und der Innenmauer untergebracht hatte.

Dann kam eine vierte Explosion.

Garantiert sicher.

Er rutschte vom Stuhl und legte sich auf den Boden.

12. Kapitel

Gingy McAnally ist ein verlogener Spitzel!«

Die Stimme donnerte über ganz Palace Barracks hinweg. Die Stimme dröhnte über die Dächer der alten Armeegebäude, durch die Fenster und Türen der modernen Einfamilienhäuser. Ein gesamtes Bataillon samt Ehefrauen und Kindern hörte, wie Sean Pius McAnally an den Pranger gestellt wurde.

»Gingy McAnally schwört Meineid für Geld!«

Begraben unter Rennies riesenhaftem Körper, eingeklemmt in der Ecke unter den Treppenstufen, hörte McAnally seinen Namen gewaltig verstärkt und in tausendfachen Echos durch die Nacht schallen. Die Explosionen waren nur noch Erinnerung, eine Erinnerung, die gerade eine Minute alt war.

»Gingy McAnally ist ein Verräter an seinem Volk!«

Man hörte in der Ferne sporadische Schüsse, eine Maschinengewehrsalve und mehrere einzelne Gewehre.

Danach erklangen die Sirenen von Feuerwehr und Krankenwagen.

»Wir wissen, wo du bist, Gingy! Wir werden immer wissen, wo du bist!«

Ferris lief durch die Küchentür in den Korridor hinaus. Sein Gewehr stand hinter der Tür, immer noch in Rennies Autodecke eingewickelt. Ferris packte das Gewehr, schob ein Magazin ein. Er kam zurück ans Ende der Treppe. Er sah McAnallys Kopf aus Rennies Achselhöhle herausragen.

»Wenn wir bereit sind, dich zu holen, Gingy, dann werden wir wissen, wo du bist! Wir werden wissen, wo wir dich abholen können!«

Von der Vordertür ertönte ein festes Klopfen. Eine knappe, militärische Stimme meldete, daß Soldaten um das ganze Haus postiert waren, daß es vor jedem Angriff sicher war. Dann die Stille rund um McAnally und Rennie und Ferris und John Prentice im Korridor. Ferris sah, wie Rennies Arm McAnallys Schultern umfing, um das Zittern abzuschwächen. Er mochte ein schroffer Klotz sein, dieser Rennie, aber er begriff die Angst eines Verräters. Die donnernde Stimme war verklungen. Der Rhythmus des Gebrülls war gebrochen. Instinktiv wußte Ferris, daß der Angriff zu Ende war. Er stand auf. Er machte einen Schritt über Rennies Beine und ging ins Wohnzimmer. Der Fernseher lief, und er bemerkte, daß er ihn während der Bombardierung und der Lautsprecherstimme überhaupt nicht wahrgenommen hatte. Der Bildschirm zeigte einen Komiker, die Studiogäste brüllten vor Lachen. Er näherte sich dem Sofa und sah hinter die Lehne, hinunter auf ein Gewirr von Körpern und Armen und Beinen.

»Alles in Ordnung, es ist jetzt vorbei«, sagte Ferris.

Andy Goss setzte sich auf. Er hielt eine Walther-Pistole in der Hand.

»Die kannst du wieder wegstecken.«

Goss sicherte seine Pistole und schob sie ins Schulterhalfter zurück. Roisin McAnally lag über ihren Kindern ausgestreckt. Ihr Gesicht war in eiskalter, beherrschter Wut verzerrt.

»Sind sie in Ordnung?«

»Natürlich sind sie in Ordnung«, fuhr Goss ihn an.

Ferris ging zurück in die Küche. Er ließ Wasser in den Kessel laufen, stellte ihn auf den Herd.

». . . Garantiert sicher . . .«

Er dachte an das Offizierskasino in der Springfield Road, wo Sunray den Vorsitz beim Abendessen führte. Er dachte an den Bravo Commander, der sein Soldatentum in der entspannten Gewißheit durchzog, daß in Northumberland vierhundert Hektar Land auf ihn warteten, wenn sein Vater sich irgendwann zur Ruhe setzen wollte. Er dachte an den Nachrichtenoffizier, der nur einmal, ganz kurz, seine Verletztheit hatte sehen lassen, und dessen Freunde drüben in England Sportwagen von Porsche oder Alfa Romeo fuhren. Er dachte an den Kaplan, der zwei Flaschen Whisky pro Woche trank und sonntags predigte, Gott sei auf der Seite des Zweiten Regimentsbataillons der Royal Fusiliers. Für Sunray und den Bravo Commander und den Nachrichtenoffizier und den Kaplan war alles ein Spiel, mit einer auf sechzehn Wochen beschränkten Saison. Zum Teufel, aber für Sean Pius McAnally und für Roisin und ihre Kinder war es ein verdammt langes Spiel. Es war ein ziemlich ernstes Spiel für einen Überläufer und seine Familie. Bis jetzt hatte Ferris das Spiel seines Bataillons gespielt, bis zu dem Moment, als die Mörsergeschosse mit dumpfem Krachen innerhalb der Absperrungen eines befestigten Armeestützpunkts eingeschlagen waren, bis zu dem Moment, als eine metallische Stimme in die Nacht hinausgekräht hatte, daß ein Spitzel auf die Exekutionsliste gesetzt worden war.

Der Teekessel pfiff.

Ferris hörte McAnallys jammernde Stimme aus dem Korridor. »Woher haben die das gewußt, Mr. Rennie, woher haben die Arschlöcher gewußt, daß ich hier bin?«

Rennie, kalt und hart. »Das war doch nur auf den Busch geklopft, Gingy. Die haben eben einen Glückstreffer gelandet, das ist alles.«

»Die wußten, daß ich hier bin.«

»Sie haben bloß richtig geraten, wissen konnten sie's doch gar nicht.«

»Ihr habt gesagt, ich bin hier sicher. Mr. Ferris hat auch gesagt, ich bin hier sicher.«

Ferris ignorierte den Teekessel. Er stand in der Küchentür. Roisin war aus dem Wohnzimmer gekommen. Sie preßte sich Baby Sean fest gegen die Schulter. Sie war bleich im Gesicht, sie war wie eine Schlafwandlerin. Ferris ging durch den Korridor, an Roisin vorbei, zum Telefon. Er wählte die Einsatzzentrale des Hauptquartiers in Lisburn.

»Lieutenant Ferris hier, 2 RRF, abgestellt zum Polizei-Hauptquartier. Vor wenigen Minuten gab es einen Mörserangriff auf Palace Barracks in Holywood. Sind heute abend noch irgendwelche anderen militärischen Einrichtungen Ziel von Anschlägen gewesen? ... Danke.«

Nur dieser eine Stützpunkt war beschossen worden. Die Antwort war auf Ferris' Gesicht klar abzulesen.

»Sag mir, woher die das gewußt haben!« McAnally brüllte Rennie an.

Rennie brüllte zurück: »Ich weiß es nicht, verdammt ...« Ihre Gesichter waren nur Zentimeter voneinander entfernt. Rennie sprach jetzt leiser. »Ich hab's ihnen nicht gesagt, Gingy.«

McAnally starrte Ferris an. Er schrie geradezu nach einem sicheren Halt. Ferris konnte nichts zu ihm sagen. Er ging in die Küche zurück, um den Tee zu machen.

McAnally sagte: »Sie müssen mich hier wegbringen.«

»Wir gehen nirgendwohin, nicht, solange es dunkel ist«, erwiderte Rennie.

Später würden die Besitzer der Werbefirma »Laut & Deutlich« eine Anzeige machen, daß von ihrem Gelände draußen in Twinbrook ein Lieferauto entwendet worden war, und eine Spedition würde melden, daß man ihnen auf der Glen Road einen Dreitonner-Pritschenwagen geklaut hatte. Und wenn die Spurensicherung mit den Fahrzeugen fertig war, würden die beiden Firmen sie auch irgendwann zurückbekommen.

Als die Soldaten sich aus dem Gelände von Palace Barracks hinauswagten und Lieferauto und Pritschenwagen fanden, gab es nicht viel zu untersuchen. Die Holzbohlen der Ladepritsche waren vom Rückstoß der Mörserplattform eingekerbt und gesplittert, und die Verstärkeranlage hinten im Lieferwagen war mit einem Aiwa-Cassettenrecorder verdrahtet. Keines der beiden Fahrzeuge wurde betreten, bevor Felix und sein Bombenräumkommando sie auf mögliche Sprengsatz-Fallen überprüft hatten. Der Sprengmeister hieß in Belfast immer »Felix«. Er mochte seinen Code-Namen und fand, ein gewisser Sinn für Humor gehörte eben zu seinem Job.

»Dürfte ja nicht allzu schwer sein, die Frevler aufzuspüren«, sagte er gutgelaunt zu einem Detective Inspector. »Wahrscheinlich machen Sie einfach einen Stimmentest bei hunderttausend Katholen, dann wissen Sie doch sofort, wer der neue Sean Connery hier war. Kinderspiel, würd ich sagen ... Was haben wir da drin?«

»Vier Geschoßhülsen, alle detoniert.«

»Wir fummeln morgen bei Tageslicht drin rum und sehen nach, was noch alles zu finden ist«, sagte Felix.

Die Blaulichter des Bombenräum-Konvois entfernten sich flackernd aus der Siedlung. Kriminalbeamte gingen von Haus zu Haus und suchten nach Augenzeugen, doch ihre Suche war vergeblich. Später in derselben Nacht wurde ein ausgebranntes Auto tief in den Bäumen abseits der Bangor Road gefunden.

Nach der Ankunft eines Presse-Verbindungsoffiziers von Lisburn war der Kommandant von Palace Barracks bereit, mit den Reportern zu sprechen, die sich am Haupttor versammelt hatten. Man hatte ihm geraten, auf Fragen nicht zu antworten, sondern nur eine Erklärung abzugeben und alle Zwischenrufe zu ignorieren.

»Dies war ein ganz besonders feiger Anschlag, und in aller Aufrichtigkeit muß ich sagen, daß nur durch unglaubliches Glück keiner meiner Soldaten oder ihrer Familienangehörigen dabei getötet oder verstümmelt wurde. Daß es keine Opfer gegeben hat, kann keinesfalls darauf zurückzuführen sein, daß die Terroristen etwa danebengezielt hätten ... Ohne sich um das Schicksal von Frauen und Kindern zu kümmern, haben sie den Stützpunkt mit vier hochexplosiven Mörsergranaten beschossen ... Ich bin nicht gewillt, unsere Sicherheitsvorkehrungen hier zu diskutieren ... Zwei Geschosse landeten auf dem Exerzierplatz, ohne Schaden anzurichten, Gott sei Dank. Ein weiteres schlug in das Dach eines Lagerschuppens ein. Das vierte Geschoß traf einen Gartenzaun mitten im Wohngebiet der verheirateten Armeeangehörigen ... Ein Tonband? Ich weiß nichts von einem Tonband, das während des Anschlags abgespielt wurde ... Das Motiv für den Anschlag ist meiner Ansicht nach völlig klar, das Motiv war, meine Soldaten und ihre Familien zu töten ... Ich sagte doch schon, ich weiß nichts von irgendeinem Tonband, mehr habe ich Ihnen nicht zu sagen. Gute Nacht, meine Herren.«

Beim Weggehen war sein Gesicht rot vor Ärger, hinter sich der Chor von Fragen der Reporter, die den Lieferwagen von »Laut & Deutlich« gesehen hatten. Ihm hatte man keine Wahl gelassen, ob er den Gastgeber für einen bekehrten Terroristen und seine Brut spielen wollte oder nicht. Einer dieser verfluchten Befehle vom Hauptquartier ... Der Presse-Verbindungsoffizier, ein schrecklicher Idiot, gratulierte ihm zu seinem Auftritt.

Die Reporter schwärmten in die Wohnsiedlung aus und schrieben ihre Notizblöcke mit den Angaben der Bewohner voll, die ihnen den Text der Lautsprecherdurchsage an Gingy McAnally, den Lügner, Verräter und Spitzel zitierten.

Frankie Conroy brachte den Mörser persönlich zurück.

»Ganz gute Arbeit«, sagte der Mann grinsend, »rauszufinden, wo er sich versteckt.«

Frankie kicherte, wobei das vernarbte Loch in seiner Kehle auf und ab hüpfte. »Die brauchen einen ganzen Lastwagen voll Klopapier, um McAnallys Scheiße wegzuwischen.«

»Es war gute Arbeit, aber Glück hast du auch gehabt.«

»Wir fangen gerade erst an«, sagte Frankie.

Roisins Schlafzimmer lag auf der Vorderseite des Hauses, und dort waren die Scheiben nicht zerbrochen. Dort konnte sie mit ihren Kindern allein sein. Das warme Dröhnen im Kopf, das der Rioja ihr verschafft hatte, war mit der ersten Explosion verschwunden und einem Schmerz gewichen, der sie wie Nadelstiche beim Denken störte.

Sie hatte kein Wort geredet, seit sie und der Bulle, Goss, wieder aufgestanden waren. Mit Gingy hatte sie nicht gesprochen, weil sie gar nicht wußte, was sie zu ihm sagen sollte, und mit dem verfluchten Rennie oder Ferris auch nicht. Als das Geschrei vorüber, die Sirene der Krankenwagen verklungen war, hatte sie ihre Kinder um sich gesammelt und war mit ihnen die Treppe hinaufgegangen. Keiner der Männer hatte versucht, sie aufzuhalten, die Kerle waren alle sichtlich froh, sie loszusein. War ja doch nur im Weg, oder? All diese Typen, die sich um ihren Gingy scharten, Schmeißfliegen auf der Marmelade, versuchten das arme Schwein wieder ein wenig aufzurichten.

Woher hätte sie wissen sollen, daß so was passieren würde? Sie hatte ja nur ihrer Ma gesagt, wo sie waren. Das war doch kein Verrat gewesen, es war für alle das Beste gewesen, für Gingy das Beste.

Im Bett lag sie mit dem Rücken zu Gerard, Baby Sean eng an sich gedrückt, den Kopf der schlafenden Klein-Patty dicht vor ihren Augen, und dachte, die Frage sei wohl nur, was schlimmer wäre: War es nun schlimmer, in einer Briten-Kaserne aufgespürt zu werden oder zu Hause bei ihren eigenen Leuten zu sein und dort als die Frau eines Verräters beschimpft zu werden?

Der Morgen dämmerte schon.

Rennie war weggefahren.

Soldaten waren mit Hämmern und Nägeln und Spanplatten gekommen und hatten das Küchenfenster von außen abgedichtet. Goss lag auf dem Boden des oberen Treppenabsatzes, das Deckenlicht glänzte auf seinem Gesicht. Er war wach, und seine Hand ruhte auf dem Schulterhalfter.

Prentice hockte auf einem Stuhl im Korridor, sein Kopf wiegte sich hin und her, doch hielt er die Augen offen.

Ferris und McAnally waren im Wohnzimmer. Ferris saß im Schneidersitz auf dem Teppich, McAnally lag auf dem Sofa. Die meiste Zeit über sprach Ferris, ganz leise, ohne daß die nächtliche Ruhe gestört wurde, und McAnally hörte ihm zu.

»Sie hatten keinerlei Chance, dich zu treffen, nicht einmal tausend zu eins. Das war nichts weiter als ein Trick, Gingy, nur mal in den Wind gepißt. Die wollten dir einen Schreck einjagen, aber du wirst doch nicht gleich Angst kriegen, bloß weil einer in den Wind pißt, Gingy.«

Ein Lächeln ging über McAnallys Gesicht, ein unruhiges, kurzes Lächeln. »Ich hab aber Angst gekriegt.«

»Was haben die denn getan, damit du Angst kriegst?

Sie haben mit Granaten in eine dicht bebaute Wohnsiedlung voller junger Frauen und Kinder geschossen. Dazu waren sie bereit, nur um dir Angst einzujagen! Mein Gott, Gingy, du hast den Leuten, die so etwas tun, zum Glück den Rücken gekehrt. Sie hätten ein paar Kinder umbringen können, hätten ein paar Frauen zerfetzen können dabei, aber das wär für die schon in Ordnung gegangen, solange es dir nur Angst macht.«

»Hast du je solche Angst gehabt wie ich vorhin?«

»Einmal, einmal vielleicht.«

»Weißt du, wie das ist, wenn du glaubst, du mußt dich gleich anpissen?«

»Einmal war das so.«

»Wahrscheinlich schon lange her, und du hast schon vergessen, was da los war.«

»Nein, das war erst vor kurzem.«

McAnally wurde lebhafter. »Schieß los.«

»Straßensperre auf der Divis, ein Auto ist durchgebrochen. Wir haben zwei Salven aus einer Armalite abgekriegt. Da hatte ich doch ziemlich Angst.«

»Scheiße.«

»Aber da ging's direkt neben mir rund, das war nicht irgendwo in der Ferne wie dieser Mörser vorhin.«

»Nur, daß die Kugeln aus den Armalites nicht deinen Namen draufgeschrieben hatten, und die Granaten vorhin, da stand mein Name drauf... übrigens, dieses Auto...«

»Das Auto auf der Divis?«

»Ich hab da drin gesessen.«

»Ja, weißt du denn nicht – weil du in dem Auto warst...«

»Was weiß ich nicht?«

»Deswegen bist du doch geschnappt worden, weil wir dich in dem Auto gesehen haben.«

»Scheiße...« McAnally lehnte sich vor. »Ich hab bloß drin gesessen, ich war das nicht an den Gewehren.«

»Schön, das zu hören«, sagte Ferris trocken.

McAnally grinste reumütig. »Hättest auch keine Angst haben brauchen, wenn ich am Gewehr gewesen wär, ich könnt nicht mal ein Haus treffen . . . Die RPG ist besser. Hast du jemals 'ne RPG abgefeuert?«

»Nicht unsere Waffe, Gingy. Feindeswaffe. Wir haben ein Ding namens Milan, das ist größer und besser. Bei einer Trainingsübung war ich mal in der Nähe, als eine Milan mit scharfer Munition abgefeuert wurde. Macht einen ziemlichen Krach.«

Gingy sagte versonnen: »Die RPG ist das Richtige für hier. Was Größeres würd ich gar nicht haben wollen. Und total einfach muß es sein. Als die erste hier angekommen ist, war das ganze Zeug darüber auf russisch und arabisch . . .« Wieder das Grinsen. »Deshalb haben wir am Anfang auch soviel Mist damit gebaut. Wir sind aber besser geworden.«

»All das liegt hinter dir«, sagte Ferris mit schneidender Stimme.

»Was liegt denn vor mir?«

»Alles liegt vor dir.«

»Leicht gesagt.«

»Stimmt aber.«

McAnally schwang die Beine vom Sofa herab. Er kauerte jetzt darauf, die Augen auf gleicher Höhe mit Ferris' Augen. Er streckte ungelenk die Hände aus, und Ferris ergriff sie und hielt sie zwischen seinen Handflächen fest. McAnally stotterte nach Worten.

»Gingy McAnally, Provo, was bedeutet dir der? Was bedeutet Gingy McAnally für David Ferris, Briten-Offizier? Darauf hast du keine Antwort, zum Teufel.«

»Nein, hab ich nicht.«

»Was bedeute ich dir? Gib mir eine Antwort darauf, das mußt du ganz einfach!«

»Du bist der geborene Verlierer, und ich will eben sehen, wie du mal gewinnst. Damals mit deiner RPG, da warst du immer am Verlieren. Das einzige, was du dir damit einhandeln konntest, war doch höchstens dreimal lebenslänglich in Long Kesh.«

»Und was bringt dir das, wenn ich gewinne?«

»Hab ich dir schon in Springfield gesagt, dabei bleibe ich. Wenn du gewinnst, dann gehen dreißig üble Typen in den Knast. Wenn sie tatsächlich in den Knast kommen, hast du gewonnen. Dann hast du gewonnen und Roisin und deine Kinder. Ich will dir helfen beim Gewinnen. Oder laß mich das anders sagen, Gingy: Ich werde dich, verdammt noch mal, zum Gewinnen bringen. Ich werde dir beistehen, die ganze Zeit über, bis du in den Zeugenstand gehst, denn wenn du im Zeugenstand ausgeredet hast, dann hast du gewonnen.«

»Ich bin ein Provo, du bist 'n Briten-Offizier.«

»Wenn du gewonnen hast, wenn du aus dieser beschissenen Provinz endlich raus bist, dann wird es piepegal sein, was du bist oder was ich bin.«

»Du wirst mir beistehen ... Wenn sie kommen, um mich fertigzumachen, wirst du dich dann dazwischenstellen?«

»Ja«, sagte Ferris.

Ferris sah es in McAnallys Augen feucht glitzern. McAnally entzog seine Hände Ferris' Griff.

»Für'n Briten-Offizier bist du ein Idiot.«

»Ja, wahrscheinlich.«

Ferris fühlte sich erschöpft, ausgelaugt. Er hob McAnallys Beine auf die Kissen und drehte seinen Körper auf die Seite, so daß das Gesicht an der Rückenlehne des Sofas ruhte. Er holte zwei Decken und legte sie über McAnally und wartete dann, bis der keuchende Atem allmählich langsamer wurde, bis er eingeschlafen war.

Kurz nach fünf Uhr früh, Eiseskälte in der Siedlung von Turf Lodge. Mrs. Chrissie O'Rourke trat aus ihrem Haus, und Mr. Pronsias Reilly schloß die Tür hinter ihr. Das niedrige Gartentor zur Straße wurde von Father

Francis aufgehalten. Ein düsterer, bitterkalter Morgen, und Mr. Pronsias Reilly war recht froh, daß Mrs. O'Rourke sich rasch und ohne Widerspruch zum Gehen fertig gemacht hatte. Aber der Köder war auch gut genug gewesen, um sie zur Eile anzutreiben ... Wenn Sie Ihre Tochter sehen wollen, dann ist jetzt gleich der allerbeste Moment dafür ... und sie hatte sofort angebissen.

Der Wagen des Anwalts parkte vor dem Haus. Mit steifen Fingern mühte er sich mit den Schlüsseln ab. Er war nervös, er ging ein Risiko ein, indem er sich so tief in die Sache verstricken ließ. Er war wesentlich weiter gegangen, als er eigentlich wollte. Weiter unten auf dem Drive, unter einer kaputten Straßenlaterne, hörte er eine Autotür aufgehen. Er hörte die rasch näherkommenden Schritte. Father Francis hielt Mrs. Chrissie O'Rourke am Arm, als brauchte sie seinen Schutz. Mr. Pronsias Reilly sah Frankie Conroy herankommen.

»Alles bereit?«

»Ja, wir sind fertig«, sagte Mr. Pronsias Reilly.

»Wer ist da?« fragte Father Francis, der seine Besorgnis nicht verbergen konnte.

»Niemand, um den Sie sich kümmern müssen«, antwortete Frankie. Er griff nach Mrs. Chrissie O'Rourkes Hand. »Tun Sie, was sie Ihnen sagen, Missus, genau wie die es Ihnen sagen. Denken Sie dran, was wir erreichen wollen: Wir wollen Ihnen Ihre Roisin und Ihre Enkelkinder zurückbringen. Und außerdem, Missus, wollen wir Ihnen die Schande von Verrätern in der Familie ersparen ...«

Sie war eben erst aus dem Haus gekommen, wo noch ein bißchen Wärme in den Heizungsrohren gewesen war, und jetzt stand sie in der Kälte, ihre Brille war vom Nebel beschlagen, und ihre Augen glänzten groß und verschwommen hinter den Gläsern, als sie zu Frankies Gesicht aufblickte.

»Missus, alles, was ich tue, ist zum Besten Ihrer Familie ... Missus, Sie müssen Roisin etwas zustecken, und Sie müssen ihr dabei sagen, daß es für Gingy ist. Es ist was Persönliches von mir für Gingy. Gingy wird schon wissen, was es ist und warum er es bekommt. Er muß es unbedingt kriegen, Missus ... Missus, Sie müssen es richtig machen, und sehr schnell. Es darf Sie keiner dabei sehen, Missus.«

Er lächelte, um sie aufzumuntern und ihr Mut zu machen, dann zwinkerte er ihr zu. Seine Hand fuhr in die Tasche der warmen Jacke, er nahm ein kleines, eng zusammengeknülltes Taschentuch heraus und drückte es Mrs. Chrissie O'Rourke in die Hand.

»Aber vergessen Sie es nicht, Missus!«

Dann war Frankie weg, schritt rasch in die tiefen Schatten davon.

Father Francis begriff nicht, und die Verwirrung legte seine jugendliche Stirn in Falten. Mr. Pronsias Reilly begriff, und er konnte dazu lächeln, weil nichts davon auf ihn zurückfallen konnte. Mrs. Chrissie O'Rourke schob das Knäuel in ihre Manteltasche. Sie wurde auf dem Beifahrersitz angeschnallt, und Father Francis beugte sich vom Rücksitz der großen Limousine vor, legte die Hände auf die Schultern der alten Frau und glaubte fest daran, daß er einen Akt der Nächstenliebe vollbrachte.

»Wird sonst noch jemand dort sein, Mr. Reilly?« fragte Father Francis.

»Ich habe die *News* angerufen, die schicken jemanden, falls die Burschen aus dem Bett hochkommen. Die *News* wird es auch weitersagen.«

Mr. Pronsias Reilly fuhr rasch aus Turf Lodge hinaus auf die Durchgangsstraße, die sie östlich am Falls-Bezirk vorbei durchs Stadtzentrum bringen würde. Sie kamen am Rathaus vorbei, das für Mr. Pronsias Reilly nur ein weiteres Symbol der alten protestantischen Übermacht darstellte, und am Polizeigericht, wo er sein Geld verdiente, dort hinter den Drahtzäunen, die das

Gebäude schützten, dann bog er gegenüber dem Busbahnhof Oxford Street rechts ab, wo vor mehr als zehn Jahren die Bomben der Provos einen Blut-Freitag verursacht hatten, der sich mit dem Blut-Sonntag der Briten-Armee in Derry hatte messen können. Er nahm die Albert Bridge über den Lagan und fuhr dann nach links durch das Republikaner-Ghetto Short Strand – er hatte diverse Klienten in dem schäbigen, nahezu abbruchreifen Straßengewirr von Short Strand. Noch einmal links, dann wieder nach rechts, und er war auf der breiten Fahrbahn der Schnellstraße nach Nordosten, deren Beschilderung ihn weiter nach Holywood leitete.

Als sein Fuß auf die Bremse trat und der Wagen langsamer wurde, drehte er sich zu Mrs. Chrissie O'Rourke um.

»Genau, wie wir es Ihnen beschrieben haben, Mrs. O'Rourke.« Vor ihnen zog sich rechts die lange Linie der grellen Lichtmasten am Zaun von Palace Barracks entlang. Sie fuhren am ersten Wachturm, an dem erleuchteten Haupttor vorbei, entlang einer langen Reihe von Kasernengebäuden am Zaun zur Straße. Er konnte nicht vor der Kaserne parken. Er bog rechts ab in die Wohnsiedlung, sah einen Soldaten neben einer Gartenhecke kauern und schaltete die Scheinwerfer aus. Vor ihm war die Straße mit weißen Signalbändern abgesperrt, und hinter der Sperre standen Polizisten und Soldaten, und noch weiter hinten sah er einen Kleinlaster mit Ladepritsche und einen Lieferwagen. Frankies Geschichte stimmte also. Frankie hatte ihm nichts vorgelogen. Den verfluchten Verräter hatte er weich gemacht, und seine Frau mit den Kindern ordentlich aufgerüttelt. Er parkte den Wagen. Er befand sich dicht vor der Sperre.

Als sie ausstiegen, näherte sich ihnen ein Soldat. Der Anwalt und der Priester hielten die ältere Dame zu beiden Seiten am Arm. »Guten Morgen, mein Sohn«, sagte Father Francis höflich.

Der Soldat murmelte etwas Unverständliches und

wich zurück. Wieder ein ruhiges Lächeln von Mr. Pronsias Reilly. Die britischen Gefreiten ließen sich von einem Priesterkragen immer beeindrucken, als sei das ein Zauberwort. Sie kamen an die Hauptstraße, und sowohl Mr. Pronsias Reilly wie Father Francis hielten die dünnen Ärmchen von Mrs. Chrissie O'Rourke fest gepackt. Sie gingen vorbei an den hohen Maschendrahtzäunen, an den langen Stacheldrahtrollen, an den Postenhäuschen, an den Bogenlampen.

Als sie sich dem Haupttor näherten, fluchte Mr. Pronsias Reilly innerlich. Bis jetzt hatte sich keiner der verdammten Fotografen herbemüht.

Sie kamen an das Tor, die breite Straßensperre lag vor ihnen. Hier war alles taghell erleuchtet. Soldaten beobachteten sie vom Postenhaus her.

»Sie sind da drin, Mrs. O'Rourke, sie ist da drin mit Ihren Enkelkindern«, flüsterte Mr. Pronsias Reilly hartnäckig Mrs. Chrissie O'Rourke ins Ohr, und Father Francis lächelte ihr aufmunternd zu. »Genau wie wir gesagt haben . . .«

Sie nickte zustimmend. Mr. Pronsias Reilly war überzeugt, daß sie ihnen nützlich sein würde. Sie bot ein zerbrechliches, erbarmungswürdiges Bild. Father Francis fand, sie müßte das Herz jedes Sünders brechen, sogar die Herzen der britischen Soldaten. Sie hatten die Sperre erreicht. Ein Corporal trat vor.

»Was haben Sie hier zu suchen?«

»Meine Tochter ist da drin, und ich möchte sie sehen.«

»Ihre Tochter? Wer ist das?« Der Corporal zeigte erste Verwirrung.

»Roisin McAnally, das ist ihr Ehename, für mich ist sie Roisin O'Rourke. Sie ist bei dem Verräter McAnally, und sie hat meine Enkelkinder bei sich. Ich bin gekommen, um mit ihr zu sprechen.«

»Sie wollen mich wohl auf den Arm nehmen . . .? Mitten in der Nacht, das muß doch ein Scherz sein.«

»Ich gehe nicht weg, bis ich mit ihr gesprochen habe.«

Der Corporal verlagerte sein Gewicht vom linken auf den rechten Fuß. Eine Sache für einen Offizier war das. »Und wer sind Sie, meine Herren?«

»Pronsias Reilly, Rechtsanwalt.«

»Father Francis Kane. Mrs. O'Rourke ist Mitglied meiner Gemeinde.«

»Ich bin hier, um dafür zu sorgen, daß Mrs. O'Rourke in ihren Rechten nicht verletzt wird.«

»Ich bin mitgekommen, um Mrs. O'Rourke seelischen Beistand zu leisten, wenn sie ihn benötigt.«

Eindeutig eine Sache für so einen verdammten Offizier.

»Ich muß da erst nachfragen... Hier können Sie nicht bleiben, das ist Eigentum des Verteidigungsministeriums.«

»Ich bleib hier stehen, bis ich meine Tochter gesehen hab.«

Drüben auf der Straße hielt ein Auto. Ein junger Mann stieg auf der Beifahrerseite aus. Mr. Pronsias Reilly sah die Umhängetasche über der Schulter des Mannes, und die Kamera, die an seinem Hals baumelte. Das Auto fuhr weiter, suchte nach einem Parkplatz.

Mr. Pronsias Reilly grinste.

»Dann holen Sie mal Ihren Offizier, Corporal.«

Rennie war angekommen. Schwer atmend und ziemlich wütend stürmte er in den Flur des Hauses.

Im Flur standen Ferris, Prentice und Sean Pius McAnally. Goss war oben auf dem Treppenabsatz und beugte sich über das Geländer hinab.

Irgendwo hinter Goss brüllte Baby Sean, und man hörte das Trippeln von Roisins Füßen im Schlafzimmer über dem Flur.

»Weiß sie's schon?« Rennie bellte die Frage heraus.

»Nur daß irgendwas in der Luft liegt, aber sie weiß

nicht, was«, antwortete Prentice. »Pech war leider, daß sie schon wach war, um ihre Sachen zu packen, als der Offizier gekommen ist. Andy hat sie erst mal ins Schlafzimmer zurückgeschubst.«

»Wie steht sie zu ihrer Ma, Gingy?« fragte Rennie.

»Mit der ist sie genauso verheiratet wie mit mir«, sagte McAnally. Man sah ihm an, daß er eben noch geschlafen hatte.

»Was wäre denn los mit ihr, wenn sie jetzt ihre Ma trifft?«

»Schwer zu sagen, was dann wär. Sie flennt sicher rum, das ist mal klar. Aber was sonst mit ihr wäre, weiß ich nicht.«

»Verstehst du, die alte Kuh hat sich da mitten auf die verfluchte Straße gehockt, und bei sich hat sie'n Provo-Anwalt und einen verdammten Pfaffen mit Flohhalsband... und dazu noch drei Fotografen und ein Fernsehteam. Wenn es kein Treffen gibt, rennen die mir noch heute mit einer Klage wegen Freiheitsberaubung vor Gericht, und falls der Richter dann Roisin in sein Amtszimmer vorlädt und sie da erzählt, sie hätte ihre Ma sehen wollen, aber wir haben sie daran gehindert, dann sitzen wir tief in der Kacke. Wenn sie sich treffen, dann läuft dieser Trick nicht, dann können sie nicht vor Gericht ziehen.«

Rennie formulierte seine Gedanken. »Es hat gar nichts damit zu tun, daß Roisin ihre Ma unbedingt sehen muß, Gingy. Hier geht's nur um eine Machtprobe, bei der die Provies Druck auf sie ausüben wollen, um sie von dir zu trennen. Verstehst du, Gingy? Wird sie diesem Druck standhalten können, Gingy?«

»Ich weiß nicht...« McAnallys Flüstern klang elend. »Ich will nur, daß sie bei mir bleibt, ich weiß nicht...«

»Scheiße, sie ist doch deine Frau, Gingy... Wie soll ich das wissen, wenn du's nicht mal weißt?«

»Ich darf sie einfach nicht verlieren.«

»Jetzt reiß dich mal ein bißchen zusammen!«

»Ich will nicht, daß die sie mir wegnehmen.«

»Ist ja das reinste Roulette, wie sie nun reagiert.«

»Ich bin da nicht dran schuld, Mr. Rennie, ich hab den Provos nicht gesagt, wo ich mit meiner Familie bin!« schrie McAnally ihn an. »Ich war's nicht, der ihnen erzählt hat, wo sie mit ihren Scheiß-Granaten rumballern müssen. Und ich hab auch nicht Roisins Ma erzählt, wo wir sind.«

Ferris hörte den Lärm oben auf der Treppe. Roisin war aufgetaucht, Goss versuchte sie zurückzuhalten, und die Kinder wieselten ihr um die Beine.

»Zu spät, jetzt noch zu überlegen, wer ihr's erzählt hat. Die alte Kuh sitzt hier vor dem Tor, und damit hat sich's...« Rennie brach ab. Er sah Ferris an und folgte dessen Blick, sah die Treppe hinauf, sah in Roisins verzerrte, verwüstete Gesichtszüge.

»Ich will meine Ma sehen«, sagte Roisin.

Rennie schüttelte grimmig den Kopf. Die ganze Welt lastete auf seinen Schultern. War es das Ganze überhaupt wert? All diese Mühe... Hätte keinerlei Mühe gemacht, Sean Pius McAnally für dreimal lebenslänglich ins Kesh zu schmeißen... Aber sie hatten sich diese Mühe gemacht, die ganze verfluchte Riesenmühe für den verfluchten Riesenerfolg.

»Die versuchen bloß, dich von mir wegzubringen«, rief McAnally seiner Frau zu.

»Ich will meine Ma sehen.«

»Begreifst du denn nicht, Roisin...«

»Wir sind doch frei, oder?« fuhr sie ihn an. »Wir sind keine verdammten Gefangenen hier. Also will ich sie sehen.«

»Sie haben ganz recht, Mrs. McAnally, Sie sind frei.« Rennie hatte seine Beherrschung wiedergefunden. Er sprach sehr deutlich. »Sie sind keine verdammte Gefangene hier. Natürlich können Sie Ihre Mutter sehen, natürlich können Sie wieder zurück in Ihre beschissene Senkgrube kriechen, wenn Sie das wünschen, und Ihrem Mann den Rücken kehren. Natürlich können Sie sich die Hände mit Provo-Dreck schmutzig machen, wenn Sie das wollen. Sie sind keine Gefangene hier. Es steht Ihnen frei, die Chance auf ein neues Leben wegzuwerfen.«

»Sie ist meine Mutter.«

»Und er ist Ihr Mann«, sagte Rennie.

Roisin kam die Treppe herab. Sie trug Baby Sean auf dem Arm. Die Männer im Korridor wichen vor ihr zurück, machten ihr Platz.

»Ich brauche meinen Mantel«, sagte sie.

Die Schranke hob sich, und ein Landrover kam langsam von den Kasernengebäuden angefahren. Viel Platz hatte der Fahrer nicht, aber es reichte. Er fand eine schmale Schneise zwischen den Fotografen und der Straßenmitte, wo Mrs. Chrissie O'Rourke mit Mr. Pronsias Reilly und Father Francis saß.

Die Interviews waren inzwischen alle abgedreht.

»Ich bin nur hier, damit ich meine Tochter sehen kann, die von der Armee aus ihrem Haus entführt worden ist. Ich will, daß sie zu ihrer Ma heimkommt, mit meinen Enkeln wieder zu mir kommt. Ich will nicht, daß sie mit all den Lügen etwas zu tun hat, die dieser Mann von ihr da erzählt, so daß brave Männer hinter Gitter kommen wegen seinen Lügen. Ich will meinem kleinen Mädchen von Angesicht zu Angesicht sagen können, daß sie nach Hause kommen soll und mit all diesen Lügen nichts zu tun haben darf. Ihr Dad liegt im Bett, ist ganz krank vor Sorge wegen alledem. Wir sind immer eine gute Familie gewesen, bei uns hat es nie jemanden gegeben, der Irland nicht treu war, und ich bin hergekommen, um ihr das zu sagen.«

»Ich bin der Überzeugung, daß Mrs. McAnally in dieser Kaserne gegen ihren Willen festgehalten wird. Als Rechtsanwalt kann ich nicht untätig zusehen, wie die

Bürgerrechte des einzelnen im Interesse von Schauprozessen mit Füßen getreten werden.«

»Die O'Rourkes sind wertvolle und hochgeschätzte Mitglieder meiner Gemeinde, und dies schließt auch Roisin McAnally mit ein. *Die* behaupten, daß sie zu ihrem Schutz dort in Obhut ist, wo mitten in der Nacht Bomben auf ihr Haus niederprasseln. Viel sicherer wäre sie dort, wo sie hingehört, und sie gehört zurück nach Turf Lodge.«

Immer noch warteten sie. Von Zeit zu Zeit erhellten Blitzlichter die Dunkelheit, und die Soldaten bildeten mit ihren Waffen eine feindselige, abweisende Absperrung am Tor von Palace Barracks.

Und hinter den Soldaten stand ein Major, der den Kopf seitlich zur Schulter neigte, um die Meldungen aus seinem Funkgerät besser zu verstehen.

Die Zeit verstrich.

Mrs. O'Rourke überlegte, ob sie wohl je den feuchten Straßenschmutz aus ihrem Rock herausbekommen würde.

Mr. Pronsias Reilly dachte an ein verpaßtes Frühstück.

Und Father Francis machte sich Sorgen, weil er keinen Kollegen gebeten hatte, für ihn die Acht-Uhr-Messe zu übernehmen.

Ein leichter Regen, etwas Wind, und pastellfarben die Morgendämmerung im Osten über den Kasernendächern.

Und das Fernsehen kam, nahm die Litanei für die Frühnachrichten auf und packte die Bänder wieder ein, um sie zur Sendung ins Studio zu bringen.

Und der Major lauschte einer Durchsage, bestätigte kurz den Empfang und dachte sich, daß Soldat in Nordirland zu sein eine noch viel größere Scheiße sein konnte, als er es je für möglich gehalten hätte. Er kam durch die Reihe der Soldaten heran, duckte sich unter der weißen Sperre hindurch und stellte sich vor Mrs. O'Rourke auf.

»Sie können jetzt Ihre Tochter sehen. Folgen Sie mir bitte.«

Mr. Pronsias Reilly grinste, während er gemeinsam mit Father Francis der alten Dame auf die Beine half. Beide Männer putzten ihr übertrieben sorgfältig den Straßenschmutz vom Mantel. Zusammen mit ihr gingen sie hinter dem Major auf die Sperre zu. Mrs. Chrissie O'Rourke wand sich ungelenk unter der Sperre hindurch. Mr. Pronsias Reilly bückte sich, um ihr zu folgen.

»Nur Mrs. O'Rourke, vielen Dank. Alleine ... Da ihre Tochter ja, ganz aus freiem Willen, einverstanden ist, sich mit ihr zu treffen, wird sie wohl kaum rechtlichen Beistand und geistige Anleitung benötigen.«

Sie sahen ihr nach, eine kleine Spatzengestalt neben dem Major, die unter dem Torbogen des Postenhauses hindurchging. Eine Minute später fuhr ein Landrover rückwärts bis direkt an die Verandastufen des Postenhauses. Kameras klickten. Einige der Fotografen behaupteten, sie hätten kurz das lange dunkle Haar von Mrs. Roisin McAnally gesehen, der Frau des Verräters.

Roisin hatte den Säugling mitgenommen, ging nie ohne ihn irgendwohin. Klein-Patty saß zwischen Gerard und Andy Goss. Goss las ihr ein Märchen vor, mit sanfter Stimme, die allmählich auf den Höhepunkt des Und-wenn-sie-nicht-gestorben-sind zusteuerte. Klein-Patty ging es gut, sie würde mit allem zurechtkommen, aber Ferris blutete das Herz für den älteren Jungen. Er wußte keinen Weg, die starre Maske der Verachtung aufzubrechen, die Gerard seinem Vater entgegenbrachte. Und Gingy schien es gar nicht zu bemerken. Er ging unruhig von Zimmer zu Zimmer. Dabei kam er an Ferris vorbei. Er packte Ferris am Arm.

»Was du letzte Nacht gesagt hast ...«

»Wenn ich's gesagt habe, dann hab ich's auch ernstgemeint.«

»Du hast ein paar verrückte Sachen gesagt.«

»Und die hab ich ernstgemeint.«

»Wirklich ernstgemeint?«

»Du wirst gewinnen, Gingy. Ich habe versprochen, dir dabei zu helfen.«

»Ja, so hast du's gesagt.«

»Ein Versprechen ist immer bindend.«

»Du hast gesagt, du würdest dich dazwischenstellen.«

Ferris spürte, wie ihn McAnally durch die Jacke hindurch fest anpackte, spürte es bis auf die Haut seines Arms.

»Ich hab's dir versprochen.«

»Wann seh ich dich wieder?«

»Rennie kann das arrangieren. Wenn du's ihm sagst, dann leitet Rennie es in die Wege.«

Der Griff an Ferris' Ärmel lockerte sich. Gerard hielt den Kopf gesenkt, so daß er nicht dem Blick seines Vaters begegnen mußte. Andy Goss las weiter, er hatte es sicher auch gehört, aber er blieb bei der faszinierenden Geschichte voller Gefahren, mit Menschenfressern und einem tapferen Prinzen.

Von weit her, hinter den Kasernengebäuden, ertönte das Donnern eines Helikopters.

Sie weinte. Durch den Rotorenlärm hindurch hörte man von ihrem Weinen keinen Ton. Sie saß angeschnallt auf dem Sitz im Innern des Wessex-Hubschraubers, sie drückte Baby Sean eng an ihre Brust, und die Tränen tropften auf das dünne Haar seines Kopfes. Gemeinsam mit dem Frachtmeister der Royal Air Force half Prentice der zerrissenen Familie durch die Luke hinauf... Gerard und Klein-Patty und Sean Pius McAnally, und Goss reichte den Koffer und die Taschen hinterher. Sie waren eine Familie auf der Flucht.

Gerard hatte den Sitz neben seiner Mutter eingenommen. Ohne zu zögern, riß Goss ihn hoch, setzte ihn auf die andere Seite der Kabine und stieß McAnally neben Roisin auf den Sitz.

Die Tür wurde zugeschoben. Die Motoren lärmten noch lauter, und die Wessex zitterte einen Moment lang, bevor sie abhob.

»Was hat sie gesagt?« rief McAnally.

»Daß ich zurückkommen soll.«

»Und was hast du gesagt?«

»Daß ich dich geheiratet hab.«

»Was soll das heißen?«

»Daß ich deine Frau bin.«

»Bist du deshalb geblieben?«

»Einstweilen reicht's als Grund.«

Sie drehte den Kopf, so daß sie aus dem frisch geputzten Bullaugen-Fenster des Hubschraubers sehen konnte. Sie schwebten kurze Zeitlang über dem Paradeplatz. Sie sah die winzigen Gestalten von den Briten-Offizieren und von Rennie, dem Bullen. Das waren die Leute, die Gingy in die Falle gelockt hatten. Sie konnte den Strom ihrer Tränen nicht zurückhalten ... Ihre Ma hatte sie viereinhalb Minuten lang gesehen. Sie waren allein gewesen, rund um sich die Anschläge mit den Dienstplänen an der Wand und die Eimer zum Feuerlöschen auf dem Boden. Ihre Ma hatte gesagt, daß Dad krank war, daß sie ihren Dad vielleicht nie mehr lebend sehen würde, wenn sie jetzt nicht mit Gingy brach. Ihre Ma hatte gesagt, sie habe nichts zu befürchten, wenn sie heimkam. Ihre Ma hatte gesagt, Gingy habe die Familie zu Aussätzigen gemacht. Und ihre Ma hatte ihr ein zerknülltes Taschentuch zugesteckt, und sie hatte etwas Hartes unter dem Stoff gespürt. Ihre Ma hatte gesagt, sie müsse das Taschentuch unbedingt Gingy geben.

Sie mußte ihren Gurt lockern, um mit der Hand in die Tasche zu gelangen, um nach dem Taschentuch zu greifen. Sie gab es Gingy.

Dann blickte sie durch das Fenster auf die engen

Straßen der Stadt hinab, dahinter die Grünflächen von Ormeau Park und das Grau des Flusses und der rötliche Rost der Gasometer am anderen Ufer.

Gingy schrie auf. Sie wirbelte zu ihm herum. Seine Augen waren geschlossen, das Kinn bebte, und die ganze Zeit über heulte er wie vor Schmerzen. Sie sah, wie er mit den Füßen um sich schlug, als wollte er etwas auf dem Boden des Hubschraubers wegstoßen. Das Taschentuch hielt er zusammengepreßt in der Hand, und er kämpfte mit aller Kraft damit, wollte es zerreißen, zerfetzen, zerstören. Sie sah etwas neben seinen Schuhen aufblitzen.

Sie sah die Kugel.

Gütiger Gott ... Allmächtiger Gott.

Eine Kugel, auf dem Boden des Hubschraubers. Eine kleine Revolverkugel.

Sie versuchte, seinen Kopf mit den Händen zu halten.

»Das hab ich nicht gewußt ... Gott steh mir bei, das hab ich nicht gewußt!«

Prentice kroch vor McAnally auf dem Boden herum, hielt mit einem Arm die trampelnden Füße zurück und suchte nach der Kugel. Und dazwischen die ganze Zeit das Schreien des getroffenen Verräters.

»Ich hab's nicht gewußt, Gingy ... Glaub mir! Meine Ma hat doch bloß gesagt ...«

Prentice hatte die Kugel gefunden und brüllte: »Sie sind doch wirklich ein Miststück!«

Sie hing an Gingys Schulter und schluchzte.

»Meine Ma hat doch bloß gesagt ... Gott vergebe mir, ich hab das nicht gewußt, Gingy!«

Ihre Hand lag auf seinem Mund, um die Schreie zu ersticken, und als sie ihn zum Verstummen gebracht hatte, zitterte er wie ein nackter Mann im Schnee.

13. Kapitel

Für die meisten, die John Prentice kennenlernten, war er ein harter, rüder Polizist, etwas brutal, der ohne weiteres die Gefühle anderer verletzen konnte, ein Mann, dem es völlig egal war, was er sagte und zu wem er es sagte, ein Mann, dem Milde und Einfühlungsvermögen völlig abgingen. Howard Rennie wußte es besser. Rennie war der ältere Mann gewesen, der Prentice beim Zerbrechen seiner Ehe und während der Scheidung bemuttert hatte. Rennie wußte, was für ein Mann sich hinter der Fassade verbarg. Im Laufe ihrer langen Wochenend-Besäufnisse, Bushmill-Whisky und Dunkles, hatte Rennie den jungen Detective kennengelernt. Wilde, taumelige Marathonsaufereien bis zum Samstagmorgen und an den Nachmittag und in den Abend hinein, in kleinen Hotels an der felsigen Küste von Antrim, hatten Rennie gezeigt, daß Prentice einen gut versteckten Zug zum fürsorglichen Betreuer besaß. Wenn man danach suchte. Alle Bullen tranken zuviel, und Trinken in Gesellschaft war die bessere Lösung, immer noch besser, wenn der Bulle wenigstens in der Öffentlichkeit herumtorkelte. Besser als die große Flasche im einsamen Zimmer, denn dieser Weg führte direkt dahin, daß der Bulle sich irgendwann den Lauf einer Polizei-Pistole in den Mund schob. Rennie mochte den Mann, mochte seine Gesellschaft, wenn er sich vollaufen lassen wollte, wenn er all die IRA-Paten und die Witwenmacher und die Quecksilber-Zeitzünder einmal vergessen wollte. Rennie war stolz darauf, daß er ihn kurz vor dem Abgrund zurückgerissen hatte, als Prentice seinen Abschied einreichen wollte, nachdem seine Frau ihn rausgeworfen hatte.

Prentice hatte im Hubschrauber herumgeflucht und Roisin angezischt, er hatte die Revolverkugel eingesteckt und dabei ganz genau gewußt, daß die Frau keine Ahnung gehabt hatte, was sie tat, indem sie ihrem Mann das Taschentuch gab.

Er hatte auch bemerkt, wie sie sich für den Rest des Fluges an Gingy geklammert hatte. Als sie in Thiepval bei Lisburn gelandet waren, hatte sie an seinem Arm gehangen, als ob er gleich umkippen würde, wenn sie ihn nicht festhielt, und Goss hatte Baby Sean und Klein-Patty tragen müssen.

Das Haus war ein ziemlicher Reinfall. Thiepval war das alte Kasernengelände des Nordirland-Hauptquartiers. Für jeden gewöhnlichen Gefreiten wäre das Haus als Wohnung unannehmbar gewesen, also war es wirklich verdammt übel, und deshalb stand es auch frei. Das Küchenfenster war kaputt, und der einfallende Regen hatte das Linoleum aufbrechen lassen. Auf dem Dach waren diverse Schindeln abgerutscht, und die Tapete des großen Schlafzimmers löste sich von dem feuchten Putz. Die Einrichtung war zersplittert, zerrissen und zerschlissen, und fast alles, was nicht niet- und nagelfest war, hatte sich irgendeine Soldatenfrau längst »angeeignet«. Ein fettleibiger Captain hatte sie in das Haus geführt, ohne es nötig zu finden, sich für den Zustand der Behausung zu entschuldigen. Das Haus lag im Herzen der alten Kaserne, in der Wohnsiedlung für verheiratete Soldaten, und seine Ähnlichkeit mit dem in Palace Barracks begann und endete damit, daß es sich am Ende einer Sackgasse befand. Am Vormittag war der Captain mit einem Lieferwagen voller Geschirr und Besteck und Bettzeug und einem Fernseher zurückgekommen, und er hatte von Prentice verlangt, die Sachen zu überprüfen und auf drei verschiedenen Formularen zu quittieren.

An diesem ersten Vormittag brachte Goss McAnally für einen Termin mit dem Special Branch nach Castlereagh. Sie stiegen hinten in einen gepanzerten Polizei-Landrover ein, und der Überläufer bekam eine kugelsichere Schutzweste verpaßt.

Ein Glück, daß er ihn los war, dachte Prentice. Er hatte verdammt hilflos gewirkt in all dem Chaos in diesem Haus. Im Laufe des Vormittags wuchs in Prentice die Überzeugung, daß seine Einschätzung von Sean Pius McAnallys Treibgut-Familie richtig gewesen war: Wenn nicht noch eine Katastrophe kam, dann könnten sie es vielleicht durchstehen. Sie hatte zwar mit ihrem Mann noch nicht geredet, aber sie hatte seinen Arm gehalten, und sobald er weg war und der Lieferwagen Geschirr und Besteck und Bettzeug gebracht hatte, war sie an die Arbeit gegangen.

Baby Sean war gefüttert und schlief, Klein-Patty saß vor dem plärrenden Vormittagsprogramm im Fernsehen, Gerard war bei seiner Mutter. Sie fing mit dem Küchenboden an. Prentice kam herein, als sie einen Eimer heißes Wasser geholt hatte – es gab Warmwasser, was schon ein Wunder war – und einen Schrubber eintauchte, der fast bis aufs Holz durchgescheuert war. Prentice ließ sich von der Stimmung anstecken, rief bei der Nummer an, die ihm der Captain widerwillig überlassen hatte, und verlangte Spanplatten zur Verkleidung des zerbrochenen Küchenfensters und mehrere Heizlüfter, um die Feuchtigkeit aus den oberen Stockwerken zu vertreiben.

Weitere Durchschläge in Weiß und Gelb und Rosa waren zu unterschreiben. Die Soldaten, die die drei Gas-Heizgeräte und die Spanplatten samt Säge und Hammer und Nägeln brachten, ließ er nicht ins Haus ein, schickte sie mit ihren Quittungen gleich wieder fort. Prentice trug die Heizlüfter selbst nach oben und setzte sie in Gang, einen für jedes Schlafzimmer, und er ging selbst in den Regen hinaus und hämmerte die Spanplatten, die er vorher zurechtgesägt hatte, über das kaputte Fenster. Sie hatte mit dem Scheuern des Bodens aufgehört, als er durch die Küchentür wieder hereinkam, und sie hatte bestimmt gesehen, wie er hinter sich wieder abschloß und den Schlüssel einsteckte. Sie lächelte Prentice reuevoll zu und machte sich wieder an die Arbeit, ihre Hosen strafften sich über dem Hintern und ihr Pullover war hinaufgerutscht, so daß die glatte, blasse Haut ihres Rückens zu sehen war, und Prentice fand, sie war eine ebenso gutaussehende Frau wie die, die ihn aus dem Bungalow in Glengormley hinausgeworfen hatte.

Er fand einen Staubsauger im Schrank unter der Treppe, schraubte den Stecker von einer Lampe im Wohnzimmer herunter und machte den Staubsauger so funktionsfähig, und dann teilte er Gerard ohne viel Federlesen ein, die Teppiche oben und im Erdgeschoß sauberzumachen.

Prentice lachte vor sich hin, als er sich an die Schlafzimmer im oberen Stock machte. Er schob alle Betten von den Fenstern weg, bevor er sie bezog. Die Provies waren gescheitert. Davon war er überzeugt. Die Kugel war zuviel des Guten gewesen.

»Das wär doch nicht nötig gewesen.«

Roisin lehnte in der Tür. Das Haar fiel ihr in Strähnen über die Stirn, die Ärmel ihres Pullovers waren bis zu den Ellenbogen aufgekrempelt.

»Der Staubsauger ist wohl eher aus dem Museum, aber immerhin geht er.«

»Gehört zur Polizei-Ausbildung, alte Staubsauger zum Funktionieren zu bringen«, sagte Prentice.

Sie lächelte kurz, als hätte sie sich vergessen.

»Es gibt hier nichts zu essen im Haus.«

»Ich werde was bringen lassen ... Wenn Gingy wieder da ist, fahren wir Sie zum Supermarkt nach Lisburn, zum Einkaufen.«

Sie sagte nur: »Ich hab's nicht gewußt.«

»Was in dem Taschentuch war – ja, ich weiß, daß Sie das nicht gewußt haben.«

»Sie haben mich ein Miststück genannt.«

»Ich habe Sie wohl falsch eingeschätzt, Mrs. McAnally.«

Er zog die Bettdecke über das erste Einzelbett, das das Zimmer nahezu ausfüllte, strich sie glatt und schlug sie am Fußende und an den Seiten ein.

Als er mit dem Bett fertig war, bewunderte er sein Werk und wandte sich zur Tür, um ihre Anerkennung zu bekommen. Aber sie war schon weg.

Frankie sagte: »Ich kann euch nicht sagen, was passieren wird, zum Teufel... Ich weiß nur, daß es gestern abend verdammt gut gelaufen ist... McAnally ist ohne Frage angeknackst. Der müßte ja Knete in den Ohren gehabt haben, um das Tonband nicht zu hören. Dann fängt seine Frau noch zu heulen an bei dem Treffen mit ihrer Ma, weil die Alte noch mal schön dick aufträgt. Ich kann einfach nicht garantieren, daß es heute oder morgen passiert, aber diese Frau ist seine Stärke, und wir haben sie ganz ordentlich angeschlagen... Mehr kann ich einstweilen nicht sagen, zum Teufel.«

Scharfe, näselnde Stimmen schwirrten durch den Raum.

»Du hast verdammt viele Leute aufgeboten letzte Nacht, so viele kriegst du so schnell nicht wieder zusammen.«

»Sie haben ihn in den Hubschrauber gesetzt. Woher sollen wir wissen, wo sie ihn jetzt hinfliegen? Vielleicht nach Aldergrove, und er sitzt längst in 'nem Flugzeug.«

»Was willst du jetzt machen, Frankie?«

»Wie willst du ihn weiter unter Druck setzen, Frankie?«

Frankie seufzte. »Verdammt noch mal, ich hab ihn aufgestöbert und ihm einen Schlag versetzt. Ich weiß noch nicht, wie ich das nächstemal an ihn rankomme.«

Gegenüber von Frankie in dem Extrazimmer der Kneipe in Clonard saß ein Veteran der Bewegung. Er war damals in der Kampagne von 1956-62 interniert worden, dann noch mal nach den Verhaftungen von 1971, und im Süden hatte er 1976 im Gefängnis von

Portlaoise gesessen. Er war ein Mann, dem man zuhörte.

»Du hast ein großes Ding vorgehabt, Frankie. Du bist losgegangen und hast dich mächtig wichtig gemacht. Dein Schlag muß gesessen haben, Frankie.«

»Willst du vielleicht, daß der Chief und die dreißig andren im Kesh verfaulen?«

»Ich sag dir nur, daß du dir auch weiterhin gute Ideen einfallen lassen solltest«, erwiderte der Veteran kühl.

»Willst du damit sagen, wir sollen den Chief und die ganze Brigade- und Bataillonsführung einfach vergessen? Den Chief und Ollie und Joey und Tom?«

»Du hast mir nicht zugehört, Frankie. Und sag mir nicht, was du denkst, das ich gesagt habe. Hör jetzt genau zu! *Du* hast diese Sache angekurbelt, also mußt *du* sie auch am Laufen halten. Wenn du sie nicht am Laufen hältst, ist das ganz schlecht für uns alle, Frankie, und das wäre schlecht für dich.«

»Willst du mir etwa drohen?«

»Ich hab dir nicht gedroht . . .« Kalt und nachdenklich war die Stimme des Veteranen.

Frankie erhob sich. Mit den Knien stieß er an den Tischrand, was die Gläser klirren ließ und eine Bierpfütze verursachte. Die Bewegung war tief gespalten von Meinungsverschiedenheiten über die Art der Kriegführung. Da gab es jene, die für den politischen Weg waren, an dessen Ende die schwarzen Limousinen warteten, mit denen sie zum Verhandlungstisch abgeholt wurden, und dann gab es die Kämpfer. Der Chief war ein Kämpfer, und Frankie war ein Mann des Chiefs. Im Geiste sah er den Veteran vor sich, in seinem Hochzeitsanzug, oder auch seinem Begräbnisanzug, wie er in die Kameras lächelte, während er in das schwarze Auto einstieg, auf der Fahrt zum Ausverkaufs-Tisch. Dieser schlaffe alte Sack . . . Es gab viele, deren Auge trocken bleiben würde, wenn der Chief und dreißig seiner Kampfgefährten für zehn, fünfzehn, zwanzig Jahre in den Knast wanderten.

Frankie stand an der Tür und starrte auf die Gesichter rund um den Tisch.

»Mein Schlag hat gesessen«, sagte er.

Er ging hinaus auf die Straße und sog die Luft mit tiefen Zügen ein, als sei es Gift gewesen, was er in dem Extrazimmer geatmet hatte.

Ferris fühlte sich, als sei er durch den Wald gerobbt. Er spürte den Schmutz auf seiner Haut und die Bartstoppeln auf den Wangen, am Hals und am Kinn. Er hätte sich waschen und rasieren sollen, bevor er in die Kantine ging, auch wenn es nur auf einen schnellen Kaffee war. Die Post lag immer auf der Anrichte, die Anrichte war immer sein erstes Ziel. Na prächtig ... er erkannte Sams Handschrift auf einem eleganten blauen Umschlag. Große, kühn geschwungene Buchstaben, die man durchs ganze Zimmer hindurch lesen konnte, so ziemlich alles, was sie von der Schule noch behalten hatte. Außerdem ein Kontoauszug und ein Brief von seiner Mutter. Seine Mutter schrieb ihm jede Woche, belangloses Zeug, aber sie sah es als ihre Pflicht an, ihm zu schreiben, selbst wenn es nur über den Fortgang der Arbeiten an der neuen Küche des Nachbarn war. Er kam von der Anrichte, den Brief fest in der Hand, und ging zur Kaffeemaschine hinüber. Dann hörte er Sunrays Stimme.

»Gerade zurückgekommen, David?«

»Ja, Sir.«

»Von Ihren außergewöhnlichen Pflichten?«

»Ja, Sir.« Ferris machte sich an der Kaffeemaschine zu schaffen.

»Wohl kein Auge zugetan wegen dieser Mörsergeschichte?«

»Ja, Sir.«

»Ihre gewöhnlichen Pflichten hier bei uns werden

es hoffentlich gestatten, daß Sie sich Zeit zum Baden und Rasieren nehmen.«

»Ja, Sir.«

»Der Corporal in der Küche wird Ihnen den Kaffee aufheben, so daß Sie ihn nach dem Baden und Rasieren trinken können.«

»Danke, Sir.«

Der Bravo Company Commander und der Bataillonsadjutant und der Quartiermeister beobachteten ihn. Sunray stand an der Kaffeemaschine, in der Hand seine Tasse mit Untertasse.

»Wie geht's Ihrem Überläufer?«

»Recht gut, Sir.«

»Aber der Gegner hat wohl ein wenig Aufwind bekommen.«

Aufgeblasenes Arschloch, dachte Ferris. »Ich hoffe nicht, Sir.«

»David . . .«

»Sir?«

»Ich lade für morgen abend ein paar einheimische Größen auf einen Umtrunk ein. Die jüngste Idee aus Lisburn besteht darin, sie mit Sherry vollaufen zu lassen, um ihre Herzen und Seelen für uns zu gewinnen. Sie sind ja inzwischen schon sehr vertraut mit der Gegend, deshalb würde ich mich über Ihre Anwesenheit freuen, so gegen sechs.«

»Danke, Sir.«

Er suchte nach seinem Sergeant, hörte von ihm, daß für Mittag eine Zwei-Wagen-Patrouille angesetzt war, und erreichte mit einigem Jammern, seinen Namen aus der Besatzungsliste streichen zu lassen. Der Sergeant musterte Ferris kurz von oben bis unten, und sein Gesicht schien auszudrücken, daß man beim derzeitigen Zustand des Offiziers ruhig auf ihn verzichten konnte.

Das Wasser war nur lauwarm. Sein Handtuch war feucht, was bedeutete, daß der verfluchte Wilkins es am Vorabend benutzt hatte.

Er kroch auf das obere Bett. Drei Betten in der winzigen Kammer, die normale Unterbringung für junge Offiziere. Kein Komfort, keine Privatsphäre für Ferris, Armstrong und Wilkins. Irgendein Blödmann würde sicher sagen, dies sei gut für die Herausbildung des Charakters. Jungoffiziere hatten nicht zu schlafen. Von Jungoffizieren wurde erwartet, daß sie in den Straßen von Andy'town und Whiterock herumtrampelten, den Scheiß-Frieden dort bewahrten, die Heiden davon abhielten, sich gegenseitig an die Gurgel zu gehen. Eigentlich hatte er zuerst den Brief seiner Mutter lesen wollen, dann den Kontoauszug, um mit Sams Brief als Leckerbissen aufzuhören. Verdammt gute Idee, verdammt schwach in der Ausführung.

Ferris schlief eine Stunde lang. Der Corporal kam aus der Küche zu ihm herein, ein Tablett mit Toast und Kaffee in der Hand, und da lag er ausgestreckt da, schnarchte leise, grinste wie eine zufriedene Katze, den Brief seiner Freundin ungeöffnet auf seiner Brust. Der Corporal ließ ihn in Ruhe. Es war ein traumloser Schlaf ohne Beschwerden. Er hatte an Sam gedacht, als ihm die Augen zufielen, es war sein letzter Gedanke gewesen, bevor er einschlief.

Die Aktive Einsatzgruppe bestand aus zwei Teenagern und einem Mann über dreißig. Einer der Teenager, mit einer Mauser bewaffnet, hielt an ihrem Küchenfenster Wache. Der zweite ging mit dem älteren nach oben in ihr Schlafzimmer. Der ältere Mann trug ein Armalite-Gewehr, der Teenager einen 20-Liter-Benzinkanister und einen kurzen Stab, um dessen Ende ein zerrissenes Netzhemd und der gestreifte Ärmel eines Schlafanzugs gewickelt waren. Der Junge schraubte den Benzinkanister auf, während der ältere, nur einmal und ganz kurz, den Vorhang beiseite schob, um die Sicht auf das Haupttor der Kaserne von Springfield Road zu überprüfen.

Bald stank das Schlafzimmer der Witwe nach den Benzindämpfen und dem Paraffin, mit dem die um den Stab gewickelten Lumpen getränkt waren.

Ferris erwachte.

Die Langzeitsoldaten sagten, das Kennzeichen eines guten Jungoffiziers sei die Fähigkeit, sich in irgendeiner Kasernenkoje eine kurze Stunde hinzuhauen und hinterher frisch wie nach einer Nacht im Luxushotel zu sein.

Er fühlte sich gut. Hatte zwar kaum einen Grund dafür, aber er fühlte sich gut. Kurz vor zwölf. Mußte wohl die Kombination vom Duschen, Rasieren und Schlafen gewesen sein, die ihn umgehauen hatte. Ein süßer Duft war ganz in seiner Nähe ... Sam, verdammt noch mal. Sie hatte etwas Parfüm auf den Umschlag gegossen. Er mußte ja wie ein Fasan in der Balzzeit gerochen haben, bevor er sich geduscht hatte, denn Sams Duft war ihm gar nicht aufgefallen.

Er las den Brief seiner Mutter ... seiner Mutter ging es gut, seinem Vater ging es gut, der Bank, die sein Vater leitete, ging es gut, dem Garten, den seine Mutter pflegte, ging es gut. Sie waren am vorigen Wochenende nach Windermere gefahren und mit seinem Onkel und seiner Tante am See spazierengegangen, und denen ging es auch gut. Als sie von Windermere zurück waren, hatten sie an der Abendandacht in St. Peter und Paul teilgenommen, und dem Pfarrer ging es auch gut, und er hatte nach ihm gefragt ... »Wir gehen jetzt irgendwie öfter in die Kirche, seitdem Du da drüben bist. Pfarrer Davies weiß, daß Du in Belfast bist, und er hat ein Gebet für ›alle unsere Jungs‹ gesprochen, die sich dort für unsere Sicherheit in Gefahr begeben. Dein Vater und ich fanden, daß er sehr gut gesprochen hat. Ein kleiner Trost für uns war, daß nichts mehr in den Nachrichten kam, seit der Richter ermordet worden ist. Dein Vater hat mir gesagt und auch auf einer

Karte gezeigt, daß Du in einem ganz anderen Stadtteil stationiert bist als dem, wo dieser arme Mann getötet wurde. Dein Vater sagt auch, daß das Ganze nie aufhören wird, bis man der Armee freie Hand läßt. Ernie, Du weißt schon, unser Milchmann, der meinte, man sollte Ulster der Royal Air Force als Bomben-Übungsziel überlassen. Ernie bringt mich immer zum Lachen. Er hofft, daß es Dir gut geht. Ich habe heute das letzte Laub unter der Ulme zusammengeharkt und ein kleines Freudenfeuer damit angezündet, aber dann hat Mrs. Frobisher ihre Wäsche auf die Leine gehängt, und ich mußte es mit einem Eimer Wasser löschen. Nächste Woche treffen wir uns mit ihr zum Bridge, es geht ihr nicht gerade gut.«

Er war mit £ 98,72 im Minus. Es war nicht die Bank seines Vaters. Die würden sich bis nach Weihnachten gedulden müssen. Weihnachten ... was für ein Gedanke ... Weihnachten in der Kaserne von Springfield Road. Sunray würde die braune Windsor-Suppe und den goldgelben Truthahnbraten für die Gefreiten selbst austeilen, alle im Kasino würden Papierhütchen tragen, und der Kaplan würde mindestens einen Tag im Jahr so zu tun versuchen, als könnte es Liebe und Hoffnung in den Straßen von Belfast geben.

In seinem Schrank stand eine Keksdose. Er stopfte den Brief seiner Mutter hinein und den Kontoauszug hinterher.

Er roch an Sams Briefumschlag. Die hatte vielleicht Nerven. Er fuhr mit dem Daumennagel unter das gummierte Dreieck auf der Rückseite. Er konnte sich Sams Zunge vorstellen, wie sie die Gummierung anleckte, konnte sie fühlen, wenn er sich ein bißchen Mühe gab. Er war sich seiner Sam sicher, sie war der einzige Mensch auf der Welt, dessen er sich sicher war. Mein Gott, wie hätte Sam die Moral einer Schwadron Spitfire-Flieger irgendwo draußen auf einem Flugplatz in Kent 1940 aufgemöbelt. Jeder Pilot, der für Ruhm oder

Tod hinausgeflogen wäre, hätte an Sam gedacht, wenn der Vorhang fiel, und hätte sie geliebt.

»Mein Liebster David, es ist so furchtbar langweilig hier – wann kommst Du zu mir zurück?« ... Sam war schon bald eine Anklage wegen Fahnenflucht wert ... »Dieser eklige kleine Rechtsanwalt aus Frome bekniet mich ständig, ich soll mit ihm essen gehen, also hab ich ihm gesagt, da müßte er mindestens Offizier bei den Fallschirmspringern gewesen sein, bevor ich ihn mir genauer ansehen würde. Darauf meinte er, mit Frechheit könnte ich mein Leben nicht meistern, also hab ich ihm gesagt, er soll verduften.« ... Er nahm ihr das ab. Der Anwalt dürfte kaum einen Kontorückstand von £ 98,72 haben. Der Anwalt hatte eine Zukunft vor sich, die weiter ging als noch sechs Wochen Streifendienst in West-Belfast ... »In den Zeitungen steht dauernd was von diesen Überläufern, besonders über diesen stinkenden kleinen Lümmel, den sie grade hoppgenommen haben. Wer sich mit dem Burschen abgeben muß, der fühlt sich danach bestimmt jedesmal reif für ein heißes Bad.« ... Er sah Sam in der Badewanne, Seifenschaum und Brustspitzen und Knie, und er sah Gingy McAnally, wie er mit seinen Kindern durch die offene Luke eines Hubschraubers hastete ... »Wenn Du es sechzehn Wochen lang nicht mehr gemacht hast, ob Du dann wohl impotent bist, wenn Du wiederkommst? Ich hab bei einer Party nach der großen Fuchsjagd in Mendip einen Arzt getroffen, und der hat mir erzählt, daß Männer, die zu lange ohne auskommen müssen, manchmal den Trieb dazu verlieren.« ... Du hast wirklich ein loses Mundwerk, Sam. Fusilier Jones hätte da noch derbere Worte für Sam. Fusilier Jones hätte den Gedanken sicher nicht gemocht, daß es eine Frau in Somerset gab, die seinen Vorgesetzten derartig reizte ... »Alles Liebe, David, mein Schatz, von Deiner Sam – P. S.: Daddy hat sich ein Buch über die russische Armee einverleibt. Er meint, die Russen hätten in N. I.

schon längst hart durchgegriffen – also marsch, marsch, mein Schatz.«

Es war der sechste Brief von ihr, seitdem das Bataillon hergekommen war. Er trug alle ihre Briefe in einem Zellophanumschlag in der Brusttasche seiner Unterjacke. Auf jeder Patrouille durch Turf Lodge hatte er Sams Briefe immer bei sich.

Ein letztes Mal hielt er sich den Umschlag unter die Nase, dann zerriß er ihn in kleine Fetzen und warf sie in die schwarze Plastiktüte, die in der Kammer als Mülleimer diente.

Er reckte sich.

Er hörte die Schüsse.

Er hörte die krachenden Salven von automatischen Gewehren auf Serienfeuer.

Er hörte die hastig gebrüllten Befehle.

Er hörte die Alarmsirene an den fensterlosen Wänden seiner Kammer widerhallen.

Sam verschwand. Ferris hatte in Stiefeln geschlafen. Es war eine Standardregel, daß Offiziere die Stiefel anbehielten, wenn sie tagsüber ein Nickerchen machten. Er sprang aus dem Bett, riß die Schutzweste vom Nagel an der Tür. Er stopfte sich Sams Brief in die Hosentasche. Er zog sein Gewehr unter dem Bett hervor und sprintete aus den Wohnräumen in den Hof, wo die Fahrzeuge parkten.

Draußen herrschte Chaos. Rennende Männer. Brüllende Offiziere und Unteroffiziere. Die Panzerspähwagen mit den aufgemalten großen roten Kreuzen ließen ihre Motoren aufheulen.

Ferris sah die Rauchsäule hinter dem Kasernenzaun aufsteigen.

»Es ist *deine* Patrouille!«

Er drehte sich um und sah den Nachrichtenoffizier herbeilaufen. Die Tore standen offen. Ferris rannte hinaus auf die Springfield Road, im Kielwasser des zweiten Panzerwagens.

Nicht weit weg, ein Stück weiter unten rechts, standen die beiden Landrover. Der vordere Wagen war intakt. Der zweite war ein rußgeschwärztes Chassis, aus dem die Flammen schlugen. Soldaten traten gerade die Tür des Hauses daneben ein. In ein Zimmer des oberen Stockwerks wurden Schüsse abgegeben. Zwei schwarze, verkohlte Gestalten wälzten, wanden sich in der Mitte der Straße, und der Gestank breitete sich überall aus.

Jetzt kamen die Sanitäter bei den zwei Männern an.

Eine alte Frau, nicht größer als ein Meter zweiundfünfzig, wurde aus dem Haus gezerrt.

Sunray stand auf der Straße, neben ihm der Commander der Bravo Company.

Fusilier Jones kniete neben einem Laternenmast, das Gewehr erhoben, die oberen Fenster der Häuser auf der anderen Straßenseite im Visier. Ferris sah, daß sein Kinn unkontrolliert zitterte. Er ging zu ihm, hockte sich neben ihm nieder. Er schämte sich in Grund und Boden. Seine Männer, die Männer seiner Einheit, waren attackiert worden, während er in der Koje lag.

»Erzählen Sie, Jones.«

»Es ist der Sarge und Nobby. Nicht viel zu erzählen im Grunde. Ein Fenster klirrt, ein Kanister voll Benzin und ein brennender Stab kommen rausgeflogen. Das war's auch schon. Wir ballern in das Fenster rauf, viel zu spät, verflucht. Der Wagen vom Sergeant kriegt's ab und fängt Feuer. Harry und Rick schaffen's noch raus, aber der Sarge und Nobby haben nicht soviel Glück. Beim Sarge sieht's verdammt beschissen aus . . .« Der junge Fusilier nahm den Blick von seinem Ziel und sah dem Offizier ins Gesicht. Er schrie: »Man konnte sie nicht mal sehen . . . wir konnten es den Drecksärschen nicht heimzahlen!«

»Ganz ruhig, mein Junge.« Ferris ließ seine Hand auf Jones' Schulter ruhen.

Es wurde ja wohl langsam Zeit, daß ein Offizier hier

seine verdammten Führungsqualitäten spielen ließ, oder?

Natürlich konnten sie es ihnen nicht heimzahlen, nicht mit Gewehren, nicht mit Streifenfahrten. Wenn man Sean Pius McAnally in den Zeugenstand brachte, damit würde man es heimzahlen. Ihn zur Aussage zu bewegen, das würde es den Schweinen heimzahlen.

Der Rotkreuz-Panzerwagen jaulte davon, die paar hundert Meter zur Notaufnahme des Royal Victoria.

»Bringen Sie den Wagen zurück und holen Sie sich eine Tasse Tee«, sagte Ferris zu Jones.

Rennie befreite Gingy McAnally aus den Klauen des Special Branch in Castlereagh.

Die Leute vom Branch machten Gingy keine Probleme. Ihr Hauptinteresse galt der Organisationsstruktur der Bewegung, der Kampfmoral und der allgemeinen Stimmung unter den Freiwilligen und Offizieren der PIRA, dem taktischen Ansatz des Gegners. Leichtes Spiel für Gingy. Der Gesamteindruck nützte Howard Rennie wenig. Rennies Job war es, die Leute erstens vor Gericht und zweitens nach Long Kesh zu bringen.

Draußen im Gang drückte Rennie McAnally gegen eine Wand. Er baute sich vor dem Verräter auf.

»Gestern ist es verdammt beschissen gelaufen. Und es wird nicht besser laufen, wenn du nicht selber was dafür tust. Es liegt in deiner Hand, und du kannst es nur besser laufen lassen, wenn du dich hineinschmeißt, mit dem Kopf voran. Du mußt ihnen die Zähne zeigen, und du wirst ihnen gegenübertreten, jedem einzelnen, den du uns genannt hast. Wenn du das schaffst, wenn du ihnen ins Gesicht spucken kannst, dann wird es besser laufen.« Rennie boxte McAnally in den Oberarm, wollte ihm wehtun und ihn anspannen.

»Kopf einziehen und ihnen ins Gesicht spucken, dann kannst du ihnen gegenübertreten.«

McAnally nickte.

»Und scheiß nicht mit mir rum!«

Wieder nickte McAnally.

Rennie wußte, daß er sich eines Überläufers nie sicher sein konnte.

Einmal hatte er einen Mann mit seinen Psychotricks bis zum Hintereingang des Gerichtsgebäudes an der Crumlin Road gepeitscht, die Verteidigung hatte eine Vertagung um eine Woche erreicht, und der Überläufer war ihm zusammengeklappt, hatte einfach alles hingeschmissen. Er hatte ihn angebrüllt, angefleht, bedroht, und der Mann hatte alles hingeschmissen. Rennie würde nicht sein Leben darauf wetten, daß ein Überläufer es bis zur Crumlin Road schaffte, er würde nicht mal einen verdammten Zehennagel darauf setzen.

»Ist das Haus in Ordnung, euer neues Haus?« fragte Rennie gesprächsweise. Sie stampften den Korridor entlang, auf dem Weg zum Verhörtrakt.

»Das Haus ist prima.«

Rennie dachte, McAnally würde wohl auch ein Scheißhaus einen Palast nennen, wenn er glaubte, daß das ankommen würde. Er mußte sich etwas überlegen, um McAnally mehr Mumm einzuflößen, wenn er nicht wollte, daß der Mann im Kreuzverhör ans Kreuz genagelt wurde. Er kannte alle Anwälte dort, meist Protestanten, weil die die Studienplätze auf der Jura-Fakultät der Queen's University kriegten, und die würden sich vor Freude in die Hosen machen bei der Chance, einen Überläufer im Zeugenstand fertigzumachen.

»Wehe, du wagst es, mich im Stich zu lassen.«

Sean Pius McAnally wurde an diesem Nachmittag Fatsy Rawe und Eamonn Bugsy Malone und Damien Dusty O'Hara und Brennie Toibin und Phonsie McGurr und Joey Mulvany und Billy Clinch gegenübergestellt. Keine Nerverei, keine üblen Szenen wie mit Muldoon, O'Brien, McGilivarry, McCreevy. Ein Inspector in Uniform war als unabhängiger Zeuge zugegen. Zwei Detectives, um die Häftlinge zu bewachen. McAnally rein in die Zelle, wo er seine Anschuldigungen rezitierte, die bisweilen in den Protestrufen oder gezischten Drohungen untergingen, und gleich wieder raus aus der Zelle. Rennie ließ McAnallys Arm keine Sekunde los, weder in den Pausen draußen im Korridor noch wenn sie drin in der Zelle waren für die Anschuldigungen.

McAnally sah aus, als wäre er eine Meile gerannt. Er wurde immer schwächer, sackte in sich zusammen, und Rennies Hand hielt ihn aufrecht, schob ihn weiter zum nächsten seiner Ex-Kameraden.

»Kann ich jetzt zurück zu Roisin?« Mit beiden Händen hielt McAnally einen Becher Tee.

»Ich lasse heute abend die Anklagen schreiben. Du wirst ihnen weiter gegenübertreten, bis ich mit deiner Liste fertig bin.«

»Ja.«

Rennie wurde etwas weicher. »Prentice hat mir gesagt, Roisin hat es nicht gewußt ... er sagt, sie war genauso durcheinander wegen der Kugel wie du.«

»Sie hätte das nicht gemacht, wenn sie's gewußt hätte.«

»Jedenfalls hat sie nicht gewußt, was sie tat ... Du bist nicht der einzige, der hier Spießruten läuft, Gingy ... Gib ihr Zeit, Junge.«

»Was werdet ihr mit ihrer Ma machen?«

»Gar nichts.«

McAnally schnaubte. »Besitz von Munition, da kriegen andre doch schon fünf Jahre, wenn sie nur eine Kugel dabei haben.«

»Spiel hier nicht den Rechtsanwalt mit mir ... Den Dreckskerl, der ihr die Kugel in die Hand gedrückt hat, den würde ich nur zu gerne einbuchten. Aber um ihn zu greifen, müßte ich sie erst mal von Gericht zu Gericht zerren, als Zeugin oder im Anklagestand. Und wenn ich das tue, dann verlierst du Roisin, Gingy. Die sind ja nicht blöd, die wissen genau, was wir alles unternehmen würden.«

McAnally ließ den Kopf sinken. »Ich bin nur hier wegen Roisin, weil ich das Beste für sie und die Kinder tun wollte.«

Zurück ins Verhörzimmer. Zurück zu den wütenden, haßerfüllten Gesichtern der Männer, die Sean Pius McAnally beschuldigt hatte.

Andy Goss eskortierte McAnally zurück nach Thiepval, in demselben Fahrzeug, in demselben gepanzerten Landrover.

Goss fühlte sich während der Fahrt im halbdunklen Inneren des Landrovers nicht allzu wohl in seiner Rolle als »Aufpasser«. Er war noch recht fröhlich gewesen, als Rennie ihm den Nachmittag freigegeben hatte, um seine Freundin zu treffen. Sie hatte mit ihm etwas unternehmen wollen, nachdem die Bank geschlossen hatte, Weihnachtseinkäufe auf der Royal Avenue machen. Er hatte ihr gesagt, dazu habe er nicht genug Zeit. Sie wollte ihn am Sonntag bei sich zu Hause haben, weil ihre Verwandten von Dungannon heraufkamen. Er hatte gesagt, daß er am Sonntag auf keinen Fall wegkommen könnte.

»Du bist doch angeblich mit mir verlobt, nicht mit diesem kaputten Denunzianten. Sie werden dich bald kennen, weißt du. Da kannst du gar nichts dagegen tun. Was ist, wenn er auch davonrennt, oder seine Frau – dann haben diese Mörder-Provos deinen Namen. Du wirst auf der Liste stehen, auf ihrer Abschußliste. Das ist schon eine tolle Zukunft für mich – Ehefrau eines Mannes, der auf der Abschußliste steht. An mich hast du nicht gedacht, als du diesen Job übernommen hast. Der Himmel weiß, was du dir dabei überhaupt gedacht hast.«

Sie hatte ihn an der Tür der Bank stehenlassen.

»Wie ist es denn gelaufen heute, Gingy?« fragte Goss.

»Ganz gut.« Sein Gesicht war im Schatten. Goss konnte McAnallys Zweifel nicht sehen, er hörte sie nur.

Eine lange Fahrt nach Lisburn, ein großer Bogen um

das Stadtzentrum, und genug Zeit für Goss, darüber nachzudenken, was seine Freundin ihm gesagt hatte, über seine Zukunftsaussichten, falls bei den Provos sein Name als der eines Aufpassers für Überläufer bekannt wurde.

Der Berater belächelte die nervtötende Hartnäckigkeit des amerikanischen Reporters. Die Leserschaft in den Vereinigten Staaten galt als wichtig. In Whitehall war man der Ansicht, wenn die britische »Linie« in Nordirland nur richtig erläutert würde, könnte der Nachschub für die Provisionals über den Atlantik irgendwann versiegen. Der Berater hielt diese Ansicht für Unsinn. Er glaubte, die Armalite-Gewehre und die Dollars würden auch weiter fließen, ganz egal, was für eine integre Figur der Nordirland-Minister bei den amerikanischen Medien abgab.

Die *New York Times* war aus London gekommen.

»Aber Sie haben doch sicherlich die Möglichkeit in Betracht gezogen, daß ein Überläufer wie dieser McAnally die katholische Bevölkerung nur um so mehr entfremdet, daß eine böse Situation dadurch noch verschlimmert wird?«

Er war mit der Frühmaschine gekommen, mit dem Taxi durch Falls Road gefahren, hatte sich Bier und Sandwiches beim *Telegraph* genehmigt, dann die Tirade eines katholisch-republikanischen Abgeordneten angehört und schließlich ein Taxi nach Stormont Castle genommen. Reichlich Zeit, um zum Experten zu werden, dachte der Berater bei sich.

»Sie müssen dazu unser Rechtssystem verstehen. Ich habe nichts mit der Gesetzgebung zu tun. Im Vereinigten Königreich ist die Rechtsprechung vom politischen Prozeß gänzlich getrennt. Es ist Sache der Rechtsprechung zu entscheiden, ob das Überläufer-System vertretbar ist oder nicht.«

Ein schöner gerader Schlag des Ministers, fand der

Berater. Pech war nur, daß die Amerikaner nicht Krikket spielten.

»Wollen Sie denn abstreiten, daß das Überläufer-System von allen Seiten kritisiert wird?«

»Dicses System wird von einem ganz bestimmten Teil unserer Gesellschaft kritisiert, der kaum je Respekt vor dem Gesetz gezeigt hat und noch weniger Respekt vor dem menschlichen Leben. Ich kümmere mich jedenfalls nicht um die schrillen Protestschreie aus Kreisen, die eng mit der paramilitärischen Gewalt in Verbindung stehen und damit soviel Elend in der Provinz Ulster verursacht haben.«

»Ein amerikanischer Anwalt, der Belfast besucht hat, um das Überläufer-System zu untersuchen, schrieb darüber, daß der Einsatz von Überläufern ›die Fortführung der militärischen Strategie‹ sei. Wie würden Sie das kommentieren?«

Hervorragend ... der Berater hatte dem Minister die richtige Antwort auf diesen Vorstoß gegeben. Los doch, schieb's ihm rein in sein gräßliches Plastikmikrofon. Typisch für die modernen Zeiten. Man sah kaum ein halbes Dutzend Journalisten im Jahr, die noch stenografieren konnten.

»Wir haben hier ein Sprichwort: Leute, die im Glashaus sitzen, sollten nicht mit Steinen werfen. In den letzten fünfzehn Jahren haben meines Wissens mehr als viertausend amerikanische Bürger – soll ich die Zahl wiederholen? – über das organisierte Verbrechen in Ihrem Land ausgesagt und dafür Straffreiheit bekommen. Ich bin mir zwar sicher, daß die Mafia dies beklagt hat, aber ich habe von diesen Klagen nichts in der *New York Times* gelesen ... Ich möchte noch etwas anderes sagen: Wenn das amerikanische Volk sich tatsächlich um die Menschen in Nordirland sorgt, dann sollte es aufhören, die Terroristen hier mit Waffen und Munition zu versorgen. Wissen Sie, daß nahezu jeder Soldat, jeder Polizist, jeder Politiker, der hier sein Leben läßt, mit einer in den USA hergestellten Waffe erschossen wird? Wollen Sie einmal einen Besuch im Zeughaus der Polizei machen? Wollen Sie die Waffen sehen, die wir von den Terroristen erbeutet haben? Amerikanische Waffen?«

Der Berater sah, wie der Journalist zögerte.

»Mein Flug... beim nächsten Besuch vielleicht... würde ich gerne. Nun aber zurück zum Überläufer-System...«

»In Nordirland gibt es heute ganz andere Prioritäten, die Sie vielleicht auch interessieren könnten.«

»Trägt nicht das Überläufer-System nur zur Entfremdung der breiten Mitte der Bevölkerung bei?«

»Sie kommen zehn Jahre zu spät hierher, wenn Sie die Toleranzschwelle einer Bevölkerungsmitte untersuchen wollen. Heute gibt es diese breite Mitte gar nicht mehr. Wie hätte sie denn auch überleben sollen? Die Zivilbevölkerung von Nordirland sieht sich seit langem einer Mordkampagne ausgesetzt, deren Brutalität in diesem Jahrhundert zu Friedenszeiten in ganz Westeuropa unübertroffen ist. Die ›breite Mitte‹ ist mit Gewehren und Bomben ausgerottet worden. Hier gibt es nur zwei Lager: Das eine Lager besteht aus jenen, die paramilitärische Gewaltanwendung befürworten, im anderen stehen jene, die eine demokratische Regierung von Gesetz und Ordnung unterstützen. Bei bisher 2500 Toten kann es kaum ein Niemandsland zwischen diesen beiden Lagern geben. Was ich Ihnen hier sage, ist grausame Wahrheit. Wir bekämpfen einen schwierigen und schlauen Feind – leider hat der Feind die breite Mitte der Bevölkerung ausgelöscht.«

Der Minister lehnte sich zurück, holte Atem.

»Und das Führen des Krieges rechtfertigt den Einsatz eines Verräters, eines Judas?«

Der Berater sah den Ärger in den Augen des Ministers aufblitzen.

»Wenn Sie die Provisional IRA als Christus betrachten, dann ist der Überläufer in der Tat der Judas. Sie werden aber kaum von mir erwarten, daß ich diese Ansicht teile.«

»Was ich sagen wollte . . .«

Der Berater erhob sich. »Ich glaube, Ihr Interview hat dieses Thema bereits abgehandelt, Mr. Broekweicz, und Sie müssen ja noch Ihren Flug erreichen . . .«

Während des Händeschüttelns trillerte das Telefon auf dem Schreibtisch des Ministers. Der Berater hob ab, lauschte und hängte dann den Hörer wieder ein.

Er führte den Reporter hinaus und schloß die Tür.

»Den wären wir zum Glück los. War ich einigermaßen gut?«

»Perfekt, Sir.«

»Das ist keine Antwort, Fred.«

»Es wird schon reichen . . . der Chief Constable war dran. Die Anklagen werden heute abend erhoben, auf McAnallys Aussage hin. Der Chief Constable hält sich mit Auskünften eher zurück. Er meinte, nach dem Streich von gestern sei McAnallys Zustand den Umständen entsprechend.«

»Ich bin weg vom Fenster, wenn er widerruft.« Der Minister starrte aus dem Fenster, über die Wiesen von Stormont hinweg. Sein Triumph über Conrad Broekweicz von der *New York Times* hatte ihm nur ein sehr kurzes Vergnügen bereitet.

»Als nächstes haben wir die Industrie-Kommission von Coleraine auf dem Kalender«, sagte der Berater.

Am Eingang des Supermarkts, eines riesigen, scheunenartigen Baus mit Dach darüber, schob Prentice McAnally zwei Fünfer in die Hand.

Er tat es unauffällig und hoffte, Roisin würde es nicht sehen. McAnally gab die gefalteten Scheine aber wortlos an Roisin weiter. Die Mühe hatte sich Prentice umsonst gemacht. Sie steckte das Geld in ihr Portemonnaie.

»Willst du denn nicht auch was kaufen, Gingy, irgendwas für dich selbst?«

»Sie kauft schon alles, was ich brauche.«

»Und was ist mit den Kindern?«

»Sie kauft auch alles, was die Kinder brauchen.«

Aus den Lautsprechern im Supermarkt plärrten kratzige Weihnachtslieder. Prentice vermutete, es war ein Tonband vom letzten Jahr, das man von einer Platte aus dem Jahr davor aufgenommen hatte.

O du fröhliche, o du selige,
gnadenbringende Weihnachtszeit

McAnally wirkte völlig verloren. Er hielt Klein-Patty fest an der Hand und reagierte nicht auf die Aufregung und das Herumfuchteln und das Vergnügen, das ihr die Regale verschafften. Er wanderte ziellos herum, weg von Roisin, die Baby Sean in den Kindersitz des Einkaufswagens geklemmt hatte, und weg von Gerard, der in der Nähe seiner Ma blieb. Welchen Preis hatte die Familie für all den glitzernden Plunder und die Stechpalme aus Plastik und die Schachteln in Geschenkpapier bezahlt? Na ja, der kleine Scheißer hatte es sich ja selbst eingebrockt. Prentice sah, wie Goss sich dem Denunzianten an die Fersen heftete, ihn auf seinem Weg zwischen den Regalreihen beschattete. Er selbst ging Roisin hinterher; nicht zu dicht dran, nicht so, daß es ihr auffiel und sie sich bedrängt fühlte.

Chri-hist ist erschienen, u-huns zu versühnen;
freue dich, freue dich, o Christenheit!

Die ganze Zeit über behielt er Roisins Schultern und ihr rabenschwarzes Haar im Auge.

Rennie betrat die Zelle des Chiefs. Bei ihm waren McDonough und Astley und ein Inspector in Uniform.

Astley hatte seinen Notizblock gezückt. Rennie las den schreibmaschinengeschriebenen Text von einem Blatt ab.

»Kevin Majella Muldoon, ohne festen Wohnsitz, Ihnen wird vorgeworfen, zwischen dem 1. November 1984 und dem 1. Dezember 1984 gemeinsam mit Ihren Komplizen den Mord an William Horace Simpson geplant zu haben, womit Sie gegen § 4 des Gesetzes über Straftaten gegen Personen von 1861 verstoßen haben. Wollen Sie dazu eine Aussage abgeben? Es steht Ihnen frei, sich zu äußern, doch alles, was Sie sagen, wird in schriftlicher Form festgehalten und kann vor Gericht gegen Sie verwendet werden.«

»Nein.«

»Kevin Majella Muldoon, ohne festen Wohnsitz, Ihnen wird vorgeworfen, zwischen dem 1. Januar 1981 und dem 1. Dezember 1984 einer verbotenen Organisation angehört zu haben, nämlich der Irish Republican Army, womit Sie gegen § 21.1(a) des Nordirland-Gesetzes (Ausnahmeverordnungen) von 1978 verstoßen haben. Wollen Sie dazu eine Aussage abgeben? Es steht Ihnen frei, sich zu äußern, doch alles, was Sie sagen, wird in schriftlicher Form festgehalten und kann vor Gericht gegen Sie verwendet werden.«

Der Chief rülpste. »Nein.«

Der Chief drehte den Kopf zur Wand, und hinter ihm fiel die Tür ins Schloß.

Draußen im Gang sagte Rennie zu Astley: »Wenn ich diesen Dreckskerl laufen lassen muß, dann siehst du mich vielleicht sogar mal weinen, mein Junge.«

Vor der nächsten Zellentür reichte McDonough aus einem dicken Papierstapel das Aktenblatt über Oliver Anthony O'Brien an Rennie.

»Ich werde nicht bloß weinen, ich werde mir die Augen aus dem Kopf flennen, wenn ich auch nur einen von denen laufen lassen muß.«

Es dauerte mehr als eine Stunde, den ganzen Stapel

der Aktenblätter durchzuarbeiten, die jedem einzelnen der von Sean Pius McAnally denunzierten Männer vorgelesen werden mußten.

14. Kapitel

Mr. Pronsias Reilly hatte für den Vormittag einen vollgestopften Terminkalender, den er zwischen die Anhörung am Polizeigericht und eine Verhandlung vor dem Strafgericht quetschen mußte.

Sein Auftritt beim Polizeigericht hatte ihm gefallen; zufrieden hatte er sich danach von einem Gerichtspolizisten die steilen Stufen zu den Zellen hinunterführen lassen, wo er eine zehnminütige Unterredung mit dem Chief bewerkstelligen konnte. Bei der Anhörung hatte er aus dem wortkargen Detective Sergeant McDonough herausgeholt, daß die Anklage gegen seinen Klienten sich auf die Aussage von Sean Pius McAnally stützte. Außerdem hatte er erfahren, daß man demselben Sean Pius McAnally Straffreiheit für alle Verbrechen gewährt hatte, die ihm vorgeworfen wurden. Schwere Verbrechen? Eine Mordanklage? Sean Pius McAnally wurde eine Anklage wegen dreifachen Mordes erlassen? Der Anwalt hatte das hastige Gekritzel der Bleistifte und Kugelschreiber am Pressetisch bemerkt. Er hatte alle Stiche gemacht, die es zu machen gab, und dann hatte er die Medien angegriffen, weil sie in ihrer Berichterstattung über die Verhaftung seines Klienten einen – wie er es nannte – Sensations-Zirkus veranstaltet hatten. Insgesamt ein guter Auftritt.

In der Zelle sprach er mit seinem Klienten, wobei der Gerichtspolizist in Sicht, aber außer Hörweite blieb.

»Wer kümmert sich um den Laden?«

»Frankie Conroy. Er hat geschworen, Sie rauszuholen. Er hat geschworen, daß McAnally nicht aussagen wird.«

»Schwören kann schnell einer was.«

»Frankie hat es immerhin geschwören.« Über Mr. Pronsias Reillys Lippen zuckte ein kurzes Lächeln. »Nicht jeder war bereit, dasselbe zu tun. Falls Frankie es nicht schafft, dann werden Sie auf den Richter warten müssen.«

»McAnally muß getötet werden.«

»Frankie muß ihn erst einmal wiederfinden.«

»Frankie muß ihn töten.«

Mr. Pronsias Reilly rutschte auf dem Zellenstuhl nach hinten. Der Chief bot ihm heute einen neuen Anblick. Das hier war der harte Anführer der Bewegung, und der Anwalt spürte den Hauch von Angst in den Worten des Chiefs. Verschwörung zum Mord konnte achtzehn bis zwanzig Jahre einbringen. Einige von den schweren Jungs spuckten verächtlich vor dem Richter aus, wenn er sie einlochte. Dieser hier würde das nicht tun. Seine Augen glänzten starr, und der Atem kam als flaches Keuchen. »Frankie muß ihn umlegen.«

»Frankie hat es geschworen, er kriegt aber vielleicht nicht alle Hilfe, die er braucht ... Es gibt ein paar Leute, die meinen, es gebe für die Bewegung wichtigere Aufgaben.«

»Wer sind die Schweine?«

»Ich habe keine Namen gehört.«

Der Chief hatte Mr. Pronsias Reillys Hand ergriffen, drückte sie so fest, daß es wehtat. »Wenn irgendwer mir den Arsch zukehrt, dann ist er ein toter Mann, wenn ich rauskomme; sagen Sie das all den Schweinen, die sich von mir abwenden!«

»Frankie weiß, was er zu tun hat.«

Ein ruhiger Tag für McAnally.

Die Gegenüberstellungen waren vorbei, die Angeklagten vor Gericht, jetzt kam ein voller Tag beim Special Branch.

Am Vorabend hatte Roisin etwas Gutes gekocht,

auch für die beiden Aufpasser, und niemand hatte mehr von der Kugel geredet. Und sie hatte mit Prentice den Abwasch gemacht, und er hatte sie lachen gehört ... das erste Mal seit Ewigkeiten. Und sie hatte etwas aus dem Haus gemacht. In einem Tag hatte sie das Haus in ein Heim verwandelt.

Der Special-Branch-Agent war ein merkwürdiger Typ. Graue Haare bis auf die Schultern und 'ne Lederjacke, als ob er noch ein Teenager wäre, in Jeans und mit 'ner komischen Perlenkette um den Hals. Echt wie ein Schwuler. Nahm einen Cassettenrecorder als Notizbuch, damit sie frei sprechen und dazwischen Witze machen und drüber lachen konnten. Ganz anders als bei der Aufnahme des Aussageprotokolls. Viel lässiger, entspannt und gemütlich, da McAnally redete und der Branch-Agent ihm ab und zu nachhalf; später, so gegen Mittag, kam das Fotoalbum aus einer Schublade im Schreibtisch des Agenten hervor. Verdammt unglaubliche Bilder. Keine Porträts von irgendwelchen U-Häftlingen, sondern Aufnahmen mit dem Teleobjektiv. Beerdigungen, Zusammenkünfte an Straßenecken, Männer, die irgendwo reinkamen, Männer, die irgendwo rausgingen, Männer auf dem Bürgersteig, Männer in Autos. Wer ist denn der hier ...? Ist der dir schon mal übern Weg gelaufen ...? Dieser Typ da, kennst du den vielleicht ...? War der hier schon mal in deiner Gegend ...? Die Unterhaltung blieb ruhig und lässig; McAnally wurde der Branch-Agent langsam sympathisch, weil er braune Flecken an den Fingern und Dreck unter den Nägeln hatte; er war auch schlecht rasiert, und McAnally konnte seine Socken riechen.

McAnally redete den ganzen Tag lang. Zum erstenmal fühlte er sich gut beim Reden. Goss saß hinter ihm auf einem harten Stuhl, schaffte es sogar zu schlafen und dabei leise zu schnarchen; McAnally stöberte in seiner Erinnerung nach den Männern, die von den

Überwachungskameras fotografiert worden waren, und wenn er zu einem der Fotos eine Geschichte erzählen konnte, gratulierte ihm der Agent und sagte, er sei einfach großartig.

»Er will draußen spielen – darf er oder darf er nicht?« fragte Roisin herausfordernd.

Durch die Wohnzimmertür konnte Prentice Gerard im Korridor stehen sehen. Der Junge schwieg, machte aber ein Gesicht wie ein winselnder Hund, der in den Garten hinaus mußte, um das Bein zu heben. Prentice wußte nicht, was er tun sollte. Sie sollten eine Frau dabei haben, eine weibliche Kriminalbeamtin. »Er ist ein Junge von achteinhalb, und jetzt ist er hier drin schon eingesperrt, seit ...«

... Seitdem die Familie aus Turf Lodge abgeholt worden war, um sich zusammen mit dem Vater, der ein Verräter war, zu verstecken. Eigentlich konnte ja nicht viel passieren, wenn der Junge rausging. Er könnte ein bißchen herumlaufen. Vielleicht fand er sogar ein paar andere Kinder zum Fußballspielen. Prentice zögerte.

»Er wird ja schließlich nicht gefangengehalten, ganz egal, was wir hier sind, oder?«

Wenn Prentice jetzt sagte, der Junge dürfte nicht hinaus, dann würde er zurück ins Wohnzimmer kommen und schmollen, sich vor dem Fernseher auf den Teppich hocken und Klein-Patty hänseln.

»Nicht zu weit.«

»Was soll das heißen?«

»Das heißt, er kann rausgehen, aber er soll in Sichtweite des Hauses bleiben.«

Roisin funkelte ihn an. »Wieso soll er denn in Sichtweite des Hauses bleiben?«

»Weil ich sage, daß er das soll«, sagte Prentice.

»In einem Monat, wird er da außer Sichtweite des Hauses dürfen, oder in einem Jahr?«

Er wußte nicht, warum sie mit ihm streiten wollte.

Er versuchte zu lächeln, tat so, als nähme er das Ganze nicht so ernst. »Ich hab gesagt, der Junge kann rausgehen.«

Roisin rief Gerard zu: »Du hast die *Erlaubnis* zum Rausgehen, aber nicht außer Sichtweite des Hauses.«

Prentice sah den Jungen durch den Vorgarten schlendern. Baby Sean schlief auf dem Sofa. Er konnte Klein-Patty auf dem Boden des oberen Schlafzimmers herumrutschen hören, sie spielte.

Es war warm im Wohnzimmer, die Zentralheizung voll aufgedreht. An der Wand brannte eine Lampe. Prentice blickte zu Roisin hinüber. Sie saß im Sessel, einem großen Lehnstuhl, in dem sie fast versank. Ihre Beine waren weit auseinandergespreizt. Auf ihrem Gesicht lag ein Schatten. Er konnte den Ausdruck darin nicht erkennen. Er sah ihre langen Oberschenkel, die aus den Kissen des Sessels hervorragten.

»Wollen Sie mit mir vögeln, *Mister* Prentice?«

Er hörte ihr glockenhelles Lachen. Er saß auf einem Stuhl vor dem Tisch am anderen Ende des Zimmers.

Er sah aus dem Fenster in den hinteren Garten hinaus.

»Nur würden Sie nicht wissen, was Sie machen sollen, wenn Sie erst mal von Ihrem Stuhl da aufgestanden wären. Sie würden nicht wissen, ob ich Sie drüberlasse ... oder ob ich schreien würde, daß das Dach einkracht. Sie würden nicht wissen, was ich machen würde, oder, Mister Prentice?«

Er sah Gerards Kopf hinter dem Gartenzaun kurz auftauchen, dann wieder verschwinden. Er hatte ihn verloren.

»Sie haben keinen Schimmer, was?«

Prentice stand auf, ging durch das Zimmer und hinaus in den Korridor. Er setzte sich auf die Treppe.

Sie kam ihm nach, stellte sich in der Tür auf. Sie schob sich das Haar aus der Stirn.

»Sie haben Schiß, daß ich schreien würde. Vielleicht

würde ich ja auch schreien ... oder vielleicht würde ich's Ihnen auch verdammt schön besorgen. Sie sind mir schon eine ziemliche Enttäuschung. Ich hätte gedacht, Sie würden's drauf ankommen lassen, ob ich nun schreie oder nicht.«

Er säuberte sich die Fingernägel mit einem abgebrannten Streichholz.

»Hätten Sie vielleicht Angst, mit 'ner Katholenfrau zu vögeln? Hätten Sie Angst, daß ich dreckig wär? Haben Sie denn jemals 'ne Katholenfrau gevögelt? Würden Sie das überhaupt merken? Klar würden Sie das. Katholenfrauen sind ja anders als eure Frauen, stimmt's? Riechen anders, was, und die Augen stehen enger beieinander. Sie würden's schon merken, wenn Sie mit 'ner Katholin vögeln, oder?«

Sie kam auf ihn zu, stand jetzt direkt vor ihm. Ihr Bauch war vor seinen Augen. Sie schob ihm die Hüften entgegen. »Riechen wir anders als Protestantenfrauen?« Sie hockte sich nieder, so daß ihre Augen mit seinen auf gleicher Höhe waren. »Stehen sie enger beieinander als die Augen von euren Protestantenfrauen?«

»Machen Sie nur so weiter, wenn Sie einen Tritt in den Arsch wollen«, sagte Prentice ganz ruhig.

»Ein richtiger Gentleman«, sagte sie spöttisch.

»Und Sie ein richtiges Miststück.«

Sie setzte sich auf den Fußboden und legte ihre Hand sanft auf sein Knie. Er nahm ihre Hand in seine. Es war eine kleine Hand, es war wohl eine sehr zarte Hand gewesen, bevor sie die Haushaltsarbeit rauh gemacht hatte, während ihr Mann auf der Flucht oder im Kesh oder unten im Süden war.

»Wir sind alle am Arsch, oder etwa nicht?« sagte sie ernst. »Ich und Sean und die Kinder, wir sind doch am Ende, verdammt noch mal.«

»Das stimmt nicht.«

»Ich hab mich gestern abend vergessen. Weil wir was getrunken hatten, weil Sie was Anständiges zum Essen eingekauft hatten. Ich hab mich vergessen. Einen Moment lang hab ich gedacht, daß es klappen könnte. Ein verdammt idiotischer Gedanke ... Ich hab gedacht, es würde klappen, und dann ist Sean raufgekommen und hat die ganze Zeit immer nur von diesem Briten-Offizier quatschen können. Er hat von dem Briten-Offizier geredet, als wenn der sein Freund wär. Da hat dem Briten-Offizier richtig die Sonne aus dem Hintern geschienen. Sean hat sich gestern abend wie ein Vollidiot aufgeführt ... und ich hab mich vergessen, weil ich gedacht hab, wir könnten doch noch ein richtiges Leben führen ...«

Mit dem Verräter konnte er reden, aber mit der Frau des Verräters ging es nicht.

»Sie werden Ihr neues Leben kriegen.«

»Und Sie rücken immer schön die Pfundnoten dafür raus.«

»Wir werden Sean einen Job besorgen.«

»Einen Job ...? Sean hat noch nie in seinem Leben gearbeitet, Mann.« Ihr Hohn traf Prentice voll. »Der kann doch nicht mal Nägel in die Wand schlagen ... alles was er kann, ist Leute abknallen, mit seiner Scheiß-RPG ... Wollt ihr ihm einen Job besorgen, wo er das machen kann? Ich koche jetzt einen Tee.«

Prentice ließ ihre Hand los, und sie stand auf.

»Wir sind Republikaner, wir sind Provos.«

»Das wird irgendwann aus Ihnen herausgewachsen sein«, sagte Prentice mit fester Stimme. »Wenn Sie unter Menschen leben, denen das völlig egal ist, dann wird es aus Ihren Gehirnen herausgespült werden.«

»Sie können das eben nicht verstehen.«

»Gehen Sie und machen Sie den Tee.«

»Glauben Sie denn, wir sind bei Ihnen besser dran als bei unsren eigenen Leuten?«

»Das müssen Sie entscheiden. Sie sollten jetzt den Tee machen.« Sie ging in die Küche. Er erhob sich langsam von den Treppenstufen und ging zur Vordertür. Er sah auf die Straße hinaus, konnte Gerard aber in der zunehmenden Dunkelheit des frühen Abends nicht sehen.

Sie rief aus der Küche herüber: »Ich glaube nicht, daß ich geschrien hätte.«

»Ihre Augen stehen mir zu eng beieinander«, rief er zurück. Er fragte sich, ob sie ihn wohl bei dem Geräusch des Wassers, das aus dem Hahn in den Kessel lief, gehört hatte.

Er hatte die Streife näherkommen sehen, und er hatte seinen Hinterhalt geplant.

Die Streife bestand aus fünf Jungen, und sie bewegten sich sorglos. Sie gingen zu dicht nebeneinander und achteten viel zuwenig auf geparkte Autos und Mülltonnen; sie schwatzten, und es gab niemanden als Schlußlicht, der ganz hinten rückwärts ging, um den Weg zu decken, den sie gekommen waren.

Die Streife war die schlampigste, die der Stadtguerilla-Kämpfer je gesehen hatte. Er kauerte hinter einer niedrigen Hecke, deren Lücken groß genug waren, so daß er die Streife näherkommen sehen konnte. Er konnte jetzt ihre Stimmen hören. Ihm fehlte die Erfahrung, um festzustellen, aus welcher Gegend Großbritanniens sie stammten, und es war ihm auch egal. Es waren Dialekte von der anderen Seite des Meeres, von der Besatzer-Armee.

Von seinem Versteck aus betrachtete er die Gesichter der Jungen. Fröhliche, glückliche Gesichter, Gesichter ohne Angst darin. Er haßte jedes dieser Gesichter gleich heftig. Er gab jedem einzelnen von ihnen die Schuld für das Durcheinander, das sein Leben seit kurzem erfaßt hatte. Sie waren zu fünft in der Streife, und jeder von ihnen war ein Symbol für die Katastrophen seines Lebens. Wenn es ihm gelang, sie völlig zu überrumpeln, glaubte er, dann könnte er ihnen nicht nur die Arroganz aus den Gesichtern schlagen, sondern auch eine Waffe erbeuten. Es war noch mehr als eine Woche bis Weihnachten, aber schon jetzt trugen die Jungen glänzende, blanke Waffen.

Gerards Waffen waren ein halber Ziegelstein und die abgebrochene Ecke eines Betonblocks, der seine Handfläche ausfüllte. Zwei aus der Streife hatten chromsilberne Zündplättchen-Cowboypistolen. Der Anführer der Streife trug ein Gewehr, das ein krachendes Geräusch machte, wenn man den Abzug drückte, und batteriegespeistes Mündungsfeuer spuckte. Der Junge hinter dem Anführer trug eine Thompson-MP aus Holz, die ihm sein Vater, ein Funker im Hauptquartier, gebastelt hatte. Und der Junge, der ganz vorne ging, war mit einer Armalite-Imitation bewaffnet, deren Schaft mit Klebeband zusammengehalten wurde, weil seine Schwester mit dem Fahrrad drübergefahren war. Sie waren zu fünft, er war allein, aber keine ihrer Waffen konnte es mit einem halben Ziegelstein und dem Betonbrocken aufnehmen. Sie waren größer als er, jeder von ihnen war älter als er mit seinen acht Jahren, aber zahlenmäßig war die britische Armee mit all ihren Soldaten und Panzern den Kräften der Provies ja auch überlegen. Gerard begriff den Krieg, an dem sein Vater früher teilgenommen hatte, er hatte begriffen, daß er im Kesh eingesperrt gewesen war und warum er danach oft für Einsätze aus dem Haus verschwunden war. In gewissem Sinne hatte er auch begreifen können, warum sein Vater sich in den Süden abgesetzt hatte. Er hatte gewußt, daß sein Vater zurückkommen würde, zurückkommen, um dem Feind einen Schlag zu versetzen, und er hatte im Fernsehen den zerstörten Wagen des Richters gesehen. Er hatte begriffen, daß sein Vater verhaftet werden konnte, und er hatte seinem Vater beigestanden, als die verfluchten Soldaten sein Zuhause gestürmt und seinen Vater abgeholt hatten. All das hatte er begreifen können. Verwirrend war es erst geworden, als sein Vater in der Morgendämmerung wiedergekommen war, das hastige Kofferpacken, seine Mutter in Tränen, die Fahrt in dem gepanzerten Polizei-Landrover, das Haus in der Kaserne, das Krachen des Mörsers und die Lautsprecherstimme, der Flug im Hubschrauber und eine Kugel, die auf den Boden des Hubschraubers klirrte ... das war alles sehr verwirrend gewesen. Gerard konnte nicht glauben, daß sein Vater zum Verräter geworden war. Ein Verräter war das Erbärmlichste, was sich Gerard vorstellen konnte. Er dachte, es müsse doch einen Grund für das geben, was sein Vater getan hatte. Er war nicht alt genug, um die Motive seines Vaters nachvollziehen zu können, doch er mußte daran glauben, daß es ein Motiv gab, weil er sonst keinen Boden mehr unter den Füßen gehabt hätte.

Er zitterte. Einen Augenblick lang fragte er sich, ob sein Vater wohl zitterte, wenn er die RPG anlegte.

Er liebte seinen Vater. Bevor sein Vater mit der Polizei und den Soldaten nach Hause zurückgekommen war, hatte er ihn geradezu verehrt. Jetzt konnte er sich nicht einmal dazu überwinden, mit seinem Vater zu sprechen. Wenn sein Anschlag auf die Patrouille erfolgreich war, dachte Gerard, dann könnte er wieder mit seinem Vater sprechen. Er könnte auf seinen Knien sitzen und mit ihm sprechen, wie er früher immer mit ihm gesprochen hatte.

Gerard erhob sich aus seinem Versteck hinter der Hecke. Mit aller Kraft schleuderte er den Ziegelstein dem zweiten Jungen der Streife in den Rücken. Der Stein traf ihn mit gräßlicher Wucht zwischen den Schulterblättern. Im Fallen schrie er auf. Es entstand ein Moment der sprachlosen Verblüffung unter den dahintergehenden Jungen, die zusahen, wie er zu Boden ging, wie ihm die glänzende kleine Pistole aus der Hand glitt und auf die Straße fiel. Bevor die Herkunft des Wurfgeschosses noch aufgeklärt war, stieß Gerard vorwärts durch die Hecke. Sein Ziel war der Junge mit der hölzernen Maschinenpistole.

Er schmetterte ihm die scharfe Kante des Betonbrockens in die Schulter. Er schien nicht zu hören, wie der Junge vor Schmerz und Angst aufbrüllte, wieder und wieder schlug er mit dem rauhen Beton auf ihn ein. Er sah Blut hervorquellen, als er ein Ohr traf, und der Junge krümmte sich. Gerard packte die hölzerne MP.

Zu spät bemerkte er, daß der Junge aus den Fernsehberichten über Patrouillengänge gelernt hatte, daß er von dort die Technik übernommen hatte, sich ein Ende des Tragegurts der Waffe ums Handgelenk zu schnüren. Er riß an dem hölzernen Lauf der MP und zerrte dabei den Jungen über das Straßenpflaster; das Blut spritzte aus dem Ohr des Jungen, ergoß sich auf seinen Anorak und auf den Boden.

Sie konnten ihn erwischen, weil Gerard seinen Griff am Lauf der Waffe zu spät lockerte.

Der Anführer riß ihn zu Boden. Die beiden anderen Jungen warfen sich über ihn, preßten ihm die Luft aus den Lungen. Sie stießen ihm das Knie in den Magen, bissen ihn, schlugen ihn.

Er schrie nicht. Er wehrte sich, kratzte und schlug zurück.

Der Junge, den er mit dem Ziegelstein getroffen hatte, brüllte noch, und der Junge mit der Holz-MP kreischte; Gerard versuchte, seinen Kopf und Bauch vor den niederprasselnden Tritten und Schlägen zu schützen.

Er dachte an seinen Vater. Er dachte nur daran, daß sein Vater nun auf ihn stolz sein konnte.

Er hörte weder die Stimme seiner Mutter noch den stampfenden Schritt von Prentice.

Er wurde auf die Beine gerissen. Als der Nebel der Wut in seinen Augen sich klärte, wurde ihm bewußt, daß der Aufpasser-Bulle ihn am Kragen gepackt hielt und auf den anderen Jungen einprügelte, und daß seine Mutter versuchte, ihn dem Detective zu entreißen;

er trat mit den Füßen aus und schlug auf den Körper des Polizisten ein. Seine kleine, zusammengeballte Faust traf das Schulterhalfter unter dem offenen Jakkett. Seine Finger fanden den Griff der Pistole des Polizisten und zogen sie heraus.

Und plötzlich stand Gerard allein da; Prentice hatte ihn losgelassen, die Jungen wichen stolpernd vor ihm zurück, seine Mutter starrte ihn mit weit aufgerissenen Augen an: er hielt die Pistole in der Hand.

Prentice ließ seine Hand krachend auf Gerards Gesicht herabsausen, wirbelte ihn herum, warf ihn zu Boden.

Er hörte seine Mutter aufschreien.

»So fest mußten Sie ihn nicht schlagen!«

»Das Ding ist geladen!«

Seine Mutter kniete über ihm, und seine Hand war leer.

»Er ist doch nur ein Kind . . .«

»Sie war nur gesichert, er hätte uns alle umnieten können.«

Seine Mutter hatte die Arme um ihn geschlungen, beschützte ihn. Er spürte die Wärme und Sicherheit ihres Körpers.

Er hörte Prentice sagen: »Bringen Sie ihn wieder rein, Mrs. McAnally, bringen Sie ihn bloß ins Haus zurück.«

»Ich hab gegen die Briten-Schweine gekämpft!«

Er sah, daß Prentice die Pistole mit dem Schuh bedeckte, dann bückte sich der Detective und hob die Waffe auf, überprüfte sie kurz und schob sie ins Schulterhalfter zurück.

Seine Mutter half ihm auf. Seine Feinde standen in gewisser Entfernung von ihm, fünf Jungen, die ihn haßten und Angst vor ihm hatten, als überlegten sie, ob er doch noch einmal auf sie losgehen könnte. Einer von ihnen hielt sich ein blutgetränktes Taschentuch gegen das Ohr. Als Gerard mit Hilfe seiner Mutter davonging, tat ihm sein Körper überall weh. Er war nahe daran, sich an sie zu klammern.

»Ich geh nach Hause...« Die Stimme seiner Mutter war fast ein Schluchzen. »Ich geh nach Hause, verdammt noch mal.«

Zwischen den Laternen war es dunkel auf der Straße. Gerard, der Sohn des Verräters, seine Mutter und der Aufpasser-Polizist gingen zurück in den Unterschlupf.

David Ferris kam zu spät zu Sunrays geselligem Abend im Kasino. In der Glen Road hatte ihn eine Bombendrohung eine Stunde lang aufgehalten, und Felix hatte sehr lange gebraucht, bis er zum Entschärfen kam. Ferris war in schlechter Laune für eine Party. Die Gäste waren Einwohner von West-Belfast. Ein Sammelsurium aus Priestern, Nonnen, Lehrern, Ärzten und den wichtigsten Einzelhändlern, die nun das vorgesetzt bekommen sollten, was Sunray den »Standpunkt der Sicherheitskräfte« nannte.

Für die Fusiliers stand der Kaplan ganz im Vordergrund, mit seinem weißen Kragen und dem schallenden Gelächter immer vorneweg. Der Nachrichtenoffizier dagegen hielt sich eher im Hintergrund, doch er huschte herum und hörte überall zu, denn der Kommandeur glaubte, hier ließen sich wichtige Informationen gewinnen. Sunray begrüßte seine Gäste an der Tür und zog sich dann wieder an den Ofen zurück; seine Offiziere machten die Runde, plauderten belangloses Zeug und versuchten, eine gute Figur abzugeben.

Ferris trug immer noch seinen Drillich vom Streifengang. Er konnte seinen Achselschweiß riechen. Seine Ausstattung war kaum geeignet, um Herzen zu erobern oder Meinungen umzustoßen; er war überzeugt, die ganze Angelegenheit würde ein totaler Schlag ins Wasser werden.

Er blickte sich um und fragte sich, weshalb die Gäste sich überhaupt herbemüht hatten.

Alle schienen halbtot vor Angst zu sein, sie könnten sich aus Versehen zu sehr vollsaufen und dann etwas Falsches sagen. Nach zwei Glas Gin oder Sherry hielt jeder die Hand über sein Glas und murmelte, er wolle es langsam angehen. Auf die Ordonnanz des Kasinos traf Ferris schon an der Tür. Er nahm sich einen Whisky vom Tablett, dann gleich noch einen zweiten, in den er ein wenig Wasser goß. Wenigstens spendierte das Bataillon die verdammten Drinks. Ganz hinten sah er Sunray stehen im Gespräch mit einem jungen Priester. Sunray hatte Ferris bemerkt.

»David ... Zu mir, bitte.«

Dieser Kerl zog seine Party doch tatsächlich genau so auf, als wäre er mit dem Bataillon draußen auf Salisbury Plain beim Manöver.

»David, haben Sie auf Ihren Rundgängen schon einmal ... ich kann mir Namen leider so schlecht merken ...«

»Father Francis, Francis Kane. Hatten wir schon das Vergnügen?«

»David Ferris.« Ferris leerte den Whisky und sah sich nach einem neuen Glas um.

»David verbringt die meiste Zeit in Turf Lodge. Das ist doch Ihr Gebiet, oder, Father ...?«

»Father Francis ... Ja, Turf Lodge ist meine Gemeinde.«

»Na, dann haben Sie beide ja eine Menge Gesprächsstoff.«

Sunray verschwand.

Sie musterten einander, Ferris und Father Francis. Sie waren wohl nahezu gleich alt. Sofort wurde Ferris klar, warum er den Priester nicht mochte. Er war es gewohnt, daß Männer in Nordirland seinem Blick sehr bald auswichen. Die Feindseligkeit des jungen Priesters war überwältigend.

»Ich weiß gar nicht, wieso Sie überhaupt hergekommen sind.«

»Wenn ich hierher komme, kann ich Sie und Ihresgleichen vielleicht besser verstehen«, gab Father Francis zurück.

»Ich hatte gedacht, Sie wären viel zu sehr beschäftigt damit, die Fürsprecher der Gewalt unter Ihren Schäfchen zu vertreiben, um unsere Gastfreundschaft in Anspruch zu nehmen.«

»Es würde genügen, Sie aus meiner Gemeinde zu vertreiben, Mr. Ferris, dann müßte ich mich nicht mehr mit Fürsprechern der Gewalt auseinandersetzen. Die Gewalt hier säen doch Sie, nicht meine Pfarrkinder.«

»Blödsinn.«

»Die Hauptursache für die Gewalt ist die Anwesenheit von fremden Truppen und eine konfessionsgebundene Polizei.«

»Und das glauben Sie wirklich?«

»Ich weiß es.«

Ferris lachte laut auf. »Und dieses Zeug predigen Sie wohl jeden Sonntag von Ihrer Kanzel, was?«

»Sie sind zur falschen Zeit am falschen Ort. Gehen Sie nach Hause, Mr. Ferris, wo Ihre Bemühungen auch erwünscht sind.«

Sein Whiskyglas war leer. Ferris' Stimme wurde lauter. Es fiel ihm nicht auf, daß es ringsherum still geworden war und alle sich überraschte Blicke zuwarfen. »Wir müssen ja hierbleiben, weil Ihre beiden Bevölkerungsteile es nicht fertigbringen, zusammen im selben Käfig zu leben.«

»Was Sie repräsentieren, wird hier niemals Erfolg haben, Mr. Ferris. Wie jede militärische Lösung, die in der Geschichte Irlands von den Briten erzwungen wurde, ist auch diese zum Scheitern verurteilt.« Father Francis lächelte süßlich. »Gehen Sie nach Hause, Mr. Ferris. Gott beschütze Sie auf Ihrer Heimreise. Und wenn Sie gehen, Mr. Ferris, dann nehmen Sie gleich alles mit: Ihre Panzer, Ihre Gewehre, Ihre Konzentrationslager, Ihre Überläufer und Ihre Fahne ...«

Ferris lachte jetzt lauter. »Das tut wohl am meisten weh ... der Überläufer, das ist der, der Ihre Freunde in die Scheiße reitet ...«

Er sah die Röte in den Wangen des Priesters aufsteigen. »Es ist eine gottlose Sache.«

»Weil es die Gottlosen hinter Gitter bringt, ist es deswegen gottlos?«

Father Francis warf Ferris einen scharfen Blick zu. Leise fragte er: »Worin besteht eigentlich Ihr Interesse an Überläufern, Mr. Ferris?«

Ferris hörte das peinlich berührte Gemurmel ringsherum. »War wirklich nett, Sie kennenzulernen, Father Francis«, sagte er. Er spürte, daß er sich hart an einem Abgrund bewegte. Er lächelte kurz und schüttelte dem Priester die Hand.

Als er sich abwandte, sah er Rennie an der Tür zum Kasino stehen. Rennie trug noch seinen nassen Mantel, und er unterhielt sich lebhaft mit dem Kommandeur. Als er Ferris erblickte, winkte er ihn heran, als sei Ferris für Rennie eine Art Schoßhund.

Rennie redete auf Sunray ein.

»... Also, wenn ich ihn morgen haben könnte, da brauche ich ihn nämlich. Sehr gut, danke, Sir ...«

Sunray willigte mit einem knappen Nicken ein.

Zu Ferris sagte Rennie: »Sie haut ab ... Roisin läßt ihn im Stich. Wir versuchen nicht, sie umzustimmen. Ab morgen früh ist er nur auf sich selbst gestellt.«

»Aber außer ihr hält ihn doch nichts aufrecht«, sagte Ferris leise. »Dann brauchen wir eben was andres, was den Burschen aufrecht hält ... Ich lasse Sie morgen früh um sieben abholen.«

Ferris ließ sich für den Rest der Party vollaufen. Er fühlte sich ausgeschlossen aus der Familie des Bataillons. Er dachte an Gingy McAnally, an Roisin, an Gerard, Klein-Patty und Baby Sean, bis er bemerkte, daß die Gäste sich auf den Ausgang zu bewegten. Er sah Father Francis in der Schlange stehen, die darauf wartete, den höheren Offizieren die Hand zu drücken. Er sah das Lächeln in den rosigen Zügen des Priesters aufblitzen. »Das war doch Mr. Rennie, mit dem ich Sie vorhin habe sprechen sehen, nicht wahr? Ein interessanter Mann, dieser Howard Rennie. Hoffentlich keine schlechten Nachrichten, die er gebracht hat.«

15. Kapitel

Wenige Minuten nach sieben Uhr verließ Roisin McAnally mit ihren Kindern die Kaserne von Thiepval in einem Taxi.

Es war die schlimmste Nacht ihres Lebens gewesen. Die Streitereien klangen ihr immer noch im Kopf, als sie aufwachte und als sie ihre Kinder ankleidete. Die Streitereien dauerten den ganzen Abend lang an, seit dem Moment, als ihr Mann aus Castlereagh zurückgekommen war und die Armee-Krankenschwester und den Armee-Arzt dabei angetroffen hatte, wie sie gerade die Kratzer und Prellungen auf Gerards Gesicht und Körper mit Pflastern und Salben versorgten. Sie hatte ihm gesagt, daß sie gehen würde ...

Sollte er sein neues Leben haben, aber allein. Sollte er doch sein neues Leben führen, wie er wollte. Ihr Leben war Belfast. In einer anderen Stadt hatte sie nie gelebt. Sie wäre ja völlig bekloppt, wenn sie das, was sie so gut kannte, gegen ein neues Leben in der Gesellschaft von zwei Kripo-Bullen und ihren Pistolen eintauschen würde.

Als sie zum erstenmal sagte, daß sie nach Hause gehen wollte, es zu Prentice sagte, als sie Gerard ins Haus zurückbrachten, da hatte sie erwartet, daß er sich dieser Entscheidung widersetzen würde. Hatte er aber nicht. Es war ihm anscheinend piepegal gewesen. Kein Funken der Anteilnahme von Prentice, als sie geschworen hatte, daß sie heimgehen würde ...

Später war Sean an die verschlossene Schlafzimmertür gekommen, hatte gemerkt, daß er ausgesperrt war, und hatte an der Klinke gerüttelt und mit der Faust an die Tür getrommelt. Er hatte durch die Tür auf sie eingebrüllt. Sie hatte die wachsende Verzweiflung in seiner Stimme gehört, so als hätte er den Männern unten erzählt, sie wäre sicher nur ein bißchen durcheinander, und daß sie ihre Meinung schon ändern würde, wenn er nur mit ihr redete; sie hatte voll angezogen im Bett gelegen, die Kinder eng an sich gedrückt; sie hatte ihnen die Kissen gegen die Ohren gepreßt, um den flehenden Klang seiner Stimme nicht eindringen zu lassen.

Sie hatte kaum geschlafen.

Beim Wachliegen hatte sie sich Bilder und Szenen aus diesem neuen Leben voller Soldaten und Polizisten und Schulterhalfter und gepanzerter Landrover vorgestellt, ein Leben ohne Freunde und ohne Familie. Wenn sie doch einmal einschlief, übermannten sie wilde Träume, in denen Sean am Rinnstein verblutete, und manchmal war es der Sean von heute, dann wieder war sein Haar schon grau geworden, und manchmal war sein Haar dünn und ganz weiß. Immer endeten die Träume mit Sean im Rinnstein. Ob Sean in diesem Jahr oder in zehn Jahren oder in zwanzig Jahren erschossen wurde, am Schluß war er immer tot in ihren Träumen. Weder haßte sie Sean, noch liebte sie ihn. Etwas lag zwischen ihr und ihrem Mann. Sie wurde von ihm durch eine verschlossene Tür und durch ihre Loyalität getrennt. Sie hatte Turf Lodge und ihre Familie über ihren Mann gestellt.

Am Morgen schloß sie die Tür wieder auf. Vom Treppenabsatz sah sie die Stufen hinunter zur Vordertür des Hauses. Prentice saß auf seinem Stuhl. Er kam ihr frisch und lebhaft vor, als hätte er keine Probleme mit dem Schlafen gehabt. Er nickte, um zu zeigen, daß er sie bemerkt hatte.

Prentice grinste zu ihr herauf, ein inhaltsleeres Grinsen.

»Möchten Sie etwas Tee, Mrs. McAnally?«

»Ich hab's mir nicht anders überlegt.«

»Ich sagte, möchten Sie etwas Tee?«

Sie fragte sich, in was für ein Zuhause er wohl zurückging, wenn er mit Gingy McAnally fertig war. Sie fragte sich, was er von ihr dachte, von der Frau des Verräters.

»Gerne.«

Im Badezimmer wusch sie sich Gesicht und Hände. Das Wasser im Becken war wundervoll, schön heiß, und die Seife war Camay und duftete. Sie hatte die Seife im Supermarkt von Prentices Geld gekauft. Das Stück Seife hatte seine Form noch kaum verloren. So eine Seife hätte sie in Turf Lodge nicht gekauft, nicht von der Überbrückungsbeihilfe. Nach dem Waschen wischte sie die Seife an einem Handtuch trocken, nahm sie ins Schlafzimmer mit und legte sie in ihre Tasche.

Auf Zehenspitzen, weil sie hoffte, ihren Mann nicht zu wecken, kam sie in das große Schlafzimmer. Das Doppelbett war leer. Sie holte ihren Koffer aus dem Schrank und begann, ihre Sachen hineinzupacken.

»Ihr Tee . . .«

Prentice stand in der Tür. Sie hatte ihn nicht hinaufkommen hören. Er reichte ihr eine Henkeltasse.

»Vergessen Sie bloß nichts«, sagte Prentice leichthin. »Sie werden ja kaum noch mal zurückkommen wollen, wenn Sie irgendwas vergessen haben.«

»Wo ist Sean?«

»Schläft auf dem Sofa.« Prentice grinste heute gern. »Hat 'ne Schlaftablette drin . . . Also kommen Sie nicht auf die schlaue Idee, ihn zum Mitgehen zu überreden. Die Pille wirkt mindestens noch so lange, bis Sie weg sind.«

»Ihnen ist er doch scheißegal, wenn er bloß für Sie die Marionette in dem verfluchten Zeugenstand abgibt.«

»Ich sorg mich jedenfalls genug um ihn, um aufzupassen, daß Sie ihn nicht mit nach Hause schleppen.«

»Ich hab ein Recht, mit meinem Mann zu reden.«

»Letzte Nacht hatten Sie die Chance dazu, und Sie haben statt dessen den Schlüssel rumgedreht... Ihr Tee wird kalt, Mrs. McAnally.«

Sie hörte ihn leise die Treppe hinuntergehen.

Sie wollte schreien, aber sie wußte, wenn sie schrie, würde keiner sich darum scheren, ihr Mann würde sie gar nicht hören. Sie packte achtlos den Koffer, schaufelte die Kleider hinein, ohne sich darum zu kümmern, ob sie am Ende der Fahrt zerknittert sein würden.

Dann ging sie in das kleine Schlafzimmer zurück und sagte den Kindern, daß sie nach Hause gingen. Sie erzählte ihnen, daß sie ohne ihren Dad nach Hause gehen würden. Gerard sagte nichts. Gerard begriff, und Klein-Patty weinte, und ihre Ma hätte sie am liebsten geschlagen. Sie sagte ihren Kindern, sie bekämen Frühstück, wenn sie bei ihrer Oma angekommen wären.

»Wann sehen wir unseren Dad wieder?« Klein-Pattys dünnes Stimmchen.

»Ich weiß nicht«, log Roisin McAnally.

Sie blickte sich um. All ihre Habe war in dem Koffer und in zwei Plastiktüten. Sie führte die Kinder die Treppe hinab. Prentice zog sich gerade einen Anorak über.

»Ich habe Ihnen ein Taxi gerufen. Gehen wir zum Tor vor.«

Goss stand mit glasigen Augen an der offenen Wohnzimmertür. Sie stellte sich auf die Zehenspitzen und spähte über seine Schultern in den Raum. Sie konnte Seans Kopf auf dem Sofakissen sehen. Sie konnte sein regelmäßiges Schnarchen hören. Goss hielt die Stellung und versperrte ihr den Weg. Sie glaubte, das Gesicht eines Toten zu sehen, eines Toten im Rinnstein.

»Schweine seid ihr für das, was ihr mit ihm gemacht habt!«

»Taxis nehmen Geld fürs Warten, Mrs. McAnally«, sagte Prentice.

Roisin trug Baby Sean und hielt Klein-Patty an der Hand, Gerard ging neben ihr, und Prentice hatte den Koffer genommen und die beiden Plastiktüten. Sie gingen aus der Verheirateten-Siedlung hinaus und zwischen den Verwaltungsgebäuden hindurch, bis sie ans Haupttor kamen. Das Taxi wartete. Prentice öffnete ihr die Tür, und sie rutschte auf den Rücksitz, zog Klein-Patty zu sich herein und winkte Gerard hinterher, als wollte sie nicht, daß er vorne saß und von ihr getrennt war.

»Schade, daß unsere ganze Arbeit an dem Haus da umsonst war, trotzdem ziehen wir um. Wir bringen ihn von hier weg.«

»Was interessiert mich das?«

»Ich sag's Ihnen ja bloß, damit Sie Ihren feinen Freunden erzählen können, daß Sean nicht mehr in Thiepval ist.«

»Ich bin keine Verräterin.«

»Ganz die Heldin, Mrs. McAnally. Sagen Sie Ihren Freunden einfach, Granaten auf Thiepval werden Sean nichts anhaben.«

Prentice knallte die Tür zu, dann ging er zum Fenster auf der Seite des Fahrers und reichte ihm einen gefalteten Schein.

»Das reicht bis dort, wo Mrs. McAnally hinwill«, hörte sie Prentice sagen.

Als das Taxi sich vom Tor entfernte, drehte sie sich um und sah Prentice durch das Rückfenster. Er beobachtete, wie sie wegfuhren, winkte ihnen nicht nach.

Es war eine Fahrt von wenigen Minuten, von der Kaserne in Lisburn zur Siedlung von Turf Lodge. Sie hatte dabei eine Kluft überquert.

In den Fenstern im Drive war noch kein Licht, als sie das Haus ihrer Mutter erreichte.

Sie wußte, daß der Fahrer Protestant war, denn beim Anhalten lehnte er sich nur zurück und öffnete ihr die Tür von innen, ließ sie mit ihren Kindern und dem Gepäck allein aussteigen; sobald sie auf der Straße stand, knallte er hinter ihr die Tür zu und fuhr rasch davon.

Sie ging den Gartenweg hinauf und drückte auf die Klingel von Nr. 12.

»Sie dürften noch nicht gefrühstückt haben – ich fahr Sie wo hin, wo Sie ein anständiges Frühstück kriegen«, sagte Rennie.

Ferris saß teilnahmslos neben ihm. Arschkalt war es, und er hatte Kopfschmerzen von der vergangenen Nacht.

Rennie ging mit der Geschwindigkeit herunter, sobald er die »Friedenslinie« überquert hatte, sobald sie das Territorium der Provos hinter sich hatten und wieder im Land der protestantischen Mehrheit waren.

Für Ferris war es kein vertrautes Terrain. Seine Kenntnis von Belfast beschränkte sich auf die Sozialbau-Viertel der Westseite der Stadt. Sie verließen die Hauptstraße und nahmen Dunmurry Lane, und die schäbigen Straßen machten breiten, baumbestandenen Alleen Platz, mit modernen Wohnhäusern und beachtlichen Villen; die Scheinwerfer glitten über gepflegte Gärten, deren Bepflanzung aus Garten-Centern kam.

Rennie las seine Gedanken. »Nicht ganz Belfast besteht aus Whiterock, Turf Lodge, Ballymurphy. Es gibt noch ein anderes Leben. Die Leute in der Gegend hier wissen gar nicht, daß da ein Krieg geführt wird. Sie fahren in die Stadt, machen ihre Jobs und kommen wieder her. Wenn sie mal abends auswärts essen wollen, dann fahren sie aufs Land raus. Die Leute hier sind noch nie durch Andersonstown gefahren. Bei den Sicherheitskräften arbeiten 25000 Typen, um diese Leute hier zu beschützen, und sie wollen gar nicht wissen, wie wir das machen und warum.«

Sie bogen in eine Sackgasse ein. Sie war hell erleuchtet, auf den Bürgersteigen war das Laub weggefegt, und an den Gartentoren hingen Namensschilder. Es hätte auch die Straße sein können, wo seine Eltern wohnten. Am Ende der Sackgasse stand ein Haus quer zur Straße; Ferris sah die grellen Lampen über der Garagentür und über der Eingangstür und an der vorderen Ecke des Hauses und hinten an der Seite des Hauses. Rennie hatte ihn zu sich nach Hause gebracht.

»Weil ich hier wohne, sieht jeder aus der ganzen Straße morgens immer unter seinem Auto nach, ob da 'ne Bombe angebracht ist, ob sie vielleicht die Adresse vermasselt haben ... aber in meinem Haus kriegen Sie jedenfalls ein anständiges Frühstück.«

»Wie können Sie damit leben – nicht zu wissen, wann es passiert, aber zu wissen, daß sie eines Tages kommen werden?« fragte Ferris.

Ein müdes, freudloses Lächeln von Rennie. Er hatte den Wagen vor dem Haus angehalten. Er deutete durch die Scheibe hinaus auf die Plastik-Mülltüten am Gartentor, und Ferris sah den offenen Pappkarton und den glänzenden Widerschein der leeren Flaschen darin.

»Aber nicht vor dem Frühstück ...« sagte Rennie.

Rennie schloß die Haustür auf.

Ferris kicherte verlegen, weil Rennie bei offener Tür auf ihn warten mußte, während er sein Gewehr entlud, den Lauf in die Rosenbeete gerichtet, und das Magazin herausnahm.

Es war ein ordentliches, aufgeräumtes Haus. An den Wänden des Korridors hingen gerahmte Fotos von Polizeifeiern, Topfpflanzen standen herum, und er wischte sich die Füße sorgsam an der Matte ab, damit seine Stiefel keinen Schmutz auf den sauberen gemusterten Teppich trugen.

»Meine Frau Gloria ... das ist David Ferris, Liebling.«

Ferris gab der Frau die Hand. Sie wartete an der Küchentür auf sie. Sie trug einen Morgenrock, sie war ungeschminkt und hatte tiefe Falten, und er dachte, daß er sie wohl angetroffen hatte, bevor Wimperntusche und Make-up die Angst einer Polizistenfrau verdecken konnten.

Der kräftige Duft von Eiern mit Speck und Kaffee lag in der Luft. Das Frühstück stand schon auf dem Tisch.

»Kann McAnally es überstehen, wenn seine Frau ihn nicht mehr stützt?«

»Ziemlich harte Frage zu dieser Morgenstunde.« Rennie saß mit Ferris am Küchentisch.

Ferris schlang das Essen in sich hinein.

»Er zappelt doch an der Angel«, sagte Rennie mit vollem Mund. »Und weil er zappelt, haben wir uns nicht viel drum gekümmert, daß sie weg ist. Wir wollten gar nicht erst mit der Eheberatung anfangen. Sie war eine verdammte Niete auf der ganzen Linie. Sie hat ihren eigenen Kopf, und deshalb war sie für uns absolut unnütz. Wenn er bumsen will, na gut, dafür sorgen wir dann schon. Jetzt braucht er aber keine Frau, er braucht einen Freund ... und er braucht jemanden, dem er vertrauen kann, und er glaubt, das bist du, David. Ich würde meinen Job nicht ordentlich machen, wenn ich dich nicht anzapfen würde, verdammt noch mal.«

Ferris starrte auf seinen Teller. »Was soll ihn denn davon abhalten, euch davonzurennen?«

»Ohne unsere Unterstützung? Er hat keine Chance ... David, da du mit Gingy reden kannst, solltest du wissen, wieso er keine Chance hat. Ich habe ihm niemals damit gedroht, was passieren würde, wenn er widerruft, aber du solltest es wissen.«

»Was würde denn passieren?« Ferris blickte auf und sah Rennie in die Augen. Sie waren grau, dunkel, mitleidlos.

»Vor zwei Wochen hat's gebrannt auf der anderen

Seite der Grenze, in Monaghan. Ein Mann ist in seiner Werkstatt umgekommen. Ein Uhrenflicker. Uhren hat er repariert, wenn er nicht gerade Bomben für die PIRA gebastelt hat. Es war ein ziemlich schlimmes Feuer, hat sich rasch ausgebreitet und den Uhrenflicker in seinem Keller eingeschlossen. Bevor wir Gingy hatten, wußten wir noch nichts von diesem Uhrenflicker. Der Uhrenflicker geht auf Gingy McAnallys Konto. Und glaub mir, David, falls Gingy mich im Stich läßt, wäre ich sehr erstaunt, wenn sich nicht irgendein blöder Bulle aus Versehen verquatschen würde, wieso der Uhrenflicker geschmort worden ist.«

»Das ist unmenschlich, das ist . . .«

»Werd erwachsen, kleiner Soldat!«

»Das ist doch Mord, verdammt.«

»Du bist doch kein Pfadfinder, oder?«

»Warum erzählst du mir das?«

»Damit du besser darin bist, Gingy zu erklären, daß er nicht widerrufen soll . . . willst du noch Kaffee?«

Rennie war auf den Beinen und holte die Kaffeekanne; zwei junge Mädchen kamen in die Küche, nahmen sich ihre Butterbrote, überall lagen Schulbücher, und Rennie war plötzlich ein Vater und ließ sich über die Hausarbeiten von gestern berichten. Die Gesichter verschwammen, und Ferris sackte auf seinem Stuhl zusammen. Eines der Mädchen stellte das Radio an, die Küche war mit Musik erfüllt, und Ferries schüttelte den Kopf in dem Versuch, einen bösen Traum wieder loszuwerden.

»Was habt ihr denn heute?«

»Doppelstunde Bio, Englische Literatur und Mathe. Am Nachmittag ist ein Hockeyspiel.«

»Wir haben Netzball . . . Und was machst du, Daddy?«

»Ein bißchen aufs Land rausfahren«, sagte Rennie leutselig. »Ich nehme Mr. Ferris hier und einen Freund von ihm auf eine Rundfahrt mit.«

Auf der Straße hupte es. Die Mädchen rannten hinaus, zurück blieb nur die Musik aus dem Radio.

»Wozu fahren wir denn aufs Land raus?«

»Einen kleinen Ausflug machen, auf dem du Gelegenheit hast, Gingy zu überreden, daß er mich nicht im Stich lassen soll.«

Ferris hob sein Gewehr vom Boden auf. Rennie schlüpfte in den Regenmantel und verabschiedete sich mit einem Ruf zum oberen Stockwerk.

Es regnete nicht, nur der winterliche Wind heulte leise, als sie aus der Sackgasse hinaus und nach Lisburn losfuhren.

Die Familie des Verräters war zurück im Drive.

Es verbreitete sich rasch in ganz Turf Lodge. Die Frau des Überläufers war zurück, mit den Gören des Überläufers.

Die Kinder versammelten sich vor Nr. 12, denn dort waren die Frau des Überläufers und seine Kinder untergeschlüpft.

Kein Polizist, kein Soldat war im Drive zu sehen, als die Schreie und Beschimpfungen durch die Fenster von Nr. 12 gellten.

»Scheiß-Spitzel ... sie werden euren Dad kaltmachen, sie werden Ihren Mann kaltmachen ... wieviel zahlen sie diesem Scheißer von Mann für seine Lügen? ... Eine feige Sau ist Ihr Mann, Mrs. McAnally!«

Unter der Menge waren auch Verwandte von Phonsie McGurr und Brennie Toibin und Fatsy Rawe, und ihre Gegenwart ermutigte die Menge, Ziegelsteine krachten gegen die Haustür und zerschlugen die Fensterscheiben im vorderen Zimmer.

Father Francis kam, jung und errötend vor Unerfahrenheit.

»Geht nach Hause, ihr solltet diese gute Frau nicht beschuldigen. Roisin ist zu uns zurückgekommen, weil sie den bezahlten Lügner im Stich gelassen hat. Sie ist zu uns zurückgekommen und hat den Schauprozessen den Rücken gekehrt ...«

Es boxte und schubste einen Jungen weg, der vorlief, um mit dem Stück eines Pflastersteins besser zielen zu können.

Als er ins Haus kam, von Mrs. O'Rourke eingelassen, fand er Roisin mit ihren Kindern auf dem Küchenboden zusammengekauert. Sie zitterte und hatte rote Augen. »Sie haben sich ja verdammt viel Zeit gelassen«, fuhr Roisin den Priester an.

»Ich bin gekommen, sobald ich davon gehört habe.«

»Ich hab nicht gewußt, daß es so sein würde.«

»Sie werden sich bald wieder an Sie gewöhnt haben, und sie werden weder Ihnen noch Ihren Kindern etwas tun. Und jetzt, da Sie zurück sind, möchte Sie ein Mann besuchen und nachsehen, ob alles in Ordnung ist.«

»Wer will mich denn besuchen, zum Teufel?«

»Er wird heute abend kommen.«

Father Francis ließ sie allein, ging hinaus und setzte sich auf die Stufen mit dem Rücken zu der geschlossenen Haustür. Die Schimpfrufe erstarben langsam, und bald verlief sich die Menschenmenge auf der Straße. Ein paar von den Jugendlichen gingen los und warfen Steine in die Fenster von Nr. 63, aber nur ein paar, weil die Scheiben ohnehin schon kaputt waren, die Tür nur noch schräg in den Angeln hing und das Innere von Roisin McAnallys Haus schon längst zerstört worden war.

»Wie lange wird das so weitergehen?«

»Bis dein Mann widerrufen hat«, sagte ihre Mutter.

»Davon werd ich noch verrückt.«

»Dein Dad wird daran sterben.«

Roisin klammerte sich an ihre Kinder. Sie fand nicht die Kraft, sich vom Fußboden aufzuraffen. Ihre Mutter stellte den Kessel auf den Gasherd.

»Wenn der Mann heute abend kommt, dann mußt du ihm sagen, was er wissen will.«

»Wieso?«

»Um zu zeigen, daß sie dich nicht verdorben haben, um zu zeigen, daß du immer noch zu uns gehörst.«

Sie stützte die Hand auf den Tisch und zog sich auf die Knie. »Komm, ich helfe dir den Schaden aufzuräumen, Ma.«

Rennie saß am Steuer, Gingy neben ihm, und Ferris auf dem Rücksitz. Goss fuhr mit Prentice hinterher, blieb ihnen dicht auf den Fersen. Auf den Knien trug Prentice, von seinem Anorak verdeckt, eine Stirling-MP.

Rennies Ausflugsroute führte sie über die Hügel von Lisburn am Flughafen vorbei, nach Antrim ein Stück am Wasser von Lough Neagh entlang, durch Randalstown und Castledawson und dann auf die lange, offene Landstraße in die Sperrin Mountains, ein bergiges Hochmoorgebiet. Hatte es in Belfast geregnet, so fiel hier Schneeregen, dazwischen kurze Hagelschauer. Ferris hatte bemerkt, daß McAnally nur selten rauchte, aber jedesmal nach der Zigarette griff, wenn Rennie ihm eine anbot. Rennie bog von der Hauptstraße ab in die Wildnis hinter Lisnamuck und Moneyneany, fuhr den Wagen auf eine Nebenstraße, die gerade breit genug für einen Trecker mit einer Fuhre Heu war und sie unter den Gipfel des Mullaghmore brachte.

Es war eine schöne, einsame Gegend. Auf den Anhöhen standen kleine Farmhäuser aus getünchtem Stein, man sah Scheunen in rostigem Ockergelb, die geschützt in den Tälern lagen, und an den kargen Hängen der Hügel grasten weit verstreut die Schafe. Zwischen den Regengüssen rissen die Wolken immer kurz auf, und dann erzeugten die Sonnenstrahlen wie Scheinwerfer kleine Lichtseen auf den Wiesen und dem Moor.

Sie hielten an einem Picknickplatz seitlich der Straße. Grob zugeschnittene Tische und Bänke standen herum. Schrecklich, dachte Ferris, alles so verdammt künstlich...

Rennie stieg aus. Er schien sehr mit sich zufrieden

zu sein. Mit Händeklatschen versuchte er, sich zu wärmen. McAnally war ein Stadtmensch. Er folgte Rennie nur widerwillig ins Freie. Ferris blickte zu dem verhangenen Vorsprung unter der Spitze des Mullaghmore hinauf, und dann auf McAnallys Füße, und er sah die Adidas-Turnschuhe. Scheiße, und er hatte seine Armeestiefel an ... Scheiße, es war doch eine völlig hirnverbrannte Idee, McAnally mitten im Winter auf sechshundert Meter Höhe in seinen blöden Turnschuhen herumklettern zu lassen.

»Mal ein bißchen frische Luft schnappen, Gingy, das brauchst du doch«, sagte Rennie mit dröhnender Stimme. »'ne ordentliche Bergwanderung ist jetzt genau das Richtige für dich.«

Wenn McAnally weitermachte, dachte Ferris, dann wäre immer einer da, der ihm vorkaute, was er brauchte, was genau das Richtige für ihn sei.

Ein Grüppchen Schafe beobachtete sie. »Los, kommt schon, Jungs ...« Rennie deutete zum Gipfel hinauf. »Goss wird auf dein Gewehr aufpassen, David.«

Sie nahmen einen matschigen Pfad.

Alles so verflucht durchsichtig. Prentice schrie vom Auto herüber, es gebe Probleme mit dem Blinker; Rennie sagte, er müsse Prentice helfen, weil Prentice nicht mal seine Unterhosen ohne fremde Hilfe wechseln könne; Rennie ging wieder zurück, und Ferris und McAnally waren allein auf dem Hügel und entfernten sich langsam von den geparkten Autos.

In den Mulden des Torfbodens verbargen sich feuchte Stellen; manchmal sank McAnally so tief ein, daß seine Füße in dem Schlamm verschwanden, und die Turnschuhe machten ein schlürfendes Geräusch.

Einfach lächerlich das Ganze, lächerlich sogar für einen beschränkten Überläufer.

»Läufst du gerne, Ferris?«

»Nicht allzu sehr.«

»Ich find Laufen beschissen.«

»Ich bin im Norden von England zur Schule gegangen, da sind wir oft auf Tour gegangen, im Lake District gewandert, an den Wochenenden.«

»Ihr hattet auch am Wochenende Schule?«

»Ja.«

»Und ihr habt mitgehen müssen auf die Scheiß-Wanderungen?«

»Ja, wir haben wohl müssen, hat aber nie einer gesagt, daß er nicht mitwollte.«

»Ich bin zu Fuß in die Schule und wieder nach Hause, das war alles an Laufen, was ich je gemacht hab.«

»Außerdem kam man so am Wochenende mal ein bißchen an die frische Luft. Vielleicht hat's uns deshalb nichts ausgemacht.«

McAnally grinste. »Na, bei uns war's immer der Zoff mit den Bullen, der uns an die frische Luft gebracht hat. Die Demos gegen die Internierungen, da hatten wir Barrikaden aufgestellt, da war Turf Lodge dicht für die Briten. Dann kam die Motorman-Aktion, als sie rein sind, um alles wieder einzureißen. Da war ich die halbe Nacht unterwegs und hab Steine geschmissen, in der Schule dafür halbtot vor Müdigkeit. Was hast du eigentlich getrieben, während wir Zoff auf den Straßen gemacht haben?«

Ferris überlegte. »1971-72 ... da war ich etwa zehn, ich versuchte aufs Gymnasium zu kommen, und wenn die normale Schule aus war, hatte ich zweimal die Woche abends und Samstagvormittags immer Extrastunden bei einem pensionierten Lehrer.«

»Hast du das selber gewollt?«

»Glaub ich nicht.«

»Aber gemacht hast du's?«

»Mein Vater war ziemlich scharf drauf, daß ich aufs Gymnasium komme.«

»Wieso hast du ihm nicht gesagt, er kann dich mal? Wieso hast du nicht einfach getan, was du tun wolltest?«

»Wo wir gewohnt haben, das war nicht wie in Turf Lodge, Gingy, deshalb«, antwortete Ferris.

Sie gingen weiter. Wenn sie einmal stehenblieben und zurücksahen, war die Aussicht unter ihnen großartig. Nach Westen zu, über Dungiven und Claudy, ballten sich die Wolken düster zusammen, und dahinter sah man die grau-blaue Linie der Berge von Donegal. Ferris fiel das Gehen nicht schwer, aber er machte sich wegen McAnally Sorgen. McAnally beklagte sich nicht. Der Pfad war nicht breit genug für beide, und McAnally ging voran, als sei ihm das wichtig.

»Was macht dein Vater, Ferris?«

»Der leitet eine Bank.«

»Was verdient er denn so?«

»Ich weiß nicht genau, so etwa fünfzehntausend vielleicht.«

»Wieviel ist das pro Woche?«

»Das macht gut dreihundert pro Woche.«

»Mein Gott, als ich zu Hause auf Sozialhilfe war, da hab ich nicht mal sechzig gekriegt.«

»Er arbeitet schon sehr lange in der Bank.« Eine lahme Erklärung von Ferris.

»Kriegt ihr eigentlich was extra, wenn ihr 'nen Provo erschießt?«

»Nein.«

McAnally drehte sich kurz zu Ferris um, Enttäuschung lag auf seinem Gesicht. »Wir haben gehört, daß ihr was extra kriegt, das haben sie uns so erzählt.«

»Ich glaube, wir bekommen beide nicht allzu oft die Wahrheit zu hören.«

Drei Schafe brachen vor ihnen aus einem Unterschlupf hervor und trappelten vor den Eindringlingen davon, angsterfüllt und unbeholfen.

McAnally war stehengeblieben. Er wandte sich um und sah Ferris an. »Sag mal, würde Rennie mich anlügen?«

»Bei was denn?«

»Ich hab ihm gesagt, ich hätte in der Zeitung gelesen, daß ein Verräter fünfzigtausend gezahlt kriegt, und er meinte, das wär bloß Provo-Propaganda. Er hat gesagt, wenn Roisin und die Kinder bei mir wären, dann würd ich über hundert die Woche kriegen. Und ohne Roisin und die Kinder vierzig die Woche. Und daß es privat wäre, nur unter uns, da soll ich keinem von erzählen ... Sie würden mir was zum Wohnen besorgen, wo ich für nichts selber zahlen müßte, so für Strom und so ...«

Ferris konnte ihm nicht ins Gesicht sehen. Gütiger Gott, das war also der Lohn? Waren es wirklich vierzig Pfund pro Woche, und Strom gratis?

»Er hat gesagt, daß sich jemand um mich kümmern würde, nachdem ich ausgesagt hab, und daß die das Essen und so kaufen würden, für alles bezahlen. Das wäre dann also mein Taschengeld, vierzig Pfund die Woche ... Ob er mich wohl angelogen hat?«

»Bei so etwas würde Mr. Rennie nicht lügen.«

Ferris sah auf seine schmutzverschmierten Stiefel hinab. Vierzig Pfund pro Woche, die Silberstücke. Verräter kamen schon verdammt billig.

Sie erreichten ein kleines Plateau, nur wenige Quadratmeter groß, und die Schafe hatten das Gras kurz gehalten. Am Rand dieser Oase aus ebenem Boden waren die schwarzen Brandspuren eines Lagerfeuers. Sie waren dem Wind ausgesetzt, und jetzt prasselten ihnen die ersten Nadelstiche des Hagels ins Gesicht, auf McAnallys dünnen Anorak und Ferris' Tarnjacke. Ferris dachte an Rennie, der es jetzt in seinem beschissenen Auto warm hatte, das Radio aufgedreht und wahrscheinlich eine Taschenbuddel in der Hand, verdammt, und er würde breit vor sich hingrinsen, während der Hagel gegen die Windschutzscheibe trommelte. Dann hörte er McAnally vor Freude jauchzen.

McAnally hatte sich gebückt, untersuchte irgend etwas am Rand des Plateaus, wo es in den Abhang voll abgestorbenem Farngestrüpp überging. Jetzt stand er auf, und mit der Hand hielt er ein Präservativ hoch. McAnally lachte gackernd. Er führte den Gummi an die Lippen, blies heftig hinein, füllte ihn wie einen Luftballon und ließ ihn dann los; er sauste im Wind davon und war irgendwann leer und fiel ins Unterholz. Ferris schluckte. Ihm war übel. Wer gebrauchte Gummis in den Mund nimmt, der leckt jeden Arsch dieser Welt, dachte Ferris. McAnally war aufgeregt. Er suchte jetzt das ganze Grasstück ab.

Er fand einen Fußball aus Plastik. Er war eingebeult, hatte ein Loch in der Hülle, und deswegen hatte man ihn weggeworfen. Der Hagelsturm ging auf sie nieder. Der Boden wurde weiß von den Graupeln. McAnally schoß den Ball mit einem harten Tritt zu Ferris. Ferris fing ihn auf, warf ihn zurück für den nächsten Schuß. Auf halbem Wege zum Gipfel von Mullaghmore spielten Ferris und McAnally Fußball, mit einer weichen Pflaume, Ferris war im Tor und McAnally war der Schütze.

Ferris war im Tor, weil McAnally einen Treffer landen mußte – die arme Sau mußte wenigstens irgendwo mal gewinnen. Ferris erinnerte sich an seine Grundschulzeit, wo sie auch oft herumgekickt hatten, und da hatte es immer eine Linie vor dem Torwart gegeben, die die Spieler nicht überschreiten durften, damit es nicht allzu leicht war, ein Tor zu schießen ... Auf dem Mullaghmore gab es keine Linie. McAnally lachte nicht mehr, sein Gesicht war gespannt vor Konzentration und Anstrengung. McAnally dribbelte den Ball auf Ferris zu. Er kam immer näher, über den Punkt hinaus, wo die Linie hätte sein sollen, und immer noch schoß er nicht. Dieser Scheißtyp, der kam so nahe heran, daß er nicht danebenschießen konnte, der mußte unbedingt gewinnen, Scheiß auf ihn. Ferris warf sich nach vorn, über den Ball, stieß seine Schulter krachend in McAnallys Beine. McAnally stürzte, lag halb über Ferris und schlug mit den Beinen aus, um mit der Schuhspitze den Ball noch zu erwischen, den Ferris festhielt und eng an die Brust preßte. Und ihre Gesichter waren nur Zentimeter voneinander entfernt, die Wut explodierte in McAnally, und seine Hände packten Ferris an der Kehle. Auge in Auge, Mund an Mund, Angesicht zu Angesicht, und der Hagel prasselte auf sie nieder... und McAnally ließ sich zur Seite fallen, und seine Finger lockerten den Griff an Ferris' Kehle. Er nahm Ferris den Ball ab und schlug ihn weg, fest und hoch, und schoß ihn in Richtung des Gipfels, der verschwommen im Hagel zu sehen war.

Ferris ging ihm nach, sprintete kurz, um ihn einzuholen. »Vergessen wir's, Gingy.«

McAnally hielt den Kopf tief gesenkt, und er hatte sich die Kapuze des Anoraks über das kurze Haar gezogen. Ferris sprach aus dem Mundwinkel.

»Jetzt sei doch nicht so blöd, Gingy.«

Sie gingen schweigend weiter. Der Wind packte sie, pfiff und brauste um sie herum, während sie bergauf stolperten, dem Steinhaufen am Gipfel entgegen. Sie ließen die Farnkräuter und das Gras hinter sich und krochen auf Händen und Knien die Geröllhalde zur Spitze des Mullaghmore hinauf. Keiner der beiden Männer hätte dem anderen vorgeschlagen, sie sollten umkehren, zu den schützenden Autos zurückgehen. Sie waren tropfnaß von dem Unwetter und froren bis auf die Knochen.

»Ich bin total kaputt«, sagte McAnally außer Atem. »Ich bin völlig hin.«

Ferris hielt den Regen mit der Hand von seinem Gesicht ab. Sie kauerten dicht nebeneinander, jeder versuchte, möglichst viel vom Schutz des niedrigen Steinhaufens abzubekommen.

»Du mußt die Sache jetzt zu Ende bringen.«

»Ich hatte einen Grund zum Verrat, als ich Roisin noch hatte und meine Kinder. Für sie hab ich's getan.«

»Du hast vom Lügen geredet, Gingy. Das ist eine Lüge. Du hast es getan, damit du nicht ins Gefängnis mußt«, rief ihm Ferris durch den Sturm zu.

»Ich hab's für meine Frau und meine Kinder getan.«

»Wenn du kaputt bist, Gingy, dann ist niemand außer dir daran schuld.«

»Brüll mich nicht an, spiel mir hier nicht den großen bösen Briten vor!«

»Ist 'ne Tatsache, Gingy, du hast es getan, weil du Schiß davor hattest, in den Knast zu gehen.«

»Ich muß es nicht zu Ende bringen.«

»Du wirst vor Gericht aussagen.«

»Du britischer Klugscheißer, du kannst mir gar nichts anhaben. Sie haben mir Straffreiheit garantiert, zum Teufel.«

»Versuch ruhig auszusteigen, Gingy.«

McAnally richtete sich mühsam auf. Mit einer Hand hielt er sich an dem Steinhaufen fest, um die Balance zu behalten. Er schrie zu Ferris hinunter, und sein Arm deutete zu dem fernen Band der Hauptstraße. »Ich kann einfach aussteigen, ich muß deinem Scheiß-Britengequatsche gar nicht zuhören, ich kann einfach meiner Wege gehen.«

»Wohin denn?«

»Wo mir kein beschissener Britenoffizier große Reden hält.«

»Wohin denn, Gingy?«

McAnally sagte: »Irgendwohin, wo ich eben hinwill.«

»Du hast ja nicht mal einen Reisepaß, du hast kein bißchen Geld dabei. Wie weit willst du denn ohne Paß und ohne Geld kommen? Du mußt dir deine kostbaren vierzig Pfund die Woche schon verdienen.«

»Ich geh rüber in den Süden.«

»Als wenn gar nichts passiert wäre?«

»Genau.«

»Aber es ist was passiert.«

McAnallys Haare waren mit Rauhreif überzogen, und

auf seinem Anorak war Eis von dem Hagel und dem Schneeregen. »Ich hab 'ne Aussage gemacht, aber andere haben auch Aussagen gemacht und sie dann wieder zurückgezogen. Wenn ich gehe, dann gehen sie auch frei – der Chief, Ollie und Joey und Tom McCreevy, die kommen dann alle wieder raus . . .«

»Du hast ihnen doch von einem Mann in Monaghan erzählt, einem Mann, der Uhren geflickt hat.«

Die Angst kam zu McAnally zurück. »Na und?«

»Du hast ihnen von ihm erzählt. Er ist tot. Er ist in seinem Keller verbrannt . . . Gingy, glaubst du etwa, das würde sich nicht herumsprechen, glaubst du, Rennie winkt dir zum Abschied noch nach? Glaubst du denn, Rennie würde es nicht unter die Leute bringen, wie sie dem Mann in Monaghan auf die Schliche gekommen sind? Gingy, erzähl mir doch nicht diesen Mist vom Aussteigen.«

McAnally rutschte herunter und setzte sich neben Ferris. Er zitterte und preßte die Arme an den Körper, um sich zu wärmen. »Würde Rennie das ausplaudern?«

»Du bist doch ein großer, schlauer Junge. Was meinst du damit: würde er das tun? Du hast einen Mann denunziert, Rennie hat weitergegeben, was du ihm erzählt hast, der Mann ist verbrannt. So läuft Rennies Methode, und so tief bist du in seinen Klauen. Deswegen wirst du ihn nicht im Stich lassen. Frag mich bloß nicht, ob ich glaube, daß er es ausplaudern würde.«

Ferris zog McAnally auf die Beine. Gegen den heulenden Wind machten sie sich an den Abstieg.

»Du hast mir was versprochen.«

»Das habe ich.«

»Du hast versprochen, du würdest dich dazwischenstellen.«

»Hoffen wir bloß, daß es nicht nötig ist.«

»War das bloß so ein Scheiß-Gerede?«

»Das war ein Versprechen, Gingy.«

Ferris hielt McAnallys Arm, um ihn zu stützen, den ganzen langen Abstieg zu dem Picknickplatz.

Auf halbem Wege sah Ferris einen Vogel, der rechts über ihnen im Sturmwind stand. Der Vogel bemühte sich, in den Böen seine Höhe zu halten. Ferris brüllte McAnally ins Ohr und zeigte auf den Vogel. McAnally sah zu dem Falken und seinen flatternden Flügelschlägen auf. Er starrte den Vogel sehnsüchtig an, dann senkte er wieder den Kopf und zog Ferris weiter.

Als sie am Picknickplatz ankamen, kurbelte Rennie das Fenster herunter.

»Den Blinker hab ich wieder hingekriegt. Schönen Spaziergang gehabt?«

Sie hatten etwa ein Dutzend Bars zwischen den Sperrin Mountains und Thiepval Barracks abgeklappert.

Am Steuer der beiden Autos saßen betrunken ein Detective Chief Inspector der Royal Ulster Constabulary und ein Zugführer vom Zweiten Regimentsbataillon der Royal Fusiliers mit zwei Detective Constables und einem IRA-Überläufer. Bei einer Reihe geparkter Wagen in Antrim hatte der Lack lange Kratzer von Rennies Stoßstange abbekommen, und ein Lastwagen war auf der Straße vom Flughafen zur Vollbremsung gezwungen worden, als Prentice ihn geschnitten hatte. Ansonsten war der Ausflug nicht übel gewesen, und McAnally hatte bewiesen, daß er sehr schön singen konnte.

Prentice und Goss manövrierten McAnally ins Haus hinein.

Rennie sagte: »Du hast ihn ja richtig aufgepäppelt. Verdammt gute Arbeit.«

Seit dem Frühstück hatte Ferris nichts gegessen, dafür zwölf Whisky getrunken, und jetzt war ihm schlecht.

»Danke.«

»Was hast du ihm denn gesagt?«

Ferris schwankte auf seinem Sitz. »Wenn er nicht

aussteigt, hab ich ihm gesagt, dann werden alle presbyterianischen Priester und alle Bischöfe der Church of Ireland zusammen Psalmen für ihn singen, damit er in den Himmel kommt.«

»Red hier keinen Scheiß, Sohnemann.«

»Ich hab ihm gesagt, daß er lebendig und mit euren vierzig Pfund pro Woche in der Tasche besser bedient ist als mit leeren Taschen und einer Provo-Kugel im Kopf.«

»Wird er durchhalten?«

»Ich weiß nicht – vielleicht, vielleicht auch nicht.«

»Ich setz dich drüben ab«, sagte Rennie.

Der Mann füllte die ganze Tür aus.

Das Deckenlicht im Korridor schien über Roisins Schulter und auf sein Gesicht. Es war ein hartes Gesicht, pockennarbig und ohne Milde darin. Sie sah die Grube in seiner Kehle, wo die Stiche die Haut einwärts gezogen hatten, ein Fleck auf dem weißen Hals.

»Du bist Roisin . . .?«

»Ja.«

»Wir fangen mit ein paar Drinks an, dann reden wir ein bißchen.«

»Ich bade gerade mein Baby.«

»Deine Ma wird sich um das Baby kümmern.«

»Wie heißt du?«

»Frankie . . . Komm, hol deinen Mantel . . . Frankie Conroy.«

16. Kapitel

In der Bar wurde gesungen, zwei junge Männer mit Gitarren, und die Verstärker waren so laut aufgedreht, daß sie eine Chance bekamen, das Gerede und das Gelächter zu übertönen. Allein hätte sie ihr Glück hier nicht versucht, doch sie hatte gesehen, wie die sauren Mienen sich aufhellten, sobald man Frankie als ihren Begleiter erkannte. Er trank mehrere Glas Dunkles, sie war beim dritten Wodka-Orange, ohne Eis, weil es sowieso nie welches gab, und er hatte über alles mögliche geredet, was nichts mit Gingy McAnally zu tun hatte, mit ihrem Mann, dem Überläufer. Wo Frankie saß, hielt er Audienz. Männer kamen zu ihm, nickten ihr kurz zu und flüsterten ihm dann etwas ins Ohr und beugten den Kopf, damit Frankie ihnen seine Antwort zurückflüstern konnte. Sie kannte Frankie schon jahrelang, seit ihren Jugendtagen, noch bevor sie Gingy getroffen und die Kinder bekommen hatte, jeder kannte eben jeden in der 'Murph und in Whiterock und Turf Lodge. Sie hatte Frankie gekannt, als er ein schlaksiger junger Kurier für die Bewegung gewesen war, bei den Provos eine immer wichtigere Rolle gespielt hatte und später nach dem Verbüßen seiner Strafe für den Mordversuch aus dem Kesh rausgekommen war. Sie hatte ihn immer als Teil der Bewegung gekannt, aber nie hatte er soviel Respekt bekommen, wie man ihm an diesem Abend erwies. Der Schutz von Frankie Conroy war Gold wert, das war ihr klar. Und sie ärgerte sich ein wenig, daß sie sich nicht die Zeit genommen hatte, bei ihrer Ma zu Hause noch schnell nach oben zu gehen und sich zu schminken, daß sie einfach in den Mantel geschlüpft und mit ihm mitgegangen war.

Als Frankie mit ihr die Bar verließ, hielt er ihren Arm und geleitete sie zwischen den Gästen hindurch. Er stellte sie beinahe zur Schau, als wollte er zeigen, daß Roisin McAnally heimgekommen war und unter dem Schutz von Frankie Conroy stand. Er brachte sie hinaus zu seinem Auto, fuhr mit ihr aus der Wohngegend zum Divis Mountain hinauf und parkte in der Dunkelheit an der Einfahrt zur Müllhalde. Er stellte die Scheinwerfer ab.

Sie konnte ihn atmen hören, die Wärme seines Körpers spüren. Sie starrte geradeaus, ins Leere.

»Wie geht's Gingy?«

»Kannst dir ja vorstellen, wie.«

»Das hast du gut gemacht, uns zu sagen, wo wir suchen müssen.«

»Ich hab das meiner Ma erzählt, ich hab nicht gewußt, wem sie's weitersagen würde.«

Sein Arm legte sich von hinten um sie, und seine Hand ruhte auf ihrer Schulter. Der Griff packte sie fest am Schulterknochen, und wenn sie ihn hätte abschütteln wollen, wäre es ihr unmöglich gewesen.

»Wie hat er es denn hingenommen?«

»Die Granaten – ich war nicht bei ihm ... er war im Korridor und ich im Wohnzimmer.«

»Wie hat er es hingenommen, Roisin?«

»Ich verpfeif meinen Mann nicht. Ich werde ihn nicht verpfeifen, bloß weil er andere verpfiffen hat.«

Seine Finger krallten sich fester in ihre Schulter, bis auf die Knochen. »Wie hat er es hingenommen?«

Der bohrende Schmerz war grausam in ihrer Schulter. »Gezittert hat er, Angst hat er gehabt.«

»Hat er die Kugel gesehen?«

»Das war eine verdammt üble Sache, wie konntet ihr ...«

»Hat er die Kugel gesehen?«

»Er hat gebrüllt wie am Spieß bei dieser Kugel. Es ist im Hubschrauber passiert.«

Seine Hände waren über ihr. Eine Hand riß ihr Pullover und Unterhemd aus den Jeans, und eine Hand fummelte auf ihrem Rücken an dem BH-Verschluß herum. Schwielige Hände auf ihrer Haut. Und sein Geschmack nach Bier und Zigaretten in ihrem Mund.

»Wird er dir nachkommen?«

»Er hat die Hosen total voll. Er wird zurückkommen.«

»Wie bald?«

»Ohne den Soldaten wäre er jetzt schon zurück...«

Er hatte den Verschluß gelöst. Seine Hände waren auf ihren Brüsten.

»Nimm deine Hände weg von mir!«

Sie schüttelte sich, um ihn loszuwerden, zerkratzte die Hand, die auf ihren Brüsten lag. Und er lachte sie aus.

»Du willst dich mir widersetzen, du willst dich Frankie Conroy widersetzen?«

»Nimm deine beschissenen dreckigen Hände weg von mir!«

»He, Kleine, brüll hier nicht rum!... Wer würde denn einer Spitzelfrau schon helfen? Ohne mich sitzt du doch tief in der Scheiße. Du kannst dankbar sein, daß du mich hast...«

Er war riesig groß, massig, überwältigend. Seine Hände waren nicht mehr auf ihrer Brust, sondern zerrten am Reißverschluß ihrer Jeans. Sie stieß ihm mit aller Kraft das Knie in den Unterleib, und er holte tief Luft und ließ ab von ihr. Er starrte sie keuchend an.

»Komm mir noch mal zu nahe, dann hältst du dir besser einen Kochtopf drüber. Ich tret dir rein, bis er blau anläuft!«

»Ohne mich...«

»Du kannst mich nicht kaufen, Frankie Conroy... Wenn ich mit einem vögeln will, dann laß ich mich auch vögeln. Aber ich laß mich nicht vögeln, bloß weil einer das so will. Wenn ich die Hosen runterlassen will, dann laß ich sie runter, aber nicht wenn irgendein Typ mir das aufträgt.«

»Du hast mir verdammt wehgetan.«

»Dann laß deine Hände, wo sie hingehören.«

Allmählich legte sich ein Lächeln auf Frankies Gesicht, das schwach vom Armaturenbrett erleuchtet war. Er zuckte die Achseln. Sie beugte sich vor, und ohne nachzudenken, machte Frankie ihr den BH wieder zu.

Frankies Arm lag nun auf ihrer Schulter, aber ganz sanft. Sie starrte zur Decke des Wagens hinauf.

»Was wird mit ihm passieren?«

»Wir werden versuchen, ihn umzulegen.«

»Wenn er nach Hause kommt?«

»Er ist so gut wie tot, Kleine. Für uns ist er tot. Für Turf Lodge ist er tot. Du hast ihn verlassen. Für dich ist er auch tot.« Frankie zündete zwei Zigaretten an, hielt ihr eine hin. »Wer ist bei ihm?«

»Einmal Rennie ... Dann ist da einer, der heißt Prentice, und einer namens Goss.«

»Ist einer von denen der Soldat?«

»Was geht dich das an?«

»Scheiß mich hier nicht an, Kleine. Du bist zurückgekommen, mach dir das mal klar. Du bist zu deinen Leuten zurück ...«

»Du willst, daß ich meinen Mann verpfeife, damit ihr's leichter habt, ihn umzulegen.«

»Sei Frankie Conroy ein bißchen behilflich, dann könnte es dir gerade so gelingen, wieder in Turf Lodge zu leben. Scheiß mich weiter so an, und der Himmel weiß, wohin du dann noch gehen kannst. Hast du dir das nicht vorher überlegt, Kleine?«

Du liebe Güte, das war Spitze. Wann hatte sie denn Zeit gehabt, sich was zu überlegen? Während die Granaten einschlugen und der Lautsprecher dröhnte, während sie von Palace Barracks nach Lisburn geflogen waren, wo eine Kugel auf dem Boden herumschepperte? Verdammt viel Zeit, sich was zu überlegen. Während Gerard eine geladene Pistole auf Prentice gerichtet hatte, während Gingy vor der verschlossenen Tür gebrüllt hatte? Verdammt viel Zeit ...

»Ich hab's mir nicht überlegt.«

»Dann überleg es dir jetzt.«

»Ja.«

Sie hatte Gerard und Klein-Patty und Baby Sean, und sie hatte ihre Ma, und sie hatte ein Haus in Turf Lodge.

»Wer ist für Gingy da wichtig?«
Mit leiser Stimme: »Der Soldat.«
»Wer ist dieser Soldat?«
»Der, der ihn am Anfang festgenommen hat.«
»Wie heißt der Soldat?«
»Er ist aus der Kaserne Springfield Road.«
»Wie heißt er?«
»Ferris . . .«
»Was ist so besonders an ihm?«
»Er ist der einzige, auf den Gingy hört.«
»Er heißt also Ferris und sitzt in Springfield? Danke, Kleine. Du bist wieder bei deinen Leuten.«
»Ihr braucht ihn doch nicht gleich umzulegen.«
»Gingy? Wieso, was bedeutet er dir noch?«
»Er ist mein Mann, er ist der . . .« Ihre Stimme erstarb. Sie zog ein Taschentuch aus dem Ärmel ihrer Jacke und schneuzte sich geräuschvoll. »Er ist mein Mann, du Saukerl.«
Er fuhr sie zurück zum Haus ihrer Mutter.
Er beugte sich über sie und öffnete ihr die Tür.
»Ihr braucht ihn doch nicht gleich umzulegen.«
»Vielleicht brauchen wir gar nichts mit ihm zu machen.«

Rennie hängte den Hörer ein und kam ins Wohnzimmer zurück.
McAnally war auf dem Sofa. Er lag auf dem Rücken und schnarchte, über ihm eine Decke. Er wirkte zufrieden, als hätte sein Gehirn abgeschaltet. War wohl das Beste für ihn, voll besoffen und ein traumloser Schlaf. Goss leerte eine Tasse Pulverkaffee.
Prentice drehte sich am Fenster um.
»Marschbefehl?«
»Du hast den großen Preis gewonnen, John. Weihnachten auf einem Militärstützpunkt in Großbritannien. Ihr zwei und er. Morgen früh fliegt ihr los.«
»Wird ja auch Zeit.«

»Zeit, daß der Scheißer hier was tut für das gute Leben, das er von uns kriegt.«

Prentice sah Rennie an. »Er muß lernen, auf eigenen Füßen zu stehen, ohne daß Ferris ihn dabei stützt. Das ist das Problem.«

»Momentan bin ich dankbar, daß er überhaupt steht. Ist mir doch scheißegal, wer ihn dabei stützt.«

»Du kannst dem Problem nicht einfach aus dem Weg gehen, Rennie.«

Er war müde, er wollte nach Hause. Plötzlich war ihm zum Kotzen bei diesem Überläufer, bei dem »Problem«, das dieser Überläufer darstellte. Er explodierte. »Na, wenn McAnally seinen Soldatenfreund unbedingt zum Durchhalten braucht, dann kriegt er ihn eben, und er wird ihn auch weiter kriegen ...«

»Ohne ihn wird er jedenfalls nicht durchhalten, Rennie.«

»Er wird ihn auch weiterhin haben.« Er funkelte die beiden jungen Kriminalbeamten böse an. Rennie erinnerte sich an die Zeiten, als man Verurteilungen noch auf Grund von Beweisen bekam. Die Zeiten der Fingerabdrücke, der Paraden von Verdächtigen, des Vergleichens von Haaren unter dem Mikroskop, die Zeiten der Verhöre. Die zwei Detectives waren verwöhnte Gören. Ihre Polizeiarbeit tat ein Informant für sie. Faule, verwöhnte Gören, denn von ihnen wurde ja nur verlangt, den Informanten bei Laune zu halten, bis es Zeit wurde für den Schritt in den Zeugenstand ... Sein Ärger verflog wieder. Er konnte ein richtiger alter Knacker sein, wenn er sich Mühe gab, dachte er; er wollte sein Bett und den Rücken seiner Frau neben sich, und er wollte Sean Pius McAnally vergessen.

»Du brauchst mich nicht anzuschreien, Rennie.«

»Na, dann bis morgen früh, Jungs, und danke ...«

Er hatte das Hinterzimmer im Reihenhaus eines Witwers, nicht weit von der Beechmount Avenue. Er war ein guter Mieter, zahlte regelmäßig. Geld aus Banken und Postämtern, die im Süden überfallen wurden, in den kleinen Dörfern an der Grenze von irischen Punt in Pfund Sterling umgewechselt, versetzte Frankie in die Lage, seine Miete immer pünktlich zu zahlen.

Es war ein kleines Zimmer. Bett, Tisch, Stuhl und ein Schrank. Der Witwer putzte es ihm, weil er regelmäßig zahlte, und zwar immer etwas mehr. Er bekam hundert pro Woche von der Bewegung, dazu vierzig aus der Arbeitslosen. Seine Unterstützung kam von den Steuerzahlern Irlands und den Steuerzahlern im Vereinigten Königreich, und zusammen bekam er von beiden genug für seine Bedürfnisse. Natürlich hätte er mehr gebraucht, wenn er verheiratet gewesen wäre oder ständig mit einer Frau zusammengewohnt hätte. Er hatte aber nie geheiratet. Einmal hatte es eine gegeben, die vielleicht seine Frau hätte werden können, bis sie dann wegging. Das Mädchen saß jetzt schon acht Jahre im Gefängnis von Armagh, Bombenlegen in einer Kneipe, und Frankie war noch nie ein großer Briefeschreiber gewesen, und zum Besuchen kam er auch nie.

Wie er so auf seinem Bett lag, schauderte es Frankie Conroy vor Freude beim Gedanken an Roisin McAnally und bei dem Gedanken an das, was sie ihm gesagt hatte.

Den Namen Ferris.

David Ferris vom Regiment der Royal Fusiliers, das in der Springfield Road kaserniert lag.

Im Geiste sah er einen Krüppel, der nur mit Hilfe einer Krücke gehen konnte. Trat man ihm die Krücke weg, fiel der Krüppel hilflos zu Boden, und diese Krükke war der Soldat namens Ferris.

Das hätte nicht einmal er geglaubt, daß Gingy McAnally sich von einem Briten-Offizier abhängig machen würde.

Der Kaplan hatte etwas zu besprechen.

Das Kreuz auf seinen Schulterklappen verschaffte ihm, wie niemandem sonst im Bataillon, sowohl bei den Offizieren wie den Mannschaften Zugang.

Durch den Spalt unter der Tür sah er, daß das Deckenlicht noch brannte. Vorsichtig machte er die Tür auf. Der muffige Geruch nach Whisky stieg ihm in die Nase.

Nach dem Abend im Kasino hatte er sich Vorwürfe gemacht, den jungen Ferris nicht genauer beobachtet zu haben. Es stand außer Zweifel, daß der Offizier auf der Kippe stand – abgestürzt war er noch nicht, stand aber auf der Kippe. Wer im Kasino gewesen war und das Gespräch zwischen Ferris und diesem kleinen Pikkeljungen vom hiesigen Klerus gehört hatte, der hätte erkennen können, daß Ferris auf der Kippe stand. Vielleicht hätte er sich noch ein paar Tage Zeit gelassen, aber er war gerade beim Nachrichtenoffizier gewesen, und dort hatte er das Gerücht gehört, daß Ferris von seinem Ausflug mit den Polizisten betrunken zurückgekommen war. Der Kommandeur hatte noch nichts davon erfahren. Das würde er aber früher oder später, und wenn der Kaplan sich nicht beeilte, käme er vielleicht zu spät, um David Ferris' guten Ruf zu retten.

Auf dem Boden sah er einen unordentlichen Haufen: die nasse Uniform und ein Paar schlammverschmutzte Stiefel. Ferris war auf der Bettdecke eingeschlafen, in Unterzeug und Socken, vor dem Gesicht ein Blatt Papier, einen handgeschriebenen Brief. Mit behutsamen Bewegungen sammelte der Kaplan die Kleider ein und trug sie wie eine Hausfrau zu den warmen Heizkörpern, um sie dort aufzuhängen.

Der Kaplan schloß die Tür und ging so diskret davon, wie er gekommen war. Hatte keinen Sinn, den armen Teufel zu wecken. Er kannte Ferris' Akte, er kannte die Akte von jedem Offizier, er wußte von der Ablehnung an der Universität, er wußte von der Ablehnung beim Special Air Service, doch trotz all dieser Ablehnungen war es ein guter junger Mann, gewissenhaft und aufrichtig, ein wenig eingebildet, aber jedenfalls kein Snob. Er wollte Ferris etwas Gutes tun.

Er ging zum Zimmer von Sunray, der schon seinen Schlafanzug anhatte und einen Brief schrieb.

»Was gibt's für Probleme, Billy?«

»Der junge Ferris von der Bravo Company...«

»Hat sich ziemlich wüst aufgeführt im Kasino. Ich hab ihn noch nicht erwischt seitdem.«

»Er steht unter Streß«, sagte der Kaplan ruhig.

»Jedermann hier steht unter Streß.«

»Seine normalen Aufgaben als Soldat, das ist eine Sache, aber dazu noch seine Verbindungen mit der Polizei, das ist einfach zu viel. Der Nachrichtenoffizier hat mir gesagt, daß sie ihn benutzen, um ihren großen Überläufer bei der Stange zu halten. Deshalb ist er in so schlechter Verfassung.«

»Haben Sie eben mit ihm gesprochen?«

»Er schläft in seinen Kleidern. Er ist wohl ziemlich betrunken.«

»Du liebe Güte.«

»Bringen Sie ihn raus hier, Sir, wenn es geht, nur für drei oder vier Tage, verschaffen Sie ihm etwas Urlaub.«

»Es ist eine Woche vor Weihnachten, Billy, wir hätten ja alle ganz gern etwas Urlaub.«

»Er macht hier zwei Jobs, wir anderen haben bloß einen.«

»Wir sind alle ziemlich geschafft.«

»Lassen Sie es mich anders sagen, Sir... Sie haben zugelassen, daß einer Ihrer Offiziere von der Polizei benutzt wird ... Ich glaube kaum, daß die Polizei sich allzu sehr um den jungen Ferris sorgen wird, sobald sie aus ihm herausgeholt hat, was er ihnen bieten kann. Die werden ihn fallenlassen, als hätte er für sie niemals existiert.«

»Starke Worte, die Sie da loslassen, Billy.«

»Finden Sie etwa gut, was er da tut, Sir?«

»Mich hat niemand vorher gefragt.«

»Ihn aber auch nicht . . . Was er jetzt braucht, ist Hilfe, keinen Tadel. Er ist einer Ihrer besten Jungoffiziere. Er ist es wert, daß man ihm hilft. Er hat eine sehr nette Freundin zu Hause, und wenn er ihr gegenüber das Richtige tut, wovon ich überzeugt bin, werden sich seine harten Seiten ein wenig abschleifen, und dann wird er ein noch besserer Soldat sein. Ich möchte noch deutlicher werden, Sir . . .«

»Kann ich mir vorstellen.«

»Ich glaube, indem Sie zugelassen haben, daß Ferris in diese schmutzige Affäre hineingezogen wurde, haben Sie ihm nichts Gutes getan.«

Sunray grinste. »Sie halten mir ja eine Predigt, Billy. Sie verstecken sich hinter Ihrer Soutane . . . nehmen Sie ein Schlückchen?«

»Ich trinke gern ein Glas, Sir, wenn Sie ihm drei oder vier Tage schenken.«

»Aber Sie lassen sich eine dumme Ausrede dafür einfallen.«

»Whisky, bitte.«

Ein Wessex-Helikopter brachte Sean Pius McAnally und seine Aufpasser von Thiepval zum Flughafen Aldergrove in den Bereich der Royal Air Force. Rennie flog nicht mit, er begnügte sich mit einem frühmorgendlichen Vortrag an den Denunzianten im Wohnzimmer des Hauses. Er sagte ihm, er helfe Leben zu retten, er sagte ihm, egal was er früher verbrochen haben mochte, durch seine Aussage werde alles wettgemacht. Er trug dick auf, um Bilder von Witwen und vaterlosen Kindern zu malen. Es durfte nicht allzu kompliziert sein bei einem Typ wie McAnally.

Durch die runden Fenster des Hubschraubers, der über Lisburn aufstieg, konnte McAnally die Stadt sehen, in der er sein ganzes Leben lang gewohnt hatte, vor seiner Flucht zu dem Wohnwagen im Süden. Es war einer dieser seltenen sonnigen Vormittage, das Licht erfaßte Reihen von grauen Häusern, die Wohnsiedlungen von West-Belfast, und er konnte die dünnen Rauchsäulen aus den Kaminen sehen, bevor sie nach Westen abdrifteten und auf den Flughafen zuhielten. Er saß allein, ihm gegenüber Prentice und Goss.

Prentice hatte niemandem Bescheid sagen müssen. In seinem Leben gab es keinen, dem es wichtig war, ob er über die Feiertage in der Stadt war oder nicht. Goss hatte mit seiner Verlobten gesprochen. Er würde über Weihnachten nicht da sein, es wäre keineswegs ein Urlaub, nein, er durfte ihr nicht sagen, wohin er fuhr.

In Aldergrove wurde ihnen gesagt, daß sie spät dran wären, daß eine Hercules-Transportmaschine extra für sie wartete. In aller Eile brachte man sie über die Rollbahn vom Hubschrauber-Landeplatz zu dem Flugzeug. Leute vom Bodenpersonal standen um die Hercules herum, dick eingepackt gegen die Kälte, und betrachteten die drei Passagiere mit unverschämter Neugier. Polizisten erkannten sie sofort, an ihrer Art, ihrem Gang, aber der Mann in der Mitte war ein komischer Vogel. Ganz komisch. Die Adidas-Turnschuhe an McAnallys Füßen waren immer noch voller Schlamm, seine Jeans eingerissen, sein Anorak zu dünn für diese Kälte, und er hielt den Kopf tief gesenkt, als hätte er Angst, erkannt zu werden.

Die Hercules war eigentlich auf einem Frachttransport. Man gab ihnen drei leinenbezogene Sitze vorne im Laderaum, dicht bei der Leiter, die durch ein Schott zum Cockpit hinaufführte, man zeigte ihnen den Eimer zum Pinkeln. Man gab ihnen zu verstehen, daß sie sehr unbeliebt waren, weil sie den Start verzögert hatten.

Durch das Röhren der anlaufenden Motoren sagte Prentice zu McAnally: »Idealer Fall für ein Rotauge. Wenn einer von deinen Freunden irgendwo ein Geschoß mit Wärme-Sensor rumliegen hat, dann wäre der Flieger hier wohl ganz oben auf der Liste.« Goss hielt es für einen verdammt miesen Witz. Gingy McAnally lachte nicht. Die Männer in der Stadt mit den Raketen und den Armalites und den Kalaschnikows und den Remingtons und den Thompsons waren nicht mehr seine Freunde. Falls die Männer dort unten tatsächlich einmal eine selbstgelenkte Rakete in die Finger bekamen, würden sie ihm mit Vergnügen in den Arsch ballern.

Schwerfällig hob die Hercules ab.

Für eine Weile lag Belfast hinter Sean Pius McAnally.

Er war großgewachsen, er hatte keinen Bauch, er trug immer ein Gewehr, er war der einzige Offizier, der zu Fuß auf Streife durch Turf Lodge ging.

Damit fing Frankie Conroy an. Und auf dieser schmalen Grundlage baute er auf, sammelte immer neue Informationen dazu.

Er erfuhr, daß die Patrouillen morgens meist offene Landrover nahmen, während sie nachmittags zu Fuß unterwegs waren. Zwar konnte man die Uhr nicht danach stellen, aber normalerweise kamen die Fußstreifen, wenn das Tageslicht schwand. Es gab einen Zug in Springfield, der durch Turf Lodge ging, es war so ziemlich immer der gleiche Zug. Die Streife bestand aus acht Mann, vier auf jeder Straßenseite. Keiner, den er ausfragte, wollte wissen, wozu er die Auskünfte brauchte, man half ihm einfach weiter und schloß die Tür hinter ihm.

Als er ein Schema der Streifengänge in Turf Lodge aufgestellt hatte, sehr oberflächlich und von Informationen aus zweiter Hand, suchte er sich den Fahrer eines Lieferwagens. Der Wagen befuhr regelmäßig das Gebiet der oberen Falls Road und der Whiterock Road. Wegen dieser Regelmäßigkeit war er ein vertrauter Anblick und daher vor Durchsuchungen ziemlich sicher, und der Fahrer hatte auch immer ein Grinsen für die Soldaten und Polizisten übrig, die ihn an den Straßensperren kontrollierten. »Was, eine Armalite willst du? Wofür denn?«

»Für einen Abschuß.«

»Auf wessen Befehl?«

»Ich geb die Befehle.«

»Die Brigade muß den Befehl geben.«

»Die ganze Brigade sitzt im Knast von Crumlin Road.«

»Wie lange würdest du's denn brauchen, nur für einen Tag?«

»Vier oder fünf Tage, bis ich meinen Abschuß gemacht hab.«

»Das ist doch bescheuert, für so lange kriegst du nie eine Armalite, nicht bevor jemand den Befehl dazu gibt.«

»Ich geb den Befehl ... wenn der Chief wieder draußen ist, könnte es ziemlichen Ärger geben für jemanden, der keine Armalite rausgerückt hat, damit er schneller freikommt.«

»Um den Chief rauszuholen ...?«

»Und alle anderen dazu.«

Der Fahrer zuckte die Achseln. »Auf deine Verantwortung.«

»Es kostet dich den Hals, wenn ich keine Armalite kriege.«

Frankie machte ein Treffen aus, bei dem er die Waffe und ein volles Magazin abholen würde.

Die Tage und Nächte wurden kürzer, bald war Weihnachten, und Frankie machte sich mit allen Details von Turf Lodge vertraut. Natürlich hatte er einen Stadtplan, aber ein Stadtplan allein sagte ihm gar nichts. Zwei Tage lang wanderte er tagsüber durch die Straßen, und des Nachts war er ein huschender Schatten in der Dunkelheit, wenn er die Hintereingänge der Häuser und die Zäune zu den Gärten dahinter untersuchte. Sternsinger zogen durch die Siedlung, Mütter kamen mit ihren Kindern im Taxi aus der Stadt, voll bepackt mit Stapeln von eingepackten Schachteln, und die Männer, die Arbeit hatten, lagerten Getränke für die Feiertage ein; eine Art Waffenstillstand legte sich über das Viertel.

Wenn eine Aktive Einsatzgruppe mit dem Abschuß des Soldaten beauftragt wäre, hätte man leichtes Spiel gehabt. Einer am Gewehr, einer für den Ausguck, einer zum Decken im Notfall, einer am Steuer des Fluchtwagens ... Aber Frankie war allein. Er suchte in Turf Lodge einen guten Platz für den Abschuß ... Wenn eine Aktive Einsatzgruppe es machte, dann konnte man ein ganzes Haus dafür übernehmen. Das war der Regelfall. Auf die Familie paßte unten einer auf, der Scharfschütze saß oben im vorderen Schlafzimmer und wartete, bis das Opfer auftauchte ... Doch Frankie allein konnte keine Familie festhalten und gleichzeitig Heckenschütze sein.

Es gab ein Haus an der Kreuzung Drive und Crescent. Das Haus war verfallen. Die letzte Bewohnerin war ein prominentes Mitglied der »Frauen für den Frieden« gewesen, und dann hatte man ihr die Fensterscheiben eingeschlagen; als sie mit ihrem Mann und den Kindern nach Amerika gezogen war, hatte der Mob drinnen das Werk beendet, das er draußen schon begonnen hatte. Der letzte Akt hatte darin bestanden, den Korridor voller Benzin zu schütten und es anzuzünden. In Turf Lodge waren die »Frauen für den Frieden« verhaßt gewesen, sie galten als Handlanger der Briten und der Protestanten und als Verräter ihrer Gemeinde. Als das Benzin hineingeschüttet und das Streichholz geworfen wurde, war einer der randalierenden Jugendlichen noch im Haus gewesen, im oberen Stock. Später erzählte man sich, er habe versucht, die Hähne im Badezimmer abzuschrauben. Der Junge war verbrannt, und in der perversen Art von Turf Lodge hatte man seinen Tod, der unter lautem Gebrüll und Schmerzensschreien vor sich gegangen war, den »Frauen für den Frieden« in die Schuhe geschoben.

Nach der Legende der Gegend war das Haus besudelt. Es war nie wieder bewohnbar gemacht worden. Arbeiter vom Wohnungsamt hatten die Eingänge mit Spanplatten zugenagelt, und seitdem stand es verlassen an der Ecke. Frankie dachte sich, aus dem kleinen oberen Schlafzimmer und dem Badezimmer daneben könnte er sowohl den Drive wie den Crescent ins Visier bekommen. Der Schuß mußte am Tag fallen... Im Umkreis von 200 Metern der Kreuzung funktionierte keine einzige Straßenlaterne... Auf gar keinen Fall ließe sich ein bestimmter Offizier im Dunkeln erkennen, und ebensowenig würde Frankie je ein Nacht-Zielfernrohr mit Restlichtverstärker in die Finger bekommen.

Frankie Conroy hatte sich mächtig aufgespielt im Extrazimmer der Kneipe in Clonard, und er hatte den Mann herumgeschubst, der ihm die Armalite besorgt hatte. Frankie Conroy hatte herumgetönt, er habe sich fest vorgenommen, Gingy McAnally fertigzumachen und so den Chief und die Stäbe der Brigade und der Bataillone freizubringen. Frankie Conroy hatte sein großes Maul weit aufgerissen. Es war leicht gewesen, das Maul aufzureißen, bevor es ein Schuß am Tage sein mußte und man über den hinteren Zaun zu einem Fluchtauto rasen mußte, das zudem keine dieser verdammten Diebstahlsicherungen am Zündschloß haben durfte. Weil er sein großes Maul so weit aufgerissen hatte, bekam er jetzt Angst.

Er hatte keine Frau, keine Kinder, er war allein.

Er fuhr zum Supermarkt von Andersonstown. Dort kaufte er eine Schachtel mit bunten elektrischen Kerzen und drei Pakete glitzerndes Lametta, und draußen zahlte er vier Pfund für einen Christbaum. Er fuhr zum Drive Nr. 12.

Er schleppte die Kerzen und das Lametta und den Christbaum zum Eingang und ließ den Türklopfer knallen.

Sie machte ihm auf. Er hatte gehofft, daß sie an die Tür kommen würde.

»Wofür soll denn das sein?« fragte Roisin kühl.

Er fand, sie sah einfach furchtbar aus. Sie hatte nichts mit ihrem Haar gemacht, ihr Gesicht war käsig weiß und sie hatte graue Säcke unter den Augen.

»Für dich und die Kinder«, murmelte Frankie.

Sie seufzte, stemmte die Hände voller Seifenschaum in die Hüften. »Na, das wird ja ein großartiges Weihnachten ...« Drinnen hörte er Mrs. O'Rourke schimpfen, und Klein-Patty weinte.

»Besser hier als da, wo ihr vorher wart«, sagte Frankie.

Ohne Warnung drang die Stimme, der fremde Akzent, an sein Ohr. »Guten Abend, Mrs. McAnally ...«

Frankie wirbelte herum. Er hatte die Schritte des Soldaten nicht gehört.

» ... Sie bereiten sich wohl schon für die Feiertage vor?«

Frankie starrte dem jungen Offizier direkt ins Gesicht. Groß und ohne Bauch und mit einem Gewehr in der Hand stand er am Tor. Auf den Lippen des Offiziers lag ein leichtes Grinsen. » ... Frohe Weihnachten wünsche ich Ihnen, Mrs. McAnally.«

Die Soldaten auf der anderen Straßenseite rannten vorwärts, entfernten sich. Der Offizier sah sich noch kurz um und trottete dann davon.

»Das ist er«, flüsterte Roisin. »Das ist dieser Ferris.«

Sie nahm ihm den Baum und die Kerzen und das Lametta ab und machte ihm dann die Tür vor der Nase zu.

Davor hatte Frankie einen Namen im Kopf gehabt. Statt des Namens war nun dort ein Gesicht.

»Es war alles Routinezeug ... ich hab überhaupt nichts für dich«, sagte Ferris.

»Ihr seid mehr als drei Stunden lang durch die Straßen geschoben, da muß doch irgend etwas gewesen sein.« Der Nachrichtenoffizier nippte an seinem Kaffee. Ferris hatte er keine Tasse angeboten.

Ferris sagte: »Es ist ja nicht meine Schuld, wenn sie sich mal einen Tag freinehmen und nicht mit Armalites herumrennen. Turf Lodge und Whiterock, dort hat's ausgesehen wie überall sonst, wo Weihnachten vor der Tür steht. Taschen und Schachteln und Einkaufstüten, damit hat sich's.«

»Hast du dir überlegt, daß ein paar von diesen Taschen und Schachteln und Einkaufstüten vielleicht auch Verstecke zum Transport von Waffen, von Sprengstoff gewesen sein könnten? Hast du einige dieser Taschen und Schachteln und Einkaufstüten aufmachen lassen?«

»Nein, hab ich nicht.«

»Das ist verdammt lahm, David.«

»Ich hab's jedenfalls nicht gemacht.«

Der Nachrichtenoffizier versprühte seinen Sarkasmus. »Deine *ganz speziellen* Kenntnisse der PIRA müßten dir doch gesagt haben, daß die ihre Stiefel nicht vor den Ofen stellen, bloß weil Weihnachten ist.«

Ferris grinste. Was für ein langweiliges Arschloch, dachte er. Am Ende seiner Dienstzeit würde der Nachrichtenoffizier ungefähr soviel herumgelatscht sein wie er, Ferris, innerhalb von zwei Tagen.

Vergnügt sagte er: »Ich habe Mrs. McAnally gesehen.«

»Bist du auf eine Tasse Tee eingekehrt?«

»Ein Kerl hat gerade einen Christbaum an ihrer Tür abgegeben, das war alles.«

»Was hat sie zu dir gesagt?«

»Ich hab ihr frohe Weihnachten gewünscht . . . sie hat nichts darauf erwidert.«

»Wer war denn der Kerl?«

»Ich weiß nicht.«

»Aber es ist doch Standardprozedur, einen P-Check

bei jeder Person zu machen, die sich bei einem Provo-Haus blicken läßt.«

»Na, ich hab's nicht gemacht«, sagte Ferris. Er wäre am liebsten schon weg gewesen. Ja, es war eine Grundregel, jedermanns Identität zu überprüfen, der an einer überwachten Adresse gesehen wurde, und er hatte es nicht getan.

Der Nachrichtenoffizier betrachtete ihn nachdenklich. »Bist du in Ordnung, David?«

»Klar bin ich in Ordnung.« Ferris brauste auf. »Wieso sollte ich nicht in Ordnung sein?«

»Der Bibel-General hat sich nach dir erkundigt.«

Ferris machte sich auf die Suche nach dem Kaplan. Er ärgerte sich über sich selbst. Natürlich hätte er den Mann mit dem Christbaum kontrollieren sollen. Er traf den Kaplan dabei an, wie er einen Brief für einen Fusilier vom Hauptquartier schrieb. Er wartete an der Tür. Das arme Schwein war nicht in der Lage, selbst einen Brief nach Hause zu schreiben, um seiner Ma zu erzählen, daß seine Freundin in anderen Umständen war und daß es am Ende des Nordirland-Einsatzes eine Hochzeit geben würde. Ferris erschauerte. Wenn die Army irgendwo zwischen achtzehnjährigen Fusiliers, die nicht schreiben konnten, und Arschlöchern wie dem Nachrichtenoffizier lag, dann mußte sie ja Schwierigkeiten haben, die Probleme dieser beschissenen Provinz zu lösen. Dann hatte er genug ... Scheiß auf das Provo-Haus, alles Scheiße. Er dachte, daß Roisin McAnally vielleicht doch mehr Nächstenliebe in Turf Lodge bekam als in einem Unterschlupf der Polizei für Überläufer. Er fand, der Kerl habe ganz nett ausgesehen, der ihr den Christbaum gebracht hatte. Er dachte, daß sie vielleicht doch recht gehabt hatte, das Richtige für ihre Kinder getan hatte, indem sie Gingy im Stich ließ. Der arme Gingy, der hatte eventuell doch das Falsche getan ... Arschlöcher wie der Nachrichtenoffizier, die im Büro oder der Einsatzleitung oder dem Kasino herumsaßen, hielten eben leider jeden Mann zwischen vierzehn und siebzig Jahren für einen Provo, und jede Frau genauso ... Er hatte ein Stück entfernt gestanden; der Fusilier bedankte sich beim Kaplan und quetschte sich an ihm vorbei; und der Kaplan brummte irgendeine Nettigkeit und schleppte ihn sofort in Sunrays Büro.

Schwer zu glauben, was ihm der Bataillonskommandeur da sagte.

»Unsere Einheit kümmert sich um das Wohl ihrer Männer. Wir sorgen uns um sie, und wir sorgen uns um ihre Familien. Ich weiß, daß Sie ihn ein paarmal besucht haben, aber vielleicht wissen Sie es trotzdem noch nicht. Sergeant Tunney ist nach England verlegt worden, zur Behandlung seiner Brandwunden. Ich möchte, daß Mrs. Tunney merkt, wie wir uns um sein Wohlergehen sorgen, und um das ihre auch. Ich glaube, sie würde sich freuen, wenn Sie ihn besuchen würden, drüben in England. Über Weihnachten wird er seine Frau und die Kinder im Krankenhaus zu Besuch haben. Ich dachte, Neujahr wäre eine gute Zeit, wo Sie hinüberfliegen könnten ... Ich habe Sie für drei Tage Urlaub eingeteilt. Mein Adjutant wird Ihnen den Marschbefehl fertig machen ... Übrigens hat mich Ihr Polizist angerufen. Dieser Informant ist außer Landes gebracht worden – bis sein Fall verhandelt wird, wahrscheinlich. Ich bin froh, daß Ihnen diese Belastung einstweilen abgenommen ist ... Das ist alles, David, und vergessen Sie nie, daß unsere Einheit sich um das Wohl ihrer Männer kümmert.«

Draußen im Korridor, als Sunrays Tür hinter ihnen zugefallen war, sagte der Kaplan: »Gute Idee von ihm. Ihre Gegenwart wird ein Trost für Mrs. Tunney sein. Das gefällt mir, die Einheit kümmert sich um das Wohl ihrer Männer ... Sie sind hoffentlich morgen abend gut bei Stimme – Weihnachtslieder zu Heiligabend auf dem Parkplatz, noch so eine gute Idee des Alten.«

»Er wird doch nicht etwa Mitglied der menschlichen Spezies werden wollen?« Ferris grinste.

Im Schutz der Dunkelheit betrat Frankie Conroy das Haus an der Kreuzung Drive und Crescent. Mit der Taschenlampe in der Hand stieg er die kaputte Treppe hinauf, wobei er die Stufen bei jedem Tritt vorsichtig prüfte. Die Spanplatten vor dem Fenster hatte er aufgehebelt.

Es war ihm lieber, nachts zu kommen, und er hatte sich auf ein Biwak vorbereitet. Er hatte das Armalite-Gewehr mitgebracht, dazu einen Schlafsack und den Rucksack mit zwei Milchpackungen, einem Dutzend Scheiben Schinken, einem Brot und Kuchen aus dem Supermarkt. Ganz unten im Rucksack lag eine Dose Harp Lager, für Weihnachten.

Wenn sich dieser Dreckskerl von Offizier bloß schon Heiligabend blicken ließe. Wär ein verdammt beschissenes Weihnachten, in dem Haus da festzusitzen, falls der Offizier morgen gar keine Streife ging.

Auf dem Treppenabsatz schaltete er die Taschenlampe ab und tastete sich weiter vorwärts in das ehemalige kleine Schlafzimmer, das nach vorne ging.

Er breitete den Schlafsack aus, machte den Rucksack zum Kopfkissen, lehnte die Armalite an die düstere, rußverschmierte, stinkende Wand und richtete sich aufs Warten ein. Seine Hände waren feucht unter den Küchenhandschuhen aus Gummi, die er trug.

17. Kapitel

Die Patrouille ging hinaus.

Wenige Sekunden lang wurden die Tore der Springfield-Kaserne gerade so weit geöffnet, daß die Soldaten sich hindurchzwängen konnten. Während sie sich hinter ihnen wieder schlossen, sprintete die Einheit die Springfield Road hinauf. Ferris hatte seinen Zug darauf trainiert, die ersten fünfzig Meter hinter dem Kasernentor immer im Eiltempo hinter sich zu bringen. Das hatte er in Crossmaglen an der Grenze im Süden von Armagh gelernt. In der XMG-Kaserne dort kamen die Gefreiten herausgeflitzt wie beim Start eines Windhundrennens, als glaubten sie, den Hasen erwischen zu können. Der Abmarsch aus der Kaserne und die Rückkehr waren die beiden Momente, wo die Patrouille am verletzlichsten war, und Ferris hatte seinem Zug diese Tatsache bis in die Reflexe eingedrillt.

Jeder rannte zur ersten Deckung, zu einem Laternenmast, einem Hauseingang, einem geparkten Auto. Sie schienen planlos durcheinanderzulaufen, doch sobald sie an diesen ersten Verstecken niederkauerten, hatte die Einheit ihr Bewegungsmuster ausgeführt. Acht Mann, vier auf jeder Straßenseite, und der Offizier auf der rechten Seite und als dritter im »Block«, hinter ihm Fusilier Jones, der rückwärts ging, denn seine oberste Priorität war es, den Rücken des Offiziers zu decken.

Es war kurz nach drei Uhr nachmittags. Es boten sich ihnen keine scharf umrissenen Schatten, denn die Sonne war den ganzen Tag über nicht hervorgekommen, und es nieselte leicht. Die Autos auf der Straße fuhren schon mit Licht.

Manchmal im Laufschritt, dann wieder langsamer, manchmal auch reglos beobachtend brachte die Streife die Springfield hinter sich. Sie kamen an der Kashmir Road und der Cupar Street vorbei, den Zugängen in die Republikaner-Enklave von Clonard; ein übler Ort, ein Ort, an dem man sehr wachsam sein sollte, wenn man noch nicht seinen neunzehnten Geburtstag gefeiert hatte und auf dem Kopf das Barett mit dem rot-weißen Federbusch der Fusiliers vom Zweiten Regimentsbataillon trug. Vorbei an den Toren der Textilfabrik Mackie's, dem Stolz der protestantischen Maschinenindustrie, wo sich die Gefreiten ein wenig entspannten. Weiter ins republikanische Ballymurphy, und vorüber an den Barrikaden quer über die Springmartin Road, die dort aufgestellt waren, um willkürlichen sektiererischen Attentätern die Angriffs- und Fluchtwege zu versperren, ob sie nun aus dem protestantischen Springmartin kamen, um das katholische Ballymurphy zu überfallen, oder umgekehrt.

Weiter, nach Ballymurphy hinein. Weg von der breiten Springfield Road und in die Siedlung hinein, entlang Divismore Way und Glenalina Road, auf die Arena von Ballymurphy zu. Wie gerne hätten sie einmal einen armseligen britischen Gefreiten allein in ihrer Arena gehabt, ihm Messer und Schwerter in die Gedärme gerammt und ihn gesteinigt, bis er in seinem Blut lag... Mein Gott, es war Heiligabend, und für gewöhnlich dachte er so etwas nicht, für gewöhnlich haßte er die Einheimischen nicht und betrachtete sie nicht als einheitliche Masse, als sei jeder einzelne dieser Leute hier ein Provo-Fan.

»Wären besser bedient mit dem Landrover jetzt.« Hinter Ferris meldete sich Fusilier Jones in kläglichem Ton.

»Sie werden schon rechtzeitig zum Weihnachtssingen zurück sein, Jones.«

»Darüber sorge ich mich eigentlich weniger, Sir.«

»Machen Ihnen schon Frostbeulen Probleme?«

»Was mir Probleme macht, ist die verfluchte Fußfäule.«

»Fußfäule wird sicher nicht Ihr Problem sein, wenn Sie nicht die Augen aufsperren und den Mund zuklappen, sonst ist Ihr Problem nämlich eine verdammte Kugel im Arsch.«

»Wird gemacht, Sir.«

War schon schwer genug, den Soldaten einzudrillen, wie notwendig die Patrouillen waren, und noch schwerer war es, sie davon zu überzeugen, daß Fußstreifen wirksamer waren als Rundfahrten im Landrover. Ferris war sicher, daß er und seine Gefreiten doppelt soviel wie aus dem Auto sehen und bemerken konnten, wenn sie zu Fuß unterwegs waren. Die verdammte Polizei stieg nie aus dem Landrover aus. Seine Gefreiten bekamen wöchentlich jeder ein Blatt Papier mit Fotos, zum Einprägen. Bilder aus dem Verbrecheralbum, die ersten Köpfe auf der Liste der Gesuchten, die vielleicht in diesem Gebiet von West-Belfast zugange waren. Die Fotos waren ziemlich mies, und inzwischen trugen die Typen längst alle Bärte oder hatten ihre alten Bärte abrasiert, aber immerhin gab man sich Mühe... Männer, die nach einem Ausbruch vom Maze-Gefängnis gesucht wurden, oder nach einem Kidnapping auf der anderen Seite der Grenze, oder eben wegen all der kleinen Scherze, die einen so auf Trab hielten.

Sie waren nun in der Arena. Rings herum erhoben sich die grauen Wände der Siedlung, die grauen Dächer und die gesprühten Graffiti-Parolen über den Sieg der Provos... Es war ein wiederkehrender, bohrender Gedanke von Ferris: Hätte er in Ballymurphy gewohnt oder in Whiterock oder Turf Lodge, und wäre die britische Armee dort zweimal am Tag mit ihren entsicherten Gewehren und ihrem großspurigen Auftreten durchgekommen, wäre David Ferris dann auch zum Provo geworden...?

Ein hübsches junges Mädchen kam der Streife entgegen. Sie mochte etwa fünfzehn sein, sah noch gut aus, in nur ein paar Jahren würde sie verblüht und eine Greisin sein, wenn sie hier in der Arena von Ballymurphy blieb, verdammt. Er hörte die frechen Bemerkungen seiner Soldaten, als das Mädchen an ihnen vorbeiging. Ungehobelte Lümmel waren sie, David Ferris' Gefreite.

»Wollt ihr den Mund halten, zum Teufel!« brüllte Ferris. Er sah, wie sich die Gesichter der Soldaten ihm zuwandten, voller Überraschung, die dann leichter Verärgerung Platz machte. »Konzentriert euch auf das, was ihr tut, verdammt!«

Weil er sie angebrüllt hatte und das Mädchen ebenso

in Hörweite war wie die Frau, die in ihrem Vorgärtchen eine Fußmatte am Zaunpfahl ausklopfte, und die Frauen, die sich ein Stück weiter unter dem schiefen Laternenmast unterhielten, waren sie mächtig wütend auf ihn. Doch ihre Blicke streiften nun wieder über die Dächer und die oberen Fenster, lagen auf den Straßenecken und auf dem Auto, das weiter hinten auf dem Platz im Rückwärtsgang fuhr.

»Macht, was euer Lehrer sagt«, kicherte das Mädchen. »Macht schön, was er sagt, sonst erwischen euch noch die Provies.«

Es hatte stärker zu regnen begonnen. Das Mädchen war weitergegangen, doch ihr schrilles Lachen lag noch in der Luft. Es würde das Lieblingsthema in der Arena sein, daß ein Offizier seine Gefreiten zusammengebüllt hatte.

Die Streife verließ Ballymurphy und kam auf die Whiterock Road. Zwei Polizei-Landrover fuhren an ihnen vorbei, aus dem Spalt zwischen den hinteren Türen zuckten nervös die Gewehrläufe. Die Soldaten ignorierten die Wagen, doch jeder war froh, sie nach der Einsamkeit in der Wohnsiedlung zu sehen. Die Landrover schienen ihnen zu sagen, daß sie einer großen Bruderschaft angehörten.

Der Regen tropfte Ferris vom Barett auf die Nase und lief ihm über den Mund. Es regnete zwar, aber es würde nicht schneien. Nicht kalt genug für Schnee.

Er fragte sich, wo Gingy wohl war, und warum Rennie ihn nicht angerufen hatte oder vorbeigekommen war. Verdammt blöd war er, sich zu fühlen, als hätte ihn ein Mädchen sitzen lassen, nur weil Rennie nicht aufgetaucht war und er nicht wußte, wo Gingy war... er dachte bei sich, daß es für Gingy McAnally bestimmt ein verdammt schwarzes Weihnachten werden dürfte, ob es nun schneite oder nicht.

Oben auf der Whiterock Road kontrollierte die Streife eine Gruppe Jugendlicher. Sie nannten ihre Namen.

Die Namen wurden über Funk an die Einsatzzentrale von Springfield Road geleitet und dort dem Computer eingegeben. Alle Namen waren sauber.

Die Streife beschleunigte ihr Tempo, als sie ans nördliche Ende von Turf Lodge kam. Es ging wieder bergab, und der verdammte Patrouillengang war erst zur Hälfte vorbei.

Er war sich fast sicher. Wenn er in Ballymurphy oder Whiterock oder Turf Lodge aufgewachsen wäre, dann hätte er sich als Freiwilliger der PIRA gemeldet.

Eilig gingen sie an der Grundschule der Christlichen Brüder vorbei und schwenkten dann in die schmalen Straßen der Siedlung von Turf Lodge ein.

Er saß jetzt schon zwanzig Stunden lang in dem Haus.

In der Nacht war ein Penner gekommen und hatte an der Hintertür gerüttelt, um zu sehen, ob sie nachgab, hatte aber die Stelle nicht gefunden, wo Frankie Conroy hineingekommen war und die Spanplatte über dem Fenster wieder befestigt hatte. Es waren schon früher Penner im Haus gewesen, der Gestank verriet es ihm, und auch der Haufen, auf dem er oben auf der Treppe ausgerutscht war. Am Morgen hatte er etwas von seiner Ration gegessen. Im Schlafsack hatte er gefroren und Hunger gehabt, aber nur wenig gegessen, weil er entschlossen war, auf den Offizier so lange zu warten, wie es eben sein mußte. Gar nicht leicht, mit den Handschuhen zu essen, die die Spitzen seiner Finger von allem fernhielten, was er anfaßte. Zu Mittag hatte er draußen vor der Küchentür zwei junge Stimmen gehört, dann ein Kichern, und nach einigen Minuten war ein Mädchen den Crescent hinauf verschwunden, das sich hastig die Bluse in den Rock gestopft hatte; kurz darauf war ein Junge nachgekommen.

Wenn er zwischen dem kleinen Schlafzimmer und dem Badezimmer wechselte, ging er auf Zehenspitzen, aber so sehr er sich bemühte, die Dielenbretter knarrten, und das Geräusch kam ihm in dem leeren Haus überlaut vor. Seit Tagesanbruch war er ständig auf den Beinen gewesen, immer zwischen den zwei Zimmern hin und her, suchte den Drive ab, dann den Crescent, auf der Jagd nach der Streife.

Inzwischen herrschte Zwielicht, genau das Licht, das er wollte, die graue Dämmerung. Es wäre ihm sehr recht, wenn sie zu dieser Zeit kämen. Er sah auf die Uhr. Wenn sie innerhalb der nächsten zehn, fünfzehn Minuten kämen, wäre es gut für ihn. Nicht später als eine Viertelstunde. In mehr als einer Viertelstunde würde er das Zwielicht nicht mehr haben.

Hin und her ging Frankie Conroy, von einem Zimmer zum anderen, überwachte die Straßen und wartete auf sein Opfer. Er konnte ruhig dicht an die zerbrochenen Scheiben herangehen, vor denen die Spanplatten im Regen längst verrottet waren, denn er hatte sein Gesicht mit Ruß von den feuchten, verkohlten Balken am Treppenabsatz eingeschmiert. Seine Züge waren so in der Dunkelheit im Inneren des verfallenen Hauses nicht zu sehen.

Seit sie zurück war, hatte Roisins Ma ihr jeden Tag gesagt, sie müsse einmal bei Gingys Leuten vorbeischauen. Am Nachmittag des Heiligabend fielen ihr keine Ausreden mehr ein, die nichts damit zu tun hatten, daß sie zu irgendeiner Zeit eine Abneigung gegen sie gehegt hatte oder zu dieser Zeit keine Lust hatte, mit ihnen zu sprechen.

Mrs. Chrissie O'Rourke hatte darauf bestanden: Die McAnallys hatten ein Recht, ihre Schwiegertochter zu sehen, war ja nicht ihre Schuld, daß Gingy getan hatte, was er getan hatte.

Ihre Kinder konnten sie für eine Stunde entbehren, ihre Ma brauchte sie nicht in der Küche, sie hatte keinen Grund, nicht hinzugehen.

Der Christbaum machte sich gut im Wohnzimmer,

mit den glänzenden Lichtern im Zwielicht hinter den zugezogenen Vorhängen, das Lametta glitzerte und schimmerte, und die Kinder hatten die Glotze an und sahen ein BBC-Programm mit verfluchten Briten-Stimmen, sie schnitten Papiergirlanden aus und zankten sich gerade nicht. Ihre Kinder brauchten sie nicht. Ihre Mutter backte einen Kuchen, und die Küche war nicht groß genug für zwei.

Ihr Dad hustete im oberen Stock. Ihre Ma hatte gesagt, daß Dad vielleicht an Weihnachten fürs Mittagessen aufstehen und ein wenig von der Hühnerbrust probieren könnte. Sie konnte die Vorwürfe ihrer Ma nicht ertragen. Da war es noch leichter, zu den McAnallys rüberzugehen, als sich wieder eine neue Ausrede auszudenken und deswegen zu streiten.

Sie mußte den ganzen Drive hinuntergehen, fast bis zur Ecke Crescent. Sie mußte an ihrem Haus vorbei. Am Vortag waren Arbeiter dort gewesen, die damit angefangen hatten, die kaputten Fenster zu vernageln. Sie waren zum Haus ihrer Ma gekommen, und dann waren sie den Drive bis zur Nr. 63 gegangen. Nach den Feiertagen mußte sie herauskriegen, wann sie ihre Möbel wiederhaben konnte. Sie konnte nicht bei ihrer Ma wohnen, nicht auf Dauer. Nach Weihnachten mußte sie in ihr eigenes Haus zurück. Es sah nicht wie ihr eigenes Haus aus, nicht mit den Holzplatten vor den Fenstern und den Glassplittern auf dem Gartenweg. Aber wenn sie nach den Feiertagen nicht zurückkehrte, dann würde das Haus für sie verloren sein, würde so etwas werden wie das Haus Ecke Drive und Crescent, das angezündet worden war und jetzt verlassen dastand.

Auf dem Drive waren nie Männer zu sehen, immer nur die Frauen. Vor ihr kämpften sich zwei Frauen auf dem Bürgersteig entlang, schwer beladen mit ihren Einkäufen, mit dem Taxi bis zur Glen Road und dann den Rest zu Fuß. Keine der beiden beachtete sie, obwohl sie auf die Straße treten mußte, um sie vorbeizulassen. Keine der beiden sah sie an, lächelte ihr zu. Mistweiber...

Frankie Conroy hat mich ausgeführt, gleich am ersten Abend, als ich zurück war, reicht euch das etwa nicht? Mistweiber...

Und es würde so weitergehen, verflucht. Selbst wenn sie sich amtlich von Sean trennte, selbst nach einer Zivilscheidung wäre sie im ganzen Drive immer noch als die Frau des Verräters bekannt, und er stünde ständig in der Zeitung beim Prozeß vor dem Polizeigericht, und er wäre im Fernsehen, wenn er vor dem Krongericht aussagte. Zum Teufel, sie war für immer die Frau des Verräters McAnally. Die Frauen mit den Einkaufstaschen sahen sie nicht an, bis sie an ihr vorbei waren, erst dann würden sie sie ansehen. Sie würden ihren Rücken ansehen.

Sie wohnten in Nr. 97.

Die Graffiti-Helden waren aktiv gewesen. Die gesamte Mauer unter den vorderen Fenstern war besprüht.

»Spitzel werden kaltgemacht.«

»Hoch die Provos, nieder mit Verrätern.«

»Keine Schauprozesse. Kein bezahlter Meineid.«

Es wirkte wie ein Haus, in dem sich ein böser Tod ereignet hatte. Es gab den guten Tod und den bösen Tod. Es gab den sogenannten natürlichen Tod. Dieses Haus wirkte so, als hätte es dort einen ganz besonders üblen Tod gegeben.

Sie kannte Seans Vater als großen Mann, größer als sein Sohn. Er war in sich zusammengefallen. Sie hatte noch nie gesehen, daß er die Schultern hängen ließ, weder als sein Sohn im Kesh gesessen hatte, noch als er auf der Flucht gewesen war, ja nicht einmal als er ausgestiegen und in den Süden gegangen war. Mit seinem Blick schien Seans Vater ihr gleich an der Tür zu danken, daß sie gekommen war.

»Du kriegst eine Tasse Tee, wir setzen den Kessel auf.«

Seans Mutter warf Roisin von der Küchentür am Ende des Korridors ein vages Lächeln zu. Sie kannte den Blick, sie wußte, wie Valium wirkte oder Librium, oder wie die neue Pille nun heißen mochte, die die Ärzte verhökerten. Sie wurde ins Wohnzimmer geführt. Ihr erster Blick galt dem Kaminsims. Sie sah den Bilderrahmen. Sie hatten ihnen den Rahmen vor drei Jahren zu Weihnachten geschenkt, um das Foto von Sean in seinem Firmungsanzug darin aufzustellen. Sie sah, daß der Rahmen mit der Vorderseite nach unten lag. Sie sah, daß seine Eltern den Anblick ihres Sohnes nicht ertragen konnten.

Aus Seans Vater brach es hervor: »Ich würde ihn selber umbringen, Gott möge mir vergeben, aber ich würde ihn umbringen ... Weiß er denn nicht, was er uns damit antut? ... Als wir zur Messe gegangen sind, den Sonntag nachdem er übergelaufen ist, weißt du, daß kein Mensch neben uns sitzen wollte, weder in unserer Bank noch vor uns noch hinter uns ... Du hast seine Mutter gerade gesehen, du wirst dich fragen, was mit ihr ist ...«

»Ich hab versucht, es ihm zu sagen.«

»Warum ... seine Mutter fragt mich ständig, warum er's getan hat ... Na gut, sie haben ihn erwischt, aber erwischt werden doch 'ne Menge von den Jungs, Long Kesh ist voll von ihnen, aber das mußte er uns doch nicht antun.« Seans Vater flehte sie um die Antwort an. »Wird er seine Meinung noch ändern?«

»Er hat ja gar keine eigene Meinung mehr«, sagte Roisin.

Seans Mutter kam ins Wohnzimmer. Sie trug zwei Tassen Tee, ihre Hände zitterten, und sie verschüttete ein wenig Tee dabei. »Du hast die Kleinen nicht mitgebracht«, sagte sie. »Du hast unsere Enkel nicht zu uns mitgebracht.«

»Sie kommen morgen mit ... Gerard wird ein bißchen komisch sein, aber macht euch nichts aus ihm.

Ihr dürft ihn nicht beachten ...« Roisin stürzte ihren Tee hinunter, verbrannte sich die Kehle.

Die Patrouille kam den Crescent entlang.

Sie waren durchnäßt, sie waren auf dem Heimweg, und Ferris gab sich keine Mühe mehr mit irgendwelchen Identitätskontrollen. Für Heiligabend mußte es reichen, wenn sie Flagge zeigten.

Er sah den, auf den er wartete. Er war nicht zu übersehen.

Größer als die Männer vor und hinter ihm. Duckte sich nicht und rannte nicht hin und her wie die anderen. Als ob sie alle Schiß hätten, nur er nicht. Langsam hob Frankie Conroy die Armalite. Der harte Stahl des verlängerten Schafts bohrte sich ihm in die Schulter. Halt es ganz fest, hatte der Bäckerlieferant ihm gesagt, drück es dir gegen den Knochen an der Schulter. Halt die Finger ganz ruhig, hatte der Bäckerlieferant noch hinzugefügt, bloß nicht zittern, und denk nicht dran, wofür das Ding ist und was passieren wird.

Es war schwer, nicht zu zittern. Frankie Conroy kniete halb. Der Feuerdämpfer und das Korn am vorderen Ende des Laufs ragten knapp zehn Zentimeter durch die Lücke in der kaputten Spanplatte am Fenster. Der Offizier war noch hundert Meter entfernt, kam aber ständig näher auf dem Crescent. Wenn er abdrückte, würde der Offizier vierzig Meter weit weg sein, aber schon jetzt legte Frankie Conroy auf sein Ziel an.

Er hatte dem Bäckerlieferanten gut zugehört. Keine Sekunde lang dachte er daran, wofür das Gewehr war, was gleich geschehen würde, kein Gedanke an diesen Blödsinn. Er trug keinerlei Zweifel in sich, nichts von all dem Mist, am Tag vor Weihnachten einem Briten-Offizier das Leben zu nehmen. Gedanken machte sich Frankie Conroy, während er wartete und hinausstarrte, im Zwielicht sein Ziel ins Visier nahm, nur darüber, ob er den Lauf ruhig halten könnte, ob er das Schwein beim erstenmal erwischen würde.

Er würde nur einen Schuß haben, und der mußte sitzen.

Er schwitzte. Die Feuchtigkeit klebte an seiner Haut. Und er konnte die Hände nicht von der Armalite nehmen, um sich den Schweiß von der Stirn und von seinen Augenlidern abzuwischen. Um den Chief vor dem Kesh zu bewahren, würde der Offizier mit einer Kugel aus dem Schnellfeuergewehr weggepustet werden. Dafür war die Kanone da.

Der Lauf war ruhig. Klappvisier und Korn trafen sich auf der Brust des Offiziers.

Der Offizier schien mit sich selbst zu reden. Frankie Conroy konnte sehen, daß sich seine Lippen bewegten. Er hörte nur das leise Klatschen der Soldatenstiefel auf dem Pflaster und das Dröhnen des fernen Straßenverkehrs. Er konnte nicht anders, er fragte sich, was der Dreckskerl da wohl vor sich hin redete.

Sein Finger lag auf dem Abzug, krümmte sich um ihn, begann ihn zu drücken, wie der Bäckerlieferant es ihm erklärt hatte.

Der Lauf ging mit, folgte dem Offizier an die Ecke Crescent und Drive. Er würde bei vierzig Meter Abstand feuern.

Er versuchte, nicht an Sam zu denken. An Sam zu denken war verdammt gefährlich, wenn man in Turf Lodge herumwanderte. Er würde Sam am nächsten Morgen anrufen, am Weihnachtsmorgen, um ihr zu erzählen, daß er übers Wasser kam, um zu versuchen, ein Treffen mit ihr auszumachen. Einen Tag würde er mit seinen Eltern in Lancashire verbringen müssen, dann der eine Tag bei Sergeant Tunney im Krankenhaus, aber es sollte sich doch machen lassen, den letzten Abend vor dem langen, beschissenen Marsch zurück mit Sam zu verbringen, und wenn er sich echt Mühe gab, müßte auch eine Nacht mit Sam drin sein ... Er vermutete, daß es Silvester werden würde. Sam dürfte wohl kaum zu Silvester herumsitzen, um darauf zu warten, daß der arme alte Ferris zu Silvester bei ihr durchklingelte. Er hätte sie sofort anrufen sollen, gleich nachdem Sunray ihm gesagt hatte, daß er über den Kanal fahren würde ... Scheiße ...

»Scheiße ...« sagte Ferris laut.

»Wie bitte, Sir?« fragte Jones belustigt von hinten.

Daraufhin drehte sich Ferris um und warf Fusilier Jones ein Grinsen zu.

Im selben Moment fiel der Schuß.

Der Peitschenknall des Schusses verbannte mit einem Schlag Sam, Silvester und alles andere aus Ferris' Gedanken.

Er schwankte, konnte nicht mehr stehen, und der Schlag drehte ihn wie einen Kreisel. Er verlor die Kontrolle über die Beine, das Straßenpflaster raste ihm entgegen, und er konnte nichts mehr hören nach dem Schuß. Das Pflaster knallte ihm ins Gesicht.

Frankie raste die Treppe hinunter. Eine Stufe brach unter ihm ein, und er verlor fast das Gleichgewicht, schlitterte durch die Küche, warf sich mit der Schulter gegen die Holzplatte vor dem Fenster und kletterte hinaus in das Halbdunkel des späten Nachmittags und in den Garten hinter dem Haus.

Er hatte gesehen, wie der Offizier im Moment des Schusses herumgewirbelt wurde.

Auf der Straße erklangen Schreie, auf der anderen Seite des Hauses, panische Schreie, gekreischte Schreie in dem verdammten Briten-Akzent.

Er setzte über den Gartenzaun auf den kleinen Pfad, der zu den Garagen führte, und er rannte, bis sein Atem nur noch stoßweise kam.

Er fand, er hatte seine Sache verflucht gut gemacht,

denn er hatte den Offizier herumwirbeln und zu Boden gehen sehen.

Und die Schreie waren weit weg und hinter ihm.

Roisin stand in der offenen Tür des McAnally-Hauses.

Über die Hecke hinweg konnte sie die Rücken der Soldaten sehen, die sich niederbeugten. Sie konnte das hektische, angsterfüllte Fluchen hören. Neben der Hekke stand das Gartentor offen, und dahinter sah sie die Stiefel und die Beine eines Soldaten, der auf dem Boden lag, aber nicht sein Gesicht. Sie konnte das Rauschen und die abgehackten Rückmeldungen aus ihren Funkgeräten hören.

»Was ist denn passiert?« Der Ruf kam von hinten, vom anderen Ende des Korridors.

»Auf einen Soldaten ist geschossen worden«, antwortete Roisin über die Schulter.

»Willst du nicht noch etwas Tee?«

Sie schloß die Augen, schüttelte den Kopf. Sie machte die Tür zur Straße zu.

Dann wandte sie sich zu Mr. McAnally um. Sie lächelte freundlich. »Ich muß dann meiner Ma wieder helfen gehen, aber für eine Tasse habe ich noch Zeit.«

Er hörte nun wieder etwas.

Die Weihnachtslieder draußen auf dem Parkplatz schmerzten ihm in den Ohren, und die Stimme des Militärarztes klang furchtbar schrill.

Der Arzt tupfte das Blut rund um seine Nase weg.

»Kein Verwundetenabzeichen für Sie, Mr. Ferris, aber weiß Gott, es ist wohl doch jemand da oben, der einen Sinn für den Geist des Festes hat und auf Sie herablächelt . . . Ist Ihnen klar, daß der Schuß doch tatsächlich das Magazin Ihres Gewehrs getroffen hat, natürlich nicht voll, sondern aus einem Winkel, und das Magazin hat ausgereicht, um die Kugel abzulenken. Bloß daß Sie mit dem Kopf auf die Straße geknallt sind, war nicht gerade vernünftig – wer sich selber Nasenbluten zufügt, paßt nicht gerade ins Bild des Helden . . .«

»Erwischt haben sie den Scheißer wohl nicht, was?« sagte Ferris müde.

»Haben keinen einzigen Schuß losgebracht, viel zu durcheinander, diese grünen Jungs . . . Sie haben doch demnächst Urlaub, nicht wahr? Tja, dann rechnen Sie sich mal nicht so viel Glück bei den Weibern aus, so wie Ihre Nase aussieht . . . Hier hat's ja eine ziemliche Aufregung gegeben, als die Meldung durchgegeben wurde, Ihre Jungs müssen Sie recht gern haben, die waren total hysterisch, brüllten nach einem Krankenwagen, und so wie das Ganze sich hier bei uns angehört hat, war der Bibel-General schon dabei, sein Gebetbuch und seinen Rosenkranz zusammenzusuchen . . . Aber Sie können sich ruhig beglückwünschen, daß das Magazin da im Wege war. Irgendwann werden Sie Ihre Enkelkinder mit der Geschichte noch zu Tode langweilen . . . So mein Bester, eine Meisterleistung, allerdings nicht gerade schön.«

Ferris reckte sich auf der Liege im Krankenzimmer. »Ich kann also gehen?«

»Sie können sich einen hinter die Binde kippen gehen. Wird wohl ein ziemlich teurer Abend im Kasino für Sie werden.«

Behutsam tastete Ferris sein Gesicht ab. »Ich fühle mich ziemlich elend.«

»Aber nicht halb so elend wie dieser Scheißer, der auf Sie geschossen hat. Daß ich Sie wieder gesundschreibe, wird ihn in die richtige Weihnachtslaune versetzen. Der prahlt jetzt garantiert vor all seinen Freunden davon, bis zu den Zehn-Uhr-Nachrichten. So, frohes Fest . . .«

Ferris ging hinaus auf den Parkplatz. Er kam gerade zurecht, um bei den letzten zwei Weihnachtsliedern mitzusingen.

Er hatte sich das Knie aufgerissen, als er auf seiner Flucht über einen kaputten, rostigen Fahrradrahmen gestolpert war.

Frankie Conroy saß auf dem Bett in seinem Zimmer, hatte das Hosenbein bis zum Knie hinaufgezogen und preßte ein Taschentuch gegen die Wunde, um die Blutung zu stillen. Seine Zimmertür stand offen. Er konnte den Fernseher unten im Wohnzimmer des Witwers hören.

»... der Kardinal drückte zum Abschluß seiner Ansprache die Hoffnung aus, alle Mitglieder der Gemeinde mögen in den Weihnachtsfeiertagen ihr Gewissen überprüfen, sich des wahren Geistes und der Bedeutung des Weihnachtsfestes entsinnen und der Gewalt entsagen... In West-Belfast hatte heute ein Offizier vom Zweiten Regimentsbataillon der Royal Fusiliers ganz außergewöhnliches Glück im Unglück, als die Kugel eines Heckenschützen vom Magazin seines Gewehrs abprallte. Der Offizier, der mit seiner Einheit zu Fuß auf Streife war, entkam unverletzt. Ein Sprecher der Army bezeichnete den Vorfall als ›Wunder‹... In Teil zwei der Nachrichten werden wir die Weihnachtsvorbereitungen auf einer Ölbohrplattform in der Nordsee beobachten und über den Besuch von Papst Johannes Paul II. in einer römischen Besserungsanstalt für Jugendliche berichten. Doch nun etwas Werbung...«

Er hätte heulen können, denn er hatte doch den Offizier zu Boden gehen sehen.

Er hätte schreien können, zum Teufel, denn er hatte das Gesicht von David Ferris genau im Visier der Armalite gehabt.

Der Zug schlingerte durch die äußeren Vororte Londons.

Die Lichter in den Häusern waren an. Wo die Vorhänge nicht zugezogen waren, konnte Ferris in die warmen Wohnungen blicken. In den Eßzimmern waren die Speisen für die Partys am Abend aufgetischt, Frauen mit Schürzen standen vor dem Herd in der Küche, und oben in den Schlafzimmern waren die jüngeren Mädchen und machten sich vor dem Spiegel zurecht, bereiteten sich auf die Partys zum Jahreswechsel vor... Alles so verdammt sicher und so verdammt entspannt. Hunderte und Aberhunderte von sicheren, entspannten, warmen Wohnungen, die Wohnungen von Familien, die weit weg von der Frontlinie im Krieg des David Ferris waren.

Er war nicht in Uniform. Er trug einen grauen Anzug unter dem Anorak, und der Rest seiner Zivilkleidung war in der Baumwoll-Reisetasche zu seinen Füßen verstaut. Nichts an ihm verriet den Soldaten. Er konnte irgendein junger Mann sein, der einen Freund im Krankenhaus besuchen ging, irgendein junger Mann, der danach seine Freundin treffen würde, um mit ihr das Ende des alten Jahres zu feiern.

Die Zeitung lag zerlesen auf dem Gepäcknetz über seinem Kopf. Er hatte sie auf Neuigkeiten über den Krieg durchforstet und nichts gefunden. Er wußte, daß er in der Zeitung gestanden hatte, ein Absatz kurz nach Weihnachten, und kein Name dabei, dafür ein paar Worte über ein Wunder, und er wußte auch, daß es in den Fernsehnachrichten gewesen war. So ein »Glück im Unglück« mußte schon äußerst wundersam sein, daß er in die Zeitungen und ins Fernsehen kam, wenn schon ein Todesfall in Belfast nicht unbedingt eine kurze Spalte oder ein paar Sekunden Sendezeit garantierte.

Am Vortag war er mit der Fähre von Belfast nach Liverpool gefahren und hatte dann den Zug nach Preston genommen, wo seine Eltern wohnten. Er hatte ihnen nichts von der niederschmetternden Wucht des Aufpralls eines Hochgeschwindigkeits-Projektils gegen das Magazin eines Schnellfeuergewehrs erzählt. Hatte ja überhaupt keinen Sinn. Er hatte ihnen erzählt – und das Ganze ins Scherzhafte gezogen –, daß er bei Glatteis ausgerutscht sei und sich die Nase am Rinnstein verletzt habe. Sie hatten diese Erklärung akzeptiert, weil sie nichts von der grauen Welt wußten, die Turf Lodge war. Ein paar Freunde waren zum Abendessen eingeladen gewesen, und die Unterhaltungen bei Tisch hatten nahezu jedes Thema außer Nordirland berührt. Über Krebs oder unheilbare Leukämie hätten sie ja auch nicht beim Abendessen geredet, und es gab keinen Grund, über Nordirland zu reden. Als die Gäste gegangen waren und seine Mutter in der Küche werkte, war sein Vater dicht an ihn herangerutscht und hatte ihn gefragt, ob »alles in Ordnung« sei da drüben, und David hatte gesagt, es sei »alles in Ordnung«. Sein Vater ließ ein kurzes, nervöses Lächeln aufzucken, als hätte er ohnehin gedacht, daß sein Sohn nicht viel von den »Schwierigkeiten« mitbekam, und David hatte gesagt, sie bekämen dort kaum je etwas von den »Schwierigkeiten« mit. Es sei ja nicht ihr Krieg, sie hätten sich ja nicht zum Kriegführen gemeldet auf der anderen Seite der Irischen See. Sein Vater hatte so getan, als sei er zufrieden.

Am nächsten Morgen war er nach London gefahren, hatte die Stadt mit der U-Bahn durchquert und dann einen Bummelzug zu einem Bahnhof in der Nähe von Roehampton genommen. Kein schlechter Tag für Ende Dezember, die Sonne schien recht hell. Bis er durch die Eingangstür gegangen war, hatte das Krankenhaus einen relativ normalen Eindruck gemacht. Nicht daß irgend etwas im Innern der Gebäude nicht stimmte, es waren die Menschen darin, die ihm so nahegingen. Sie waren alle in seinem Alter, die Männer, die mit künstlichen Gliedmaßen, auf Krücken, am Stock zu gehen lernten, und die Männer, die lernten, sich mit dunklen Brillen vor den Augen einen Korridor entlangzutasten.

»Wieso habt ihr mir nicht früher davon erzählt?« rief Rennie wütend ins Telefon.

»Ich dachte, es würde vorbeigehen, und ich hab mich eben geirrt ...« Die Stimme von Prentice war nur leise zu hören.

»Seid ihr ordentlich einen mit ihm trinken gegangen?«

»Der ist jeden Abend besoffen.«

»Verschafft ihm 'ne Frau.«

»Da würde er gleich wegrennen – zum Teufel, das ist nicht sein Problem. Das Problem ist, daß er dauernd davon redet, wieder auszusteigen.«

»Er weiß, was dann mit ihm passiert?«

»Ich hab's ihm gesagt, Goss hat's ihm gesagt. Er ist aber nicht in der Stimmung, sich was sagen zu lassen.«

»Habt ihr was von Geld gesagt?«

»Klar, als ob wir Investmentmakler wären. Es geht ihm nicht ums Geld.«

»Worum in aller Welt geht's ihm denn dann?«

»Er hat jeden Schneid verloren.«

»Wenn er je welchen gehabt hat«, knurrte Rennie.

»Was war das, Rennie ...?«

»Ich sagte, es ist euer Job, ihn aufzurichten.«

»Wir können ihn durchaus aufrichten, Rennie. Goss und ich richten ihn auf, bis er im Zeugenstand steht. Sobald er im Zeugenstand steht, und wir ihn nicht mehr aufrichten können, fällt er voll aufs Maul.«

»Wird sich das noch bessern?«

»Bloß meine persönliche Meinung, aber es wird eher noch schlimmer. Meiner Meinung nach mußt du ihn so bald wie möglich vors Polizeigericht schleifen, das könnte ihm klarmachen, daß ihm kein anderer Weg mehr offensteht als die Hauptverhandlung vor dem Krongericht. Wenn er bei der vorläufigen Anhörung sein Ding durchzieht, baut ihn das vielleicht wieder auf, macht ihn härter – aber wetten würde ich nicht darauf –, er kann genausogut dabei kaputtgehen. Wir haben hier ein ziemliches Problem.«

»Wehe, ihr laßt McAnally zusammenklappen ...«

»Wie kommst du überhaupt dazu, mir zu drohen, Rennie?«

Rennie saß in seinem Büro. Auf dem Hörer in seiner Hand glänzte der Schweiß seiner Handfläche. Silvester, Wochenende dazu, und er hatte Sean Pius McAnally schon beinahe vergessen. Es war Silvester, und er hatte sich darauf gefreut, mit Gloria in den Rugby-Club tanzen zu gehen. Gerade hatte er den Schreibtisch abräumen wollen, als Prentice angerufen hatte. Er hätte Prentice nicht in Zweifel ziehen sollen. Prentice war nicht schlechter als andere. Er hatte das Problem einfach eine Weile vor sich hergeschoben und gehofft, es würde sich von selbst lösen.

»John, erzähl's mir noch mal von Anfang an.«

»Ich hab dir doch schon alles gesagt.«

»Erzähl es einfach noch mal.«

»Wir haben ihn an Weihnachten zu Hause anrufen lassen, so am späten Vormittag. Schlimmer hätte es nicht kommen können. Seine kleine Tochter war kurz vorher zu McAnallys Eltern gegangen, ein paar Häuser weiter im Drive – so hat es Roisin ihm erzählt –, und war dabei von anderen Kindern gehetzt worden. Scheiße, das war am Weihnachtstag, und diese Kinder haben sie gehetzt, haben ihr ›Spitzelbalg‹ oder so ähnlich nachgeschrien ... jedenfalls ist sie auf die Straße gerannt. In dem Moment kam ein Auto, hat gerade noch ausweichen können. Der Kleinen ist nichts passiert, sie war nur zu Tode erschrocken. Das Auto ist in eine Hekke gedonnert. Dann kam seine Alte raus, hat so laut gebrüllt, daß es die ganze Straße gehört hat, das hat sie Gingy alles brühwarm berichtet. Auch wenn das Mädchen zwar unverletzt sei, hätte sie ebenso gut tot sein können, und so weiter ... Gingy hat das Ganze also voll mitgekriegt. Sie hatte die Kleine gerade ins Haus gebracht, als er anrief, und sie war noch vollkommen hysterisch. Sie sagte zu Gingy, wenn Klein-Patty überfahren worden wäre, dann hätte er ihr Blut auf dem Gewissen gehabt … Ich glaube nicht mal, daß sie es wirklich so gemeint hat, es war eben einfach Pech, daß er genau in dem Moment angerufen hat.«

»Diese Bestien … und das am Weihnachtstag.«

»Am nächsten Tag haben wir ihn noch mal anrufen lassen – wir dachten, sie hätte sich inzwischen beruhigt. Der Junge, Gerard, hat abgehoben. Gingy meldete sich, und der Junge hat aufgelegt, einfach aufgelegt. Danach dürften sie den Hörer abgehängt haben, weil Gingy es noch zweimal probiert hat, und beide Male war besetzt.«

»Ich verstehe euer Problem«, sagte Rennie nachdenklich.

»Wir haben dann Gingy noch einmal gestern abend anrufen lassen, spät nachts, wo der Junge schon schlafen würde. Gingy hat die Nummer gewählt und ist dann plötzlich kreidebleich geworden, hat bloß den Hörer sinken lassen. Diesmal hatte sich ein Kerl gemeldet … Gingy hat uns nicht gesagt, wer es war … aber daraufhin ist er total fertig gewesen. Na, und dann haben wir mit ihm heute früh seine Aussage durchprobiert. Es war furchtbar. Wenn er sich vor Gericht auch so benimmt, im Verhör durch den gegnerischen Anwalt, dann schlachtet der ihn glatt ab.«

»Ihr habt euch verdammt viel Zeit gelassen, mir davon zu erzählen.«

Rennie überlegte. Seine Miene war düster. Er versuchte, sich an seine letzte Unterhaltung mit dem Kommandeur des Zweiten Regimentsbataillons der Royal Fusiliers zu erinnern. Dann fiel ihm ein, was dabei über David Ferris gesagt worden war.

»John, wo seid ihr heute abend?«

»In so einem üblen Disco-Schuppen, den Andy aufgetan hat.«

»In der Stadt?«

»Ja.«

»Über Mitternacht?«

»Klar, wir haben ja so viel zu feiern.«

»Wie heißt das Ding?«

»›Midnite Club‹ – kommst du uns besuchen, Rennie?«

»Scheiß mich nicht an, Junge ... Also, geht in dieses ›Midnite‹, und wehe, ihr seid nicht da!«

»Ist das alles, Rennie?«

»Das wär's einstweilen.«

Rennie legte auf. Er suchte in seinem Notizbuch die Nummer der Direktverbindung zum Kommandeur des 2 RRF.

Allein in seiner Zelle, grübelte der Chief über das nach, was er an diesem Tag erfahren hatte, am letzten Tag des Jahres. Das Tablett mit dem Mittagessen stand vor ihm auf dem Fußboden, unberührt.

Am späten Nachmittag hatte Mr. Pronsias Reilly seinen Klienten im Untersuchungsgefängnis besucht.

»Sie werden deshalb keine bessere Meinung von Gingy McAnally bekommen, aber es hat sich herumgesprochen, daß er unter der Fuchtel eines Briten-Offiziers steht und daß der ihn um den kleinen Finger gewickelt hat. Dieser Offizier ist der einzige, der Gingy ein bißchen Rückgrat verleiht ... Also hat man den Namen dieses Briten herausbekommen ... Frankie Conroy hat ihn rausbekommen. Frankie hat ihn aufs Korn genommen, hat auf ihn geschossen, aber dummerweise nur das Gewehr des Offiziers getroffen. Ohne diesen Offizier wäre McAnally am Ende, und Frankie trifft nur sein Gewehr. Das war an Heiligabend, und seitdem ist der Offizier von der Bildfläche verschwunden. Gingy haben wir auch aus den Augen verloren, der ist wahrscheinlich übers Wasser gebracht worden, aber der Offizier war die direkte Verbindung zu ihm, und der ist seit dem Anschlag nicht mehr aufgetaucht ... Wenn Sie die Anklage überstehen wollen, dann muß Gingy unbedingt den Rückhalt dieses Offiziers verlieren. Das ist alles, aber ich dachte mir, Sie möchten vielleicht wissen, wie die Sache steht.«

Der Chief kam an Zeitungen heran und hatte ein kleines Transistorradio. Er wußte, daß der Krieg an Heftigkeit nachgelassen hatte in seiner Abwesenheit, und in der Abwesenheit des Brigadestabs und der Bataillonskommandeure, alle in den Zellen auf seinem Gang, alle dort wegen Gingys Aussage. Sonst schlug die Bewegung vor Weihnachten immer hart zu und erlaubte sich dann eine kurze Ruhepause, um mit geballter Kraft das neue Jahr einzuläuten.

»Wieso gerade Frankie? Wieso diesem Esel ein Gewehr in die Hand drücken?« zischte der Chief außer Hörweite des anwesenden Gefängniswärters.

»Er war der einzige, der Interesse hatte«, murmelte Mr. Pronsias Reilly.

»Gibt doch 'ne Menge Männer, die nicht bloß das Gewehr getroffen hätten.«

»Keiner von denen hatte genug Interesse, es zu versuchen.«

»Nur Frankie?«

»Bei dem Sie sich verlassen können, daß er für Ihre Freiheit etwas tut? Ja, nur Frankie.«

»Er ist doch völlig nutzlos.«

»Er ist der einzige, den Sie haben.«

Die Bewegung war zum Stillstand gekommen. Sie war kastriert ohne den Einfluß des Chiefs und seines Brigadestabs und seiner Bataillonskommandeure. Er haßte es, auf der Pritsche seiner Zelle zu liegen, weil sein Kopf dann ganz dicht an der getünchten Zellenwand lag und die Zelle ihn zu beengen schien, und in seinen Ohren hallte das Donnern von zufallenden Türen, das Quietschen von vorgeschobenen Riegeln und das Klingeln von Schlüsselbunden. Er haßte es, auf der Bettdecke zu liegen, mit dem Kopf dicht an der Wand, denn dann überwältigte ihn leicht die Erinnerung an die Monate und Jahre im Kesh.

Er saß auf dem Bett und starrte auf die Tür, und er fluchte, weil der einzige Mann, der zu ihm hielt, ausgerechnet dieser Esel Frankie Conroy war.

Er blieb anderthalb Stunden bei Sergeant Tunney... für David Ferris waren es schwere anderthalb Stunden, und er bemühte sich, nicht allzu oft auf das verbrannte, rohe Fleisch auf Gesicht und Händen des Sergeants zu sehen. Er erzählte, was ihm passiert war, drüben in Turf Lodge, und er log dabei ein wenig, indem er sagte, sie hätten den Dreckskerl möglicherweise beim Erwidern des Feuers verwundet, weil er wußte, daß sich der Sergeant darüber freuen würde. Er erzählte ihm von der Weihnachtsfeier, wie Sunray den Fusiliers Suppe ausgeteilt hatte, und wie der diensthabende Offizier die Truthähne tranchiert hatte, und wie der Adjutant ein Tablett mit zwei Dutzend Dosen Bier fallengelassen hatte, und wie das Bier dann geschäumt hatte, als die Dosen geöffnet worden waren, und was es für eine Schweinerei gegeben hatte, und wie Fusilier Jones eine Füllung verloren hatte, als er im Weihnachtspudding auf ein 5-Pence-Stück gebissen hatte. Als er Sergeant Tunney zum Abschied sanft auf die Schulter klopfte, glaubte er eine Träne im Auge seines Sergeants glänzen zu sehen. Er konnte ihm nicht die Hand drücken, deshalb mußte er ihm auf die Schulter klopfen, und er konnte sich nicht ganz sicher sein, ob es nun eine Träne war oder nicht, weil der Sergeant soviel Salbe und Gel auf dem Gesicht hatte.

»Heizen Sie den Scheißern ordentlich ein, Mr. Ferris, wenn Sie wieder zurückkommen.«

»Wir lassen Ihnen aber noch ein paar übrig, Sergeant Tunney, wenn Sie dann wieder bei uns sind.«

Er ging aus dem Krankenzimmer hinaus.

Sergeant Tunneys Frau saß auf einer harten Bank im Gang. Sie blickte in die andere Richtung, und er tat so, als hätte er sie nicht gesehen. Er fand, das Ministerium sollte die Fernsehteams an jedem einzelnen Tag des Jahres in die Zimmer und Gänge dieses Krankenhauses schicken, um das festzuhalten, was sein Vater die »Schwierigkeiten« in Nordirland nannte. Sollte das Volk, die Wahlberechtigten, ruhig einmal sehen, was für ein hoher Preis bezahlt wurde, um den Frieden in der Provinz Ulster zu erhalten. Sollten sie die Männer ohne Beine, ohne Mägen, ohne Augenlicht, ohne Haut auf Gesicht und Händen ruhig sehen. Sergeant Tunneys Frau hatte das Recht, von ihm wegzusehen.

»David . . .«

Sie kam durch den Gang auf ihn zu. Seine Sam, sein Mädchen. Ein weiter, schwingender Rock. Glänzende italienische Stiefel. Ein Wildledermantel, der über dem Kaschmirpullover offenstand. Langes goldenes Haar, das vor ihrem Gesicht wehte. Seine Sam, die auf ihn zukam, die Aufregung stand ihr deutlich ins Gesicht geschrieben. Sie war Licht im Dunkel. Sie war Liebe an einem Ort des Elends.

Er sah die weit ausgebreitete Zeitung, die das Gesicht von Sergeant Tunneys Frau vor ihm verbarg. Er traf hier seine Freundin, er war körperlich intakt. Sie wartete auf ihren Mann, er war kriegsversehrt. Dieses Scheiß-Nordirland, Scheiß-Belfast . . .

»'tschuldige, daß ich so spät komme, David, mein Schatz, dieser Scheiß-Verkehr, der Himmel weiß, was da alles rumfährt. Mann, siehst du gut aus. Hast du alles erledigt?«

Sie warf sich in seine Arme. Ihm war es peinlich, Sam aber nicht. Sam umarmte ihn, küßte ihn.

Er spürte die Feuchtigkeit ihres Lippenstifts auf seinem Mund, auf dem Gesicht. Er spürte die Wärme ihres Mantels an seinem Hals. Er spürte, wie sich ihr Körper an seine Brust drückte.

»Es ist wunderschön, dich zu sehen«, sagte ihr Ferris ins Ohr. »Kannst du wohl sagen, daß das wunderschön ist. Bist du fertig?«

»Ja.«

Sie küßte ihn immer noch.

»Laß uns bloß von hier verduften. Riecht doch nach Tod hier, dieser Bau.«

Ihre Stimme wäre über einen ganzen Kasernenhof zu hören gewesen. Nebeneinander gingen sie den Korridor entlang, weg von Sergeant Tunneys Frau.

»Ich hab ein bißchen was organisiert – Mann, du hast mir ja wirklich nicht viel Zeit gelassen ... Wir sind bei einer Frau namens Penny zum Abendessen – wir waren zusammen in der Schule – sie wohnt in Farham –, und dann gehen wir tanzen. Übernachten können wir bei Penny. Einverstanden?«

»Prima.«

»Penny brennt schon drauf, dich kennenzulernen. Sie meint, ein Mann, wegen dem ich noch unverheiratet bin, muß einfach hochinteressant sein. Ihr Mann ist Buchhalter, also kein Gerede über die Army, ja ...«

Er stieß die gepolsterten Türen am Ende des Gangs auf, und sie traten hinaus in die Eingangshalle des Krankenhauses. Er küßte sie auf die Stirn, sie küßte ihn dafür auf den Mund.

»Wen hast du da drin eigentlich besucht?«

»Den Sergeant von meinem Zug.«

»Was hat er denn?«

»Er ist nur ein bißchen krank.«

»Mußt du morgen wieder zurück nach Belfast?«

»Ja, muß sein.«

»Willst du nicht meinetwegen desertieren?«

Mitten in der Eingangshalle nahm David Ferris Samantha Forster in den Arm. Hielt sie fest, drückte sie an sich, vergrub den Kopf in ihrem weichen, duftenden Haar. Er nahm weder Schwestern noch Besucher noch Ärzte wahr.

Die Stimme an seinem Ohr klang respektvoll, ganz leise.

»Verzeihen Sie, Sie sind doch Mr. Ferris, oder?«

Er drehte sich um. Eine Aufnahmeschwester stand neben ihm. Er nickte.

»Jemand ist am Telefon für Sie, ein Ferngespräch.«

Er runzelte die Stirn.

»Doch nicht die verdammte Army...« sagte Sam.

»Ich habe gesagt, Sie kommen gleich.«

Er ließ Sam los. Sie wirkte eher belustigt, er selbst war schrecklich wütend. Er ging der Schwester zu ihrem Empfangstisch hinterher. Der Hörer lag neben der Gabel. Einen Moment lang erwog er, den Anruf einfach zu ignorieren. Es war ein sehr kurzer Moment. Er wandte sich zu Sam um. Sie war umwerfend, sie schnitt ihm eine Grimasse.

»Beeil dich, David. Penny schenkt sicher schon den Gin ein.« Er griff nach dem Hörer.

»Ferris...« sagte er knapp.

»Dem Himmel sei Dank. Hier Rennie...«

Es war eine gute Verbindung. Ferris konnte Rennie deutlich genug hören, um seine Erleichterung zu spüren.

»Ein frohes neues Jahr, Rennie.«

»Das ist hier keine abgesicherte Leitung, also paß auf, was du sagst. Ich weiß, es ist Silvester, ich weiß, daß du Urlaub hast, ich weiß, daß du bei deiner Freundin bist – und ich entschuldige mich gar nicht erst. Wir sitzen tief in der Scheiße, David. Wie ich gehört habe, dürfte unser Freund uns demnächst im Stich lassen... Unterbrich mich nicht, hör einfach nur zu. Wenn es nicht wichtig wäre, hätte ich dich nicht aufgespürt... David, die Jungs sagen, daß unser Freund den Boden unter den Füßen verliert – ist ja egal, warum, aber er ist vollkommen fertig. Erzähl mir nicht, daß du für heute abend schon was vorhast... David, du bist jetzt in Roehampton. Vor Mitternacht mußt du in Aldershot sein... Vor Mitternacht mußt du in einer Disco in Aldershot sein... Unser Freund wird auch dort sein. Du mußt ihn aufrichten, du mußt ihm helfen. David, wenn du ihn nicht aufrichtest, dann ist es mit der ganzen Sache aus. Hast du was zum Schreiben, ich geb dir die Adresse.«

Ferris klemmte sich den Hörer zwischen Ohr und Schulter und suchte in seiner Tasche nach einem Stift.

Sein Blick lag auf Sam.

»Ich würde so gern was trinken. Beeil dich, Schatz.« Sam blies ihm einen Kuß zu.

Er schrieb die Adresse auf.

Über die lange Telefonleitung sagte Rennie, falls Ferris jemals dieses Mädchen zur Frau nahm, wie es sich gehörte, dann würde er ihnen ein Hochzeitsgeschenk machen, und einstweilen wünschte er ihnen beiden ein frohes neues Jahr.

Es war eine Stunde vor Mitternacht.

Sam war einfach großartig. Er hätte gedacht, sie würde ihn zur Hölle schicken oder zumindest sauer auf ihn sein. Sie hatte die Achseln gezuckt und gesagt, es könne ja ganz lustig werden, Pennys Buchhalter sei sowieso sterbenslangweilig, so hätten sie vielleicht noch ein bißchen Spaß. Er hatte ihr nur erzählt, daß es etwas mit seiner Arbeit zu tun hatte, daß er dort oben einen Mann treffen mußte.

Sie hatten bei Penny zu Abend gegessen. Er hatte drei Gin und den größten Teil einer Flasche Wein getrunken, für ihn war nicht viel zu reden gewesen, und Sam hatte getan, als bemerkte sie es nicht; sie hatte über alte Schulzeiten geplaudert, und der Buchhalter hatte ihn jedesmal mürrisch beäugt, wenn er sich nachgegossen hatte. Sam schien das alles nichts auszumachen; im oberen Stockwerk wartete ein breites Bett auf sie, die Bettdecke zurückgeschlagen, und Sams Nachthemd auf dem Kopfkissen.

Er hielt ihre Hand, und sie gingen an Schaufenstern vorbei. Er hörte die Disco-Musik.

»Sam, frag mich nicht, wer dieser Mann ist. Bitte hilf

mir nur, ihn aufzuheitern, kümmere dich einfach ein bißchen um ihn. Wir müssen ihm nichts weiter als einen netten Abend verschaffen.«

»Und uns selber auch.«

Keine große Aussicht darauf.

An der Tür stand ein muskelbepackter Rausschmeißer. Die Bar nannte sich ›Midnite Club‹, und der Eintritt kostete ein Pfund mehr als sonst, weil Silvester war; Kostümierung war jedem Gast freigestellt, Jeans dagegen nicht.

»Es werden alle möglichen unteren Dienstgrade drin sein, Sam, tut mir leid . . .«

»Jetzt sei nicht so aufgeblasen. Du bist ja schlimmer als mein verdammter Vater.«

Sie zog ihn an die Tür, lächelte dem Gorilla freundlich zu und bekam sogar eine Verbeugung dafür. Ferris zahlte den Eintritt. Sie stiegen die Treppe hinab, und alle Gedanken an Sean Pius McAnally, den Überläufer in der Krise, verschwanden schlagartig aus seinem Kopf, als die Musik in seinen Ohren explodierte.

18. Kapitel

Die Lichter flackerten von der Decke durch rotierende Prismen auf die Tänzer herab. Sie waren zu früh dran. Michael Jackson und Boy George hämmerten ihnen in die Ohren. Er hatte sich umgesehen, sobald sie drinnen waren. Am Rande der Tanzfläche standen einige Tische und Stühle, aber richtig los war nur etwas in der Mitte der Bühne. Die Aufpasser und der Überläufer waren noch nicht aufgetaucht. Es gab eine Bar, aber Sam sagte, sie müsse noch fahren, und sie wolle auch nicht, daß er am Ende herumtorkelte, er brauche auch nichts mehr zu trinken, sie sei schließlich zum Tanzen gekommen. Sie nahm seine Hand und führte ihn in die Mitte der Tanzfläche. Jetzt witzelte sie zum erstenmal über seine verletzte Nase, und er erzählte ihr dieselbe Lüge, die seine Mutter zum Schweigen gebracht hatte; Sam nahm die Lüge ebenfalls an.

Sie trug einen weiten schwarzen Rock, sie zeigte ihre herrlichen Beine jedesmal, wenn die Musik schneller wurde, sie wirbelte herum und berührte ihn nur an den Fingerspitzen. Sie hatte eine enge gepunktete Bluse an, und er spürte ihre Wärme durch sein Hemd, wenn die Musik langsam, liebevoll war. Und als er an ihre Zehen stieß, sagte sie ihm, er sei wirklich ein Ochse, aber aus der Nähe betrachtet sei er doch nicht so übel, und sie küßte ihn ins Ohr und kaute an seinem Ohrläppchen.

Er fühlte sich wie nach einem Ausbruch aus dem Gefängnis. Zwölf Wochen lang war er in Springfield Road hinter Gittern gewesen, und er hatte die Flucht geschafft. Das verdammte Belfast gehörte der Geschichte an... Mit keinem Gedanken war er in Turf Lodge, oder bei versteckten Scharfschützen, oder bei Sunray oder dem Nachrichtenoffizier. Die Gegenwart war Sam, und der Schweiß, der ihr blonde Strähnen auf die Stirn klebte, ihre feuchte, wunderbare Wärme, ihre Hüften, die schwangen und auf ihn zukamen. Sie war eine verflucht aufreizende Frau, er wußte es und dachte, daß er sie gerade deshalb so liebte.

Sam blieb mit Ferris in der Mitte der Tanzfläche, und sie grinste, weil sie ihnen mit den Ellenbogen Platz schaffte, damit sie tanzen konnten, ohne von anderen Paaren geschubst zu werden. Der Midnite Club war das Territorium der unteren Dienstgrade, und die machten mit ihren Mädchen einem Offizier und einer Offiziersfrau Platz. Ganz klar, daß sie die Freundin eines Offiziers war, wo es ihr doch gar nichts ausmachte, daß seine Wangen voller Lippenstift waren, wo sie doch eine Perlenkette am Hals trug und sich einen Dreck darum scherte, wer ihre Oberschenkel sah. Ferris fand, Sam war die bestaussehende Frau im Midnite Club.

Sie redeten nicht miteinander. Der Lärm war einfach zu stark, um sich zu unterhalten. Inzwischen sah er nicht mehr alle paar Minuten auf die Stufen vom Eingang. Er war kurz davor zu vergessen, weshalb er hier war. Ihre Hände schlossen sich um seinen Nacken, und ihre Lippen drückten sich an seinen Hals. In der Disco machte sich das Nahen der Mitternachtsstunde bemerkbar. Die Tanzfläche leerte sich, weil alle zur Bar drängten, um sich neue Drinks zum Anstoßen um zwölf Uhr zu besorgen. Ferris und Sam tanzten weiter. Ferris hörte nichts um sich herum als den sanften Atem von Sam. Er tanzte, als nähme er die Musik gar nicht wahr, er bewegte sich in einer Welt, die aus Sam und ihm bestand. Und Sam war wunderschön, die allerschönste.

Die Stimme traf ihn wie ein Schlag in den Nacken.

Der Akzent schnitt mitten durch die Musik, durch Ferris' Anstrengung, Sam so dicht wie möglich an sich zu drücken.

Der Akzent kratzte an seiner Erinnerung, forderte Erkennen.

»Wenn wir hier 'n Drink wollen, verdammt, dann kriegen wir auch 'n verdammten Drink!«

Er erkannte den Akzent ganz genau. Er gehörte zu Gingy McAnally.

»Also räum deinen fetten Arsch da aus'm Weg, damit wir unsren verdammten Drink kriegen.«

Der Akzent war der eines Betrunkenen.

Ferris war wie erstarrt, bewegte sich nicht mehr im Takt der Musik. Er spürte, daß Sam ihn mitzog, ihn zurück in den Tanzrhythmus zu bringen versuchte. In ihrem Gesicht lag Verwunderung, in die sich jetzt auch Ärger mischte.

»Wo zum Teufel is hier die Bar? ... und du bist dran mit 'ner Runde, Goss.«

Er drehte sich langsam zur Tür um. Er sah, wie Mc-

Anally sich an dem Rausschmeißer vorbeidrängte; als der Rausschmeißer ihn packen wollte, stieß Prentice den Arm dazwischen, und Goss zeigte kurz mit grimmiger Miene seine Ausweiskarte. Der Türsteher zog sich zurück. McAnally war jetzt am Rand der Tanzfläche, er torkelte herum, rammte ein tanzendes Mädchen und riß sie beinahe zu Boden; der Partner des Mädchens wollte gerade auf ihn losgehen, als Prentice wiederum die Hand auf seinen Arm legte. An der Theke angelangt, boxte sich McAnally nach vorn durch, und Prentice und Goss waren ihm immer dicht auf den Fersen.

»Einen Scotch für mich, Goss ... is mir egal, was ihr wollt, ich nehm jedenfalls 'n Scotch.«

Es war zehn Tage her, seit er McAnally gesehen hatte, seit sie Mullaghmore Mountain bestiegen hatten.

»Beweg deinen Arsch ... drei Scotch, der da zahlt.«

Der Mann war restlos zerstört. Er hatte einen neuen Anzug an, einen Dreiteiler vom Billigsten, aber der konnte seine zerstörte Verfassung kaum verbergen, ebensowenig wie der neue Modehaarschnitt mit Mittelscheitel über die Zerstörung hinwegtäuschen konnte.

»Los doch, Goss, in drei Teufels Namen, jetzt halt ihr doch mal dein Scheiß-Geld vor die Nase, damit sie uns bedient.«

McAnally hatte gut drei Kilo zugenommen, die seinen Bauch unter der offenen Weste hervorquellen ließen, sein Hemd steckte nicht mehr in der Hose, und sein grünschimmernder Schlips hing ihm lose um den Hals. Sein Gesicht war ein rotgeflecktes Chaos, seine Augen zwinkerten, als wollten sie die Nase fixieren, und aus dem Mundwinkel hing ihm eine Stumpenzigarre, die bei jeder seiner gebrüllten Meldungen wackelte. Prentice beugte sich ihm über die Schulter und flüsterte ihm etwas ins Ohr.

»Jetzt sag mir nicht, ich soll's Maul halten, Prentice.«

Das Glas, das Goss ihm bestellt hatte, war in seiner Hand, und er starrte es an.

»Verflucht knapp schenken die einem hier ein.«

Prentice war jetzt an seiner Kehle.

»Quatsch, wieso soll ich mich benehmen ...« McAnally leerte sein Glas. »Goss, brüll weiter, dasselbe noch mal.«

Ferris schauderte. Der Anblick von McAnally ließ ihn frösteln. Er begriff jetzt, warum Rennie ihn gesucht hatte.

»Sam ...« Ferris sagte es ihr leise ins Ohr. »Tut mir leid, aber du solltest jetzt zurück zu Penny fahren. Ich komm dann später nach.«

Sie starrte ihn verblüfft an. »Ich fahre nirgendwo hin.«

»Bitte, Sam.«

»Wir sind doch in dieser kaputten Disco, um deinen Bekannten zu treffen. Also vergnügen wir uns inzwischen. Ich fahre jetzt bestimmt nicht weg.«

»Komm schon, Schatz.« Er versuchte, sie behutsam von der Tanzfläche wegzuziehen.

Sie leistete ihm Widerstand. »Es ist kurz vor Mitternacht, David.«

»Ich will nicht, daß du hier bleibst.«

»Bloß weil ein Besoffener ein bißchen Lärm macht? Jetzt sei doch nicht so zimperlich ... Ich geh bestimmt nicht fünf Minuten vor Mitternacht hier weg, und du auch nicht.«

Sie versetzte ihm einen kräftigen Tritt ans Schienbein. Als er auf einem Bein herumhüpfte, führte sie ihn zurück in den Rhythmus der Musik. Beim Tanzen verdrehte er den Kopf, um McAnally die ganze Zeit im Auge zu behalten. Sie zwickte ihn in die Nase und tat ihm weh damit.

»Was ist denn so besonders an dem Besoffenen da?«

»Frag bloß nicht«, erwiderte Ferris.

»Warum denn nicht ...?« Sie lachte ihn fröhlich an. »Ist *der* etwa dein Bekannter?«

»Wie gesagt, frag bloß nicht.«

»Den kennst du doch nicht etwa *persönlich.*«

»Sam, bitte sei still.«

»Willst du mich ihm nicht vorstellen?«

»Erst wenn es unbedingt sein muß, vorher nicht.«

Der Discjockey, ein hektischer, blasser Jüngling mit einer lila gefärbten Strähne im Haar, rief zum Tanzen auf, zur letzten Runde im alten Jahr. Sam bewegte sich mechanisch, hielt Distanz zu Ferris.

Wieder hörte er McAnallys Stimme.

»War doch nich böse gemeint, brauchst die Sache nicht gleich so ernst zu nehmen.«

Dann hörte er Prentice.

»Jetzt halt bloß die Fresse, Gingy, tu uns den Gefallen.«

»Ich hab doch bloß dem Typ da gesagt, daß es nich böse gemeint war . . .«

»Das hat er inzwischen mitgekriegt.«

Goss versuchte, McAnallys nächsten Whisky mit Wasser aus einer Karaffe zu verdünnen. McAnally fuchtelte mit der Hand herum, und das Wasser ergoß sich in den Schoß einer Frau. Ihr Mann war sofort auf den Beinen und beschwerte sich lautstark. Ferris vermutete, der Mann war zumindest ein höherer Sergeant, auf jeden Fall sah er aus wie eine ziemlich üble Type, von der Sorte, die ohne weiteres mit einem abgebrochenen Flaschenhals auf jemanden losgehen würde.

»Entschuldige dich, du blöder Scheißer!« brüllte Prentice.

»Is mir aus Versehen passiert, das is doch 'ne Entschuldigung.« Der Mann schien sich damit zufrieden zu geben.

Seine Frau war aufgestanden und drückte das Wasser aus ihrem Kleid.

Ferris schloß die Augen. Verfluchter Alptraum, das Ganze.

Der Discjockey war jetzt beim Countdown. Die Tänzer schrien die Zahlen im Chor mit ihm. Ferris sah Sam an, sie schrie nicht mit, sie starrte fasziniert geradeaus auf Sean Pius McAnally.

Er versuchte, sie auf den Mund zu küssen, doch sie wandte den Kopf ab und sein Mund streifte ihre Wange.

»Es ist alles ein bißchen anders als das, was bei Penny war, aber das wäre sowieso nur total öde geworden. Du bist schon ein rechter Witzbold, mein Schatz.«

»Frohes neues Jahr... frohes neues Jahr...« kreischte der Discjockey.

»Ein frohes neues Jahr, Sam«, sagte Ferris leise.

»Ebenfalls«, sagte sie knapp. »Jetzt mal ganz ehrlich: Sind wir hier, um diesen Besoffenen da zu treffen?«

Die Tänzer hängten sich an den Armen ein und bildeten einen Kreis um die Tanzfläche herum.

Auf dem Plattenteller lag »Auld Lang Syne«, und alle sangen mit, auch Ferris sang und bemühte sich, aus seinem bösen Traum aufzuwachen.

Die Tänzer stampften über den Boden, quetschten sich aneinander. Körper krachten zusammen, stießen sich Ellenbogen und Knie in die Rippen. Er hielt Sams Hand ganz fest. Die Gesichter vor ihm waren verschwommen, so verschwommen wie der Lärm der Sänger.

»Mensch, da ist ja dieser Scheißkerl von Offizier...«

Er sah McAnally. Er stand ihm gegenüber in der Reihe, eingeklemmt zwischen Prentice und Goss.

»Hey, du alter Wichser... guck mal, Goss, das ist doch unser Scheiß-Offizier.«

Der Kreis der Tänzer wich auseinander. Auf der anderen Seite bemühten sich McAnallys Beine krampfhaft um die Balance auf dem glatten Boden, als Prentice und Goss ihn in der Bewegung der anderen mit sich rissen.

»Seht ihr nicht? Das ist doch der verdammte Ferris...«

Sam stieß ihm den Ellenbogen in die Seite.

»Wer ist das?«

»Niemand, über den du allzu viel wissen solltest.«

McAnally schielte lüstern über die Tanzfläche.

»Hat ja 'nen großartigen Hintern, was du da mitgebracht hast, Ferris«, rief McAnally. »Jedenfalls hast du verdammt bessere Aussichten für die Nacht als ich ... Du hast da 'ne tolle Frau, und ich hab nur diese zwei Affen ... Also, ich wünsch dir jedenfalls, daß sie sich rumkriegen läßt, hoffentlich war sie das nicht, die dir die Nase eingehaun hat.«

Prentice lachte, und Ferris bemühte sich, nicht gequält dreinzuschauen; nun lachte McAnally mit Prentice mit, Goss kicherte, und alle drei stützten sich aufeinander; dann war das Lied zu Ende und die Kette der eingehakten Arme löste sich.

»Ist das eine von Rennies witzigen Ideen?« Für Prentice war es ein ziemlich blöder Scherz.

»Hat Rennie dich hierhergeschickt?« Goss war ein wenig verlegen. »Ich meine, du wirst ja wohl kaum aus freien Stücken in diesem Loch sein.«

Ferris drehte ihm den Rücken zu, wandte sich wieder zu Sam. »Er ist aus Belfast«, sagte er schlicht. »Er hat nichts mit hier zu tun.«

»Was ist er in Belfast?«

»Er ist ... Sam, ich kann mich dir gegenüber schwer auf die verdammten Vorschriften zur Geheimhaltung berufen.«

»Was spielt er für eine Rolle?«

»Er ist ...«

Er spürte die Finger, die ihn von hinten am Jackett packten. Er fuhr herum, und da hing McAnally an seinen Kleidern. Er stank nach Scotch und hatte immer noch die Stumpenzigarre im Mund. Prentice und Goss hielten ihn auf den Beinen.

»Hallo, Mister Ferris ... Ein frohes neues Jahr, verflucht noch mal, ein besseres neues Jahr jedenfalls als das letzte ... Du hast den guten alten Gingy vergessen, was? Klar, wieso solltest du auch an Gingy denken, wenn so 'n toller Hintern neben dir wackelt... Willst du mich nicht vorstellen? Wenn du drüben auf der Insel bist, dann bist du ja immer recht freundlich zu dem Katholenpack, auch zu Gingy McAnally. Aber ob du jetzt wohl auch freundlich bist?«

»Ich würde deine Freunde sehr gerne kennenlernen, David«, sagte Sam, sie ließ ihren südenglischen Akzent ganz besonders rollen, und Ferris glaubte zu sehen, wie sie den beiden Aufpassern zuzwinkerte.

Nicht eben fröhlich sagte Ferris: »Sam, das ist Sean McAnally, das ist John Prentice, und das ist Andy Goss... Gentlemen, Samantha Forster...«

»Freut mich, Sie kennenzulernen, Mr. McAnally.«

»Selber verflucht erfreut, dich kennenzulernen, Samantha.«

»Paß auf, was du redest, Gingy, du Schandmaul...« fuhr Prentice ihn an.

»Du sprichst mit einer Dame, Gingy...« warnte ihn Goss.

»Jaja, prima Knackarsch, alles dran...« Gingy rülpste.

»Wie ich höre, sind Sie ein Freund von David, Mr. McAnally.«

»Zum Teufel, lieber noch wär ich Ihr Freund, meine Dame... Hol doch endlich 'n paar Drinks, Goss, du Scheißer, für meinen Freund hier und seine Freundin... Verpiß dich und hol die Drinks.«

»Gingy...« Ferris sprach ganz leise, mit eiskalter Stimme, »du benimmst dich wie ein blödes Arschloch, Gingy.«

»›Wie 'n blödes Arschloch, Gingy‹«, versuchte McAnally ihn nachzuäffen. »Bin wohl nicht gut genug für den Herrn Offizier, was? Nicht gut genug für den Herrn, wo er doch von seiner Alten gevögelt werden will... Wann kommen endlich die Drinks, Goss!«

Sie lachte. Sie warf den Kopf zurück, das Haar fiel ihr über die Schultern. Sie lachte mit weit offenem Mund, mit offenen Lippen.

»Wenn ich du wäre, Herr Offizier, dann würde ich nicht mit Typen wie uns hier rumhängen, wenn du doch diese Dame da vögeln kannst.«

Das Lachen dröhnte in Ferris' Kopf.

Ferris ließ seine Faust krachend auf Gingy McAnallys rechte Wange niedersausen.

Seine Knöchel trafen das weiche Fleisch der Wange, knallten auf den Kieferknochen. Noch niemals hatte Ferris jemanden mit der nackten Faust geschlagen.

Einen Augenblick lang breitete sich die Verblüffung auf McAnallys Gesicht aus, dann verzerrte sich sein Mund vor Schmerz.

»Er ist doch bloß betrunken, was soll denn das? . . .« rief Sam.

»Du blöder Idiot!« knurrte Prentice.

McAnallys Knie gaben nach. Er sackte zu Boden, direkt vor ihren Füßen.

Der Türsteher der Disco warf sich zwischen Prentice und Goss und Ferris und Sam. Als er Goss am Jackett zerrte, riß ein Knopf ab, das Jackett ging auf, und der Türsteher sah das Schulterhalfter und den hölzernen Griff der Walther PPK und wich sofort zurück. Die Musik wurde wieder lauter, und ringsum bildeten die Tänzer einen schützenden Kreis um sie.

McAnally hielt sich die rechte Gesichtshälfte mit der Hand.

Seine Verblüffung war vorbei, auch der Schmerz war vorüber, nun stieg die blanke Wut in ihm auf.

»Jetzt sag ich dir was, Ferris, hör gut zu . . . Wenn ich vorher noch meine Zweifel hatte, dann hab ich jetzt keine mehr . . . Ich bin draußen, ich steig aus. Kannst gleich diesen Scheiß-Rennie anrufen gehen und ihm von mir was ausrichten: Sag ihm, daß Gingy McAnally sich absetzt. Er kann sich seine beschissene Straffreiheit in den Arsch schieben, und die Aussage vor Gericht kann er sich an den Hut stecken . . . Sag ihm das, sag diesem Scheiß-Rennie, Gingy McAnally macht bei seinen verfluchten Spielchen nicht mit, jetzt nicht mehr...«

Goss bückte sich, um McAnally zu besänftigen, aber der stieß ihn von sich.

»Erzähl hier doch keinen Schmus, Mann. Ich bin draußen...«

In McAnallys Augen stiegen Tränen auf. Er blickte zu Ferris auf.

»Dieses ganze bekackte Gequatsche über Freundschaft...« Er versuchte, Ferris' Akzent nachzumachen. »Ich werde dir beistehen, ich werde mich dazwischenwerfen – alles dummes Gelaber. Ich bin doch Abschaum für dich, für dich bin ich bloß ein Katholenspitzel. Ich bin gar kein Mensch, ich bin nichts als ein Katholen-Denunziant, den man anpinkelt...«

Sams Stimme klang messerscharf. Sie fuhr Ferris an: »Ist er ein Überläufer?«

»Klar bin ich ein verdammter Überläufer, meine Dame, ein verfluchter Spitzel bin ich.« McAnally schluchzte die Worte hervor, wischte sich mit dem Ärmel die Tränen ab.

»Mit so etwas hast du zu tun?«

»Hat er Ihnen vielleicht nicht erzählt, mit was für Gesindel er es zu tun hat, erzählt er das seiner Alten etwa nicht?«

Ferris sah, daß Prentice die Fäuste ballte, daß Goss auf dem Sprung war.

McAnally erhob sich mühsam auf die Knie, dann stand er auf und stellte sich direkt vor Ferris.

»Ich bin draußen, ich steig aus.«

Bei den ersten Schritten taumelte er noch ein wenig, dann schien er das Gleichgewicht wiederzufinden und steuerte direkt auf das Licht am Ausgang zu. Er hielt den Kopf tief gesenkt, er schien überhaupt nicht zu sehen, wohin er ging, als er sich den Weg durch die Tanzenden bahnte.

»Das war verflucht clever von dir«, sagte Prentice.

»Du hättest doch einfach weggehen können«, sagte Goss. »Oder hat dich Rennie etwa hergeschickt, um uns alle ein bißchen aufzuheitern? Wenn ja, dann hast du deine Sache echt prima gemacht.«

Prentice seufzte. Er machte sich auf, McAnally zu folgen. Ferris sah von Sam zu McAnally, der jetzt die Stufen zum Ausgang erkletterte. Er murmelte etwas, hörte seine eigenen Worte nicht, und Sam hörte sie sicher auch nicht, es war eine Art Entschuldigung.

Ferris rannte über die Tanzfläche, an der Tür schob er Prentice beiseite, schubste ihn ein Stück die Treppe hinunter. Der Türsteher brüllte ihm ins Ohr, dies sei ein anständiger Club und sein Benehmen sei einfach das Letzte.

Die Nachtluft schlug ihm voll ins Gesicht. Er stolperte über die Mülltonne, der Deckel flog klappernd zu Boden. Er war in einer Seitengasse neben der Disco. Er lief die Gasse zur Hauptstraße entlang. Er blickte nach rechts und nach links, dann sah er McAnally.

Aus der Gasse hinter ihm kam ein Fluch, der ihm zeigte, daß auch Prentice seine Probleme mit der Mülltonne hatte.

McAnally klammerte sich an einen Laternenmast und übergab sich. Dabei weinte er, Ferris konnte sein Schluchzen hören. Ein Pärchen, das Arm in Arm ging und kostümiert war, wechselte die Straßenseite, um die Nähe von McAnally zu meiden.

Er ging auf McAnally zu. McAnally hatte wohl seine Schritte gehört, blickte auf und sah Ferris auf sich zukommen.

»Ich hab gesagt, ich bin draußen, verflucht, ich steig aus!« kreischte er. Erbrochenes glänzte auf seinen Schuhen. Er drehte sich um und torkelte die Straße hinauf, und Ferris ging ihm nach. Er erreichte ihn an der Ampel. McAnally war stehengeblieben, teilnahmslos und mit eingezogenem Kopf stand er da und wartete, daß es Grün wurde. Gemeinsam überquerten sie die

Straße. Er roch das Erbrochene auf Gingys Anzugweste. Genau wie dieser Komiker sagte, egal was man gegessen hatte, es sah immer aus wie Karotten mit Erbsen. Sie kamen an Schaufenstern vorbei, trafen einen Polizisten auf Streifengang. Schweigend gingen sie weiter, bis sie zu einem Park kamen. Eine der Bänke stand zu dicht an der Straße und den Lampen für die Pärchen, die einander zitternd mit den Händen Wärme verschafften. Gingy hatte seine Tränen niedergekämpft, Ferris hörte kein Weinen mehr von ihm.

Gingy setzte sich auf die Bank. Ferris setzte sich daneben.

»Ich hab gesagt, ich steig aus.«

»Es war ziemlich blöde, was da eben passiert ist.«

»Ich wollte sowieso aussteigen, was eben passiert ist, hat gar nichts damit zu tun.«

»Tut mir leid, daß ich dich geschlagen habe«, sagte Ferris schlicht.

»Ich war ja besoffen ... Scheiße ...« McAnally hatte einen Rest Erbrochenes auf seiner Hand bemerkt. »Ich hab zuviel intus.«

»Aber ich hätte dir keine reinhauen dürfen.«

»Na, ich hätte mir auch eine reingehauen, wenn ich mit der Schnepfe zusammen gewesen wär ...«

»Jetzt ist es passiert, vergessen wir die Sache.«

»Hast du deine Schnepfe im Stich gelassen?«

Ferris zog ein Taschentuch hervor und wischte Gingy den Mund ab, nahm Gingys Hände und säuberte sie ebenfalls, dann warf er das Taschentuch hinter sich in die Blumenbeete der städtischen Grünanlagen.

»Ich hab das ernst gemeint, wie ich gesagt hab, daß ich aussteige.«

»Die werden dich fertigmachen, die lassen dich doch nicht einfach gehen. Sie werden dich zur Zielscheibe machen.«

»Irgendwann ist einem das doch alles scheißegal.«

»Rennie wird herumerzählen, daß du ihnen den

Mann in Monaghan ausgeliefert hast. Der ist in seinem Keller verbrannt, und wenn das rauskommt, wird dir niemand eine Träne nachweinen.«

»Hast du nicht gehört, irgendwann ist einem alles scheißegal.«

»Also, was ist passiert, Gingy?«

Sean Pius McAnally erzählte David Ferris von den Telefonanrufen.

»Weder du noch ich können da irgendwas tun«, sagte Ferris.

»Na, das hilft mir ja verdammt viel weiter.«

»Im Ernst, Gingy: Du bist geblieben, und sie eben nicht.«

»Sie ist meine Frau, und es sind meine Kinder.«

»Es war ihre eigene Entscheidung, nicht bei dir zu bleiben. Sie kann ihre Meinung ja ändern.«

»Die hat noch nie ihre Meinung geändert.« McAnally lachte schrill auf. Und das Lachen erstarb sofort wieder. Die glänzenden Augen starrten Ferris an. »Willst du wissen, wie das hier so läuft?«

»Erzähl's mir.«

»Sie lassen mich nie aus den Augen. Unzertrennliche Freunde, nicht? Immer Gingy und Johnny und Andy, klingt immer so, als wären wir Kumpels, die zusammen was durchstehen müssen ... Ist aber 'ne Lüge. Sie sagen, daß sie so dicht bei mir sind, weil ich Schutz brauche ... alles Quatsch, die bleiben so dicht dran, damit ich nicht aussteige ... aber sie können mich nicht vom Aussteigen abhalten ... Für die bin ich bloß 'ne Scheiß-Marionette. Da sagen sie, ich brauch neue Sachen, also ziehen wir los ins Kaufhaus. Den Anzug hab ich mir nicht ausgesucht, Prentice hat ihn ausgesucht. Prentice fummelt also in den Kleiderständern rum, und er bestimmt, was ich anziehen soll ... Ich hasse diesen beschissenen Anzug. Keiner fragt mich jemals, ob mir das Ding überhaupt gefällt. Ich soll gar nicht erst meinen verdammten Mund aufmachen, ich bin bloß ein Klumpen Scheiße, der ein bißchen zurechtgemacht werden muß. Die wollen mich so, daß ich in ihrer Hand bin. Sie wollen den alten Gingy begraben, sie wollen ihn als 'ne Marionette, die sie sich aufs Knie setzen können, durch deren Mund sie reden können. Wie heißt so ein Ding noch?«

»Das nennt man eine Bauchrednerpuppe, Gingy.«

»Genau das wollen die, Gingy als Puppe. Aber ich laß mir das nicht gefallen ... Dann machen sie mich eben zur Zielscheibe, sollen sie doch ... Wir wohnen hier in so 'ner Fallschirmjäger-Kaserne. Angeblich sind wir Bullen, die zu 'nem Kurs rübergekommen sind. Kauft uns aber kein Schwein ab. Wir sind in einer Wohnung, oberster Stock, ganz am Ende vom Gang. Die Tür ist immer abgeschlossen. Sie bringen mich ins Bett, als ob ich 'n Kind wär oder so. Ich kann sie hören, wenn ich im Bett liege, verflucht, ich kann sie lachen hören. Diese beschissenen Wände da sind dünn wie Pappe, jedesmal wenn die lachen, dann hör ich das. Wir ziehen jede Nacht auf Sauftour, und wenn ich dann nach dem Schlafengehen noch mal aufstehen muß, um zu pissen, dann hört das Lachen sofort auf. Zum Teufel, die lachen niemals, wenn ich in der Nähe bin.«

Ferris zitterte in der Kälte, Gingy klapperten die Zähne, und er redete in einem wilden Wortschwall, als hielte ihn das Reden warm. Als Ferris sich umblickte, sah er die Silhouette von Prentice, der auf einem Mäuerchen am Parkrand saß, etwa fünfzig Meter von ihnen; saß da und beobachtete einen Mann, der innerlich ausgebrannt war.

»Ich bin ja kein Idiot, ich weiß genau, was die vorhaben. Die sind dabei, mir mein Ich wegzunehmen, die wollen mich umkrempeln. Mit den Kleidern krempeln sie mich um, und mit dieser beschissenen Frisur auch ... Wir waren neulich in der Kirche, am Weihnachtstag, in der katholischen Messe hier. Waren beide leicht nervös und haben die anderen Leute beobachtet, damit sie denen ihre Bewegungen nachmachen konnten. Ich hab gesagt, daß ich zur Beichte gehen wollte, das wär am Tag nach Weihnachten gewesen. Im Grunde wollte ich gar nicht hingehen, ich hab das bloß mal austesten wollen, aber die haben nein gesagt, ich durfte nicht hin ...«

»Was hättest du denn gebeichtet, Gingy?«

»Das geht dich nichts an.«

»Hättest du gebeichtet, daß du ein Verräter bist?«

»Über die Beichte quatscht man nicht rum, schon gar nicht zu deinesgleichen.«

»Oder hättest du gebeichtet, daß du einen Richter und zwei Kriminalbeamte ermordet hast?«

»Geht dich nichts an.«

»Oder daß du ganz gewaltigen Schiß hast?«

»Was weißt du schon vom Schißhaben ... du hast ja deine ganze verdammte Army hinter dir. Du stehst nicht total allein da, verdammt noch mal. Wenn du jemals allein dagestanden hättest, gegen die alle, dann würdest du mich nicht damit vollquatschen, daß ich Schiß habe.«

Wieder blickte Ferris zur Seite. Prentice würde sein Gesicht sehen können, ein heller Fleck im Licht der hohen Straßenlaterne. Er sah, wie Prentice zum Zeichen des Erkennens die Hand hob. Er wußte genau, daß Prentice nicht näherkommen würde. Er wußte, Prentice würde ihm die Arbeit überlassen, McAnally noch einmal auf Vordermann zu bringen ... Mistkerl.

»Was hast du denn hier sonst noch gemacht, Gingy?« fragte Ferris munter.

»Generalprobe, so heißt das doch, oder?«

»Ja, kann schon sein.«

»Sie haben meine Aussagen mitgebracht. Wir haben jeden Vormittag eine Aussage durchgenommen. Heute hatten wir, was ich über Phonsie McGurr sage, gestern war's Dusty O'Hara, vorgestern Fatsy Rawe. Morgen ist

Brennie Toibin dran ... ach nein, der kommt nicht dran, weil ich ja ausgestiegen bin ...«

»Wie probt ihr eigentlich so eine Aussage?«

»Man muß den Text aufsagen können, ohne aufs Blatt zu sehen. Dann fangen die an, einen anzubrüllen, sie versuchen, einen aus dem Konzept zu bringen, und sie schreien, du bist ein Lügner, und daß es alles überhaupt nicht wahr ist.«

»So wie es vor Gericht auch wäre?«

»So wär's vor Gericht, sagen die jedenfalls – nur werd ich gar nicht erst rausfinden, wie's vor Gericht ist, ich steig nämlich aus.«

»Hast du schon gesagt, Gingy.«

»Und ich mein's auch ernst.«

»Was willst du denn machen?«

»Wenn ich ausgestiegen bin ...? Na, ich werd's erst mal ruhig angehen, und dann laß ich eben rumerzählen, daß ich wieder zurück will ...«

»Zurück?«

»Ja, zurück nach Hause.«

»Du wärst doch tot, bevor du zehn Minuten vom Schiff runter bist.«

Gingy schien ihm gar nicht zugehört zu haben. »Sobald ich hör, daß alles klar ist, geh ich zurück nach Hause.«

»Was heißt nach Hause?«

»Nach Hause – zu Roisin, zu den Kindern.«

Ferris atmete die kalte Luft tief in die Lungen ein. »Sie würde dich nicht zurückhaben wollen.«

»Erzähl hier keinen Schciß«, fuhr Gingy ihn an.

»Kennst du einen großen Mann ...«

»Ich kenn Hunderte von großen Männern.«

»Kennst du einen großen Mann mit einer Schußnarbe im Hals?« Gingy zögerte, er versuchte herauszufinden, was Ferris wollte, und es gelang ihm nicht. »Und wenn ich den kenn?«

»Kennst du ihn oder nicht?«

»Ja, ich kenne Frankie Conroy, also was ist mit ihm?«

»Kennt er Roisin?«

»Sie könnte ihn kennen.«

»Kennt sie ihn besonders gut?«

»Hätte keinen Grund dazu.«

»Kennt sie ihn gut genug, daß er einen Grund hätte, ihr Geschenke und einen Christbaum mit Kerzen zu bringen, kennt sie ihn dermaßen gut?«

Gingy ließ den Kopf in die Hände sinken. Seine Schultern zitterten, sein Gesicht war vor Ferris verborgen. Durch seine Finger hindurch klang die Stimme gedämpft. »Weißt du, was Angst ist? Kennt ein Briten-Offizier so was?«

»Ja.«

»Du wüßtest ja gar nicht, wie das ist.«

»Wir hatten einen Heckenschützen, als ich letzte Woche Streife gegangen bin, sind aus dem Hinterhalt beschossen worden, das war ziemlich unangenehm.«

»Einer von deinen Soldaten ist getroffen worden, und du sagst dir, ebensogut hätte es dich erwischen können, was?«

»Ich war selber die Zielscheibe«, sagte Ferris. »Ich war gerade stehengeblieben, weiß gar nicht mehr warum, jedenfalls bin ich ihm aus dem Visier gerutscht, als er abgedrückt hat. Die Kugel ist vom Magazin meines Gewehrs abgelenkt worden, der Aufprall hat mich allerdings umgerissen, deswegen auch die kaputte Nase, das war nicht Sam. Wenn du weißt, daß das Gewehr auf dich gerichtet war, genau auf dich gezielt hat, da kann man schon Angst kriegen. Zu wissen, daß man unter acht anderen ausgesucht worden ist. Ich nehme an, der Grund war, daß ich eben der Offizier des Trupps war ...«

Gingy schüttelte den Kopf, hob den Kopf aus den Händen. In seinen Augen lag Mitleid für Ferris. »Du weißt wirklich einen Dreck.«

»Er war in einem verfallenen Haus postiert, Ecke

Drive und Crescent in Turf Lodge, da hatte er sich mit Essen und einem Schlafsack eingenistet.«

»Geh nicht wieder zurück«, sagte Gingy heiser.

Ferris lächelte traurig. »Ich muß aber zurück, und außerdem schlägt der Blitz nie zweimal hintereinander ein.«

»Wie viele Heckenschützen hat's im Gebiet von deiner Einheit im letzten Monat gegeben?«

»Keine, nicht im letzten Monat.«

»In deinem ganzen Bataillon nicht?«

»Kein einziger Anschlag, wir hatten eine Brandbombe . . .«

»Also war's der erste Heckenschütze, und du bist sein Ziel gewesen . . . und Roisin ist wieder zu Hause, und dieser Scheißer Frankie Conroy schnüffelt an ihrer Haustür rum . . . Glaubst du denn wirklich, du bist ein Zufallsopfer gewesen?«

Ferris starrte ihn mit offenem Mund an. »Roisin würde . . .«

»Klar, für die bist du doch der heiße Draht zu mir. Geh nicht wieder zurück . . . Natürlich würde Roisin das weitererzählen, du bist schließlich ihr Feind, verdammt, du bist der Feind von jedem letzten Arsch in Turf Lodge. Du bist der Freund des Überläufers . . . Wenn du wieder dahin zurückgehst, dann bist du total bescheuert. Du willst mir erzählen, wenn ich nach Hause gehe, bin ich tot. Aber ich sag dir, wenn du zurückgehst, dann wirst du abgeknallt.«

»Ich muß einfach zurück. Schließlich hab ich gesagt, daß ich dir beistehen werde, und das tue ich auch.«

»Du bist ja völlig verrückt.«

»Ich werde zurückgehen, und du wirst deine Aussage machen, Gingy.«

»Was bringt dir das denn, wenn du zurückgehst?«

»Gingy, glaub mir, wenn ich zurückgehe, dann ist es, damit du in den Zeugenstand trittst.«

»Du redest nichts als Scheiße, Ferris.«

»Wir gehen beide zurück, du und ich, Gingy...«

»Du wirst tot im Rinnstein liegen.«

»Damit du die Dreckskerle hinter Gitter bringen kannst.«

»Du wirst im Rinnstein liegen, und die Gören werden um dich rumtanzen und dabei noch in die Hände klatschen.«

»Keiner von uns beiden braucht vor diesen Dreckskerlen Schiß zu haben.«

Ferris stand auf, Gingy McAnally folgte ihm. Das Licht der Laterne beschien ihre Gesichter. Ferris brachte ein knappes Lächeln zustande, und Gingy grinste, dann schüttelte er den Kopf. Sie schüttelten sich kurz die Hand.

»Was wohl mit deiner Freundin passiert ist?«

Ferris ging davon.

Er kam an Prentice vorbei, der ihm kurz zunickte, und weiter unten auf der Straße sah er Goss, der in einem geparkten Auto saß und mit zurückgelegtem Kopf auf dem Sitz schlief.

Er dachte an den Mann, der im oberen Stock eines verfallenen Hauses wartete, neben sich etwas zu essen, einen Schlafsack und das Armalite-Gewehr, und im Kopf das Gesicht von David Ferris. Er dachte an einen Rinnstein in Turf Lodge, an die tanzenden Beine der Kinder vor seinem verschwimmenden Blick, an ihre Rufe in seinen ersterbenden Ohren. Er dachte an seinen Vater, dem es peinlich war, von den »Schwierigkeiten« zu sprechen; an Sergeant Tunney, der wollte, daß sie ihm ein paar übrigließen, und der nie wieder eine Uniform über seine Hauttransplantationen ziehen würde; an den Chief der Brigade Belfast, den man aus seinem Versteck unter einem Bett gezerrt hatte. Er dachte an die Gesichter in Turf Lodge, alle anonym, alle ohne Namen, alle einig in ihrem Haß auf David Ferris, den Freund von Gingy McAnally. Die Tür des Midnite Club war mit einem Vorhängeschloß versperrt. Die Fenster waren dunkel. Er suchte die Straße in beide Richtungen ab, aber er sah sie nicht. Er ging zum Parkplatz, wo sie ihr Auto abgestellt hatte. Der Parkplatz war leer.

Er ging die acht Meilen von Aldershot nach Farnham zu Fuß, und die Nachtschwärmer, die auf dem Heimweg waren, hupten ihn an und zischten vorbei.

Er erreichte die Siedlung aus neuen Fertighäusern. Er kam in die Sackgasse, wo das Haus des Buchhalters lag. Er sah Sams Wagen, der mit einem Vorderrad in einem Beet mit zurückgeschnittenen Rosen parkte.

Er ging ums Haus herum, sah zu dem Hinterzimmer hinauf, in dem das Doppelbett stand, und rief Sams Namen.

Als die Küchentür sich öffnete, als sie in ihrem Nachthemd in der Tür stand, sah er, daß Sam, die im Midnite Club noch gelacht hatte, im Schlafzimmer ihrer Freundin geweint hatte. Sie preßte sich an ihn, er preßte sich an sie. Die große, mutige Sam weinte wie ein Baby.

»Ich hab mir so gewünscht, daß du hierher zurückkommst . . .«

»Du wirst zu mir gehören, Sam, und ich werde zu dir gehören. Sobald ich aus dieser schrecklichen Stadt raus bin.«

»Versprich's mir.«

Sie lachte, und sie weinte. Ein Regenbogen in der Nacht, weinend und voller Liebe.

»Ich verspreche es.«

»Gott sei Dank bist du gekommen . . . Dieser Typ, ist das wirklich dein Freund?«

»Ich muß sein Freund sein. Wenn ich nicht sein Freund bin, dann ist er endgültig aufgeschmissen.«

»Versprich mir, daß du zu mir zurückkommst.«

»Versprochen, Sam.«

Sie küßte ihn den ganzen Weg hinauf, auf der Treppe und bis ins Schlafzimmer hinein.

19. Kapitel

Der Landrover erwartete David Ferris auf dem Parkplatz vor dem Zollgebäude. Die Überfahrt war ziemlich rauh gewesen, Windstärke acht, auf dem harten Sitz im Passagierraum hatte er kaum geschlafen. Seit das Land in Sicht gekommen war, ein verschwommener Fleck im Morgengrauen, hatte er an Deck gestanden, sich an die Reling gelehnt und die Küstenlinie beobachtet. Er war durchgefroren von der hochspritzenden Gischt. Der treue Jones war mit dem Landrover und zwei Gefreiten zur Absicherung gekommen, um ihn abzuholen.

Ferris war unrasiert. Er trug noch dasselbe Hemd und dieselben Socken wie im Midnite Club. Seine Anzughose war bei der Kollision mit dem Mülleimer zerrissen, die Haut auf seinem rechten Knöchel war aufgeschürft.

Fusilier Jones runzelte die Stirn. »Schönen Urlaub gehabt, Sir?«

»Hervorragend«, sagte Ferris.

»Wie geht es Sergeant Tunney?«

»In recht guter Verfassung, Jones, er freut sich schon aufs Zurückkommen, damit er Ihnen allen wieder den Arsch aufreißen kann.«

»Haben Sie ihn schön von uns gegrüßt, Sir?«

»Ich hab ihm gesagt, daß meine Leute regelmäßig ins Bett machen, weil er sie nicht mehr jeden Abend in den Schlaf singt.«

Sie fuhren durch die Stadt, die sich allmählich von den Feiertagen über Weihnachten und Neujahr erholte. Sie standen in Verkehrsstaus, und sie sahen die langen Schlangen, die auf der Royal Avenue und dem Donegal Square die Öffnung der Kaufhäuser erwarteten. Die ganze geschminkte Realität von Belfast stellte sich anläßlich seiner Heimkehr zur Schau, all der Schwindel, der vortäuschen wollte, dies sei nur eine Stadt wie jede andere im Vereinigten Königreich, die langsam zu neuem Leben erwachte. In den Autos rund um den Landrover saßen Beamte und Vertreter und Bankangestellte und Versicherungsagenten, und auf den Bürgersteigen drängten sich Hausfrauen und Sekretärinnen und Verkäuferinnen, die zu spät dran waren und rannten, und keiner von ihnen kümmerte sich einen Dreck um den Krieg von Ferris oder den Krieg des Überläufers.

Und dann kamen sie in den Falls-Bezirk. Er hatte Jones' Gewehr quer über den Knien, und er hatte den Hahn gespannt. Er sah die Explosionskrater, die Graffiti-Parolen und das Stück einer Häuserwand, das vor langer Zeit einmal grellweiß gestrichen worden war, damit vorbeigehende Patrouillen für einen Heckenschützen ein besseres Ziel abgaben; und er sah die Kneipe mit dem Drahtzaun rund herum, gegen die Molotow-Cocktails, und das Büro des Wohnungsamts, das mit Panzersperren aus Beton bewehrt war, um Autobomben aus nächster Nähe zuvorzukommen; und er sah einen Streifenwagen der RUC und eine Patrouille der Charly Company. Sein Blick strich über die Häuserdächer, er suchte nach fehlenden Schindeln, nach dunklen Löchern in zugemauerten Türeingängen. Er beobachtete die Giebelwände, die einem Heckenschützen Deckung boten, bis er bereit zum Feuern war. Er musterte die Mülltonnen, die das Versteck für eine Sprengladung mit Drahtauslöser sein konnten. Er beobachtete den Falls-Bezirk so scharf wie nie zuvor.

Er erinnerte sich an Gingy McAnallys Warnung und an den Druck von McAnallys Hand, und in diesem Augenblick glaubte er, sich übergeben zu müssen, weil er so verteufelte Angst hatte, wieder zurück im Falls-Bezirk zu sein.

Der Landrover bog durch das Tor der Springfield-Kaserne.

Jones machte den Motor aus. »An Ihrer Stelle würde

ich mich erst mal umziehen, Sir«, sagte er vertraulich, »und mir die Stoppeln abrasieren ... Ich würde das schleunigst tun, Sir.«

In frischer Uniform und mit einem Gesicht, das vom Rasieren wie Feuer brannte, ging er zur Waffenkammer hinüber, ließ sich sein Gewehr geben und unterschrieb für zwei Magazine Munition vom Kaliber 7,62 mm.

Auf seinem Weg zur Einsatzzentrale Bravo traf er den Nachrichtenoffizier.

»Schönen Urlaub gehabt?«

»Danke, ja«, sagte Ferris.

Der Company Commander begrüßte ihn wie einen Drückeberger.

»Wie war Ihr Urlaub?«

»Danke, gut.«

Im Gang ging der Kaplan an ihm vorbei.

»Schön, Sie wiederzusehen, David. Einen netten Urlaub gehabt, hoffe ich?«

»Ja, sehr gut, danke.«

Er kam ins Zimmer des Kommandeurs. »Wie steht es denn um Tunney?« wollte Sunray wissen.

»Erstklassig, Sir, er will unbedingt bald zurück.«

»Verdammt gute Nachrichten. Schönen Urlaub gehabt?«

»Sehr schön, Sir.«

Es gab Dinge, die wollten sie hören, und es gab andere, die wollten sie nicht hören.

Im Einsatzgebiet des Bataillons war es, wie Ferris erfuhr, während seiner Abwesenheit ruhig wie auf dem Friedhof gewesen. Die Einheimischen schliefen immer noch ihren Rausch von Silvester aus. Er hatte nichts versäumt, wie man ihm sagte.

Sie trafen sich im Stadtzentrum und gingen gemeinsam ins Kaufhaus »Boots« auf der Royal Avenue.

Mr. Pronsias Reilly hatte die Unterredung mit Frankie Conroy vereinbart, hatte sie in seine Mittagspause zwischen den Verhandlungen am Krongericht hineingezwängt. Er zog es vor, sich in der Menschenmenge der Kaufhäuser von Belfast zu treffen, statt sich dem Risiko der elektronischen Überwachungsanlagen auszusetzen, die im Falls-Bezirk und im gesamten Wohngebiet der Republikaner von West-Belfast überall versteckt installiert waren. Noch lieber wäre es ihm gewesen, wenn Frankie ein bißchen seinen Kopf benutzt hätte, sich etwas mehr Mühe beim Anziehen gegeben hätte, so aber sah er aus, als käme er direkt aus der Warteschlange vor dem Sozialamt. Sie gaben ein sonderbares Paar ab – Mr. Pronsias Reilly: Anzug, dunkler Mantel, blaues Hemd mit weißem Kragen, und Frankie Conroy: schlammverkrustete Schnürstiefel, Jeans, gefütterte Jakke und Wollmütze –, wie sie sich ihren Weg vorbei an den Ständen mit Kosmetika und Gartenbedarf und Elektrogeräten bahnten.

»Die haben es schrecklich eilig, sie drängen auf eine Gerichtsverhandlung«, sagte Reilly leise.

»Was steckt dahinter?«

»Sie haben für möglichst bald die vorläufige Anhörung vor dem Polizeigericht beantragt. Die Unterlagen für die Staatsanwaltschaft sind schon da, und in einer Woche oder so wird es losgehen . . .«

»Normalerweise dauert das doch Monate, verflucht.«

»Sie wollen McAnally in den Zeugenstand bringen, damit der Weg frei ist für die Hauptverhandlung, und dann werden sie ihn für ein Jahr auf die grüne Wiese schicken, bis die große Schau losgeht.«

»Wieso haben die's denn so eilig?«

»Möglich, daß er eine immer schlechtere Figur macht, je länger sie warten . . . jedenfalls kann die Verteidigung dagegen einen feuchten Kehricht unternehmen, egal welche Gründe es hat.«

»Ich hab ihn aus den Augen verloren«, sagte Frankie knapp.

»Wen?«

»Seinen *Freund*, den Briten-Offizier, der ihm das Händchen hält.«

Seit Sankt Stefani, dem zweiten Weihnachtsfeiertag, hatte sich Frankie Conroy in den Straßen von Turf Lodge die Füße wundgelaufen auf der Suche nach dem Offizier, dessen Gesicht klar gezeichnet vor seinem inneren Auge stand. Er hatte die Patrouillen zu Fuß und in Autos gesehen, die Straßensperren und die Personenkontrollen. Er war frühmorgens ebenso umhergestreift wie am späten Nachmittag, wenn die Fußstreifen kamen. Er hatte sich schon gefragt, ob das Fernsehen und die Zeitungen gelogen hatten. Sie hatten gesagt, der Offizier sei unverletzt geblieben, das Magazin seines Gewehrs habe einen gezielten Schuß abgelenkt. Er hatte überlegt, ob das eine verdammte Lüge gewesen war. Er hatte einige der Briten-Soldaten aus Ferris' Zug erkannt, aber der Offizier war nie dabeigewesen.

»Du hast es versprochen ...«

»Scheiße, ich kann doch gar nichts machen, solange er nicht auf der Straße rumläuft.«

»Ich hab dem Chief gesagt, du kümmerst dich um den Mann.«

Die Frettchenaugen von Mr. Pronsias Reilly glitzerten vor Zorn. Er hätte sich niemals so sehr verstricken lassen sollen. Diese direkte Verbindung mit der Bewegung verwickelte ihn zu tief in die ganze Sache, viel zu tief.

»Ich komm nicht ran an ihn.«

»Du hast gesagt, du wirst ihn erwischen, Mann.«

»Verdammt noch mal, ich kann doch nicht in der Kaserne anrufen und fragen, ob ...«

»Du hast gesagt, du machst ihn kalt.«

»Wenn er nicht auf die Straße geht, komme ich nicht ran an ihn.«

»Dann such bloß weiter nach ihm, Mann, denn der Chief wartet darauf, daß du dein Versprechen erfüllst.«

Sie trennten sich. Mr. Pronsias Reilly ging zurück

zum Krongericht, holte sich in der Kantine ein Sandwich, und Frankie Conroy machte sich auf die Suche nach einem Taxi, das ihn nach Turf Lodge fahren würde.

Rennie rief in Aldershot an.

In Stakkato-Sätzen berichtete er Prentice, was er im Büro des Leiters der Anklagebehörde erreicht hatte.

Die vorläufige Anhörung würde in einer Woche anfangen, zwei Tage Zeit für den Staatsanwalt vor dem Wochenende. McAnally sollte am Freitag eintreffen und am Montag für seinen Auftritt bereit sein.

»Wir nehmen an, daß er die ganze Woche als Zeuge aussagen muß. Das muß er eben durchstehen... danach habt ihr Ferien in Aussicht. Ich hab arrangiert, daß ihr nach Zypern abrauscht, sobald er im Polizeigericht fertig ist. Verdammtes Glück habt ihr, Prentice, in der Sonne braten, billiger Rotwein und rumdösen. Bis ihr wieder zurückkommt, habt ihr schon ganz vergessen, was Belfast für 'ne beschissene Stadt ist. Werdet ihr ihn bereit haben?« Prentice sagte, sie würden ihn bereit haben.

»Wie geht's seinem Kinn?«

Prentice sagte, Sean Pius McAnallys Kinn sei verheilt.

»Wird er durchhalten?« fragte Rennie, jetzt etwas unsicher.

Es entstand eine endlos lange Pause in der Leitung, als sei Prentice pinkeln gegangen.

»Ich werde ihn bereit haben, und sein Kinn wird nicht so aussehen, als hätte er sich herumgeprügelt. Er wird seinen Text können, er wird wissen, was er zu erwarten hat, aber das ist auch alles, was ich mit Sicherheit weiß. Er redet nicht mehr mit uns. Er hat sich vollkommen zurückgezogen. Der Brite hat mit ihm gesprochen, das weißt du ja. Ich hab keine Ahnung, was er ihm gesagt hat, weil McAnally es mir nicht erzählt, und Ferris kann ich nicht fragen, der ist nicht hier.

McAnally hat sich zurückgezogen, und ich komme nicht an ihn ran. Wie gesagt, Rennie, er weiß, was er zu tun hat, aber ob er es auch wirklich tut, kann ich einfach nicht sagen. Ob er es tut, werden wir die ganze Zeit nicht wissen, bis er in den Zeugenstand geht.«

»Du meinst, er könnte ebensogut umfallen?«

»Ich weiß es einfach nicht.«

»Du bist mir ja ein schöner Trost. Auf alle Fälle werde ich ihm seinen Freund hier kaltstellen.«

»Ja, mach das mal, Rennie.«

»Keine guten Nachrichten, David«, sagte der Adjutant. »Erinnern Sie sich noch an den Tag, als man auf der Divis Street auf Ihre Straßensperre geschossen hat – der Fluchtwagen mit diesem McAnally drin, wissen sie? Damals waren sie doch eigentlich auf dem Weg zum Polizeirevier Hastings Street, weil irgendein Krämer sich beschwert hatte, Ihre Gorillas hätten angeblich seinen Laden kaputtgemacht. Wir dachten, die Bullen hier hätten die Sache schon vergessen, aber offenbar haben sie's nicht vergessen, und jetzt wollen die Sie heute nachmittag für ein Protokoll dahaben.«

»Ich bin aber für eine Streife eingeteilt.«

»Wenn Ihre Leute nicht auch ohne Sie klarkommen, dann sind Sie ein ziemlich schlechter Zugführer. Die meisten Sterblichen würden doch vor Dankbarkeit sabbern, wenn sie einen Nachmittag im Polizeirevier rumsitzen dürften, statt Plattfüße zu kriegen ... Ist was, David?«

Frankie Conroy hatte ein Fahrrad und einen Eimer, und er schmierte an den vorderen Fenstern der Häuser von Turf Lodge herum, ohne dafür Geld zu verlangen; und wer nicht wußte, was los war, hielt ihn für verrückt, und wer ihn kannte, dem fiel auf, daß er die meiste Zeit über gar nicht bei der Sache war, sondern den Drive, den Crescent und die Avenue mit Blicken absuchte. Wieder kein Offizier dabei, als die Fußstreife vorüberkam. Und neben ihm steckte eine Schreckschraube den Kopf zum Fenster raus und brüllte ihn an, die Scheibe sei ja jetzt noch dreckiger als vorher.

In einer Ecke des Kasinos erwischte ihn der Bravo Company Commander.

»Sie haben Glück, David. Sunray hat es sich in den Kopf gesetzt, daß das Bataillon schon lange keine Schießübungen mehr gemacht hat. Sie werden also morgen nach Ballyclare fahren, Ihre Leute und Zug 2 von der Alpha Company. Wenn die von Alpha uns übertrumpfen, werde ich Ihnen einen Tritt verpassen, daß es weh tut ... Jetzt ziehen Sie doch nicht so ein trauriges Gesicht.« Ferris ging zurück zu seinem Sessel und dem zerlesenen Exemplar der *Illustrated London News*. Die Seiten tanzten ihm vor den Augen. Wieder war ihm ein Tag geschenkt worden. Er hatte sich schon innerlich damit abgefunden, am nächsten Morgen auf den Straßen von Turf Lodge Streife gehen zu müssen, als Zielscheibe. Es gab keinen, den er ins Vertrauen ziehen konnte ... weder konnte er um einen Schreibtischjob bitten, noch um Versetzung, noch darum, nach England geschickt zu werden. Er hatte seinen Pakt mit Gingy McAnally geschlossen. Jetzt begann er schon zum drittenmal mit dem Bericht über das Rugbyspiel England–Schottland im »Calcutta Cup« der vergangenen Saison. Er konnte sich nicht auf den Text konzentrieren, und die Fotos verschwammen ihm vor den Augen. Immer wieder dachte er an die engen Straßen der Falls und an die Wohnsiedlungen von Whiterock und Ballymurphy und Turf Lodge.

»Wenn Sie Frankie sehen könnten, würden Sie merken, daß er sich anstrengt.«

Mr. Pronsias Reilly beugte sich über den Tisch im

Besucherzimmer. Das Gesicht des Chiefs war nur Zentimeter von seinem entfernt. Der Anwalt sah, wie der Chief sich nervös mit der Zunge über die Lippen fuhr.

»Frankie tut sein Bestes, aber sein Mann ist wie vom Erdboden verschwunden.«

»Was läßt sich sonst noch machen?«

»Sonst gibt es nichts, nur diesen Offizier.«

»Ohne den Offizier . . .«

»Würde Gingy vielleicht widerrufen.«

»Und mit dem Offizier?«

»Die beeilen sich sehr, machen mächtig Druck, weil sie vermuten, daß er nicht widerruft, wenn sie es nur schnell hinter sich bringen. Falls er diesen Offizier dabei hat . . .«

»Was ist, falls er ihn dabei hat?«

»Dann steht es schlecht um uns, mehr kann ich nicht sagen.«

»Weshalb läßt sich denn sonst nichts machen?«

»Weil eben einfach nichts zu machen ist.«

»Was ist mit seiner Frau?«

»Die ist ihm doch scheißegal.«

»Und seine Kinder?«

Mr. Pronsias Reilly starrte dem Chief in die Augen. Er spürte, wie sich sein Magen vor Schreck umdrehte. Er wußte, was mit Mattie Blaneys Sohn passiert war . . .

»Das habe ich nicht gehört«, sagte er. »Wenn einem dieser Kinder etwas zustößt – Gott ist mein Zeuge, dann klatsche ich im Gerichtssaal noch Beifall, wenn Sie verurteilt werden. Ich klatsche Beifall, wenn Sie verknackt werden, für zwanzig –«

Der Chief grinste. »Ich hab doch niemandem gedroht.«

»Dann passen Sie auf, was Sie reden.«

»Und dieser Briten-Offizier, das ist was anderes?«

Mr. Pronsias Reilly suchte seine Unterlagen zusammen. Zum Schluß sagte er noch: »Ich werde alles tun, was in meiner Macht steht, damit Sie als freier Mann da rausgehen, aber nicht, wenn den Kindern von McAnally etwas passiert.«

»Kümmern Sie sich mal um diesen Offizier, Sie und Frankie.«

»Ich behaupte, daß Sie, McAnally, uns hier ein fein gesponnenes Lügenwerk aufgetischt haben.«

Beharrlich wiederholte er: »Ich hab die Wahrheit gesagt.«

»Ich behaupte, daß Sie, McAnally, uns angelogen haben, und zwar aus dem begreiflichen Wunsch, Ihre Haut zu retten.«

»Nein.«

»Sie sind ein Mann mit einem Vorstrafenregister voller Gewalttaten, Vorstrafen wegen Terrorismus und Mord, für die Sie ganz zu Recht eine Gefängnisstrafe zu erwarten hatten, und jetzt lügen Sie, um dieser Strafe doch noch zu entgehen.«

Prentice ging auf und ab. McAnally saß auf einem harten Holzstuhl, und direkt hinter ihm saß Goss im Schneidersitz auf dem Teppich.

»Ich sage die Wahrheit.« McAnally drehte sich zu Prentice um, er verlor jetzt die Beherrschung. »Das ist nicht gelogen.«

Goss legte McAnally die Hand auf die Schulter. »Dreh dich niemals zu ihnen um, das ist ein Trick von ihnen, damit du den Typen auf der Anklagebank und ihren Verwandten ins Gesicht sehen mußt. Sieh immer nur geradeaus, immer nur auf den Polizeirichter.«

»Wäre es denn unrichtig, wenn ich sage, daß Ihnen, McAnally, für das Nennen einiger Namen Freiheit vor Strafverfolgung im Falle mehrerer Schwerverbrechen geschenkt wurde?«

Gingys Hand war zur Faust geballt. Klatschend fiel sie auf seinen Oberschenkel. »Das ist doch alles Blödsinn hier . . .«

»Beantworten Sie nur meine Frage. Ich behaupte,

daß Sie sich lediglich Geschichten ausgedacht haben und dazu die Namen von völlig unschuldigen Menschen in den Schmutz ziehen.«

Wieder hatte sich Gingy zu Prentice umgewandt. »Ich weiß genau, wie's gewesen ist, ich weiß, was ich sagen muß ...«

Goss machte Prentice eine Geste, kurz einzuhalten. Er sprach leise und eindringlich in McAnallys Ohr. »Gingy, verdammt, ich sag's dir noch mal. Da steht dein Wort gegen ihrs. Das Ganze läuft nur auf eines hinaus: Sie werden versuchen, dich fertigzumachen, dich in kleine Stücke zu reißen.«

Gingy seufzte dramatisch. Prentice fing von Goss einen verärgerten Blick auf. Prentice hielt nicht inne. Er hatte keinerlei Veranlassung, den Überläufer weiter zu hätscheln. Sein Auftrag war es, ihn abzuhärten, ihn zu stärken, damit er wenigstens ein bißchen Verteidigungskraft besaß, irgendeinen Panzer, wenn die Anwälte ihn in die Finger bekamen.

»Sie sagten vorhin, man hätte Sie gegen Ihren Willen aus dem Süden hierhergebracht.«

»Ja.«

»Und man hat Sie vor Ihrem Haus abgesetzt.«

»Ja.«

»Dann erklären Sie mir folgendes, McAnally: Angenommen, Sie seien tatsächlich gegen Ihren Willen aus dem Süden hierhergebracht worden, so stand es Ihnen doch völlig frei, sobald man Sie an Ihrem Haus abgesetzt hatte, wieder in den Süden zurückzukehren.«

»Sie begreifen das nicht ...«

»Ich behaupte, daß Sie das willige Mitglied einer Mörderbande gewesen sind, und als man Sie verhaftete, haben Sie ein paar Namen aus der Luft gegriffen und eine Aussage unterschrieben, als Gegenleistung dafür, daß Ihnen eine lebenslängliche Zuchthausstrafe erlassen wurde.«

»Das ist doch wohl ein Witz ...!«

»Versuch es, Gingy«, zischte Goss. »Versuch, dir zu helfen.«

»Das werden die zu mir sagen?«

»Ja, genau das werden sie zu dir sagen«, erwiderte Prentice. Seine Stimme war jetzt rauher, hatte die Glätte des Gerichtssaals verloren.

»Mein Gott ...« McAnally war auf dem Stuhl in sich zusammengefallen, bedeckte das Gesicht mit den Händen.

»Weißt du, was jetzt passiert, wenn das hier der Gerichtssaal wäre?« Prentice kam ganz dicht an McAnallys Stuhl heran.

»Was würde denn passieren?« Die Antwort kam gepreßt hinter McAnallys Fingern hervor.

»Die Verteidigung springt auf. Sie plädiert dafür, den ganzen Fall niederzuschlagen, ihn gar nicht zur Verhandlung vor dem Krongericht zuzulassen, weil der Zeuge nicht zurechnungsfähig ist, und sie könnte damit durchkommen ... und der Chief grinst verdammt triumphierend, denn in einer halben Stunde könnte er die Stufen zur Crumlin Road als freier Mann hinuntersteigen. Und wenn er freikommt, dann wird er verdammt gut von Gingy McAnally denken. Und wenn der Chief freikommt, dann kommen auch Shay und Dommy und Fatsy und Bugsy und Phonsie und Dusty mit ihm frei, und die werden alle verdammt gut von Gingy McAnally sprechen ... Jetzt zieh hier nicht die Mitleidstour ab, McAnally.«

Goss winkte Prentice zurück. McAnallys Schultern zuckten krampfhaft, und seine Hand konnte ihn nicht beruhigen. Sein Mund lag dicht an McAnallys Ohr. »Wir müssen das hier machen, Gingy, es ist nur zu deinem Besten. Indem wir dir jetzt weh tun, sorgen wir dafür, daß sie dir vor Gericht nicht weh tun können. Du setzt dich da in den Zeugenstand, drehst dich nicht um, läßt dir ganz einfach Zeit.«

»Ich hab nicht gewußt ...«

». . . daß es so werden wird? Wir zeigen es dir ja nur, weil es besser ist, du findest es jetzt gleich raus als später im Zeugenstand.«

»Ich kann nicht . . .«

»Dieses blöde Wort kenn ich gar nicht«, rief Prentice.

»Ich hab euch die Aussage gemacht. Aber auseinandernehmen laß ich mich nicht.«

»Die Aussage verschafft dir noch keine Straffreiheit.«

»Wo ist Ferris?« McAnallys Kopf fuhr hoch. Er starrte Prentice an.

»Zurück nach Belfast«, erwiderte Prentice vorsichtig.

»Er ist wirklich wieder zurück dorthin, stimmt das?«

»Er ist zurück nach Belfast, zu seiner Einheit.«

»Er ist nicht versetzt worden?«

»Nein, er ist wieder in der Springfield Road.«

»Wißt ihr das genau? Lügt ihr mich nicht an?«

Verwirrt runzelte Goss die Stirn. »Warum, Gingy?«

»Ihr lügt mich nicht etwa an?«

»Er ist wieder bei seiner Einheit und tut Dienst. Das ist ganz sicher. Rennie hat ihn angerufen. Wir fahren Freitag zurück, stimmt's? Übers Wochenende sind wir am Lough in einem Hotel. Und Rennie hat ihn für eine Sauferei am Freitagabend eingeladen, daher weiß ich genau, daß Ferris in Belfast ist.«

»Könnte er im Gerichtssaal dabeisein?«

»Um Himmels willen, Gingy, weshalb denn?« Prentice trat von McAnallys Stuhl zurück.

»So daß ich ihn sehen kann«, sagte McAnally leise.

Goss brachte ein wenig Güte auf, er wußte selbst nicht woher. »Ich werde das regeln.«

»Und er ist wirklich zurück nach Belfast?«

Prentice lehnte an der Wand hinter McAnally. Er fragte scharf: »Warum sollte er nicht zurück nach Belfast sein?«

McAnally starrte auf das Teppichmuster vor sich. In voller Konzentration biß er sich auf die Lippen, fuhr sich mit den Fingern durchs Haar, dann zündete er sich eine Zigarette an und nahm einen tiefen Zug.

Eine große Ruhe legte sich über sein Gesicht, und seine Schultern zuckten jetzt nicht mehr.

»Können wir das noch mal durchgehen?« bat McAnally.

Goss sah Prentice kopfschüttelnd an; keiner von beiden wußte etwas zu sagen. Er stand auf und setzte sich an den Tisch. Er saß nun etwas rechts in McAnallys Blickfeld, aber McAnally konnte ihn sehen, auch wenn er starr geradeaus sah. Er hatte sich dorthin gesetzt, wohin sie den Offizier setzen würden.

Prentice begann: »Ich behaupte, daß Sie, McAnally, das willige Mitglied einer Mörderbande gewesen sind, und als man Sie verhaftete, haben Sie ein paar Namen aus der Luft gegriffen und eine Aussage unterschrieben, als Gegenleistung dafür, daß Ihnen eine lebenslängliche Haftstrafe im Zuchthaus erlassen wurde.«

McAnally sah zu Goss hinüber, der schräg vor ihm saß. Er glaubte den Offizier zu sehen, und er sah einen Berg, und der Regen peitschte dem Offizier ins Gesicht, und er hörte die Worte des Offiziers, ruhige und besorgte Worte in seinem Ohr. »Was ich gesagt habe, ist die Wahrheit, zum Teufel!« sagte McAnally.

Früh am Morgen huschte die Patrouille aus der Springfield-Kaserne hinaus. Acht schweigsame, dunkle Gestalten rannten im Laufschritt von Haustür zu Haustür, duckten sich in ihre Deckungen. Es regnete in West-Belfast.

Der Bravo Company Commander hatte gemeint, sie sollten einen Wagen für die Streife nehmen. Ferris hatte verlangt, zu Fuß zu gehen. Der Company Commander hatte überrascht aufgeblickt, aber keine Einwände erhoben. Ferris hatte es jeden Tag schlimmer empfunden, nicht auf Streife zu gehen. Erst das Protokoll in der Hastings Street, dann der Tag auf dem Schießstand, wo er wie ein blindes Huhn geschossen hatte, und am Tag darauf war noch eine Korrespondentin aus dem Nordosten Englands in Springfield gewesen, um »Geschichten für die Heimat« über die Gefreiten zu schmieren; sie war fünfzig und fett gewesen und hatte es als großes Abenteuer erlebt, daß sie es überhaupt bis in die Kaserne geschafft hatte. Das Polizeirevier und der Schießstand und der Besuch der Reporterin hatten Ferris von der Straße ferngehalten. Jeder Tag war schlimmer gewesen als der vorige.

Sein Oberkörper war mit Unterhemd, Hemd, einem schweren Strickpullover, dem Umhang in Tarnfarbe und Schutzweste bekleidet, und er fror dennoch. Beim ersten Sprint von den Kasernentoren über die Springfield Road hatte er fast sein Gewehr fallen gelassen, und an der ersten Deckung war er gestolpert und hatte sich die Knie aufgeschürft. Wenn ein Gefreiter zu ihm gekommen wäre und gesagt hätte, er habe mächtigen Schiß davor, aus dem Schutz der Kaserne hinauszugehen, hätte Ferris den guten Offizier gespielt, ihm fröhlich auf die Schulter geklopft und ihm gesagt, es gäbe nichts zu befürchten, er sei ja Mitglied einer hervorragend ausgebildeten Einheit, sein Rücken sei schließlich ständig gedeckt, und überhaupt solle er nicht so einen Mist reden. Wenn jedoch ein Offizier Angst hatte, so war das ein klarer Fall von »Mangel an Moralischer Stärke«. MMS ließ sich nicht verbergen: Das gesamte Bataillon würde erfahren, daß David Ferris als MMS-Fall eingestuft war. Bis hinunter zu Fusilier Jones würden es alle erfahren. Seine Eltern würden es erfahren. Und Sam würde es auch erfahren.

David Ferris bezweifelte, daß er genügend Mumm hatte, um beim Kommandeur seine Versetzung zu verlangen, mit der Begründung, er könnte ein spezielles Attentatsziel sein. Also führte er seine Fußstreife hinaus in das Straßengewirr von West-Belfast; sobald er irgendwo stehenblieb, zuckte der Lauf seines Gewehrs auf Häuserdächer, Schornsteine und in unbeleuchtete Seitenstraßen hinein.

An Sam dachte er nicht. Auch nicht an Gingy oder an Rennie, der ihn am Telefon für Freitag abend zu einer Hotelbar bestellt hatte. Er dachte auch nicht daran, daß noch einundzwanzig Tage in Belfast vor ihm lagen, bevor sein Bataillon zurück nach England verschwinden konnte.

Gefährlich, an irgend etwas anderes zu denken als an die Schatten in den Türeingängen und die möglichen Verstecke eines Scharfschützen und die Plastiktüten und die Mülltonnen und die herumliegenden Rohre.

Die Streife entdeckte zwei Jugendliche, die den Eindruck machten, als probierten sie gerade ihren ersten schweren Diebstahl, und über Funk wurde ein Polizeiwagen angefordert, dem man die beiden zusammen mit ihrem Werkzeugarsenal übergab.

Sie waren schon fast in Ballymurphy, als weiter oben auf der Springfield Road ein einzelner Schuß krachte. Ferris sah aus den Augenwinkeln, wie seine Leute sich zu Boden warfen, zum nächsten Schatten robbten. Der Schuß war von einem der eigenen Leute gekommen. Dann ein Fluch von der anderen Straßenseite, und der Section Corporal schimpfte herum und rannte über die Straße, wo Ferris am Boden lag.

»Dieser blöde Conville, der Wichser, Mr. Ferris. Ist über irgendso 'n Kinderwagen gestolpert und hat mit dem Daumen die Sicherung weggedrückt. Versehentliche Entladung . . .«

Ferris richtete sich auf. Er bemühte sich um eine ruhige, beherrschte Stimme. »Danke, Corporal. Notieren Sie die Einzelheiten. Es wird eine Meldung geben müssen.«

»Würd ich gar nicht meinen, Sir«, erwiderte der Section Corporal leichthin. »Wir haben ja noch ein paar Schuß vom Schießstand übrig.«

»Weiß wirklich nicht, was mit dem Burschen los ist,

behalten Sie ihn mal ein bißchen im Auge. Und erledigen Sie das mit seiner Munition.«

»Wird am besten so sein, Sir. Wir wollen doch nicht, daß Zug 3 davon erfährt, sonst kriegen wir das noch wochenlang zu hören.«

Als der Schuß sich gelöst hatte, hatte er es mit der Angst bekommen. Er hatte sich die scharfe Kante des Magazins in die Kniescheibe gebohrt. Aber immer noch besser Schmerz als Angst.

Der Morgen graute langsam, das Licht drang durch den Nebel, als die Streife die Straßen von Turf Lodge erreichte.

Sie ließ die Beine vom Bett gleiten, griff nach ihrem Morgenmantel und legte ihn sich über die Schultern.

Frankie lag auf dem Rücken und schnarchte, die Bettdecke war bis zu seinem nackten Bauch hinabgerutscht.

Es war Roisins erste Nacht in ihrem alten Haus gewesen. Die Arbeiter waren am Vortag morgens gekommen und hatten die Fenster und die Tür fertig repariert, viele Tage zu spät, und beschissene Arbeit hatten sie außerdem geleistet, und am Nachmittag war dann der Möbelwagen eingetroffen. Keiner der Nachbarn hatte auch nur einen Finger gerührt, um ihr beim Reintragen der Möbel zu helfen, und so hatte sie sich eben allein mit Gerard abgemüht, bis Frankie auf dem Fahrrad vorbeigekommen war. Er hatte das Rad hinten ans Haus gelehnt, seinen Eimer und die Leiter dort abgestellt, und dann mit ihr die Möbel geschleppt.

Und sein Rad und der Eimer und die Leiter lehnten immer noch hinten am Haus.

Sie hatte sich über sich selbst gewundert, weil es ihr gar nichts ausgemacht hatte, mit Frankie Conroy die Treppe hinaufzugehen und daß er mit ihr ins Bett gegangen war und sich auf Seans Seite gelegt hatte, als hätte er ein Recht dazu. Ihr war eingefallen, was sie in seinem Auto gesagt hatte. Niemand zog ihr die Hosen runter, sie zog sie selber runter, wann sie wollte. In dieser Nacht wollte sie Frankie Conroy bei sich im Bett haben. Es hatte ihr nichts ausgemacht, Baby Sean aus ihrem Bett zu nehmen und zu Klein-Patty hinüberzutragen. Er war zwar ein ungehobelter Klotz, und gewaschen hatte er sich auch nicht, aber er war gut zu ihnen gewesen. Der Himmel mochte wissen, wo sie und ihre Ma das Geld hergenommen hätten, einen Christbaum und Kerzen zu kaufen. Sie hätten keinen gehabt, wenn Frankie nicht aufgetaucht wäre. Und er hatte ihr am Abend das Essen bezahlt, bevor sie ihn mit hinaufgenommen hatte. Er hatte Gerard Geld gegeben, um zum Imbißwagen rüberzulaufen, vier Portionen Fisch und sechsmal Chips. Sie hatten viel gelacht am Eßtisch, und sogar Gerard hatte gegrinst. Gerard mochte den großen Kerl gern. Und es gab ja auch keinen Mann, für den sie sich hätte aufsparen sollen, nicht seitdem sie an der Thiepval-Kaserne mit ihren Kindern das Taxi genommen hatte.

Es war schön, wieder zurück in ihrem Haus zu sein, auch wenn die Arbeiter fürchterlich geschludert hatten. Es war schön, einen Mann im Bett zu haben, auch wenn er schrecklich laut schnarchte.

Sie zog den Vorhang auf.

Der Soldat kauerte vor ihrem Gartentor, und er hatte wohl die Bewegung des Vorhangs gesehen, denn sein Gewehr zielte sofort auf das Fenster. Sie sah, wie das Gesicht sich zu einem Grinsen verzog, und wickelte sich den Morgenmantel fester um. Dann sah sie Ferris.

»Seans Freund«, sagte sie laut zu sich selbst.

»Was hast du da gesagt?« Frankie richtete sich auf dem Ellenbogen auf.

»Ich hab gesagt, da unten ist Gingys Freund.«

Sie sprach den Namen ihres Mannes gleichgültig aus, als wäre er von ihr weggegangen, als hätte er nie zu ihr gehört.

Sie sah Ferris' Gesicht und seine hohlen, tiefliegenden Augen und wie sein Gewehrlauf das Dach über ihr abstrich, bevor er sich abwandte und weiterging, in einem lockeren Trott.

Frankie war neben ihr, weiß und nackt, sein Bauch quetschte sich gegen das Fensterbrett. Gemeinsam beobachteten sie den Rücken des Offiziers, bis er aus ihrem Blickfeld verschwand.

Frankie ließ sie am Fenster stehen. Er zog sich rasch an.

»Wieso hast du's auf einmal so eilig, zum Teufel?« Sie drehte sich nicht zu ihm um.

»Ich muß weg.«

»Wohin denn?«

»Nach Limerick . . .«

»In den Süden runter?«

»Ich ruf dich an, sobald ich wieder zurück bin.«

Sie hörte ihn die Treppe hinunter durch die Küche gehen. Sie hörte, wie er die Hintertür öffnete. Sie hörte draußen das Quietschen seines Fahrrads und das Klappern des weggeworfenen Eimers im Korridor.

Frankie Conroy radelte den Drive entlang, weg von der Patrouille. Er fuhr Schlangenlinien, weil er die Leiter auf dem Lenker balancierte, eine Schattengestalt im Licht des frühen Morgens.

Donnerstag, sehr früh noch. Die feuchten Januarwolken hingen tief über dem Gerichtsgebäude an der Crumlin Road. Auch die Vorverhandlung wurde hier abgehalten, weil das städtische Polizeigericht in der Chichester Street nicht genug Platz hatte.

Wenige Minuten vor zehn nahmen die Häftlinge nacheinander auf der Anklagebank Platz. Sie hatten sich sehr schmal machen müssen auf der Treppe von den Kellerzellen nach oben, weil jeder von ihnen zu beiden Seiten von einem Gefängniswärter flankiert worden war, weitere Beamte erwarteten sie auf der Anklagebank, und die Bank war ihrerseits noch einmal von uniformierten Polizisten umringt. An jeder Ecke des Gerichtssaals standen Polizisten, zwei von ihnen hielten ihre Karabiner schußbereit, und manche ließen ihre Hände auf dem Griff der Pistole im Halfter ruhen.

Bei jedem der Häftlinge, der die Stufen heraufkam und im Hintergrund der Anklagebank erschien, wurde auf der Publikumsgalerie geklatscht, wo man die Freunde und Verwandten eng zusammengepfercht hatte. Auch auf der Galerie weitere Polizisten. Die Häftlinge waren in diesem Moment die Stars, die von ihren treuen Bewunderern begrüßt wurden.

Anwälte, Rechtsreferenten und Kanzleimitarbeiter sammelten sich in den sektiererischen Grüppchen von Verteidigung und Anklage, wo man sich ernsthaft und ruhig unterhielt und so tat, als sei dies eine ganz alltägliche Sache, nichts Besonderes. Die Journalisten hatten alle Plätze auf den harten Holzbänken in Beschlag genommen, und ihre gespitzten Bleistifte lagen neben den neuen Stenoblocks.

Die Häftlinge unterhielten sich lautstark und winkten den Leuten auf der Publikumsgalerie. Bis auf einen waren sie alle voller gespielter Fröhlichkeit und Prahlerei und Schulterklopfen. Der Chief sah nicht auf zur Galerie, beachtete nicht den besonders lauten Beifall, der seinen Auftritt auf der Anklagebank begrüßte. Der Chief ließ es zu, daß ihm das Kinn auf die Brust herabsank und seine Schultern herabhingen.

Am Montag würde es anders sein. Am Montag würde es kein Klatschen und keinen Applaus und kein Winken geben. Am Montag würden alle Blicke auf der kleinen, niedrigen Tür hinten im Saal liegen, durch die der Zeuge eintreten würde. Am Montag würde Spannung und Erwartung in der Luft liegen, weil Sean Pius McAnally durch diese Tür kommen mußte, auf seinem Weg in den Zeugenstand, um die Brigadeführung und die Bataillonskommandeure der Provisional IRA von Belfast zu verraten.

Ein hölzerner Stuhl mit kerzengerader Lehne, unbesetzt, stand an einer Wand des Saals, links unter der erhöhten Estrade, wo der Polizeirichter sitzen würde.

20. Kapitel

Ferris hatte die Kammer für sich. Armstrong schob Frühdienst in der Einsatzzentrale, Wilkins war auf dem Schießstand dran.

Lässiges Geplapper eines Discjockeys und Plätschermusik drangen durch die Sperrholzplatten, die seine Kammer von einem Dutzend ebensolcher Kammern trennte.

Er lag auf dem Bett, den Notizblock auf dem Kissen, und schrieb einen Brief an Sam:

> *Meine geliebte Sam!*
> *Es war eine ziemlich ruhige Woche, ich hatte jede Menge Zeit, an Dich zu denken, an uns zu denken. Ich möchte, daß wir es gleich allen erzählen, sobald ich Dich zu einem Juwelier schleppen und Dir den RING besorgen kann.*
> *Die nächste Woche wird auch ganz lässig werden. Ab Montag sitze ich im Gerichtssaal und höre zu, wie der Kronzeuge seine Aussage macht. Die haben die blöde Idee, daß er da im Zeugenstand, wenn er mich sehen kann, eher den Schneid hat, die Sache durchzustehen. Er wird morgen von England eingeflogen, und ich geh mit ihm ein paar Gläschen trinken, was soviel heißt, daß sie mich wahrscheinlich zurück tragen müssen. Wenn man nicht weiß, was er getan hat, könnte man sogar meinen, daß er ein ganz netter Kerl*

ist. Er ist einfach kaputt. Im Grunde hätte ich mich nicht einmischen sollen, aber man hat da kaum eine Wahl.
Ich hab mit unserem Bibel-General hier geredet, dem Kaplan, und er hat den Gedanken gehabt, uns in der Kasernenkapelle zu trauen – da müssen wir noch drüber reden. Ich hab ihm Dein Foto gezeigt – und er meinte, Du hättest ein gebärfreudiges Becken. Bis bald, Sam, bis bald zu Hause, bis bald, wenn ich von diesem schrecklichen Ort wieder weg bin. Paß auf Dein Becken auf.

Alles Liebe,
David

Er steckte das Blatt Papier in einen groben braunen Umschlag, klebte ihn zu und schrieb die Adresse darauf.

An diesem Morgen rasierte er sich sorgfältig, als wäre es ein besonderer Tag. Sein Gesicht kam ihm wie das eines alten Mannes vor. Er sah die Sorgenfalten, als das Rasiermesser dicht an seinem Mund war, und er sah, daß seine Augen tief in den Höhlen lagen. Er hätte dieses verdammte Gesicht kaum im Spiegel erkannt. Er mußte sich sehr vorsichtig rasieren, weil die Klinge frisch war und seine Hand zitterte.

Er ging ins Kasino, und am Mahagonitisch versteckte er sich hinter einer Zeitung und trank drei Tassen Kaffee.

»David, so ein Glück, daß ich Sie hier finde.« Der Adjutant kam auf ihn zugerauscht. »Was liegt denn heute an für Sie?«

»Rennie, der Kriminalbeamte, holt mich am Abend ab – er hat das mit Ihnen klar gemacht, glaube ich.«

»Ja, heute abend ... aber was ist tagsüber?«

Langsam sagte er: »Ich habe eine Fahrstreife für den Vormittag, und am Nachmittag sind meine Leute in zwei Gruppen zu Fuß draußen.«

»Na, wunderbar... Sie gehen heute nachmittag selber mit.«

Er zögerte. »Ich weiß nicht... Rennie kommt irgendwann.«

»Rennie kommt erst am Abend. Was immer Sie für später vorhaben, denken Sie doch freundlicherweise mal daran, daß Sie zum Bataillon gehören. Sie brauchen gewiß keinen ganzen Tag, um sich auf einen geselligen Abend mit der Polizei vorzubereiten.«

»Ich werde wahrscheinlich mit einer der Fußstreifen rausgehen, mit dem Wagen wohl eher nicht.«

»Das ist schon besser. Ich habe hier ein paar Burschen von den Scots Guards. Die übernehmen unseren Posten. Die wären völlig begeistert, wenn Sie ihren Lieutenant bei Ihrem Rundgang mitnehmen könnten, ihm ein bißchen zeigen, wo's lang geht, damit er ein Gefühl für die Sache hier bekommt.«

Ferris fluchte leise. Jetzt gab es keine Möglichkeit mehr, die Fußstreife zu schwänzen.

»Mit Vergnügen.«

»Großartig ... ist irgendwas mit Ihnen, David?«

»Ging mir noch nie besser.«

»Na, prächtig. Für wann soll ich den Mann kommen lassen?«

»Fünfzehn Uhr in der Einsatzleitung.«

Der Adjutant ging laut pfeifend davon.

Ferris beendete sein Frühstück und bat dann den Corporal in der Küche um eine Briefmarke.

»Sie haben gesagt, du wärst ein Spitzel.«

»Bin ich aber nicht.«

»Ich weiß, daß du nie einer gewesen bist.«

Frankie sah mit einem Grinsen hinunter auf das gepreßte, trotzige Gesicht von Mattie Blaneys Sohn. Der Junge war das letzte Glied in der Kette der Falle, die er in den vergangenen fünfzig Stunden aufgebaut hatte, seit er den Offizier aus dem Fenster von Roisins Schlafzimmer gesehen hatte.

Der Junge stützte sich auf eine metallene Krücke. Er konnte sich bewegen, schlecht und recht. Er war ebenso wendig wie all die anderen, denen man im Royal Victoria Hospital eine Kniescheibe aus Plastik eingesetzt hatte.

»Tut es sehr weh?«

»Ich merk's gar nicht«, log Mattie Blaneys Sohn.

»Kannst du darauf stehen?«

»Klar kann ich drauf stehen. Ich steh ja jetzt auch.«

»Könntest du auch lange Zeit darauf stehen?«

»Ja, kein Problem.«

»Zum Beispiel zwei Stunden lang?«

»Wenn ich will, kann ich. Wieso sollte ich's wollen?«

»Die haben einen großen Fehler bei dir gemacht.«

»Ich bin kein Spitzel gewesen«, brach es aus dem Jungen hervor.

»Du bist für was beschuldigt worden, was du gar nicht gemacht hast.«

»Stimmt genau.«

»Wir finden, daß du ein zu guter Mann bist, um dich von uns abzuwenden. Wir finden, du gehörst noch immer zu uns, selbst nach dem, was wir mit dir gemacht haben.« Frankie hielt dem Jungen eine Zigarette hin, gab ihm mit einem Streichholz Feuer und sah zu, wie er beim ersten Lungenzug würgte und den Rauch aus dem Mund hustete. »Es hat verdammt großen Ärger gegeben wegen dem, was mit dir passiert ist ... Ich vertraue dir immer noch, Kleiner.«

»Also, was willst du von mir?«

»Nicht ich will was von dir, die Bewegung will was von dir. Wir wollen, daß du auf etwas aufpaßt.«

»Auf was soll ich aufpassen?«

»Du stellst keine Fragen – nicht, wenn du für uns arbeitest. Wir vertrauen auf dich. Wir sagen, daß du kein Spitzel warst. Kein Kerl wird jemals wieder sagen, daß Mattie Blaneys Sohn ein Spitzel ist.«

»Weißt du, was die mit mir gemacht haben?«

»Das war falsch, sie hatten kein Recht, das zu machen.«

»Die haben mich mit 'ner glühenden Kippe verbrannt...« Der Junge hielt Frankie die Zigarette dicht vor die Nase, so dicht, daß er die Hitze der Glut spürte. »Die haben mich mit ihren Stiefeln getreten, dann haben sie mir den Sack übern Kopf gezogen, und dann haben sie mir ins Knie geballert... Und ich hab ihnen gesagt, ich bin kein Scheiß-Spitzel.«

»Wenn noch mal einer sagt, daß du ein Spitzel bist, dann muß er mir das ins Gesicht sagen, wenn du mir jetzt hilfst.«

Mattie Blaneys Junge war nicht viel mehr als ein Kind. Er war eine dürre kleine Vogelscheuche. Er trug Turnschuhe, die an den Zehen durchgescheuert waren, seine Jeans waren voller Flicken, und seinen Pullover hatten schon drei Brüder vor ihm getragen. Mattie Blaneys Sohn nickte Frankie Conroy vertrauensvoll zu.

Beim Losgehen mußte Frankie seine Ungeduld zügeln, weil der Junge so ungelenk hinter ihm her hinkte.

Frankie ging mit ihm vom Drive zu dem schmalen Fußweg, der die Gärten von Nr. 50 und 52 trennte. Sie hatten dort gerade nebeneinander Platz. Der Weg war breit genug für einen Fußgänger oder für einen Mann auf einem Motorrad. Frankie war todmüde. Es war eine verdammt lange Fahrt nach Limerick gewesen, und er hatte dic Hütte auf der anderen Seite des Clare erst noch suchen müssen. Und als er seinen Mann endlich hatte, sagte der Kerl doch glatt, für so einen Auftrag würde er die Zustimmung des Army Council brauchen, außerdem eine Genehmigung von der Materialverwaltung für das Gelignit und den Zünder. Es waren schon merkwürdige Brüder da unten, wenn es darum ging, mit dem Nordirland-Kommando oder der Brigade Belfast zusammenzuarbeiten. Frankie hatte ihn angefleht, daß er keine Zeit hätte, auf irgendwelche Genehmigungen zu warten, und der Kerl war wirklich nicht leicht zu überreden gewesen, weil er noch dazu gefragt hatte, woher Frankie seinen Namen kannte. Frankie hatte gesagt, er hätte den Namen vom Chief, und das war die Wahrheit. Der Kerl war mißtrauisch gewesen wie eine Jungfrau im Kloster, und es war verflucht schwierig gewesen, weil Frankie das ganze Gelaber im Clare-Dialekt nicht verstanden hatte; dafür hatte der Kerl bei seinem Belfast-Akzent öfters keinen Durchblick gehabt ... Was Frankie eigentlich von ihm wollte? Frankie wollte nichts anderes als das, was der Kerl sonst auch machte ... Vier Stunden Reden und eine halbe Flasche Paddy, dann hatte der Kerl endlich eingewilligt.

Frankie war im Sessel am Kamin eingeschlafen. Der Kerl hatte ihn irgendwann aufgeweckt und ihm einen Pappkarton gegeben und genau erklärt, wie es funktionierte. An einer unbewachten Stelle war Frankie dann zurück über die Grenze. Keine Straßensperren auf dem Weg. Er hatte sich den ganzen Weg bis zur Grenze halb angepißt bei dem Gedanken, auf eine Straßensperre zu stoßen und den Karton aufmachen zu müssen.

Der Weg am Ende der Seitengasse, den die Anwohner von Drive und Avenue zu ihren Fertiggaragen aus Beton nahmen, war voller Fahrrinnen und Schlaglöcher. Er war sicher, daß es funktionieren würde. Frankie Conroy mußte sicher sein. Alles hing an ihm. Er wär ja bescheuert, wenn er sich noch mal mit einer Armalite in so ein verfluchtes Haus hocken würde, um da auf die Patrouille und den Offizier zu warten. Er glaubte, sein Plan sei die Garantie dafür, daß der Offizier von selbst kommen würde. Garantie? ... na, das ja wohl kaum. Scheiße, er tat immerhin sein Bestes.

Er führte Mattie Blaneys Sohn zur dritten Garage. Die Tür war alt und hing in den Angeln, aber ein neues Vorhängeschloß war dran. Er besaß den Schlüssel und machte die Tür auf. Er blickte in beide Richtungen und sah nichts und niemanden, der ihn störte. Er stieß Mattie Blaneys Sohn vor sich hinein ins dunkle Innere der Garage. Der Junge war etwas widerspenstig. Frankie fragte sich, ob sie wohl sein Knie in einem ähnlichen Schuppen so zugerichtet hatten. Die Garage war leer... kaum einer der Bewohner von Drive und Avenue besaß ein Auto, und wenn einer schon eins hatte, dann parkte er's vor dem Fenster, wo er es sehen konnte. Er ging an die hintere Wand, zu einer großen Plastikplane. Er zog die Plane weg und führte Mattie Blaneys Sohn zwei Motorräder vom Typ Suzuki 125 vor, beide blau lackiert, völlig identisch. Er bückte sich und zeigte dem Jungen zwei schwarze Sturzhelme mit Mundschutz neben den Hinterrädern. Er wickelte einen Lappen aus und trat zurück, damit der Junge die zwei Luger-Pistolen sehen konnte.

Gott, was hatte er gearbeitet, seit er von Limerick zurückgerast war... die Motorräder »ausgeliehen«, die Helme »geborgt«, die Lugers »beschafft«, die Garage »requiriert« und schließlich die Falle für den Offizier ausgeklügelt.

Er wickelte die Pistolen wieder ein und legte die Plane über die Motorräder.

Der Junge beobachtete ihn. Auf seinem Gesicht lag keine Ehrfurcht, keine Bewunderung.

»Der müßte schon echt ein Blödmann sein«, sagte er trocken.

»Wer?«

»Der, den du damit erwischen willst.«

»Wieso müßte er ein Blödmann sein?«

Der Junge grinste ihn fast höhnisch an. »So was hat's schon mal vor zwei Jahren gegeben, die von der INLA haben das gemacht. Die Bullen kennen den Trick doch ganz genau.«

»Es ist nicht für die Polizei«, sagte Frankie ärgerlich.

»Wenn's für die Briten ist, könnte es funktionieren. Die Briten sind ja nicht ständig hier, nicht so wie die Bullen, die kennen den Trick vielleicht noch nicht.«

Frankie lächelte und versuchte, dem Jungen ein Freund zu sein; er erklärte ihm geduldig, was er wollte.

In dem Tunnelgang warfen die knallenden Schritte der Wärter ein Echo.

Daß die Dreckskerle ihre Schuhe immer mit Eisen beschlugen, dachte der Chief, Spitze und Ferse, als ob ihnen das Autorität verschaffte. Jeder Mann in der langen Reihe wurde von einem Wärter die Stufen vom Gefängnis herab eskortiert, dann durch den Tunnelgang unter der Crumlin Road, wieder eine Treppe hinauf und in den Keller des Krongerichtsgebäudes.

Er spürte die winterliche Feuchtigkeit an den Gefängniswänden. Die jüngeren Männer in der Schlange suchten bei ihm Führerschaft, Auflehnung, und er konnte ihnen nichts davon geben ... Shay und Eug und Dommy sahen ihn an, und Fatsy und Bugsie und Dusty und Phonsie. Sie sahen ihn an, als ob er so was wie ein Zauberer wär ... und als er sich plötzlich zu ihnen umwandte, als sie nicht damit rechneten, merkte er, daß sie verärgert waren, daß sie glaubten, er sei an allem schuld, weil er Sean Pius McAnally aus dem Süden zurückgeholt hatte.

Unter dem Gerichtsgebäude wurde er allein in eine Zelle gesperrt.

Der Chief saß auf einer Holzbank. Auf den Wänden waren Namen eingekratzt, mit Kugelschreibern und Bleistiften geschrieben. Er las Namen, die er kannte, die Namen von Männern, die damals groß gewesen waren, als er sich in der Bewegung hochgearbeitet hatte, von Männern, die jetzt für zehn oder fünfzehn Jahre oder für lebenslänglich im Kesh verrotteten.

Schlüssel klirrten an der Zellentür. Sie ging auf und Mr. Pronsias Reilly kam hereingewackelt. Der Chief roch sein Rasierwasser und das Talkumpuder.

Mr. Pronsias Reilly ging dicht an den Chief heran.

»Frankie schlägt heute nachmittag zu, er geht aufs

Ganze. Falls Sie ans Beten glauben, dann sollten Sie besser dafür beten, daß Frankie heute die Sonne auf den Arsch scheint ...«

Außer ihnen war niemand in der Bar der großen Autobahnraststätte auf der A 31 hinter Guilford. Goss war pinkeln gegangen, McAnally saß an einem Ecktisch mit dem Rücken zur Wand und tat so, als könnte er Zeitung lesen; Prentice trommelte mit den Fingern auf die Theke und wartete darauf, daß das dürre Barmädchen eine Pause beim Gläserpolieren machte. Rennie hatte gesagt, McAnally solle besoffen ankommen und Freitagabend und den ganzen Samstag lang besoffen bleiben. Am Sonntag würden sie ihn wieder ausnüchtern, ihm eine dicke Pille zum Einschlafen geben und ihn dann am Montagmorgen in den Gerichtssaal schubsen.

Er fand, es war ihnen gelungen, McAnally ganz respektabel hinzukriegen. Der Anzug war gereinigt worden, und wer nicht ganz genau hinsah, bemerkte die Kotzflecken gar nicht. Der kleine Dreckskerl redete kaum, je eher er blau war, desto besser. Persönlich war Prentice nicht scharf darauf, nach Belfast zurückzukehren, im Gegensatz zu Andy. Andy war verflucht nervös wegen seiner Freundin. Er hatte noch was dazuzulernen. Wenn er die Tür ins Gesicht geknallt bekam, würde er's lernen. »Zwei Halbe Lager vom Faß, Süße, und einen großen Scotch.« Schön für McAnally, daß er stockbesoffen im Flugzeug sein würde, weniger schön war es für Goss und ihn. Goss kam zu ihm an die Bar, als er gerade zahlte. Goss starrte über die Theke auf McAnally.

»Er ist ein ekliger kleiner Scheißer, findest du nicht?«

Prentice lachte. »Hast du einen Heiligen erwartet?«

»Ich hab da drin gestanden und gepißt, und dann dachte ich: den Hosenstall zu, Andy, das Grinsen aufgesetzt, und wieder raus zu dem ekligen kleinen Scheißer.«

»Wie gesagt, was andres wäre kaum zu erwarten«, sagte Prentice ruhig.

»Verdammt, weißt du, was ich so an ihm hasse? Daß es ihm kein einziges Mal auch nur ein bißchen leid tut. Oder hast du je gehört, daß er's bereut, den alten Mann und die beiden jungen Bullen umgelegt zu haben? Na?«

»Zum Teufel, Andy, es ist dein Job«, sagte Prentice.

»Dann ist es ein verdammt beschissener Job.«

Prentice nahm sein Bier und den Scotch für McAnally und ging damit zum Ecktisch hinüber. Er sah, wie Goss das Glas leerte und hinausging. Wahrscheinlich setzte er sich ins Auto. Hatte ja niemand behauptet, es sei leicht, einen Überläufer zu bemuttern. Er selbst fand, daß es ihm ziemlich egal war, wen er bemutterte. Er fand, er war ein verdammt guter Polizist für einen verdammt beschissenen Job. Und heute abend würde es nicht John Prentice sein, der den Überläufer bemutterte, es würde der Briten-Offizier sein, und John Prentice würde an der Bar sitzen und sich schön einen antütern.

Prentice setzte ein freundliches Lächeln auf.

»Doppelter Scotch, Gingy, genau was der Doktor verschrieben hat. Schütt ihn dir rein, Junge.«

»Was ist denn mit dem los?« McAnally machte eine Geste zur Tür.

»Irgendwas mit dem Auto. Gieß es runter, Gingy, dann haben wir noch Zeit für einen zweiten. Wenn wir erst mal bei der Air Force sind, gibt's nichts mehr . . .«

»Was hat er eben zu dir gesagt?«

»Er hat gesagt, daß der Motor von dem Wagen total beschissen ist. Mir ist das ziemlich wurscht. Solange uns der Wagen dahin bringt, wo wir hinwollen, soll's mir recht sein. Mir ist das doch piepegal, wenn wir nur dahin kommen, wo wir hinwollen. Verstehst du, Gingy? Noch mal dasselbe wird dir nichts schaden, was?«

Er lächelte immer noch, als McAnally den Scotch

austrank und rülpste, dann ging er an die Theke zurück, um den nächsten Drink zu holen.

In der Kneipe hatte er versucht, das ganze Bier wieder rauszupissen, das er getrunken hatte, während Mattie Blaneys Sohn draußen mit einer Tüte Kartoffelchips und einer Tafel Schokolade wartete. Es war ein kalter Nachmittag, doch Frankie Conroy schwitzte. Jetzt fragte er sich, ob die Armalite vielleicht doch besser gewesen wäre, ob sein verfluchter Plan nicht etwas zu ausgefeilt war, aber nun hatte er ihn vorbereitet und mußte ihn auch durchziehen.

Er schob das Motorrad die Seitengasse hinunter auf den Drive, und der Junge kam ihm nach, den Sturzhelm unter dem Arm. Er stellte das Motorrad fünfzehn oder zwanzig Meter entfernt von der Einfahrt in die Gasse auf dem Drive ab, so daß man es nicht sehen konnte, wenn man hinten in der Gasse bei den Garagen stand.

Die zwei Pfund Industrie-Gelignit wurden auf der Innenseite des Helms befestigt, zusammen mit dem Zünder und der Fahrradlampen-Batterie, die den Strom für die Explosion liefern würde, sobald der Kontakt geschlossen wurde. Frankie hatte den Jackenkragen hochgeschlagen und die Wollmütze tief ins Gesicht gezogen, als wolle er sich tarnen. Er legte die Luger auf den Soziussitz und stülpte den Helm vorsichtig darüber, dann hob er das getönte Visier etwas hoch, so daß man die Waffe durch den Spalt sehen konnte. Ein kurzes Stück Angelschnur hing aus dem Sturzhelm heraus. Er hatte Angst und schob den Jungen nervös beiseite, nicht weil er sich um dessen Sicherheit sorgte, sondern weil er das Licht zum Scharfmachen der Bombenfalle brauchte. Er führte die Schnur mit zittrigen Fingern zu der Chromstange unter dem gepolsterten Soziussitz, schlang sie behutsam um die Stange herum und knotete sie dann fest. Er atmete keuchend. Als er den Knoten machte, sah er die fünfzehn Zentimeter langen Stahlnägel, die mit Klebeband um den Sprengstoff gewickelt waren.

Wenn jemand den Helm aufhob oder auch nur bewegte, würde sich die Schnur straffen und der Stromkreis war geschlossen.

Er wischte sich mit dem Jackenärmel über die Stirn. Der Junge beobachtete ihn, ungerührt und ohne Aufregung. Der Junge sah ihm zu wie einem geübten Handwerker. Frankie ärgerte sich, weil der Junge ihn hatte schwitzen sehen.

Er sagte dem Jungen, daß Mattie Blaney im Kesh stolz auf seinen Sohn sein würde. Er wiederholte seine Anweisungen noch einmal, wobei er zur Bekräftigung den Zeigefinger hob.

Als Frankie weg war, ließ sich der Junge auf den Bürgersteig sinken und setzte sich neben das Hinterrad der Suzuki. Kein Kratzer war auf dem grellblauen Lack und den Chromteilen, und er konnte sein Spiegelbild betrachten, das in der Wölbung des Sturzhelms stark verzerrt wurde. Und wenn er durch den Visierspalt blickte, konnte er die Luger sehen. Die Idee war nicht neu, aber die Briten könnten darauf reinfallen.

Das Motorrad stand vor Nr. 46. Nachdem Frankie gegangen war, kam die Frau von Nr. 46 heraus und fragte den Jungen, was er da mache, und der Junge sagte mit schriller Stimme, sie solle lieber nicht danach fragen, sie sei besser zu Hause aufgehoben, in der Küche. Sie ging ins Haus, um ihren Mann zu holen. Der Mann kam dicht an das Motorrad heran, der Junge wies ihn mit seiner Metallkrücke ab und der Mann ging ins Haus zurück und zog die Vorhänge der vorderen Zimmer zu, damit er nichts sehen würde.

Zwei Frauen mit Kinderwagen und älteren Kindern am Rockzipfel kamen auf den Jungen zu, und die Kinder rannten voraus und wollten das Motorrad anfassen, weil es so neu und teuer und glänzend aussah. Der

Junge stieß sie wie wild mit der Krücke weg, und die Mütter sahen die kalte Entschlossenheit in seinem Gesicht; sie packten ihre Kinder an der Hand und zerrten sie rasch weiter.

Alle, die aus dem Fenster sahen oder einen Moment lang in der Tür standen oder an dem Motorrad vorbeigingen, sahen Mattie Blaneys Sohn darauf aufpassen und den Sturzhelm auf dem Soziussitz hüten, und sie wußten, was vorging. In einigen der Häuser gab es Telefon, aber keiner von denen, die es wußten, dachten auch nur daran, die vertrauliche Nummer im Polizei-Hauptquartier zu wählen. War nicht gerade erst ein kleiner Junge von den Bullen in Short Strand erschossen worden, eine Woche nach Weihnachten? Hatte bloß seiner Oma Süßigkeiten bringen wollen, und die Bullen hatten gesagt, er wär ein Terrorist, dabei war er noch nicht mal fünfzehn gewesen. Der Mann aus Nr. 46 räumte systematisch das Familienporzellan vom Sims über dem Kamin im Wohnzimmer ab und stapelte es auf dem Küchentisch. Eine halbe Stunde, nachdem Frankie Mattie Blaneys Sohn allein gelassen hatte, spielten keine Kinder mehr auf den Bürgersteigen des Drive. Eine heimtückische Stille hatte sich über die Straße gelegt, eine Stille des Abwartens.

Bereits wenige Minuten nach ihrem Zusammentreffen hatte Ferris erfahren, daß der Lieutenant der Scots Guards am liebsten »Roddy« genannt wurde, als Abkürzung für Roderick. Er hatte den Marsch auf Port Stanley 1982 mitgemacht. Der Aussicht auf vier Monate Belfast sah er mit schlechter Laune entgegen, weil er gehört hatte, daß es in der ganzen Zeit wohl kaum eine anständige Party geben würde. Außerdem war er enttäuscht, als er hörte, daß sie zu Fuß auf Streife gehen würden.

Ferris sagte nicht viel.

Ferris sagte noch weniger, als sie die Springfield-Kaserne verließen, als sie aus der Deckung der Wachtürme am Kasernenzaun kamen.

Roddy schlenderte neben Ferris her. Er schien sich nicht beeindrucken zu lassen von den plötzlichen Sprints der Gefreiten und beteiligte sich auch nicht, wenn die anderen immer wieder hinter Laternenmasten oder Ligusterhecken oder in Hauseingängen in Deckung hechteten. Sie waren oben auf der Springfield Road, rechts und links die Wohnsiedlungen. Vor Ferris rannte ein Gefreiter geduckt über die Straße, so daß ein Taxi ihm heftig ausweichen mußte. Ferris kauerte auf dem Boden, das Gewehr im Anschlag strich über die Dächer und Fenster der Häuser ringsum. Roddy stand neben ihm. Er hatte von der Waffenkammer eine automatische Browning-Pistole bekommen, und er ließ das Halfter dafür zugeknöpft. Ferris und alle anderen seiner Einheit hatten sich das Gesicht mit Tarncreme geschwärzt, Roddys Wangen leuchteten in einem frischen Rosa.

»Benehmt ihr euch hier immer so?«

»Was meinen Sie?«

»Dieses ständige Herumgehüpfe ... Ich bin doch kein General, zum Teufel, ihr braucht mich nicht zu beeindrucken. Wenn das mir zu Ehren sein soll ...«

»Es ist nicht Ihnen zu Ehren«, knurrte Ferris. Aus den Augenwinkeln bemerkte er eine leichte Bewegung an einem Schornstein ... eine Seemöwe flatterte davon.

»Tja, die Einheimischen werden davon aber keinen guten Eindruck kriegen. Wenn ich hier wohnen würde – wie soll das hier heißen? Balla-wie? Ist auch egal, wie das Loch heißt –, also wenn ich hier wohnen würde, dann hätte ich den Eindruck, die britische Armee ist schon halbtot vor Angst. Ihr seht ja aus wie Kaninchen im Kornfeld. Als wir auf den Falklands waren ...«

»Halten Sie's Maul«, sagte Ferris leise, zu leise vielleicht.

»... auf den Falklands haben wir die Argies echt *be-*

herrscht. Nicht durch zahlenmäßige oder materialmäßige Überlegenheit, aber wir haben sie beherrscht, das hat gereicht, um sie alle niederzubügeln.«

»Halten Sie endlich die Klappe!« fuhr ihn Ferris an.

»Hab ich das eben richtig verstanden ...? Na bitte. Wenn man nicht mal mehr was sagen darf ...«

»Wenn Sie dann das Kommando führen, können Sie ja gerne in Ihrer bescheuerten roten Paradeuniform hier rumlaufen. Solange Sie mit mir mitkommen, halten Sie den Mund, verdammt.«

Ferris rannte über die Straße, und Roddy wanderte ihm hinterher. Ferris sah, wie sich die Augenbrauen des Guards-Offiziers überrascht hoben. Jones folgte ihnen, ein breites Grinsen auf dem Gesicht.

»Lassen Sie das, Jones, und konzentrieren Sie sich«, sagte Ferris. Roddy fragte: »Wo sind wir hier?«

»Gleich durch Ballymurphy durch, am Anfang von Turf Lodge.«

»Was ist denn Turf Lodge?«

»Turf Lodge ist der Feind – genau wie Longdon und Tumbledown der Feind waren, bloß werden Sie hier bestimmt keine weißen Fahnen sehen, weil das hier nämlich keine argentinischen Wehrpflichtigen sind.«

Ferris hätte sich in den Arsch treten können. Jetzt würde der Guards-Offizier zurück zu seiner Einheit gehen und dort erzählen, daß die Fusiliers verteufelt Schiß hatten.

»Hören Sie, tut mir leid, daß ich Sie angebrüllt habe ... aber jede Haustür, jede Seitengasse, jedes verfallene Haus hier bedeutet Gefahr. Gewöhnen Sie sich daran, dann leben Sie länger.«

Seine Entschuldigung wurde zur Kenntnis genommen. Roddy ignorierte ihn, wie er einen Langeweiler beim Frühschoppen am Sonntagvormittag ignoriert hätte.

Über Funk gab Ferris seine Position an die Einsatzleitung durch, dann winkte er seine Einheit weiter, nach Turf Lodge hinein.

McAnally fiel fast die Gangway der Hercules hinunter. Prentice bekam ihn am Kragen seiner Jacke zu fassen.

Auf dem Parkplatz stand Rennie. Er nickte Prentice zu, als die Aufpasser McAnally zum Wagen brachten.

Leise sagte Prentice zu Rennie: »Ich würd nicht auf ihn wetten, tut mir leid.«

Rennie schien ihn nicht gehört zu haben. Ein breites, joviales Lächeln für McAnally.

»Willkommen daheim, Gingy... Sie haben dich hoffentlich nicht mit Alkohol zwangsernährt. Ein bißchen Platz brauchst du nämlich noch, wir haben heute abend so eine Art Party. Ich setz dich jetzt ab, und dann hol ich David.«

Die Türen fielen zu. Rennie und sein Fahrer saßen vorn, McAnally hinten, eingeklemmt zwischen Prentice und Goss. Hinter ihnen fuhr eine Eskorte. Sie begannen die vierzigminütige Fahrt zu dem Hotel an der Küste des Belfast Lough.

Roisin kniete in der Küche. Zum drittenmal schrubbte sie jetzt den Küchenboden, seit sie wieder eingezogen waren. Wenn sie nahe an das Linoleum herankam, wenn ihre Nase dicht darüber war, konnte sie riechen, was der Mob auf ihrem Küchenboden getan hatte.

»Ma, warst du schon auf der Straße?« Gerard stand in der Küchentür, sprudelte vor Aufregung und Begeisterung.

»Wie soll ich auf die Straße kommen, wenn ich hier auf meinen Knien hocke?«

»Sie wollen es einem Scheiß-Briten besorgen, hier in unsrer Straße.« Es war ihr Sohn, der da sprach, ihr Kind. Roisin schauderte.

»Ehrlich, Ma, sie wollen es einem Briten besorgen, die Provies.« Von seinem Vater sprach Gerard überhaupt nicht mehr, nicht seitdem er neulich am Telefon einfach aufgelegt hatte. Sie hatte ein paarmal vorsichtig versucht, dem Jungen gegenüber zu entschuldigen, was sein Vater getan hatte, aber Gerard war jedesmal einfach aus dem Zimmer gegangen.

Sie wischte sich die Hände an der Schürze ab.

Gerard rannte vor ihr her zur Haustür. Als seine Hand schon auf der Klinke lag, packte sie ihn und schob ihn beiseite. Sie öffnete die Tür und sah hinaus. Sie blickte nach rechts, und der Drive lag völlig verlassen da. Dann blickte sie nach links und sah dort das grellblaue Motorrad und daneben Mattie Blaneys Sohn.

»Sieh mal, Ma ... die Karre da, Ma ... die ist für die Briten.«

Sie erinnerte sich an die Jagdlust in Frankies Blick, als sie ihn ans Fenster gerufen und ihm unten auf der Straße den Offizier gezeigt hatte, der Gingys Freund war.

Sie brüllte Gerard an, sie würde ihn halb totschlagen, falls er ihr nachgehen sollte.

Dann knallte sie die Tür hinter sich zu. Sie trug Hausschuhe und eine Schürze, und ihr Haar war mit einem Kopftuch zurückgebunden.

Sie ging zu dem Motorrad und zu Mattie Blaneys Sohn. Der Junge beobachtete ihr Näherkommen, und in seinen Augen blitzten Mißtrauen und Abneigung.

»Was geht hier vor?«

»Das geht Sie gar nichts an, was hier vorgeht.«

»Werd hier nicht frech!«

»Sie wären besser in Ihrem Haus aufgehoben, Missus.«

»Was ist denn so Besonderes an dem Motorrad?«

»Glauben Sie etwa, ich erzähl Ihnen das, einer Spitzelfrau?«

»Wozu ist das Motorrad da?« schrie sie den Jungen an.

Mattie Blaneys Sohn blieb ganz ruhig. »Sie brauchen davon nichts zu wissen.«

Sie machte einen Schritt auf das Motorrad zu, der Junge hob seine Krücke, und die Spitze zeigte auf ihren Bauch. Sie ging rund um das Motorrad herum, hielt sich aber außerhalb der Reichweite der Krücke, falls der Junge zustoßen sollte. Durch den Visierspalt des Sturzhelms sah sie den Pistolenlauf.

Das Licht war schon am Schwinden. Der Nachmittag ging rasch zu Ende. Die Streifen kamen immer im grauen Zwielicht des frühen Abends. Den Offizier sah sie für gewöhnlich in diesen Patrouillen am Abend.

»Die machen Sie kalt, wenn Sie sie verpfeifen«, sagte Mattie Blaneys Sohn. »Und sie brennen das Dach über den Köpfen von Ihren Gören ab!«

Sie wandte sich ab, sehr langsam, und ging zurück in ihr Haus. Sie brachte Gerard und Klein-Patty und Baby Sean in die Küche, schloß die Tür von innen ab und steckte sich den Schlüssel in die Schürzentasche, dann ging sie wieder mit Eimer und Schrubber auf den Linoleumbelag los.

Frankie atmete tief durch.

Mit einem Tritt klappte er den Stützfuß des Motorrads herunter und ließ das blau und chromsilbern blitzende Gefährt mit bullerndem Motor stehen. Der Sturzhelm saß unangenehm eng, es war schwierig, den Kopf hinter dem getönten Visier zu drehen. Er zog die Luger aus der Tasche, entsicherte sie und rannte dann auf den Eingang des Postamts zu.

Er kam durch die Tür gestürmt. Seine Stimme klang in dem Helm laut und hallend, als er Geld forderte. Es war dunkel im Postamt, und er sah Frauen ängstlich vor ihm zurückweichen, undeutliche Schattengestalten. Er feuerte zweimal in die Decke, und die Pistolenschüsse wirkten gedämpft. Das Postamt an der Glen Road wurde regelmäßig überfallen, fünfmal im vergangenen Jahr. Der Postamtsvorsteher war durch eine kugelsichere Glasscheibe vom Schalter bis zur Decke geschützt. Frankie richtete die Luger auf eine Frau und schoß in die Wand über ihrem Kopf, als sie auf dem Boden niederkniete. Die Frau weinte. Die Frau war Mrs. Deasy, und er war mit ihren Zwillingen zur Schule gegangen. Der Postamtsvorsteher schob ein Bündel Banknoten in das Schiebefach unter der Glasscheibe. Frankie griff nach dem Geld, verlor ein paar Scheine, knüllte den Rest in die Tasche und rannte zur Tür hinaus.

Die Suzuki röhrte los. Jeder Mann, jede Frau, jedes Kind, die auf der Glen Road am südlichen Ende von Turf Lodge unterwegs waren, sahen das Motorrad und den Fahrer mit dem schwarzen Helm davonrasen, in Richtung der großen Kreuzung von Kennedy Way und Monagh By-Pass.

Er bog scharf in den Kreisverkehr ein, und ein Grinsen quetschte die Wangen gegen das Plexiglas. Er sah die grauen, krötenartigen Umrisse eines Polizei-Landrovers, der ihm langsam auf dem Monagh By-Pass entgegenkam. Das traf sich ja herrlich ... Sie waren mehr als hundert Meter von ihm entfernt. Er drehte eine Runde im Kreisverkehr und feuerte zweimal auf die Windschutzscheibe des Landrovers. Den Scheiß-Bullen mal ein bißchen einheizen. Dann gab er Gas und fuhr wieder die Glen Road hinunter, die Sirene heulte in seinen Ohren, jaulte gellend durch den Helm. Jetzt würden sich die Funksprüche überschlagen.

Zweimal drehte er sich um, ob der Landrover noch in Sicht war, ihn im Auge hatte, dann bog er scharf ab, rutschte ein wenig bei dem Tempo und war im Crescent von Turf Lodge.

»BRAVO 41 ... BRAVO 41 ... BITTE KOMMEN ... DRINGENDER RUF FÜR BRAVO 41 ...«

»Hier Bravo 41 ...« meldete sich Ferris in das Mikrofon am Kragen seines Regenumhangs. Rings um ihn war seine Streife in Deckung gegangen und lag jetzt schußbereit in Stellung. Auf Roddys Gesicht erschien erstmals ein Anflug von Interesse.

»BRAVO 41... RAUBÜBERFALL POSTAMT GLEN ROAD, BEWAFFNETE MÄNNLICHE PERSON. BESCHREIBUNG: SCHWARZE JACKE, SCHWARZER STURZHELM. GEFLOHEN AUF BLAUEM MOTORRAD NACH TURF LODGE. POLIZEIFAHRZEUG IST AUF SEINER SPUR. IHRE POSITION? KOMMEN.«

»Turf Lodge, Avenue.«

»WARTEN SIE.«

Ferris rief: »Postamt Glen Road. Ein Mann, bewaffnet. Schwarzer Sturzhelm. Blaues Motorrad.«

Er sah, wie seine Gefreiten ihre Gewehre prüften und entsicherten. Er sah, wie Roddy verwirrt nach dem Riemen seines Pistolenhalfters griff.

Frankie raste den Crescent entlang. Als er in die Seitengasse einbog, die von der Straße zu den Garagen führte, tauchte der Polizei-Landrover gerade oben am Crescent auf. Er holperte über die Seitengasse, wich den tiefen Spurrillen aus und erreichte die Garage. Er riß die Tür auf, fuhr hinein und stellte den Motor ab. Er zog sich den Helm vom Kopf und warf die Luger in eine Ecke. Dann ging er hinaus, schloß die Garatentür hinter sich und brachte das Vorhängeschloß an. Er durchquerte einen Garten, kletterte über einen Zaun und war verschwunden.

»BRAVO 41...«

»Hier Bravo 41.«

»POLIZEIFAHRZEUG HAT DEN MANN VERLOREN. IST IN EINE SEITENGASSE ZWISCHEN TURF LODGE CRESCENT UND TURF LODGE DRIVE DAVON. POLIZEI HAT KEINE LUST, IHN ZU FUSS ZU VERFOLGEN. GEHEN SIE HIN UND KÄMMEN SIE DIE GEGEND AB. ENDE.«

»Ende.«

Die Einheit war sehr rasch im Drive.

Der älteste blöde Trick der Welt, dachte Ferris, während er den Hügel hinaufrannte – ein Motorrad zu nehmen, mit dem man eine Gasse hindurchkam, die zu eng für die Verfolger im Landrover war.

Es lag etwas Feindliches in der Luft auf dem Drive, er konnte es nicht genau bestimmen, aber es hatte damit zu tun, daß niemand auf der Straße war.

»Was haben Sie vor, wie geht's denn jetzt weiter?« Roddy stand dicht neben ihm. Er keuchte. Seine Fragen erstickten Ferris' Überlegungen.

Roddy atmete so schwer, als sei er seit dem Marsch über East Falkland keine zweihundert Meter mehr gerannt. Himmel noch mal ... das hier war doch kein geselliger Abend im Kasino. Das hier war die Jagd auf einen bewaffneten Verbrecher. Irgend etwas stimmte nicht ... Scheiße, irgend etwas war es, und er kam nicht darauf.

Er sah den Jungen den Drive herunter auf sie zuhinken. Er sah den Jungen mit der Krücke. Das Gesicht des Jungen wirkte vertraut. Er hatte das Gesicht im Schein seiner Taschenlampe gesehen, als es schmerzverzerrt gewesen war, und er hatte das Gesicht noch einmal im Scheinwerferlicht auf dem Kasernenparkplatz gesehen, als der Junge in den Krankenwagen gehoben wurde. Er spürte das Gewicht des Jungen auf seinen Armen.

»Hallo, du wirst dich nicht mehr an mich erinnern ...«

Der Junge starrte Ferris an, schien sich nicht zu erinnern.

»Ich hab dich damals zum Krankenhaus gebracht, als du ... als du dich verletzt hast.«

Der Junge sah von Ferris weg. Offenbar wartete er auf die Erlaubnis zum Weitergehen.

»Hast du einen Mann auf einem blauen Motorrad gesehen, mit einem schwarzen Sturzhelm?«

Der Junge deutete mit der Krücke hinter sich.

»Dort hast du den Mann auf dem Motorrad gesehen, Kleiner?«

Wieder deutete der Junge in dieselbe Richtung.

»Wie lange ist das her?«

»Gar nicht lange, Mister.«

Die Soldaten rannten weiter, und der Junge hinkte davon.

Dann kam der Ruf eines der Gefreiten, ein Stück vor Ferris auf dem Bürgersteig. Ein triumphierender, zufriedener Ruf.

Ferris sah das Motorrad. Vor ihm, im Dämmerlicht des späten Nachmittags, stand das Motorrad auf der Straße geparkt, im Rinnstein neben dem Bürgersteig, und er sah den glänzenden Sturzhelm auf dem Soziussitz liegen. Ferris mußte es seinen Männern nicht erst sagen, sie waren von selbst um das Motorrad ausgeschwärmt, und sein Corporal sprintete mit einem Gefreiten die Seitengasse hinauf, um die Rückseite der Häuser auf der Seite des Drive abzusichern, wo das Motorrad stand. Ferris suchte die Straße in beiden Richtungen ab. Von dem Jungen war nichts mehr zu sehen, und der Drive lag völlig verlassen da. Er betrachtete die Fenster der Häuser ringsum, und nirgendwo brannte ein Licht, und aus keinem der Fenster starrte ein blasses Gesicht zu der Patrouille hinaus.

Eigentlich sollte doch . . .

»Starke Sache, daß wir so schnell drauf gestoßen sind«, meldete sich Roddy.

»Bitte reden Sie jetzt nicht mit mir«, fuhr ihn Ferris an.

»Sie brauchen doch nicht gleich auf die Palme zu gehen. Ist ja schließlich nicht der große Ausbruch aus dem Maze, bloß ein Postamt überfallen . . .«

»Merken Sie denn nicht, daß hier etwas nicht stimmt . . .?«

Ferris' Stimme klang sehr laut in der Stille der Straße. Seine Soldaten sahen ihn abwartend an. Jones war dicht neben ihm. Er hatte die Lippen zusammengekniffen, und der Finger am Abzugsbügel war ganz weiß. Eine Katze schoß unter einem Auto hervor, instinktiv verfolgten sie vier Gewehrläufe auf den ersten Metern ihres Weges.

Ferris ging auf das Motorrad zu, Jones ging hinter ihm, rückwärts, um seinen Offizier zu decken, und Roddy folgte ihnen und dankte dem lieben Gott, daß sie bei den Guards nicht solche Typen wie den dabeihatten.

Ferris stand neben dem Motorrad. Sein Oberschenkel war keinen halben Meter vom Fahrersitz entfernt. Er ging in die Knie, bis er in Augenhöhe mit der Rundung des Sturzhelms war.

Etwas stimmte nicht.

Ferris legte sein Gewehr auf den Asphalt. Er stützte sich auf die Knie. Vorsichtig näherte er sich mit den Fingern der rechten Hand der glänzenden Motorverkleidung. Seine Fingerspitzen lagen ganz knapp über dem Metall, prüften es auf Wärme. Langsam trat ein Lächeln auf sein Gesicht. Er ließ die Finger auf das Metall sinken und spürte nichts, keinerlei Hitze. Er hatte das Etwas gefunden, das nicht stimmte. Jones beobachtete ihn.

Ferris zwinkerte Jones zu.

Er drückte den Sprechknopf an seinem Funkgerät.

Leise, vertraulich sprach er in das Mikrofon: »Bravo 41, Bravo 41 ...«

»BRAVO 41, BITTE KOMMEN ...«

Roddy schlenderte um das Motorrad herum.

»Bravo 41. Schlauberger-Tricks im Drive. Sind bei Nr. 46. Vor uns steht eine blaue Suzuki, genau wie die von der Glen Road, dazu noch ein schwarzer Sturzhelm, und der Motor ist eiskalt. Dieses Motorrad ist nirgendwo hingefahren ...«

»Hey, guckt mal, was wir hier haben!« rief Roddy.

»... Es ist kein Mensch auf der Straße. Sonst ist es nie so leer hier, nicht zu dieser Tageszeit ...«

»Da liegt ja sogar noch seine Kanone.«

»Ich fordere hier das Bombenräumkommando an. Bis dahin habe ich alle Hände voll zu tun, die umliegenden Häuser zu evakuieren. Weiterverfolgung des Täters also momentan kaum möglich. Ende.«

»BRAVO 41 ... BLEIBEN SIE DRAN.«

Ferris wandte sich an den Offizier der Scots Guards. »Entschuldigen Sie, was haben Sie eben gesagt?«

»Er hat sogar die Kanone dagelassen.«

Um seine Beobachtung zu bekräftigen, um auch ihm die Luger zu zeigen, hob Roddy den Sturzhelm vom Soziussitz.

Rennie kam in die Bar.

Sie waren beim Kartenspielen. Prentice und Goss, Gingy, McDonough und Astley. Man pokerte um Penny-Einsätze.

Gingy sag ihn zuerst. Gingy sah, daß Detective Chief Inspector Howard Rennie geweint hatte, sich die Augen ausgeweint hatte.

21. Kapitel

Die Menge stand im Regen auf dem Bürgersteig vor der imposanten ocker-beigen Fassade des Krongerichts. Größtenteils waren Frauen unter der Menge; manche hatten ihre kleinen Kinder mitgebracht, andere hielten Plakate hoch, die Mitarbeiter der Sinn Fein gemalt und ihnen in die Hand gedrückt hatten. Die meisten waren Familienangehörige der Angeklagten. Es waren die Frauen und Mütter und Cousinen von Fatsy Rawe und Bugsy Malone und Noel Connelly und Brennie Toibin und Joey Mulvaney und Dusty O'Hara und Billy Clinch und Ollie O'Brien und Joey McGilivarry und Tom McCreevy. Der Bruder von Mrs. Oona Flaherty war gekommen. Und die Tante des Chiefs... Da draußen auf dem Bürgersteig vor dem Krongericht warteten Familienmitglieder von jedem einzelnen der Leute, die Sean Pius McAnally, der Überläufer, verraten hatte. Sie waren seit Tagesanbruch dort, ebenso wie sie am vergangenen Morgen, am Montagmorgen dort gewartet hatten, bevor bekannt geworden war, daß die Staatsanwaltschaft eine Vertagung um 24 Stunden beantragt und gewährt bekommen hatte. Am Montagmorgen hatte die Menge ihre Vorwürfe gegen Schauprozesse und gekaufte Zeugen, die Meineid auf Bezahlung leisteten, lautstark vor den Mikrofonen der Fernsehteams und der Radioreporter der BBC und des Belfaster Lokalsenders verkündet. Dann war Mr. Pronsias Reilly im Laufschritt mit der Nachricht aus dem Gerichtsgebäude gekommen, daß die Anklage eine Vertagung erreicht hatte. Man erzählte sich, die Anklage habe gar keinen Überläufer mehr, der für sie in den Zeugenstand kriechen würde. Und man erzählte sich auch, ganz leise, der Tod eines britischen Offiziers Ende letzter Woche habe die Entschlossenheit des Denunzianten erschüttert.

Unter den Sinn-Fein-Mitarbeitern und den einheimischen Journalisten, die die Gewohnheiten der Polizei kannten, sagte man, Kronzeugen würden immer ganz früh am Morgen ins Gerichtsgebäude gebracht, in einer panzerbewehrten Limousine mit einer Eskorte dahinter, sie würden mindestens zwei Stunden vor der Verhandlung durch eine Seitentür in das Gebäude eingeschleust. Einige der Parteimitglieder und Reporter hatten schon seit sechs Uhr früh vor dem Tor im Drahtzaun an der Crumlin Road gewartet. Sie alle meinten beschwören zu können, daß McAnally nicht aufgetaucht war. Der Polizeirichter mit seinen Leibwächtern war gekommen, der Staatsanwalt war mit dem Kriminalbeamten gekommen, der ihm für die Zeit der Vorverhandlung zugeteilt worden war, doch vom Star, von der zentralen Figur der Anklage gab es keine Spur.

Die Kamerateams und die Journalisten interessierten sich heute nicht mehr für die Verwandten und ihre Slogans – das war Schnee von gestern, da wurde heute Fisch drin eingewickelt. Unter ihnen entstand eine wachsende Spannung, eine Art Vorahnung: Falls der Kronzeuge gar nicht erschien, falls die Anklage in sich zusammenfiel, falls die Angeklagten freigesprochen würden, dann war das eine verdammt große Story, das war etwas für Seite eins, für die Hauptmeldung der Mittagsnachrichten.

Plötzlich entstand Unruhe. Die Kameraleute hievten ihre schwere Ausrüstung auf die Schultern. Die Menge der Verwandten drängte sich gegen die Tore, wo ein Polizist mit steinernem Gesicht stand.

Mr. Pronsias Reilly hüpfte die Stufen des Gerichtsgebäudes herab und joggte zum Tor. Die Menge umringte ihn, die Kameraleute versuchten schubsend, sein strahlendes Gesicht aus gutem Winkel einzufangen, und die Mikrofone knallten vor seinem Kinn gegeneinander.

»Ich komme gerade von einer Unterredung aus dem Büro des Polizeirichters, einer Unterredung, die vom öffentlichen Ankläger einberufen worden war. Der Staatsanwalt bat dabei neuerlich um Vertagung. Ich kann Ihnen versichern, daß ich und meine Kollegen uns schärfstens gegen diese weitere Verzögerung ausgesprochen und den Richter darauf hingewiesen haben, daß der vorliegende Fall schließlich auf Betreiben der Anklage mit beachtlichem, ja beispiellosem Tempo vorangetrieben worden war. Seine Lordschaft traf daraufhin einen Kompromiß: Das Gericht wird heute nachmittag um zwei Uhr zusammentreten, und falls die Staatsanwaltschaft dann ihren Zeugen nicht präsentieren kann, ist der Fall vorbei – geplatzt. Ich hoffe also auf ein zufriedenstellendes Ergebnis für heute nachmittag um zwei ...« Ollie O'Briens Frau gab Mr. Pronsias Reilly einen feuchten Kuß auf die Wange, dann gleich noch einen für die Fotografen, die es beim erstenmal verpaßt hatten.

Der Minister für Nordirland sagte: »Wissen Sie, was ich tun sollte, Fred? Ich sollte meinen Schreibtisch ausräumen, alle Papiere auf den Teppich häufen und anzünden. So macht es doch ein General, der sich in vollem Rückzug befindet, oder?«

»Nicht Ihre Schuld, Herr Minister«, sagte der Berater. »Es dürfte Sie nicht gleich den Kopf kosten.«

»Der Premierminister hat heute morgen angerufen, bevor ich noch frühstücken konnte. Der Premierminister sagte, daß die Regierung aufgrund meiner Anregung jetzt in einer Sackgasse steckt, aus der sie nicht ohne Blamage entrinnen kann. Daß McAnally nicht vor Gericht erscheint, das ist eine Blamage, meint der Premier ... Gott, was für ein verfluchtes Land das hier ist ... Ich werde nicht lange herumfeilschen um meinen Rücktritt. Ich bringe es lieber gleich hinter mich.«

»Ich würde damit bis nach dem Mittagessen warten, wenn ich Sie wäre, Sir«, sagte der Berater.

»Aus welchem Grund?«

»Nur weil das Ende einer politischen Laufbahn nicht übereilt beschlossen werden sollte ... Einstweilen wartet jetzt die Industrievereinigung, Sie haben eine Stunde Zeit für sie. Um elf ist eine Sicherheitsbesprechung. Mittagessen mit dem General Officer in Command und dem Chief Constable ... Ach ja, und die Blumen, die Sie wollten, sind abgegeben worden.«

Der Wind zerfledderte die Blumen, auf den Blütenblättern lagen Regentropfen. Die bunten Sträuße würden auf dem winterlichen Friedhof nicht lange überdauern. Er konnte das Grab nicht sehen, weil ihm der Blick durch die Phalanx der Regenschirme und die Rücken der Ehrengarde verstellt war. Eine Salve Platzpatronen wurde abgefeuert. Seine eigenen Blumen, ein Strauß früher Narzissen, waren unter dem Teppich aus Kränzen begraben. Er fand, es waren ziemlich viele Leute gekommen, bei dem Wetter. Es waren ebenso viele Leute, wie zu seinem Begräbnis gekommen wären, wenn man ihn abgeknallt hätte, als er an der RPG stand, als er »Zehner-Simpson« umgelegt hatte. Der Zapfenstreich wurde geblasen, und der junge Hornist zitterte dabei. Die Trauergäste gingen einer nach dem anderen. Er sah Davids Eltern, er sah seinen Kommandeur, der die Hände hinter dem Rücken verschränkt hielt und mit einem Trupp von Bataillonsoffizieren forsch davonging, und er erkannte die Frau, die im Midnite Club dabeigewesen war. Sie trug einen schwarzen Seidenmantel und hielt einen zerknitterten Briefumschlag mit dem schwarzen Handschuh fest. Als die Leute alle weg waren, als die Soldaten abmarschiert waren, als die Totengräber ihre Zigarette geraucht hatten und sich an die Arbeit machten, trat Rennie an seine Seite. Bei der Trauerfeier am Grab hatte Rennie ihn allein gelassen, hatte weiter hinten gestanden, mit Prentice und Goss. Er betrachtete die Blumen, die Liebe, die diese Blumen auf den Friedhof gebracht hatte.

»Deine Entscheidung, Gingy ... es bleibt dir überlassen«, sagte Rennie.

Der Wind blies ihm ins Gesicht. Der Regen durchnäßte sein Jackett.

Der Wind auf dem Hang von Mullaghmore Mountain. Der Regen am Gipfel des Mullaghmore.

Als Rennie in die Bar gekommen war, mit verschwollenen Augenlidern, und mit fester, harter Stimme von der Explosion und den Toten in Turf Lodge berichtet hatte, war Gingy auf sein Zimmer in dem kleinen Hotel geflüchtet. Er hatte die ganze Nacht über in sein Kissen geweint. Gingy selbst hatte darum gebeten, zum Begräbnis gebracht zu werden, und Rennie hatte es arrangiert. Das ganze Wochenende über, während des Fluges nach Manchester, während des Abends in einem Hotel außerhalb von Preston, hatte Rennie Gingy kein einziges Mal gefragt, was er tun wollte.

»Ich kann dich nicht zwingen, Gingy... Ich kann dich nicht mit Gewalt hineinstoßen«, sagte Rennie.

Er sah zu, wie die Männer Erde auf den Sarg schaufelten. Er starrte auf die Blumen. Er spürte weder Wind noch Regen.

Er sah Rennie an, dann nickte er. Es war Gingys Entscheidung, es war ihm überlassen worden.

Mit einer Sirenen-Eskorte der Polizei von Lancashire fuhren sie schnell zum Flughafen.

Sie ließen alle Formalitäten aus und waren die letzten an Bord der British-Airways-Maschine.

In Aldergrove wurden sie von einem Konvoi aus Zivilfahrzeugen in Empfang genommen.

Sie fuhren durch Ballysillan und Ligoniel und an Ardoyne vorbei, dann kamen sie auf die Crumlin Road, Prentice hatte einen Smith & Wesson-Revolver in der Hand, Goss eine Stirling-MP auf dem Schoß, und Rennie sah auf die Uhr und meldete über Funk ihre bevorstehende Ankunft. Gingy war zwischen seinen Aufpassern eingezwängt, doch er konnte die Wachtürme an den Gefängnistoren und die hohen gelb gestrichenen Mauern des Gerichtsgebäudes sehen.

Sie wurden von der Menge entdeckt, die Frauen warfen sich gegen die ineinandergehakten Arme der Polizisten, ein Plakat knallte auf das Dach des ersten Wagens und die Kette der Polizisten schwankte, hielt aber stand. Und Gingy, tief geduckt auf seinem Sitz, verdeckt von den Aufpassern, hörte die wüsten Beschimpfungen, die gegen die kugelsicheren Scheiben gebrüllt wurden. Und er bedeckte sein Gesicht vor den Fotografen und ihren Blitzlichtern.

Hastig wurde er durch den Seiteneingang des Gerichtsgebäudes gebracht, dann trieben sie ihn die Nottreppe hinauf in ein Zimmer im zweiten Stock. Er atmete schwer.

»Deine Entscheidung, Gingy«, sagte Rennie.

Goss zog das Magazin aus seiner Stirling, ließ es klirrend auf den Tisch fallen.

Ein leises Klopfen an der Tür.

»Es geht sofort los, Gingy. Viel Glück, Junge.«

Er stand allein da. Alle beobachteten ihn. Wieder klopfte es an der Tür, lauter diesmal. Rennie und Prentice und Goss beobachteten ihn. Er zog seine Krawatte zurecht. Es war die grellgrüne Krawatte, die er bei der Beerdigung getragen hatte.

»Es ist nicht für euch«, sagte Gingy. »Ich mache das nicht für euch ... nur damit ihr's wißt.«

Nach der Dunkelheit der Treppe und der Gänge blinzelte er, als er den Gerichtssaal betrat.

Er hörte das Raunen, als er hereinkam. Er zögerte; für die, die sich den Hals ausrenkten, um ihn zu sehen, schien er zu erstarren, dann schob ihn Rennies Gewicht weiter vorwärts. Er blickte starr geradeaus. Er sah den Richter, dessen Körper unter der schwarzen Robe riesig wirkte, und er wußte, daß der Richter eine Kugelweste trug. Er sah einen Constable der RUC in der Ecke vor sich, der mit ausdruckslosem Gesicht seinen Karabiner hielt. Er sah die Anwälte und Rechtsreferenten und Sekretäre, die ihn unverschämt anstarrten. Er sah, hinter dem Zeugenstand, einen leeren Holzstuhl mit gerader Lehne. Im Weitergehen richtete er den Blick direkt auf den leeren Stuhl wie auf einen Talisman.

Jetzt war es kein Raunen mehr. Die Rufe von der Anklagebank gellten ihm in den Ohren.

»Du dreckiger Verräter, McAnally!«

»Du hast dein Vaterland verkauft!«

»Eine Schande für dein Volk, McAnally, das bist du!«

»McAnally, du bist schon im Grab, du Schwein!«

Von der Anklagebank ergoß sich Haß über ihn. Die Gefängniswärter fingerten an ihren Gummiknüppeln. Die Polizisten rund um die Anklagebank machten sich bereit, einen Angriff auf den Überläufer zu verhindern. Er wandte sich nicht zu den Gesichtern der Häftlinge um. Er sah den Abscheu und die Wut und die verzerrten Gesichter der Männer gar nicht, die einmal seine Waffengefährten gewesen waren. Er sah auch nicht den einzigen Mann auf der Anklagebank, der schweigsam geblieben war und nicht aufgestanden war, um zu brüllen und mit dem Finger auf ihn zu zeigen. Er sah auch den Chief nicht. Rennie und Prentice und Goss waren dicht bei ihm, er hörte ihr Atmen.

»Wieviel haben die dir gezahlt, McAnally, dreißig Silberlinge?«

Er schien zu stolpern, und Prentice und Goss wollten ihn stützen; als er ihre Hände an seinen Armen spürte, schüttelte er sie ab.

Er ging durch den Gerichtssaal. Er blickte weder zurück noch zur Seite. Die Rufe von der Anklagebank waren verstummt. Eine gewaltige Stille legte sich über den Saal. Er sah geradeaus auf den leeren Stuhl an der Wand.

Er trat in den Zeugenstand. Er spürte das Blut in sich pulsieren, er fühlte sein Herz galoppieren.

»Sie sind Sean Pius McAnally?«

Der Gerichtsdiener stand vor ihm.

»Ja.«

Der Gerichtsdiener reichte ihm eine abgegriffene gebundene Bibel. »Sprechen Sie mir nach . . .«

Nachdem er die Eidesformel gesprochen hatte, ließ ihn der Richter Platz nehmen.

Er starrte auf den leeren Stuhl. Er versuchte, dort das Gesicht des Mannes zu sehen, der sein Freund gewesen war. Er bereitete sich darauf vor, seine Aussage zu machen.